Uwe L

Die Saat des weißen Drachen

Gesamtausgabe: Die Savanten

Fantasy-Roman

1. Auflage, 2017

Baumweg 27
96515 Sonneberg

E-Mail: uwe.eckardt@gmx.de

Covergestaltung: Reiko Groß

Die Normalität ist eine gepflasterte Straße.
Man kann gut darauf gehen,
doch es wachsen keine Blumen auf ihr.

Vincent van Gogh

Inhaltsverzeichnis

Teil 2: Drachenstimme

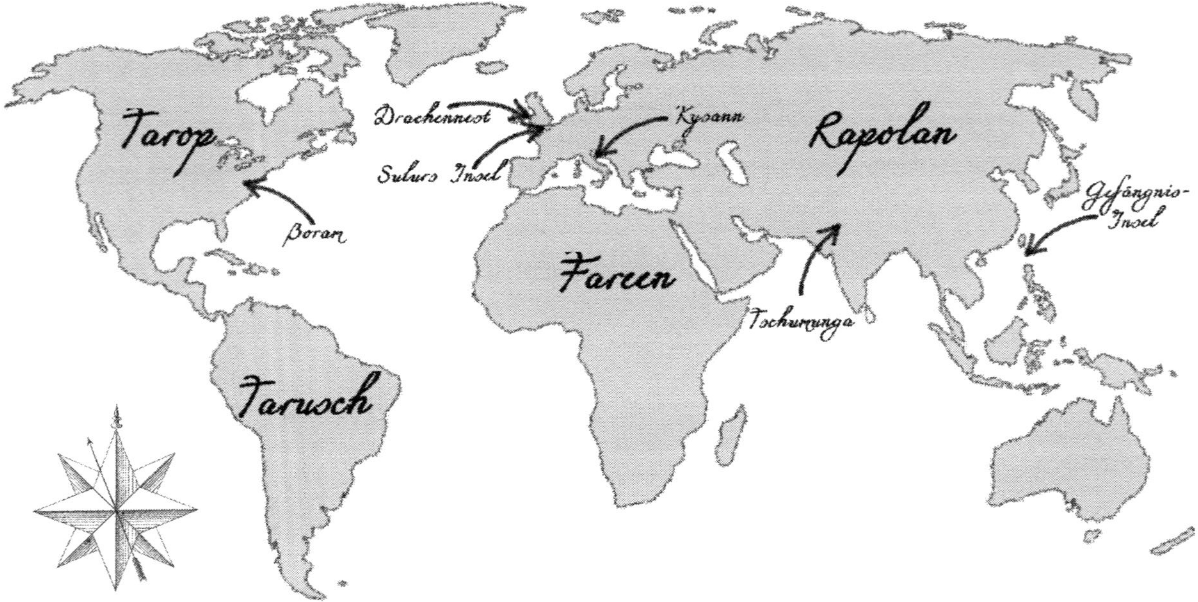
Tarop
Boran
Drachennest
Suluro Insel
Kysann
Rapolan
Gefängnis-Insel
Farcen
Tschurunga
Tarusch

Prolog

»Drache!«, erschallte der hysterische Ruf vom benachbarten Wachturm.

Julos Lysan erwachte aus der dösigen Trägheit, die ihn immer am Ende der Schicht befiel, insbesondere wenn die Mittagssonne die Plattform ganz oben am Turm wie einen Backofen aufheizte. Er trat an die steinerne Brüstung und ließ die Augen über den azurblauen Himmel schweifen. Ohne lange suchen zu müssen, entdeckte er die Silhouette der Bestie, die der Stadtmauer bereits beängstigend nahe war.

»Bei den Göttern, die müssen da drüben geschlafen haben!«, wetterte Julos, aber im Grunde ärgerte er sich mehr über sich selbst, da er genauso versagt hatte, wie seine Kameraden.

Vom Tempel waberten die gehetzten Schläge des großen Gongs über die Stadt und den davorliegenden Hafen. Von seinem hohen Posten aus beobachtete er, wie sich das betriebsame Chaos an den Anlegestellen in eine gerichtete Flucht hin zum Stadttor verwandelte. Verängstigte Schreie drangen zu ihm herauf und das Weinen von Kindern.

Julos eilte zur Waffenkiste und ergriff eine der silbrig glänzenden Harpunen, die so lang war, wie ein gestreckter Mantikorenschwanz. Trotz der beachtlichen Größe wog sie nicht mehr als sein Schwert. Ihn faszinierte schon immer das magische Metall, aus dem die Geschosse bestanden. Sein Bruder, dessen Nase ständig in irgendwelchen Büchern steckte, nutzte jede Gelegenheit, um ihm von den magischen Fertigkeiten ihrer Vorfahren vorzuschwärmen. Aber Julos wollte von dem alten Kram nichts wissen. Ihm genügte es, ab und an das kühle

Metall in seinen Händen zu bewundern. In diesen Momenten spürte er einen Hauch der Macht, die ihre Ahnen einst besaßen. Doch heute blieb dafür keine Zeit.

Mit schnellen Bewegungen drehte er die Kurbel, um die Sehne der gigantischen Armbrust zu spannen, die im Zentrum der Plattform montiert war. Schweiß rann ihm in die Augen und brannte wie Feuer, so dass er nur mit Mühe die Harpune auflegen konnte. Aufgebracht riss er sich den Helm vom Kopf und schleuderte ihn zu Boden. Das Ding war bei einem Drachenangriff sowieso völlig nutzlos. Genausogut hätte er sich einen Nachttopf auf den Kopf setzten können.

Ächzend drehte er die Armbrust in die ungefähre Richtung der Bestie, die in diesem Moment den Hafen erreichte. Ohne abzubremsen, schoss sie über die vor Anker liegenden Schiffe hinweg und tauchte sie in das lodernde Feuer seines Atems. Es war ein weißer Drache, wie Julos staunend erkannte, und nicht gerade ein kleines Exemplar. In einem weiten Bogen drehte er eine Schleife über dem Meer. Hoffnung keimte in ihm. Vielleicht hatten sie ja Glück, und die Kreatur würde sich mit seinem Feuerwerk auf dem Wasser zufriedengeben und abziehen.

Aus dem Augenwinkel bemerkte er das Blitzen von Metall in der Sonne. Der dämliche Idiot vom Nachbarturm hatte doch tatsächlich auf den Drachen geschossen! Verzweifelt folgte Julos mit den Augen der Flugbahn der Harpune, zu den Göttern betend, dass sie ihr Ziel verfehlen oder tödlich treffen würde, was aber bei dieser Entfernung ein Wunder gewesen wäre.

Wie eine Nadel durch Seide glitt das Geschoss durch die rechte Schwinge des Drachen. Sein Brüllen brandete gegen die Mauern der Stadt, als er scharf wendete, und geradewegs auf sie zuflog.

Julos versuchte, ihn anzuvisieren. Er wusste, dass er nur einen Versuch hatte. Sobald der Drache bemerken würde, von wo der Schuss gekommen war, wäre er innerhalb von Sekunden tot. Die Biester verfügten über zehn mal mehr Verstand, als dieser Dummkopf vom Nebenturm, so viel hatte er bei den vier Drachenangriffen gelernt, die er – den Göttern sei dank – unbeschadet überstanden hatte.

Fluchend versuchte er mit der schweren Armbrust, die Flugbahn der Bestie zu verfolgen, aber es war sinnlos, er konnte das wuchtige Ding nicht schnell genug drehen. Hilflos musste er mit ansehen, wie sich die Spitze des Nachbarturms in eine lodernde Fackel verwandelte. Als der Drache die Mauer überwunden hatte, zog er eine lange Schneise der Verwüstung Richtung Stadtzentrum, bevor er in einem weiten Bogen wendete. Genau auf Julos zu!

Eben noch verzweifelt auf seine brennende Heimat starrend, beseelte ihn nun die Aussicht, die Bestie doch noch zu erlegen. Vor Anstrengung laut stöhnend drehte er die Armbrust Richtung Drache. Dieser spie gerade ein weiteres Mal seinen todbringenden Atem auf die Häuser und Gassen, flog aber immer noch auf den Wachturm zu. Als er sich der Stadtmauer näherte, zog er nach oben, um über sie hinwegzufliegen, und kam so genau in die Schussbahn von Julos Harpune.

»Ihr Götter, bitte!«, schickte er ein Stoßgebet gen Himmel und riss den Auslösehebel zurück. Das glänzende Geschoss verließ singend die Sehne und bohrte sich in die Kehle des Drachen.

»Jaaa!«, triumphierte er lauthals, doch sein Jubel blieb ihm im Halse stecken. Das unkontrolliert mit den Flügeln schlagende Geschöpf trudelte genau auf die Plattform zu.

»Bei Omra und Belor, nein«, murmelte er noch mit weit aufgerissenen Augen, bevor der Leib des weißen Drachen ihn begrub und sein Lebenslicht verlosch.

- Teil 1 -
Heimkehr

Das Andenken

Der alte Friedhof schien menschenleer zu sein. Das junge Laub der betagten Bäume wiegte sich sanft im Wind und Scharen von unsichtbaren Vögeln sangen in den Ästen ihre Lieder. Im Einklang mit der strahlenden Maisonne sorgten sie dafür, dass sich die Endgültigkeit des Todes heute nur in den Inschriften der Grabsteine zeigte.

Finn blieb kurz hinter dem rostigen Eisentor am Eingang stehen. Beschämt musste er sich eingestehen, dass ihm die Lage des Grabs nicht einfallen wollte. Bisher war er immer nur mit seinem Vater hiergewesen, zuletzt im vergangenen Herbst. Vor Trauer wie betäubt, hatte er nie richtig auf den Weg geachtet.

Der Verlust seiner Mutter vor vier Jahren hatte ihn schwer getroffen. Wochenlang konnte er nur weinen, bis ihm die Tränen schließlich ausgingen. Es verstrich seither nicht ein einziger Tag, an dem Finn nicht an sie dachte. Dennoch hielt ihn seine Unsicherheit davon ab, ihr Grab allein zu besuchen. Der erbarmungslosen Endgültigkeit an diesem Ort wollte er sich einfach nicht ohne eine seelische Stütze an seiner Seite aussetzen.

Aber heute fühlte er sich stark. Er war im Frühjahr Achtzehn geworden und bald würde er sein Abitur in der Tasche haben. Ja, er spürte, dass er trotz immenser Selbstzweifel langsam erwachsen wurde.

Finn dachte einen Moment angestrengt nach, dann schlenderte er halb entschlossen den Hauptweg entlang. Nach ein paar hundert Schritten wuchs linker Hand eine uralte Kastanie mit tiefhängenden Ästen, um deren dicken Stamm sich eine achteckige Holzbank schmiegte. Hier musste er nach links abbiegen, wie er sich zu erinnern glaubte.

Der weiße Kies knirschte unter seinen ausgelatschten Turnschuhen, als er dem Pfad eine sanfte Steigung hinauf folgte. Auf halber Höhe kam ihm wieder eine Stelle bekannt vor. Er verließ den Weg und schlenderte an einer Reihe von Gräbern vorbei um den Hügel herum. Als der Kiesweg hinter ihm aus dem Blickfeld verschwunden war, entdeckte er endlich den in Marmor gemeißelten Namen seiner Mutter:

Cathlyn Kramer
geb. 02. Dezember 1965 gest. 15. Oktober 2004
Die wir verloren glauben sind nur voran gegangen.

Als Finn die Inschrift las, durchlief eine Welle der unterschiedlichsten Empfindungen seinen Körper. Er war den Tränen nah und spürte dennoch unbändige Wut. In einem Moment überkam ihn das Gefühl, sie anschreien zu müssen, weil sie ihn allein gelassen hatte. Im nächsten hätte er sein Leben dafür gegeben, sie noch einmal zu umarmen und von ihr in die Arme geschlossen zu werden.

Die Trauer übermannte ihn. Er sank vor dem Grab auf die Knie und grub die Finger in die lockere Erde zwischen Stiefmütterchen und Gottesaugen.

Warum musste die Welt nur so ungerecht sein? Was hatte er verbrochen, dass das Schicksal gerade ihm so hart zusetzte? Finn begann laut zu schluchzen und es war ihm egal, ob ihn jemand sah oder hörte. In diesem Augenblick bestand die Welt nur aus Schmerz und Wut.

Durch den Tränenschleier fielen ihm unvermittelt die Frühlingsblumen auf, die neben dem weißen Marmorstein in einer schlichten Friedhofsvase blühten. Verdutzt wischte er sich mit dem Ärmel die Tränen aus den Augen und betrachtete den Strauß.

Finn überlegte. Sein Vater musste heute das Grab besucht haben, denn sie hatten keine näheren Verwandten mehr. Ob sein Paps öfters alleine herkam? Finn überfiel das schlechte Gewissen. Es traf ihn wie ein Blitz, der den Nebel seines kindlichen Egoismus schlagartig verdampfte.

Er hatte sich in den letzten Jahren ständig in Selbstmitleid gesuhlt, doch ihm war nie in den Sinn gekommen, dass nicht nur er die Mutter verloren hatte, sondern sein Vater genauso die Liebe seines Lebens. Doch nie hatte er sich vor Finn gehen gelassen. Immer war er für ihn da gewesen, besonders in den ersten Monaten nach ihrem Tod.

Finn hatte es ihm nicht leicht gemacht. Dabei konnte er seinem Alten Herrn in keiner Weise vorwerfen, sich nicht zu bemühen. Sicher, er ließ ihn oft allein, aber die Arbeit als Vertreter für medizinische Geräte sicherte beiden den Lebensunterhalt.

Tief Atem holend richtete er sich auf. Der Gefühlssturm ebbte ab. Seine Mutter lebte nicht mehr und das war leider nicht zu ändern, aber sein Vater blieb ihm noch.

Finn nahm sich vor, ab jetzt ein besserer Sohn zu sein. Und er wollte gleich damit anfangen, indem er das Haus auf Vordermann brachte. Beschämt musste er sich eingestehen, dass die Hausarbeit bisher komplett an seinem Vater hängengeblieben war.

Er warf einen letzten Blick auf das Grab, nahm im Geiste Abschied von seiner Mutter und wollte gerade gehen, als ihm noch ein Gedanke kam.

Finn bückte sich und nahm einen der faustgroßen, weißen Ziersteine, die den Grabstein umrahmten. Die übrigen verteilte er wieder gleichmäßig, um das Fehlen zu kaschieren. Der Stein sollte ihn immer an den heutigen Tag und seine guten Vorsätze erinnern, falls er in die übliche Trägheit zurückzufallen drohte. Und natürlich war er auch ein greifbares Andenken an seine Mutter.

Sein Herz erfüllte eine Leichtigkeit, wie seit Ewigkeiten

nicht mehr. Der lange aufgestaute Schmerz war von ihm gewichen und die Last der Trauer ließ spürbar nach. Zielstrebig marschierte er zurück zum Hauptweg, fest entschlossen, heute noch das gesamte Haus von oben bis unten zu putzen. Voller Elan schloss er das schwere Friedhofstor hinter sich.

»Wen haben wir denn hier? Jungs, ich hab gar nicht gewusst, dass die Toten Feuermelder brauchen!«

Finn drehte sich erschrocken um und fand sich von vier zwielichtigen Gestalten umringt. Einer war etwa in seinem Alter, die anderen eindeutig jenseits der Zwanzig. Der augenscheinliche Anführer, der den dümmlichen Spruch gebracht hatte, schien noch deutlich älter zu sein. Alle trugen abgewetzte Jeans und speckige Lederjacken und sahen recht verwahrlost aus.

Belustigt musterten die Vier Finn von oben bis unten. Er war es gewohnt, dass man ihn wegen seiner roten Haare verspottete, aber er konnte auch diesmal nicht verhindern, dass er errötete.

»Jetzt hat sein Mondgesicht auch noch die gleiche Farbe wie seine Haare! Ich schaff mich weg!«

Seine Freunde prusteten vor Lachen los, offenbar sehr darauf bedacht, bei ihrem Bandenführer gut dazustehen. Erst die Haare und nun auch noch sein Übergewicht. Diese Typen ließen einfach nichts aus!

»Sehr komisch«, brachte Finn kleinlaut hervor. »Lasst mich durch. Ich muss nach Hause.«

»Aber liebend gern!«, entgegnete ihm der Älteste schief lächelnd. »Erst musst du uns aber bei einem kleinen Problem helfen. Uns ist nämlich das Bier ausgegangen und ich hab leider meine goldene Kreditkarte verlegt. Also möchten wir dich freundlichst um eine kleine Spende bitten. Gib uns einfach alles, was du an Barem dabei hast, dann kannst du heim zu Mami.«

Finns Gegenüber hatte sich natürlich nichts bei der letzten Bemerkung gedacht. Er wollte ihn nur um ein wenig Geld erleichtern, damit er und seine Leute sich den nächsten Suff finanzieren konnten, aber bei Finn brannte in diesem Moment eine Sicherung durch.

Eine unbändige Wut fegte die aufkommende Angst hinweg. Ohne nachzudenken, sprang er auf den Anführer der Gruppe zu und schlug ihm mit all seiner Kraft die Faust mitten ins Gesicht.

Dummerweise hatte er dabei den Stein in seiner Hand völlig vergessen und so entfaltete sein Schlag eine verheerende Wirkung. Mit einem ekelerregenden Knirschen brach die Nase des Getroffenen. Wie ein gefällter Baum kippte er rücklings auf den Weg. Sich jammernd hin und her wälzend presste er beide Hände fest auf das Gesicht, während zwischen seinen Fingern das Blut hervorquoll.

Die Umstehenden waren wie vom Donner gerührt. Leider überwanden die anderen ihre Verwunderung über den überraschenden Schlag eher als Finn und ergriffen ihn, bevor er auch nur an Flucht denken konnte. Sie drückten ihn an das Tor und er wagte nicht, sich noch einmal zu wehren. Die Angst kam mit aller Macht zurück und Finn begann stark zu schwitzen.

Der Anführer rappelte sich langsam auf, immer noch blutend wie ein angestochenes Schwein. In seinen Augen glühte eine entsetzliche Wut. Einen derart hasserfüllten Blick hatte Finn noch nie gesehen. Todesangst überkam ihn und er wand sich erfolglos im Griff der beiden Kerle. Dabei fiel ihm der weiße Stein aus der schwitzigen Hand und landete klappernd auf dem Asphalt. Die blutunterlaufenen Augen seines Gegenübers fixierten erst den Stein und dann wieder voller Hass Finn.

»Du schlägst mich? Du schlägst mich mit einem *Stein*?«

Der Kerl bückte sich langsam und hob Finns Andenken auf. Das Blut an seinen Händen färbte den Stein rot, als er ihn fest mit der rechten Hand umschloss und damit weit ausholte, die Augen wie wahnsinnig aufgerissen.

»Du schlägst mich nie wieder!«

Ohne zu zögern, schmetterte er Finn den Stein mit voller Wucht an die Schläfe. Ein stechender Schmerz ließ seine gesamte Wahrnehmung explodieren, bevor alles um ihn sich zu drehen begann und die Welt schließlich zur Seite kippte. Sein letzter Gedanke galt seiner Mutter und dass er sie nun vielleicht wiedersehen würde. Dann verschlang ihn die Dunkelheit.

Das Erste, was Finn spüren ließ, dass er noch unter den Lebenden weilte, waren bohrende Kopfschmerzen. Das Zweite ein höllischer Durst. Die Zunge klebte ihm wie ein Stück altes Leder am ausgetrockneten Gaumen.

Er lauschte. Außer einem gleichmäßigen Piepen war nichts zu hören. Finn überkam trotz seines nur langsam erwachenden Bewusstseins der Drang, die Pieptöne zählen zu müssen.

Mühsam öffnete er die Augen und bereute es gleich wieder. Selbst das gedämpfte Licht im Raum schmerzte und er versuchte, sich blinzelnd daran zu gewöhnen.

Offensichtlich lag er im Krankenhaus, wie ihm die trostlose Zimmereinrichtung verriet. Aber warum nur? Die Erinnerung an einen blutenden Kerl mit weit aufgerissenen Augen und einen weißen Stein schoss ihm wie ein Blitz durch den Kopf. Sein Magen zog sich krampfartig zusammen. Instinktiv wollte er sich an die linke Schläfe fassen, aber sein Arm gehorchte ihm nicht.

Schräg über dem Bett bemerkte er einige Plastikbeutel mit einer klaren Flüssigkeit. Er verfolgte mit den Augen den durchsichtigen Schlauch, der von einem der Beutel bis zu seinem linken Arm führte. Dort endete er in einer dicken Nadel, die mit einer Art Klebestreifen gesichert unter der Haut steckte.

Der Schreck darüber belebte seine Sinne. Nun, da er seinen Körper mehr und mehr wahrnahm, bemerkte er voller

Entsetzen, dass er noch ganz woanders einen Schlauch stecken hatte!

Zu seiner Rechten regte sich jemand. Mühsam ließ Finn den Kopf zur Seite kippen. Auf einem unbequem aussehenden Sessel saß sein schlafender Vater. Der Kopf war ihm auf die Brust gesunken, aber Finn erkannte dunkle Ringe unter seinen Augen. Den sonst so ordentlichen Scheitel konnte er nur im Ansatz erahnen.

»Ich bin wach«, brachte Finn heiser hervor. Sein Vater fuhr aus dem Sessel hoch, offenbar erschrocken darüber, dass er eingeschlafen war.

Als er registrierte, dass sein Sohn das Bewusstsein wiedererlangt hatte, rief er laut nach der Schwester und stürzte dann ans Bett. Vor Freude weinend nahm er Finns Gesicht in die zitternden Hände und küsste ihn auf die Stirn.

Bevor er etwas sagen konnte, kam die Schwester zur Tür hereingestürmt. Sie wollte Finns Vater gerade fragen, was los sei, als sie den wachen Patienten sah und daraufhin sofort wieder hinausrannte.

»Doktor! Doktor!«, hörte er sie auf dem Gang laut rufen.

Finn kam das Alles etwas übertrieben vor.

»Wie lange war ich denn weggetreten?«, fragte er krächzend.

»*Weggetreten*? Du hast zwei Monate im Koma gelegen, Finnley!«

Zwei *Monate*? Das konnte unmöglich wahr sein! Es kam ihm vor, als wäre er eben erst niedergeschlagen worden, und sein pochender Schädel schien der gleichen Meinung zu sein.

»Man hat dich mit einer Fraktur des Schläfenbeins vor dem Südfriedhof gefunden. Was ist denn nur passiert, mein Junge?«

»Ich hab Mama besucht«, flüsterte Finn mit geschlossenen Augen. »Und dann bin ich mit ein paar üblen Typen aneinandergeraten, die mich ausrauben wollten.«

Sein Vater schien nicht sehr überrascht zu sein. Offenbar hatte er sich schon etwas Ähnliches gedacht.

»Hauptsache du bist wieder aufgewacht. Ich hätte es nicht ertragen, dich auch noch zu verlieren.«

Freudentränen rollten seinem Vater über die stoppeligen Wangen. Er sah zehn Jahre älter aus, aber glücklich.

Die Zimmertür flog auf und ein Mann im weißen Kittel stürmte herein, gefolgt von zwei Schwestern. Sie schoben seinen Vater sanft zurück in den Sessel und wandten sich dann Finn zu.

In der darauffolgenden Stunde untersuchten sie ihn ausgiebig. Er bekam unzählige Fragen zu seiner Verfassung gestellt. Genaugenommen waren es siebenundvierzig, wie Finn verblüfft feststellte. Offenbar hatte er unbewusst mitgezählt, ohne es zu bemerken. Seltsam.

»Sie hatten großes Glück, Herr Kramer«, sagte der Arzt an Finn gerichtet. »Ein solcher Schlag hätte Sie leicht töten können.«

»Ich glaube, das hatte der Kerl auch im Sinn«, erwiderte Finn mit düsterem Gesicht.

»Die Polizei wird sicher einige Fragen an Sie haben. Aber das hat noch Zeit. Ruhen Sie sich jetzt erst einmal aus, damit Sie wieder zu Kräften kommen.« Dann richtete der Arzt seine Aufmerksamkeit auf Finns Vater. »Gehen Sie nach Hause und schlafen Sie sich aus, Herr Kramer. Ihr Sohn hatte wohl mehr als nur einen Schutzengel. Er wird wieder ganz gesund, aber im Moment können Sie hier nichts weiter für ihn tun.«

Sein Vater drückte Finn noch einmal sanft an sich und versprach, morgen wiederzukommen. Dann verließen alle das Zimmer. Langsam döste er wieder ein, vom gleichmäßigen Piepen eingelullt.

Zweitausendfünfhundertsiebenundachtzig, dachte Finn träge, bevor er in einen tiefen Schlaf fiel.

An einem trostlosen Montagnachmittag im Oktober saß Finn im Wartezimmer des angeblich besten Neurologen der Stadt.

Das letzte viertel Jahr konnte er mit Fug und Recht als die verrückteste Zeit seines bisherigen Lebens bezeichnen.

Eigentlich war er nach der Entlassung aus der Klinik fest entschlossen, die guten Vorsätze umzusetzen und ein besserer Sohn zu werden. Doch schon die restlichen Tage im Krankenhaus hatten Finn fast um den Verstand gebracht.

Irgendetwas schien der Schlag auf den Kopf bei ihm ausgelöst zu haben. Egal wo er hinschaute oder was er hörte, sofort schossen ihm irgendwelche Mengen durch den Kopf. Zunächst befürchtete er, verrückt geworden zu sein, bis er merkte, dass die Zahlen durchaus einen Sinn ergaben.

1211 – Die Anzahl der Buchstaben des Zeitungsartikels, den er am Tag nach seinem Erwachen gelesen hatte.

1673 – So viele Ziegel konnte er auf dem Dach gegenüber erkennen, wenn er zum Fenster des Krankenhauszimmers hinausschaute.

84 – Die Menge sinnloser Fragen, die ihm die Polizei gestellt hatte. Sein Peiniger blieb unauffindbar.

Das Erstaunliche war, Finn musste nicht wirklich zählen. Er wusste die richtige Anzahl einfach. Und nicht nur das. Wenn er sich auf eine der Zahlen konzentrierte, konnte er sofort die Quadratwurzel nennen, die Quersumme bilden oder sogar die neunte Potenz. Sein Verstand schien nur noch aus Mengen zu bestehen und er konnte keinen klaren Gedanken mehr fassen.

Das Alles machte ihm eine höllische Angst. Er wollte nicht den Verstand verlieren! Also erzählte er zunächst niemandem davon, nicht einmal seinem Vater.

Nach zwei weiteren Wochen im Krankenhaus wurde Finn schließlich entlassen. Sein Paps hatte unbezahlten Urlaub genommen, um während des Komas bei ihm zu sein, und so musste er nun Überstunden schieben, damit er die angehäuften Rechnungen bezahlen konnte.

Finn war somit die nächsten Wochen mit seinem Problem allein gewesen. Er hatte die restlichen Abiturprüfungen verpasst und so lag er in den Sommerferien die meiste Zeit in seinem abgedunkelten Zimmer und starrte an die Decke. Wie vermisste er die Zeit, als er noch nicht gewusst hatte, wie viele Staubkörner im Sonnenlicht tanzten!

Anfang August veränderte sich dann etwas. Finn hatte keine Kraft mehr, sich gegen die Zahlenflut zu wehren, und so ließ er einfach los. Als er schon dachte, sein Verstand würde vom sinnlosen Zahlenmeer in seinem Kopf davon geschwemmt werden, bemerkte er, dass es gar nicht so unerträglich war, wenn er nicht dagegen ankämpfte. Und so begann die Zeit des Experimentierens.

Bei langen Spaziergängen testete Finn seine Fähigkeiten. Es überraschte ihn täglich aufs Neue, wie weit sie reichten. Was er mit den Augen aufzulösen vermochte, das konnte er auch mengenmäßig erfassen. Finn war sogar in der Lage, die Blätter eines Baumes zu zählen, wenn er sich darauf konzentrierte. Und je nachdem, wie der Wind mit den Ästen spielte, änderte sich die Zahl in seinem Kopf etwas, ganz so, als ob die letzten Stellen unscharf wären.

So ging ein warmer September ins Land und Finn entschloss sich endlich, seinem Vater davon zu erzählen. Zunächst hielt dieser alles für einen schlechten Scherz, doch als sein Sohn ihm einen Taschenrechner reichte und Finn jede gestellte Aufgabe schneller löste, als sein Vater sie überhaupt in den Rechner tippen konnte, da wurde er ganz still und blass.

Zuletzt war er aufgestanden, hatte ein großes Glas voller Kleingeld aus der Küche geholt und auf den Boden geschüttet. Finn hatte ihm die Anzahl der Geldstücke und den genauen Betrag genannt, noch bevor die letzte Münze zur Ruhe gekommen war.

Infolgedessen war er schlussendlich hier beim Neurologen gelandet, denn so fantastisch diese Fähigkeiten auch sein mochten, die Ursache war ungeklärt und sein Vater malte sich die entsetzlichsten Szenarien aus.

Den ganzen Morgen hatte er bereits hier zugebracht. Nachdem er Dr. Schuster mit seinen Rechenkünsten genauso in

Erstaunen versetzt hatte wie seinen Vater, folgten eine Reihe von Untersuchungen. Sie brachten ihn extra wieder ins Krankenhaus, damit sie sein Gehirn im Kernspintomografen virtuell in hauchdünne Scheiben schneiden konnten.

Es war inzwischen später Nachmittag geworden und die finale Auswertung stand bevor. Sein Vater saß neben ihm und versuchte, einen gelassenen Eindruck zu machen, obwohl er mit den Fingern nervös auf seinen Knien herumtrommelte.

»Sie können jetzt hineingehen«, meldete sich die ältere Dame vom Empfangstresen.

Sein Vater schoss wie vom Donner gerührt in die Höhe, was Finn zum Schmunzeln brachte. Erstaunlicherweise war er selbst völlig gefasst.

Dr. Schuster erwartete sie hinter einem imposanten, dunklen Holzschreibtisch, an dem ohne weiteres eine komplette Schulklasse Platz gefunden hätte. Das ganze Büro wirkte wie aus einem anderen Jahrhundert.

Der Doktor selbst hatte kein einziges Haar mehr auf dem rundlichen Kopf, dafür umso mehr um den Mund herum. Der schwarze, von einigen grauen Strähnen durchzogene Vollbart ruhte auf seiner fülligen Brust. Finn vermutete, dass der Mann selbst ohne Bart keinen erkennbaren Hals haben konnte, so dick war er.

»Setzen Sie sich bitte, meine Herren.«

Der Doktor sah erst von der Akte auf, als sich Vater und Sohn in die beiden tiefen Sessel vor dem Tisch niedergelassen hatten. Lange musterte er Finn, bevor er endlich etwas von sich gab.

»Herr Kramer, eines muss ich Ihnen vorab sagen, wenn Sie erlauben. Sie sind der neurologisch interessanteste Fall, mit dem ich es in meiner langen Karriere zu tun hatte. Ihr Gehirn zeigt keinerlei Auffälligkeiten! Da ist nichts, was Ihre neu gewonnenen, absolut verblüffenden Fähigkeiten erklären könnte! Ohne Zweifel hängt es mit Ihrer erlittenen Kopfverletzung zusammen, aber ich glaube, das haben Sie sich auch ohne meine fachmännische Meinung bereits denken können. Das Einzige, was ich für Sie tun kann, ist, Sie zu beruhigen. Es gibt keinen Tumor oder Ähnliches, der diese Veränderung ausgelöst hat.«

Finn merkte, wie sich sein Vater deutlich entspannte und auch ihm fiel ein Stein vom Herzen. Der Arzt fuhr nach einer kurzen Pause fort, in der er von Einem zum Anderen blickte.

»Ich glaube, Herr Kramer, Sie sind ein *Savant*.«

»Ein *was*?«, fragte sein Vater verdutzt, noch bevor Finn die gleiche Frage stellen konnte.

»Sie haben das Savant-Syndrom, umgangssprachlich auch als Inselbegabung bekannt. Das ist sehr selten und noch außergewöhnlicher ist es, dass es bei einem ansonsten vollkommen Gesunden diagnostiziert wird. In den häufigsten Fällen tritt es zusammen mit einem mehr oder weniger ausgeprägten Autismus auf. Und in der Regel sind die erlangten Fähigkeiten lange nicht so spektakulär, wie bei Ihnen!«

Dr. Schuster sah sie an, als ob er Applaus erwartete. Da keiner einsetzte, fuhr er fort.

»Es gibt zurückliegende Fälle, in denen ähnliche Fähigkeiten nach Unfällen mit Verletzungen im Kopfbereich auftraten. So wird es auch bei Ihnen sein. Ich fürchte, Sie müssen damit leben, da mir kein Fall bekannt ist, bei dem die Begabung wieder verschwunden ist. Ich kann Ihnen nur raten, das Ganze eher wie eine Gabe zu sehen. Wer weiß, was Sie damit beruflich erreichen können, als Ingenieur oder in der mathematischen Grundlagenforschung!«

Finn war verwirrt, fühlte sich aber auch zufrieden. Noch vor ein paar Monaten hätte er alles dafür gegeben, die Zahlen aus dem Kopf zu bekommen, aber nun, nachdem er es im Griff hatte, fand er es gar nicht schlecht, etwas Besonderes zu sein. Er war nur froh, dass es nichts mit einem Tumor oder dergleichen zu tun hatte. Seine Mutter starb an Bauchspeicheldrüsenkrebs. Eine solche Krankheit wünschte er keinem, vor allem nicht sich selbst.

Auch seinen Vater schien die Diagnose zu beruhigen.

»Vielen Dank für Ihre Hilfe, Doktor. Wie Sie wissen, hatten wir einen schweren Fall von Krebs in der Familie und wir sind sehr froh, dass es nichts Derartiges ist. Sie raten meinem Sohn also, einfach damit zu leben?«

»Ja, so ist es. Sicher könnte man mit Psychopharmaka einiges erreichen, aber ich sehe im Fall Ihres Sohnes keinen Grund, ihn den Nebenwirkungen auszusetzen. Wie schon gesagt, er ist ansonsten völlig gesund und die Fähigkeit beeinträchtigt ihn nicht im alltäglichen Leben, wie er selbst sagt. Falls sich das ändern sollte, können wir immer noch Maßnahmen ergreifen.«

»Nun gut«, erwiderte sein Vater mit einem Seufzer, der tief aus dem Herzen zu kommen schien. »Ich glaube, viel bessere Nachrichten hätten wir heute nicht bekommen können. Ich verstehe das mit diesem Salant-Syndrom zwar nicht so ganz, aber ich muss mich wohl auf Ihre fachmännische Meinung verlassen.«

»*Savant*-Syndrom, Herr Kramer, S-a-v-a-n-t. Ich danke Ihnen für ihr Vertrauen.«

Der Doktor hielt einen Moment inne, offenbar unsicher, ob er seine nächste Frage stellen sollte oder nicht.

»Dürfte ich Sie vielleicht noch um einen Gefallen bitten, bevor Sie gehen?«

»Sicher. Worum geht es?«

»Wie ich schon erwähnt habe, ist das Savant-Syndrom äußerst selten und mir ist überhaupt kein Fall bekannt, in dem solch außergewöhnliche Fähigkeiten ohne sonstige geistige Beeinträchtigungen auftraten. Dürfte ich Sie deshalb um ihre Erlaubnis bitten, einen Fachartikel darüber zu verfassen? Natürlich werde ich keine Namen erwähnen«, fügte er rasch hinzu.

Sein Vater dachte einen Moment nach. Schließlich wandte er sich mit hochgezogenen Augenbrauen an seinen Sohn.

»Das musst du entscheiden, Finnley.«

Die Gesichtszüge seines Vaters waren völlig entspannt, nachdem er sicher sein konnte, dass Finn nichts weiter fehlte. Dr. Schuster sah ihn fast flehend an, was dem bisher so kompetenten Auftreten des Neurologen einen kleinen Kratzer verpasste.

Finn dachte kurz nach. Für ihn hätte es keine Auswirkungen und dem Doktor konnte er einen Gefallen tun. Wer weiß, ob er ihn nicht doch irgendwann noch einmal brauchen würde.

»Von mir aus«, sagte Finn schulterzuckend. »Wenn Sie nicht noch mehr Untersuchungen machen müssen und keine Namen genannt werden.«

Der Arzt strahlte regelrecht. Er sah aus, wie ein kahlköpfiger Weihnachtsmann.

»Nein, nein, keine Sorge! Ich danke Ihnen, Herr Kramer! Sie erweisen der Wissenschaft damit einen großen Dienst!«

Vor allem deiner Karriere, dachte Finn, aber er meinte es nicht böse.

Als Vater und Sohn kurz darauf die Praxis verließen, waren beide entspannt, wie seit langem nicht mehr.

»So, mein Sohn, jetzt bist du also ein *Savant*. Aber nicht, dass du Strumpfhosen anziehst, eine Maske aufsetzt und versuchst, das Böse zu bekämpfen!«

Finn lachte herzlich.

»Um Fünftklässlern bei den Mathehausaufgaben zu helfen, werde ich keine Maske brauchen. Und erst recht keine Strumpfhosen!«

Die Geburtstagsüberraschung

Finn war glücklich. Sein Vater hatte zugestimmt, dass er das Wiederholungsjahr aussetzen durfte, um sich erst einmal selbst zu finden. Schließlich waren ihm nicht gerade alltägliche Dinge widerfahren. Keiner der beiden zweifelte daran, dass Finn die Prüfungen im kommenden Jahr auch ohne Ehrenrunde schaffen würde. Falls das Koma etwas Positives mit sich gebracht hatte, dann, dass sein Vater seinen übertriebenen Perfektionismus aufgegeben hatte.

Das hieß aber nicht, dass er nur sinnlos herumgammelte. Finn setzte endlich die guten Vorsätze um und unterstützte seinen alten Herrn im Haus, wo es nur ging. Man konnte sogar sagen, dass er den Haushalt im Alleingang am Laufen hielt, denn sein Vater musste nach wie vor viel arbeiten.

Der Winter hatte die Stadt mittlerweile in seinem eisigen Griff. Finn ließ deshalb die zur Gewohnheit gewordenen Parkspaziergänge immer öfter ausfallen und steckte die Nase lieber in seine alten Schulbücher. Vor allem Mathe und Physik hatten es ihm verständlicherweise angetan. Er fing quasi von vorne an und es überraschte ihn, wie viel Spaß das Alles machte, wenn man es wirklich verstand. Inselbegabung sei Dank.

Nachdem er sich mit dem Gravitationsgesetz beschäftigt hatte, fiel es ihm mehr als leicht, für Alles und Jeden Fallgeschwindigkeit, Fallzeit und Kraft beim Aufschlag im Kopf auszurechnen. Im Gedanken ließ er Autos, Schulbusse und, ja, auch den einen oder anderen ungeliebten Lehrer aus den unterschiedlichsten Höhen vom Himmel fallen und malte sich in seiner Fantasie den angerichteten Schaden aus. Finn verstand endlich auch, warum der Mond nicht auf die Erde stürzte und es machte im tierischen Spaß zu berechnen, was mit dem Erdtrabanten geschehen würde, wenn er seine Geschwindigkeit oder seine Umlaufbahn änderte.

So saß er wieder einmal am Fenster im Wohnzimmer, die Nase im Physikbuch der neunten Klasse, und draußen schwebten dicke Flocken vom grauen Winterhimmel, als es an der Haustür klingelte.

Finn löste seine Gedanken vom radioaktiven Zerfall und schlenderte zur Tür. Eine bemitleidenswert eingeschneite Postbotin stand davor.

»Ssssind Sssssie Finnley Kramer?«

Ihre Zähne klapperten so sehr, dass Finn sie kaum verstehen konnte. Die Arbeitskluft der armen Frau schien für solch ein Wetter absolut nicht gemacht zu sein.

»Der bin ich.«

»Sssseh schön. Ich ha..hab ein Einschreiben für Ssssie. Unterschreiben Ssssie bitte hier unten mit Ihrem vollständigen Namen.«

Sie hielt ihm schlotternd ein elektronisches Handterminal unter die Nase und zeigte mit zitternder Hand auf die leuchtende Fläche. Mit dem an einer Schnur baumelnden Stiftimitat kritzelte Finn seinen Namen auf das Feld. Nachdem er ihr das Gerät zurückgegeben hatte, griff sie in ihre gelbe Umhängetasche und reichte ihm einen großen Umschlag.

»Einen sch...schönen Tag noch!«, rief die bibbernde Postbotin im Weggehen, aber Finns volle Aufmerksamkeit galt bereits dem absenderlosen Umschlag. Ohne den Gruß zu erwidern, schloss er die Haustür hinter sich.

Wer schickte bloß ein Einschreiben ohne Ursprungsadresse? Das die Post so etwas überhaupt mitmachte? Vielleicht würde er im Inneren fündig werden. Er zog an dem roten Aufreißfaden und spähte in den Umschlag.

Der Inhalt bestand aus einem recht dicken Hochglanzmagazin mit dem Titel *Neurology Today*. Es handelte sich um die Dezemberausgabe. Weiter war da nichts, weder ein Brief noch eine Notiz, was Finn ein bisschen komisch vorkam. Er vermutete, dass das Magazin von Dr. Schuster kam, aber warum er es per Einschreiben schickte und dann nicht einmal ein paar Worte dazu schrieb, wollte nicht in seinen Kopf.

Finn blätterte durch die Seiten, bis er ungefähr in der Mitte auf einen Artikel stieß, dessen Überschrift mit einem gelben Textmarker hervorgehoben war.

Savant Syndrom – Extreme Characteristics
(by Dr Ulrich Schuster)

Der Artikel war, genau wie der Rest der Zeitschrift, in Englisch verfasst, aber für Finn stellte das kein Problem dar. Seine Mutter stammte aus England und so konnte er neben Deutsch auch fließend Englisch sprechen.

Die ersten beiden Doppelseiten handelten vom Savant-Syndrom allgemein, bekannten Ausprägungen und den Zusammenhängen mit Autismus. Dann kam er an die Reihe. Dr. Schuster sprach zwar immer nur von *dem Patienten*, aber es war schon irgendwie ein komisches Gefühl, zu wissen, dass es dabei um ihn ging.

Es wurde ausführlich über die durchgeführten Tests berichtet, speziell wie er sogar die schwierigsten Rechenoperationen mit riesigen Zahlen in Sekundenbruchteilen lösen konnte. Und es wurde deutlich hervorgehoben, dass er sich ansonsten bester geistiger Gesundheit erfreute.

Finn fand es nun fast ein bisschen schade, dass er nicht namentlich erwähnt wurde. Andererseits wollte er sich gar nicht ausmalen, was und wer auf ihn einstürmen würde, wenn er mit seinem Können in die Öffentlichkeit ging. Nein, er fand alles gut so, wie es war. Also hakte er die Sache ab und am nächsten Tag hatte er den Artikel auch schon wieder vergessen.

Einige Wochen später saß Finn in der Küche beim Frühstück, als sein Vater mit der Post hereinkam.

»Hier ist ein Brief für dich dabei, Finnley. Von Dr. Schuster.«

Er bekam einen Kloß im Hals und auch bei seinem Dad wich die Farbe aus dem Gesicht. Was hatte das nur zu bedeuten? Den Artikel hatte er bereits. War dem Doktor auf den Gehirnaufnahmen doch noch irgendetwas Schlimmes aufgefallen? Aber dann hätte er doch sicher angerufen und keinen Brief geschickt. Andererseits hatte der Neurologe auch schon mit dem kommentarlosen Einschreiben gezeigt, dass er eine eigenartige Ader hatte.

Mit schwitzigen Händen öffnete Finn den Brief.

Sehr geehrter Herr Kramer,

ich hoffe, Sie erfreuen sich bester Gesundheit und haben sich mit Ihren außergewöhnlichen Fähigkeiten gut arrangiert. Für die Möglichkeit, auf Grundlage Ihres Falls einen Fachartikel schreiben zu dürfen, möchte ich mich noch einmal herzlich bedanken. Es wird Sie vielleicht freuen, dass es meine Abhandlung über das Savant-Syndrom sogar in die international renommierte Fachzeitschrift »Neurology Today« geschafft hat! Ich war so frei, Ihnen den Artikel in Kopie beizulegen.

Mit den besten Grüßen
Dr. Ulrich Schuster

Tatsächlich bestand der weitere Brief aus einigen Fotokopien des Beitrages, den Finn bereits hatte. Erleichtert, dass es nur um den Artikel ging, wunderte er sich trotzdem etwas, dass der Doktor vergessen haben sollte, dass er das Magazin längst verschickt hatte.

»Vielleicht hat es die Sekretärin ohne sein Wissen geschickt«, versuchte es sein Vater mit einer Erklärung.

»Muss wohl so sein. Obwohl ich das schon recht eigenartig finde. Na ja, Hauptsache nichts Schlimmeres.«

Sein Vater nickte zustimmend und setzte sich zu ihm an den Küchentisch.

»Ich wollte dir noch etwas beichten, Finnley«, begann er mit betretener Miene. »Ich werde am Freitag nicht da sein können. Die Arbeit, weißt du. Ich hab wirklich alles versucht, aber ich habe immer noch Rückstände aufzuholen und mein Chef ist im Moment nicht besonders gut auf mich zu sprechen.«

»Aber es ist mein Geburtstag!«, platzte es aus Finn heraus. »Soll ich eine Ein-Mann-Party schmeißen? Ich habe doch außer dir niemanden«, fügte er kleinlaut hinzu.

Sein Vater schaute bekümmert drein. Es machte ihm schwer zu schaffen, das konnte Finn erkennen.

»Es tut mir leid. Ich hab wirklich alles versucht. Nächstes Jahr sieht es bestimmt besser aus.«

»Ja, nächstes Jahr.«

Finn stand auf und verließ ohne ein weiteres Wort die Küche. Ihm war klar, dass sein Vater nichts dafür konnte, aber er würde ein wenig brauchen, um ihm zu verzeihen. Sie hatten schließlich nur noch einander.

An seinem Geburtstag beschloss Finn, nicht alleine zu Hause herumzusitzen und Trübsal zu blasen. Er wollte unter Menschen gehen. In seinem Fall bedeutete das, im Kino einen Film anzuschauen. Dort war es dunkel und er musste mit niemanden reden. Genug gesellschaftliche Interaktion für ihn.

Der Streifen erwies sich als recht passabel und so war Finn ganz zufrieden, als er im Anschluss unter einem sternenklaren Himmel nach Hause schlenderte. Der Frühlingsanfang nahte, aber die Nachtluft war noch immer erfüllt von der beißenden Kälte des Winters und sie ließ ihn seinen dampfenden Atem sehen, während er lief.

Seinem Vater war er nicht mehr böse. Einer musste ja die Brötchen verdienen. Und es wurde Zeit, dass Finn auch etwas beitrug. Schließlich war er jetzt Neunzehn und er hatte im Moment jede Menge Freizeit. Es konnte keine Ausreden mehr geben, er musste sich auch eine Arbeit suchen.

Den gesamten Heimweg überlegte er hin und her, was er machen könnte. Aber Mitternacht nahte und die Müdigkeit lullte seinen Verstand ein, so dass ihm nichts Sinnvolles einfiel.

Morgen war auch noch ein Tag, dachte Finn bei sich, als er die Haustür öffnete. Er quälte sich die Treppe hoch, schlurfte in sein Zimmer und schloss die Tür hinter sich. Während er noch nach dem Lichtschalter tastete, erstrahlte urplötzlich die Nachttischlampe. Er war nicht allein!

Finn torkelte vor Schreck rückwärts gegen die Zimmertür. Seine Hand suchte nach der Türklinke, aber aufgeregt, wie er war, griff er nur ins Leere. Im nächsten Moment hatte er den Eindringling entdeckt. Auf dem Stuhl neben dem Bett saß eine ganz in schwarz gekleidete Frau. Ihre Hände lagen auf ihren Oberschenkeln und in der Rechten ruhte eine glänzende Pistole, deren Lauf wie beiläufig auf Finn zielte.

Er ließ die endlich gefundene Türklinke wieder los und blieb regungslos stehen. Nur mit einiger Mühe konnte er verhindern, dass er die Kontrolle über seine Blase verlor. Sein Herz raste. Er spürte das Pochen bis in die Halsschlagader.

Was wollte diese Frau von ihm? Wieso bedrohte sie ihn mit einer Waffe? Wenn es eine Einbrecherin wäre, hätte sie bestimmt nicht auf ihn gewartet. Was, zur Hölle, war nur mit seinem Leben los in letzter Zeit?!

Die Sekunden vergingen wie Jahre. Sie schien ihn nur zu mustern. Finn beruhigte sich ein klein wenig, aber die Angst blieb. Wenn sie ihn hätte umbringen wollen, wäre er längst tot. Irgendwie kam sie ihm bekannt vor, er wusste nur nicht, woher.

Die Frau war vielleicht Anfang vierzig, hatte kurze, schwarze Haare und braune Augen, die ohne zu zwinkern in die seinen starrten. Ihre vollen Lippen umspielte ein leichtes Lächeln, aber es wirkte kalt. Als sie plötzlich doch den Mund aufmachte, zuckte er überrascht zusammen.

»Was ist die Quadratwurzel aus 788544?«

Sie sprach Deutsch, hatte aber einen kaum wahrnehmbaren osteuropäischen Akzent. Auch ihre Stimme ließ in seiner Erinnerung irgendetwas klingeln.

Finn war viel zu verängstigt, um zu antworten, doch als sie auffordernd die Pistole hob, schoss die Lösung derart rasch aus seinem Mund, dass ihm dabei etwas Spucke über das Kinn lief.

»888!«

Sie nickte anerkennend.

»Beeindruckend.«

Ein leises Zischen drang an sein Ohr und Finn verspürte einen Stich am linken Oberschenkel. Er starrte nach unten auf sein Bein. Ein kleiner Pfeil mit gelben Federn hatte die Jeans durchbohrt.

»Alles Gute zum Geburtstag!«, sagte sie spöttisch.

Als er wieder zu ihr schaute, begann sich das Zimmer zu drehen. Seine Beine gaben nach und er rutschte wie ein nasser Sack an der Tür nach unten. Bevor es dunkel um ihn wurde, sah er noch, wie sie ein Handy an ihr Ohr hielt.

»Das Paket ist geschnürt.«

Da wusste Finn plötzlich, woher er sie kannte! Und das zweite Mal innerhalb eines Jahres wurde ihm das Bewusstsein gewaltsam genommen.

Als er wieder zu sich kam, brummte ihm der Schädel. Er befand sich in einer kleinen Kabine und das monotone Heulen eines Motors füllte die Stille. Der Raum schien sich in einem gleichmäßigen Rhythmus auf und ab zu bewegen, wie ihm sein Magen durch ein flaues Gefühl signalisierte. Zweifellos befand er sich auf einem fahrenden Boot.

Finn schaute sich in der Kajüte um, nachdem er sich

stöhnend in eine sitzende Position gehievt hatte. Er war allein. Neben sich auf der schmalen Pritsche lag eine Flasche Wasser. Ohne lange zu zögern, öffnete Finn sie und trank in tiefen Zügen, denn ihn quälte ein höllischer Durst und sein Mund war ausgetrocknet. Wenn man ihn hätte umbringen wollen, dann wäre er gar nicht erst wieder aufgewacht. Noch während er an der Flasche hing, spähte er durch die kleinen Bullaugen, die sich auf beiden Seiten der Kajüte fanden. Bis zum Horizont erstreckte sich nur das Blau des Meeres.

Finn übermannte die Angst und eine tiefe Hilflosigkeit befiel ihn. Außerdem fühlte er sich kotzübel. Ob auf Grund des Seegangs, der Betäubung oder der zurückliegenden Ereignisse konnte er nicht genau sagen. Wahrscheinlich eine Kombination aus allem.

Er setzte sich wieder auf die Pritsche, legte die Hände aufs Gesicht und begann schluchzend zu weinen. Was sollte das Ganze nur? Wieso entführte man ihn nachts aus seinem Haus und verschleppte ihn sonst wohin?

Nachdem er eine geraume Zeit nur dagesessen hatte, fasste er sich schließlich ein Herz, huschte zur Tür und drehte mit zittriger Hand vorsichtig den Knauf. Sie war nicht verschlossen. Als er schleichend ins Freie glitt, wehte ihm warme, salzige Luft ins Gesicht.

Finn spähte ängstlich umher. Er kauerte am Heck einer kleinen Motoryacht. Als er sich umdrehte, erblickte er am Steuer über der Kajüte seine Entführerin. Das Herz rutschte ihm noch weiter in die Hose, wenn das überhaupt möglich war. Sie hatte ihm den Rücken zugewandt und war vollauf mit dem Steuern des dahinschießenden Bootes beschäftigt.

Sein erster Gedanke war, über Bord zu springen, so lange sie ihn nicht bemerkt hatte. Aber ein Blick in die Runde ließ abermals nur endloses Meer erkennen. Backbord stand die orange Sonne knapp über dem Horizont. Finn konnte nicht sagen, ob sie auf- oder unterging. Er hatte total die Orientierung in Raum und Zeit verloren. Wenn er jetzt unbemerkt ins Wasser springen würde, bedeutete das mit Sicherheit seinen Tod.

Vielleicht konnte er ihr von hinten irgendetwas über den Schädel ziehen? Ein guter Plan! Finn war trotz der immensen Angst auch unglaublich sauer auf dieses Miststück. Er hatte große Lust, seiner Wut freien Lauf zu lassen. Mit dem Boot würde er schon irgendwie klar kommen. Irgendwo musste es ja Land geben. Am besten drehte er um und fuhr dahin zurück, wo immer sie auch hergekommen waren.

Finn schaute sich um. Viel gab es hier nicht, was er als Schlagwaffe benutzen konnte. Die Wasserflasche bestand dummerweise aus Plastik. Neben der ausgeblichenen Holztür, die in die kleine Kajüte führte, hing ein Rettungsring an der Wand. Ebenfalls völlig unbrauchbar. Zum Bug konnte er auch nicht schleichen, dann würde sie ihn sofort sehen. Also blieb als einzige Möglichkeit, nach oben zu klettern und zu hoffen, dass es dort etwas Geeigneteres gab.

Zu seiner Linken führte eine kurze Leiter hinauf zur nach drei Seiten offenen Brücke. So leise er konnte, stieg Finn die Sprossen nach oben, aber der Motor heulte so laut, dass sie ihn auch nicht gehört hätte, wenn er singend die Stufen hinaufgetanzt wäre. Er blieb tief in der Hocke, als er auf dem kleinen Oberdeck nur zwei Meter hinter ihr die Leiter verließ. Dummerweise befand sich auch hier absolut Nichts, um ihr ordentlich eins überzuziehen.

Was nun? Gewiss würde es nicht mehr lange dauern, bis sie sich umdrehte. Da ihm nichts Besseres einfiel, beschloss er kurzerhand, sich von hinten mit bloßen Händen auf sie zu stürzen. Schließlich war er ein Mann und sie eine Frau. Er würde sie schon irgendwie überwältigen können, redete er sich in seiner Verzweiflung ein.

Langsam kam Finn aus der Hocke und schlich auf sie zu. Aber gerade in dem Moment, als er die Arme von hinten um ihren Hals schlingen wollte, nahm seine Entführerin das komplette Gas weg und riss das Steuer hart herum.

Finn, der absolut nicht mit so etwas gerechnet hatte, verlor das Gleichgewicht und wurde hart nach links auf eine mit dunkelgrünem Kunstleder bezogene Bank geschleudert. Flink wie eine Katze kam sie über ihn, den Unterarm fest an seinen Hals gedrückt. Ihr Gesicht berührte fast das seine.

»Wenn du sowas nochmal versuchst, werf ich dich ohne zu zögern über Bord, verstanden?«

Finn drohte zu ersticken. Sein Gesicht hatte eine tiefrote Farbe angenommen. Er bekam keinen Laut heraus, also versuchte er es mit einem angedeuteten Nicken.

Sie ließ in los und schlenderte seelenruhig zurück ans Steuer, ohne ihn weiter zu beachten.

Nachdem er einige Minuten nur mit Atmen beschäftigt war, wagte er endlich, sich zu rühren. So unauffällig wie möglich setzte er sich ordentlich auf die Bank. Aus dem Augenwinkel beobachtete Finn die seltsame Frau, die das Boot mittlerweile wieder auf Kurs gebracht hatte und ihn keines Blickes mehr würdigte. Er war am Ende. Er hatte nicht einmal mehr genug Kraft, um Angst zu haben. Resignation machte sich bei ihm breit.

»Wo bringen Sie mich hin?«

Keine Antwort.

»Warum haben Sie mich entführt?«

Erneut nur Stille.

»Sie sind die Postbotin, nicht wahr?«

Endlich eine Reaktion. Sie drehte den Kopf und lächelte ihn böse an.

»Gut erkannt, Sherlock. Und jetzt halt die Klappe. Wir sind in einigen Stunden da.«

Finn ahnte, dass es keinen Zweck hatte, sie nach diesem *da* zu fragen. Er überlegte fieberhaft. Dass er sie als Postbotin erkannt hatte, schien sie ein klein wenig beeindruckt zu haben. Vielleicht war das der Weg, noch ein paar Informationen aus ihr herauszuholen.

Er schaute wieder in Richtung Sonne und erkannte, dass sie

den Horizont mittlerweile fast berührte. Das Meer schimmerte in den schönsten Orangetönen, aber für so etwas hatte er im Moment keinen Sinn. Ein Blick auf seine Armbanduhr verriet ihm, dass es 13:22 Uhr war. Natürlich war das die Uhrzeit in Deutschland. Dass er sich dort nicht mehr aufhielt, bewies ihm die tropische Wärme. An Nord- und Ostsee lagen die Temperaturen im März im einstelligen Bereich. Nein, seine Uhr und die untergehende Sonne an Backbord verrieten ihm zwei Dinge:

Erstens, dass sie nach Norden fuhren und zweitens, dass sie der deutschen Zeit ungefähr acht bis neun Stunden voraus waren. Finn vermutete also, dass sie irgendwo im Süd-west-Pazifik herumschipperten. Er wagte einen Schuss ins Blaue.

»Warum haben Sie mich nach Südostasien gebracht?«

Wieder drehte sie ihm das Gesicht zu, diesmal spiegelte ihr Blick aber eine grimmige Überraschung wider. Anscheinend hatte er nicht so falsch gelegen. Sie musterte ihn lange und eindringlich, als ob sie versuchte, aus seinem Gesicht herauszulesen, woher er das wissen konnte.

Finn bewegte langsam die rechte Hand, um die Armbanduhr zu verdecken, was sich aber als Fehler erwies. Sie bemerkte es sofort und er konnte erkennen, wie sie blitzschnell die richtigen Schlüsse zog. Dumm war sie nicht, das musste er ihr lassen.

Das böse Lächeln kehrte auf ihre Lippen zurück.

»Gar nicht schlecht, Mathe-Ass. Ich hätte dir das Ding wegnehmen sollen.«

Mathe-Ass? Jetzt erinnerte er sich, dass er eine Rechenaufgabe lösen musste, bevor sie ihn betäubt hatte!

»Bin ich wegen meinen Fähigkeiten hier? Woher wissen Sie davon?«

Sie hatte ihn unentwegt angestarrt. Offenbar war sie zu einer Entscheidung gelangt, denn nach einem flüchtigen Blick auf die Anzeigen nahm sie etwas Gas weg und setzte sich ihm gegenüber auf die andere Seite des kleinen Decks.

»Na schön. Ob du's nun heute oder morgen erfährst, macht keinen Unterschied. Aber wenn du auf die Idee kommen solltest, über Bord zu springen, lass ich dich ersaufen. Klar soweit?«

Finn presste die Lippen zusammen und nickte knapp.

»Also gut, Rotschopf, am besten machst du dir zunächst Folgendes klar: Dein altes Leben ist vorbei. Du wirst deinen Vater nie wieder sehen, du wirst deine Stadt nie wieder sehen, ja, du wirst Deutschland nie wieder sehen.«

Ihm wurde übel. Er musste sich mit einer Hand an der Reling festhalten, weil er das Gefühl hatte, dass ihm das letzte bisschen Halt, dass er bisher noch in seinem Leben hatte, brutal entrissen wurde. Einen Moment schien ihn die Angst wieder zu überwältigen. Tränen schossen ihm in die Augen. Doch dann gesellte sich ein zweites Gefühl dazu, das er heute schon einmal gefühlt hatte, wenn auch nicht in dieser Intensität: Wut!

Sein Gesicht lief rot an und er schnaufte wie ein Stier. Er spannte alle Muskeln an, bereit, sie anzuspringen. Das süffisante Lächeln verschwand aus ihrem Antlitz und ihre rechte Hand wanderte an die Seite ihres Schenkels, wo in einem schwarzen Halfter ein langes Messer ruhte.

Finn hätte beinahe selbst das ignoriert, so sehr hatte ihn die Wut übermannt. Seine Finger gruben sich in den grünen Bezug der Bank. Letztendlich siegte jedoch die Vernunft und er sank in sich zusammen. Auch seine Entführerin entspannte sich wieder.

»Weise Entscheidung«, sagte sie kalt lächelnd.

Wo waren nur die weißen Steine, wenn man mal einen brauchte!

»Wie du schon erraten hast, geht es um deine sogenannten *Fähigkeiten*. Wir wollen der Sache auf den Grund gehen, und zwar weit intensiver, als es die Schulmedizin je wagen würde.

Mein Job ist es, euch zur Party einzuladen und dafür zu sorgen, dass ihr euch selbst nicht wieder ausladet.«

Sie hatte *euch* gesagt, ob bewusst oder unbewusst. Anscheinend war er nicht der einzige arme Tropf, den sie sich geschnappt hatte.

»Und wie sind Sie auf mich gekommen?«, presste er zwischen den Zähnen hervor, seine Wut mühsam unterdrückend.

»Na, Schlaumeier, kommst du nicht selber drauf? Dein guter Dr. Schuster hat doch mit dem Artikel die gesamte Hirni-Fachwelt darüber informiert! Ihn ausfindig zu machen und sich in seinen Computer zu hacken, stellte dann keine große Herausforderung mehr dar.«

Bei so viel boshafter Selbstsicherheit konnte man nur noch wütender werden!

»Damit kommen Sie nicht durch! Sicher sucht die Polizei bereits nach mir!«

»Ganz bestimmt tut sie das. Wenn sie nicht total bescheuert sind, haben sie auch schon eine Spur gefunden. Schließlich hast du einen von dir unterschriebenen Abschiedsbrief zurückgelassen, in dem du erklärst, dass du erst einmal Abstand von allem brauchst und mit dem Rucksack durch Südeuropa ziehen willst.«

Die Unterschrift auf dem Post-Terminal! Jetzt erkannte er, warum sie ihm das falsche Einschreiben gebracht hatte.

»Das wird mein Vater niemals glauben!«

Sie stieß ein schnaubendes Lachen aus.

»Na und? Hauptsache die Polizei glaubt es. So, und jetzt halt die Klappe und bleib da sitzen. Wenn du noch irgendetwas Dämliches machst, schlag ich dich k.o. und lass dich auf den Boden sabbern, bis wir angekommen sind.«

Finn schluckte den Kommentar herunter, der ihm auf der Zunge lag. Mit dieser Frau war nicht zu spaßen. Er konnte immer noch nicht glauben, dass *ihm* das Alles passierte. Vielleicht würde er gleich aus diesem Alptraum aufwachen, weil sein Vater an die Zimmertür klopfte, um ihn zu wecken. Sein Vater...

Fast genauso sehr, wie er sich um sein eigenes Leben Sorgen machte, lastete die Gewissheit auf ihm, dass sein alter Herr an dem Verlust seines Sohnes zerbrechen würde, nach all dem, was er bereits verloren hatte.

Aber soweit durfte es nicht kommen! Finn musste seine Angst in den Griff bekommen und Augen und Ohren offenhalten. Hier auf dem Schiff konnte er nicht viel ausrichten, aber mit Sicherheit würde diese Kampfamazone nicht ununterbrochen da sein, wo immer sie auch hinfuhren. Er würde abhauen, sobald sich eine Gelegenheit ergab, das schwor er sich. Und er würde seinen Vater wiedersehen.

Die Insel

Die Stunden vergingen. Finn saß reglos auf der Bank und versuchte im zunehmenden Zwielicht zu erkennen, wohin die Reise ging. Bevor die Welt ganz und gar der Nacht Platz machte, glaubte er, zwei kegelförmige Berge am dunstigen Horizont auszumachen, aber sicher war er sich nicht.

Die Sterne kamen in ihrer ganzen Pracht hervor und strahlten in einer Intensität, wie es nur ohne die ausufernde Lichtverschmutzung der Menschen möglich war. Seine Entführerin betätigte einen Knopf auf dem Schaltpult und am Bug des Schiffs erstrahlten zwei gleißende Scheinwerfer, die das Meer auf einige Hundert Meter hin erhellten.

Nachdem Finns Armbanduhr zufolge zwei weitere Stunden vergangen waren, nahm sie das Gas zurück und hielt intensiv Ausschau. Er hoffte inständig, dass sie bald ihr Ziel erreicht hatten, denn seine Blase fühlte sich an, als würde sie jeden Moment platzen.

Die Kampfamazone schien tatsächlich etwas gesehen zu haben, denn sie korrigierte den Kurs ein wenig nach Steuerbord. Dann erkannte auch Finn es: In einiger Entfernung, weit außerhalb des Scheinwerferlichts, blinkte ein intensives, blaues Licht in einem regelmäßigen Takt. Keine Viertelstunde später tauchte Backbord ein langer Holzsteg im Lichtkegel auf.

Nachdem sie fachmännisch angelegt hatte, verließ sie ohne ein Wort zu sagen das Deck über die kleine Leiter. Im schwachen Licht der Bootsbeleuchtung beobachtete er, wie die Frau behände wie eine Katze über die Reling hinunter auf den

Steg sprang und mit einigen fachmännischen Handgriffen das Boot vertäute. Erst dann schaute sie zu ihm hoch.

»Willst du da oben übernachten? Mach, dass du runterkommst!«

Finn überlegte einen Augenblick, ob er versuchen sollte, dass Boot zu starten, um es dann mit Vollgas loszureißen und zu verschwinden. Aber sicher hatte sie den Zündschlüssel abgezogen und außerdem kannte er sich mit den Kontrollen nicht aus. Sie hätte ihn wieder im Schwitzkasten, bevor er Zeit hätte, sich in die Hosen zu pinkeln.

Also gehorchte er und stieg mit vom langen Sitzen steifen Gliedern die Sprossen zum Hauptdeck hinunter. Der Steg lag gut eineinhalb Meter unter ihm. Zögernd schaute er sich nach einer weiteren Leiter um.

»Suchst du den Fahrstuhl? Na los, spring!«

Als zusätzliche Motivation legte sie die Hand beiläufig auf den Griff ihres Messers. Stöhnend kletterte Finn über die Reling, ging etwas in die Hocke und sprang ab. Er landete nicht halb so graziös wie sie auf dem Steg. Nur mit Mühe hielt er das Gleichgewicht.

»Bravo!«, spottete sie. »Und nun einen Gang zugelegt! Wir haben noch einen langen Weg vor uns.«

Das war zu viel für Finn und seine Blase. Wie ein störrisches Kind verschränkte er die Arme vor der Brust.

»Ich muss pinkeln!«

Sie schaute kurz überrascht, dann musste sie lachen.

»Na dann los! Oder soll ich ihn dir halten?«

»Was? Hier?«

»Entweder hier oder in zwei Kilometern. Entscheide dich.«

Finn musste nicht lange überlegen. Er drehte sich von ihr weg und lief einige Meter zum Ende des Stegs. Ihre amüsierten Blicke auf dem Hinterkopf spürend war Finn sich sicher, dass er so niemals Wasserlassen könnte, doch der Druck seiner Blase siegte über die Scham und einen Moment später durchlief ein Schauer des Glücks seinen ganzen Körper.

Während er so dastand, lauschte Finn den Wellen und dem Konzert unzähliger Tiere in der Dunkelheit. Sie mussten direkt am Rande eines tropischen Waldes angelegt haben.

Nach über einer Minute zog er seinen Hosenstall zu und drehte sich zu ihr um.

»Alle Achtung!«, sagte sie amüsiert. »Und jetzt los, aber zackig.«

Sie drückte ihm eine Taschenlampe in die Hand und ließ ihn vor sich herlaufen. Der Steg endete auf einem schmalen Strand aus feinem, weißen Sand. Einige Meter entfernt lag die dunkle Silhouette des Waldes.

Ihm blieb keine Zeit, sich weiter umzuschauen. Alle paar Schritte schubste sie ihn von hinten, obwohl er so schnell lief, wie es seine müden Beine zuließen.

Ein Pfad, so breit wie ein Auto, führte geradewegs in die Dunkelheit. Zwei ausgefahrene Spuren verrieten ihm, dass es hier auch tatsächlich Fahrzeuge geben musste. Das Zirpen und Gackern, Heulen und Jaulen um sie herum nahm immer mehr zu, je weiter sie in den Wald vordrangen.

»Haben Sie keine Angst, dass wir angefallen werden?«, fragte Finn schnaufend in der Pause zwischen zwei Schubsern.

»Das einzig Gefährliche in der Nähe bin ich. Also leg einen Schritt zu, sonst beiß ich dich!«

Der Viehtrieb durch den Dschungel mit Finn als Ochsen war das Schlimmste, was er bisher in seinem Leben an körperlicher Tortur ertragen musste. Sein Magen hing derart schlaff in seinem Bauch, dass er nicht einmal mehr knurren konnte.

Urplötzlich tauchte eine mehrere Meter hohe, mit Tarnfarben bemalte Mauer im Licht der Taschenlampe auf und der Weg endete vor einem breiten Stahltor. Nie war Finn froher gewesen, sein Ziel erreicht zu haben, auch wenn er nicht wusste, was ihn hier erwartete. Der Schweiß lief ihm über Gesicht und Rücken und er schnaufte wie ein asthmatisches Walross.

Sie ließ ihn in seinem Elend zurück und hämmerte mit der Faust gegen das Tor. Es dauerte einige Minuten, dann öffnete sich einer der Torflügel etwas. Ein müde blickender Mann mit einem Maschinengewehr trat heraus.

Sofort begann die einen Kopf kleinere Frau den Mann auf russisch anzubrüllen. Der Beschimpfte schien regelrecht in sich zusammenzusinken. Offenbar war Finn nicht der Einzige, der sich vor dieser bösartigen Ausgeburt der Hölle fürchtete. Am Schluss ihrer Schimpftirade wurde ihre Stimme immer leiser, aber auch schneidend, wie ein Messer.

Der arme Kerl war fix und fertig, salutierte beflissentlich und stellte sich dann neben das Tor, den Blick starr auf den Weg zum Strand gerichtet. Finn vermutete, dass er dort auch hätte stehen müssen, als sie angekommen waren und er deshalb die Standpauke abbekommen hatte. Offensichtlich hatte seine Entführerin hier einiges zu melden.

Sie bedeutete Finn mit einem auffordernden Nicken, ihr zu folgen. Bevor er durch das Tor ging, spähte er kurz nach rechts und links an der Mauer entlang. Soweit er es im schwachen Licht erkennen konnte, endete der Dschungel ungefähr fünf Meter vor der Wand. Offenbar achtete man penibel darauf, dass sich keine höheren Pflanzen der Einfriedung näherten. Ihm fiel auch auf, dass die Mauer in beide Richtungen eine gleichmäßige Krümmung aufwies. Mehr konnte er im Licht seiner Taschenlampe nicht erkennen. Dann tauchte plötzlich ihr Arm aus dem Torspalt auf, packte ihn am Handgelenk und zog ihn schroff hindurch.

Hinter dem Tor lag einen Steinwurf entfernt eine zweite Mauer, die wie die erste aussah und augenscheinlich einen kleineren Kreis im äußeren Rund abgrenzte. An Stelle eines Tores war aber nur eine schmale Metalltür zu sehen.

Das Stückchen des Ringbereichs zwischen den Mauern, das Finn überblicken konnte, erhellten trübe bodennahe Lampen, die so konstruiert waren, dass kaum Licht nach oben strahlte.

Das gesamte Areal zwischen den Wällen war zusätzlich mit einem dichten Tarnnetz überspannt.

Was immer hier vorging, sollte vom Himmel aus keinesfalls gesehen werden. Im trüben Licht der Lampen streckten sich mehrere lange, einstöckige Gebäude in die Schatten. Vor dem am nächstgelegenen Haus zur Linken saßen zwei Männer in weißen Laborkitteln und rauchten im Schein einiger Kerzen.

Der Jüngere von ihnen war vielleicht vierzig Jahre alt. Er hatte den schwarzen Haarschopf zu einem speckigen Pferdeschwanz zusammengebunden. Der Ältere ging auf die Sechzig zu und seine weißen Haare waren kurz und militärisch akkurat geschnitten. Als er die beiden durch das Tor kommen sah, erhob er sich und kam ihnen entgegen. Lächelnd sprach er die Frau auf Englisch an:

»Ah, Sascha, wie ich sehe, haben Sie Frischfleisch mitgebracht!«

Beiläufig musterte er Finn von oben bis unten. Als Frischfleisch bezeichnet zu werden, war nicht gerade ermutigend, aber wenigstens kannte er jetzt den Namen seiner Entführerin.

»Dr. Reynolds, haben Sie mitbekommen, dass die Torwache nicht auf ihrem Posten war? In meiner Abwesenheit tragen Sie die Verantwortung für die Sicherheit. Offensichtlich ist diese Last zu schwer für Ihre schmalen Schultern.«

Das Lächeln fiel dem Doktor aus dem Gesicht und machte einer finsteren Miene Platz. Offenbar hatte diese Sascha auch eine Gabe. Die Gabe jeden auf die Palme zu bringen.

»Ich habe Wichtigeres zu tun, als auf ihre Lakaien aufzupassen! Es werden Resultate von mir erwartet!«

»Na, auf die Resultate bin ich gespannt, wenn Ihnen keiner mehr die Versuchskaninchen besorgt.«

Ohne eine Antwort abzuwarten, ließ sie den Doktor und auch Finn einfach stehen. Finn beeilte sich, ihr zu folgen, denn nach dem Gesichtsausdruck des Stehengelassenen zu urteilen, stellte Sascha im Moment die angenehmere Gesellschaft dar.

Allerdings gefiel ihm die Art und Weise ganz und gar nicht, wie die beiden über ihn gesprochen hatten.

An der schmalen Metalltür angekommen, öffnete Sascha eine kleine Klappe und spähte hindurch. Offenbar versicherte sie sich, dass niemand dahinter lauerte. Dann drückte sie ihren Daumen auf eine grün leuchtende Platte neben der Pforte.

Ein leises Klicken ertönte und die Tür öffnete sich einen Spalt nach innen. Sie schlüpfte durch den Durchgang und äugte sofort nach rechts und links. Finn erwartete fast, ein Rudel Löwen vorzufinden, so vorsichtig, wie sich die sonst so forsche Sascha verhielt. Aber soweit er im schummrigen Licht erkennen konnte, lag der ungefähr hundert Meter durchmessende Innenhof menschen- und löwenleer vor ihnen.

Ein rundes, einstöckiges Gebäude im Zentrum versperrte den Blick auf einen kleinen Teil des dahinter liegenden Rondells. Aus der Mitte des Daches trat ein schlanker Mast hervor, der in ungefähr fünf Metern Höhe ein gewaltiges Tarnnetz abstützte, das wie ein Zirkuszelt den Hof überspannte. Türen und Fenster wechselten sich bei dem Gebäude in gleichmäßigen Abständen ab. Finn konnte nur die Vorderseite sehen, aber seine Fähigkeiten verrieten ihm sofort, dass es sechs Türen und ebenso viele Fenster sein mussten. Zugegeben, keine Meisterleistung.

Sascha brachte ihn zu einem der vorderen Eingänge.

»Okay, Schlaumeier, Home Sweet Home. Morgen kannst du die anderen Kaninchen kennenlernen. Drinnen findest du was zu beißen. Komm nicht auf dumme Gedanken, auf der Mauer ist immer eine Wache unterwegs. Und nur zu deiner Information: Du bist hier auf einer Insel und wenn du so schwimmst, wie du läufst, dann kommst du nicht weit.«

Wieder dieses kalte Grinsen. Finn fühlte sich zu müde und ausgehungert, um sich darüber zu ärgern oder sich groß Gedanken über die Zukunft zu machen. Alles, was ihn interessierte, war etwas zu essen und dann zu schlafen. Und vielleicht, nur vielleicht, würde er morgen durch das

Türklopfen seines Vaters in seinem Zimmer aufwachen und sich über den verrückten Traum wundern.

Als Finn am nächsten Tag die Augen öffnete, blickte er an eine fremde Decke. Sofort schlich sich Verzweiflung in sein Herz, nachdem ihm wieder bewusst wurde, wo er sich befand. Sowas konnte doch gar nicht in Wirklichkeit passieren, besonders nicht ihm! Aber es war geschehen und es war nicht zu ändern. Oder doch?

Finn nahm sich erneut vor, bei der erstbesten Gelegenheit abzuhauen. Vor seinem inneren Auge sah er seinen Vater einsam in der Küche sitzen, mit einem Foto von Sohn und Frau in der Hand. Er hasste diese Sascha! Er hasste diesen Doktor Reynolds! Und er hasste denjenigen, der hinter dieser ganzen obskuren Sache steckte!

Finn schwang die Beine vom Bett und rieb sich die Augen. Das Zimmer hatte die Form eines Tortenstücks: In der hinteren, spitz zulaufenden Ecke befanden sich eine Toilette und ein Waschbecken mit einem Spiegel. Im mittleren Bereich stand das schmale Bett an der Wand und unter dem Fenster an der Vorderseite des Zimmers hatte man einen kleinen, quadratischen Tisch mit einem Stuhl platziert. Mehr gab es hier nicht.

In der Waschecke hatte er Waschutensilien, ein Handtuch und eine Zahnbürste gefunden, aber er war gestern Abend viel zu fertig gewesen, um noch irgendetwas davon zu benutzen. Auf dem kleinen Tisch hatten einige Bananen, zwei Müsliriegel und eine Flasche Wasser auf ihn gewartet. Für Finn kam es einem Festmahl gleich. Nachdem er alles verputzt hatte, war er aufs Bett gefallen und sofort eingeschlafen.

Jetzt war Finn halbwegs ausgeruht und er begann, sich im Zimmer genauer umzuschauen. Vielleicht fand er etwas, dass ihm bei seiner Fluchtplanung helfen konnte. Aber hier schien es absolut nichts Brauchbares zu geben.

Unter dem Bett stieß er auf einen Pappkarton mit einem

grauen Schlafanzug, zwei orangen Overalls, einigen Boxershorts und Socken sowie ein paar weißen Turnschuhen.

Finn schnupperte an seiner Achsel. Er hatte gestern mehr geschwitzt, als in seinem ganzen bisherigen Leben und so roch er auch. Also beschloss er, sich erst einmal zu waschen. Nachdem er sein Sweatshirt ausgezogen hatte, fiel ihm plötzlich ein, dass ja jederzeit jemand hereinplatzen könnte. Schnell eilte er zur Tür um abzuschließen, musste jedoch feststellen, dass sie sich nicht absperren ließ.

Von draußen drangen plötzlich Stimmen an sein Ohr. Finn schlich zum Fenster und spähte hinaus. Unter den fleckigen Schatten, die das Tarnnetz in den Hof malte, stand in einiger Entfernung in der Nähe der Tür, durch die er gestern hereingekommen war, ein langer Holztisch mit zwei Bänken, auf denen zwei junge Männer saßen und sich unterhielten. Sie waren zu weit weg, um sie genauer zu erkennen oder um zu hören, was sie sagten, aber beide trugen die orangen Overalls, also vermutete Finn, dass das die anderen Kaninchen sein mussten.

Es sah auch so aus, als ob auf dem Tisch Essen stand, denn die beiden griffen ab und zu danach und steckten sich etwas in den Mund. Finns Magen knurrte lautstark und ließ ihn wissen, dass er ihnen beim Frühstück schnellstmöglich Gesellschaft leisten sollte.

Rasch zog er sich aus und wusch sich gründlich. Während er die Zähne putzte, betrachtete er sich im Spiegel. Die rundlichen Pausbacken waren schon nach dem Koma verschwunden und hatten seine markanten Wangenknochen zum Vorschein gebracht, was ihn recht erwachsen aussehen ließ. Unter den Augen hatte er dunkle Ringe, wahrscheinlich vom Stress, und die roten Haare hingen ihm strähnig in die Stirn. Sie hatten dringend eine Wäsche nötig, aber im Moment zählte sein Hunger deutlich mehr als seine Eitelkeit.

Er schlüpfte in ein paar frische Boxershorts und zog sich Overall und Schuhe an. Seine dreckigen Sachen legte er ordentlich zusammen und verstaute sie in der Pappkiste unter dem Bett. Sie stellten im Moment alles dar, was ihm noch von seinem bisherigen Leben geblieben war. Und natürlich die Armbanduhr.

Ein rascher Blick verriet ihm die Uhrzeit von Zuhause. Sie zeigte kurz nach Mitternacht, also musste es hier ungefähr acht Uhr morgens sein. Er überlegte einen Moment, ob er sie auf die Ortszeit einstellen sollte, aber er entschied sich dagegen. Er würde bald wieder zu Hause sein, warum sollte er sie also umstellen?

Finn ging hungrigen Schrittes zur Tür, zögerte dann aber einen Moment. Er lernte nicht gerne neue Leute kennen. Was, wenn sie sich über ihn lustig machen würden? Aber kopfschüttelnd vertrieb er diesen Gedanken. Sie hatten wahrscheinlich andere Probleme. Genau wie er.

Tief durchatmend trat er ins Freie und machte sich auf den Weg über den Hof. Die beiden unterbrachen ihr Gespräch und schauten neugierig in seine Richtung.

Der eine war ein muskulöser Schwarzer mit kurz geschorenen Haaren. Finn schätzte ihn auf Ende Zwanzig. Selbst wenn er saß, konnte man erkennen, dass er von großer Statur war. Freundlich lächelte er ihm entgegen.

Sein Kumpel hatte eindeutig asiatische Wurzeln. Die dunklen, halblangen Haare umrahmten sein ernstes Gesicht. Er war deutlich kleiner als sein Freund und ungefähr in Finns Alter.

»Willkommen im Kreis der verlorenen Seelen!«, rief ihm der Schwarze grinsend auf Englisch entgegen. Er streckte dabei die Arme in einer Geste des Willkommens weit von sich. »Komm, setz dich zu uns und stärke deinen ausgelaugten Körper.«

Finn merkte, dass er mit Absicht so geschwollen daherredete, um gute Stimmung zu machen, und er war ihm dankbar dafür.

»Hallo, ich bin Finn«, grüßte er ebenfalls auf Englisch und setzte sich neben den Schwarzen. Aber irgendwie schien dieser an seinem Akzent gehört zu haben, dass Finn aus Deutschland kam.

»Ah, ein Besucher aus dem Land der Dichter und Denker! Ich bin Ken Parker. Schön dich kennen zu lernen«, erwiderte der Schwarze zu Finns Verwunderung in verblüffend akzentfreiem Deutsch. Dann wandte er sich an den Asiaten und sagte einige Sätze in einer asiatischen Sprache, vermutlich Japanisch. Auch sein Name wurde genannt, wie Finn heraushören konnte. Der Japaner sah Finn ernst, aber nicht unfreundlich in die Augen und deutete eine Verbeugung an.

»Unser grüblerischer Freund hier ist Riku Watanabe. Er ist nicht der Mann vieler Worte, aber er ist sicherlich auch erfreut, dich kennenzulernen.«

Ken schien zu bemerken, dass Finn zu den Früchten auf dem Tisch schielte. Dort lagen Bananen, Mangos, Kiwi und verschiedene Sorten Nüsse.

»Das Frühstück der Champions. Greif ruhig zu, Finn. Sascha war unterwegs bestimmt nicht im Restaurant mit dir, oder? Ihre Manieren lassen in letzter Zeit sehr zu wünschen übrig.«

Wieder dieses gewinnende Lächeln. Diesen Ken musste man einfach gern haben. Finn machte sich ohne weitere Worte über die Früchte her. Nachdem er sich zwei Bananen in den Mund gestopft und damit den gröbsten Hunger gestillt hatte, ließ sein Magen endlich wieder Fragen zu.

»Kannst du mir erklären, was das alles hier zu bedeuten hat?«

Zum ersten Mal überhaupt wurden Kens Gesichtszüge ernst.

»Mhhh, das ist nicht so einfach. Hat dir Sascha irgendwas erzählt?«

Finn schüttelte den Kopf.

»Sie hat nur in Rätseln gesprochen. Soll wohl was mit meinen... ähh... Fähigkeiten zu tun haben, hat sie gesagt.« Da er wusste, wie lächerlich sich das anhören musste, fügte er erklärend hinzu: »Weißt du, ich hatte eine Kopfverletzung und mit einem Mal habe ich überall nur noch Zahlen gesehen und konnte rechnen wie ein Computer. Schwer zu glauben, ich weiß.«

Ken hob beide Hände über den Kopf und blickte ehrfürchtig hinauf zum Tarnnetz.

»Du weilst hier im Zirkus Kurioso, mein Freund. Wir alle hier sind etwas Besonderes, jedenfalls diejenigen von uns, mit den schicken orangenen Overalls. Riku hier braucht irgendeinen Bewegungsablauf nur *einmal* zu beobachten, dann kann er ihn perfekt wiederholen. Du solltest mal seinen sterbenden Schwan sehen!«

»Und was ist mit dir?«

»Nun ja, wie du sicher schon gemerkt hast, spreche ich deine und Rikus Muttersprache recht gut. Genauso wie zwei Dutzend weitere Sprachen. Ich muss nur zwei oder drei Tage zuhören können, wie eine Sprache gesprochen wird, schon kann ich sie verstehen und auch sprechen! Fand ich am Anfang echt gruselig...«

Finn staunte nicht schlecht. Endlich lernte er jemanden kennen, der nachvollziehen konnte, wie es ihm ging. Nur die Umstände ihrer Begegnung hätten besser sein können.

»Aber was haben die hier mit uns vor? Diese Sascha meinte, ich müsse für immer hierbleiben!«

»Tja, so sieht's wohl aus«, erwiderte Ken und wieder verschwand das Lächeln aus seinem Gesicht. »Ich bin jetzt schon ein halbes Jahr in diesem Gefängnis und unser Freund Riku hier noch länger. Jeden Tag werden irgendwelche Tests gemacht oder sie schieben einen zum hundertsten Mal in dieses Kernspin- Dingsbums. Die sind aus irgendeinem Grund hinter unseren Fähigkeiten her! Sie wollen herausfinden, wo genau sie im Gehirn entstehen, glaube ich.«

»Aber wer sind *die* überhaupt! Die können doch nicht einfach wahllos Leute entführen!«

Finns Verzweiflung kam zurück, da selbst die Frohnatur Ken keine Hoffnung zu haben schien.

»Anscheinend wird das alles von einem ziemlich mysteriösen Milliardär finanziert. Der Doktor weiß mehr über ihn, glaub ich, aber es ist nichts aus ihm rauszuholen.«

»Dieser Dr. Reynolds?«

»Um Himmels willen, der doch nicht! Das ist der Schlimmste von allen! Nein, ich meine Doktor Edmundo. Er ist sozusagen einer von uns, auch wenn er keine Gabe hat. Er ist einfach nur auf ganz normale Weise extrem schlau.«

Mit dem Wissenschaftler musste Finn unbedingt reden. Wenn man hier rauskommen wollte, dann mit Köpfchen, soviel stand fest.

»Und wo ist dieser Doktor Edmundo? Ist er auch hier eingesperrt?«

Finn schaute sich um, als ob er erwartete, der Doktor hätte nur auf sein Stichwort gewartet, um aus seinem Versteck zu springen.

»Ja schon, obwohl er ein paar Freiheiten genießt. Zum Beispiel muss er nicht diese komischen Overalls tragen.«

Ken zupfte an seinen Klamotten, als ob sie giftig wären. Dann fuhr er fort:

»Er ist den ganzen Tag hinten in seinem Labor.« Mit einem Nicken deutete er in Richtung der Schlafräume. »Nur zum Essen oder abends lässt er sich manchmal bei uns blicken. Aber er redet nie viel. Angeblich ist er schon viele Jahre hier. Der große Boss hat ihm jede Menge technisches Spielzeug gegeben. Das Zeug muss Millionen wert sein. Behauptet jedenfalls der Wachmann, der ab und zu mal mit mir redet. Offenbar muss diesem Milliardär die Forschung des Doktors noch wichtiger sein, als unsere Fähigkeiten.«

»Weißt du, was er erforscht?«

»Er versucht, den Raum in Resonanz zu versetzen oder so ähnlich. Das ist alles, was ich bis jetzt aus ihm rausbekommen habe. Aber frag mich nicht, was das bedeuten soll. Vielleicht hat er mich auch nur verarscht, um seine Ruhe zu haben.«

Finn hatte zwar in letzter Zeit viele Bücher und Fachzeitschriften über Physik gelesen, aber das man den Raum in Resonanz versetzen konnte, war ihm neu. Er würde diesen Doktor wohl selber befragen müssen. Wenn er wirklich auch ein Gefangener war, und das schon so lange, dann musste er ja erst recht ein großes Interesse daran haben, endlich hier rauszukommen.

Plötzlich ertönte eine Klingel hinter der hohen Mauer.

»Und es geht los«, schnaufte Ken. Er drehte sich zur Tür um, durch die Finn gestern hereingebracht worden war.

Der Eingang öffnete sich und ein Söldner kam herein, das Gewehr leger, aber schussbereit vor der Brust haltend. Dahinter kam dieser Dr. Reynolds, die Augen starr auf das Klemmbrett in seinen Händen gerichtet.

»Finnley Kramer!«, rief er mit lauter Stimme.

Ken sah Finn mitleidig an.

»Das hab ich mir schon gedacht, dass sie mit dem Neuen anfangen. Hör zu, mach einfach genau, was sie von dir wollen. Es hat keinen Zweck, sich zu wehren. Riku und ich können ein Lied davon singen.«

Finn schluckte und stand auf. Er nahm sich vor, keinerlei Angst zu zeigen. Die Genugtuung würde er diesen Arschlöchern nicht geben. Mit klopfenden Herzen schritt er auf Dr. Reynolds zu.

»Okay, komm mit und mach keine Mätzchen, dann muss unser Freund hier dir nicht wehtun.«

Finn sah voll Abscheu von einem zum anderen. Der Söldner zeigte keine Reaktion, aber Dr. Reynolds lachte kurz auf.

»Wenn Blicke töten könnten! Los, setz dich in Bewegung.«

Der Doktor gab dem Söldner einen Wink und dieser stieß Finn von hinten Richtung Tür. Dort angekommen, klopfte

Reynolds dagegen und ein anderer, grimmig blickender Hohlkopf mit Waffe öffnete von außen.

Als sie über den Zwischenhof marschierten, konnte Finn sich endlich etwas genauer umschauen. Der Hof war nun wesentlich belebter als noch gestern Abend. Am Außentor standen zwei Wachen, neben der Tür zu ihrem Gefängnishof standen zwei Wachen, vor jeder Baracke stand mindestens eine Wache und durch das Tarnnetz konnte Finn auf den Mauern innen und außen, ja richtig, eine Menge Wachen erkennen.

Ein ziemlicher Aufwand für drei oder vier Gefangene, dachte Finn bei sich. Auf den ausgetretenen Wegen, die links und rechts neben den flachen Gebäuden der Rundung der Anlage folgten, waren Wissenschaftler in weißen Kitteln und Techniker in hellblauen Overalls unterwegs. Keiner störte sich daran, dass er wie ein Schwerverbrecher durch die Anlage geführt wurde. Alle schienen hier unter einer Decke zu stecken.

Sie schritten auf ein weiß gestrichenes Gebäude zu, an dessen Vorderseite in großen, schwarzen Buchstaben das Wort *Radiology* stand. Die Wache hielt ihnen pflichtbewusst die Tür auf, als sie die drei breiten Stufen zum Eingang hochstiegen.

Im Inneren folgten sie einem langen Flur, an dessen beiden Seiten in regelmäßigen Abständen Türen lagen. Einige standen offen und als sie vorbei liefen, konnte Finn Chemielabore und viele Computerarbeitsplätze erkennen. Sie traten durch die vorletzte Tür auf der linken Seite und Finn staunte nicht schlecht, als er einen hochmodernen Magnetresonanztomografen erblickte.

An einem Computer an der Wand saß der Kittelträger mit dem speckigen Pferdeschwanz, den er bereits gestern Abend gesehen hatte. Er begrüßte Dr. Reynolds freundlich. Für Finn hatte er nur einen kurzen Blick übrig.

»Leg dich auf die Liege und halt still. Wenn du herumzappelst, müssen wir dich fixieren.«

Die nächste Stunde verbrachte Finn im Tomografen. Da

ihm niemand einen Ohrenschutz aufgesetzt hatte, musste er das laute Surren und Brummen des Geräts einfach ertragen. Als sie ihn endlich wieder herausholten, hämmerte es in seinem Schädel und er hatte ein ständiges Fiepen in den Ohren.

Sie führten ihn in einen Nachbarraum, wo Finn vor einem großen Computerbildschirm Platz nehmen musste. In der Ecke saß eine junge, hübsche Frau an einem Laptop und schien auf irgendetwas zu warten, aber auch sie beachtete Finn nicht weiter.

Zu seinem Entsetzen wurden seine Arme und Beine mit Lederriemen am Stuhl fixiert. Angst kochte in ihm hoch und er klammerte sich an Kens Rat, einfach alles zu ertragen. Schließlich waren Ken und Riku schon ewig hier und es schien ihnen soweit gut zu gehen. Also würde man ihn bestimmt auch nicht gleich foltern oder dergleichen.

An die Frau in der Ecke gerichtet begann Reynolds auf Englisch zu diktieren:

»Subjekt: Finnley Kramer. Männlich, 19 Jahre alt. Deutscher. Ausgeprägtes Savant-Syndrom nach stumpfer Fraktur des linken Schläfenbeins durch einen Stein, 170 Gramm.«

Zu seiner Überraschung legte Dr. Reynolds den weißen Stein vom Grab seiner Mutter vor Finn auf den Tisch. Diese Kampfamazone musste ihn bei der Polizei geklaut haben! Ein Schauer durchlief ihn von oben bis unten. Es fühlte sich plötzlich an, als ob in seinem Inneren zwei Welten aufeinanderprallten. Seit der Betäubung durch Sascha waren ihm die Geschehnisse so surreal vorgekommen, als befände er sich in einem verrückten Traum. Der weiße Stein war wie das Kneifen, das ihn erkennen ließ, dass er doch nicht schlief.

Obwohl Finn ein intelligenter Junge war, hatte sich bisher etwas in seinem Geist dagegen gewehrt, dass alles als real zu akzeptieren. Zu verrückt kamen ihm die Erlebnisse der vergangenen Stunden vor.

Diese letzte Abwehr seines Verstandes zerbrach in diesem Moment in tausend Scherben, als er den Stein vor sich liegen sah. Sein Magen krampfte sich zusammen. Mit einem würgenden Geräusch kotzte er die Reste der beiden Frühstücksbananen auf seinen Overall. Angewidert trat Reynolds einen Schritt zurück.

»Was sollte das denn jetzt?« An die Söldner gerichtet fügte er hinzu: »Bringen Sie ihn in den Waschraum. Er soll sich sauber machen und was anderes anziehen. Das Labor stinkt sonst den ganzen Tag wie eine Kloake. Und öffnen Sie die Fenster! Lassen Sie mich rufen, wenn er wieder sauber ist.«

Damit verließ er zügig den Raum. Zwei Männer schnallten Finn los und schubsten ihn grob einige Türen weiter in eine Toilette.

»Mach dich sauber! Du stinkst wie ein Schwein!«, brüllte der eine ihn auf Englisch an. Offenbar war das so etwas wie die Amtssprache hier, da anscheinend viele verschiedene Nationalitäten vertreten waren.

Finn begann sich am Waschbecken das Gesicht zu waschen. Den vollgekotzten Overall zog er aus. Dann starrte er lange in den Spiegel. Er musste wieder an seine Mutter denken. Sie hatte die gleichen blauen Augen wie er gehabt.

Jedes Mal, wenn er sein Spiegelbild sah, blendete er alles andere aus und stellte sich vor, dass sie ihm gegenüberstand. Es waren stets nur traurige Blickwechsel gewesen. Die lachenden Augen seiner Mutter waren für immer verschwunden.

Tränen rollten ihm über die Wangen. Wütend wusch er sie sich mit einer Handvoll Wasser aus dem Gesicht. Eine solche Genugtuung würde er diesen Arschlöchern nicht verschaffen!

Die Tür öffnete sich und jemand warf ihm einen frischen Overall vor die Füße. Nachdem er ihn angezogen hatte, wurde er wieder in den Raum mit dem Bildschirm gebracht und derart rabiat Richtung Stuhl geschubst, dass er bäuchlings auf den Tisch davor fiel. Etwas Hartes drückte sich in seinen Bauch. Der Stein!

Der Söldner, der ihn hereingebracht hatte, war mit dem Schließen der Fenster beschäftigt, und so nutzte Finn die Gelegenheit. Er steckte den Stein rasch in die Tasche seines Overalls, bevor er sich wieder in den Stuhl sinken ließ.

Wieso hatte er das nur getan? Sicherlich würde der Doktor das Fehlen des Steins bemerken und was konnte er schon damit anfangen? Aber es war zu spät, um ihn zurückzulegen. Schon schnallte der Söldner ihn wieder an den Stuhl.

Kurz darauf kam Reynolds zusammen mit der jungen Assistentin zurück, die sofort ihren Platz am Computer einnahm.

»Ich hoffe, du hast dich jetzt unter Kontrolle, Kleiner, sonst geben meine Männer dir einen echten Grund zum Kotzen!«

Finn erwiderte nichts. Es war verblüffend. Er konnte diesen Dr. Reynolds noch weniger leiden als Sascha. Bis heute morgen hätte er nicht gedacht, dass er jemanden noch mehr hassen könnte.

»Also, wo waren wir? Ach ja, richtig! Bitte notieren Sie weiter: Savant-Syndrom zeigt sich als extrem ausgeprägtes Zahlen- und Mengenverständnis mit weit überdurchschnittlicher Kopfrechenleistung. Ziel der ersten Testreihe ist die Quantifizierung der Fähigkeit zum Erfassen komplexer Mengen.«

Offenbar hatte der Doktor den Stein völlig vergessen und machte einfach mit seinem Programm weiter. Finn entspannte sich etwas, doch fast im gleichen Moment trat jemand von hinten an ihn heran und stülpte ihm eine Art Gummikappe über den Kopf, aus der hunderte von Kabel zu einem Computer von der Größe eines Kleiderschranks führten. Die enge Kappe drückte ihm die roten Locken in die Augen und nahm ihm die Sicht.

»Das wird so nichts. Abschneiden!«, hörte er Reynolds befehlen.

Zwei grobe Scherenschnitte später war Finn einen Teil seiner roten Haarpracht los. Böse funkelte er den Doktor an, den das aber nur zu belustigen schien.

»Wie ist die Signalstärke? Wenn sie unter 80 Prozent liegt, müssen wir ihm wohl oder übel den Kopf rasieren.«

Nach dem Grinsen im Gesicht des Doktors zu urteilen, würde ihm das ganz und gar nicht leidtun.

»86 Prozent«, antwortete die hübsche Laborassistentin nach einem Blick auf ihren Computer.

»Na, da hat unser Rotschopf ja nochmal Glück gehabt. Starten Sie die erste Sequenz.«

Wieder trat jemand von hinten an ihn heran und setzte ihm ein Headset mit Mikrofon auf die Ohren.

»Starte Mengensequenz Stufe eins«, vernahm Finn die Stimme der Frau am Computer. Der Bildschirm vor ihm erhellte sich und zeigte sechs große, weiße Punkte.

Finn zog eine Augenbraue hoch und sah den Doktor fragend an. Das konnte unmöglich sein Ernst sein. Plötzlich fuhr ihm ein schmerzhafter, elektrischer Schlag durch den Kopf, der ihn zusammenzucken ließ.

»Pause, Fräulein Starling.« An Finn gewandt, fügte er mit einem kalten Lächeln hinzu: »Ich vergaß wohl zu erwähnen, dass dich eine kleine Strafe erwartet, solltest du länger als zehn Sekunden für die Antwort benötigen.«

Mit einem Nicken gab er der Laborantin zu verstehen, die Sequenz fortzusetzen. Die sechs weißen Punkte verschwanden und wurden durch neun rote ersetzt.

»Neun«, presste Finn nach kurzem Zögern zwischen den Zähnen hervor.

Sofort wurden die Punkte durch elf neue ersetzt. Anscheinend funktionierte das Ganze mit einer Art Spracherkennung.

Reynolds nickte zufrieden und schaute auf die Uhr.

»Sehr schön. Bis in vier Stunden dann.«

Entgeistert starrte Finn dem Doktor hinterher, was er sofort bereute, da ihn ein deutlich stärkerer Stromstoß Sterne sehen ließ. Offenbar nahm die Bestrafung jedes mal etwas zu. Er konzentrierte sich rasch wieder auf den Schirm. Auf eines musste er sich jetzt verlassen: Seine Fähigkeiten!

Viereinhalb Stunden später schubsten die Wachen den völlig ausgelaugten Finn zurück durch die Tür in den Innenhof. Sein neuer Freund Ken empfing ihn mit einem aufmunternden Schulterklopfen und führte ihn zu den Bänken. Eine große Schüssel Reis und eine Flasche Wasser warteten dort auf ihn.

Das Essen war kalt, aber seinem schlaffen Magen war das egal. Er schaufelte alles innerhalb weniger Minuten in sich hinein. Geduldig wartete Ken, bis er auch noch die Wasserflasche in groben Zügen geleert hatte.

»Und? Wie ist dein erster Tag gelaufen? Wie ich sehe, hattest du genug Zeit, um beim Friseur vorbeizuschauen.«

»Sie haben mich untersucht und dann musste ich stundenlang Punkte zählen. Dieser Sadist Reynolds hat mir Elektroschocks verpasst, wenn ich nicht rechtzeitig geantwortet habe!«

»Nun ja, das ist die übliche Motivation. Ich kann nur hoffen, deine Gabe ist besser als ihr Computer. Andernfalls musst du dich wohl an die Schocks gewöhnen. Ich hab gezittert wie ein Aal, als ich mit der russischen Sprache so meine Probleme hatte. Glaub mir, Strom kann *sehr* motivierend sein.«

Ken wollte wohl einen Witz machen, konnte aber selber nicht darüber lachen.

Finn war völlig ausgelaugt. Er dachte nicht einmal mehr an diesen Doktor Edmundo, den er heute Morgen noch unbedingt befragen wollte. Müde verabschiedete er sich von Ken und schleppte sich zu seinem Zimmer. Als er sich bäuchlings aufs Bett fallen ließ, bohrte sich etwas schmerzhaft in den Magen.

Finn holte den Stein aus der Tasche und betrachtete ihn von allen Seiten. Wie sich wohl sein Leben entwickelt hätte, wenn er das Andenken damals nicht vom Grab mitgenommen hätte? War es Schicksal gewesen? Und wie würde das alles nur enden?

Der Resonanzraum

Finn erwachte am nächsten Morgen in seinem verschwitzten Overall. Die Sonne stand bereits hoch über der Mauer und warf den löchrigen Schatten des Tarnnetzes auf das Bett. Wie spät es wohl war? Was würden sie mit ihm machen, wenn er verschlief?

Er sprang auf die Füße und spähte durch das Fenster. Draußen bei den Bänken sah er lediglich Riku sitzen. Weit und breit keine Söldner, die ihn abholen wollten. Das beruhigte ihn etwas. Er entkleidete sich, machte sich frisch und zog den noch unbenutzten Overall an. Dann gesellte er sich zu Riku und den Resten vom Frühstück. Wieder gab es nur Obst und Nüsse. Auf jeden Fall würde er hier einige überflüssige Pfunde loswerden.

Als er sich setzte, wurde ihm schlagartig bewusst, dass er ja kein Wort Japanisch konnte und Riku anscheinend auch kein Deutsch oder Englisch. Finn warf ihm ein Lächeln zu und hob die Hand zum Gruß. Der junge Asiate nickte knapp, sein Gesicht blieb aber regungslos. Er schien ein sehr verschlossener Zeitgenosse zu sein.

»Ken?«, fragte Finn.

Wortlos drehte Riku sich um und nickte in Richtung Außentür. Offenbar hatten sie sich heute Ken vorgenommen. Finn griff sich eine Banane und überlegte, was zu tun war. Wenn es jeden Tag ähnlich ablief, würden sie ihn erst am Abend zurückbringen.

»Dr. Edmundo?«, wandte er sich erneut an Riku.

Wieder drehte der Asiate den Kopf und nickte in Richtung der Wohneinheiten in der Mitte des Platzes.

Finn nahm sich noch eine Banane und eine Flasche Wasser vom Tisch und schlenderte zurück zu seinem Schlafgemach. Aber er ging nicht hinein, sondern bog ab und schaute in das Fenster des Nachbarraums.

Das Zimmer schien unbewohnt zu sein. Durch die nächsten beiden Fenster konnte er einige Kleidungsstücke und zerwühlte Betten erkennen. Offenbar die Unterkünfte von Ken und Riku.

Er war halb um das zentrale Gebäude herumgegangen und der Ausblick auf den Rest des Innenhofs stellte sich als ernüchternd heraus. Dieser Teil war ebenfalls völlig leer, nur an der Außenwand gab es eine weitere, kleine Tür, die ähnlich wie die aussah, durch die er hereingebracht worden war. Die beiden Pforten schienen sich genau gegenüberzuliegen. Hatte Riku *diese* Tür mit dem Nicken gemeint?

Finn beschloss, zunächst die Runde zu beenden. Das nächste Zimmer schien wieder unbewohnt zu sein. Der letzte Raum links neben seinem unterschied sich dann aber deutlich von den anderen:

Auf dem Tisch stand ein Computer, teilweise begraben unter zerlesenen Akten und aufgeschlagenen Büchern. Am schmalen Ende des Raums gab es eine Dusche und hinter dem Bett erkannte er etwas, das wie ein kleiner Kühlschrank aussah. Das musste das Zimmer von Dr. Edmundo sein. Ken hatte ja erwähnt, dass er ein paar Annehmlichkeiten mehr als der Rest der Gefangenen genoss.

Verstohlen spähte Finn hoch zur Mauer. Im Moment war kein Wächter zu sehen und Riku schaute in die andere Richtung. Er nahm seinen ganzen Mut zusammen und drehte den Türknauf, aber das Zimmer war abgeschlossen.

Da er hier offensichtlich nicht weiterkam, lief er wieder um das Gebäude herum und nahm die zweite Außentür in Augenschein. Genau wie bei der gegenüberliegenden Tür gab es keinen Knauf oder Ähnliches. Offenbar ließ sich auch diese nur von außen öffnen.

Nachdem Finn einige Minuten unentschlossen vor der Tür herumgelungert und auch an ihr gelauscht hatte, fasste er sich ein Herz und klopfte an.

Als aber auch nach geraumer Zeit nichts geschah, machte er sich frustriert auf den Rückweg zu Riku.

Der restliche Tag zog sich schleppend dahin. Um die Mittagszeit kam ein Söldner mit einem Topf voll dünner Suppe, abends brachte ein anderer Kerl wieder eine Schüssel Reis und dazwischen versorgte ein dritter sie mit frischen Klamotten, die er lustlos auf den Tisch im Hof warf. Sonst geschah absolut nichts. Finn fand die Warterei fürchterlich.

Als die Sonne hinter der Mauer versank, brachten sie endlich Ken zurück. Es schien ihm gut zu gehen und er machte sich ohne viel Worte über den restlichen Reis her.

»Isst Dr. Edmundo denn nie mit uns?«, wollte Finn von Ken wissen, nachdem dieser alles verputzt hatte.

»Der? Nein. Ich glaub, er bekommt sein Essen in sein Labor geliefert. Oft ist er dort bis spät in die Nacht und früh ist er meistens auch gleich wieder verschwunden. Er arbeitet wie ein Besessener.«

So viel zu seinem Plan, beim Essen mit dem Doktor ins Gespräch zu kommen. Sie redeten noch eine Weile über belanglose Dinge, dann verabschiedete sich Finn und ging in sein Quartier. Er löschte das Licht, legte sich jedoch nicht ins Bett, sondern setzte sich an den Tisch unter dem Fenster und lauschte.

Nach einigen Stunden – es musste inzwischen Mitternacht sein – hörte er jemanden über den Hof laufen.

Finn schüttelte die aufkommende Müdigkeit ab und stürmte zur Tür hinaus. Vor dem Nachbarraum stand ein etwas dicklicher Mann um die Sechzig. Seine wuscheligen Haare waren bereits komplett ergraut, nur die buschigen Augenbrauen wucherten noch in einem tiefen Schwarz. Diese hoben sich fragend, als Finn vor ihm zum Stehen kam.

»Dr. Edmundo? Entschuldigen Sie, wenn ich Sie so überfalle, aber ich muss dringend mit Ihnen reden«, platzte es aus Finn heraus. Er sprach ihn auf Englisch an, da er annahm, dass er damit die besten Chancen hatte. »Mein Name ist Finnley Kramer und ich bin das neueste Versuchskaninchen hier.«

Der Doktor musterte ihn einen Augenblick von oben bis unten, dann widmete er sich wieder dem Schloss seiner Tür.

»Geh ins Bett, Junge. Es gibt nichts, was wir bereden müssten.«

Finn verwunderte diese abwehrende Haltung.

»Aber Sie wissen doch gar nicht, was ich von Ihnen will.«

»Ach nein? Lass mich raten: Du wurdest auf höchst kriminelle Art und Weise hierher gebracht und möchtest natürlich so schnell wie möglich von hier verschwinden. Und da der gute Dr. Edmundo einige Freiheiten genießt, denkst du jetzt, dass ich der optimale Verbündete für deine Fluchtplanung bin.«

Finn warf rasch einen Blick über die Schulter hoch zur Mauer, aber es war keine Wache zu sehen.

»Genau das habe ich mir gedacht, ja. Wollen Sie denn nicht auch von hier verschwinden?«

Der Doktor hatte die Tür inzwischen aufgeschlossen, wendete sich aber trotzdem noch einmal Finn zu.

»Denkst du, du bist der Erste, der mit solchen Gedanken zu mir kommt? Ich bin seit dreizehn Jahren auf dieser Insel eingesperrt! Glaubst du nicht, wenn es einen Weg hier raus gäbe, wäre ich längst verschwunden? Und wenn es dir wider erwarten gelingt, denkst du, Tramek würde dich nicht wiederfinden oder sich nicht an deinen Liebsten rächen? Dieser Mann steht weit über jedem Gesetz und er ist zu allem fähig! Nein, mein Junge, schlag dir das aus dem Kopf. Der Tod ist die einzige Befreiung, auf die wir hoffen können.«

Damit trat er hinein und schloss die Tür hinter sich. Finn stand da und versuchte, seine Gedanken zu ordnen. Zumindest kannte er jetzt einen Namen. Offensichtlich war dieser Tramek für all diesen Wahnsinn hier verantwortlich. Die Worte des Doktors ließen die Verzweiflung in seinem Inneren wieder wachsen. Der Tod sollte der einzige Ausweg sein? Unmöglich! Aber wenn dieser Tramek tatsächlich so mächtig und bösartig war, konnte er dann überhaupt fliehen und damit das Leben seines Vaters gefährden?

Finns Beine fühlten sich mit einem Mal wie Gummi an und er sank auf den staubigen Boden. Als er so auf dem Rücken lag, starrte er durch das Tarnnetz zu den funkelnden Sternen hinauf. Sollte das wirklich die Endstation sein? Er verschloss seine Gedanken vor der einzig logischen Antwort, rappelte sich auf und schlurfte in sein Zimmer zurück. In dieser Nacht fand er keinen Schlaf.

Die nächsten Wochen zogen sich schleppend dahin. Die meisten Tage verbrachte er mit Warten, an den übrigen wurde er getestet. Glücklicherweise erwies sich seine Gabe stärker als sämtliche Testprogramme von Dr. Reynolds. Bei der Erfassung von Mengen auf dem Bildschirm musste sich Finn nicht einmal mehr sonderlich anstrengen. Er löste auch sämtliche Aufgaben der höheren Mathematik problemlos, so dass ihm weitere Stromschläge erspart blieben, sehr zum Verdruss von Dr. Reynolds.

Finn freundete sich immer mehr mit Ken an. Oft redeten sie über diesen Tramek, aber da sie nur mutmaßen konnten, war das Thema rasch erschöpft. So erzählten sie sich gegenseitig von ihrem früheren Leben.

Ken war in einem Waisenhaus in einem Vorort von New York aufgewachsen. Über seine Eltern wusste er gar nichts. Man hatte ihn einfach als Baby vor einer Kirche abgelegt. Da er ständig von den Betreuern im Heim verdroschen wurde, hatte er mit Sechzehn beschlossen abzuhauen. Allerdings ging das gründlich schief, denn er stürzte aus fünf Metern Höhe von einem Fenstersims in die Tiefe. Mit schweren Kopfverletzungen überlebte er nur knapp. Seit diesem Unfall hatte Ken diese unheimlich schnelle Auffassungsgabe für Sprachen, aber kein Arzt konnte sich damals einen Reim darauf machen.

Mit Achtzehn wurde er aus dem Heim entlassen. Jahrelang schlug er sich mit Gelegenheitsjobs durch, bis ihm vor einem halben Jahr Sascha einen Besuch abstattete. Sie musste über die Krankenhausdatenbank von ihm erfahren haben. Und so war er schließlich auf der Insel gelandet. Finn erkannte nun, dass es noch wesentlich härtere Schicksale als das seine gab.

Ab und zu war auch Dr. Edmundo anwesend, aber Finn mied jedes weitere Gespräch mit ihm und auch der Doktor machte keine Anstalten. Tief in Gedanken versunken, saß er meist abseits von den anderen, den Blick ins Leere gerichtet.

Gegen Ende der vierten Woche passierte endlich etwas Interessantes: Sascha ließ sich wieder blicken. Sie kam eines Abends in den Innenhof mit Dr. Reynolds im Schlepptau. Zwei dieser hohlköpfigen Söldner trieben ein etwa zwölfjähriges, blondes Mädchen vor sich her. Die Kleine war völlig verängstigt. Sie wimmerte und schluchzte, aber Sascha und Reynolds ließ das vollkommen unberührt.

Finn machte die Gleichgültigkeit der beiden furchtbar wütend. Auch Ken und der zufälligerweise anwesende Dr. Edmundo schienen über so viel Kaltherzigkeit über alle Maßen erbost zu sein, wie Finn mühelos an ihren finsteren Gesichtern ablesen konnte. Doch die Maschinengewehre der beiden Söldner hielten sie alle zurück.

Nur der sonst so gleichgültige Riku war wie ausgewechselt. Als das Mädchen zu fliehen versuchte, wurde sie schroff von einem der Söldner zurückgestoßen, so dass die Kleine hart auf den Boden geschleudert wurde. Riku, der eben noch auf der Bank neben Finn gesessen hatte, stürmte im nächsten Augenblick auf den Söldner zu. Er gab ihm aus dem vollen

Lauf heraus einen Fußtritt mitten auf die Brust, so dass der Getroffene gut zwei Meter nach hinten flog und reglos im Staub liegen blieb.

Für den zweiten Söldner ging das alles viel zu schnell, aber Sascha hatte mit ihrer katzenhaften Schnelligkeit ihre Pistole aus dem Halfter gezogen und hielt diese nun Riku an die Schläfe, bevor er noch weiter um sich schlagen konnte.

»Mach noch eine Bewegung und ich verteil dein Gehirn über deine neue Freundin.«

Riku verstand zwar ihre Worte nicht, wohl aber den kalten Lauf an seiner Stirn. Einige Augenblicke herrschte eine angespannte Ruhe. Der niedergestreckte Söldner kam stöhnend auf die Beine und machte Anstalten, Riku mit Kugeln zu durchlöchern. Doch ein kurzer Blick auf Sascha ließ ihn erkennen, dass das keine gute Idee war.

»Jetzt beruhigen wir uns alle erstmal wieder, dann muss keiner verletzt werden.« An Ken gewannt fügte sie hinzu: »Hey, Sonnenschein, sag deinem hitzköpfigen Freund hier, er soll seinen Arsch zur Bank bewegen. Aber *ganz* langsam.«

Ken sagte einige Worte auf Japanisch. Riku entspannte sich etwas und wich vorsichtig Richtung Tisch zurück. Das weinende Mädchen kam ebenfalls auf die Beine und hielt sich in Rikus Nähe. Sascha ließ sie gewähren.

»Na also, es geht doch.«

Sie steckte ihre Pistole wieder zurück in das Halfter, ließ den Verschluss aber offen.

»Das ist Emma. Sie hat beschlossen, euch Helden hier Gesellschaft zu leisten.«

»Sie ist noch ein Kind, Sascha. Glauben Sie nicht auch, dass das etwas zu weit geht?«

Überraschend hatte sich Dr. Edmundo zu Wort gemeldet. Sascha erwiderte nichts, aber für einen kurzen Moment glaubte Finn in ihren Augen zu erkennen, dass es selbst sie nicht völlig kalt ließ. Nur Dr. Reynolds war der gleiche Arsch wie immer.

»Kümmern Sie sich lieber um Ihr Tor, Edmundo, und lassen Sie die Versuchskaninchen meine Sorge sein.«

Finn horchte auf. Was für ein Tor? Offenbar hatte Reynolds zu viel gesagt, denn Sascha warf ihm einen schneidenden Blick zu.

»Dr. Reynolds hat Recht, auch wenn er vielleicht erst seinen Verstand benutzen sollte, bevor er den Mund aufmacht. Dr. Edmundo, Ihre Forschung stagniert seit nunmehr sechs Jahren. Ich war beim Boss und er ist *sehr* unzufrieden. Sie haben genau noch zwei Wochen Zeit, um einen Fortschritt nachzuweisen. Falls Ihnen das nicht gelingt, wird ihr Projekt endgültig gestoppt.« Mit einer kleinen dramatischen Pause fügte sie hinzu: »Und Mr. Tramek wird sich persönlich darum kümmern.«

Die Farbe wich aus Dr. Edmundos gebräuntem Gesicht.

»Er kommt *hierher*?«

Selbst Dr. Reynolds schien von dieser Nachricht derart geschockt, dass er nicht einmal seine übliche hämische Verachtung für Edmundo zeigen konnte.

»Was ist mit meiner neurologischen Forschung?«, brachte Reynolds zögernd hervor.

Sascha schien die Angst der beiden Doktoren zu genießen.

»Nun, auch Ihr Projekt steht auf der Kippe, Reynolds. Sie wissen genau, dass die Erforschung der Ursachen nur ein Teil Ihrer Arbeit ist. Sie haben sich seiner Meinung nach viel zu lange darauf konzentriert. Es wird Zeit, mit Phase zwei zu beginnen. Und ich habe schon einen ersten Freiwilligen dafür gefunden.«

Sie warf dem schießwütigen Söldner ein kaltes Lächeln entgegen und seine Augen wurden vor Angst rund wie der Vollmond.

»Ich könnte Dr. Edmundo bei seiner Forschung helfen«, mischte Finn sich überraschend ein.

Er wusste nicht recht, wieso er das gesagt hatte, aber alles schien besser, als zwei weitere Wochen nur herumzusitzen und darauf zu warten, dass dieser Tramek aufkreuzte und wer weiß was mit ihnen machte.

»*Du* willst ihm helfen? Du weißt doch nicht einmal, um was es geht. Er weiß es doch nicht, *oder*?«, fügte Sascha vorwurfsvoll an Dr. Edmundo gerichtet hinzu.

»Natürlich weiß er es nicht! Diese Kinder könnten es weder verstehen, noch irgendwas mit dem Wissen anfangen. Was würde es also bringen, es ihnen zu erzählen?«

»Unterschätzen Sie mal die Kaninchen nicht, Doktor«, erwiderte sie lächelnd, bevor sie sich Dr. Reynolds zuwandte.

»Wie steht es um die Testergebnisse von Mr. Kramer, Reynolds?«

»Seine Ergebnisse sind nicht schlecht.«

Sascha wurde ungeduldig.

»Geht das vielleicht auch etwas genauer?«

»Er hat 99,6 Prozent der gestellten Aufgaben korrekt gelöst. Ich muss zugeben, ein derartig ausgeprägtes Mathematikverständnis kombiniert mit einer Kopfrechenleistung, die jeden Supercomputer in den Schatten stellt, hätte ich niemals für möglich gehalten. Hinzu kommt eine aus meiner Sicht schier grenzenlose Fähigkeit zum Erfassen von komplexen Mengen.«

Reynolds berichtete das alles, als ob er eine schlimme Krankheit beschrieb, aber Dr. Edmundo horchte auf. Finn kam es so vor, als ob er plötzlich Respekt ihm gegenüber in seinem Gesichtsausdruck erkennen konnte.

»Also gut, ich werde den Jungen morgen mit ins Labor nehmen.«

»Aber was ist mit meinen Forschungen!«, erboste sich Dr. Reynolds. »Die Tests mit Mr. Kramer sind noch nicht abgeschlossen!«

Sascha schenkte ihm ihr kaltes Lächeln.

»Sie haben doch noch genügend andere Spielzeuge, Reynolds. Habe ich Ihnen nicht gerade ein neues mitgebracht? Aber denken sie an meine Worte: Beginnen Sie mit Phase Zwei oder ich kann für nichts garantieren, wenn er kommt.«

Dr. Reynolds wurde bleich und brachte keinen Ton mehr heraus. Dieser Tramek schien eindeutig kein netter Mensch zu sein.

Die Sonne versteckte sich noch hinter dem Horizont, als es an Finns Tür klopfte. Er war nach der ganzen Aufregung erst spät eingeschlafen und brachte kaum seine Augen auf. Für einen kurzen Moment war er in dem Irrglauben gefangen, sein Vater wolle ihn wecken, damit er zur Schule ging. Aber die Realität holte ihn schnell wieder ein.

»Bist du wach, Junge?«, hörte er die Stimme von Dr. Edmundo durch die Tür.

Ihm fiel plötzlich wieder ein, dass er ja heute mit in das Labor durfte. Endlich würde er etwas Licht in das Dunkel bringen können. Das Adrenalin durchflutete seinen Körper und sorgte dafür, dass er binnen Sekunden hellwach war.

»Ja, Doktor! Ich bin in zwei Minuten bei ihnen!«

Er sprang aus dem Bett und in den Overall hinein. Rasch ließ er die Zahnbürste ein-, zweimal über seine Zähne gleiten und warf sich eine Handvoll Wasser ins Gesicht. Dann eilte er zur Tür.

Draußen stand der Doktor mit verschränkten Armen.

»Ich hatte dir doch gesagt, dass wir früh anfangen. Die Zeit drängt!«

»Entschuldigen Sie, Doktor«, stammelte Finn.

Gemeinsam liefen sie um das Gebäude und dann weiter zur hinteren Außentür. Der Doktor schaute sich kurz um, dann presste er seinen Daumen auf eine unscheinbare Stelle in der Mitte der Tür. Einen Augenblick später sprang sie nach innen auf.

»Das bleibt unter uns, okay? Das funktioniert nur mit *meinem* Fingerabdruck und ich hänge an meinen Daumen.«

Finn nickte nervös. Er war aufgeregt wie ein kleines Kind vor der Bescherung. Endlich, nach Wochen der Eintönigkeit, würde er wieder etwas Interessantes sehen und neue Möglichkeiten könnten sich ergeben.

Gemeinsam traten sie durch die Tür. Sie gelangten in einen unscheinbaren, kurzen Gang, in dem es nichts zu sehen gab, außer eine weitere Tür an dessen Ende. Dort angelangt, gab der Doktor einen mehrstelligen Code in ein Tastenfeld ein, sehr darauf bedacht, dass Finn die gedrückten Ziffern nicht erkennen konnte. Schließlich gingen sie auch durch diese Tür.

Finn verschlug es den Atem. Sie standen in einem kleinen Kontrollraum mit einigen Computern und Steuertafeln. Durch ein immenses Sichtfenster konnte er in eine gut zehn Meter durchmessende, röhrenförmige Halle blicken, deren Wand umlaufend mit wabenförmigen, weißen Platten von der Größe eines Gullydeckels bedeckt war. Von den Waben ging ein sanftes Leuchten aus, das den Raum in ein schummriges Zwielicht tauchte.

»Oh mein Gott! Was ist denn das!?«, platzte es aus Finn heraus.

Dem Doktor huschte ein kurzes Lächeln übers Gesicht.

Auf der anderen Seite der Röhre, gut dreißig Meter entfernt, konnte Finn einen weiteren Kontrollraum erkennen, in dem zwei Techniker saßen und sich unterhielten. Als Dr. Edmundo das Licht anschaltete, sahen die beiden kurz herüber und richteten dann ihre Aufmerksamkeit auf ihre Kontrollen.

»Das sind meine Anstandsdamen«, erklärte der Doktor mit einem sarkastischen Unterton. »Sie können auf ihren Bildschirmen alles beobachten, was ich auf meinen sehe. Früher gab es auch einen Aufpasser in diesem Kontrollraum, aber ich konnte mich wenigstens soweit durchsetzen, dass ich den losgeworden bin. Meine Privatsphäre ist mir wichtig und da die mich brauchen, mussten sie mir etwas entgegenkommen.«

Finn starrte immer noch wie gebannt in die röhrenförmige Halle. Der Kontrollraum lag etwa auf Höhe der Mittelachse, so dass es hinter der Sichtscheibe fünf Meter nach unten ging.

»3672«, murmelte Finn mehr zu sich selbst.

»Was hast du gesagt?«

»Die Röhre. Sie besteht aus 3672 Segmenten«, sagte Finn nun an den Doktor gerichtet.

Anerkennend blickte ihn Dr. Edmundo in die Augen.

»Ich bin beeindruckt. Vielleicht kannst du mir ja wirklich von Nutzen sein.«

»Und wobei genau? Reynolds hat ein Tor erwähnt. Ich sehe hier kein Tor.«

Wieder lächelte der Doktor. Es war ein warmes, freundliches Lächeln, ganz anders als das von Sascha. Langsam wurde ihm dieser Edmundo sympathisch.

»Zunächst musst du mir versprechen, dass alles, was wir in diesem Raum besprechen, auch hier drin bleibt. Kein Wort zu den anderen!«

»In Ordnung, ich verspreche es.«

»Also schön, wo fange ich an, ohne das du mich gleich für verrückt erklärst. Ich habe vor ungefähr 25 Jahren an einer Variante der String-Theorie gearbeitet, die, sagen wir, etwas unorthodox war. Obwohl ich meinen Ansatz schlüssig beweisen konnte, wurde ich von der Fachwelt aufgrund meiner Schlussfolgerungen als Spinner verlacht.«

»Und um was für Schlussfolgerungen handelte es sich?«

Der Doktor überlegte kurz, dann nahm er ein Notizbuch und riss hinten fünf leere Seiten heraus. Eine davon legte er auf den Tisch.

»Stell dir vor, das ist unser gesamtes Universum. Bevor du fragst, ich weiß, dass es nicht flach ist, aber so lässt es sich besser erklären. Also, alles was seit dem Urknall entstanden ist, ist dieses Blatt Papier. Was würdest du nun sagen, wenn ich beweisen könnte, dass es nicht *ein* Blatt, sondern fünf sein müssten?«

Er nahm die restlichen Seiten und legte alle exakt übereinander auf den Tisch. Finn zog skeptisch die Augenbrauen nach oben.

»Sie sprechen von anderen Dimensionen?«

»Wenn du es so nennen willst. Aber ich sehe sie eher als verschiedene Ebenen in einer gemeinsamen Wirklichkeit. Meinen Berechnungen zur Folge sollten dort eigentlich die gleichen oder sehr ähnliche Bedingungen herrschen wie hier. Nur dass wir diese Ebenen nicht ohne Weiteres betreten können.«

Er schlug so unerwartet mit der Faust auf den Papierstapel, dass Finn vor Schreck zusammenzuckte.

»Meine Kraft reicht nicht aus, um die Seiten ineinander zu drücken, und so ist es auch mit diesen unterschiedlichen Realitätsebenen. Die Ebenen, die buchstäblich nur durch einen Schleier der Realität voneinander getrennt sind, stoßen sich ab, wie die gleichen Pole zweier Magnete.«

Er lief zu einer Pinnwand und zog eine Stecknadel heraus.

»Aber wenn ich mich nur auf einen kleinen Punkt konzentriere und einen ausreichend starken Kraftimpuls erzeuge, dann kann ich den Schleier durchstoßen!«

Mit diesen Worten stieß er die Nadel in den Papierstapel, hob ihn damit vom Tisch und hielt ihn dem Jungen unter die Nase.

In Finns Kopf drehte sich alles. Das musste er erst einmal verarbeiten. Hätte ihm jemand zu Hause in seinem Wohnzimmer so etwas erzählt, er hätte ihn ausgelacht. Aber er befand sich auf einer geheimen Forschungsinsel in einem Labor, das nach mehreren Milliarden Euro aussah. Irgendetwas musste also dran sein.

»Sie meinen also, *das* ist die Stecknadel?«, erwiderte Finn und zeigte mit dem Daumen Richtung Halle.

Der Doktor strahlte.

»Ganz recht! Lass uns den Schleier zwischen den Realitäten durchstoßen!«

»Und wie funktioniert dieses Ding?«

»Am besten, ich zeig's dir.«

Der Doktor rollte mit seinem Bürostuhl im Labor hin und her, drückte Knöpfe und startete Computerprogramme.

»Jetzt schau in die Halle!«

Finn trat wieder an die Scheibe und blickte hinaus. Zunächst war nichts zu erkennen. Dann erloschen mit einem Mal alle Felder bis auf den ersten und den letzten Ring. Einige der Sechsecke des ersten Rings begannen zu vibrieren und heller zu leuchten. Dann wurden sie wieder dunkler und andere Elemente des gleichen Kreises nahmen an Aktivität zu. Das Ganze wiederholte sich in einem immer schneller werdenden Rhythmus, bis Finn kaum noch hinterherkam. Das Gleiche schien beim letzten Ring abzulaufen, soweit er das aus der Entfernung beurteilen konnte.

Urplötzlich begann sich im Zentrum des Rings, direkt vor dem Fenster, etwas zu verändern. Die Luft schien zu flimmern, ganz ähnlich wie an heißen Sommertagen über der erhitzten Straße. Aber hier zeigte sich der Effekt deutlich ausgeprägter. Der Bereich wuchs nach außen, bis er die vibrierenden und flackernden Platten fast erreicht hatte.

Finn bekam es mit der Angst zu tun und trat einige Schritte von der Scheibe zurück. Gerade als die Anomalie wie eine sich kräuselnde Wasserfläche aussah, schoss sie plötzlich Richtung Hallenmitte davon.

Ausgelöst wurde diese Bewegung anscheinend wieder von den Plattenstrukturen, denn der pulsierende Lichtring wanderte ebenso schnell zur Mitte der Röhre. Finn hatte kaum Zeit, den Atem anzuhalten, da war auch schon alles wieder vorbei. Mit einem hellen Aufleuchten verschwand die pulsierende Luftwand und im Raum vor dem Fenster wurde es stockdunkel. Offenbar waren die beiden Wellenwände aufeinander zugerast und in der Mitte kollidiert.

Finn stand wie vom Donner gerührt da, unfähig, etwas zu sagen. Der Doktor ließ ihm die Zeit, das Ganze zu verarbeiten. Langsam kehrte das Zwielicht in die Halle zurück, als die Platten wieder sanft zu leuchten begannen.

»Was zur Hölle war denn *das*!«, entfuhr es Finn, als er seine Stimme wiedergefunden hatte.

»Das, mein Junge, war eine stehende Gravitationswelle.«

»Ich dachte, Gravitationswellen sind winzig und kaum nachweisbar. Wie haben Sie das nur geschafft?«

»Nun ja, mit genug Geld und Zeit. Und dem hier, natürlich.« Der Doktor tippte sich mit dem Finger an die Schläfe.

»Wo nehmen Sie nur den Strom für das alles her?«

»Nun, wir haben sechs geothermale Kraftwerke, die die thermische Energie der Vulkane nutzen. Uns stehen hier 1,2 Gigawatt elektrischer Leistung zur Verfügung.«

»Vulkane?«

Der Doktor lachte amüsiert auf. »Sag bloß, du hast die beiden Vulkane auf der Insel nicht mitbekommen?«

Finn setzte eine missmutige Miene auf.

»Sascha hat mich nachts wie Vieh durch den Dschungel getrieben. Und seit dem stecke ich in diesem Gefängnis hier. Für eine Inselrundfahrt gab es bisher noch keine Gelegenheit.«

Aber jetzt, wo der Doktor davon sprach, fielen Finn die beiden kegelförmigen Berge wieder ein, die er in der Abenddämmerung vom Schiff aus zu sehen glaubte.

»Daran habe ich nicht gedacht«, entschuldigte sich Edmundo. »Ich arbeite nun schon so lange auf der Insel, da vergesse ich manchmal, dass wir alle nur Gefangene sind. Es gibt zwei Vulkane auf diesem Eiland. Beide momentan inaktiv, aber Tramek hat keine Kosten gescheut und bis in die unmittelbare Nähe der Magmakammern gebohrt.«

Die Nennung dieses Namens ließ die Stimmung von Finn gleich noch einmal sinken.

»Tramek! Was hat der Typ eigentlich von dem Ganzen hier? Für ein Hobby ist das alles doch ein wenig zu kostspielig und zu illegal, oder?«

Dr. Edmundo schaute sich verstohlen im Raum um und schüttelte dann fast unmerklich den Kopf.

»Genau weiß ich das auch nicht«, antwortete er schließlich, seine Worte offenbar genauestens abwägend. »Ich kenne ihn nun schon seit über 25 Jahren, auch wenn ich ihn in dieser Zeit nur ein paar Mal persönlich getroffen habe. Am Anfang war er der Einzige, der mir glaubte. Er finanzierte meine Forschung und stellte mir alles zur Verfügung, was ich brauchte.« Er machte eine kurze Pause, offenbar unsicher, ob er noch mehr erzählen sollte. »Dann wollte ich eines Tages meine … Prioritäten verschieben, was Mr. Tramek überhaupt nicht passte. So wurde ich vom Geförderten zum Gefangenen.«

Finn hatte den anfänglichen Hinweis des Doktors verstanden und verkniff sich vorerst weitere Fragen zu dem Thema. Offenbar wurde der Raum abgehört, also wechselte er wieder zu mehr technischen Themen.

»Aber was passiert, wenn es Ihnen gelingt, einen Durchgang zu öffnen und dieser irgendwo mitten im Weltraum herauskommt? Ich meine, die Wahrscheinlichkeit ist doch verschwindend gering, dass es in der anderen Ebene genau *dort* die Oberfläche eines für Menschen bewohnbaren Planeten gibt.«

»Eine gute Frage, Junge.«

Finn stöhnte.

»Dr. Edmundo, ich bin neunzehn Jahre und habe auf schmerzliche Weise gelernt, was es heißt, erwachsen zu sein. Bitte nennen Sie mich Finn oder meinetwegen Finnley, aber bitte nicht mehr *Junge*.«

Der Doktor schaute ihn einen Moment stumm an, als überlegte er, ob es Sinn machte, mit einem Teenager über die Bedeutung des Erwachsenseins zu diskutieren. Dann atmete er tief ein und fuhr fort.

»In Ordnung, *Finnley*. Wie gesagt, eine gute Frage. Ich kann dir mit sehr hoher Wahrscheinlichkeit versichern, dass uns dort ähnliche Bedingungen wie hier erwarten. Eine zentrale Aussage meiner Theorie ist die starke materielle Verschränkung aller fünf Realitätsebenen.«

»Was soll *das* denn bedeuten?«

»Das bedeutet, dass in allen anderen vier Ebenen die Sonne genau dort ist, wo sie hier auch ist. Genauso der Mars, der Jupiter und auch die Erde mit ihrem Mond. Jedes Atom scheint eine gewisse Verknüpfung mit seinen vier Brüdern in den anderen Ebenen zu haben.«

Finn war mehr als skeptisch.

»Und das wollen Sie *berechnet* haben? Klingt mir schon sehr weit hergeholt. Wenn das so stimmt, müssten ja alle fünf Dimensionen exakt gleich aussehen. In jeder würde dann in diesem Moment ein Finn mit einem Dr. Edmundo über den Sinn seiner Theorie diskutieren.«

Der Doktor schmunzelte.

»Wenn du wüsstest, wie oft ich diese Diskussion schon geführt habe. Aber du hast Recht, das ist die logische Schlussfolgerung. Bis vor 3,5 Milliarden Jahren verhielt sich das wahrscheinlich auch so. Dann kam meiner Meinung nach eine mächtige Variable ins Spiel: Das Leben! Entstanden ist es mit Sicherheit in allen Ebenen, aber ab diesem Zeitpunkt, so meine Vermutung, ist die Entwicklung auseinandergegangen. Es hat im Kleinen begonnen: Schwimmt der Einzeller nach rechts oder nach links, nach oben oder nach unten? Dann, als das Leben komplexer wurde, nahm auch der Einfluss auf die unbelebte Materie zu. Bis zum heutigen Tag, wo Menschen Berge abtragen und Flüsse trocken legen. Es zerreißt mich fast vor Neugier, mit eigenen Augen zu sehen, welche Wege das Leben in einer parallelen Welt genommen hat!«

Das Gesicht von Dr. Edmundo strahlte, aber Finn war nicht überzeugt.

»Das sind ja schöne Theorien, aber mehr auch nicht. Ich gebe zu, ich kenne Ihre Arbeit nicht im Detail, aber es handelt sich doch nur um Mutmaßungen!«

Die Euphorie wich aus dem Gesicht des Doktors und machte einem Ausdruck der Resignation Platz.

»Ach Finnley, du bist nicht der Erste, der so reagiert. Offengestanden hat bisher *jeder* so reagiert. Bis auf Tramek. Er hat meine Euphorie schon seit jeher geteilt. Warum auch immer.«

»Sie sprechen von *dem* Tramek, der Menschen entführen

lässt, um an ihnen herumzuexperimentieren?«, antwortete Finn sarkastisch.

»Du musst mir nicht glauben. Aber eines steht fest: Wenn Tramek in zwei Wochen hier auftaucht und kein offenes Portal vorfindet, dann ist es völlig egal, was wir beide denken oder nicht. Dann werden wir mit Sicherheit tot sein. Also, lass uns dieses Tor öffnen und herausfinden, wer Recht hat. Das ist der einzige Weg, unser Leben zu retten.«

Schweigen machte sich im Labor breit. Finn hatte aus den gestrigen Reaktionen der Doktoren schon herausgelesen, dass dieser Tramek kein zimperlicher Typ war. Und die Tatsache, dass sie hier auf der Insel festgehalten wurden, sprach für sich. Er konnte jetzt also wimmernd zu Boden sinken und sein Schicksal erwarten oder er klammerte sich an den Strohhalm von Dr. Edmundo und kämpfte bis zum Ende, so unwahrscheinlich der Erfolg auch war.

»Wie kann ich helfen?«, fragte Finn schließlich schulterzuckend.

Dr. Edmundo lächelte aufmunternd.

»Das nenn ich die richtige Einstellung! Also schön, Dr. Reynolds hat deine Fähigkeiten ja über den Klee gelobt. Bedenkt man seine offenkundige Abneigung gegen dich, müssen diese also wirklich phänomenal sein. Er hat erwähnt, dass du komplexe Mengen in Bruchteilen von Sekunden erfassen kannst. Glaubst du, du könntest das auch mit komplexen Strukturen?«

»Kommt, denke ich, darauf an. Was meinen Sie genau?«

»Was ist dir vorhin an der Gravitationswelle aufgefallen?«

Finn überlegte einen Moment.

»Sie hat zum Schluss ein wenig so ausgesehen, wie die Wasseroberfläche eines Sees an einem windigen Tag.«

»Genau! Und das ist das Problem. Eigentlich müsste sie glatt wie ein Spiegel sein, aber der Computer kann die gravimetrischen Störungen nicht ausregeln. Die Zusammenhänge sind einfach zu komplex für binäre Algorithmen.«

Wieder verstand Finn nur Bahnhof.

»Gravimetrische Störungen?«

»Ja. Alle Massen wirken auf diesen Raum. Nur ändert sich ständig ihr Einfluss. Zum Beispiel warst du am gestrigen Tag nicht hier, sondern einige hundert Meter entfernt. Deine Masse wirkt also heute gravimetrisch mehr auf das System als gestern. Allerdings ist dein Gewicht viel zu gering, um einen messbaren Einfluss zu haben. Etwas anderes ist das aber mit der Sonne und dem Mond. Sie sind zwar weit weg, aber der Effekt ihrer Gravitation ist hier durchaus spürbar. Denk zum Beispiel nur mal an Ebbe und Flut. Und das ist das ganze Problem. Bei jeder Versuchsreihe, die ich durchführe, stellen sich die Einflüsse minimal anders dar. Da ich aber versuche, die Raumzeit in Resonanz zu versetzen, verstärken sich diese Effekte exponentiell und stören die Harmonie der Welle.«

Finn sparte sich weitere Fragen, auch wenn er nur ansatzweise verstand.

»Und Sie denken, dass ich schaffen kann, wozu Ihr Computer nicht fähig ist?«

»Nun, ich glaube, hier ist außer Rechenleistung auch Intuition gefragt. Und dazu ist meines Wissens nach noch kein Computer auf dieser Welt im Stande.«

Finn schlug die Hände zusammen und atmete tief durch.

»Na schön. Wie fangen wir an?«

»Wir probieren erst einmal was aus, womit ich aus lauter Verzweiflung bereits selbst herumgespielt habe. Aber vielleicht zahlen sich deine Fähigkeiten hier aus.«

Er schob Finn einen Tablet-Computer zu, auf dem ein Kreis mit dreißig Segmenten zu sehen war. Es sah aus wie eine Torte.

»Wenn du auf die Segmente drückst, erhöhst du die Leistung in der jeweiligen Generatorplatte im Ring. Damit kannst du Einfluss auf die Störungen der Welle nehmen und sie ausregeln. Bei mir ist es bisher immer nur schlimmer geworden«, fügte er mit einem Lächeln hinzu.

Bevor Finn noch irgendetwas sagen oder fragen konnte, drückte Dr. Edmundo bereits auf den Startknopf. Jetzt musste er beweisen, dass seine Gabe zu mehr zu gebrauchen war, als nur die Blätter an einem Baum zu zählen. Jetzt hingen Leben von ihm ab. Und nicht zuletzt sein eigenes.

Das Portal

Als Finn in sein Zimmer zurückkehrte, war es bereits finstere Nacht. Außer für zwei kurze Essenspausen hatte er den ganzen Tag auf die wabernde Fläche der Gravitationswelle gestarrt.

So faszinierend er diese anfangs auch gefunden hatte, mittlerweile schwirrte ihm der Kopf davon. Immer und immer wieder hatte der Doktor das Programm gestartet und Finn hatte versucht, die Welle zu glätten. Nach Stunden hatte er endlich erste Zusammenhänge zwischen der Struktur der Gravitationswelle und dem Aktivieren bestimmter Segmente herausfinden können. Die Verbesserung war aber kaum sichtbar.

Trotz der geringen Fortschritte schien der Doktor euphorisch zu sein. Er sprach von neun Prozent Stabilisierung und davon, dass sie morgen ganz früh weiter machen würden. Finn war todmüde und hatte nur genickt, als er das Labor verließ.

Er fiel auf sein Bett und in einen tiefen, traumlosen Schlaf.

Die nächsten drei Tage verliefen für Finn wie in Trance. Früh morgens holte ihn der Doktor ab, dann starrte er den gesamten Tag auf die Welle und spät abends kehrte er völlig ausgelaugt in sein Zimmer zurück. Die anderen hatte er seit dem Beginn seiner neuen wissenschaftlichen Karriere nicht mehr zu Gesicht bekommen.

Als er am vierten Tag mit Dr. Edmundo im Labor Mittagspause machte, konnte er einfach nicht mehr den Mund halten.

»Das führt doch alles zu nichts, Doktor! Wir haben bereits

vier Tage vergeudet und sind kaum vorwärtsgekommen! Ich bin einfach nicht schnell genug! Ich sehe genau, was ich machen müsste, aber bis ich auf das entsprechende Segment drücke, hat sich alles schon wieder verändert!«

Dr. Edmundo legte den Löffel aus der Hand und wischte sich den Mund mit einer Serviette ab.

»Nun, ich würde nicht sagen, dass wir *nichts* erreicht haben. Ausgehend vom Stand vor vier Tagen hat sich die Welle um 23 Prozent stabilisiert. Das ist ein größerer Fortschritt als der, den ich im gesamten letzten Jahr vollbracht habe! Aber du hast Recht: Der Geist ist willig, nur das Fleisch ist schwach!«

Er schob den Stuhl zurück und stand auf.

»Wir brechen hier heute ab. Du hast mich auf eine Idee gebracht, aber dazu muss ich einiges vorbereiten. Ruh dich etwas aus. Wir machen morgen früh weiter.«

Das ließ Finn sich nicht zweimal sagen. Er schlürfte den Rest der Suppe in sich hinein und verließ gut gelaunt das Labor. Ein halber Tag keine Wellenmuster! Das war wie Urlaub für ihn.

Als er um das runde Wohngebäude herumgegangen war, blieb er verdutzt stehen. Riku saß einige Meter entfernt im Staub. Er beobachtete das junge Mädchen, Emma, wie sie von Farbtöpfen umringt an der Mauer stand und diese bemalte. Und *wie* sie malte!

Da wuchsen blühende Rosenranken, die aus dem tristen Staub des Platzes im satten Grün die Wände empor Richtung Sonne strebten. Sie umrankten ein geöffnetes Fenster, das den Ausblick auf eine blühende Sommerwiese freigab. Alles war so bis ins Detail realistisch dargestellt, dass Finn überlegte, ob er an den Rosen riechen oder doch gleich durch das Fenster klettern sollte, um sich in die duftende Blumenwiese zu legen. Ohne Zweifel war das die Savant-Fähigkeit des Mädchens und diese Begabung hatte sie nun die Freiheit gekostet.

Er schlenderte zu Riku und setzte sich neben ihn auf den Boden. Dieser sah ihn verträumt an und, ja, ohne Zweifel, er lächelte! Dann richteten beide ihre Aufmerksamkeit wieder auf Emma.

Über eine Stunde saßen sie schweigend da und beobachteten das Mädchen beim Malen. Sie schien sich durch nichts stören zu lassen und strahlte eine Ruhe aus, die sich auf Finn und Riku übertrug. Es fühlte sich an, als ob ihre Seelen befreit und aller Kummer von ihnen genommen wäre.

Sie malte gerade ein offenes Tor, das auf dieselbe Wiese führte, als die Außentür sich öffnete. Dr. Reynolds trat mit Ken und Dr. Edmundo auf den Hof.

»Es ist mir egal, wie dringend Sie die Kappe für Ihre sogenannte Forschung benötigen! Das ist *meine* Technik und ich brauche sie für meine Versuche!«, polterte Dr. Reynolds.

Finn sah, dass Dr. Edmundo die sensorbestückte Gummikappe in der Hand hielt, die man ihm unzählige Male über den Kopf gestülpt hatte. Der Doktor ließ sich vom Geschrei seines Kollegen nicht im geringsten beeindrucken.

»Zum einen haben Sie doch wohl mehrere von diesen Dingern, wenn ich mich nicht irre, und zum anderen wäre Tramek sicherlich nicht begeistert zu erfahren, dass *Sie* der Grund sind, weshalb ich mein Projekt nicht rechtzeitig beenden konnte«, erwiderte er in sachlichem Tonfall.

Damit ließ er Reynolds einfach stehen und marschierte eilig Richtung Labor über den Hof. Mehr oder weniger gleichzeitig registrierten die Doktoren das Wandgemälde von Emma. Einen Augenblick standen beide nur staunend mit offenem Mund da. Dr. Reynolds fand als erster wieder zu sich selbst zurück.

»Was zum Teufel geht denn hier vor? Wer hat dem Subjekt die Farben und die Pinsel gegeben?!«

Ken, der ebenfalls wie gebannt auf das Gemälde starrte, meldete sich zu Wort:

»Das war Sascha. Sie meinte wohl, ein traumatisiertes Kind, das tagelang nur weinend in ihrem Zimmer sitzt, würde Ihrer Forschung nicht sehr helfen. Und da hat sie ihr die Farben bringen lassen, damit sie sich etwas beruhigt. Offenbar eine gute Idee, wie's aussieht.«

»Was fällt diesem Weibsbild ein, sich in meine Angelegenheiten zu mischen! Wachen, nehmt ihr sofort die Sachen weg!«

Emma hatte die ganze Zeit einfach weitergemalt. Offenbar hatte sie sich in ihre eigene Welt geflüchtet. Als nun aber die beiden Söldner und auch Dr. Reynolds anfingen, ihr Pinsel und Farbe aus den Händen reißen zu wollen, begann sie zu weinen und zu schreien. Wie besessen klammerte sie sich an ihrem Pinsel fest, bis ihr Reynolds hart ins Gesicht schlug.

In der nächsten Sekunde stand Riku wieder an ihrer Seite, um ihr zu helfen. So etwas hatte Finn noch nie gesehen: Der junge Asiate wirbelte wie ein Kung-Fu-Gott zwischen den Söldnern und Reynolds herum. Mit einem Beinfeger mähte er den Doktor von den Füßen und noch bevor die Wachen zu ihren Gewehren greifen konnten, lagen beide bewusstlos am Boden. Jetzt erkannte Finn, warum Sascha damals so übervorsichtig war, als sie ihn hereingebracht hatte. Es gab hier tatsächlich einen Löwen!

Riku beachtete den fluchenden Reynolds nicht weiter, hob die weinende Emma auf und trug sie behutsam zu ihrem Zimmer.

Auch Finn und Ken hielten es für das beste, erst einmal in ihre Unterkünfte zu flüchten. Das Abendessen konnten sie sich nach diesem Vorfall sowieso abschminken. Hoffentlich drohten Riku nicht noch schlimmere Konsequenzen.

Nachdem Reynolds wieder auf den Beinen stand und noch ein bisschen mehr herum gebrüllte hatte, kamen vier weitere Söldner in den Innenhof gestürmt. Finn spähte durchs Fenster, halb befürchtend, dass sie sich Riku holen würden, um sonst was mit ihm anzustellen. Rasch holte er den weißen Stein unter dem Bett hervor und steckte ihn in die Tasche, damit er wenigstens eine Waffe hatte, falls die Kerle auf sie losgehen würden.

Aber der Doktor beschränkte sich darauf, die Farbtöpfe

gegen die Wand mit dem Gemälde zu werfen. Es schmerzte Finn in seiner Seele, zu sehen, wie die friedliche Wiese hinter einem roten Schwall unwiederbringlich verschwand. Die Farbe floss in Strömen an der Wand herunter und tränkte den staubigen Boden. Fast schien es, als ob die Wand selbst den Verlust von so viel Schönem beweinte.

Außerhalb von Finns Blickfeld stand Dr. Edmundo im Schatten des Gebäudes und beobachtete das zerstörerische Treiben. Die Hände spielten unbewusst mit den Kabeln an der Kappe, aber hinter seiner Stirn wurden in diesem Moment sehr bewusst einige weitreichende Entscheidungen getroffen.

Am nächsten Morgen wurde Finn wie immer sehr früh von Dr. Edmundo abgeholt. Schweigend gingen sie über den Hof. Keiner von beiden wollte über die Ereignisse des vergangenen Tages reden.

Im Labor angekommen, präsentierte der Doktor Finn stolz die Früchte seiner nächtlichen Arbeit: die Finn so verhasste Gummikappe angeschlossen an den Leitrechner des Wellengenerators.

»Von jetzt an lassen wir deine Hände aus dem Spiel! Kein zeitraubendes Knöpfedrücken mehr! Du denkst nur noch an die gewünschte Generatorplatte und schon wird diese aktiviert. Natürlich müssen wir das Programm noch auf deine Gehirnströme und die entsprechenden Kommandos einlernen, aber dann wird dein Verstand verzögerungsfrei mit dem Rechner verbunden sein.«

Finn beäugte die Kappe skeptisch, stülpte sie sich dann aber trotzdem über den Kopf.

»Signalstärke bei 81 Prozent. Das sollte ausreichend sein«, gab der Doktor nach einem Blick auf den Bildschirm bekannt. »Dann wollen wir mal. Ich lasse ein Lernprogramm laufen. Es wird zufällig Platten im Ring aktivieren und du konzentrierst dich darauf.«

Die nächsten drei Stunden verbrachte Finn damit, den Ring aus weißen Platten hinter der Scheibe zu beobachten und sich auf die aufleuchtenden Segmente zu konzentrieren. Kurz bevor Finn schwindlig wurde, brach Dr. Edmundo das Lernprogramm endlich ab.

»So weit, so gut. Mach kurz Pause und dann wollen wir sehen, ob sich die letzten Stunden gelohnt haben.«

Finn nahm die Kappe ab und leerte eine Flasche Wasser ohne abzusetzen. Unterdessen saß der Doktor an seinem Rechner und ordnete den Spitzen in irgendwelchen Kurven Zahlen zu. Nach einer knappen halben Stunde drehte er sich zu Finn um und verkündete:

»Auf geht's! Jetzt wird sich zeigen, ob heute der Tag sein wird, der alles verändert. Ich starte ein Testprogramm. Der Computer wird wieder Segmente aktivieren, aber diesmal musst du sie selbst deaktivieren, bevor es weiter geht.«

Finn stülpte sich die Kappe wieder über den Haarschopf und trat stöhnend an die Scheibe. Das Segment ganz oben fing an zu leuchten. Er konzentrierte sich darauf und sofort erlosch die Generatorplatte. Ein anderes, rechts unten, leuchtete auf. Kaum hatte er seine Gedanken ausgerichtet, ging auch dieses Feld aus und erneut begann ein weiteres zu leuchten. Finn wurde immer schneller, bis der Ring vor dem Fenster wie eine Disco- Beleuchtung flackerte. Er konnte den Doktor hinter sich vor Freude laut jubeln hören. Nach fünf Minuten war das Programm beendet. Finn standen die Schweißperlen auf der Stirn.

Dr. Edmundo stürmte auf ihn zu und schloss ihn in die Arme. Finn wusste gar nicht, wie ihm geschah.

»Das war fabelhaft! Du hast meine kühnsten Erwartungen übertroffen! Jetzt geh in den Hof und ruh dich aus. Heute Abend wagen wir einen Versuch.«

Finn wunderte sich etwas darüber, dass der Doktor nicht sofort weitermachen wollte, doch hatte er absolut nichts gegen eine Pause. Er war sehr zufrieden mit sich selbst, als er draußen beim Tisch ankam, wo er seinen Freund Ken mit düsterer Miene vorfand.

»Was ist denn los?«, wollte Finn wissen.

»Sie haben heute früh Riku geholt. Zu viert haben sie ihn nach draußen gezerrt und auf ihn eingeprügelt, diese Schweine! Was ist, wenn sie ihn totschlagen?«

Betroffen setzte sich Finn neben Ken und legte ihm die Hand tröstend auf die Schulter. Auch er machte sich Sorgen um ihren gemeinsamen Freund, aber er wollte Ken nicht noch mehr beunruhigen.

»Das wird Reynolds sicher nicht riskieren, jetzt, wo Tramek kommt. Schließlich müsste er ihm dann erklären, warum er seine seltenen Savanten umbringt.«

»Seine *was*?«

»Savanten. Hat dir denn niemand gesagt, dass deine besondere Fähigkeit einen Namen hat? Savant-Syndrom. Ein Neurologe hat sogar einen Artikel darüber geschrieben, in dem es auch um mich ging. Allerdings hat mir das auch die Fahrkarte auf diese Insel beschert«, fügte er lachend hinzu. »Wie du gesagt hast: Wir sind alle Kuriositäten. Weshalb sollten wir dann nicht auch unseren eigenen Namen haben: *die Savanten*!«

Ken lächelte, auch wenn seine Augen weiterhin traurig blickten.

»Ich danke dir«, sagte er leise, dann saßen sie schweigend nebeneinander, bis die Sonne unterging.

Eine Stunde nach Sonnenuntergang öffnete sich die Tür und Riku wurde hereingestoßen. Er lebte, war aber übel zugerichtet. Die Lippe blutete, die Nase war gebrochen und sein linkes Auge dermaßen zugeschwollen, dass man es nur erahnen konnte.

Ken spurtete an seine Seite und half ihm auf die Beine. Zusammen mit Finn brachten sie ihn zum Tisch, wo er sich stöhnend hinsetzte. Vom Wohntrakt kam Emma angelaufen und fiel ihm schluchzend in den Arm. Ihre Sorge um Riku ließ sie offenbar die Scheu vor den anderen vergessen.

Bevor Ken Riku irgendetwas fragen konnte, kam auch Dr. Edmundo über den Hof. Schweigend starrte er einen Moment auf Riku und schüttelte bedauernd den Kopf.

»Komm Finn, wir haben Arbeit vor uns. Das muss alles ein Ende haben.«

Ken schaute fragend zwischen den beiden hin und her, aber Finn klopfte ihm nur auf die Schulter und sagte: »Kümmer dich um ihn. Ich schau später noch mal bei euch vorbei.«

Dann ging er mit dem Doktor ins Labor und ließ die übrigen Savanten allein zurück.

Kurz darauf stand Finn mit der Sensorkappe auf dem Kopf am Sichtfenster und starrte auf die wabernde Fläche der Gravitationswelle. Er drängte alle Gedanken an Riku zurück. Nur wenn er Erfolg hatte, würde man sie alle vielleicht gehen oder wenigstens in Ruhe lassen.

Die Wellenmuster nahmen sein gesamtes Bewusstsein ein. Schnell wie ein Gedanke, völlig intuitiv, analysierte er die Strukturen und reagierte mit der Verstärkung dieser oder jener Generatorplatte. Er war so vertieft, dass er nicht einmal den Aufschrei des Doktors vernahm, als die Fläche plötzlich glatt wie ein Spiegel vor ihnen stand.

Einen Augenblick später raste sie Richtung Zentrum davon, um mit ihrem Gegenstück von der anderen Seite zu kollidieren. Nur diesmal lösten sie sich nicht in einem Lichtblitz auf, sondern gaben zu Finns Überraschung den Blick auf eine mondbeschienene Waldlichtung frei. Er konnte die dunkle Szenerie nur erkennen, weil in der Kammer alle Segmente, bis auf die des zentralen Rings, erloschen waren.

Finn stand mit offenen Mund starrend da und zog sich mit der linken Hand beiläufig die Kappe vom Kopf.

Eine dumpfe Explosion am anderen Ende der Kammer riss Finn jäh aus seinem Staunen.

»Was war denn das?«, fragte er überrascht, sich zum Doktor umdrehend.

Dieser befand sich in heller Aufregung, doch nicht vor Freude. Vielmehr drückte er mit der rechten Hand auf Knöpfen herum, während die linke einen großen Rucksack unter einem Pult hervorzog.

»Das, mein lieber Finn, waren unsere Anstandsdamen, die das Zeitliche gesegnet haben.«

Finn starrte voller Bestürzung wieder in die röhrenförmige Halle, konnte aber von der anderen Seite nichts erkennen, weil das dunkle Portal die Sicht versperrte.

»Was haben Sie getan!?«, platzte es aus ihm heraus.

»Du wolltest doch fliehen. Und ich biete dir die einzige Möglichkeit dazu. Komm mit mir durch das Portal oder warte hier auf den Tod.«

»Aber vielleicht lässt uns Tramek gehen, jetzt, wo er sein Portal hat!«

Der Doktor schulterte den Rucksack und öffnete eine kleine Tür an der Seite des Raums, die in die große Kammer führte. Als Finn wieder zum Portal schaute, sah er, dass ein schmaler Steg teleskopartig in Richtung der dunklen Öffnung ausfuhr.

»Unwahrscheinlich. Eher beseitigt er uns endgültig. Schließlich sind wir alle Zeugen seiner kriminellen Machenschaften«, antwortete der Doktor, der sich noch einmal zu Finn umdrehte. »Ich mag dich, Junge, aber für derartige Überlegungen ist es jetzt eh zu spät. Ich habe die gravimetrischen Generatoren überlastet. In ungefähr sieben Minuten bleibt von der ganzen Anlage nur ein großes Loch im Dschungelboden. Hol deine Freunde, wenn du willst, und folge mir. Oder erwarte hier das Ende. Ich jedenfalls würde mich über etwas Gesellschaft freuen.«

Damit verschwand er durch die Tür und eilte den Steg entlang Richtung Portal. Er verweilte kurz davor, holte tief Luft und machte einen Schritt ins Dunkel hinein.

In Finns Kopf drehte sich alles. So hatte er sich das ganz

und gar nicht vorgestellt! Was hatte der Doktor gesagt? In sieben Minuten würde die Anlage explodieren und zwei davon waren bestimmt schon verstrichen.

Ohne noch mehr Zeit zu verlieren, stürmte er in Richtung Hof davon. Die beiden Türen ließ er offen und rannte dann weiter zu Rikus Zimmer. Wie er erwartet hatte, waren dort alle versammelt: Riku, Ken und auch Emma.

Riku lag auf dem Bett, einen kühlenden Lappen im Gesicht. Die beiden anderen saßen an dessen Fußende und redeten beruhigend auf ihn ein, als Finn wie ein Wahnsinniger die Tür aufriss.

»Alle sofort mitkommen! Keine Zeit für Erklärungen!«

Er stürmte zum Bett und zog Riku schroff hoch, so dass dieser laut aufstöhnte. Emma brach wieder in Tränen aus, woraufhin Ken Finn an der Schulter packte.

»Sag mal, hast du sie noch alle? Was soll das?«

»Entweder ihr kommt sofort mit oder ihr seid in vier Minuten alle tot! Die Anlage fliegt gleich in die Luft!«

Ken sah ihm kurz tief in die panischen Augen, dann zog er Riku vom Bett hoch. Leise redete er auf Japanisch auf ihn ein. Auch zu Emma sagte er ein paar beruhigende Worte in einer Sprache, die Finn für Schwedisch oder Norwegisch hielt.

Finn schnappte sich Rikus anderen Arm und zog die beiden zur Tür hinaus und um das Gebäude herum. Emma folgte ihnen schweigend. Ken stutzte einen Moment, als er die offene Außentür sah, dann beschleunigte er seine Schritte, da ihm immer klarer wurde, dass das offenbar kein schlechter Scherz seines Kumpels war.

Finn hatte gerade die zögernde Emma durch die Tür geschoben, als er eine Frauenstimme hinter sich hörte:

»Noch einen Schritt weiter und ich knall euch alle ab!«

Finn blieb kurz stehen und drehte sich um. Einen Steinwurf entfernt stand Sascha, die Pistole auf ihn gerichtet. Er zögerte nicht und gab der Tür einen Schubs, dass sie ins Schloss fiel.

Wenn er jetzt stehen bleiben würde, wäre er in drei Minuten sowieso tot.

Er hatte Glück, Sascha schoss nicht. Laut konnte er ihre russischen Flüche hören, als sie von außen gegen die Tür krachte und versuchte, sie aufzubrechen.

Sie hasteten weiter durch die zweite Tür und schlossen auch diese hinter sich.

»Ach du Scheiße!«, entfuhr es Ken, als er das kreisrunde, dunkle Portal sah. Auch Finn war etwas überrascht. Das Tor sah mittlerweile aus wie eine schwarze Scheibe, da sämtliche Wandelemente der Kammer in einem gleißenden Weiß leuchteten und den dunklen Wald hinter dem Portal völlig überstrahlten.

»Das kann nicht dein Ernst sein, Finn! Ich werde keinesfalls da rein gehen!«

»Entweder da durch oder sterben! Tot sind wir wahrscheinlich in jedem Fall, aber mit dem Portal haben wir wenigstens eine kleine Chance. Der Doktor ist bereits durch. Er hat die Generatoren überlastet, ohne dass ich etwas davon wusste. Los jetzt, bevor alles in die Luft fliegt!«

Unschlüssig bewegte sich Ken mit Riku den Steg entlang auf das Portal zu. Emma war kreidebleich und atmete stoßweise. Sie stand wie angewurzelt am Anfang des Laufgangs. Finn versuchte, ihr gut zuzureden, aber erst als Riku sich umdrehte und sie lächelnd zu sich winkte, setzte sie sich langsam in Bewegung.

Die ganze Kammer war inzwischen vom Brummen der vibrierenden Wandelemente erfüllt. Es klang wie ein riesiger Schwarm wild gewordener Bienen. Ken stand mit Riku direkt vor dem Durchgang und Emma schloss zu ihnen auf, die Hand von Riku ergreifend. Ken drehte sich noch einmal zu Finn um, der aufgrund des schmalen Stegs hinter ihnen stand.

»Wenn wir wegen dir hier alle draufgehen, trete ich dir in der Hölle so richtig in den Arsch!«

Dann holte er tief Luft und zog die beiden anderen mit sich

in die Dunkelheit. Finn trat nun seinerseits vor die schwarze Fläche. Das grelle Licht um ihn herum machte es unmöglich, seine Freunde in der Düsternis auszumachen.

»Was hast du nur getan!«, hörte er auf einmal Saschas Stimme hinter sich. Er drehte sich um, da hatte sie ihn auch schon mit beiden Händen am Kragen geschnappt. Ganz dicht zog sie sein Gesicht vor das ihre. Mit Tränen in den Augen schrie sie ihn an:

»Ihr hättet noch lange leben können! Zwar nicht in Freiheit, aber ich hätte schon auf euch aufgepasst. Und du und dieser verrückte Doktor schmeißt eure und unser aller Leben einfach weg!«

Dann ging alles unheimlich schnell: Über Saschas Schulter hinweg konnte Finn erkennen, wie das Labor mit dem Leitrechner in die Luft flog. Das Portal würde also jeden Augenblick verschwinden. Er packte mit den Händen die Handgelenke von Sascha, schloss die Augen und warf sich ruckartig mit aller Kraft nach hinten. Jeder Nerv in seinem Körper schien vor Schmerz zu explodieren, dann umfing ihn das Nichts.

Die andere Insel

Als sich Finns Bewusstsein wieder regte, spürte er als erstes höllische Kopfschmerzen. Halb erwartete er, ein Krankenhauszimmer zu sehen, wenn er die Augen öffnen würde. Es musste alles nur ein verrückter Traum gewesen sein! Aber sein Blick richtete sich auf eine sonnenbeschienene Dschungellichtung. Gleichzeitig wurde ihm das vielstimmige Konzert des Waldes bewusst.

Die Erkenntnis traf ihn wie ein Schlag: Sie waren durch das Portal gesprungen! Das hier war nicht mehr ihre Welt, obwohl sie auf den ersten Blick nicht viel anders aussah.

War irgendetwas schief gelaufen und Sascha hatte ihn in den Dschungel vor das Lager geschleppt, um ihn umzubringen? Nein, da wären sie niemals lebend raus gekommen. Er hatte gesehen, wie das Labor explodiert war. Es gab nur eine logische Erklärung: Sie waren im letzten Moment durch das Tor gefallen.

Finn versuchte, sich zu bewegen, aber alle Muskeln im Körper schmerzten wie nach einem Triathlon. Er drehte unter Qualen seinen Kopf und erkannte, dass Ken, Riku und Emma neben ihm an einem gigantischen Baum lehnten. Sie waren alle drei noch bewusstlos, aber sahen lebendig aus.

Plötzlich hörte er rechts das Rascheln von Schritten auf dem Waldboden. Als er den Blick mühsam wieder nach vorne richtete, sah er Dr. Edmundo vor sich stehen. Er drückte einen blutverschmierten Lappen an seine Nase, aber er lächelte.

»Willkommen in der Neuen Welt, mein Junge!«, sagte er freudestrahlend. »Wir haben es tatsächlich geschafft! Nein, ich muss mich korrigieren: *Du* hast es geschafft. Ich glaube nicht, dass ich es jemals alleine bewerkstelligt hätte.«

Eine unglaubliche Wut befiel Finn.

»Was haben Sie sich nur gedacht, Doktor!«, schrie er ihn an. »Wir hätten dabei alle draufgehen können! Und jetzt sind wir wer weiß wo gestrandet, ohne Chance auf eine Heimkehr, weil Sie ja die ganze Anlage in die Luft jagen mussten!«

Das Lächeln fiel aus Dr. Edmundos Gesicht.

»Dein Leben wäre dir nur noch ein paar Wochen erhalten geblieben, mein lieber Finnley. Denkst du, Tramek würde kommen, wenn er nicht beschlossen hätte, die Schließung der Anlage persönlich zu überwachen? Und mit Schließung meine ich, dass wir alle eine Kugel in den Kopf bekommen hätten! Frag doch deine neue Freundin Sascha, wenn du mir nicht glaubst. Was hat dich eigentlich geritten, sie durch das Portal zu lassen?«

Wenn Finn hätte aufstehen können, hätte er sich wie ein wildes Tier auf den Doktor gestürzt.

»Zu lassen? Zu *lassen*!? Diese Braut wollte mich abknallen! Hätte ich sie nicht mit durchs Tor gezogen, wäre ich mit ihr in die Luft geflogen!«

»Ich hoffe, du erwartest kein Dankeschön dafür, Mathe-Ass.«

Sascha war unbemerkt auf die Lichtung getreten. Der Doktor wich sofort einige Schritte zurück. Offenbar zeichnete sie sich für seine blutende Nase verantwortlich. Und damit war er noch glimpflich davon gekommen, wie Finn fand.

»Wo sind Sie gewesen?«, fragte der Doktor zögernd.

»*Sie* haben überhaupt kein Recht, hier irgendwelche Fragen zu stellen«, zischte sie ihn durch die Zähne an. »Sie können von Glück sagen, dass wir Ihren Verstand noch brauchen, sonst hätte ich Sie längst in Streifen geschnitten.«

Dr. Edmundo wich die Farbe aus dem Gesicht. Sascha schlenderte zu Finn und kniete sich neben ihn. Er versuchte, sich panisch von ihr weg zu drücken, seine Armmuskeln machten aber nicht mit.

»Bleib ruhig, Rechenkünstler, ich tu dir nichts. Der Doktor hat mir von seinem idiotischen Plan erzählt. Mir ist klar, dass *er* für die ganze Scheiße hier verantwortlich ist. Wir sitzen dank ihm jetzt alle in einem Boot.« Sie gab ein schnaubendes Lachen von sich. »Wenn wir nur eines hätten!«

»Spielen Sie hier nicht die Unschuldige!«, empörte sich der Doktor. »*Sie* entführen doch Kinder von ihren Eltern und experimentieren an ihnen herum!«

Langsam drehte Sascha den Kopf zu ihm um.

»Und Sie haben mit Ihrem kleinen Feuerwerk über vierzig Menschen umgebracht, Edmundo«, sagte sie leise.

Die Empörung verschwand aus dem Gesicht des Doktors und machte einer bleichen Leere Platz.

»Das waren alles Verbrecher.«

Aber es klang nicht sonderlich überzeugend. Er wendete sich ab und verschwand unter den nahen Bäumen.

Sascha widmete sich wieder Finn und prüfte mit der Hand seine Temperatur an der Stirn.

»Verbrecher! Pah! Das sagt der Richtige!«, zischte sie mehr zu sich selbst. Dann sprach sie Finn an: »Komisch, dass ihr vier euch so schwertut. Der Doktor und ich waren nach einer Stunde wieder auf den Beinen.«

»Es geht schon besser«, antwortete Finn zögerlich. »Wieso helfen Sie uns eigentlich?«

»Wäre es dir lieber, wenn ich euch alle absteche? Nein, ich bin ein praktischer Mensch. Wir werden alle Hände brauchen, wenn wir hier überleben wollen.«

»Sie haben sich umgeschaut, oder? Wissen Sie schon, wo wir sind?«

»Komischerweise sind wir genau da, wo die Anlage sein müsste. Aber hier ist absolut nichts, kein Lager, kein Weg und kein Steg am Meer! Zuerst dachte ich, der Doktor hat uns in die Vergangenheit gebracht. Das schien mir auf jeden Fall plausibler als dieses Gerede über andere Dimensionen oder Realitätsebenen oder wie auch immer. Aber dann sind mir ein paar seltsame Viecher über den Weg gelaufen: Als erstes ist mir eine Art Gecko an einem Baum aufgefallen, aber als ich genauer hingesehen habe, ist mir bewusst geworden, dass das Ding sechs Beine hatte! Und auf dem Rückweg wäre ich fast in eine Nacktschnecke von der Größe eines Kleinbusses gelaufen. Ich hielt sie erst für einen nassen Felsen, bis sie die Farbe von Grau zu Rot gewechselt hat. Wahrscheinlich um mir klar zu machen, dass ich sie besser in Ruhe lassen sollte. Ich habe dann lieber einen Bogen um das Vieh gemacht. Glaub mir, wir befinden uns eindeutig nicht mehr in unserer Welt, auch wenn die Insel an sich genau die gleiche ist. Ich verstehe das alles nicht.«

Finn hatte staunend zugehört.

»Der Doktor hat mir das erklärt.« Er hatte beschlossen, ihr erst einmal zu vertrauen, solange sie nicht wieder gewalttätig wurde. »Das hat wohl was mit einer materiellen Verschränkung zu tun. Deshalb sind die beiden Welten nahezu identisch, was die unbelebte Materie betrifft. Er hat aber auch gesagt, dass sich das Leben hier ganz anders entwickelt haben könnte, als in unserer Welt. Und nach Ihren Beschreibungen zu urteilen, ist das auch so. Eines muss man ihm lassen, seine Theorie scheint komplett zu stimmen.«

Sascha sagte nichts, aber er konnte erkennen, dass es ihr schwerfiel, das alles zu glauben.

Ken und die anderen begannen, sich stöhnend zu regen. Offenbar kamen sie langsam wieder zu sich.

»Oh Mann«, sagte Finn zu Sascha, »da haben wir ganz schön was zu erklären.«

Am Abend saßen sie alle zusammen an einem prasselnden Feuer. Der Doktor hatte in der vergangenen Stunde alles so genau wie möglich erklärt und Ken hatte die Informationen dann, nachdem er die Neuigkeiten mehr oder weniger selbst verdaut hatte, für Riku und Emma übersetzt. Das Mädchen saß nun weinend neben Riku, das Gesicht in ihren Händen verborgen. Der Asiate schien ihr gemeinsames Schicksal mit seiner üblichen Gelassenheit hinzunehmen.

»Warum weint die Kleine denn?«, fragte der Doktor leicht verärgert. »Ist ihr nicht klar, dass ich ihr wahrscheinlich das Leben gerettet habe?«

»Das mag vielleicht sein«, erwiderte Ken kalt, »aber Sie haben ihr im Gegenzug alle Hoffnung geraubt, ihre Familie jemals wieder zu sehen.«

Schweigen breitete sich um das Feuer aus. Nach einigen Minuten ergriff Sascha das Wort.

»Das alles lässt sich jetzt nicht mehr ändern. Je eher wir uns damit abfinden, dass wir den Rest unseres Lebens auf dieser Insel in einer anderen Dimension – Entschuldigung Doktor, ich meine natürlich in einer anderen *Realitätsebene* – verbringen, desto besser für uns. Die Vorräte des Doktors werden für uns sechs nicht lange reichen. Morgen früh mache ich mich auf die Suche nach essbaren Pflanzen und Tieren. Ich schlage auch vor, dass wir das Lager in die Nähe des Strandes verlegen. Dann können wir unser Glück mit Fischen versuchen und müssen uns nur in eine Richtung gegen die Gefahren des Dschungels absichern. Ich hab keine Lust, von einer überdimensionalen Nacktschnecke verspeist zu werden! Außerdem fließt nicht weit von hier ein Bach ins Meer. Damit sollte die Trinkwasserversorgung gesichert sein. Jetzt schlafen wir aber erstmal. Doktor, Sie übernehmen die erste Wache.« Sie warf ihm ihr Messer zu. »Ich löse Sie dann gegen zwei Uhr ab.«

Finn schaute auf seine Armbanduhr. Das Display war erloschen.

»Meine Uhr scheint kaputt gegangen zu sein«, sagte er laut, aber mehr zu sich selbst.

»Nun ja«, stammelte der Doktor, »da ist etwas, was ich noch nicht ganz verstehe. Sämtliche elektrischen Geräte, die ich mitgebracht habe, scheinen nicht mehr zu funktionieren. Erst dachte ich, die Batterien haben sich beim Durchgang durch das Portal entladen, aber diese Dynamolampe hier ist zum Aufladen per Hand. Nur lässt sie sich nicht laden!«

Zum Beweis drehte er ein paar Mal an der Kurbel, aber die kleine Glühbirne zeigte keinerlei Aktivität.

»Das hat mich dann stutzig gemacht und ich habe noch einige andere Dinge versucht. Letztendlich bin ich zu dem Schluss gekommen, dass es hier keine Elektrizität zu geben scheint.«

Sascha schaute ihn ungläubig an. »Sind Sie sicher?«

Der Doktor, offenbar in seiner Berufsehre gekränkt, griff nach dem leeren Rucksack und rieb ihn an seinem Kopf. Er sah aus, als ob er den Verstand verloren hätte. Dann zog er ihn wieder weg.

»Sehen Sie! Keinerlei statische Aufladung. Der Rucksack ist aus Kunststoff. Meine Haare müssten abstehen wie bei einem Punker!«

»Wollen Sie damit sagen, dass Ihnen Ihre ganzen elektrischen Spielzeuge hier überhaupt nichts nützen?« Sascha musste beinahe loslachen. »Hätten Sie mal lieber etwas mehr Werkzeug mitgenommen.«

Der schmollende Doktor griff nach hinten und warf ihr ein kleines Beil vor die Füße.

»Na immerhin!«, sagte sie lächelnd. Dr. Edmundo schaute jedoch weiterhin griesgrämig drein. Er schien auf sich selbst sauer zu sein.

»Wer hätte denn so was ahnen können! Keine Elektrizität!«

Finn lag die Frage auf der Zunge, weshalb sie dann überhaupt noch lebten. Schließlich funktionierte die gesamte Nervenübertragung im Körper über elektrische Impulse. Da er aber die anderen nicht noch mehr beunruhigen wollte, sprach er das Thema nicht laut an.

»Schlafen wir jetzt ein wenig«, sagte Sascha schließlich. »Doktor, wenn der Mond hinter den Bäumen verschwindet, ist es ungefähr zwei Uhr. Dann wecken Sie mich. Und lassen Sie das Feuer nicht ausgehen!«

Sie suchten sich alle ein Plätzchen in der Nähe des selbigen und legten sich hin. Finn war sich sicher, in dieser fremden Umgebung niemals einschlafen zu können, doch letztendlich war er von den Ereignissen des letzten Tages derart fix und fertig, dass er bereits nach wenigen Minuten fest schlief.

Am nächsten Morgen weckte Sascha sie ganz früh. Die letzten Sterne wehrten sich noch gegen das Morgengrauen. Jeder bekam einige Bissen vom Proviant, den der Doktor mitgebracht hatte und dann ließen sie die Wasserflasche herumgehen, bis sie leer war.

»So«, sagte Sascha, »das war unser letztes Wasser. Jetzt haben wir eine Motivation, rasch zum Strand zu kommen. Ich marschiere vorne weg, der Doktor am Schluss. Keiner fasst irgendetwas an, wenn es nicht unbedingt sein muss. Alles könnte giftig sein.«

Der Doktor sammelte die elektrischen Geräte zusammen, da er sich weigerte, sie zurückzulassen, auch wenn sie offensichtlich nutzlos waren. Dann gingen sie los.

Finn schaute sich staunend um, als Sascha sie durch das Dickicht führte. Überall standen riesige Urwaldbäume, so hoch wie Kirchtürme. Sascha meinte, dass die Inselbäume in ihrer Welt nicht einmal halb so hoch wuchsen. Er musste es ihr glauben, denn als sie ihn nachts durch den Dschungel getrieben hatte, war es stockdunkel gewesen. Später hatte er dann nichts mehr von außerhalb der Anlage zu Gesicht bekommen.

Auch die kleineren Pflanzen wirkten, als würden sie auf Dünger wachsen: Die meisten hatten riesige Blätter, oft mit hellen Streifen oder farbigen Punkten, und viele trugen gigantische Blüten in den schönsten Farben.

Plötzlich erhob sich ein tiefes Brummen aus der Geräuschkulisse des Waldes und Sascha ließ sie alle mit einem Wink in die Hocke gehen. Das Geräusch nahm an Lautstärke zu und ein längliches Etwas tauchte zwischen den Ästen der Bäume auf. Es sah aus wie eine hellgrüne Raupe, nur dass es ungefähr so dick und lang wie ein menschlicher Arm war. Beine waren keine zu sehen, aber es wurde von acht Paar schwirrenden Flügeln in der Luft gehalten, die gleichmäßig über die gesamte Körperlänge verteilt lagen. Finn schätzte die Spannweite jedes Flügelpaares auf mindestens einen halben Meter und sie flatterten derart schnell, dass er sie kaum erkennen konnte.

Mit zwei großen, schwarzen Facettenaugen sah sich das Wesen um und tanzte über ihren Köpfen hin und her, offenbar von den orangen Overalls angezogen. Sie wagten nicht, sich zu bewegen. Nach einigen Augenblicken verlor es aber das Interesse und steuerte stattdessen eine enorme, gelbe Blüte in der Nähe an.

Als es direkt über ihr schwebte, hörte das vordere Flügelpaar auf zu schlagen und der Kopf des Raupenwesens verschwand im Blütenkelch. So verharrte es gut eine Minute in der Luft und saugte Nektar. Dann zog es sein Vorderteil heraus und begann wieder mit allen Flügelpaaren zu flattern.

Am vorderen Paar hing der Pollen der Pflanze und als die Flügel zu schlagen begannen, verteilte er sich wie ein feiner Nebel, den das Geschöpf beim davonfliegen hinter sich her zog. Als das Brummen mit den Hintergrundgeräuschen des Waldes verschmolzen war, kam die Gruppe wieder auf die Beine.

»Faszinierend!«, freute sich der Doktor. »Offenbar hat die Evolution auch hier das Prinzip der Fremdbestäubung hervorgebracht.«

»Ja, und ein Glück, dass das Vieh nur auf der Suche nach Nektar und nicht nach Blut war!«, fügte Sascha trocken hinzu.

Sie erreichten zwei Stunden später ohne weitere Belästigungen durch die Flora und Fauna den breiten Sandstrand. Finn lief zum Wasser, zog sich Schuhe und Socken von den schmerzenden Füßen und ließ die Wellen seine Zehen massieren. Als er sich zu den anderen umdrehte, sah er das erste Mal mit eigenen Augen die beiden Vulkane.

Die Hänge des näher gelegenen begannen ungefähr drei Kilometer in nördlicher Richtung. Er schien fast bis zum Gipfel vom Dschungel überwuchert zu sein. Der andere lag noch weiter nordwestlich. Seine Flanken wirkten grau und kahl. Finn vermutete, dass der letzte Ausbruch nicht allzu lange zurückliegen konnte.

»Wir machen eine halbe Stunde Pause«, wies Sascha an. »Dann gehen wir noch gut einen Kilometer Richtung Südosten den Strand entlang. Dort müsste eigentlich der Bach aus den Bergen kommen. Falls es ihn hier überhaupt gibt.«

»Oh, ich bin mir ziemlich sicher, dass es ihn gibt«, sagte Dr. Edmundo völlig außer Atem. »Soweit ich das erkennen kann, ist diese Insel mit der in unserer Realität geologisch identisch. Und die physikalischen Gesetze gelten auch hier. Wasser fließt stets nach unten!«

»Wie auch immer«, brummte Sascha und ließ sich am Rand des Waldes im Schatten einer buschigen Palme nieder. Erstaunt beobachtete Finn, wie die anderen zu ihr trotteten und sich in ihre Nähe setzten. Offenbar erkannten sie, dass sie mit der Frau, so mürrisch und abweisend sie auch immer sein mochte, die besten Chancen in dieser fremden Umgebung hatten. Und Finn musste ihnen Recht geben. Er wollte sich gar nicht ausmalen, was mit ihnen geschehen würde, wenn sie nur mit dem Doktor hier gestrandet wären.

Die Sonne stand noch weit unter dem Zenit, als sie den Bach erreichten. Nachdem sie sich kurz nach irgendwelchen neuen, tierischen Überraschungen im Wasserlauf umgeschaut hatten, tranken sie alle in vollen Zügen. Das Wasser schmeckte frisch und belebte ihre müden Glieder.

»Und was jetzt?«, fragte Ken, nachdem er Riku mit der Flasche etwas zu trinken gebracht hatte. Es ging dem Asiaten zwar schon besser, aber Ken hatte ihn trotzdem den ganzen Weg stützen müssen.

»Jetzt?«, erwiderte Sascha. »Jetzt richten wir uns häuslich ein. Ich will nicht noch eine Nacht ungeschützt auf dem Waldboden verbringen.«

Sie nahm dem Doktor den Rucksack ab und reichte Finn das kleine Beil.

»Du und Sonnenschein seid für Holzstangen zuständig. Alle ungefähr zwei Meter lang und mindestens so dick wie ein Besenstiel.«

»Ich heiße Ken!«, protestierte dieser laut, doch Sascha schien ihn gar nicht zu hören.

»Und wie viele?«, wollte Finn wissen.

»So viele ihr in vier Stunden schafft. Wechselt euch ab. Einer behält immer die Umgebung im Auge. Und fasst nichts an, was knallige Farben hat! Meist ist das ein Hinweis auf etwas Giftiges. Und *Ken*?«, fügte sie mit einer übermäßigen Betonung seines Namens hinzu.

»Ja?«

»Sag der Kleinen, sie soll sich um unsere Kampfmaschine kümmern.«

Damit zog sie ihr Messer und verschwand im Wald.

»Emma und Riku! Merk dir unsere Namen, Sklaventreiberin!«, rief er ihr wütend hinterher, doch sie gab vor, ihn nicht zu hören.

»Mann, diese Frau bringt mich noch zur Weißglut! Es nervt mich tierisch, dass die uns hier immer noch herumkommandiert. Wir sind nicht mehr ihre Gefangenen!«

Er ließ Finn stehen und stapfte zu Emma, um ihr ihre Aufgabe zu erklären.

Einige Stunden später hatten die beiden einen ordentlichen Haufen Stangen an den Strand geschleift. Den Doktor hatte Sascha mit dem Messer losgeschickt. Er sollte Palmblätter heranschaffen und er hatte auch schon eine ganze Menge davon angehäuft.

Sascha selbst stand mit einem angespitzten Holzspeer regungslos im Meer und wartete auf Fische. Gerade als Ken einen Witz über sie reißen wollte, stieß sie zu und hob einen dunkelgrauen Fisch empor, der so gewaltig war, dass der Speer fast brach. Ken blieb sein Witz im Hals stecken. Die Frau schien wirklich alles zu können! Sie watete an Land und warf ihren träge zappelnden Fang auf eines der Palmblätter.

»Er hat zwar keine Augen, aber die Farbe scheint mir harmlos zu sein. Ich würde sagen, die Ehre des ersten Bissens gewähren wir dem guten Doktor, der uns an diesen fabelhaften Ort gebracht hat!«, sagte sie sarkastisch.

Dr. Edmundo schien sie gar nicht zu hören. Er hatte sich bereits mit dem Messer über den Fisch hergemacht und schlitzte ihn der Länge nach auf.

»Schaut euch das an! Sämtliche Organe sind nahezu identisch mit denen der Fische in unserer Welt. Nur dass er keine Augen hat, ist seltsam. Dafür weist er hier vorne im Kopfbereich einen dicken Wulst auf. Wahrscheinlich hat er eine Art Sonar, ähnlich den Delfinen bei uns und dieser Sinn ist so gut ausgeprägt, dass sich die Augen zurückgebildet haben. Ist aber nur eine Theorie.«

»Na, bisher haben Ihre Theorien zu unserem Glück ja gestimmt«, meinte Sascha. »Wenn Sie schon dabei sind, dann nehmen Sie den Kameraden gleich aus und bereiten Sie eine Feuerstelle vor. Finn und Ken, ihr beiden helft mir mit der Hütte.«

Den restlichen Nachmittag verbrachten die drei mit dem Bau einer provisorischen Behausung am Waldrand. Sascha suchte zwei geeignete, dünne Bäume direkt am Strand aus und befreite sie von störenden Seitenästen. Dann gruben sie drei weitere stabile Stangen senkrecht tief in den Sand ein, so dass die beiden Äußeren zusammen mit den Bäumen ein Rechteck bildeten. Der dritte Pfahl stellte den zweiten Türpfosten dar.

Mit stabilen Pflanzenfasern begannen sie, die restlichen Stangen im Abstand von einigen Zentimetern quer an die Bäume und die anderen Eckpfeiler zu binden, auch oben als Träger für das Dach. Zum Schluss flochten sie so eng wie möglich die Palmblätter in die Querstangen, so dass dichte Wände und ein solides Dach entstanden.

Gegen Abend kamen auch Riku und Emma dazu und halfen beim Bau der Tür. Emma hatte den ganzen Tag Rikus Prellungen mit Flusswasser gekühlt. Jetzt sah er, bis auf ein paar schorfige Wunden im Gesicht, wieder halbwegs normal aus.

Als die Sonne hinter dem Vulkan versank, saßen sie alle um die Feuerstelle und sahen dem Fisch beim Braten zu.

»Morgen haben wir den 20. April«, überlegte Sascha laut. »Das heißt, wir haben noch gut zwei Monate, bevor die Taifun-Saison beginnt. Spätestens dann brauchen wir einen besseren Unterschlupf als unser Provisorium hier. Vielleicht eine Höhle. Ich werde morgen früh mit Finn aufbrechen, um die nähere Umgebung zu erkunden.«

Finn sank das Herz in die Hose. Er wollte nicht wieder in diesen unbekannten Dschungel voller grotesker Lebewesen. Und vor allem nicht allein mit Sascha! Ken hatte dazu anscheinend eine andere Einstellung.

»Wieso kann ich Sie nicht begleiten?«, fragte er etwas eingeschnappt. »Ich bin älter als Finn und wesentlich besser in Form. Nichts für ungut, Finn«, fügte er vorsorglich hinzu, aber Finn war nicht verärgert. Vielmehr freute er sich, dass er vielleicht doch nicht mit Sascha losziehen musste.

»Weil du der Einzige bist, der sich mit Emma und Riku verständigen kann. Du und unsere Kampfmaschine seid für die Essensbeschaffung zuständig. Ich würde sagen, wir bleiben erstmal bei Fisch. Versucht es mit Speeren, wie ich heute. Riku sollte auf jeden Fall die nötige Ruhe dafür haben.«

Ken überhörte die indirekte Beleidigung und diskutierte

auch nicht weiter mit ihr, weil ihm klar zu werden schien, dass sie Recht hatte. Finns Schicksal war damit besiegelt.

Der Fisch stellte sich als durchaus schmackhaft heraus und nachdem nur die Gräten übrig waren, bereiteten sie noch einige Speere für das Fischen am nächsten Tag vor. Dann legten sie sich in der Hütte schlafen.

Obwohl Finn fix und fertig war, konnte er lange nicht einschlafen. Sascha hatte die erste Wache übernommen, denn sie bestand darauf, dass immer einer die Augen offen hielt, solange sie die Insel und ihre seltsamen Geschöpfe nicht besser kannten. Die anderen lagen schlafend neben ihm. Sie atmeten ruhig und gleichmäßig, nur der Doktor schnarchte leise.

Finn griff in die Tasche und holte den Stein vom Grab seiner Mutter hervor. Seit dem Zwischenfall mit Emma und Riku im Hof hatte er ihn in der Hosentasche mit herumgetragen. Er hütete ihn wie einen Schatz. Der Stein war das einzige Andenken, das er noch an sein altes Leben hatte. Vor ein paar Wochen noch war sein größtes Problem gewesen, was er sich für eine Arbeit suchen könnte, um seinen Vater zu unterstützen. Nun lag er auf einer unbekannten Insel in einer fremden Welt. Und hier würde er auch den Rest seines Lebens verbringen, ohne dass sein Vater je erfahren würde, was aus ihm geworden war.

Er drückte den Stein an seine Brust und weinte leise, bis er schließlich doch irgendwann einschlief.

Die Nachtruhe endete abrupt mit einem lauten Krachen. Sascha kam mit viel Getöse durch die Seitenwand der Hütte geflogen und landete hart auf dem schlafenden Ken. Alle waren sofort hellwach, Emma kreischte. Keine fünf Sekunden später stand Sascha wieder auf den Füßen. Mit dem Messer in der Hand stürmte sie durch das Loch in der Wand in die Nacht.

Der Doktor kroch zu dem verängstigten Mädchen und versuchte, sie zu beruhigen, während die anderen hinter Sascha nach draußen sprangen. Was Finn dort erblickte, ließ ihm das Blut in den Adern gefrieren.

Keine zehn Schritte entfernt stand Sascha vor einer Bestie, deren Erscheinung am ehesten der eines Löwen ähnelte, soweit Finn es im Licht des fast vollen Mondes erkennen konnte. Sie kauerte sprungbereit im Sand, während ihr gut zwei Meter langer, in einer tödlichen Spitze endender Schwanz über ihr in der Luft hin und her peitschte. Ab und zu schoss das Schwanzende nach vorne, aber Sascha wich flink wie eine Katze mal nach links und mal nach rechts aus.

Das Gesicht des Wesens sah grauenhaft aus. Finn erkannte fast menschliche Züge darin, allerdings blitzten mehrere Reihen nadelspitzer Zähne in dem riesigen Maul und die übergroßen, schwarzen Augen wanderten lauernd von einem zum anderen.

»Knall das Vieh ab!«, schrie Ken, aber Sascha ließ ihre Pistole, wo sie war. Stattdessen verpasste sie dem Schwanz mit dem Messer einen tiefen Schnitt, als er dicht neben ihrem Ohr ins Leere stieß. Laut brüllend zog ihn das Ungetüm sofort zurück. Offenbar war es nun richtig sauer.

Riku überwand als erster den Schreck. Der junge Asiate griff sich einen der Speere, die sie für das Fischen am nächsten Tag vorbereitet hatten, und ließ ihn in der Luft wie einen Propeller kreisen. Langsam machte er einen weiten Bogen um die Bestie.

Ken fasste sich ein Herz, schnappte sich ebenfalls einen der Speere und bewegte sich in die andere Richtung um den Angreifer herum. Er sah dabei aber nicht halb so graziös wie Riku aus. Vielmehr klammerte er sich krampfhaft an seiner Waffe fest, damit sie ihm Halt gab.

Nur Finn stand da wie versteinert, von der Angst völlig gelähmt.

Langsam schlossen die drei die Bestie zwischen sich ein und sie schien das auch zu registrieren. Mal drehte sie sich hierhin, mal dorthin. Schließlich fixierte sie Sascha, die Augen zu Schlitzen verengt, und gab einige Worte in einer knurrenden und zischenden Sprache von sich, die nicht gerade freundlich klangen. Finn fiel die Kinnlade nach unten. Dieses Wesen schien intelligent zu sein! Und ziemlich feindselig ihnen gegenüber.

»Das Vieh darf nicht entkommen! Sonst haben wir es bald mit mehr als nur einem dieser Dinger zu tun!«, schrie Sascha den anderen zu.

Todesmutig bewegte sie sich einige Schritte auf das Ungetüm zu. Es schien langsam zu ahnen, dass das Ganze hier auch übel ausgehen konnte. Blitzschnell drehte es sich Richtung Dschungel und machte einen gewaltigen Satz, bevor Sascha bei ihm war.

Riku, der in der Nähe des Waldrands stand, bewegte sich unheimlich schnell unter die springende Bestie, fiel auf die Knie und stemmte den Speer in den Sand. Unfähig, in der Luft noch die Richtung zu wechseln, landete das Wesen mit einem grauenvollen Brüllen direkt auf Riku, begrub den Asiaten unter sich und blieb dann reglos liegen.

Die anderen rannten durch den Sand zu Riku. Sascha zögerte nicht lange und trieb ihre Klinge bis zum Heft in den Hals des Ungetüms, aber es zuckte nicht einmal mehr.

Ein Stöhnen drang unter dem Haufen aus Fell und Muskeln hervor. Mit vereinten Kräften wälzten sie den Kadaver zur Seite. Zum Vorschein kam ein in Blut getränkter Riku, aber es hatte eine nahezu schwarze Farbe und schien eindeutig von der Bestie zu stammen, was Finn etwas beruhigte.

Der Speer war abgebrochen, doch das spitze Ende hatte sich tief in die Brust des Wesens gebohrt. Ken reichte Riku die Hand und zog ihn auf die Beine und Sascha klopfte ihm anerkennend auf die Schulter.

»Ich habe noch nie gesehen, dass sich jemand derart schnell bewegt hat«, sagte sie ungläubig und sah dem Asiaten staunend in die Augen.

Als Ken ihn danach fragte, meinte er bloß, es sei wie ein Reflex gewesen. Wahrscheinlich das Adrenalin. Aber Sascha überzeugte das nicht und auch Finn musste zugeben, dass er sich schneller bewegt hatte, als er es je bei einem Menschen gesehen hatte. Ganz im Gegensatz zu ihm selbst, der vor Angst wie erstarrt gewesen war. Finn schämte sich dafür, aber keiner sprach es an, was ihn nur noch mehr ärgerte. Offenbar hatten sie nichts anderes von ihm erwartet!

Alle außer Emma standen schweigend um den Kadaver und langsam wurde einem nach dem anderen bewusst, dass sie nur knapp dem Tod entkommen waren. Finn bekam weiche Knie und er setzte sich in den Sand.

»Das Vieh hat eindeutig etwas gesagt! Das sind keine Tierlaute gewesen, sondern Worte, auch wenn wir sie nicht verstehen konnten! Wisst ihr, was das bedeutet? Diese bösartige Bestie muss bis zu einem gewissen Grad intelligent sein. Wer weiß, wie viele davon noch auf der Insel herumschleichen! Sicher vermissen die anderen ihren Artgenossen bald. Und dann werden sie uns jagen und zerfleischen!«

»Nun mal nicht gleich den Teufel an die Wand«, versuchte Sascha ihn und auch die anderen zu beruhigen. »Wir wissen nicht, wie viele es von den Dingern gibt und ja, sie scheinen eine gewisse Intelligenz zu besitzen. Aber wir sind auch nicht dumm und auch nicht ungefährlich, wie unsere Kampfmaschine hier bewiesen hat. Außerdem haben wir eine Pistole und drei volle Magazine. Und so viele von den Viechern kann diese Insel gar nicht ernähren, wenn ich mal davon ausgehe, dass es Fleischfresser sind.«

Sie schob mit ihrem Fuß den Unterkiefer der Bestie etwas nach unten, um einen Blick auf die Zähne zu werfen. Sie waren dünn und spitz wie Nadeln und man konnte mehrere Reihen davon hintereinander erkennen. Der Doktor sank sofort auf die Knie und untersuchte vorsichtig das Gebiss.

»Wo Sie gerade Ihre Pistole erwähnen!«, schrie Ken die

völlig überraschte Sascha an. »Warum, zum Teufel, haben Sie das Vieh nicht einfach abgeknallt?!«

»Na denk mal nach, Sonnenschein. Den Schuss hätte man auf der ganzen Insel gehört. Glaub mir, wenn ich geschossen hätte, hätten wir mittlerweile bestimmt neue Gesellschaft, du Genie!«

Damit hatte sie Ken den Wind aus den Segeln genommen. Bewundernd musste Finn dieser Frau zugestehen, dass sie selbst in den brenzligsten Situationen einen klaren Kopf behielt.

Der Doktor kam wieder auf die Beine. Er befand sich komplett im Forschermodus und die Gefahr der letzten Minuten schien vergessen zu sein.

»Unglaublich! Die Zähne dieses Wesens scheinen nicht allzu robust zu sein, aber es wachsen ständig neue nach! So ähnlich, wie bei einem Hai. Und das Gesicht! Außer der Anatomie des Mundes und der Größe der Augen wirkt es fast humanoid, während der Körper dem einer Raubkatze ähnelt.«

Er hüpfte um den Kadaver herum, wie ein Kind um den geschmückten Weihnachtsbaum.

»Seht euch die Mähne an! Auf den ersten Blick wirkt sie fast wie die eines Löwen, aber sie besteht aus feinen Stacheln, wie bei einem Stachelschwein! Und erst der Schwanz! Schaut euch nur den Schwanz an! Gut zwei Meter lang und das Ende ist zu einer tödlichen Spitze verhornt. Habt ihr gesehen, wie präzise es ihn bewegt hat? Offenbar dient er als Ersatz für die fehlenden Greifextremitäten und ohne Zweifel auch als Waffe.«

»Das ist mir nicht entgangen, Doktor«, unterbrach ihn Sascha mit sarkastischem Tonfall, »aber Sie sollten Ihre Untersuchungen auf den Morgen verschieben. Wir müssen alle noch etwas schlafen. Sobald der Tag anbricht, verschwinden wir von hier. Die Anwesenheit dieser Dinger ändert alles! Wir können nicht am Strand bleiben, wo wir wie auf dem Präsentierteller sitzen. Ich schlage vor, wir folgen dem Fluss in die Berge und suchen nach einer Höhle oder nach irgendetwas anderem, wo wir uns verbarrikadieren können.«

Keiner widersprach. Wortlos trotteten sie zurück zur ramponierten Hütte, wo die völlig verängstigte Emma auf sie wartete. Nur Riku blieb noch einen Moment vor dem Kadaver stehen.

»Mantikoa«, murmelte er leise, dann folgte er den anderen.

Keiner fand in dieser Nacht noch Schlaf, auch wenn Sascha anbot, bis zum Morgengrauen Wache zu halten. Finn fragte sich, ob die Frau überhaupt irgendwann mal ruhen musste.

So fühlten sie sich alle todmüde, als die Sonne sich am Horizont zeigte. Finn hoffte, das tote Wesen würde sich am Morgen wie ein böser Traum im Licht des Tages auflösen, aber es lag noch immer am Rand des Dschungels im von seinem Blut getränkten Sand. Das zinnoberrote Fell bewegte sich sanft im Wind und Finn verspürte eine gewisse Traurigkeit über den Tod der Kreatur, auch wenn sie sie wahrscheinlich alle umgebracht hätte, wenn Sascha und Riku nicht gewesen wären. Aber trotzdem war es ein intelligentes Wesen, das nun wegen ihnen nicht mehr lebte.

Sascha riss ihn aus seinen trüben Gedanken.

»Hey, Rechenkünstler! Mach dich nützlich und hilf Ken und Riku die Hütte abzureißen. Und dann schleift die Überreste dieses Dings in den Wald, damit man es nicht schon von Weitem sieht. Gegen den Geruch werden wir leider nichts machen können, es sei denn, unser Doktor hat einen Spaten in seinem Rucksack oder jemand hat Lust, mit bloßen Händen ein ausreichend großes Loch zu graben.«

»Und was werden *Sie* währenddessen tun?«, fragte Ken schroff.

»Ich kümmere mich ums Frühstück.«

Mit diesen Worten drehte sie sich um und lief am Waldrand den Strand entlang, die Augen nach oben in die Bäume gerichtet.

»Warum will sie, dass wir die Hütte wieder abreißen? Wir haben sie doch erst gestern gebaut!«, machte Ken seinem Unmut Luft.

»Ich nehme an, sie will am Strand nichts zurücklassen, was uns verraten könnte. Wenn wir Glück haben und die Wesen finden von ihrem Artgenossen und uns keine Spuren, dann haben wir vielleicht eine Chance, unentdeckt zu bleiben«, erklärte Finn.

Ken setzte eine finstere Miene auf und wollte seine Wut gerade an der Hütte auslassen, als Finn ihn am Arm zurückhielt.

»Ich mach das schon. Kümmer du dich lieber um Emma. Sie ist noch jung und hat die letzte Nacht noch nicht so richtig verarbeitet, glaub ich.«

Mit dem Kinn deutete er in Richtung Meer. Dort saß die Kleine und starrte zum Horizont. Sofort verflog die Wut aus Kens Gesichtszügen und er lief zu dem Mädchen hinüber. Als er sich neben sie setzte und einige beruhigende Worte auf Schwedisch zu ihr sagte, brach sie in Tränen aus und fiel Ken um den Hals.

Riku, der vom Bach zurückkam, wollte auch zu ihr laufen, als er sie weinen sah, aber Finn hielt ihn zurück und schüttelte den Kopf. Es war wichtig, dass das Mädchen auch zu den anderen ein Verhältnis aufbaute und sich nicht nur an Riku klammerte.

Als Sascha eine gute Stunde später mit den Armen voller länglicher, brauner Früchte zurückkehrte, war die Hütte und das Wesen bereits vom Strand verschwunden. Außer ihren Fußspuren würde nichts verraten, dass sich hier jemand aufgehalten hatte.

»Gut«, sagte sie und ließ die Früchte in den Sand fallen. »Ich habe die hier von den Palmen heruntergeholt. Ich vermute, es sind so eine Art Kokosnüsse. Jedenfalls schmecken sie ähnlich.

Und da ich immer noch lebe, scheinen sie auch nicht giftig zu sein.«

An einem Stein schlug sie die Nüsse auf und verteilte sie. Das Fruchtfleisch schmeckte tatsächlich nach Kokos. Offenbar hatten sich doch einige Dinge hier recht ähnlich entwickelt.

»Ich war nicht sehr tief im Wald, aber diese Palmen scheint es hier überall zu geben. Damit sind wir erstmal nicht auf das Jagen angewiesen.«

»Haben Sie noch irgendeine Spur von diesen Wesen gefunden?«, fragt Finn mit ängstlicher Stimme.

Sascha schaute ihn fast mitleidig an.

»Nein. Und das *Sie* spart ihr euch bitte ab sofort. Ich habe noch nie viel von derartigen Floskeln gehalten. Und schließlich sind wir doch alle gleich hier, nicht wahr, *Adrian*?«

Sie schaute den Doktor mit einem etwas spöttischen Lächeln an.

»Von mir aus«, erwiderte dieser schulterzuckend. »Aber wo wir dabei sind: Wie lautet eigentlich dein Nachname? Ich kenn dich nun schon fast zehn Jahre und in dieser Zeit hat dich jeder immer nur mit deinem Vornamen angesprochen.«

»Ich habe mich noch nicht entschieden«, antwortete sie mysteriös, drehte sich um und marschierte in Richtung Bach davon.

Um die Mittagszeit herum waren sie bereits tief in den Wald vorgedrungen. Sie folgten dem kleinen Bach, der von der Flanke des näher gelegenen Vulkans herunterkam. Nach einiger Zeit wurde das Gelände immer steiler und sie kamen im dichten Unterholz am Rande des steinigen Flussbetts nur langsam voran. Die schwüle Hitze, die sich wie eine Decke auf die Gruppe legte, machte es nicht einfacher.

Am späten Nachmittag erreichten sie eine überhängende Felswand, von der sich der Bach herunterstürzte. Hinter dem Wasservorhang konnten sie den dunklen Eingang einer Höhle erahnen.

»Ich schau mich mal um«, sagte Sascha und zog ihre Pistole.

»Und wenn Mantikoren in der Höhle sind?«, wollte Finn sie zurückhalten.

Sie hielt inne und schaute ihn fragend an. »Was für Dinger?«

»Mantikoren«, antwortete Ken. »Riku hat mir berichtet, dass ihm sein Großvater immer Gruselgeschichten von einem löwenartigen Wesen mit menschlichem Gesicht erzählt hat, das in der Nacht kommt und kleine Kinder frisst. Der Mantikor. Du musst schon zugeben, dass die Beschreibung ganz gut passt, oder? Jedenfalls müssen wir die Viecher ja irgendwie nennen und dieser Name ist so gut wie jeder andere.«

»Von mir aus«, erwiderte Sascha. »Wenn da ein *Mantikor* drin sein sollte, verpass ich ihm eine Kugel.«

»Aber wenn es mehrere sind?«, gab Finn zurück.

Sascha verdrehte die Augen und wandte sich den anderen zu.

»Jetzt hört mir mal zu: Ja, es gibt gefährliche Wesen auf dieser Insel. Vielleicht auch noch gefährlichere, als diese Mantikoren. Und jede Pflanze oder Frucht, die wir anfassen oder essen, könnte giftig sein. Aber wenn wir immer nur mit dem Schlimmsten rechnen und nicht daran glauben, hier zu überleben, dann können wir uns gleich hier und jetzt eine Kugel in den Kopf jagen.«

Damit hielt sie Finn den Griff der Pistole vor die Nase. Anstatt sie zu ergreifen, nickte er nur stumm und presste die Lippen aufeinander.

»Dachte ich mir's doch.«

Sie drehte sich um, trat hinter den Schleier aus Wasser und war im nächsten Augenblick verschwunden.

Keine fünf Minuten später kam sie wieder zurück.

»Die Höhle ist nicht sehr tief und völlig leer. Es sieht nicht so aus, als wären in letzter Zeit irgendwelche größeren Tiere dort gewesen. Was Besseres werden wir kurzfristig nicht finden. Also rein da mit euch, wir bleiben erst einmal hier.«

Das Innere der Höhle machte wirklich einen guten

Eindruck, wie Finn erfreut feststellte. Nach zwei Metern öffnete sich der schmale Eingang zu einer kleinen Halle mit sandigem Boden. Es war trocken und kühl und durch den Schleier des Wasserfalls fiel sogar etwas Licht herein, so dass sie nicht in totaler Finsternis hausen mussten.

Völlig ausgelaugt ließen sich alle außer Sascha in den Sand fallen. Ihre furchtlose Anführerin schien überhaupt nicht müde zu sein und hatte ausgesprochen gute Laune. Offenbar freute sie sich, dass sie einen nahezu perfekten Unterschlupf gefunden hatten.

»Sogar mit fließend Wasser!«, gab sie fröhlich von sich. »Hey, Sonnenschein! Sag der Kleinen, sie soll mit mir kommen.«

»Was hast du vor?«, fragte Ken misstrauisch.

»Jetzt wird geduscht. Wir stinken alle wie die Schweine. Ladys first, würd ich sagen. Und wenn ich auch nur die Nasenspitze von einem von euch sehe, wird das nicht das Einzige sein, was ich euch abschneide!«

Trotz ihres amüsierten Tonfalls war Finn sofort klar, dass es sich um keine leere Drohung handelte. Ken erklärte Emma und Riku, was Sascha vorhatte. Nach kurzem Zögern stand Emma auf und folgte ihr nach draußen. Der männliche Rest verzog sich in eine Ecke der Höhle, von der aus der Eingang nicht zu sehen war.

Einige Zeit später kamen die beiden mit nassen Haaren und gut gelaunt zurück. Obwohl sich die Frauen nicht mit Worten verständigen konnten, schien Emma etwas mehr Vertrauen zu der mürrischen Sascha gefasst zu haben. Seit sie im Innenhof des Gefängnisses gemalt hatte, hatte das Mädchen nicht mehr so gelächelt.

Offenbar hatten sie auch ihre Kleidung gewaschen, denn auch diese schien klatschnass zu sein. Emma begann in der kühlen Höhle zu zittern.

»Finn und Ken, ihr beide sammelt trockenes Holz. Wir

müssen ein Feuer machen, damit sich die Kleine nicht erkältet«, wies Sascha in ihrem üblichen Befehlston an.

Ken war offenbar zu müde zum Diskutieren, denn er erhob sich ohne Widerworte und folgte Finn nach draußen. Als sie einige Zeit später mit den Armen voller Brennholz zurückkamen, stand Riku völlig nackt unter dem Wasserfall und duschte. Er ließ sich auch von den beiden Zurückkehrenden nicht stören und winkte ihnen freundlich entgegen.

Finn bewunderte Rikus Selbstbewusstsein. Wenn jemand seinen Hüftspeck sehen würde, würde er vor Scham im Boden versinken. Aber Riku hatte offenbar kein Problem mit seinem Körper. Warum auch, dachte Finn neidisch, der Asiate schien nicht ein Gramm Fett am Leib zu haben. Er war zwar etwas dünn, aber dennoch drahtig und muskulös.

Als sie in die Höhle kamen, nahm Sascha sofort einen Teil des Holzes und legte es in eine vorbereitete Mulde im Boden. Dann zog sie ein Feuerzeug aus dem Rucksack des Doktors und wenige Augenblicke später prasselte ein wärmendes Feuer in der Höhle.

Einen Moment beobachtete Sascha kritisch den aufsteigenden Rauch, doch der schmale Eingang reichte fast bis zur Decke hoch, so dass die dünnen Schwaden sich nur kurz in der Höhle hielten und dann nach draußen weiter zogen.

»Perfekt«, sagte sie zufrieden. »Ich muss sagen, dieser Unterschlupf gefällt mir immer besser. Wenn wir uns nicht zu dumm anstellen, haben wir hier eine Chance.«

Von draußen kam Riku in Boxershorts herein. Auch er hatte seine Kleidung gewaschen, hatte aber nur die Unterwäsche angezogen und breitete die restlichen nassen Sachen neben dem Feuer aus, an dem es sich Emma bequem gemacht hatte. Keinen schien seine Nacktheit zu stören und nicht einmal von Sascha kam irgendein dummer Kommentar.

Einige Zeit später saßen auch der Doktor und Ken frisch geduscht und ebenfalls beinahe nackt am Feuer und wärmten sich wieder auf. Jetzt war Finn an der Reihe. Wortlos ging er nach draußen. Er starrte eine ganze Zeit schweigend auf den schillernden Wasserfall und grübelte vor sich hin. Dann schlug er sich mit der flachen Hand gegen die Stirn und lachte leise über sich selbst.

Er hatte durch einen Schlag auf den Kopf besondere Fähigkeiten erhalten und war von einer mysteriösen Frau auf eine Insel im Nirgendwo verschleppt worden. Es wurden Versuche an ihm gemacht und er hatte einem etwas verrückten Wissenschaftler dabei geholfen, ein Portal in eine andere Realitätsebene zu öffnen. Dann waren sie alle hier gestrandet und hatten bereits in ihrer zweiten Nacht mit einem offenbar intelligenten, zähnefletschenden Wesen gekämpft, das sie töten wollte. Und er machte sich Sorgen, dass ihn jemand wegen seines Babyspecks auslachen würde?

Ohne noch weiter zu zaudern, zog er sich splitternackt aus und trat unter den Wasserfall. Das Wasser floss angenehm kühl über seine Haut und belebte seine müden Glieder. Danach kümmerte er sich um seine stinkenden Klamotten und schrubbte sie ausgiebig auf einem flachen Stein. Er zog die nassen Boxershorts wieder an, klemmte sich den Rest unter den Arm und marschierte ohne zu zögern wieder zurück in die Höhle.

Die anderen saßen am Feuer und unterhielten sich. Als er sich dazu setzte, klatschte ihm Ken die Hand auf den nackten Rücken.

»Du hast dir aber viel Zeit gelassen!«, stellte er lächelnd fest.

»Ich habe den Wasserhahn gesucht«, sagte Finn trocken.

Ken prustete los vor Lachen. Selbst Sascha und der Doktor mussten Schmunzeln. Als Ken wieder Luft bekam, übersetzte er es für Riku und Emma und auch die beiden konnten herzlich lachen.

Finn schaute in die Runde. Das erste Mal, seit sie durch das Portal getreten waren, bereute er es nicht mehr. Sicher, hier lauerten tausend Gefahren und sie würden nie mehr zurückkommen, aber sie waren frei und am Leben. Er glaubte dem Doktor, dass sie in der Anlage bis zu ihrem Tod gefangen gewesen wären. Seinen Vater hätte er also so oder so nie mehr gesehen. Und hier hatte er wenigstens seine Freiheit und war mit Menschen zusammen, die seine Freunde waren.

Und Sascha.

Zwischen den Fronten

»Hoch mit euch, ihr Faulpelze! Wir haben einen langen Weg vor uns!«

Sascha trat Finn sanft mit ihrem Fuß in die Seite.

»Was? Wie spät ist es? Ich dachte, wir wollten uns hier häuslich einrichten?«, brachte er gähnend hervor, nachdem er sich ausgiebig gestreckt und den Schlaf aus den Augen gerieben hatte.

»Das werden wir auch. Aber ich will nicht noch einmal den gleichen Fehler machen, wie beim ersten Mal. Wir werden uns zunächst einen Überblick verschaffen und mit *wir* meine ich *alle*. Es gibt nur eine Pistole und wir sollten uns alle in ihrer Nähe aufhalten. Also wird keiner zurückbleiben.«

Auch die anderen begannen sich nun nach und nach zu regen.

»Und wie willst du dir in diesem Dschungel einen Überblick verschaffen?«, fragte Ken und streckte sich ebenfalls ausgiebig.

»Der Gipfel des Vulkans scheint mir dafür am besten geeignet. Die Hälfte des Weges liegt bereits hinter uns. Wenn wir gleich aufbrechen, sind wir zum Abendessen wieder hier.«

Eine halbe Stunde später versammelten sie sich vor der Höhle. Sascha war bereits fleißig gewesen und hatte den Rucksack mit Kokosnüssen gefüllt. Ken ächzte, als er ihn schulterte.

»Ich dachte, du wärst so gut in Form, Sonnenschein. Soll ich ihn lieber tragen?«, stichelte Sascha verschmitzt lächelnd, bekam aber nur einen finsteren Blick als Antwort.

Wasservorräte würden sie keine brauchen, denn sie wollten dem Bach weiter folgen. Außer zum Sammeln von Nüssen hatte Sascha ihre Wache dazu genutzt, um mit ihrem Messer einige Speere zu schnitzen. Sie reichte jedem einen, auch Emma. Das Mädchen starrte mit großen Augen auf das spitze Ende, als ob es bereits mit Blut besudelt wäre. Dann marschierten sie los.

Zunächst musste die kleine Gruppe den Bach verlassen, um einen Weg auf die überhängende Felswand zu finden, unter der ihre Höhle verborgen lag. Nachdem sie ihr einen halben Kilometer gefolgt waren, ging sie schließlich in einen felsigen Hang über. An einer besonders flachen Stelle versuchten sie ihr Glück und nach viel Kletterei und noch mehr Fluchen waren alle oben angekommen. Dann ging es zurück in Richtung Höhle, damit sie dem Bach weiter folgen konnten.

Als sie den Felsen über ihrer Behausung erreicht hatten, staunten sie nicht schlecht: Bevor der Bach über die Klippe fiel, sammelte er sich in einem lauschigen, kleinen See. Das Wasser lag so klar vor ihnen, dass sie ohne Probleme bis zum Grund schauen konnten. Große teichrosenartige Blumen trieben auf der Oberfläche und eines der fliegenden Raupenwesen war damit beschäftigt, ihren Nektar zu sammeln.

Die Gruppe stillte ihren Durst und folgte dann dem langgestreckten Ufer des Sees, bis er immer schmaler und schließlich wieder zum Bach wurde. Auch das Gelände stieg nun abrupt an und sie mussten mehr klettern als laufen.

Gegen Mittag wurden die großen Bäume immer seltener und machten einem mannshohen Dickicht Platz, das kaum eine Lücke zum Durchkommen ließ. Hier verlor sich auch der Bach in einem sumpfigen Talgrund. Sie füllten ihre einzige Wasserflasche und stellten sich auf einen durstigen Nachmittag ein.

Nachdem sie das Dickicht mit einer Menge neuer Kratzer und Schrammen hinter sich gelassen hatten, öffnete sich die Vegetation auf dem Hang vor ihnen. Stückweise wuchs nur noch hüfthohes, dunkelgrünes Gras, so dass sie bis hinunter zum Meer schauen konnten, wenn sie zurückblickten.

»Irgendwo da unten hatten wir unser Strandlager«, sagte Finn schnaufend, die Hand wie ein Schild gegen die Sonne haltend.

Sascha nahm Ken den Rucksack ab und kramte zwischen den Kokosnüssen herum.

»Neben dem Beil hat unser guter Adrian noch ein zweites, nützliches Gerät mitgenommen.«

Mit diesen Worten zog sie ein kleines Fernglas hervor und spähte damit hinunter zum Strand. Der Doktor wischte sich den Schweiß mit dem Ärmel aus dem Gesicht und murmelte:

»Keine Elektrizität! Wer konnte denn so was ahnen!«

Während Sascha weiter durch das Fernglas schaute, fielen ihre Mundwinkel plötzlich nach unten.

»Am Strand rührt sich etwas, aber ich kann wegen der Bäume nicht viel erkennen. Ich will nicht den Teufel an die Wand malen, aber ich glaube, es sind Artgenossen unseres nächtlichen Besuchers.«

»Und was machen wir jetzt?«, wollte Finn mit zittriger Stimme von ihr wissen. »Wenn sie unsere Fährte aufnehmen, haben sie uns hier oben noch vor Sonnenuntergang eingeholt!«

»Wir müssen zurück zur Höhle!«, bestimmte Ken und begann hektisch, sich den Rucksack wieder auf den Rücken zu hieven. Emma und Riku schauten sich nur fragend an, da sie kein Wort verstanden. Ihr Übersetzer war viel zu aufgebracht, um jetzt an die beiden zu denken.

Ohne das Fernglas von den Augen zu nehmen, gab Sascha in ruhigem Ton ihre Meinung kund:

»Wir werden nichts dergleichen tun. Die Höhle ist noch nicht befestigt und selbst wenn wir uns beeilen, kommen wir bestenfalls zeitgleich mit diesen Bestien dort an. Dann haben wir im dichten Wald keine Chance. Hier oben haben wir wenigstens freies Schussfeld. Nein, es bleibt dabei, wir gehen hoch zum Krater und verschaffen uns einen Überblick.«

»Und wer hat *dich* zur Kommandantin ernannt?«, platzte Ken der Kragen. »Die werden uns jagen wie die Tiere und einen nach dem anderen zur Strecke bringen, wenn wir weiter diesen Berg hochkriechen. Was glaubst du denn, welche neuen Erkenntnisse auf der anderen Seite der Insel auf uns warten? Noch mehr Wald, noch mehr Meer und bestimmt noch mehr von diesen Viechern!«

Noch bevor Sascha antworten konnte, ertönte aus weiter Ferne ein dumpfer Knall. Alle gingen sofort in die Hocke und lauschten. Kurz darauf erschallten zwei weitere Explosionen knapp hintereinander. Und wieder eine. Und noch drei.

»Was ist das nur?«, fragte Ken leise. Das neue Rätsel ließ ihn sich langsam beruhigen und auch Sascha ging nicht weiter auf seinen Ausbruch ein. Die Gruppe saß still im hohen Gras und lauschte den nicht enden wollenden Detonationen.

»Wenn wir nicht in einer fremden Welt ohne Menschen wären, würde ich sagen, das klingt wie explodierende Granaten«, überlegte Sascha. »Es scheint von der anderen Seite der Insel zu kommen. Also los! Ich will wissen, was zum Teufel das ist! Der Krater ist nicht mehr weit. In einer halben Stunde sind wir schlauer.«

Damit war die Diskussion beendet und sie machten sich wieder auf den Weg, begleitet vom Geräusch der unablässigen Explosionen und mit dem mulmigen Gefühl, verfolgt zu werden.

Als sie den Kraterrand endlich erreicht hatten, hörten die dumpfen Detonationen ohne Vorwarnung auf. Der Krater war relativ flach und bis auf ein paar verkrüppelte Büsche kahl. Finn schätzte ihn auf gut einen halben Kilometer im Durchmesser. Von der anderen Inselhälfte war dementsprechend noch nichts zu sehen. Hier und da stiegen einige Rauchschwaden auf, aber es sah so aus, als ob der Vulkan seit vielen Jahren nicht mehr aktiv war.

Die Neugier und der Gedanke an ein Rudel Mantikoren in ihrem Rücken trieb sie an und sie beschlossen, direkt durch den Krater zu marschieren und nicht außen herum. So schlitterten sie den flachen Geröllhang zur Mitte der

Vertiefung hinunter und quälten sich, nach einem kurzen Marsch durch den steinigen Krater, auf der anderen Seite wieder hinauf.

Keiner sagte ein Wort oder beschwerte sich über die Kletterei. Alle wollten nur so schnell wie möglich wissen, wo diese Explosionen herkamen und warum sie so abrupt wieder aufgehört hatten.

Die letzten Meter des Wegs zum gegenüberliegenden Kraterrand hatte Sascha die anderen hinter sich gelassen und stürmte wie eine Wilde auf allen vieren den Hang hinauf. Oben angekommen, spähte sie zunächst vorsichtig über den Rand hinweg. Wie versteinert lag sie einige Sekunden nur so da, bis sie auf einmal ganz nach oben kroch und sich aus dem Staub erhob.

»*Was zum Teufel …?*«, platzte es aus ihr heraus. »Das müsst ihr euch unbedingt anschauen!«

Die letzten Kräfte mobilisierend, schleppten sich Finn und die anderen ebenfalls bis nach oben. Was sie von dort aus erblickten, verschlug ihnen den Atem:

Auf einer Landzunge an der Nordseite der Insel lag eine Art Festung, die bis ans Meer reichte und die landeinwärts aus dem Urwald herauszuwachsen schien. Sie war von einer hohen Mauer aus dicken Holzstämmen umgeben, doch viel mehr konnte Finn nicht erkennen, denn sie brannte lichterloh. Dichte Rauchsäulen schraubten sich in den Himmel und bildeten einen scharfen Kontrast zum Blau des Firmaments.

Diese Szenerie alleine war schon beeindruckend genug, doch das wirklich Atemberaubende befand sich einige hundert Meter vom Inferno entfernt über dem Strand schwebend: Ein Luftschiff! Und was für eines!

Es hatte einen gigantischen Auftriebskörper von zylindrischer Form, der bestimmt 250 Meter lang und mehr als 50 Meter im Durchmesser zu haben schien, wie Finn mit Hilfe seiner Fähigkeit einschätzte. Die Oberfläche schimmerte wie Perlmutt in der Sonne. Er konnte sich keinen Reim darauf machen, was das für ein Material war. Unter diesem mächtigen Tragkörper hing eine Art großes Segelschiff ohne Segel.

»Sollten wir uns nicht besser verstecken?«, schlug Dr. Edmundo vor, nachdem sie einige Minuten beobachtet hatten, wie das Luftschiff langsam Richtung Inselmitte steuerte und das Inferno hinter sich ließ. »Schließlich könnten die ebenfalls Fernrohre haben.«

Sascha beobachtete die Szenerie weiter mit dem Fernglas, ohne auch nur die geringsten Anstalten zu machen, sich zu verstecken oder auf die Bemerkung des Doktors einzugehen.

»Ich glaube, das sind Menschen! Oder wenigstens sehen sie so aus.«

Sie schwenkte mit dem Feldstecher zurück zur brennenden Befestigung am Meer.

»Und wenn mich nicht alles täuscht, war die Festung von diesen Mantikoren besetzt. Jedenfalls liegen Dutzende von ihnen tot am Strand.«

Endlich nahm sie das Fernglas von den Augen und wandte sich ihren Kameraden zu.

»Ein altes Sprichwort sagt, *der Feind meines Feindes ist mein Freund.* Davon ausgehend, dass diese Ungeheuer höchstwahrscheinlich unsere Fährte aufgenommen haben, bekommen wir hier in ungefähr zwei bis drei Stunden Gesellschaft, je nachdem wie schnell diese Mantikoren sind. Und dann sind wir zehn Minuten später alle tot, auch wenn wir nicht die Einzigen sein werden.«

Demonstrativ legte Sascha die rechte Hand auf das Pistolenhalfter an ihrer Hüfte. Nach einem Blick in die Runde fuhr sie fort:

»Also wäre ich dafür, dass wir unser Glück mit denen da versuchen, zumal die unsere einzige Chance sind, von der Insel wegzukommen.«

Sie deutete mit dem linken Daumen über die Schulter Richtung Luftschiff. Finn und Ken nickten nach kurzem Überlegen zustimmend, aber der Doktor schien noch nicht ganz überzeugt zu sein.

»Es ist keineswegs sicher, dass die Mantikoren unsere Fährte aufgenommen haben. Wenn wir jetzt ein Feuer oder sonst was machen, werden vielleicht die Falschen auf uns aufmerksam. Ganz davon zu schweigen, dass wir keinesfalls sicher sein können, dass das Luftschiff uns bemerkt oder überhaupt Interesse an uns hat!«

»Da hast du Recht, Adrian, dieses Risiko besteht natürlich. Ich bin dafür, dass wir abstimmen. Schließlich kann die falsche Entscheidung uns allen das Leben kosten. Aber entscheiden müssen wir uns, denn ewig werden die nicht auf dieser trostlosen Insel halt machen.«

Ken übersetzte das Wichtigste für Emma und Riku. Der Asiate nickte entschlossen, aber Emma schien das alles zu überfordern. Schließlich hoben alle außer dem Doktor und Emma die Hand.

»Damit ist es beschlossen. Wir riskieren es.«

Riku, Finn und Ken sammelten rasch einen Haufen trockener Äste und Zweige. Ken opferte außerdem die Ärmel seines Overalls als Brandbeschleuniger, da er das orange Outfit eh nicht leiden konnte. Auch schien er kein Problem damit zu haben, seine muskulösen Oberarme zu zeigen.

Sascha atmete noch einmal tief durch, blickte ernst in die Runde und zündete dann das Signalfeuer mit Hilfe des Ärmelstoffs an. Nachdem das Feuer beachtlich loderte, warfen sie noch einige grüne Zweige in die Flammen, damit es ordentlich rauchte. Zum Abschluss zog Sascha noch die Pistole aus dem Halfter und schoss dreimal in die Luft.

»So, jetzt weiß jeder auf der Insel, dass wir hier sind. Unser Schicksal liegt nun nicht mehr in unseren Händen.«

Damit setzten sie sich gemeinsam in der Nähe des Feuers auf den Boden und warteten schweigend. Sascha beobachtete das Luftschiff mit dem Fernglas, während Finn mit bangem Blick den Krater im Auge behielt, immer damit rechnend, dass eine Meute Mantikoren über dem Rand auftauchen und sie alle zerfleischen würde.

Die Minuten vergingen.

»Verdammt!«, fluchte Sascha. »Die rühren sich nicht vom Fleck! Das Ding ankert über dem kleinen See da unten. Wenn die sich nicht bald in Bewegung setzen, war's das für uns.«

Weitere kostbare Minuten verstrichen. Finn krampfte sich der Magen vor Angst zusammen und auch Emma hatte die Knie ans Gesicht gezogen und weinte schluchzend.

Plötzlich sprang Sascha mit einem Satz auf die Füße.

»Da! Sie drehen bei und fliegen in unsere Richtung! Hoffentlich ist es nicht zu spät.«

Mit der gefühlten Geschwindigkeit einer dieser übergroßen Nacktschnecken glitt das Fluggerät langsam den Hang des Vulkans herauf. Je näher es kam, desto mehr Details waren zu erkennen:

Die Gondel unter dem riesigen, schillernden Flugkörper glich tatsächlich einem übergroßen Segelschiff, nur dass es seine Masten nicht auf dem Deck hatte, sondern diese auf beiden Seiten waagerecht aus dem hölzernen Rumpf ragten. Segel waren jedoch keine zu sehen. Im Moment wurde das Luftschiff von zwei großen Propellern angetrieben, die sich an Heck und Bug mit nicht allzu hoher Geschwindigkeit drehten. Sie sorgten nicht nur für Schub, sondern durch eine gewisse Schräglage auch für zusätzlichen Auftrieb. Offensichtlich war die Auftriebskraft des Tragkörpers so ausgelegt, dass das Schiff recht dicht über dem Meeresspiegel schwebte und eine größere Höhe nur durch die zusätzliche Kraft der Propeller erreicht werden konnte.

Wer auch immer dieses Luftfahrzeug gebaut hatte, musste über ausgezeichnete technische Fähigkeiten und detailliertes Wissen über Auftrieb und Aerodynamik verfügen. Da keine Feuer zu sehen waren und es demnach kein Heißluftgefährt sein konnte, blieb es für Finn ein Rätsel, mit was der Tragkörper gefüllt war. Die Hoffnung wuchs in ihm, dass solch fortschrittliche Wesen halbwegs kultiviert sein mussten und sie sie deshalb vielleicht nicht sofort umbrachten.

Als das Fluggerät nach einer guten halben Stunde endlich auf ihrer Höhe und noch einen Steinwurf entfernt schwebte, veränderte sich die Ausrichtung der Propeller und das Schiff blieb an Ort und Stelle mitten in der Luft stehen. An der Reling drängten sich bestimmt drei Dutzend Gestalten, die eindeutig menschlich aussahen und alle in ihre Richtung blickten.

»Worauf warten die denn!«, brüllte Ken aufgebracht und fuchtelte wie wild mit den Armen.

Der Doktor war aus einem ganz anderen Grund aufgeregt:

»Unglaublich! Menschenähnliche Geschöpfe auch in dieser Realitätsebene! Das kann kein Zufall sein! Aber wie ist das nur möglich?«

Plötzlich erklang hinter ihnen im Krater ein furchtbares Brüllen und Emma begann hysterisch zu kreischen. Als Finn sich ebenfalls umdrehte, rutschte ihm das Herz in die Hose. Fünf Mantikoren hatten bereits die Mitte des Kraters erreicht und drei weitere überquerten gerade den gegenüberliegenden Rand. Ihre Geschwindigkeit war atemberaubend.

»Lauft!«, schrie Ken und zögerte keine Sekunde. Er rannte so schnell ihn seine Beine trugen auf das Luftschiff zu. Der Doktor versuchte verzweifelt mit ihm Schritt zu halten. Riku blieb einen Moment unentschlossen stehen und schaute zu Sascha, die immer noch regungslos Richtung Luftschiff blickte. Dann ergriff er Emmas Hand und zog sie hinter sich her, dem Doktor folgend.

Finn hingegen war am Ende. Die Besatzung oben auf dem Deck wollte ihnen offenbar nicht helfen, sonst hätten sie längst Anstalten gemacht, alle an Bord zu holen. Eine Flucht war sinnlos, ein Kampf war sinnlos, selbst weinen war sinnlos.

Ohne jegliche emotionale Regung ließ er sich auf die Knie sinken und blickte seinem nahenden Ende entgegen. Fast wäre ihm entgangen, dass Sascha immer noch neben ihm stand. Er schaute zu ihr hoch. Die kalte Wut und unerschütterliche Entschlossenheit, die er in ihrem Gesicht sah, verblüffte ihn in Anbetracht der aussichtslosen Lage.

Mit einer fließenden Bewegung zog Sascha ihre Pistole und zielte. Nicht etwa auf die Bestien, sondern auf die Gestalten an Deck des Schiffs. In dieser Stellung verharrend, vergingen kostbare Sekunden, während die ersten zwei Mantikoren den Fuß des inneren Kraterhangs erreicht hatten.

Erst jetzt drehte sie sich in einer geschmeidigen Bewegung in Richtung Krater und eröffnete das Feuer. Finn war in eine Art Schockstarre gefallen und verfolgte teilnahmslos das Geschehen. Die Zeit schien in Zeitlupe abzulaufen.

Sascha verpasste beiden Bestien je zwei Kugeln in den Kopf. Augenblicklich brachen sie zusammen und rutschten den Hang wieder hinunter, vor die Pranken ihrer nachfolgenden Artgenossen.

Die anderen Mantikoren blieben wie angewurzelt vor den Leichen stehen, offenbar verunsichert über die unbekannte Art und Weise, mit der der Zweibeiner auf dem Hügel zwei ihrer Brüder getötet hatte.

Ein besonders großes Exemplar benutzte seinen Peitschenschwanz, um einen der Toten umzudrehen. Die anderen verharrten regungslos. Erst schnüffelte es, dann leckte es mit der langen, gespaltenen Zunge das dunkle Blut auf, das aus dem Einschussloch sickerte.

Mit den fast handtellergroßen, schwarzen Augen fixierte es Sascha und spie ihr einige unverständliche Sätze in seiner zischenden Sprache entgegen, was diese aber völlig kalt ließ. Das brachte das Wesen nur noch mehr in Rage. Mit kurzen, bellenden Kommandos versetzte es die ganze Meute wieder in Bewegung.

Mittlerweile waren es gut und gerne zwanzig und dieses Mal gingen sie nicht blindlings auf ihre Opfer los. Nur wenige kamen direkt den Hügel herauf. Die meisten teilten sich auf und begannen, auf beiden Seiten in einiger Entfernung den

Rand des Kraters zu erklimmen. Der offensichtliche Anführer verharrte noch einen Moment, dann lief er in Richtung Kraterzentrum davon.

Finn sah dem Feigling nach, verlor ihn aber aus den Augen, als Sascha ihre Wut an seinen, sich in Todesverachtung frontal nähernden Artgenossen ausließ. Abgebrüht entleerte sie den Rest des Magazins und kurz darauf regte sich nichts mehr auf dem Hang unter ihr.

Er wusste, dass sie noch zwei Magazine übrig hatte. Ihr blieben also noch 24 Schuss und von beiden Seiten näherte sich der Feind. Routiniert und fast zu schnell für Finns Augen wechselte sie das Magazin und eröffnete erneut das Feuer auf die linker Hand heranstürmenden Mantikoren. Sie zielte und schoss, bis die Waffe nur noch Klickgeräusche von sich gab.

Ohne abzuwarten, wie die letzte der Bestien zusammenbrach, drehte sie sich um 180 Grad. In der Drehung legte sie ihr letztes Magazin ein.

Zwölf Schuss direkt über Finns Kopf hinweg später, regte sich auch auf der rechten Seite nichts mehr.

Mit den dahinscheidenden Mantikoren wuchs in Finn wieder die Hoffnung, und mit der Hoffnung auf Leben, kam die Angst vor dem Tod zurück.

»Sascha!«, brachte er jammernd hervor.

»Auf die Beine mit dir, Mathe-Ass! Beweg deinen Hintern zu den anderen! Es kommen bestimmt bald noch mehr!«

Mit diesen Worten zog sie Finn auf die Füße und gab ihm einen Stoß, dass er den Hügel Richtung Luftschiff hinunter stolperte. Ohne sich noch einmal umzuschauen, rannte er den äußeren Hang hinab auf seine Kameraden zu. Die anderen standen im Schatten des Fluggeräts, wild mit den Armen gestikulierend, um die Besatzung auf sich aufmerksam zu machen.

Sascha tauchte neben Finn auf und überholte ihn mit langen Schritten. Sie drehte sich im Laufen zu ihm, um ihn wahrscheinlich weiter anzutreiben, aber stattdessen riss sie überrascht ihre Augen auf und bremste im Staub schlitternd ab.

Noch bevor sie etwas rufen konnte, zischte irgendetwas haarscharf an seinem Ohr vorbei. Als Finn nach oben blickte, sah er, dass die Gestalten auf dem Deck des Schiffs mit Armbrüsten auf ihn zielten. Gerade als er sich hinter einem großen Stein in Sicherheit bringen wollte, spürte er einen stechenden Schmerz in seiner linken Schulter.

Er stolperte und schlug hart mit dem Kopf gegen einen Stein. Das letzte, was er sah, war Sascha, die mit dem Messer auf ihn losging. Dann versank die Welt wieder einmal in Dunkelheit.

Die Drachenhaut

Als Finn die Augen wieder aufschlug, blickte er in das besorgte Gesicht seines Freundes Ken.

»Hey Doc, er ist wach!«, rief er erleichtert.

Finn versuchte, sich aufzurichten, ließ es aber schnell wieder bleiben, nachdem ein höllischer Schmerz von seiner Schulter in den gesamten Körper ausstrahlte.

»Ganz ruhig, Kumpel«, redete Ken auf ihn ein. »Du hast den Stachel eines dieser Viecher zu spüren bekommen. Zum Glück war Sascha rechtzeitig zur Stelle und hat ihm das ein für alle mal abgewöhnt«, fügte er lächelnd hinzu.

»Wo ist sie? Geht es ihr gut?«

Kens Gesicht verdüsterte sich etwas.

»Sie hat nur ein paar Kratzer abbekommen. Diese Typen hatten der Bestie zum Glück bereits einige Bolzen verpasst. Aber sie haben sie irgendwo anders hingebracht, nachdem sie uns an Bord geholt hatten.«

»An Bord?«, fragte Finn verwirrt.

»Na wo glaubst du denn, wo wir sind? Als das große Vieh das Zeitliche gesegnet hatte, haben sie uns einen nach dem anderen an Seilen hochgezogen. Es sind tatsächlich Menschen, Finn, wie du und ich! Der Doktor ist ganz aus dem Häuschen!«

»Nur Manieren haben sie keine!«, kam dessen Stimme aus einer Ecke, die Finn in seiner Lage nicht einsehen konnte. »So behandelt man doch keine Gäste!«

»Ich glaube nicht, dass wir ihre Gäste sind, Doc«, entgegnete Ken. »Wohl eher Gefangene.«

Ein Schnauben kam vom Doktor. »Das nenn ich Ironie des

Schicksals. Jahrelang von einem Wahnsinnigen eingesperrt und dann entkommt man in eine andere Realität und wird gleich wieder gefangen genommen!«

»Wenigstens leben wir«, konterte Ken.

»Na ja, sei's drum. Hilf mir mal, den Jungen aufzurichten, Ken. Ich will mir die Wunde nochmal anschauen.«

Der Doktor kam näher und zusammen mit Ken brachten Sie Finn unter dessen lautem Jammern in eine sitzende Position. Endlich konnte er sich umschauen:

Sie saßen in einer kleinen Kammer, deren Boden, Wände und Decke aus dunklen Holzplanken bestand. Durch ein rundes Bullauge fiel etwas Sonnenlicht in den Raum. Die schmale Tür, die ebenfalls aus Holz gezimmert war, hatte keine Klinke, dafür aber eine quadratische Klappe in Kopfhöhe, die sich anscheinend nur von außen öffnen ließ.

In der Ecke neben der Tür saßen Emma und Riku. Die Kleine schlief in den Armen des Asiaten. Rikus Miene ließ wie immer keine Deutung zu.

In der anderen Ecke stand ein Holzeimer. Finn konnte sich vorstellen, wofür dieser gedacht war. Ansonsten gab es in der Kammer absolut nichts.

Vorsichtig zog er mit der Hilfe von Ken die Arme aus dem schmutzigen Overall. Um seine Brust, Schulter und Rücken waren mehrere Lagen Leinenverband gewickelt, die der Doktor vorsichtig löste.

»Sehr schön! Es hat aufgehört zu bluten und die Naht scheint zu halten.«

»Die Naht?! Sie haben mich genäht, Doktor?«, fragte Finn erschrocken. Er konnte sich einfach nicht daran gewöhnen, den Doktor zu duzen. Dazu hatte er zu viel Respekt vor dem älteren Wissenschaftler.

»Damit kann ich mich nicht rühmen. Es war einer von denen. Ein komischer, alter Kauz. Er hat die Wunde mit einer grünen Pampe beschmiert und dann mit geschlossenen Augen seine Hände drauf gelegt, bevor er sie vernäht hat. Erst habe ich befürchtet, dass er alles schlimmer macht, aber die sich ausbreitende Entzündung ist fast sofort zurückgegangen.«

Finns Magen gab ein langgezogenes Gurgeln von sich.

»Wie lange sind wir eigentlich schon hier?«

»Ungefähr einen Tag«, antwortete Ken. »Hier, wir haben dir vom Frühstück was aufgehoben.«

Damit griff er hinter sich und holte einen hölzernen Becher und ein Stück von etwas, das entfernt wie Brot aussah, hervor. Ohne lange zu überlegen, stopfte Finn sich alles in den Mund und spülte es mit dem Wasser aus dem Trinkbecher hinunter. Mehr als den gröbsten Hunger und Durst konnte er damit aber nicht stillen. Traurig starrte er in den leeren Becher.

»Keine Sorge«, munterte Ken ihn auf, »ich glaube, es ist bald Mittag. Dann bringen sie uns sicher mehr.«

»Was glaubt ihr, was sie mit Sascha gemacht haben?«, fragte Finn in die sich ausbreitende Stille.

»Ich glaube nicht, dass die ihr etwas antun«, spekulierte der Doktor. »Wenn sie uns tot sehen wollten, hätten sie uns einfach den Mantikoren überlassen.«

Finn dachte an die Geschehnisse am Krater zurück und wie mutig seine Entführerin sich und auch ihn verteidigt hatte. Der Doktor legte ihm währenddessen den Verband wieder an.

»Haben sie das nicht?«, erwiderte er zornig. »Wenn Sascha nicht gewesen wäre, hätten die nur unsere blutigen Überreste aufsammeln können. Warum haben die nicht eher eingegriffen?!«

»Darüber können wir nur spekulieren. Die sehen zwar genauso aus wie wir, aber ihre Sprache ist mit nichts zu vergleichen, was ich je gehört habe. Es wird Jahre dauern, dieses komische Kauderwelsch zu lernen! Selbst Ken wird sicher Wochen brauchen«, jammerte der Doktor.

»Das würde ich so nicht sagen ...«, erwiderte Ken zögerlich.

»Was meinst du damit?«, wollte Finn wissen. Aber noch bevor Ken antworten konnte, öffnete sich die kleine Klappe an der Tür und das kantige Gesicht eines Mannes tauchte auf. Die braunen Augen sondierten kurz den Raum, bevor die Tür aufschwang. Emma wachte erschrocken auf und verzog sich in die hintere Ecke der Kajüte.

Zwei Männer in abgewetzten Lederrüstungen traten herein und flankierten die Tür. Bei beiden ruhte die rechte Hand wie beiläufig auf dem Griff ihrer langen Dolche, die in mit Kupferornamenten verzierten Scheiden an ihren Gürteln hingen.

Nach ihnen trat eine Frau um die Fünfzig in den Raum. Durch ihre langen, schwarzen Haare, die ordentlich zu einem Zopf geflochten waren, zogen sich erste graue Strähnen. Sie hatte ein überaus hübsches, schmales Gesicht und große, braune Augen. Über einem weißen Leinenhemd trug sie eine kurze Lederweste. Hose und Stiefel bestanden ebenfalls aus Leder. Finn fand, dass sie ein wenig wie ein Pirat aussah. Dieser Eindruck wurde von dem gebogenen Säbel untermauert, der locker an ihrem breiten Gürtel hing.

Sie blickte ernst von einem zum anderen, bevor sie etwas in einer melodisch klingenden Sprache zu einem der Wachmänner sagte.

Zur Überraschung aller antwortete Ken in der gleichen Weise. Dem guten Doktor fiel die Kinnlade nach unten und die dunkelhaarige Frau bekam noch größere Augen, als sie sowieso schon hatte. Sie wechselte ein paar Worte mit Ken und nach einem Wink von ihr wurde er flankiert von den beiden Wachen nach draußen geführt.

Von dort hörten sie ihn noch rufen: »Ich erklär's euch später!« Dann fiel die Tür ins Schloss.

Für einen Moment waren alle sprachlos. Der Doktor überwand die Verwunderung als erster.

»Das muss mit seiner Savant-Fähigkeit zusammenhängen. Aber er hat bisher kaum zwanzig Sätze dieser Sprache gehört. Wie kann es da möglich sein, dass er sie bereits beherrscht?«

Finn wusste keine Antwort und Emma und Riku verstanden sowieso kein Wort. Ihnen blieb nichts weiter übrig, als abzuwarten.

Gut zwei Stunden später öffnete sich die Tür erneut. Diesmal kam nur ein einzelner Wachmann. Er trat nicht ein, sondern bedeutete den Insassen mit einer Geste, ihm zu folgen.

Sie gingen verdutzt durch die Tür und folgten dem Mann, der ohne Sorge vor ihnen herging. Am Ende eines schmalen Korridors, den seltsame, blau leuchtende Steine erhellten, kamen sie an eine spiralförmige Treppe, die sich an der Innenwand eines runden Treppenhauses schmiegte. Von oben flutete ihnen Sonnenlicht entgegen.

Nachdem sie an einem weiteren Stockwerk vorbeigekommen waren, betraten sie endlich das Deck dieses wundersamen Fluggeräts. Finn überwältigte der Anblick:

Über ihnen wölbte sich die schillernde Hülle des Tragkörpers wie ein vielfarbiger Himmel. Offenbar setzte sich dieser aus unförmigen, großen Flicken zusammen, die alle unterschiedlich getönt waren. Ein weitmaschiges Netz aus Seilen schmiegte sich an die Hülle. Wie die Äste eines Baumes zum Stamm hin an Umfang zunahmen, so vereinten sich auch die Seile zu immer dicker werdenden Tauen. An vier Stellen, genau an der unteren Scheitellinie des riesigen, ballonartigen Gebildes, liefen mannsdicke Taue senkrecht bis zum Deck des Luftschiffs, ähnlich wie die Stämme von Bäumen.

An diesen vier Stellen schien das ganze Schiff zu hängen. Das langgestreckte Deck hatte keine größeren Aufbauten, so dass Finn auf Anhieb nicht sagen konnte, wo das Heck und wo der Bug war. Hier und da lagerten Stapel von Kisten und sauber geschichtete Fässer, die an eisernen Ösen mit dem Deck verzurrt waren. Eine brusthohe Reling mit detailreichen Schnitzereien umlief in leichten Wellen das gesamte Schiff, von der aus unzählige weitere Seile wie kunstvoll geflochtene Zöpfe zum Tragkörper hinauf führten.

An Deck wuselten gut zwei Dutzend Männer und Frauen herum und verrichteten ihre Arbeit: Einige schrubbten den Boden, andere waren mit dem Ausbessern der Seilstrukturen beschäftigt und wieder andere standen an der Reling verteilt und beobachteten die Umgebung.

Viel war allerdings nicht zu sehen. In alle Richtungen konnte Finn nur das Blau des Meeres und des Himmels erkennen. An Backbord und Steuerbord versperrten jedoch zwei prall im Wind stehende Segeln seinen Blick, die sich zwischen den langen, waagerechten Masten und dem spannten, was bei einem normalen Schiff der Kiel war.

Am vorderen Ende des Decks stand ein schlichter, runder Holztisch mit Platz für ein gutes Dutzend Leute. Dort erblickte Finn zu seiner Erleichterung Ken und Sascha. Sie schienen unverletzt zu sein. Die dunkelhaarige Frau und ein weißhaariger Alter mit langem Bart saßen ebenfalls dort.

Ken erhob sich strahlend: »Setzt euch zu uns!«

Als Finn sich neben Ken niedergelassen hatte, bemerkte er verwundert, dass sich Sascha angeregt in der fremden Sprache mit der anderen Frau unterhielt. Fragend schaute er Ken an.

»Es wird sich gleich aufklären. Ich bin jetzt schon auf dein Gesicht gespannt!«

Als alle neu Hinzugekommenen mit verwirrten Gesichtsausdrücken am Tisch saßen, gab die fremde Frau dem Alten einen Wink. Dieser erhob sich daraufhin ächzend und trat hinter den Doktor.

»Bleiben Sie ganz ruhig, Doc. Es wird Ihnen nichts geschehen. Sascha hat das auch schon hinter sich«, beruhigte Ken den nervös über seine Schulter blickenden Doktor.

Der Alte nahm den Kopf von Dr. Edmundo fest zwischen die Hände. Die runzligen Fingerspitzen tasteten einen Augenblick in der Haarpracht des Doktors herum, bis er die richtigen Stellen gefunden zu haben schien. Dann richtete er seine fest geschlossenen Augen nach oben.

Zunächst geschah nichts. Doch mit einem Mal war der Kopf von Dr. Edmundo in ein bläuliches Licht getaucht. Emma schrie kurz auf und Finn wäre beinah rückwärts vom

Stuhl gekippt. Was war das nur, was er da sah? Magie? Aber so etwas gab es doch nur im Märchen!

Der Doktor selbst schien wie in Trance zu sein. Sein Gesicht wirkte entspannt. Nach gut einer Minute verschwand das Leuchten und der Alte lockerte seinen Griff. Edmundo öffnete die Augen, blinzelte einen Moment verwirrt und lächelte dann breit.

Der Greis schlurfte zum nächsten Stuhl, auf dem Riku saß. Einen Augenblick schien dieser zu überlegen, ob er auf den Alten losgehen sollte, doch Ken sagte ein paar Worte auf Japanisch zu ihm und mit einem Nicken ließ Riku ihn gewähren. Die Prozedur verlief genau wie beim Doktor und sogar Riku lächelte nach einem kleinen Moment der Verwirrung wissend.

Nachdem der Japaner Emmas Hand hielt, ließ auch sie den Magier gewähren, denn das schien er tatsächlich zu sein: Ein Magier! Nun stand dieser hinter Finn und er hätte am liebsten losgeheult.

»Keine Sorge, Finn, das wird dir gefallen!«, munterte Ken ihn auf.

Als der Alte seinen Kopf packte, traten Finn die Schweißperlen auf die Stirn. Doch plötzlich spürte er eine beruhigende Präsenz in seinem Geist und er entspannte sich vollkommen. Worte einer fremden Sprache flossen in seine Gedanken und nisteten sich in seinem Verstand ein. Zuerst nur wenige, dann wurde es ein Fluss und schließlich ein breiter Strom aus Wörtern. Als er die Augen aufschlug, musste er kurz überlegen, wo er war, so behaglich hatte sich die Flut der unbekannten Ausdrücke in seinem Verstand angefühlt. Plötzlich wurde ihm bewusst, dass ihm die Worte gar nicht fremd waren! Wenn er seine Hände betrachtete, dann kannte er ohne zu überlegen auch ein anderes Wort dafür. Was er auch ansah, die neuen Namen für die Dinge waren einfach da. Und er wusste auch, wie er sie zu Sätzen formen musste. So überraschte es ihn nicht, dass er die schwarzhaarige Frau ohne Probleme verstand, als sie sich erhob und zu sprechen begann:

»Gut, ich danke Euch, Meister Saan. Ruht Euch nun aus.«

Der Alte verbeugte sich müde und schlurfte über das Deck davon. Die Frau blickte in die Runde der Anwesenden.

»Diese Situation ist so absonderlich, dass es mir schwerfällt, die richtigen Worte zu finden. Beginnen wir damit, dass ich mich vorstelle. Mein Name ist Samara Lysan, Kapitänin der Drachenhaut, und wenn ich eurer Geschichte glauben kann, dann seid ihr nicht aus dieser Welt.«

Finn bemerkte, wie der Doktor den Mund öffnen wollte. Wahrscheinlich um groß und breit zu erklären, dass sie aus einer anderen Realitätsebene der *gleichen* Welt kamen, aber Sascha legte ihm die Hand auf den Arm und er klappte daraufhin den Mund wieder zu.

Die Kapitänin fuhr fort:

»Ich gebe zu, ich hätte euch nicht geglaubt, aber eure seltsamen Geräte und Waffen untermauern die Geschichte, die euer Freund Ken erzählt hat.« Sie deutete auf die Pistole und das Fernglas, die auf dem Tisch vor ihr lagen. »Die alten Erzählungen über die Welt hinter dem Schleier scheinen wirklich wahr zu sein und rücken die Legenden unserer eigenen Geschichte in das Licht der Wahrheit, was in mir Hoffnung und Angst zugleich weckt.«

Finn verstand nicht, was sie damit meinte, traute sich jedoch nicht, sie zu unterbrechen. Samara blickte Sascha kurz direkt in die Augen und fuhr fort:

»So seltsam die Schilderungen eurer Welt auf mich wirken, so unbegreiflich muss hier alles für euch sein. Sicher kann ich hier und jetzt nicht all eure Fragen beantworten, doch möchte ich euch wenigstens über dieses Schiff und seine Mission aufklären: Wir sind vom Volk der Hyva und haben dieses Fluggerät gebaut, um die Welt zu umrunden, Informationen über unsere Feinde zu sammeln und Kontakt zu alten Verbündeten aufzubauen. Wir sind seit nunmehr sechs

Mondzyklen auf dieser Reise und werden sicher noch drei weitere unterwegs sein, bevor wir unser eigenes Land wieder zu Gesicht bekommen. Falls wir überhaupt zurückkehren«, fügte sie düster hinzu.

»Aber genug davon. Wir werden noch viel Zeit haben, unsere Geschichten auszutauschen. Abschließend möchte ich mich aber noch entschuldigen. Fast hätten wir euch aus Unwissenheit den Manticora überlassen.«

Finn horchte auf, da sie in ihrer Sprache fast den gleichen Namen für die Bestien hatte, wie Riku ihn von den Legenden seines Großvaters kannte.

»Wir haben euch für Verbündete der Kreaturen gehalten, als wir euch so fern von unserem eigenen Land auf dieser kleinen Insel erblickten. Doch Sascha hat uns mit ihrer seltsamen Waffe eines Besseren belehrt. Sie ist wahrlich eine große Kriegerin. Nie hat ein einzelner Hyva so viele Manticora getötet und überlebt! Trotzdem mussten wir in diesem unbekannten Winkel der Welt vorsichtig sein und euch zur Sicherheit zunächst einsperren, zumal ihr unserer Redeweise nicht mächtig wart. Als euer Freund Ken hier schließlich seine Begabung für Magie durch die Übernahme unserer Sprache offenbarte, erkannten wir schlussendlich eure Besonderheit.«

Alle starrten auf Ken, der breit grinsend auf seinem Stuhl saß und dessen Blick andeutete: Seht her, ich bin ein Magier! Was sagt ihr nun!

»Nun denn, genug an Erklärungen für den Moment. Sicher habt ihr Hunger. Ihr seid ab sofort Gäste auf meinem Schiff. Möge eure Anwesenheit ein gutes Omen für unsere weitere Reise sein!«

Einige Frauen in grauen, grob gewebten Leinenkleidern hatten mit hölzernen Tabletts im Hintergrund gewartet. Auf ein Zeichen von Samara hin traten sie näher und verteilten die Speisen auf dem Tisch. Alle griffen zu, jeder für sich noch über die Worte der Kapitänin nachdenkend. Eine helle Mädchenstimme riss Finn aus seinen Gedanken:

»Könnt Ihr mich nach Hause bringen?«

Es war Emma, staunte Finn. Natürlich! Sie waren alle der gleichen Sprache mächtig! Also konnte er nun Emma und Riku verstehen und endlich auch mit ihnen reden!

Die Kleine schaute voller Hoffnung zu Samara. Diese blickte das Mädchen traurig an und legte die Gabel beiseite, einen Moment überlegend.

»Es tut mir leid, mein Kind. Es gibt zwar Legenden über vergangene Zeiten, in denen die Mächtigsten unseres Volkes in der Lage gewesen sein sollen, den Schleier zwischen den Welten zu zerreißen, doch selbst wenn dies wahr sein sollte, ist es viele hundert Jahre her. Unser Volk ist schwach geworden und das meiste des früheren Wissens ist verloren gegangen.«

Emma sank traurig in ihrem Stuhl zusammen.

»Wollt Ihr damit andeuten, dass Eurem Volk die Existenz unserer Realitätsebene bekannt ist?«, schaltete sich der Doktor interessiert ein.

»Nun, wenn Ihr damit die Welt hinter dem Schleier meint, dann sind die Legenden darüber seit jeher Bestandteil der Geschichte meines Volkes. Allerdings glaubt heutzutage so gut wie niemand mehr daran, dass es diese andere Welt wirklich gibt. Seit heute kann ich mich nicht mehr zu dieser Mehrheit zählen«, fügte sie lächelnd hinzu.

»Gibt es hier wirklich *Magie*?«, hörte Finn sich plötzlich fragen. Es war ein komisches Gefühl, sich selbst in einer anderen Sprache sprechen zu hören, aber sein Verstand schien kein Problem damit zu haben, die Gedanken in die richtigen Wörter und Sätze zu verwandeln.

»Natürlich. Warum sollte es keine geben?«, fragte Samara verdutzt zurück.

»Weil es Magie nur im Märchen gibt!«, stellte Finn klar.

»Warum sagst du so etwas, wenn dein eigener Freund der Magie mächtig ist?«, erwiderte die Kapitänin verwirrt.

»Er kann nicht zaubern. Er leidet am Savant-Syndrom und hat deshalb diese Fähigkeit«, beharrte Finn.

»Das verstehe ich nicht«, sagte Samara kopfschüttelnd. »Dein Freund versteht und spricht innerhalb von Minuten eine fremde Sprache, von der er zuvor nur einige wenige Sätze gehört hat. Wie ist eine solche Befähigung sonst zu erklären, wenn nicht mit Magie?«

Finn wusste keine Antwort. Kens bisherige Fähigkeit, eine Sprache innerhalb einiger Wochen zu erlernen, kam schon einem Wunder nah. Wenn er dies nun in wenigen Augenblicken schaffte, war dies mit gesundem Menschenverstand nicht mehr zu erklären. Grübelnd richtete er seine Aufmerksamkeit wieder auf sein Essen.

»Unser junger Finn hier ist so verwirrt, weil es solch unerklärliche Fähigkeiten in unserer Welt nicht gibt«, schaltete sich Sascha kauend in die Diskussion ein. Mit dem Messer deutete sie auf Ken. »Bevor wir hier ankamen, war Kens Begabung lange nicht so ausgeprägt. Und sichtbare Effekte, wie sie euer Meister Saan mit dem blauen Leuchten vollbracht hat, würden bei uns als regelrechtes Wunder angesehen werden.«

Samara legte ihr Besteck erneut beiseite.

»Wollt ihr damit andeuten, ihr könnt in eurer Welt die magische Energie nicht nutzen?«

»So etwas wie magische Energie gibt es bei uns nicht«, meldete sich der Doktor wieder zu Wort. »Und würde ich nicht hier sitzen und in einer Sprache diskutieren, die ich vor einer halben Stunde noch nicht kannte, würde ich Euch für verrückt erklären.«

»Unglaublich!«, merkte Samara an. »Wie habt ihr es ohne Magie geschafft, den Schleier zwischen den Welten aufzureißen?«

»Ganz einfach: Mit moderner Technik und meinem brillanten Verstand!«, prahlte der Doktor.

»Ihr habt es geschafft, mit mechanischen Vorrichtungen den Schleier zu durchstoßen? Euer Wissen muss wirklich grenzenlos sein!«, staunte Samara.

Der Doktor fühlte sich geschmeichelt.

»Die Mechanik spielte dabei nur eine untergeordnete Rolle. Die Elektrizität ermöglichte erst den Durchbruch.«

»Was ist das? E-lek-ti-si-tät?«

»Das ist eine Energie ganz ähnlich eurer Magie. Nur das sie nicht von Menschen ausgeht, sondern in bestimmter Materie schlummert und durch dynamische Vorgänge sozusagen herausgelockt werden kann. Ich habe allerdings bereits bei unserer Ankunft festgestellt, dass es hier keine Elektrizität zu geben scheint. Vielleicht nimmt die Magie hier deren Platz ein, um es einmal laienhaft auszudrücken.«

Samara schaute den Doktor nachdenklich an.

»Ich gebe zu, ich kann Euren Worten nur zum Teil folgen. Ihr solltet euch mit Meister Saan unterhalten. Sicher könnt Ihr viel voneinander lernen. Er ist einer der wenigen unseres Volkes, die noch wirklich starke Magie wirken können.«

Ein muskulöser, ernst blickender Mann trat an den Tisch.

»Verzeiht die Störung, Kapitänin Lysan. Land voraus.«

»Danke, Maluun.«

Sie erhob sich und verbeugte sich leicht in die Runde.

»Bitte entschuldigt mich jetzt, die Pflicht ruft. Tula wird euch eure Räume zeigen. Unser Platz ist leider begrenzt, aber wir haben zwei leere Lagerräume hergerichtet und ich war so frei, euch frische Kleidung bereitlegen zu lassen. Die Reise ist noch lang und eure eigenen scheinen recht mitgenommen zu sein. Ihr könnt euch auf dem Schiff frei bewegen, nur das unterste Deck ist verboten. Ich würde mich freuen, wenn wir uns hier zum Abendessen wieder treffen. Bei Sonnenuntergang.«

Damit verließ sie den Tisch und verschwand im nahegelegenen Treppenhaus. Eine der Frauen, offensichtlich Tula, trat heran und verbeugte sich leicht.

»Bitte folgt mir.«

Sie standen alle vom Tisch auf, jeder mit seinen eigenen Gedanken beschäftigt. Tula führte sie über die Treppe hinunter in das oberste Deck, wo sie in einen langen Korridor mit vielen Türen traten. Richtung Bug war ein offener Raum mit einer großen Fensterfront zu erkennen. Als die kleine Gruppe von der Treppe in den Gang einbog, konnte Finn dort Samara stehen sehen, wie sie durch Dr. Edmundos Fernglas spähte. Er war neugierig, was sie im Blick hatte, aber Tula brachte sie in den Korridor, der in die entgegengesetzte Richtung führte.

Sie wies den beiden Frauen einen kleinen Raum an Steuerbord zu. Durch die Tür konnte Finn zwei Hängematten erkennen, über die je eines dieser grauen Leinenkleider hing, die auch Tula trug. Finn musste bei dem Gedanken schmunzeln, Sascha in einem Kleid zu sehen. Leider konnte er sich nicht an ihrer Reaktion erfreuen, denn Tula führte den Rest von ihnen schon einige Türen weiter.

Der Raum, der Finn und den anderen seiner männlichen Freunde zugeteilt wurde, war deutlich größer als der für die Frauen, aber sie mussten hier schließlich auch zu viert unterkommen. Diagonal über jede Ecke waren Hängematten angebracht und auch hier lag Kleidung für sie bereit. Ansonsten gab es nur noch einen kleinen Tisch mit vier Hockern und eine hölzerne Waschschale auf einem niedrigen Schrank.

Die anderen begannen, sich ungeniert zu entkleiden, und so blieb auch Finn wieder einmal nichts anderes übrig. Er musste zugeben, dass seine Klamotten nicht gerade im besten Zustand waren und fast nur noch vom Dreck zusammengehalten wurden. Ihr letzter Tag auf der Insel war eben nicht gerade ein Zuckerschlecken gewesen.

Als er die alte Kleidung vom Leib hatte, besah er sich seine neuen Sachen näher. Die Unterwäsche bestand aus grobem Leinen. Elastische Stoffe schienen die Hyva nicht zu kennen. Stattdessen wurden sie mit dünnen Lederbändern oben gehalten. Die restliche Kleidung war aus Leder gefertigt, ähnlich der Garderobe der Wachmänner.

Finn fing an zu zweifeln, ob er sich jemals in diese eng geschnittenen und völlig unelastischen Kleidungsstücke würde hineinzwängen können, aber erstaunlicherweise passte alles fast wie angegossen. Er musste in den Wochen der Gefangenschaft einiges abgenommen haben.

Den weißen Stein steckte er sicher in den Lederbeutel an seinem Gürtel, der wahrscheinlich für Münzen oder Ähnliches gedacht war.

Als er sich zu den anderen umdrehte, sah er, dass Riku und Ken nahezu die gleichen Sachen wie er anhatten, nur der gute Doktor war in ein weites, weißes Gewand gehüllt. Für seine recht beachtliche Leibesfülle gab es anscheinend nichts anderes an Bord.

»Steht dir nicht schlecht, Finn«, merkte Ken anerkennend an.

Finn wusste nicht so recht, ob sein Freund es sarkastisch oder ernst meinte, und entschloss sich deshalb, lieber nichts darauf zu erwidern.

»Und was nun?«, wollte Riku wissen.

Finn erschrak fast ein bisschen, denn er hatte sich immer noch nicht ganz daran gewöhnt, dass er den Asiaten verstehen konnte.

Edmundo blickte zum Fenster hinaus und brach nach einem kurzen Nachsinnen die sich ausbreitende, ratlose Stille.

»Ich kann einfach noch nicht glauben, dass es hier wirklich Menschen gibt! Ich hatte mit Vielem gerechnet, aber das lässt sich mit purem Zufall nicht mehr begründen. Ich kann nur vermuten, dass die Geschichten dieser Samara wahr sind und es vor langer Zeit natürliche Übergänge zwischen den Realitätsebenen gab. Vielleicht haben wir alle, Hyva und Menschen, gemeinsame Vorfahren! Könnt ihr euch das vorstellen!? Und möglicherweise gibt es irgendwo noch einige dieser Tore oder bei den Hyva weiß jemand, wie man solch ein Portal öffnet. Samara hat schließlich genau *davon* gesprochen, auch wenn sie es eine Legende nannte. Wir sollten uns also an die Hyva halten und sie in ihre Heimat begleiten.«

»Nun, mein lieber Doktor, ich glaube, wir haben gar keine andere Wahl«, merkte Ken an. »Wir haben mehr Glück als Verstand gehabt und sollten das jetzt nicht gleich wieder aufs Spiel setzen. Jedenfalls möchte ich mich nicht irgendwo absetzen lassen, wo wir vielleicht erneut an diese Mantikoren geraten. Oder Schlimmeres.«

Finn fiel wieder ein, dass Samara den Geschöpfen einen ganz ähnlichen Namen gegeben hatte: Manticora.

»Riku, erinnerst du dich an die Geschichten deines Großvaters über die Mantikoren?«, fragte er den Asiaten.

»Ja, natürlich. Als Kind prägen einen solche Schauergeschichten. Ich konnte damals tagelang nicht schlafen und Großvater hat richtig Ärger bekommen, weil er seinen kleinen Enkel so verängstigt hatte.«

»Wie hat er sie beschrieben, die Mantikoren?«

Riku überlegte einen Moment.

»Er sprach von löwenartigen Wesen, die das Gesicht von Menschen haben, aber mit nadelspitzen Zähnen und großen, dunklen Augen. Und ihr langer Schwanz soll in einem giftigen Stachel enden.«

Finn zog eine Augenbraue hoch und blickte in die Runde.

»Findet ihr es nicht auch komisch, wie genau die Beschreibung passt? Und warum haben die Hyva fast den gleichen Namen für diese Kreaturen?«

»Was willst du damit sagen?«, rätselte Ken.

»Ich glaube, dass es nicht nur Märchen waren, was Rikus Großvater erzählt hat. Was ist, wenn es einige dieser Viecher durch irgendwelche Portale in unsere Welt geschafft haben? Und vielleicht gab oder gibt es unter den Menschen auf unserer Seite auch einige Hyva, die auf dem gleichen Weg zu uns gekommen sind und die den Namen für diese Bestien in unserer Welt verbreitet haben.«

»Sie könnten aber auch schon vor langer Zeit durchgekommen sein, als die Hyva noch die Macht hatten, Tore zu öffnen«, merkte der Doktor an. »Das ist kein Beweis, dass es heute immer noch Portale gibt.«

»Das glaube ich nicht«, verteidigte Finn seine Theorie. »Wenn dem so wäre, dann hätten die Mantikoren sich über die lange Zeit bei uns vermehren müssen. Ich kann mir nicht vorstellen, dass diese Viecher hunderte von Jahre alt werden können. Und wenn sie sich vermehrt hätten, wären die Menschen schon früher auf sie gestoßen und sie wären nicht nur Teil von irgendwelchen schaurigen Märchen, um Kinder zu erschrecken. Nein, ich denke, einzelne Mantikoren haben vor nicht allzu langer Zeit Portale benutzt, ob bewusst oder aus Versehen. Und diese Durchgänge müssen wir finden. Nur ohne weitere Informationen ist das die Suche nach der Nadel im Heuhaufen. Insofern stimme ich unserem guten Doktor zu, dass wir mit den Hyva die besten Chancen haben, diese Tore zu finden.«

»Also gut«, sagte Ken und klatschte in die Hände, »mehr oder weniger sind wir ja alle der gleichen Meinung. Ich schlage vor, wir schauen uns erst einmal etwas auf dem Schiff um. Schließlich werden wir hier einige Wochen verbringen müssen. Wir sollten die Zeit nutzen, um so viel wie möglich über unsere Gastgeber und ihre Welt herauszubekommen.«

Sie verließen also ihre Kajüte und klopften bei Sascha und Emma an, aber die beiden schienen nicht mehr in ihrem Quartier zu sein. Also begaben sie sich alle wieder an Deck, auch wenn es Finn gereizt hätte, sich die Brücke näher anzuschauen. Doch er hatte nicht den Mut, einfach allein hineinzuspazieren.

Oben angekommen fanden sie Sascha und Emma am Bug des Luftschiffs stehen. Das junge Mädchen hatte ein Leinenkleid an, aber Sascha trug eine schwarze Lederrüstung, die sie noch gefährlicher aussehen ließ als sonst. Finn hatte keine Zeit, sich darüber zu wundern, wo sie diese Kleidung her hatte, denn auch ein großer Teil der Mannschaft hatte sich am Bug versammelt. Finn und die anderen traten dazu, neugierig, was so einen Auflauf verursacht haben könnte.

Über den ganzen Horizont erstreckte sich ein grüner Streifen, offenbar die Küste des Festlands. Aber alle, die an der Reling standen, hatten ihren Blick hinunter zur gut hundert Meter tiefer liegenden Wasseroberfläche gerichtet und nicht zum Horizont. Verwundert drängelte Finn sich neben Sascha und schaute ebenfalls nach unten.

Zuerst fiel ihm Nichts weiter auf, außer die Schatten der Wolken, die träge über das Wasser zogen. Doch plötzlich wurde ihm klar, dass der Himmel überhaupt nicht bewölkt war. Nein, das waren keine Schatten! Irgendwelche riesigen Gebilde schwammen dicht unter der Wasseroberfläche.

»Das müssen Paramen sein!«, hörte Finn eine sanfte, aber aufgeregte Frauenstimme in seiner Nähe, die eindeutig nicht von Sascha oder Emma stammte. Als er die Augen vom Wasser löste, bemerkte er ein dunkelhaariges Mädchen, das sich neben ihn an die Reling gedrängelt hatte. Sie war ungefähr in seinem Alter. Ihre wilden, dunklen Locken umspielten ihr gebräuntes Gesicht, die vollen Lippen formten ein wunderschönes Lächeln und die grünen Augen strahlten wie zwei Smaragde.

Offenbar hatte sie mehr mit sich selbst gesprochen, denn sie beachtete Finn überhaupt nicht und hielt ihren Blick auf die Wesen unter Wasser gerichtet. Er erwischte sich dabei, wie er sie mit offenem Mund angaffte.

»Da! Sie kommen tatsächlich hoch! Ganz wie in den Legenden!«, hörte er jemanden weiter links ausrufen.

Als er wieder zum Meer schaute, tauchten dort ein knappes Dutzend hellgraue, in der Sonne glänzende Inseln auf.

»Auf eure Posten!«, ertönte plötzlich die kräftige Stimme Maluuns, der offenbar an Bord einiges zu sagen hatte. »Wisst ihr nicht, in welcher Gefahr wir schweben? Refft das Backbordsegel oder wir leisten den Fischen Gesellschaft!«

Die Besatzung verteilte sich in Windeseile wieder auf dem

ganzen Deck. Einige lösten Taue, andere zogen gemeinsam das Backbordsegel ein. Langsam begann das Luftschiff nach Steuerbord abzudrehen.

Nur Finn, seine Freunde und das unbekannte Mädchen blieben an der Reling zurück und beobachteten, wie die glatten Inseln immer größer und kugelförmiger wurden.

»Gleich steigen sie auf!«, sprach das Mädchen ihn von der Seite an. Ohne das sie ihre Augen von den Paramen abwandte, schubste sie ihn an der Reling entlang, denn das Schiff drehte ab und sie wollte offenbar nicht die gute Aussicht auf das Schauspiel verlieren.

Finn wusste nicht, was sie meinte. Wie die meisten jungen Frauen vor ihr, machte sie ihn nervös und seine Hände begannen zu schwitzen. Er konnte nicht sagen, was ihn mehr aufregte: Das wunderschöne Geschöpf an seiner Seite, das ihn ohne jegliche Berührungsängste immer weiter Richtung Heck drängte, oder die mysteriösen Vorgänge auf dem Meer.

Er zwang sich wieder zur Wasseroberfläche zu schauen. Dort spielte sich Unglaubliches ab! Gut zwei Dutzend gigantische, ballonartige Gebilde erhoben sich aus dem Wasser, jedes fast doppelt so groß, wie das gesamte Luftschiff!

»Startet die Propeller!«, schmetterte Maluun über das Deck und sofort verschwanden einige von der Besatzung in den Treppenhäusern an Bug und Heck. Kurze Zeit später spürte Finn, wie das Schiff Fahrt aufnahm. Und nicht eine Minute zu früh, denn einer dieser Paramen hatte bereits ihre Höhe erreicht und wäre um ein Haar mit der Drachenhaut kollidiert.

Das Wesen schwebte so dicht vorbei, dass Finn es beinahe mit seiner Hand erreichen konnte. Die schuppige Haut war fast durchsichtig, sehr dünn und zum Zerreißen gespannt. Er war sich sicher, wenn dieses Ding an die Planken des Luftschiffs stieß, würde es wie ein riesiger Geburtstagsballon platzen und wer weiß was anrichten.

Noch waren sie nicht außer Gefahr, da sich diese Paramen auch vor ihnen in die Lüfte erhoben. Aber nach einigen gebellten Befehlen von Maluun und den darauf folgenden Ausweichmanövern der Drachenhaut, blieben die schwebenden Kugeln letztlich hinter ihnen zurück.

Jetzt konnte Finn erkennen, dass die eigentlichen Wesen unten an den riesigen Blasen hingen. Sie sahen ein wenig wie eine Mischung aus Krokodil und Hai aus und maßen bestimmt dreißig Meter. Keines der Geschöpfe entfernte sich von der Wasseroberfläche. Es schien, als bliebe ihr Kopf ständig unter Wasser.

»Es müssen Wale in der Nähe sein«, vermutete das Mädchen, immer noch gebannt die Paramen beobachtend.

Finn fasste sich ein Herz. »Und wieso kommst du darauf?«

»Ganz einfach: Es heißt in den Geschichten, das wäre ihre bevorzugte Beute. Sie lauschen auf die Gesänge der Wale und wenn sie sich nähern, steigen die Paramen auf. So können die Wale sie nicht orten. Nur ihre Augen, die ganz vorne am Kopf sitzen, bleiben unter Wasser. Wenn ein Wal dann zu nahe kommt, schlagen sie zu!«

Schweigend standen sie eine Zeit nebeneinander und beobachteten die langsam zurückbleibenden Geschöpfe.

»Wie schaffen es diese Paramen überhaupt zu schweben?«, fragte Finn nach einigen Minuten.

Sie drehte den Kopf zu ihm und schaute ihn das erste Mal direkt an. Finn hatte das Gefühl, eines dieser fliegenden Raupenwesen würde in seinem Bauch Loopings drehen.

»Natürlich mit Drachengas. Das weiß doch jedes Kind.« Sie musterte ihn prüfend von oben bis unten. »Kommst du wirklich aus einer anderen Welt?«, fragte sie ihn geradeheraus.

»Nun ja, eigentlich ist es eine andere Realitätsebene der *gleichen* Welt. Aber im Grunde hast du Recht«, fügte er rasch hinzu. Er wollte nicht wie ein Klugscheißer wirken.

Sie schaute ihm direkt in die Augen, offenbar auf der Suche nach Anzeichen für eine Lüge. Finn musste inzwischen die Farbe einer reifen Tomate angenommen haben, aber es schien sie nicht zu stören. Jedenfalls verriet ihr Blick keinen Spott, sondern nur so etwas wie staunendes Interesse.

Wahrscheinlich hätte Finn vor Nervosität und Scham unter ihrem forschenden Blick noch ganz andere Farben angenommen, aber ein platschendes Geräusch ließ sie ihre Augen wieder Richtung Meer richten.

»Sieh nur!«, rief sie aus und packte ihn am Ärmel. »Sie scheinen was erwischt zu haben!«

Finn konnte gerade noch sehen, wie eines der riesigen Ballongebilde wieder im Meer verschwand. Bei dem Paramen gleich daneben begann die Luft über der gasgefüllten Blase zu flirren und sie verformte sich etwas, ganz so, als ob das Gas oben mit hoher Geschwindigkeit entwich. Das schien auch wirklich so zu sein, denn durch den Rückstoß wurde der Parame samt der Gasblase ins Meer gedrückt.

Dort, wo der Erste verschwunden war, brodelte das Wasser regelrecht. Ab und zu sahen sie in der Gischt Flossen und andere Körperteile. Offenbar fand dort gerade ein Kampf auf Leben und Tod statt und die dunklen Flecken im Wasser, die sich in alle Richtungen ausbreiteten, deuteten darauf hin, dass es auch einen Verlierer gab.

Auch die übrigen Paramen sanken nun einer nach dem anderen aus dem Himmel. Entweder, weil sie selbst Beute in Aussicht hatten oder weil es einfach nichts mehr zu holen gab. Das Geschehen spielte sich aber mittlerweile zu weit entfernt ab, um es mit Gewissheit sagen zu können.

Finn hatte die Zeit der Beobachtung genutzt, um seinen Körper wieder etwas in den Griff zu bekommen. Klar, er war schüchtern und hatte Probleme, mit Frauen zu reden, besonders wenn sie so hübsch wie dieses Exemplar hier waren. Aber es waren in letzter Zeit so viele seltsame Dinge geschehen, dass ihm seine Schüchternheit irgendwie töricht vorkam. Also zwang er sich ein paar Mal tief durchzuatmen, dann sprach er sie wieder an.

»Du hast vorhin Gas erwähnt. Weißt du zufällig, ob es brennen kann?«

Finn wusste aus seinen Büchern, dass es nur wenige Gase gab, die leichter als Luft waren. Und nur zwei kamen in Frage, die genug Auftrieb erzeugen konnten, um diese riesigen Geschöpfe aus dem Wasser zu heben: Helium und Wasserstoff. Da nur der Letztgenannte brennbar war, wollte Finn so hinter das Geheimnis der schwebenden Wesen kommen. Und ein bisschen hoffte er auch, das Mädchen mit seinem Wissen beeindrucken zu können.

Sein Plan schien aber nach hinten loszugehen, denn sie schaute ihn plötzlich an, als ob er ein Idiot wäre.

»Natürlich brennt es. Wie könnten sie sonst Feuer spucken?«

»Wer?«

Wieder dieser tiefe, prüfende Blick. Diesmal schaffte er es aber, nicht zu erröten.

»Du bist wirklich nicht von dieser Welt. Wer wohl? Die Drachen natürlich!«

Jetzt war es an Finn, skeptisch zu schauen.

»Willst du mich auf den Arm nehmen?«

Ohne zu antworten, sah sie ihn noch einen Moment überlegend an. Dann schaute sie sich verschwörerisch um. Finn bemerkte erst jetzt, dass seine Freunde nicht mehr bei ihnen standen, sondern sich wieder vorne am Bug des Schiffes versammelt hatten und zum Horizont blickten. Er und das Mädchen waren allein am Heck zurückgeblieben.

»Komm mit!«, flüsterte sie bestimmend, packte ihn am Ärmel und zog ihn Richtung Treppe davon.

Drachengas

Finn wurde von dem Mädchen die Treppe hinunter in das zweite Unterdeck geführt. Dort hielt sie an und lauschte. Von noch weiter unten drangen Stimmen zu ihnen herauf.

»Das sind die Wachen. Wir müssen einen anderen Weg nehmen.«

Sie zog ihn in den Korridor, an dessen Ende die Zelle lag, in der sie heute Morgen noch eingesperrt waren. Auf ihrem Weg kam ihnen eine der Wachen entgegen und Finn rechnete schon mit dem Schlimmsten. Aber das Mädchen schenkte dem Mann ein strahlendes Lächeln, als er ihnen im schmalen Gang Platz machte, und der Kerl nickte doch tatsächlich freundlich zurück.

Hier unten schien es vor allem Vorratsräume zu geben. Als sie fast das Ende des Korridors erreicht hatten, blieb sie vor einer unscheinbaren Holztür stehen. Mit einem raschen Blick versicherte sie sich, dass niemand im Gang zu sehen war. Dann öffnete sie die Tür und schubste Finn hinein, der aber nicht damit gerechnet hatte, gegen einige Säcke stolperte und sich den Kopf schmerzhaft an einer Kiste stieß. Sie schlüpfte ebenfalls durch die Tür und verschloss sie leise hinter sich, nachdem sie ein letztes Mal in den Korridor gespäht hatte.

Finn rieb sich die schmerzende Stirn. Ihm wurde diese Geheimniskrämerei allmählich etwas zu viel.

»Würdest du mir endlich verraten, was das alles soll?«, blaffte er sie an.

»Pssst, nicht so laut! Wenn sie uns dabei erwischen, bekomme ich riesigen Ärger! *Du* wolltest doch wissen, was es mit dem Drachengas auf sich hat, oder? Also stell dich nicht so an!«

Er wurde nicht schlau aus diesem Mädchen. Konnte sie es ihm nicht einfach erzählen? Im Licht des kleinen Bullauges, das den Lagerraum spärlich mit dem orangenen Schein der untergehenden Sonne erhellte, konnte er ein Lächeln über ihr Gesicht huschen sehen. Offenbar machte ihr das alles einen unheimlichen Spaß.

»Komm mit! Du wirst noch früh genug deine Antworten bekommen.«

Damit ließ sie ihn stehen und schlängelte sich zwischen den Säcken und Kisten bis zum Ende der Kammer. Der Raum lief nach hinten schmal zu und die Außenwand machte in Bodennähe einen sanften Bogen nach innen. Sie mussten sich also bereits ziemlich weit unten und fast am Heck des Luftschiffs aufhalten.

An der Rückseite des Raums passten kaum noch zwei Personen nebeneinander. Hier lagen einige Säcke unordentlich übereinandergestapelt.

»Hilf mir mal«, kommandierte sie ihn herum und begann, die Säcke aus der Ecke zu ziehen. Er übernahm sie von ihr und schleifte sie noch einige Meter weiter.

»Wie ist eigentlich dein Name?«, fragte sie, als sie ihm ächzend einen der Säcke zuschob.

»Finn«, antwortete er knapp.

»Ich bin Schey. Ich hoffe, du hast keine Platzangst, Finn.«

Sie deutete mit einem verschmitzten Lächeln auf eine kleine Luke im Boden, die unter den Säcken zum Vorschein gekommen war. Es gab keinen Griff oder Ähnliches. Finn hätte sie mit Sicherheit übersehen, wenn ihn Schey nicht darauf aufmerksam gemacht hätte.

Sie steckte jeweils einen Finger in zwei kleine Löcher und hob die Luke aus ihrem Rahmen. Zum Vorschein kam ein schmaler Schacht mit einer Leiter, die an der sich immer mehr krümmenden Innenseite der Außenwand nach unten führte und in der Dunkelheit verschwand.

Ohne zu zögern, kletterte das Mädchen in das Loch.

»Komm schon!«, hörte er ihre gedämpfte Stimme, nachdem er einige Sekunden unschlüssig vor der dunklen Öffnung gestanden hatte. Mit einem Seufzen folgte er ihr schließlich. Wo war er da nur wieder hineingeraten!

Nach einigen Metern umgab ihn absolute Dunkelheit. Jede der schmalen Sprossen musste er mit dem Fuß ertasten.

»Wo bleibst du denn!«, hörte er Schey ungeduldig von weiter unten wispern. Er rollte mit den Augen und schüttelte den Kopf, wohl wissend, dass sie ihn nicht sehen konnte.

Die Wand neigte sich immer mehr. Sie mussten die Unterseite des Luftschiffes fast erreicht haben. Finn schätzte, dass sie mindestens noch einmal zwei Decks nach unten gestiegen waren.

Unvermittelt hörten die Stufen auf. Finn trat ins Leere, verlor den Halt und rutschte einige Meter auf der nun fast ebenen, aber aus irgendeinem Grund nassen Holzwand hinunter, wobei er einen kurzen Ausruf der Überraschung nicht unterdrücken konnte.

»Pssst! Willst du, dass sie uns erwischen?«, hörte er Scheys ärgerliches Flüstern dicht neben seinem Ohr. »Zieh den Kopf ein und folge mir!«

Auf allen vieren kriechend folgte er den wenigen Geräuschen, die das Mädchen vor ihm machte.

»Warum ist hier alles so nass?«, fragte er sie flüsternd.

»Wir sind im Wartungsgang zwischen den Wasserspeichern.«

Aus irgendeinem wahnwitzigen Grund kicherte sie in der Dunkelheit. Ihr schien das alles hier einen Mordsspaß zu machen.

»Wenn meine Mutter uns hier unten erwischt, lässt sie mich das ganze Deck von vorn bis hinten schrubben!«

Dem Schlag der Erkenntnis folgte ein dumpfer Schmerz, als

er vor Überraschung aufspringen wollte und sich dabei an der niedrigen Decke den Kopf stieß.

»Deine Mutter ist die *Kapitänin*?! Wann, zum Teufel, wolltest du mir das erzählen?!«, rief er empört, ohne darauf zu achten, seine Stimme zu senken.

»Na wenn schon. Macht das irgendeinen Unterschied?«

Finn wusste nicht, was er erwidern sollte. Er hatte angenommen, sie wäre ein Dienstmädchen oder eine Köchin oder dergleichen. Erst jetzt fiel ihm ein, dass sie kein Kleid wie die anderen weiblichen Besatzungsmitglieder trug, sondern ein ähnliches Lederoutfit wie ihre Mutter Samara. Er nutzte die Dunkelheit und schlug sich mit der flachen Hand gegen die Stirn.

Schweigend krochen sie weiter. Offenbar verlief dieser Gang über die komplette Länge des Luftschiffs, denn sie mussten fast eine viertel Stunde auf allen vieren vorwärtskriechen, bevor sich der Boden wieder leicht zu heben begann.

»Jetzt ist es nicht mehr weit«, flüsterte Schey vor ihm durch die Dunkelheit. »Nur noch ein Stück die Leiter nach oben. Ab sofort keinen Mucks mehr, verstanden? Wir dürfen uns erst wieder unterhalten, wenn wir wieder hier unten sind!«

Das dürfte wohl bedeuten, dass sie den gleichen Weg zurückmussten, dachte Finn betrübt und rieb sich die wunden Knie.

Schey hatte sich wieder in Bewegung gesetzt, den leisen Geräuschen nach zu urteilen, die sie vor Anstrengung von sich gab. Nach einigen Metern wurde Finn auch klar, warum sie so keuchte:

Der Boden vor ihm wurde immer steiler und war genauso nass und glitschig wie auf der anderen Seite. Leitersprossen gab es noch keine, dafür war es den Erbauern des Luftschiffs anscheinend noch nicht steil genug gewesen. Das es auf Grund des Wassers aber glatt werden würde, hatten sie offenbar nicht bedacht.

»Eine offensichtliche Fehlkonstruktion«, flüsterte er mehr

zu sich selbst und erschrak, als ihn plötzlich Scheys Hand an der Schulter packte und nach oben zog.

»Ich werde es meinem Großvater ausrichten, wenn ich ihn sehe«, hauchte sie leise in sein Ohr. Der warme Atem von Schey ließ seinen gesamten Körper erzittern. In diesem Moment war er ausgesprochen dankbar für die Dunkelheit, denn ohne Zweifel hatte er die Farbe einer reifen Tomate angenommen.

Sie erreichten die ersten Sprossen und kamen nun schneller voran. Nach wenigen Metern auf der Leiter stieß Finn mit dem Kopf plötzlich gegen Scheys Stiefel. Sie hatte angehalten. Als er nach oben schaute, sah er einen schmalen Streifen schwachen Lichts und die Umrisse ihrer Lockenpracht. Sie spähte einen Moment durch den Spalt und schob dann die Luke beiseite. Als sie oben war, tauchte ihr Kopf wieder auf und im Schummerlicht konnte Finn erkennen, wie sie den Zeigefinger an die Lippen legte. Jaja, er wusste Bescheid! Leise sein!

Sie befanden sich in einer ähnlichen Kammer wie die, in der sie in die Dunkelheit hinab gestiegen waren, nur dass diese deutlich kleiner war. Von der Decke baumelten unzählige Eisenketten, die durch die unmerklichen Bewegungen des Luftschiffs ab und zu ein leises Klingen von sich gaben.

Schey kauerte vor einer Wand, die wie alles hier aus Holzplanken gefertigt war, und spähte durch einen Spalt zwischen den Brettern. Sie winkte ihm zu, er solle zu ihr kommen.

Mit der Geduld nahezu am Ende, kauerte er sich neben sie und presste sein Auge ebenfalls an eine der Spalte zwischen den Planken. Und was er dann erblickte, würde er den Rest seines Lebens nicht mehr vergessen!

Sie spähten in einen großen Raum, fast schon einen Saal, der sich aufgrund der beachtlichen Deckenhöhe über zwei Decks erstrecken musste. Und er nahm offensichtlich die gesamte Breite des Luftschiffes ein, denn von beiden Seiten wurde er von mehreren runden Bullaugen erhellt. Im abnehmenden

Licht der im Meer versinkenden Sonne, die ihre orangenen Strahlen tastend in den Raum streckte, erblickte Finn seinen ersten Drachen.

Er wusste nicht, wie ein gesundes Exemplar auszusehen hatte, dieses jedoch machte eher einen kranken Eindruck, was die Imposanz des Anblicks aber keinesfalls schmälerte.

Finn und Schey schauten von der Seite auf das Wesen, so dass sie es in seiner kompletten Länge sehen konnten. Und diese war mit bestimmt zwanzig Metern recht beeindruckend. Der lange Schwanz, die klauenbewehrten Hinterbeine sowie die ledrigen Schwingen, die er an Stelle der vorderen Gliedmaßen hatte und die wie riesige Fledermausflügel aussahen, waren mit vielen Ketten am Boden festgezurrt. Jede Bewegung des Drachen schien so unmöglich. Sein abgemagerter Körper war im Grunde weiß, schimmerte jedoch wie die Innenseite einer Muschel in den unterschiedlichsten Farben. Irgendwo hatte Finn etwas Ähnliches schon einmal gesehen, er konnte sich aber im Moment nicht genau erinnern, weil er immer noch herauszufinden versuchte, ob er wach war oder nur träumte.

Auf dem Rücken hatte der Drache eine Reihe dornartiger Auswüchse, die zwischen den Flügeln mit gut einem Meter am längsten wuchsen und zum Schwanz hin immer kürzer und dünner wurden. Soweit Finn es im abnehmenden Licht erkannte, war seine Haut nicht schuppig, sondern eher rau und feucht, wie die eines Frosches oder einer Kröte.

Den Kopf, der an einem recht langen Hals saß, konnte Finn nicht erkennen, denn er steckte fast vollständig in einer Art Metallmaske, die wiederum mit gespannten Ketten und einem geschmiedeten Eisenring an seinem Hals und auch am Boden befestigt war. Ein armdicker Schlauch führte von ihr weg und verschwand in der Decke der großen Kammer.

Außer dem Drachen schien niemand im Raum zu sein. Es war so still, dass sie jeden langsamen Atemzug des Wesens hörten. Obwohl sonst kein Lebenszeichen erkennbar war, spürte Finn eine unbändige Aura der Macht von ihm ausgehen, die er nicht in Worte fassen konnte.

Der helle Klang einer Glocke ließ Finn zusammenzucken und riss ihn aus seinem Staunen. Als der klare Ton verstummt war, kam ein älterer Mann mit langen, grauen Haaren und einer immensen Hakennase durch eine Luke in der Decke heruntergestiegen. In der Hand hielt er eine Art Laterne, die ein sanftes, blaues Licht verströmte, ähnlich der Beleuchtung in den Gängen des Luftschiffs.

Ohne den Drachen weiter zu beachten, marschierte er an ihm vorbei zu seinem Kopfende und zog an einem von zwei langen Holzhebeln. Einen Moment geschah nichts, dann war das gurgelnde Geräusch von fließendem Wasser zu hören. Kurz darauf sprudelten große Mengen davon hinter der Maske hervor und verteilten sich auf dem Holzboden.

Der Atem des Drachen ging schneller, wurde unregelmäßig und er begann sich in seiner Fixierung zu winden, dass die Ketten knarzten. Offenbar gefiel ihm ganz und gar nicht, was da mit ihm gemacht wurde.

Die Prozedur dauerte ungefähr fünf Minuten, in denen der Alte das Leiden des Drachen emotionslos und gelangweilt beobachtete. Dann schob er den Hebel in seine Ausgangslage zurück und verfiel wieder in eine abwartende Gleichgültigkeit.

Das Wasser hörte auf zu fließen und der Drache beruhigte sich, doch zu dem gleichmäßigen Atemgeräusch kam nun noch ein anderes hinzu: Eine Art dumpfes Brodeln war zu hören und es kam offenbar ebenfalls von dem Wesen. Finn stellte überrascht fest, dass der Drache dicker zu werden schien. Nicht nur am Bauch, auch an den Flanken und am Rücken bildeten sich lange, blasenartige Auswüchse, die vom Hals bis fast zur Schwanzspitze verliefen und ihn auf gut den doppelten Umfang anschwellen ließen. Jetzt wurde Finn auch klar, warum keine der Ketten direkt über den Körper des Tieres gespannt war.

Der Atem des Drachen ging wieder schneller und ein

dumpfes Knurren drang unter der Maske hervor. Erneut wand er sich in seinen Fesseln, doch dieses Mal nicht vor Schmerz, sondern aus Wut, das war deutlich zu spüren. Finn nahm kurz sein Auge vom Spalt und wischte es sich mit dem Handrücken, denn für einen Moment dachte er, ein sanftes Glühen zu erkennen, welches das Ungetüm einzuhüllen schien.

Den Alten bekümmerte das alles nicht weiter. Er zog gelangweilt an dem zweiten Hebel und schaute dann müde zum Drachen, als ob er auf irgendetwas wartete. Als dieses *Etwas* nach fünf Minuten immer noch nicht passiert zu sein schien, war zum ersten Mal eine Gefühlsregung im Gesicht des Mannes zu sehen.

»Nun mach schon!«, schrie er den Drachen an. »Mein Abendessen wird kalt!«

Dem Wesen schien das Essen seines Peinigers relativ egal zu sein, denn was immer es war, auf das der Alte wartete, es passierte nicht.

Leise vor sich hin fluchend stampfte er durch die Pfützen auf dem Boden zum Schwanzende, griff sich eine Art Harpune, die in einer Ecke lehnte, und stach dem Drachen ohne zu zögern in den langen Schwanz.

Das Ungetüm zuckte zusammen und spannte mit einem Mal sämtliche Muskeln an, dass die Ketten nur so ächzten. Unter der Maske kam ein langgezogenes, fauchendes Geräusch hervor und Finn konnte zusehen, wie die blasigen Auswüchse schrumpften. Der Alte spurtete daraufhin wieder zum Kopf des Drachen. Als das Fauchen nachließ, schob er auch den zweiten Hebel in die Ausgangslage zurück.

»Na also. Geht doch«, murmelte er vor sich hin, als er seine Laterne ergriff und in Richtung Leiter schlurfte. »Das diesem Kahn immer zur Essenszeit das Gas ausgehen muss!«

Mit einem Knall fiel die Luke in ihr Schloss und es kehrte abermals Stille ein. Der Drache atmete wieder in einem gleichmäßigen Rhythmus und war auf seine ursprüngliche, schlanke Gestalt zusammengeschrumpft.

Schey stupste ihn an und gab ihm ein Zeichen, dass es Zeit war, zu verschwinden. In seinem Kopf schwirrten die Gedanken. Ein Drache! Ein wahrhaft echter Drache! Er konnte es immer noch nicht glauben. Geistesabwesend stieg er hinter Schey wieder in den dunklen Wartungsschacht hinunter.

Unten angekommen, konnte er nicht länger an sich halten.

»Ihr habt einen Drachen, der Wasserstoff spuckt?«

Finn war sich mittlerweile sicher, dass es nur Wasserstoff sein konnten, denn wie Schey an Deck erwähnt hatte, musste das Drachengas wohl brennbar sein. Und wenn es deutlich weniger als Luft wog, was die Grundvoraussetzung dafür war, ein derart großes Luftschiff zu tragen, konnte es nur Wasserstoff sein.

»Ich weiß zwar nicht, was Wasserstoff ist, aber wenn du damit das Drachengas meinst, dann hast du völlig Recht.«

»Und wie schafft ihr es, dass er nicht euer ganzes Schiff abfackelt?«

»Nun, er hat keine Funkenzähne mehr. Ohne Funken, kein Feuer.«

Finn wurde immer verwirrter.

»*Funkenzähne*?«

Schey lachte, während sie vor ihm im dunklen Gang vorwärts kroch.

»Du bist wirklich nicht von dieser Welt, Finn! Jedes Kind bei uns weiß, dass die Drachen weit hinten im Rachen zwei besondere Zähne haben. Wenn sie ihr Gas speien, schlagen sie sie aneinander. Ein Funke entsteht, das Drachengas entzündet sich und ...«

Schey verstummte. Ihre Stimme hatte zuletzt eher traurig geklungen. Einige Minuten krochen sie schweigend weiter, bevor Finns Neugier erneut die Oberhand gewann.

»Habt ihr keine Angst, dass euer Luftschiff von einem Blitz getroffen werden könnte und explodiert?«

»Was ist denn ein *Blitz*?«

Finn war einen Moment verdutzt, doch dann fiel im wieder

ein, dass es ja hier keine Elektrizität zu geben schien. Keine Elektrizität, keine Gewitter, keine Blitze! Und auch keine statische Aufladung, wie Dr. Edmundo im Dschungel mit dem Rucksack bewiesen hatte.

Finn wurde klar, dass es in dieser Realitätsebene viel sicherer sein musste, mit Wasserstoff umzugehen, da es viel weniger Zündquellen gab. Außer ...

»Und was ist mit Feuer?«

»Das wäre nicht so toll. Deshalb ist auf allen Decks absolutes Feuerverbot. Gekocht wird auf dem Oberdeck, wo immer ein frischer Wind weht. Dort ist das Drachengas rasch verflogen, sollte mal welches austreten.«

Finn erkannte, dass die Hyva die Eigenschaften des Gases ganz gut verstanden hatten, auch wenn ihr tatsächliches Wissen darüber nicht sehr ausgeprägt war.

Schey fuhr mit ihren Erläuterungen fort: »Es ist aber eher unwahrscheinlich, dass welches austritt. Die Schläuche und die Hülle bestehen aus magisch gefügtem Drachenleder. Das ist absolut dicht und so gut wie undurchdringbar! Mein Großvater hat Jahrzehnte damit zugebracht, um herauszufinden, wie man das Leder überhaupt schneiden und zusammenfügen kann.«

Wieder stieß sich Finn den Kopf an der nassen Holzdecke, als ihm endlich klar wurde, woran ihn die Haut des Drachen erinnert hatte.

»Der gesamte Tragkörper ist aus der Haut von *Drachen* gemacht? Das müssen doch *Hunderte* gewesen sein!«

»Ja und?«

»Ihr habt unzählige von diesen anmutigen Wesen einfach umgebracht? Wie könnt ihr nur so grausam sein!«

Finn war fassungslos über den Mangel an Respekt vor dem Leben.

Plötzlich vernahm er Scheys verärgerte Stimme direkt vor seinem Gesicht. Sie musste sich zu ihm umgedreht haben.

»Jetzt pass mal auf, Finn: Du hast eben deinem ersten Drachen erblickt und zu deinem Glück war er gefesselt, sonst wäre es nämlich das Letzte gewesen, was du überhaupt jemals gesehen hättest! Diese Kreaturen sind Bestien! Sie bringen jedes lebende Wesen um, das das Pech hat, ihnen über den Weg zu laufen. Nicht einmal aus Hunger, sondern aus purer Bosheit! Sie töten sich sogar gegenseitig, wenn sie sich begegnen. Und wenn ein Drache in die Gegend eines Dorfes oder einer Stadt kommt und beschließt, dass dies nun alles zu seinem Revier gehört, dann löscht er jeden Mann, jede Frau, jedes Kind, jede Kuh, jedes Schaf und jedes Huhn aus, dass er vor sein Maul bekommen kann. Glaube mir, Finn, wir haben nicht einmal annähernd so viele von ihnen getötet, wie sie von uns. Also sei nicht so voreilig mit deinem Urteil über Dinge, die du nicht verstehst!«

Finn konnte durch die Dunkelheit den durchdringenden Blick von Schey beinahe spüren und die Schamröte stieg ihm ins Gesicht. Natürlich hatte sie Recht. Er hatte sich von der Erhabenheit und auch dem Leid des Drachen beeinflussen lassen, ohne auch nur im geringsten etwas über die Zusammenhänge zu wissen.

Schey hatte sich umgedreht und kroch weiter, nach den Geräuschen zu urteilen, die sie vor ihm machte. Auch Finn setzte sich wieder in Bewegung. Sie erreichten einige Minuten später das Ende des Gangs und stiegen die Sprossen zum Lagerraum hinauf. Von oben schimmerte ihnen ein bläuliches Licht entgegen. Komisch, Finn konnte sich nicht daran erinnern, dass in der Vorratskammer einer dieser seltsamen Steine geleuchtet hatte.

Seine Führerin war bereits durch die Luke verschwunden. Er hatte immer noch ein schlechtes Gewissen wegen seinen voreiligen Anschuldigungen. Also fasst er sich ein Herz, als er ihr durch die Luke folgte.

»Hey, Schey, hör mal. Also, ich wollte nur sagen, äh, es tut mir leid, was ich vorhin ...«

Ihm blieben vor Schreck die Worte im Halse stecken. Schey stand wie versteinert vor ihm und ihr gegenüber, mit vor der

Brust verschränkten Armen und einem Blick aus dem sicher Blitze geschossen wären, wenn es hier Elektrizität gegeben hätte, stand Kapitänin Samara Lysan.

Keine von beiden sagte ein Wort, Schey vor Schreck und ihre Mutter vor Wut. Finn hätte sich am liebsten unsichtbar gemacht. Er überlegte einen Moment, ob er nicht einfach in den dunklen Schacht zurückspringen sollte.

Endlich brach die Kapitänin die unangenehme Stille.

»In deine Kajüte. Sofort«, flüsterte sie mit einer Stimme so scharf wie eine Rasierklinge.

Von Scheys Selbstsicherheit war nichts mehr übrig. Sie brach in Tränen aus, drängte sich an ihrer Mutter vorbei und verschwand schluchzend durch die Tür. Finn blieb allein mit Samara zurück. Er hatte gerade den Entschluss gefasst, wirklich in den Schacht zu springen, als die Kapitänin das Wort an ihn richtete:

»Finn, ich möchte mich für meine Tochter entschuldigen. Sie hat einen sehr einnehmenden Charakter und ein Talent dafür, Regeln zu brechen und sich in Schwierigkeiten zu bringen. Ich nehme an, sie hat dir den Drachen gezeigt?«

»Äh, ja, Frau Kapitänin.«

Frau Kapitänin? War ihm sein letztes bisschen Verstand zusammen mit seinem Herz in die Hose gerutscht? Samara schien sich Gott sei Dank nicht weiter an der komischen Anrede zu stören.

»Nun, das ist bedauerlich.«

Die Antwort irritierte Finn und macht ihn auch wütend.

»Warum bedauerlich? Wollten sie vor uns geheim halten, das sie einen Drachen gefangenhalten und ihn täglich quälen, nur damit ihr Schiff nicht vom Himmel fällt? Und dass hunderte dieser Wesen sterben mussten, damit ihr es überhaupt erst bauen konntet?«

Okay, das war jetzt vielleicht etwas zu direkt.

»Nein, bedauerlich ist nur, dass du das mit ansehen musstest, ohne die Hintergründe zu kennen. Die Drachen sind durch und durch böse, Finn. Bevor ihr das sehen solltet, wollte ich euch die Zusammenhänge erklären, damit ihr verstehen könnt, warum wir das alles tun.«

»Ja, Schey hat mir von der Bosheit der Drachen erzählt. Aber ich finde, das sollte niemanden das Recht geben, genauso böse zu handeln.«

Die Kapitänin trat einen Schritt auf Finn zu und er wäre beinahe rückwärts in den Schacht gefallen. Überraschenderweise legte Samara ihm trotz seiner direkten Worte eine Hand auf die Schulter und lächelte ihn auf eine sehr traurige Weise an.

»Ich erwarte nicht, dass du uns verstehst. Du redest von Bosheit, obwohl ich mir sicher bin, dass du noch nie dem wirklich Bösen gegenübergestanden hast. Und ich hoffe, dass dies auch nie geschehen wird.« Das Lächeln verschwand aus ihrem Blick, als sie weiter sprach. »Dieser Drache dort unten hat beinahe siebenhundert Menschen aus meiner Heimatstadt auf dem Gewissen. Er ist über uns gekommen, ohne Vorwarnung, ohne Grund und ohne Erbarmen, genau wie hunderte seiner Artgenossen über viele Jahrhunderte hinweg vor ihm. Durch einen glücklichen Zufall konnten wir ihn lebendig fangen. Ein Bruder meines Vaters verlor dabei sein Leben. Ich hoffe, genauso wie alle anderen Hyva auf diesem Schiff, dass die Bestie jeden Tag schreckliche Qualen leidet. Wenn du uns deshalb für schlechte Menschen hältst, dann muss es eben so sein.«

Schwingen des Todes

Als Finn grübelnd in die Gemeinschaftskajüte zurückkam, fand er dort all seine Kameraden versammelt. Ken stürmte auf ihn zu und drückte ihn kurz, was beide aber rasch als peinlich empfanden und sich räuspernd voneinander lösten.

»Wo bist du nur abgeblieben, Kleiner?«, fragte sein Freund erleichtert. »Als du nicht zum Futtern aufgetaucht bist, haben wir schon befürchtet, du wärst über Bord gegangen, während wir diesen übergroßen Luftballontieren ausweichen mussten.«

»Wenn ich euch das erzähle, werdet ihr es mir sowieso nicht abkaufen«, erwiderte Finn kopfschüttelnd. Er konnte es ja selbst kaum glauben.

»Finden wir's raus«, kommentierte Sascha trocken.

Sie lehnte leger an der Rückwand der Kajüte und pulte mit der Spitze ihres Messern den Dreck unter ihren Fingernägeln hervor. Offensichtlich fand sie das ganze Aufsehen um Finns kurzzeitiges Verschwinden mehr als übertrieben.

»Also, wo fang ich an? Ach ja: Während das Schiff den Paramen ausweichen musste, hab ich Schey kennengelernt.«

»Wer ist denn Schey?«, unterbrach Ken Finns Bericht, noch bevor dieser überhaupt richtig angefangen hatte.

»Das ist der Sprössling unserer großen Kapitänin«, antwortete Sascha, ohne von ihrer martialischen Maniküre aufzublicken.

»Woher weißt du denn *das* schon wieder?«, fragte Finn verdutzt.

Sie zuckte mit den Schultern.

»Ich kenne eben gern die Menschen in meiner Nähe. Kann

durchaus nützlich sein. Vor allem, wenn man nicht ohne weiteres diese Umgebung verlassen kann.«

Finn zog kurz die Augenbrauen hoch. Sascha schien irgendwie immer im Soldatenmodus zu sein.

»Jedenfalls hat mich Schey heimlich auf die untersten Decks geschleust. Und jetzt ratet mal, was die dort unten haben.«

Erwartungsvoll schaute er in die Runde, aber keiner schien sich auf sein Ratespiel einlassen zu wollen.

»Einen Drachen!«, antwortete er nach einer theatralischen Pause schließlich selbst auf seine Frage.

Mit so etwas hatte anscheinend keiner der anderen gerechnet. Sogar Sascha ließ ihr Messer sinken und sah ihn aus zu Schlitzen verengten Augen skeptisch an.

Ken brach als erster das erstaunte Schweigen.

»Du meinst sicher so ein Ding aus Holz und Papier, das man an einer Schnur steigen lässt, oder?«

»Nein, eigentlich eher die lebendige Sorte«, antwortete Finn aufgeregt. »Er ist wenigstens zwanzig Meter lang, mit riesigen Flügeln und einem enormen Schwanz! Und wisst ihr was? Er spuckt *Wasserstoff*! Na ja, eigentlich Feuer, aber er benutzt den Wasserstoff dazu. Und die Hyva haben es hinbekommen, ihm das Gas abzuzapfen! Das ist auch der Grund, warum dieses Luftschiff überhaupt fliegen kann.«

Der Doktor strich sich nachdenklich über seine sprießenden Bartstoppeln.

»Das ergibt durchaus Sinn. Ich hab schon gerätselt, welches Traggas die Hyva verwenden. Allerdings hatte ich eher auf Helium getippt. Wasserstoff ist schließlich nicht ganz ungefährlich. Aber in Anbetracht der Abwesenheit jeglicher Elektrizität, und damit auch einer Menge möglicher Zündquellen für den Wasserstoff, ist das Risiko durchaus akzeptabel.«

»Hast du *wirklich* einen echten Drachen gesehen?«, war Emmas leises Stimmchen zu hören. Sie drückte sich ängstlich an Rikus Arm. Der Asiate selbst hielt sich wie so oft mit jedem Kommentar zurück.

»Ja, Emma. Genau wie die im Märchen!«, erwiderte Finn und hoffte, ihr mit seiner Anmerkung die Angst etwas zu nehmen. Die schaurigen Geschichten über das böse Wesen der Drachen behielt er lieber für sich, solange das Mädchen mithörte.

»Ein interessanter Gedanke, mein Junge«, überlegte der Doktor. »Hier scheint es offenbar einiges Märchenhafte zu geben, wenn man darüber nachdenkt: Die Mantikoren, Magie, Drachen und wer weiß was sonst noch. Vermutlich ist diese Realitätsebene die Quelle einer Vielzahl von Legenden und Geschichten unserer eigenen Welt. Das lässt mich hoffen, dass Verbindungen zwischen den Realitäten früher nicht so selten waren und es eventuell auch heute nicht sind.«

»Das klingt mir fast so, als ob du plötzlich doch wieder zurückwillst, Adrian. War es nicht dein Plan, dich hier vor Tramek zu verkriechen?«, fragte Sascha spöttisch.

»Nun, ich halte mir gerne alle Möglichkeiten offen«, erwiderte Dr. Edmundo etwas beleidigt. »Schließlich haben es die Menschen hier offenbar nicht gerade leicht, wenn man Samaras Andeutungen über den Sinn ihrer Reise richtig deutet. In der Not ist jeder Ausweg willkommen.«

»Auch wenn dich dieser Ausweg zurück zu Tramek führt?«, fragte Sascha mit einem kalten Lächeln.

Die Farbe wich etwas aus dem Gesicht des Doktors.

»Unsere Welt ist groß. Solange mich Keiner verrät, wird er mich wohl kaum finden. Oder besser gesagt, solange mich *Keine* verrät«, fügte er düster dreinblickend hinzu.

Eine unangenehme Stille breitete sich aus. Sascha hatte ihnen allen in den letzten Tagen mehrmals das Leben gerettet. Finn hatte schon beinahe vergessen, dass sie ihn entführt und auf diese Gefängnisinsel verschleppt hatte. Würde sie ihn und die anderen wieder gefangen nehmen, wenn sie jemals in ihre Welt zurückkämen?

Ken streckte die Arme von sich und gähnte geräuschvoll.

»Also ich weiß nicht, wie ihr das seht, aber ich bin hundemüde.«

Alle schienen dankbar dafür, dass Ken die angespannte Stille durchbrach. Ein zustimmendes Gemurmel ertönte. Als Sascha hinter Emma den Raum verließ, zwinkerte sie dem Doktor lächelnd zu. Noch nie hatte er ein derart unbestimmtes Lächeln gesehen, dachte Finn bei sich, als er müde in seine Hängematte stieg.

Finn erwachte am nächsten Morgen aus unruhigen Träumen von Feuer, Rauch und Brüllen in der Dunkelheit. Die anderen quälten sich gerade stöhnend aus ihren hängenden Betten. Für den Rücken erwies sich diese Art zu schlafen auf Dauer nicht als die Beste.

Nachdem sie sich alle etwas Wasser aus der Schale ins Gesicht geschleudert hatten, holten sie Sascha und Emma ab und gingen an Deck. Die morgendliche Sonne hing noch tief über einem bergigen Panorama aus unendlich vielen Grüntönen. Ein endloser Dschungel hatte das Meer abgelöst und die Drachenhaut glitt gemächlich zwischen den bewaldeten Gipfeln dahin.

»Wo wir wohl gerade sind?«, fragte sich Finn in einem Anflug von Heimweh, als sie an einem der vielen Tische Platz nahmen, die die Besatzung für das Frühstück aufgestellt hatten. Zu seiner Überraschung bekam er sogar eine Antwort.

»Das müsste das nordvietnamesische Bergland sein, jedenfalls in unserer Welt«, überlegte Sascha.

Finn war einen Moment unsicher, wie er auf sie reagieren sollte, entschied dann aber, ihr auch weiterhin zu vertrauen. Schließlich hatte sie ihm mehrfach das Leben gerettet.

»Woher willst du das wissen?«

»Nun, Mathe-Ass, wie du bei der gemütlichen Seereise zu unserem tropischen Inselparadies schon richtig erkannt hattest, befinden wir uns in Südostasien. Genauer gesagt, liegt unser lauschiges Eiland etliche Seemeilen nördlich der Philippinen.

Wir sind vor gut zwei Tagen von dort Richtung Westen aufgebrochen. Ergo sollten wir mittlerweile in Vietnam sein, von der beachtlichen Geschwindigkeit des Luftschiffs ausgehend. Vielleicht auch Südchina. Diese Ecke der Welt kenne ich nicht so gut.«

»Glaubst du tatsächlich, die Kontinente und Ozeane liegen in dieser Welt wirklich exakt wie bei uns?«, mischte Ken sich mit vollem Mund nuschelnd ein.

»Na, ich denke schon. Das nur die Insel genau gleich ist und alles andere nicht, wäre ja ein *sehr* großer Zufall. Außerdem habe ich auf der Brücke eine Art Weltkarte gesehen. Die Hyva scheinen nur ein bescheidenes Wissen über die Landmassen zu besitzen, aber ich konnte eindeutig die uns bekannten Kontinente erkennen.«

Finn verschluckte sich an einem Stück Obst, dass er sich gerade in den Mund gesteckt hatte.

»Du warst auf der *Brücke*?«, fragte er neidisch.

»Natürlich war sie das«, ertönte die Stimme von Samara hinter seinem Rücken. »Sie hat mich gestern dort besucht, nachdem ihr zu euren Räumen gebracht worden seid. Ihr gefiel das Kleid nicht, dass wir für sie bereitgelegt hatten. Eure Gefährtin kann sehr überzeugend sein und so habe ich ihr etwas aus meiner Garderobe zur Verfügung gestellt«, erklärte sie lächelnd.

So war sie also zu dem Outfit gekommen! Samara trat an Finns Seite und legte ihm die Hand auf die Schulter.

»Sicher hat euch euer Kamerad von seinem kleinen Ausflug gestern erzählt und ihr habt bestimmt viele Fragen. Zu gegebener Zeit hätte ich euch sowieso alles gezeigt, aber da ihr es nun wisst, kann ich es euch auch gleich erklären, bevor ihr vielleicht die falschen Schlüsse zieht.«

Finn hatte in der letzten Nacht noch lange nachgedacht und war zu einem Entschluss gekommen. Er fasste sich ein Herz und erhob sich von seinem Stuhl.

»Kapitänin Lysan, ich möchte mich für meine harten Worte

gestern entschuldigen. Ich kann es zwar nach wie vor nicht gutheißen, was auf diesem Schiff vor sich geht, aber ich verspreche Euch, mich mit weiteren Urteilen zurückzuhalten, bis ich mehr über die Drachen und Euer Volk weiß.«

Samara nickte ihm lächelnd zu.

»Das ist eine sehr erwachsene Einstellung von dir und ich hoffe, deine Kameraden werden es ebenso sehen. Folgt mir nun bitte.«

Finn erwartete, dass sie sofort hinunter zum Drachen gehen würden. Er freute sich insgeheim fast schon kindisch über die Gesichter, die Ken, Sascha und die anderen machen würden. Aber Samara brachte sie zunächst zur Mitte des Oberdecks, wo eines der baumdicken, geflochtenen Taue in den Holzplanken verschwand.

»Wie Finn euch sicher erzählt hat, bringt Drachengas unser Schiff zum Fliegen. Doch das ist nicht das Einzige, was wir den Drachen verdanken.«

Verdanken! Finn musste bei dieser Wortwahl ein Schnauben unterdrücken, während Samara mit der Erklärung fortfuhr.

»Die Hülle unseres Luftschiffs besteht aus Drachenleder. Die Haut der Drachen ist genauso magisch, wie der Rest dieser Wesen. Sie ist nahezu unzerstörbar.«

Sie gab einem in der Nähe stehenden Besatzungsmitglied ein Zeichen. Der hob eine Armbrust mit einem brennenden Bolzen und bevor Finn überhaupt reagieren konnte, schoss der Mann auf die Hülle des Tragkörpers.

Emma entfuhr ein Schrei des Entsetzens und Finn warf sich mit den Händen über dem Kopf auf den Boden. Aber der Bolzen drückte nur eine leichte Delle in die elastische Haut, bevor er zurückgeschleudert wurde und klappernd aufs Deck fiel, wo der Mann ihn mit dem Stiefel austrat. Dort, wo der brennende Pfeil die Hülle getroffen hatte, war lediglich ein kleiner Rußfleck zu sehen.

Dr. Edmundo war begeistert und sofort wieder in seinem Element.

»Dieses Material ist ja überaus beeindruckend! Wie könnt ihr es bearbeiten, wenn es unzerstörbar ist?«

»Natürlich mit Magie«, antwortete Samara. »Unsere Vorfahren hatten die magischen Verfahren dazu perfektioniert. Meinem Vater ist es vor über dreißig Jahren gelungen, die alten Methoden zu meistern. Kurz darauf war es uns dann vergönnt, den ersten Drachen seit Menschengedenken lebendig zu fangen. Und so wurde die Idee zu diesem Luftschiff geboren.«

Edmundo nickte anerkennend.

»Euer Vater muss ein großer Wissenschaftler sein. Ich wäre geehrt, ihn einmal kennenzulernen.«

Samara deutete eine Verbeugung an.

»Wenn wir zurückgekehrt sind, werde ich dies gerne ermöglichen. Wie ich ihn kenne, wird er genauso darauf brennen, euch alle kennenzulernen, sobald er erfährt, dass ihr aus der Welt hinter dem Schleier kommt. Nun, wo war ich? Ach ja: Wir haben es geschafft, die Drachenhäute zu verarbeiten und diese gigantische Hülle zu formen, was über zehn Jahre in Anspruch nahm.« Sie schlug mit der Faust gegen das riesige Tau. »Im Inneren des Tragseils am Heck verläuft ein Drachenlederschlauch bis zum Drachengasdeck. Folgt mir nun bitte.«

Endlich führte sie Samara die Treppe hinunter. Finn war überaus froh, dass er nicht wieder durch den engen, feuchten Tunnel kriechen musste. Was wohl Schey gerade machte? Er hoffte, dass Samara sie nicht allzu hart bestraft hatte.

Finn wurde aus seinen Gedanken gerissen, als sie einen großen Raum am Heck des Luftschiffes betraten. Es war nicht die Halle mit dem Drachen, wie er feststellen musste, aber auch hier gab es etwas Interessantes zu sehen: Eine Art Maschine aus Holz, Metall und vielen Schläuchen aus Drachenhaut füllte den halben Raum aus. Die andere Hälfte nahm eine riesige Blase aus Drachenleder ein. Finn vermutete, dass es sich um einen Gasspeicher handelte.

»Hier verbrennen wir bei Bedarf einen Teil des Drachengases, um Wasser zu verdampfen. Der entstehende

Dampfdruck treibt dann die Propeller an. Äußerst hilfreich, wenn wir Höhe gewinnen müssen oder der Wind einmal nicht aus einer günstigen Richtung kommt.«

»Eine Dampfmaschine!«, entfuhr es dem Doktor.

Schneller, als Finn es ihm zugetraut hätte, rannte Edmundo um die Apparatur herum und steckte seinen Kopf hier und da zwischen die Schläuche und Rohre. Als Samara sie weiterführen wollte, musste Sascha den Doktor von der Maschine wegzerren, sonst hätten sie hier wahrscheinlich noch Stunden zugebracht.

Die Kapitänin brachte sie als Nächstes in einen kleinen Raum ohne Fenster, wo im Schein eines dieser blau leuchtenden Steine der Mann mit der Hakennase saß.

»Ich möchte unseren Gästen den Drachen zeigen, Lomar. Wärst du so freundlich, die Luke zu öffnen?«

Etwas Unverständliches vor sich hin brummend erhob sich der Alte und schlurfte zur Mitte des Raumes, wo er die besagte Luke an einem blank gewetzten Metallring aufzog.

Nacheinander stiegen seine Kameraden hinunter und er konnte ihre verblüfften Ausrufe hören, doch als Samara ihm freundlich signalisiert, dass er der Nächste sei, brachte er es nicht über sich.

»Es tut mir leid«, sagte er kopfschüttelnd, »aber ich kann mir das nicht noch einmal anschauen.«

Sie musterte ihn einen Moment ohne Regung, dann nickte sie knapp und folgte den anderen die abgetretene Leiter hinunter. Der Alte ließ sich stöhnend wieder auf seinen Stuhl sinken.

»Hast wohl Angst vor dem Vieh?«, fragte Lomar spöttisch.

»Nein. Ich will mir nur den leidvollen Anblick ersparen.«

»Leidvoll?«, erwiderte der alte Mann beleidigt. »Alles, was ich da unten sehe, ist ein blutrünstiges Monster.«

In diesem Moment erklang die glänzende Glocke in der Ecke des Raums. Sie war offenbar über eine dünne Kette mit der Brücke verbunden. Immer, wenn das Schiff an Höhe zu verlieren drohte, musste der Drache für neues Gas sorgen.

»Mein großer Auftritt«, witzelte Lomar. Einen Moment später war auch er durch die Luke verschwunden.

»Der Drache ist hier nicht das einzige Monster«, flüsterte Finn leise vor sich hin.

Er war nun ganz allein in dem düsteren Raum. Von unten drang die aufgeregte Stimme von Dr. Edmundo zu ihm herauf. Finn entschied, hier nicht zu warten und sich die unangebrachte Euphorie seiner Kameraden anzutun. Er brauchte dringend frische Luft.

Eine halbe Stunde später stand er allein am Bug des Schiffs und bewunderte die vorbeiziehende Berglandschaft. Ein sanfter Wind spielte mit den Strähnen seines Haares, das langsam wieder nachwuchs, nachdem es ihm der furchtbare Dr. Reynolds vor Wochen teilweise abschneiden ließ.

Die Drachenhaut flog gut hundert Meter über den Wipfeln der Bäume und das vielstimmige Konzert des Dschungels drang zu ihm herauf. Finn schloss seine Augen und versuchte, an nichts zu denken.

»Es ist wirklich schön hier«, hörte er plötzlich die Stimme seines Freundes Ken neben sich. Als Finn die Augen öffnete, fiel ihm auf, dass den sonst immer gut gelaunten Schwarzen irgendetwas schwer auf der Seele zu liegen schien.

»Ist alles in Ordnung mit dir?«

Ken seufzte. »Wie man's nimmt. Weißt du noch, wie uns neulich Nacht der Mantikor am Strand angegriffen hat?«

»Natürlich. Ich glaube, diese Nacht wird mich ewig in meinen Träumen verfolgen.«

»Ich werde mich an eurem warmen Blut laben!«, flüsterte Ken.

»Wie bitte?«, fragte Finn verdutzt.

»Das war es, was der Mantikor zu uns gesagt hat.«

»Du konntest dieses Vieh verstehen?!«, rief Finn erstaunt aus.

»Schhh! Das soll nicht gleich jeder wissen!«

Verstohlen schaute sich Ken um, aber niemand hielt sich in ihrer Nähe auf.

»Warum denn nicht?«

»Na, wie würdest du dich denn fühlen, wenn du urplötzlich die Sprache solcher Monster verstehen könntest? Ich will nicht so sein wie diese Viecher!«

Finn legte ihm beruhigend die Hand auf die Schulter.

»Das ist doch Unsinn. Deine Savant-Fähigkeit ist eben hier stärker als in unserer Welt. Das hast du uns ja auch bei den Hyva eindrucksvoll bewiesen.«

»Vermutlich«, antwortete Ken. »Aber das ist noch nicht alles.«

»Wie meinst du das?«

»Ich konnte ihn in meinem Kopf hören.«

»Wen?«

Ken zögerte kurz.

»Den Drachen.«

Finn fiel die Kinnlade nach unten. »Ist das dein Ernst?«

»Sehe ich aus, als würde ich Witze machen?«

»Und? Was hat er gesagt?«

»Töte mich«, flüsterte Ken mit verzweifeltem Blick.

Am Abend versammelte sich die ganze Mannschaft nach dem Essen in einem großen Kreis an Deck. Überall wurden die magischen, blauen Lichter verteilt, die die schimmernde Hülle über ihren Köpfen noch beeindruckender aussehen ließ.

Die Stimmung unter den Frauen und Männern war ausgelassen und allerorts erklang heiteres Gelächter. Samara erklärte ihnen, dass sich nach jedem viertel Mondzyklus die Krieger auf dem Schiff im Kampf maßen. Das war Training und Unterhaltung gleichermaßen.

Als die Sonne untergegangen war, trat die Kapitänin in die

Mitte des Kreises und alles Lachen und Gerede erstarb augenblicklich.

»Meine geschätzten Kameraden, die letzten Tage waren voller Überraschungen für uns. Nachdem wir fast einen halben Mond lang nur das endlose Meer unter uns hatten, haben wir vor einigen Tagen endlich wieder Land gesichtet. Wir konnten erfolgreich die Drachengasbomben testen und damit einem unserer ältesten Feinde, den Manticora, einen empfindlichen Schlag versetzen.«

Spontaner Jubel setzte ein, der erst aufhörte, als Samara lächelnd die Hände hob.

»Aber das war noch nicht alles. Wie ihr wisst, haben wir seit diesem Tag auch Gäste an Bord. Sicherlich hat das Gerücht bereits die Runde gemacht und ich möchte es hier und jetzt bestätigen: Sie stammen tatsächlich aus der Welt hinter dem Schleier und haben ein enormes Wissen über Dinge, die uns vielleicht aus dem dunklen Tal führen können, in dem wir nun schon seit vielen hundert Jahren wandeln.«

Ein Raunen ging durch die Menge. Finn fiel auf, dass die Kapitänin lange zu Dr. Edmundo schaute. Bestimmt hatte er ihr große Versprechungen gemacht und mit seinem Wissen geprahlt.

»Ich möchte euch also bitten, ihnen alle Ehre zu erweisen. Vielleicht ist ihr Erscheinen der bedeutendste Erfolg unserer langen und gefährlichen Reise. Nun aber genug der Worte. Zeigen wir unseren Gästen, aus welchem Holz wir geschnitzt sind! Wer sind die beiden ersten Herausforderer?«

Damit verließ sie den Kreis. Fast augenblicklich sprangen zwei junge Männer in die Mitte und griffen nach den knapp zwei Meter langen, hölzernen Kampfstäben, die auf dem Boden bereitlagen. Sie verbeugten sich vor einander und mit dem Klang einer kleinen Messingglocke, auf die Samara schlug, eröffnete sie den Kampf.

Zunächst umkreisten sie sich abwartend, doch dann sprang der eine nach vorne und begann eine schnelle Folge von

Stockschlägen und Tritten, die sein Gegner aber alle erfolgreich, wenn auch mit viel Mühe, abwehren konnte.

Nun war es an ihm, anzugreifen. Er täuschte einen Schlag von oben an. Sein Gegenüber fiel auf die Finte herein und hob den Stab zur Abwehr. In diesem Moment drehte sich der Angreifende um die eigene Achse und verpasste dem Gegner einen Tritt auf die ungeschützte Brust, so dass er einige Meter nach hinten flog und stöhnend auf dem Rücken liegen blieb.

Samara schlug erneut die Glocke an. Offenbar war der Sieger gefunden. Doch er hatte keine Zeit sich auszuruhen. Sofort ergriff eine junge Kämpferin den Stab des Unterlegenen und ging damit auf den Gewinner los.

So ging es immer weiter. Die Frau schaffte es, die nächsten beiden Gefechte für sich zu entscheiden, bevor sie von einem älteren, erfahrenen Kämpfer geschlagen wurde. Der wiederum unterlag einem jungen Kerl, der höchstens so alt wie Finn sein konnte. Nachdem dieser die nächsten drei Konfrontationen gewonnen hatte, trat ihm Maluun entgegen.

Finn wäre jede Wette eingegangen, dass der große Steuermann mit den ergrauten Haaren nicht die geringste Chance gegen den flinken Burschen haben würde, doch keine zwei Minuten später lag der Jungspund stöhnend auf den Planken. Maluun hatte jeden Angriff vorausgesehen und mit gerissenen Kontern die Abwehr seines Kontrahenten durchbrochen.

Der Nachschub an Gegnern kam ins Stocken. Stille hatte sich über das zuvor noch jubelnde Publikum gesenkt.

»Soll es denn *schon wieder* Maluun sein?«, rief Samara in die Runde. »Gibt es denn auf diesem Schiff niemanden, der es mit ihm aufnehmen kann?«

Die Stille war fast greifbar. Der Steuermann wollte den Kreis gerade enttäuscht verlassen, als plötzlich Riku in die Mitte trat.

Maluun sah verwirrt zu Samara. Diese wandte sich irritiert an Riku.

»Du bist mit unserem Kampfstil nicht vertraut, mein junger Freund, doch ehrt dich dein Mut. Gerne kannst du morgen mit einem unserer Anfänger üben, wenn du dich für das Kämpfen interessierst.«

Doch der Asiate machte keinerlei Anstalten, den Kreis zu verlassen. Er griff nach dem Kampfstab seines Vorgängers und blickte Maluun gelassen entgegen. Der Steuermann schaute verwirrt erst zu Riku und dann zur Kapitänin. Als diese schließlich mit den Schultern zuckte und auf die Glocke schlug, bewegte er sich etwas zögerlich auf den schmalen Jungen zu.

Maluun machte einen halbherzigen, leicht vorhersehbaren Angriff, den Riku mühelos abwehrte. Es folgte ein weiterer, ebenso ideenloser Hieb des großen Steuermanns, der den deutlich kleineren Asiaten offenbar nicht verletzen wollte.

Dieses mal ließ Riku den Stoß ins Leere gehen und wirbelte in einer irrsinnigen Geschwindigkeit herum. Nur einen Zentimeter vor der Schläfe von Maluun bremste er seinen Stab ab.

Der Steuermann hatte nicht einmal die Zeit gehabt, sich zu ducken. Verdutzt wich er einige Schritte zurück. Auch Riku lief rückwärts, während er den Kampfstab wie einen Propeller kreisen ließ und ihn dabei einmal neben sich und dann wieder über dem Kopf wirbelte. Seine Bewegungen waren so schnell, dass der Stab kaum noch zu sehen war und pfeifende Geräusche in der Luft erzeugte.

Wieder hallte ein Raunen durch die Menge.

Das Gesicht von Maluun nahm einen entschlossenen Ausdruck an und er ging mit einer für seine Größe überraschenden Behändigkeit auf den Asiaten los.

Etwas Derartiges hatte Finn in seinem ganzen Leben noch nicht gesehen. Die beiden Kontrahenten schenkten sich nichts. Die Stäbe knallten in einem solch irrsinnigen Tempo aufeinander, dass es für Finn fast wie das Geklapper eines Stepptänzers auf Drogen klang.

Zuerst schien der Kampf ausgeglichen, doch dann waren

zwischendurch immer wieder kurze Schmerzensschreie von Maluun zu hören, jedes Mal, wenn Riku seine Deckung durchbrechen konnte und ihn empfindlich am Körper traf.

Doch der Steuermann war hart im Nehmen, gab nicht auf und hielt tapfer dagegen. Schließlich gelang es dem schmächtigen Asiaten aber, seinem Gegner die Beine wegzuschlagen. Dieser landete krachend auf den Planken und, noch bevor er ans Aufstehen auch nur denken konnte, stand Riku über ihm und hielt ihm das Ende des Kampfstabs unter die Nase.

Einen Moment suchte der Geschlagene noch fieberhaft nach einem Ausweg, doch dann entspannte er seinen Körper und ließ den Stab los. Sofort trat Riku einige Schritte zurück.

Alle schauten verblüfft auf die schmale Gestalt, die eben ihren besten Kämpfer besiegt hatte. Selbst Samara war derart erstaunt, dass sie ganz vergaß, die Glocke zu schlagen.

Finn war begeistert! Er hatte Rikus Potenzial bereits kurz im Lager auf der Insel und bei der Begegnung mit dem Mantikor am Strand gesehen, aber das eben war noch einmal eine deutliche Steigerung gewesen. Spontan begann er zu klatschen und nach kurzem Zögern stimmte das ganze Deck in seinen Beifall ein.

Maluun kämpfte sich schwitzend auf die Füße und mit einem freundlichen Lächeln im Gesicht verbeugte er sich tief vor dem Asiaten. Dieser wollte gerade die Ehrerbietung erwidern, als sich plötzlich ein Pfeil schmatzend durch den Hals des Steuermanns bohrte. Sein Lächeln erlosch und das Leben schwand aus seinen Augen, noch bevor er hart auf den Boden aufschlug.

Mehrere Frauen begannen zu kreischen und auf dem Deck brach das Chaos aus.

»Wir werden angegriffen!«, schrie die Kapitänin. »Alle Kämpfer bewaffnen und auf ihre Posten! Der Rest unter Deck!«

Sie zog ihren Säbel und sprang neben Finn an der Reling in

Deckung. Überall schwirrten Pfeile durch die Luft. Zwischen dem Rufen und Klagen der Menschen waren immer wieder gackernde und zischende Laute zu hören, und Schwingen in der Dunkelheit. Von seinen Kameraden war keiner zu sehen. Finn geriet in Panik.

»Wer zum Teufel ist das!«, schrie er Samara viel zu laut an.

»Das sind Mayatan«, erklärte sie aufgeregt. »Aber so weit im Norden sollte es die überhaupt nicht geben! Wo bleiben nur diese verdammten Armbrustschützen?«

Wie auf Kommando strömten die besagten Schützen aus den Treppenaufgängen und verteilten sich Deckung suchend entlang der Reling um das ganze Luftschiff herum. Sobald sich ein Schatten im düsteren Licht des vollen Mondes zeigte, eröffneten sie sofort das Feuer.

Grässliche Schreie hallten durch die Nacht und das Splittern von Ästen in der Tiefe, als schwere Körper tödlich getroffen Richtung Erde stürzten. Immer weniger Pfeile schossen über das Deck. Das Blatt schien sich zu Gunsten der Hyva zu wenden.

Auf einmal fegte ein Wind über ihre Köpfe. Vier dieser Mayatan schossen wie übergroße Falken zwischen den Tauen hindurch und landeten fast gleichzeitig an verschiedenen Stellen des Decks. Finn rutschte wieder einmal sein Herz in die Hose.

Die Wesen hatten einen fast menschlichen Körperbau, von den drei Meter messenden Flügeln auf ihrem Rücken und dem kräftigen Schwanz einmal abgesehen. Beides bedeckte dunkles Gefieder. Auch auf dem echsenähnlichen Kopf wuchsen einige lange Federn, die sich mit ihrem grellen Rot vom Rest absetzten.

Von den vogelähnlichen Flügeln einmal abgesehen, sah auch der übrige Körper eher reptilienartig aus: Die Haut an der breiten Brust und die muskulösen Arme waren schuppig und mit Mustern wie bei einer Schlange gezeichnet. Die für die kräftigen Körper eher zu dünnen Beine endeten in fünfgliedrigen Füßen, die Finn entfernt an die eines Geckos erinnerten. Offenbar waren diese Kreaturen nicht allzu gut zu Fuß, was aufgrund der beeindruckenden Flügel auf ihren Rücken sicher auch nicht nötig war.

Alle vier trugen große Bögen in den viergliedrigen Händen, die sie nun aber klappernd aufs Deck fallen ließen und zu den beiden Kurzschwertern griffen, die an den Gürteln ihrer ledrigen Röcke hingen.

Samara sprang auf die Füße und stürmte auf den ihr am nächsten stehenden Gegner los.

»Das ist für Maluun!«, schrie sie aus vollem Hals und schwang ihren Säbel.

Die Armbrustschützen griffen ebenfalls zu den Schwertern und taten es ihrer Kapitänin gleich, da sie nicht riskieren konnten, mit ihren Armbrustbolzen quer über das Deck zu schießen und vielleicht die eigenen Leute zu treffen.

Samara kämpfte tapfer gegen das geflügelte Ungetüm, doch das Wesen schlug mit beiden Klingen gleichzeitig und auch noch mit seinen Flügeln auf sie ein. Lange würde sie das nicht mehr durchhalten, aber Finn wusste absolut nicht, was er tun sollte.

Zum Glück tauchte Riku auf. Der Asiate stürzte sich von hinten mit dem Kampfstab auf den Mayatan und brach ihm mit einem mächtigen Hieb den rechten Flügel. Sein Schmerzensschrei hallte über das Deck. Er drehte sich zu der neuen Bedrohung um und versetzte dabei mit seiner unversehrten Schwinge Samara einen so heftigen Stoß, dass sie davon geschleudert wurde. Nur eines der zur Hülle hinaufführende Taue verhinderte, dass sie in die Tiefe stürzte. Ihr Säbel landete klappernd auf den Planken.

Der Mayatan ging nun kreischend auf Riku los. Flink wie ein Kolibri wich der Asiate allen Schlägen aus, was seinen Gegner wahnsinnig zu machen schien. Immer wieder traf der junge Kämpfer mit dem Stock den Körper des Wesens, konnte damit aber keine nennenswerten Schäden anrichten.

Offenbar merkte auch Riku, dass er so auf Dauer nichts ausrichten konnte, denn auf einmal schlitterte er zwischen den Beinen des drei Köpfe größeren Mayatan hindurch und griff nach Samaras Säbel.

Wieder drehte sich das Wesen mit ausgestrecktem Flügel, aber Riku war zu schnell und er schlitzte mit einem kräftigen Hieb die Schwinge bis auf den Knochen auf. Blut spritzte über das Deck und der Mayatan ließ, vom Schmerz abgelenkt, einen Augenblick seine Deckung sinken.

Mehr brauchte Riku nicht. Blitzschnell sprang er nach vorne und bohrte den Säbel in den Hals des Wesens. Röchelnd sank es auf den Boden.

Für seinen asiatischen Freund war die Gefahr erst einmal gebannt. Finn blickte suchend über das Deck und hielt nach den anderen Ausschau. An der gegenüberliegenden Reling stand Sascha über einem ebenfalls toten Mayatan und reinigte seelenruhig ihr Messer an seinem Rock.

Am Bug hatten einige Kämpfer einen weiteren Angreifer beseitigt. Lediglich der vierte war noch am Leben und hatte am Heck bereits drei Männer aus der Mannschaft niedergemetzelt. Als er bemerkte, dass seine Artgenossen erledigt waren, stieß er einen markerschütternden Schrei aus, drehte sich um und sprang über die Reling in die Dunkelheit. Einige Mannschaftsmitglieder ergriffen ihre Armbrüste und sendeten einen Schwarm von Bolzen hinter dem flüchtenden Mayatan her, doch nach dem sich entfernenden Kreischen zu urteilen, verfehlten sie alle ihr Ziel.

Der Angriff war vorbei. Sie hatten gewonnen, doch es erklang kein Jubel. Nur das Klagen der Verwundeten hallte über das vom Blut rutschige Deck.

Finn erwachte aus seiner Schockstarre und kämpfte sich auf die Beine. So schnell es die zittrigen Knie zuließen, lief er zu Samara.

Sie stöhnte, als Finn sie auf den Rücken drehte. Außer ein

paar kleineren Schnittwunden schien sie aber unverletzt zu sein.

»Finn!«, hörte er Kens Stimme über das Deck rufen. »Gott sei Dank, du bist in Ordnung!«

Zusammen mit Ken halfen sie Samara auf die Füße.

»Haben wir sie besiegt?«, fragte sie leise.

»Ja«, antwortete Finn gedrückt, »aber es gab Verluste.«

Traurig schüttelte sie ihren Kopf und lehnte sich an die Reling.

»Das verstehe ich nicht! Noch nie haben sich die Mayatan so weit von ihrem Reich im Süden entfernt! Nicht einmal in den alten Chroniken ist davon die Rede. Etwas Eigenartiges geht auf der Welt vor.«

Riku trat dazu und mit einer Verbeugung reichte er Samara den Säbel. Sie nahm ihn entgegen und legte dem Asiaten die Hand auf die Schulter.

»Du musst dich auf diesem Schiff vor *niemandem* verbeugen, Riku. Ich stehe tief in deiner Schuld. Aber verrate mir, wo hast du so gut kämpfen gelernt?«

Riku dachte einen Moment nach.

»Ich sehe und lerne«, erwiderte er knapp, dann senkte er seinen Blick. »Maluun hätte mir noch viel beibringen können.«

Samara wurde plötzlich der Verlust des Steuermanns bewusst und ihre Augen füllten sich mit Tränen.

»Ich kannte ihn, solange ich denken kann. Nie hatte ich, noch werde ich jemals wieder einen treueren Freund besitzen.«

In den Bergen

Der Himmel öffnete seine Schleusen und weinte zusammen mit der Mannschaft um die Gefallenen. Außer Maluun hatten sie noch fünf weitere Besatzungsmitglieder verloren und sieben waren zum Teil schwer verletzt.

Die Mannschaft hatte sich am Tag nach dem Angriff an Deck um die in Drachenleder eingewickelten Toten versammelt. Meister Saan hatte das Leder mit Magie versiegelt, so dass die Gefallenen für den Rest der Reise konserviert waren und danach den Angehörigen übergeben werden konnten.

Der Regen hatte am Morgen mit einer derartigen Heftigkeit begonnen, dass die auf den Tragkörper herabfallenden Wassermassen wie tausend Trommeln der Trauer klangen. Ein Vorhang aus herablaufendem Wasser umschloss das gesamte Luftschiff und sperrte die Welt aus.

Die Kapitänin hielt eine lange Rede, in der sie auf jeden Einzelnen der Gefallenen einging. Als sie letztendlich auf Maluun zu sprechen kam, liefen ihr schwere Tränen über die Wangen. Finn bewunderte diese starke Frau, die kein Problem damit hatte, auch Schwäche zu zeigen, wenn es angebracht war.

Schey hielt sich bei der Zeremonie im Hintergrund. Auch sie musste Maluun nahegestanden haben, denn sie weinte bitterlich, als Samara die lange Lebensgeschichte des Steuermanns zusammenfasste.

Finn hatte noch nicht den Mut gefunden, sie anzusprechen. Sicher wollte sie zunächst einmal allein mit ihrer Trauer sein. Bei ihm war es auf jeden Fall so gewesen, als er seine Mutter verloren hatte. Unbewusst nahm er den Stein aus dem

Lederbeutel und drehte ihn in Gedanken versunken in den Händen. Was sein Vater jetzt wohl gerade machte?

Am Ende der Versammlung brachte man die Gefallenen unter der Führung von Meister Saan unter Deck. Für jeden von Ihnen schlug zum Abschied ein großer, kupferner Gong, dessen vom Regen gedämpftes Echo traurig von den umliegenden Bergen widerhallte.

Samara atmete tief durch, als letztendlich nur noch die Lebenden an Deck weilten.

»Wir mussten in der letzten Nacht einen harten Schicksalsschlag hinnehmen. Nicht zuletzt müssen wir unseren neuen Freunden danken, dass dieser Überfall nicht noch mehr Opfer gefordert hat.«

Sie blickte lange zu Riku und Sascha.

»Die Mayatan zählen seit jeher zu unseren erbarmungslosesten Feinden. Doch nie haben sie ihre Lande im Süden derart weit hinter sich gelassen. Dies, und die ungewöhnliche Versammlung der Manticora auf der Insel, lässt mich zu dem Schluss kommen, dass etwas Eigenartiges in unserer Welt vorgeht. Mein Verstand sagt mir, dass wir auf schnellstem Weg Richtung Heimat fliegen sollten, mein Herz jedoch flüstert, dass wir schon bald allen Beistand benötigen werden, den wir bekommen können. Also habe ich entschieden, in das Große Gebirge zu fliegen. Vielleicht wissen die weisen Tschumunga mehr über die rätselhaften Vorgänge, die sich in unserer Welt abspielen.«

Der zweite Steuermann, der nach Maluuns Tod nun der erste geworden war, unterbrach ungefragt die Ansprache der Kapitänin.

»Bei allem gebührenden Respekt, Kapitänin Samara, aber die Tschumunga hat seit hunderten von Jahren niemand mehr zu Gesicht bekommen. Keiner weiß, wo genau sie zu finden sind. Außerdem müssen wir dafür höher steigen, als jemals zuvor. Wenn der Drache nicht genug Gas produzieren kann, werden wir die Höhe nicht halten können und irgendwo in diesen eisigen Bergen auf Grund laufen. Oder Schlimmeres.«

Gemurmel machte sich unter einigen der Besatzungsmitglieder breit, teils zustimmend, teils empört, weil der junge Offizier es wagte, die Entscheidungen der Kapitänin in Frage zu stellen.

Samara löste die angespannte Situation höchst diplomatisch.

»Ich danke Euch für Euren fundierten Einwand, Erlus. Auch ich bin mir der Gefahren durchaus bewusst. Am Langen Wall, bevor wir uns der Überquerung des Endlosen Meeres gestellt haben, habe ich mich deshalb auch gegen den Aufstieg entschieden. Mit etwas Glück hätten wir schon damals in den felsigen Höhen des Langen Walls auf die Tschumunga treffen können. Oder auf den Tod. Aber nun liegen die Dinge anders. Das Böse in unserer Welt scheint sich in Bewegung zu setzen und ich weiß nicht, warum. Was ich aber mit Sicherheit weiß, ist, dass die Hyva ohne Beistand verloren sind.«

Stille machte sich unter der Mannschaft breit.

»Aber lasst uns nicht die Hoffnung verlieren! Ich glaube fest an unser Schicksal, eine neue, bessere Zeit für das Volk der Hyva einzuleiten. Wir haben den Drachen gefangen, die Manticora besiegt, die Mayatan abgewehrt *und* wir werden auch die Tschumunga finden! Denn wir sind die *Hyva*!«

Die Besatzung brach in spontanen Jubel aus. Finn beeindruckten die Führungsqualitäten der Kapitänin. Sie hatte die Mannschaft mit nur wenigen Sätzen aus der Hoffnungslosigkeit geholt. Selbst er, der sie nur einige Tage kannte, verspürte den Drang, ihr überallhin zu folgen.

»Das war schon immer ihre Stärke gewesen«, hörte er Scheys Stimme neben sich. Das Mädchen war unbemerkt an seine Seite getreten. »Sie schafft es immer, jeden zu überzeugen. Diese Reise hätte es ohne meine Mutter nie gegeben.«

Finn konnte nicht deuten, ob sie dies positiv oder negativ meinte.

»Ich hoffe, sie war nicht so streng mit dir nach unserem

kleinen Ausflug«, sagte Finn nach einer kurzen, unangenehmen Stille.

Ein Lächeln auf ihrem von Trauer gezeichneten Gesicht ließ Finns Herz kurz stolpern.

»Nee, sie kann mir nie lange böse sein. Schließlich ist sie nichts anderes von mir gewöhnt.«

Einen Augenblick zögerte sie, bevor sie die Frage stellte, vor der Finn schon die ganze Zeit Angst hatte.

»Hast du gesehen, wie er gestorben ist? Musste er leiden?«, flüsterte sie.

Finn schluckte.

»Nein, Schey, er war auf der Stelle tot.«

Sie nickte stumm und ihre Augen füllten sich mit Tränen, die sie aber rasch wegwischte.

»Hast du sie gesehen? Die Mayatan?«

»Ja.« Ein Schauer lief Finn über den Rücken. »Furchterregende Kreaturen. Irgendwie ist eure ganze Welt voller furchterregender Kreaturen!«

Erstaunlicherweise zauberte Finns Vorwurf erneut ein Lächeln auf ihr Gesicht.

»Ich verspreche dir, wenn wir wieder zu Hause sind, werde ich dir die nicht so Furchterregenden zeigen. Wie fandest du überhaupt unseren Drachen?«

Finn wollte sie nicht verletzen, wo sie doch gerade trauerte. Deshalb behielt er seine vorwurfsvollen Gedanken für sich.

»Ein beeindruckendes Wesen«, antwortete er knapp.

Sie schaute ihn forschend mit ihren großen Augen an, als ob sie erraten hatte, dass er ihr nicht die volle Wahrheit sagte. Plötzlich musste sie lachen. Sie strich ihm mit ihrer Hand über die Stirn.

»Finden die Mädchen in deiner Welt diese Frisur eigentlich schön?«

Er wurde rot wie eine Tomate. An sein Aussehen hatte er ewig nicht mehr gedacht. Finn fand seine langen Haare eigentlich immer ziemlich cool. Nur dieser Dr. Reynolds hatte alles ruiniert, als er ihm den Pony abgeschnitten hatte.

»Das ist nicht so einfach zu erklären«, brummelte er vor sich hin.

»Ich mach dir einen Vorschlag: Ich kümmere mich um deine Haare und du erzählst mir dafür deine Geschichte. Etwas Ablenkung könnte ich jetzt gut gebrauchen.«

Finn überlegte kurz, ergab sich dann aber in sein Schicksal und folgte ihr nach unten.

Knapp zwei Stunden später hatte Finn seine Lebensgeschichte beendet. Er hätte nie gedacht, dass es so viel über ihn zu erzählen gab, aber Schey war an jedem Detail interessiert, während sie seinen Kopf mit Rasiermesser, Schere und Kamm bearbeitete. Er wollte lieber nicht genau wissen, was sie da mit ihm anstellte, aber er vertraute ihr.

Schließlich hielt sie ihm einen schlichten Silberspiegel vor das Gesicht und rief: »Fertig!«

Im ersten Moment erkannte Finn sich nicht wieder. Sie hatte ihm die Haare an den Schläfen und über den Ohren komplett abrasiert und die langen darüber zu eng am Kopf anliegenden Zöpfen nach hinten geflochten. Er hätte selbst nie den Mut zu solch einer Frisur gefunden, aber Finn musste zugeben, dass er nicht übel aussah. Irgendwie erwachsener, was aber auch an seinem Gesicht lag. Vom Babyspeck war nichts mehr zu sehen und durch die markanten Wangenknochen wirkte er älter. Ein rotblonder Bart begann ihm um Mund und Wangen zu sprießen und seine blauen Augen hatten ihren traurigen Blick verloren.

»Und? Was sagst du? Kann sich doch sehen lassen, oder?«

Finn konnte nur nicken.

»Jetzt kann man sich auch mit dir zeigen«, sagte sie schnippisch und knuffte ihn am Arm. Dann wurde sie wieder ernst und fragte:

»Sag mal, stimmt es wirklich, dass du *alles,* was du siehst, auch zählen kannst? Egal wie viele Dinge es sind?«

»Klar«, erwiderte Finn ein wenig stolz. Mühsam riss er sich von dem Spiegelbild los. »Nimm zum Beispiel die Haare auf dem Fußboden. Es sind ...«

Finn schoss vom Schemel hoch, als ob er auf dem Boden eine giftige Schlange gesehen hätte. Sein Gesicht zeichnete die nackte Angst.

»Was hast du, Finn?«, fragte Schey besorgt.

»Ich erkenne nicht mehr, wie viele es sind! Ich kann sie nicht mehr sehen!«

»Was sehen?«

»Die Haare! Ich kann sie nicht mehr zählen!«

Finn stürmte zur Tür von Scheys Kajüte hinaus. Er musste den Doktor finden. Vielleicht wusste er, was mit ihm los war. Einen kurzen Moment dachte er, dass Schey ihm seine Gabe zusammen mit den Haaren abgeschnitten hatte, aber dann wurde ihm bewusst, dass Finn seit er auf dem Luftschiff war, seine Fähigkeit nicht mehr benutzt hatte! War es der Stich des Mantikoren gewesen?

Er riss die Tür zur Gemeinschaftskajüte auf, aber dort war niemand. Auch das Zimmer der Frauen war verwaist. Schließlich fand er alle in der Kajüte, wo die Verletzten versorgt wurden. Gerade wollte Finn losjammern, als er merkte, dass es trotz der vielen Anwesenden unnatürlich still ihm Raum war. Alle hatten ihre Aufmerksamkeit auf Emma gerichtet. Das Mädchen hatte ihre schmalen Hände auf die Armwunde eines Verletzten gelegt und ein sanftes, weißes Glühen ging von ihnen aus.

Die Minuten vergingen, keiner rührte sich. Dann hörte das Leuchten auf und Emma trat mit einem erschöpften Seufzer von ihrem Patienten zurück. Die Wunde hatte sich geschlossen! Nur eine rote Narbe war zurückgeblieben.

Ein verblüfftes Raunen ging durch die Anwesenden.

»Das muss ich der Kapitänin berichten!«, rief Meister Saan

und schlurfte, so schnell es seine alten Knochen zuließen, zur Tür hinaus.

»Wie hast du das gemacht?«, fragte Finn verblüfft.

»Ich weiß auch nicht«, gestand Emma nicht weniger verwundert. »Ich hab mich um die Verletzten gekümmert, weil ich ja sonst nichts weiter tun konnte. Und als ich einem Sterbenden Trost spenden wollte, haben meine Hände plötzlich zu glühen begonnen. Ich habe gefühlt, wo der Schmerz des Mannes saß und als ich mir wünschte, ihm dieses Leid nehmen zu können, da atmete er plötzlich ruhiger und das Fieber verschwand nach kurzer Zeit.«

»Aber du hast doch immer nur gemalt!«, hörte Finn sich sagen. Was für eine dämliche Ansage!

»Ich weiß«, antwortete Emma. »Das Komische ist, als ich es gestern versucht hatte, konnte ich es nicht mehr! Gut, es sah nicht schlecht aus, aber das Bild hatte nichts Lebendiges an sich! Verstehst du, was ich meine?«

In Finn wuchs eine Vermutung heran.

»Doktor Edmundo, kann es sein, dass sich unsere Savant-Fähigkeiten in dieser Welt verändern?«

Der Doktor hatte die ganze Zeit beobachtet und zugehört. Jetzt strich er sich gedankenversunken über den kurzen Bart.

»Das liegt durchaus im Bereich des Möglichen. Vielleicht liegen eure Gaben ja in einem Areal des Gehirns, der in dieser Welt für das Wirken von Magie verantwortlich ist. Das Gehirn arbeitet auf zellulärer Ebene mit elektrischen Signalen. Da es hier keine Elektrizität gibt, muss eine andere Kraft die Arbeit in unseren Gehirnen übernommen haben, sonst wären wir alle nach dem Übergang in diese Realitätsebene sofort hirntot gewesen. Bei euch könnte die magische Energie dazu geführt haben, dass sich eure Savant-Fähigkeiten verändern. Das erklärt vielleicht auch, warum ihr vier im Gegensatz zu Sascha und mir so lange bewusstlos gewesen seid, als wir hier ankamen.«

»Aber ich habe immer noch die gleichen Fähigkeiten«, mischte sich Ken in die Diskussion ein.

»Ja schon, aber sie ist deutlich stärker geworden. Hast du nicht früher Wochen benötigt, um eine neue Sprache zu lernen? Was ist mit dir, Finn? Hat sich bei dir etwas verändert? Außer deiner Frisur, meine ich«, fügte Edmundo mit einem verständnislosen Blick auf seine neue Haarpracht hinzu.

»Ich kann es nicht mehr!«, antwortete Finn jammernd. »Ich habe es eben erst bemerkt, aber seit ich auf dem Schiff bin, ist meine Fähigkeit verschwunden! Kann es mit dem Stich des Mantikoren zu tun haben?«

»Noch vor einer Stunde wäre das eine plausible Theorie gewesen, aber nachdem ich nun gesehen habe, wie Emmas Begabung sich verändert hat, vermute ich, dass bei dir das Gleiche geschieht«, beruhigte der Doktor ihn etwas. »Ich empfehle dir, auf Anzeichen von Magie zu achten. Eine verrückte Welt ist das! Ich hätte mit allem gerechnet, aber Magie und Drachen!? Die würden uns alle in die Psychiatrie stecken, wenn wir zu Hause davon erzählen!«

Daraufhin verließ der Doktor lachend und kopfschüttelnd den Raum. Auch Sascha, Emma, Riku und Ken folgten ihm, damit die Verwundeten ihre Ruhe hatten, auch wenn es ihnen dank Emma bereits bedeutend besser ging. Als Ken den grübelnden Finn am Arm mit sich nach draußen zog, konnte er sich einen Kommentar zu seiner neuen Frisur nicht verkneifen:

»Du siehst ja richtig erwachsen aus, Kleiner. Welches Mädchen willst du denn damit beeindrucken?«

Finn errötete und antwortete nicht.

Eine halbe Stunde später versammelten sie sich alle auf der Brücke. Samara hatte sie rufen lassen. Finn war das erste Mal hier, weshalb er sich neugierig umschaute.

Der Raum lag auf dem obersten Deck direkt am Bug des Luftschiffs und nahm dessen gesamte Breite ein. Nach vorne und zu den beiden Seiten erlaubte eine riesige Fensterfront in der Schiffswand, dass man durch die sechseckigen Glassegmente einen fabelhaften Panoramablick auf die Umgebung hatte. Durch die Wölbung des Schiffsrumpfes konnte Finn auch hervorragend nach unten auf die kargen Täler und den sich schnell drehenden Propeller am Bug blicken. Nur die Aussicht nach oben war durch die weit nach vorne überstehende Traghülle eingeschränkt. Aber wenigstens wurde so die Sicht durch die Scheiben nicht vom Wetter beeinträchtigt. An jeder der drei Sichtseiten war ein Späher postiert und spähte hinaus in den Regen.

Im Zentrum der Brücke stand ein großer, runder Holztisch, auf dem eine vergilbte Weltkarte lag. Wie Sascha bereits angedeutet hatte, war sie recht ungenau in den Details und nicht maßstabsgetreu. Die Karte machte den Eindruck, als habe sie ein Kind aus dem Gedächtnis gezeichnet. Aber da es hier mit an Sicherheit grenzender Wahrscheinlichkeit keine Satelliten gab, stellte eine solche Weltkarte schon eine beeindruckende Leistung dar.

Mit kleinen, schwarzen Steinen war eine Route markiert worden. Diese begann im nördlichen Italien, führte über Spanien und den Atlantik nach Mittelamerika und schließlich über den Pazifik nach Südostasien. Der letzte Stein lag südöstlich des Himalayas, dem höchsten Gebirge der Welt, das auf dieser Karte mit *Großes Gebirge* beschriftet war.

Samara trat zu ihnen an den Tisch, nachdem sie an der Rückwand der Brücke an einer feinen Messingkette gezogen hatte. Finn konnte sich denken, dass sich im Bauch des Schiffes nun ein menschliches Monster auf den Weg zu dem anderen Monster machte, um es wiedereinmal zu quälen.

»Danke, dass ihr gekommen seid. Wie ich höre, hat sich ein weiteres Mitglied eurer Gruppe als eine unschätzbare Bereicherung unserer Mannschaft erwiesen.« Sie lächelte Emma freundlich zu, die sich schüchtern hinter Riku verbarg. »Ich verstehe noch nicht, warum, aber offenbar ist die Magie bei einigen von euch so stark wie bei den großen Zauberkundigen längst vergessener Zeiten. Das direkte Heilen von Wunden durch Magie ist seit vielen Jahrhunderten keinem Hyva mehr gelungen und die übermenschlich schnellen Kampffertigkeiten von Riku gab es seit den legendären Drachentötern nicht mehr.«

Finn fiel auf, dass sie Kens Fähigkeit, Mantikoren und Drachen zu verstehen, nicht erwähnte. Offenbar hatte er es niemandem außer Finn erzählt. Ein Blick in Kens Gesicht bestätigte seine Vermutung. Er hatte sicher gute Gründe dafür, also hielt auch Finn den Mund.

»Wir haben einen gefahrvollen Weg vor uns, wahrscheinlich die gefährlichste Etappe unserer gesamten Reise. Nicht nur aufgrund des Gebirges, sondern auch wegen der Tschumunga. Niemand hat sie seit etlichen hundert Jahren zu Gesicht bekommen. Viele behaupten, sie seien nur eine Legende. Wenn es sie aber gibt und die Geschichten stimmen, dann besitzen sie eine große Weisheit und fast grenzenloses Wissen über die Magie. Es wird erzählt, dass sie nur ebenfalls magiebegabte Wesen als gleichwertig akzeptieren. Meister Saan hat große Macht, aber er ist schon alt und ich möchte mich nicht *nur* auf ihn verlassen. Dafür hängt zu viel davon ab. Kann ich deshalb bei dieser Sache auf euch zählen, Emma und Riku?«

Emma verschwand nun völlig hinter Riku, was schon eine beachtliche Leistung darstellte, denn der Asiate war ja eher von schmaler Statur. Er sah Samara lange in die dunklen Augen und nickte schließlich stumm. Die Kapitänin atmete hörbar auf.

»Ich danke euch. Auch der Rat von jedem anderen ist mir natürlich jederzeit willkommen. Könnt ihr mir vielleicht irgendetwas über das Große Gebirge sagen? Bei uns gibt es keinen lebenden Hyva, der es je mit eigenen Augen gesehen hat. Wenn ich euch richtig verstanden habe, gibt es aber ein vergleichbares Gebirge in eurer Welt.«

Zu Finns Überraschung trat Sascha an den Kartentisch. Ken sah sie mit hochgezogenen Augenbrauen skeptisch an.

»Was glotzt du so, Sonnenschein? Wenn ich schon bei diesem Himmelfahrtskommando mitmachen muss, dann will ich wenigstens dafür sorgen, dass ich es auch überlebe! Also, falls euer Navigator seinen Job versteht, befinden wir uns aktuell ungefähr hier, im südlichen Teil der Yunnan-Provinz. Vor uns liegen einige Zweitausender. Ich schlage vor, wir testen dort erst einmal, wie hoch diese Mühle überhaupt fliegen kann. Falls es zu Problemen kommt, können wir relativ schnell nach Süden abdrehen und ins tiefer gelegene Myanmar ausweichen.«

Samara schaute ebenfalls auf die Karte, die eigentlich nicht viel mehr verriet, als wo sich Wasser und wo Land befand, von dem mit vielen Dreiecken angedeuteten Großen Gebirge einmal abgesehen.

»Ich kann mir zwar nicht erklären, woher Ihr dieses genaue Wissen über die Gegend hier habt, Sascha, aber wenn dem so ist, finde ich den Plan gut. Nur das mit dem nach Süden abdrehen sollten wir vermeiden. Ich möchte mich so weit wie möglich von den Mayatan fernhalten.«

»Besser ein offener Kampf mit den Mayatan, als an einem Bergrücken zu zerschellen«, konterte Sascha.

»Ich glaube, wir brauchen uns nicht über ungelegte Eier zu streiten«, schlichtete der Doktor. »Die Zweitausender sollten für das Luftschiff kein Problem sein, wenn ich den Auftrieb des Tragkörpers und das Gesamtgewicht des Schiffs richtig eingeschätzt habe. Schwieriger wird es im Himalaya, Verzeihung, im *Großen Gebirge*. Selbst wenn ich noch etwas mehr Drehzahl aus den Propellern herausholen kann, werden wir nicht höher als viertausend Meter kommen. Die Luft wird dann einfach zu dünn.«

Die Kapitänin überlegte einen Moment.

»Ich weiß zwar nicht, was ein *Meter* ist, aber ich beuge mich Eurem Urteil, da Ihr viel über die Gesetze des Fliegens und auch über diese Gegend zu wissen scheint. Trotzdem ist es von großer Wichtigkeit für die Zukunft der Hyva, die Tschumunga zu finden. Wir können nicht allein gegen alles Böse der Welt kämpfen! Was schlagt Ihr also vor?«

»Ich weiß nicht, wer diese Tschumunga sind, aber wenn es sich um halbwegs normale Lebewesen handelt, die auch etwas essen müssen, dann werden sie nicht oberhalb der Vegetationsgrenze leben«, orakelte der Doktor. »Wir sollten also die südlichen Ausläufer des Gebirges absuchen. Alles darüber hinaus würde unseren sicheren Tod bedeuten.«

Samara atmete tief durch.

»So sei es denn. Ich möchte meine Mannschaft auch nicht in den Untergang führen. Erlus! Kurs West! Auf die Berge zu!«

Am frühen Nachmittag näherte sich die Drachenhaut den höheren Bergketten. Auf den Vorschlag von Doktor Edmundo hin, wurden die Wassertanks zu zwei Dritteln geleert, um das Gewicht zu reduzieren. Auch gelang es dem Wissenschaftler, die Drehzahl der Propeller nahezu zu verdoppeln. Mehrfach bedankte er sich bei Samara, die ihm die Möglichkeit gegeben hatte, an der Dampfmaschine zu arbeiten.

Bis auf wenige Wachen und den Besatzungsmitgliedern, die für das Reffen und Setzen der Segel zuständig waren, hielt sich auf dem Oberdeck niemand mehr auf. Finn und seinen Kameraden wurde erlaubt, auf der Brücke zu bleiben. Nur Emma fehlte. Sie blieb lieber bei den Verwundeten und beschleunigte deren Heilung mit ihrer neu entdeckten Magie, sooft es ihre Kräfte zuließen.

Finn saß mit Schey stundenlang am großen Sichtfenster der Brücke. Sie beobachteten schweigend die bewaldeten Gipfel und wolkenverhangenen Täler, die unter dem Luftschiff dahinzogen. Als schließlich der Abend kam, hörte der Regen auf und die tief stehende Abendsonne blendete sie durch die Wolkenlücken. Unter ihnen begannen die steilen Berge einer sanften Hügellandschaft Platz zu machen.

»War das schon das Große Gebirge?«, fragte Schey enttäuscht.

»Nein, wo denkst du hin?! Der Himalaya ist *viermal* so hoch!«, prahlte Finn mit seinem Schulwissen, ganz so, als ob er das Gebirge selbst aufgeschüttet hätte. »Das war nur ein erster Test für das Luftschiff und die verbesserte Maschine.«

Schey nickte verstehend und richtete dann wieder ihre Aufmerksamkeit auf das weite Tiefland, dass sich vor ihnen ausbreitete.

»Refft die Segel!«, befahl die Kapitänin einem Offizier. »Der Mond ist verhangen und die Sicht schlecht. Wir wollen kein Risiko eingehen.«

Der Mann salutierte und machte sich auf den Weg zum Oberdeck, um die Befehle zu übermitteln. Kurze Zeit später spürte Finn, wie das Luftschiff an Fahrt verlor. Die Wachablösung kam und sie gingen hundemüde in ihre Kajüten. Auch wenn der Tag traurig begonnen hatte, so stellte die Überquerung der Berge einen großartigen Erfolg dar, der allen neuen Mut machte.

In dieser Nacht konnte Finn aber trotzdem nicht schlafen. Immer wieder grübelte er darüber nach, warum seine Fähigkeit verschwunden war, während die der anderen sich so gut entwickelten. Er fühlte sich nutzlos. Als er schlussendlich doch einschlief, wurde er von Albträumen verfolgt.

Hundemüde kämpfte er sich am nächsten Morgen aus der Hängematte. Die anderen Schlafplätze waren bereits allesamt verwaist. Er fand seine Kameraden an Deck, wo er gerade noch einige Reste vom Frühstück ergattern konnte.

Die Luft war bereits angenehm warm an diesem Morgen und das Schiff bewegte sich wie immer mit dem Wind, so dass dieser an Deck kaum zu spüren war. Finn stand der Sinn nicht nach reden, also nahm er ein Stück Brot und schlenderte zum Bug. Dort machte er es sich auf einigen Fässern bequem und bewunderte die dahinziehende Landschaft.

Sie hatten Nordkurs eingeschlagen. Unter ihnen schlängelte

sich ein Fluss zwischen den bewaldeten Hügeln hindurch, im Osten stand die Sonne bereits recht hoch über dem Gebirge, das sie gestern weiter südlich überwunden hatten.

Das Mittagessen ließ Finn einfach ausfallen. Er verspürte keinen großen Hunger und hatte wenig Lust auf das Gerede der anderen, wie toll doch Riku kämpfen konnte und was für eine großartige Heilerin Emma zu sein schien.

Im Dunst der schwülen Luft tauchten am Nachmittag die ersten Umrisse des Hochgebirges auf. Zuerst hielt er es für Wolken, doch als Finn klar wurde, dass es Berge waren, bekam er ein flaues Gefühl in der Magengegend. Und dort hinauf wollten sie fliegen?

Immer mehr Besatzungsmitglieder bemerkten die Gipfel in der Ferne und schon bald herrschte in seinem Rückzugwinkel ein ganz schönes Gedränge. Es dauerte nicht lange, da hatte ihn auch Schey entdeckt.

»Ach hier versteckst du dich«, sagte sie leicht vorwurfsvoll.

»Ich hab mich nicht *versteckt*, sondern nur die Aussicht genossen«, verteidigte er sich verärgert.

Schey ließ sich aber nicht aus der Ruhe bringen. Sie setzte sich kurzerhand neben ihn.

»Bist du so griesgrämig, weil du nicht mehr zählen kannst?«

»Ich *kann* zählen! Nur eben nicht mehr so wie früher. Du verstehst das nicht!«, fuhr er sie an.

»Fühlst dich nutzlos, was?«

Finn starrte sie entgeistert an. Dass sie ihn so leicht durchschaut hatte, machte ihn nur noch wütender.

»Der Doktor denkt, dass sich deine Gabe nur geändert hat. Jedenfalls hat er darüber mit Meister Saan diskutiert.«

Na toll, jetzt wurde seine Nutzlosigkeit schon auf dem ganzen Schiff herumgetratscht! Langsam wurde er richtig sauer.

»Ich mag dich auf jeden Fall auch ohne irgendwelche magischen Fähigkeiten.« Und damit gab sie ihm einen Kuss auf die Wange und verschwand im Gedränge der Menschen. Sein Ärger war mit einem Mal wie verflogen.

Am darauffolgenden Tag drangen sie in das Gebirge vor. Sie folgten einem ansteigenden Tal immer höher hinauf. Auf dem Oberdeck kühlte es empfindlich ab und so hielt sich Finn meistens auf der Brücke auf. Die Winde wehten tückisch in den Bergen und die Mannschaft hatte alle Hände voll zu tun. Ständig mussten Segel gerefft und dann wieder schnell gesetzt werden. Die Propeller liefen auf Hochtouren, damit die Drachenhaut die Höhe hielt. Wer nicht damit beschäftigt war, das Luftschiff am Himmel zu halten, achtete auf irgendwelche Lebenszeichen zwischen den Felsen. Die Bäume hatten sie schon längst hinter sich gelassen.

»Es hat keinen Sinn«, entschied Samara am frühen Nachmittag. »In diesem Tal gibt es keine Tschumunga. Wir müssen zurück, bevor es dunkel wird.«

Also drehte die Drachenhaut und folgte den Tälern zwischen den schneebedeckten Gipfeln hinunter zu einer Höhe, in der das Luftschiff ohne Hilfe der Propeller die Position halten konnte.

Die kommenden sechs Wochen waren wie eine Dauerfahrt auf der Achterbahn für Finns Nerven. Samara steuerte jeden Tag ein anderes Tal an und flog ins Gebirge hinauf, um am Abend wieder enttäuscht in das Vorgebirge zurückzukehren. So arbeiteten sie sich Tag für Tag und Tal für Tal Richtung Westen, immer an der Südflanke des Himalayas entlang. Mittlerweile war es Mitte Juni und der Monsunregen hatte mit voller Kraft eingesetzt. Durch die Regenschleier konnte man selbst bei Tag kaum hundert Meter schauen. Jede Minute rechnete Finn damit, dass eine Windböe sie gegen eine Bergflanke drückte.

Er bezweifelte, dass sie so jemals die Tschumunga finden

würden und wenn er in die Gesichter der anderen blickte, sah er die gleichen Bedenken.

An einem besonders verregneten Nachmittag, an dem er mit Schey wieder einmal am Sichtfenster auf der Brücke saß und in den Regen starrte, reichte es ihm. Er wollte sich gerade ein Herz fassen und mit der Kapitänin über den Abbruch der Suche reden, als er plötzlich einen hellen, blauen Punkt an der nördlichen Bergflanke leuchten sah. Zuerst dachte er, seine Augen wären vom ständigen Starren übermüdet, doch dann tauchten immer mehr dieser Punkte auf und bildeten eine Linie Richtung Osten.

»Sieh dir das an, Schey!«, rief er laut.

»Was meinst du?«, erwiderte sie etwas schläfrig.

»Siehst du es denn nicht? Da vorne! Wie eine Lichterkette an der Bergflanke!«

Schey stierte durch das Fenster, aber sie schien die Lichter nicht zu sehen. Samara trat an ihre Seite und spähte durch das Fernglas, das sie von Sascha bekommen hatte.

»Bist du sicher, dass du was gesehen hast?«, fragte sie zweifelnd.

Finn verstand die Welt nicht mehr. An der Bergflanke waren bestimmt zwanzig hell leuchtende Punkte zu sehen und keiner außer ihm schien sie zu bemerken!

»Ich sehe sie immer noch! Ihr müsst sie doch auch erkennen!«

Er war so aufgeregt, dass er aufsprang und der Kapitänin ungefragt das Fernglas aus der Hand riss. Finn schaute hindurch und versuchte, seine Hände zu beruhigen, damit er eines der Lichter ins Visier nehmen konnte. Endlich gelang es ihm und die Kinnlade fiel ihm nach unten.

»Das sind irgendwelche leuchtenden Wesen! Ich glaube, sie stehen auf zwei Beinen und starren alle in unsere Richtung! Könnten das die Tschumunga sein?«

»Haben sie weißes Fell?«, fragte Samara überrascht.

»Wahrscheinlich, aber genau kann ich es auf diese Entfernung nicht sagen.«

»Ich weiß zwar nicht, was hier vor sich geht, aber das ist die beste Spur seit Wochen. In welche Richtung zeigt deine Kette aus Lichtern?«

»Nach Osten, weiter das Tal hinauf.«

»Kurs Ost!«, rief sie einem Offizier zu. »Sehen wir mal, ob unser junger Freund hier wirklich was gesehen hat.«

Je weiter sie dem Tal in höhere Lagen folgten, desto mehr Lichtpunkte säumten die Flanken der umgebenden Berge. Kurz bevor die Drachenhaut nicht mehr weiter aufsteigen konnte, erreichten sie das untere Ende einer riesigen Gletscherzunge. Dort hatte sich eine ganze Gruppe der leuchtenden Wesen versammelt.

Samara spähte wieder durch das Fernglas und als sie sich dem Gletscher näherten, sah auch sie endlich die Gestalten.

»Tatsächlich! Es sind Tschumunga! Bei Omra und Belor, es sind *tatsächlich* die Tschumunga! Aber ein Leuchten sehe ich nicht, Finn. Keiner außer dir scheint es zu erkennen. Was hat das nur zu bedeuten?«

Finn wusste es auch nicht. Als das Schiff am Fuß des Eisfelds zur Landung ansetzte, klebte er immer noch am Fenster und starrte zu den reglosen Gestalten hinunter, die sie dort erwarteten, wo die Eiswand des Gletschers in das felsige Bett eines gurgelnden Baches überging.

Sein Kumpel Ken trat an seine Seite.

»Ich hätte nie gedacht, mal einen Yeti zu sehen, geschweige denn einen ganzen Haufen davon.«

Erst wollte Finn loslachen, aber dann fiel ihm auf, dass Ken eigentlich Recht hatte. Die gut drei Meter aufragenden Wesen bedeckte dichtes, weißes Fell, das im Wind wehte. Sie standen auf breiten Füßen und jeder hielt in den riesigen Pranken einen langen Holzstab. So oder so ähnlich hatte er sich einen Yeti immer vorgestellt.

Knarzend setzte der Rumpf der Drachenhaut neben dem Bachlauf auf dem steinigen Untergrund auf.

»Erlus, Ihr übernehmt das Kommando. Verankert das Schiff und füllt die Wassertanks wieder zu einem Drittel auf. Meister Saan und unsere Gäste begleiten mich.«

Am Heck wurde auf dem untersten Deck eine große Luke geöffnet, von der aus sie bequem über eine Rampe das Luftschiff verlassen konnten. Samara hatte fellbesetzte Mäntel verteilen lassen und als Finn in den kalten Wind des Himalayas trat, war er ihr überaus dankbar dafür.

Schweigend umrundete die kleine Gruppe den mächtigen Rumpf der Drachenhaut und ging dann langsam auf die Tschumunga zu, die sie regungslos am Fuß der gut dreißig Meter hohen Eiswand des Gletschers erwarteten. Etliche Schritte vor den Wesen blieben sie stehen. Samara wusste offenbar nicht, ob sie als erstes das Wort ergreifen sollte und so starrten sich die beiden Parteien einige Minuten schweigend an.

Finn nutzte die Zeit, um sich diese beeindruckenden Gestalten etwas genauer anzuschauen: Das blaue Leuchten, das offenbar nur er wahrgenommen hatte, war nun nicht mehr zu sehen. Die Körper der Tschumunga waren fast komplett mit weißem, langhaarigen Fell bedeckt, nur in ihrem Gesicht wuchsen keine Haare und die großen, saphirblauen Augen blickten wissend auf die Gruppe Menschen herunter. Ihre Nasen waren sehr flach, offenbar um der Kälte keinen Angriffspunkt zu bieten, und die breiten, lippenlosen Münder zeigten nicht die geringste Regung. Wenn nicht im langsamen Rhythmus Wolken ihres kondensierenden Atems vor den Gesichtern erschienen wären, hätte man sie auch für ausgestopft halten können.

Kleider trugen sie keine, was aufgrund ihrer Körperbehaarung auch unnötig zu sein schien. Lediglich an dem langen Stab, den jedes der Wesen bei sich hatte, waren sie zu unterscheiden: Der eine hatte ein gerades, mit Leder umwickeltes Exemplar, ein anderer einen verdrehten, knorrigen Ast und wieder ein anderer hielt einen kunstvoll geschnitzten Stab in den großen Händen, der aussah, als ob drei Stäbe ineinander verflochten waren.

Vermutlich wurde das lange Schweigen der Kapitänin nun doch unangenehm, denn sie holte gerade Luft für eine Begrüßung, als eines der Wesen mit einer tiefen, sonoren Stimme zu sprechen begann.

»Die Tschumunga heißen die Abgesandten der Kysari und ihre Brüder und Schwestern aus der Äußeren Sphäre willkommen. Mein Name ist Komoroo. Ich erblicke vier Magiebegabte unter euch. Sprecht, wer von euch hat die Tschumunga als Erster erblickt?«

Die Augen all seiner Begleiter richteten sich zu seinem Unbehagen auf Finn. Er spürte, wie ihm trotz der Kälte die Hitze ins Gesicht stieg. Als er keine Anstalten machte, etwas zu sagen, verpasste ihn Ken von hinten einen leichten Stoß.

»Da..as war wohl ich«, stotterte er leise in den Wind.

Der Tschumunga, der gesprochen hatte, neigte den Kopf zu einem Nicken. Sein breiter Mund öffnete sich zu einem Lächeln, das ein beeindruckendes Gebiss mit spitzen Eckzähnen entblößte.

»Folgt mir. Der Wind hat heute eine scharfe Stimme und der Himmel weint. Wir werden uns drinnen weiter unterhalten.«

Mit diesen Worten wandte er sich der Eiswand zu und bewegte sich mit ausladenden Schritten zu der Spalte, aus welcher der Gletscherbach hervor plätscherte. Die Öffnung war gut sieben Meter hoch, aber nur etwa zwei breit. Komoroo schritt voran. Er schien kein Problem damit zu haben, mit seinen fellbedeckten Füßen durch den kalten Bach zu stapfen. Für Finn und die anderen erwies sich der schmale Rand neben dem Wasserlauf zum Glück als breit genug zum Gehen. Nur der beleibte Doktor musste sich an der eisigen Wand entlang schieben, damit er nicht das Gleichgewicht verlor und ins kalte

Nass fiel. Die anderen Tschumunga folgten der Gruppe schweigend.

Langsam wich das Tageslicht hinter ihnen zurück. Finn fragte sich gerade, wie er verhindern sollte, dass er in der Finsternis ins Wasser fiel, als plötzlich das Eis um sie herum in einem sanften Blau zu leuchten begann, ganz so, als ob hinter einer dünnen Eisschicht die helle Sonne schien. Nur, dass das Eis über ihren Köpfen hier mindestens fünfzig Meter dick und draußen der Himmel voller dichter Wolken hing. Sie wanderten staunend weiter und das Licht folgte ihnen.

Finn schätzte, dass sie mindestens einen Kilometer ins Eis vorgedrungen waren, als sich der schmale Gang zu einer gewaltigen, kuppelförmigen Kammer öffnete, die bestimmt hundert Schritt im Durchmesser maß und gut zwanzig Meter hoch war. Auch hier leuchtete die gesamte Eisfläche und tauchte die Szenerie in ein freundliches, bläuliches Licht. In unregelmäßigen Abständen führten dunkle Gänge in das umliegende Eis und im Rund verteilt standen einige halbkugelförmige Zelte aus gegerbten Tierhäuten.

Überall waren Tschumunga mit verschiedensten Tätigkeiten beschäftigt: Einige trugen geflochtene Körbe gefüllt mit schwarzen Pilzen zu einer Gruppe, die diese putzten und zwischen flachen Steinen zerrieben. Wieder andere kochten den Pilzbrei in einer steinernen Schale, unter der ein Steinbrocken rot vor Hitze glühte. Ein Feuer sah Finn nicht und er konnte nur vermuten, dass es sich um Magie handelte.

Andere saßen mit geschlossenen Augen im Kreis und gaben ein tiefes Summen von sich. Offenbar meditierten sie. In einer Ecke waren wieder andere damit beschäftigt, Tierhäute zu gerben. Eine Ansammlung kleinerer Tschumunga, nach allem Anschein Kinder, lauschte den Ausführungen eines Alten, dessen Fell bereits etwas licht geworden war und der sich gebeugt auf seinen Stab stützte.

Zusammengefasst ging es hier zu wie auf einem belebten

Dorfplatz, nur dass sich das rege Treiben unter einer gigantischen Eiskuppel abspielte.

Komoroo führte die staunende Gruppe zu einem großen Zelt im Zentrum des Platzes und bat sie mit einer einladenden Geste, ins Innere zu treten. Der Boden der Behausung war mit weichen Fellen ausgelegt und in der Mitte lag ein großer, runder Felsbrocken. Unter der Decke hing ein grob gewobenes Netz mit den gleichen, blau leuchtenden Steinen, die auch die Gänge der Drachenhaut erhellten.

Sie nahmen im Kreis Platz und nachdem Komoroo kurz die Augen geschlossen hatte, begann der Stein eine wohlige Wärme abzustrahlen. Er setzte sich im Schneidersitz zu ihnen und legte den Stab quer über die haarigen Knie. Finn spürte, wie die Kälte langsam aus seinen Gliedern wich.

»Nun denn«, begann Komoroo mit seiner beruhigenden Stimme zu sprechen, »ich bin sehr auf eure Geschichte gespannt. Seit sehr vielen Lebensspannen hatten wir keinen Kontakt mehr zu den Kysari. Damals habt ihr die meiste Zeit damit verbracht, euch gegenseitig das Leben zu nehmen. Es gab seinerzeit mächtige Magier in euren Reihen, aber euer Volk hat die Gabe verschwendet. Wäre Großmeister Sulur damals nicht zur Vernunft gekommen, es gäbe heute keine Menschen mehr in dieser Weltensphäre. Leider konnte er nur ein schwaches und geteiltes Volk hinterlassen.«

Finn verstand nicht, was er damit meinte, und wieso er die Hyva ständig Kysari nannte. Lautete so der Name für sie in seiner eigenen Sprache? Und wer war dieser Sulur? Samara rutschte etwas auf ihrem Fell hin und her, bevor sie das Wort ergriff. Irgendetwas schien ihr unangenehm zu sein.

»Komoroo, Eure Worte sind voller Wahrheit, auch wenn sie mich in ihrer Deutlichkeit schmerzen. Wir haben in der Vergangenheit viele Fehler gemacht, aber das waren die Fehler unserer Vorfahren. Niemals dürfen wir diese vergessen, aber wir tragen nicht mehr die Last der Schuld, nur die der Folgen. Wir haben fast zweitausend Jahre damit verbracht, uns gegenseitig umzubringen. Am Ende war unser Volk geteilt und hatte sich fast ausgelöscht, wie Ihr richtig angemerkt habt. Die letzten vierhundert Jahre haben nicht gereicht, um die tiefen Wunden des langen Krieges zwischen den Hyva und den Yangri zu heilen und sie wieder im Volk der Kysari zu vereinen. Durch die Schwächung, die unser Volk selbst verursacht hatte, wurden wir für die dunklen Kreaturen dieser Welt zu einem leichten Ziel. Aber wir haben es geschafft, standzuhalten. In den letzten fünfzig Jahren nahmen jedoch die Übergriffe der Mayatan und der Manticora aus dem Süden ständig zu und aus dem Norden werden wir seit eh und je von den Drachen attackiert. Nun stehen wir kurz vor der endgültigen Vernichtung. Und dies bringt mich zu dem Grund unseres Besuchs: Wir brachen vor einigen Monden mit unserem Luftschiff zu einer Umrundung der Erde auf, um nach Verbündeten zu suchen und vielleicht etwas über die sich ausweitenden Aktivitäten der Mayatan und Manticora zu erfahren. Wir wollten auch zu den Yangri Kontakt aufnehmen, aber bisher haben wir keine Spur von ihnen gefunden. Ihr seid, neben unseren unerwarteten Gästen hier, die ersten freundlich gesinnten Wesen, auf die wir treffen.«

Komoroo hatte aufmerksam zugehört. Er dachte einen Augenblick nach, bevor er antwortete:

»Es ehrt Euch, dass Ihr mit Euren alten Feinden endlich Frieden schließen wollt, zumal die Yangri Eure Brüder und Schwestern sind. Allerdings muss ich in Euren Worten erkennen, dass Ihr diese Welt immer noch nicht versteht, obwohl ihr doch seit jeher ein Teil davon seid. Die Mayatan und auch die Manticora sind nicht von Grund auf böse, jedenfalls nicht mehr, als ihr es auch seid. Wie auch bei Eurem Volk, gibt es bei diesen beiden Spezies Individuen, die mächtiger sind, als ihre Artgenossen und die ihre Macht für das Böse missbrauchen. Am Fuße des Gebirges leben viele Rudel der Manticora. Sie sind gnadenlose Jäger, doch dies ist ihre Natur und sie töten aus der Notwendigkeit zu überleben heraus.

Die Tschumunga hatten zuweilen Kontakt mit einigen dieser Rudel und wir konnten in Erfahrung bringen, dass es bei den Mayatan einen neuen Herrscher gibt. Er soll große magische Begabungen besitzen, was für seine Art recht ungewöhnlich ist. Nachdem sein eigenes Volk ihn in jungen Jahren ausgestoßen hatte, kam er in unseren Teil der Welt und nutzte seine Macht, um die Manticora zu unterwerfen. Mit ihrer Hilfe und der Magie muss er es schließlich geschafft haben, die Herrschaft über sein eigenes Volk zu erlangen. Wenn die Informationen stimmen, führt er gerade einen Krieg gegen eure Brüder und Schwestern der Yangri ganz im Süden unserer Welt. Wenn er sie besiegt hat, wird es nur noch eine Frage der Zeit sein, bis er auch euer Volk angreift.«

Samara sprang auf die Füße.

»Wenn dies alles der Wahrheit entspricht, dann müssen wir augenblicklich zurück nach Hause! Euer Volk hat ein unerschöpfliches Wissen über die Magie und ihr wart schon früher unsere Verbündeten. Werdet Ihr uns in diesem Kampf beistehen, Komoroo?«

Der Tschumunga gab ein tiefes, gurgelndes Geräusch von sich. Offenbar ein Seufzen.

»Wir haben uns nie in die Angelegenheiten der anderen Völker eingemischt. Die Tschumunga beobachten und wenn sie es für angebracht halten, geben sie ihren bescheidenen Rat weiter. Wir haben auch den Manticora geraten, diesem Mayatan namens Krotrok nicht zu vertrauen, aber ihr Instinkt zwingt sie dazu, dem stärksten Anführer zu folgen. Euch und Eurem Volk kann ich nur folgendes raten: Vereint euer Volk, nutzt die Magie nur für das Gute und versucht, die Natur der Laoren zu verstehen. Dann sehe ich noch Hoffnung für die Kysari.«

Die Kapitänin hatte die ganze Zeit nur dagestanden und Komoroo scharf in die saphirblauen Augen geblickt. Ihr Gesicht wirke mit einem Mal sehr kalt.

»Ich danke Euch für Euren Rat, aber ich begreife nun, dass

wir hier nur unsere Zeit verschwendet haben. In den alten Geschichten hieß es, dass nichts und niemand den Tschumunga gefährlich werden könnte. Jetzt verstehe ich auch, wie dies gemeint war. Ihr verkriecht euch in euren Eishöhlen und wartet einfach ab, wer oder was den nächsten Krieg gewinnt. Euch sind wir doch alle egal! Ihr seid allesamt Feiglinge!«

Mit diesen Worten stapfte sie zum Zelt hinaus, ohne auch nur auf eine Antwort des Tschumunga zu warten. Meister Saan und die anderen folgten ihr, auch wenn sie alle aufgrund der Unhöflichkeit der Kapitänin peinlich berührt zu sein schienen. Alle bis auf Sascha, die ein amüsiertes Lächeln im Gesicht hängen hatte.

Finn wollte gerade als letzter das Zelt verlassen, als er sich doch noch ein Herz fasste und sich zu dem Tschumunga umdrehte:

»Es tut mir leid. Ich habe zwar nicht alles verstanden, was hier beredet wurde, aber ich glaube, sie ist nur so wütend, weil sie Angst um ihr Volk hat.«

Damit wollte er gerade gehen, als Komoroo ihn ansprach:

»Wie wirst du gerufen, mein Junge?«

»Ich heiße Finn«, erwiderte Finn erschrocken. Er hatte nicht damit gerechnet, dass der Tschumunga noch etwas sagen würde.

»Du hast eine besondere magische Kraft in dir, Finn. Nur so warst du in der Lage, uns zu finden.«

»Aber ich habe meine Begabung eben erst verloren!«, erwiderte Finn verzweifelt.

»Nein, sie verändert sich nur. Ich spüre es. Versuche nicht länger, nur die Zahl der Dinge zu erfassen, erkenne die Dinge selbst! Dann wirst du merken, dass alle Magie nichts weiter ist, als ein anderer Weg mit der Welt zu interagieren.«

Damit schloss er die Augen und der Stab auf seinen Beinen begann zu schweben.

»Wie macht Ihr das?«, fragte Finn fasziniert.

Das zähnefletschende Lächeln erschien wieder auf dem breiten Gesicht von Komoroo.

»Es ist nicht der Stab, den ich beeinflusse. Das wäre zwar auch möglich, würde meine Kraft aber übersteigen. Nein, ich vertreibe nur die Teilchen der Luft über dem Stab, dann gehorcht dieser einfach den Gesetzen der Natur: Die Luft unter dem Stab will den leeren Raum einnehmen und hebt den Stab nach oben. Mehr ist es nicht und mehr muss ich dir über die Magie nicht erzählen. Wenn du das verstanden hast, verstehst du auch die magische Energie.«

Finn stand nur da und beobachtete den schwebenden Stab. Sollte es wirklich so einfach sein? War Magie nichts weiter als die Beeinflussung von Materie auf molekularer Ebene? Doch wie konnte das Gehirn zu so etwas fähig sein? Andererseits waren mit der Elektrizität in ihrer eigenen Welt auch Dinge möglich, die wie Zauberei wirkten, wenn man die elektromagnetischen Gesetzmäßigkeiten nicht kannte.

»Finn, Kumpel«, hörte er Kens Stimme von draußen rufen, »beweg deinen Hintern zum Luftschiff, sonst lässt Samara dich hier!«

Er nickte Komoroo noch einmal dankbar zu, dann stürmte er aus dem Zelt. Er rannte mit Ken zusammen durch die Gletscherspalte zurück zum Luftschiff. Die Besatzung war gerade dabei, die Rampe hochzuziehen, als die beiden an Bord hasteten.

»Das ist nicht besonders gut gelaufen«, gab Ken japsend von sich.

»Du sagst es«, erwiderte Finn nach Atem ringend. »Ich glaube, wir hätten viel von den Tschumunga lernen und erfahren können. Sie scheinen mächtige Wesen zu sein, auch wenn sie in Bescheidenheit leben. Ich hoffe nur, Komoroo irrt sich, was diesen Mayatan-Magier Krotrok angeht. Sonst befinden wir uns auf einem Freiflug direkt in einen Krieg.«

Zu Hause

Samara war in den nächsten Wochen wie ausgewechselt. Was die Pläne für die Reise anging, hatte sie ihre gesamte Zuversicht verloren. Sie wollte nur noch so schnell wie möglich nach Hause, um die Hyva zu warnen. Achtzehn Stunden pro Tag stand sie auf der Brücke und starrte zum Sichtfenster hinaus, als könnte sie mit purer Willenskraft die Geschwindigkeit der Drachenhaut erhöhen. Die Kapitänin redete kaum noch, und wenn doch, handelte es sich um gebellte Befehle.

Finn verbrachte viel Zeit allein in der Kajüte und ging den anderen aus dem Weg. Die Worte von Komoroo beschäftigten ihn und er versuchte, hinter das Geheimnis der Magie zu kommen. Ganz im Gegenteil zu Samara war er voller Zuversicht. Er glaubte fest daran, dass der Tschumunga etwas in ihm gesehen hatte, das er selbst nur noch finden musste. Und so saß er tagein, tagaus an dem kleinen Tisch und stierte auf den weißen Stein. Er versuchte, ihn schweben zu lassen, er versuchte, ihn heiß werden zu lassen, doch nichts funktionierte.

»Was machst du da?«, ertönte Scheys Stimme in seinem Rücken.

»Ähh, nichts. Ich denk nur an zu Hause. Der Stein ist alles, was mich noch daran erinnert«, log er und drehte sich zu ihr um. Solange er keinen Erfolg hatte, wollte er niemandem davon erzählen, was Komoroo ihm gesagt hatte.

Schey sah müde und traurig aus. Wahrscheinlich machte sie sich Sorgen um ihre Mutter.

»Warum hast du ihn mitgebracht?«

»Das ist eine lange Geschichte. Eigentlich soll er mich an

meine Mutter erinnern. Aber letztendlich wurde ich damit fast totgeschlagen. Wenn ich es recht bedenke, ist dieser Stein der Grund, warum ich überhaupt hier bin.«

»Vermisst du sie? Deine Mutter?«, fragte sie bedrückt.

»Sie ist vor vier Jahren gestorben. Ich vermisse sie sehr, ja.«

Schey nahm den Stein vom Tisch und betrachtete ihn von allen Seiten.

»Glaubst du, dass meine Mutter langsam verrückt wird?«, fragte sie leise, ohne ihn anzusehen.

»Nein, Schey, so etwas darfst du nicht einmal denken! Samara macht sich große Sorgen um euer Volk und sie hatte wahrscheinlich sehr hohe Erwartungen an diese ganze Unternehmung. Schließlich hat sie ihr halbes Leben damit verbracht, die Expedition vorzubereiten. Ich glaube, sie braucht nur etwas Zeit, um zu verstehen, dass die Reise keineswegs sinnlos war. Schließlich haben wir wichtige Informationen über diesen Krotrok erhalten. Ihr kennt jetzt euren Feind. Ich finde, das ist ein großartiger Erfolg. Außerdem säßen wir immer noch auf dieser mantikorenverseuchten Insel fest, wenn deine Mutter nicht gewesen wäre«, fügte er grinsend hinzu.

Sie trat vor ihn und legte ihm lächelnd den Stein in seine Hand.

»Du bist ein hoffnungsloser Optimist, Finnley Kramer«, sagte sie lachend und gab ihm einen kurzen, sanften Kuss auf den Mund, bevor sie sich umdrehte und nach draußen verschwand. In Finns Magen tanzten tausend Schmetterlinge und ihm wurde schwindelig. Der Stein fiel ihm aus der Hand und landete polternd auf dem abgewetzten Holzfußboden.

Den Rest des Tages konnte er sich auf nichts mehr konzentrieren. Immerzu dachte er an den Kuss. Wie konnte ein wunderschönes Mädchen wie Schey *ihn* nur küssen? Doch eigentlich war es ihm egal. Sie hatte es getan und das Gefühl war das schönste seines ganzen bisherigen Lebens gewesen.

Als sie sich am nächsten Tag an Deck wieder trafen, ging sie mit keiner Silbe auf den Kuss ein und Finn hatte viel zu große Angst, das Thema anzusprechen. Also durchwühlte er seinen Kopf nach einem Gesprächsthema, das die peinliche Stille zwischen ihnen ausfüllen konnte.

»Was sind eigentlich Laoren?«, fragte er sie beiläufig, als sie am Bug des Schiffes standen und im Schatten des Tragkörpers auf die sengende Wüstenlandschaft blickten.

»Wo hast du denn diesen Namen her?«, wunderte sie sich.

»Komoroo hat ihn erwähnt. Er sagte: Vereint euer Volk, nutzt die Magie nur für das Gute und versucht, die Natur der Laoren zu verstehen. Die ersten beiden Dinge sind mir einigermaßen klar, aber was meinte er damit, die Laoren zu verstehen?«

Sie dachte einen Moment nach.

»Laoren ist der eigentliche Name der Drachen. Niemand spricht ihn jedoch laut aus, da erzählt wird, es würde sie anlocken oder herbeirufen. Dummer Aberglaube, wenn du mich fragst. Aber was es an ihrer Natur zu verstehen geben soll, weiß ich auch nicht. Es sind einfach blutrünstige Bestien!«

Finn kratzte sich an seinen roten Bartstoppeln, die seit einiger Zeit immer dichter und länger wuchsen. Bald würde er sich rasieren müssen.

»Da muss noch mehr dahinter stecken, sonst hätte es Komoroo nicht so betont.«

»Dein Vertrauen in den Tschumunga in allen Ehren, aber wir haben diese Wesen nach zig hundert Jahren das erste Mal wieder gesehen. Wer weiß, was sie für Motive für ihre Worte haben.«

Finn überlegte kurz, ob er ihr von seinem Gespräch mit Komoroo erzählen sollte, entschied sich aber dagegen.

»Ich kann es nicht erklären, aber ich habe nur Güte in ihren Augen gesehen und auch wenn ihre Worte hart geklungen haben, so waren sie doch voller Wahrheit und gutem Willen.«

Schey zuckte mit den Schultern und ein trauriges Lächeln huschte über ihr Gesicht.

»Wenn du das sagst. Ich war nicht dabei. Aber ich kann dir versichern, dass meine Mutter eine ganz andere Meinung von den Tschumunga hat.«

Plötzlich kam Bewegung in die Besatzung an Deck. Die Segel wurden gerefft und ein Dutzend Holzkisten von jeweils zwei Mann vorsichtig an Deck getragen.

»Was ist denn los?«, rief Schey einem jungen Kämpfer zu, der vorbei hetzte.

»Wir werden von einer Meute Manticora verfolgt! Die Kapitänin will ihnen einen Denkzettel verpassen.«

Schnell rannten Finn und Schey ans Heck der Drachenhaut. Zuerst war auf dem gleißenden Sand nichts zu sehen, doch dann fielen ihnen einige zinnoberrote Punkte auf, die rasch zu dem langsamer werdenden Luftschiff aufschlossen.

Während die Mantikoren sich näherten, packten die Besatzungsmitglieder vorsichtig die Kisten aus. Zum Vorschein kamen eine Art gläserne Sanduhren, nur ohne Sand. Der untere, größere Teil war tropfenförmig und hatte einen Durchmesser von gut einem Meter. Darüber lag ein zweiter, kugelförmiger Glaskörper, der mit einer gelblich öligen Flüssigkeit gefüllt war. Im Gegensatz zum unteren Gefäß hatte der obere Teil an der höchsten Stelle eine kleine Öffnung, durch die ein langes Stoffband bis in die Flüssigkeit hing, ähnlich einer Öllampe. In dem schmalen Bereich, wo die beiden Behältnisse sich berührten, waren sie von einem Holzring umschlossen, an dem zwei stielförmige Griffe saßen. An diesen hoben die Männer die Gefäße vorsichtig auf die Reling. Dann warteten sie ab.

Kurze Zeit später erschien Samara. Sie trat wortlos zu Finn und Schey an die Heckreling. Die Mantikoren hatten sich mittlerweile unter dem nur noch langsam vorwärtsgleitenden Luftschiff versammelt und rannten wie wild im Kreis, weil es ja keine Möglichkeit für sie gab, das schwebende Gefährt zu erreichen.

»Was soll das denn bringen?«, fragte Finn laut. »Die hätten in dieser Hitze doch eh nach ein paar Kilometern aufgegeben.«

Die Kapitänin erwiderte nichts. Stumm starrte sie einen Moment zu dem Rudel hinunter, dann rief sie laut: »Zünden!«

Aus zwei verschiedenen Beuteln an ihren Hüften holten die Männer nun je einen Feuerstein hervor. Sie schauten in die Runde, bis sich alle sicher waren, dass jeder die Steine bereit hielt. Dann schlugen sie alle damit Funken und steckten so die ölgetränkten Stoffbänder in Brand. Als die Kapitänin sah, dass alle brannten, brüllte sie ohne zu zögern »Abwerfen!« über das Deck.

Die Männer gaben den brennenden Gefäßen einen Stoß und alle fielen mehr oder weniger gleichzeitig in die Tiefe. Die Sekunden des Fallens kamen Finn wie Minuten vor. Dann schlugen die trudelnden Geschosse auf dem Sand auf und explodierten knallend in lodernden Feuerbällen. Finn vermutete, dass in den unteren Behältern Drachengas gewesen sein musste, nach der Wucht der Detonationen zu urteilen. Die Feuerwolken lösten sich rasch auf und gaben den Blick auf eine barbarische Szenerie frei:

Die Explosionen hatten das Öl verteilt und in einem Umkreis von fünfzig Metern brannte der Sand und die zum Teil übel zugerichteten Kadaver der Mantikoren lichterloh. Zwei hatten die Detonationen überlebt, aber ihr rotes Fell stand in Flammen und sie wälzten sich jaulend die Dünen hinunter. Doch das Öl ließ sich nicht so einfach löschen und so blieben sie nach einigen Augenblicken reglos liegen, während ihr schwarzes Blut im heißen Sand versickerte.

Die Kapitänin schaute noch einen Moment mit ihren müden Augen regungslos zu dem grauenhaften Schauspiel hinunter. Dann drehte sie sich um und marschierte in Richtung Treppe davon.

»In zehn Minuten will ich wieder volle Fahrt haben!«, rief sie noch über das Deck, dann war sie verschwunden.

Finn wandte seine Augen von dem Grauen auf dem Sand ab

und blickte Samara hinterher. Er war sich nun umso sicherer, dass Komoroo Recht hatte: Gut und Böse steckten in jedem Wesen und welche Seite sich durchsetzte, war oft nur eine Frage der äußeren Umstände.

Am darauffolgenden Tag überflogen sie das Kaspische Meer und als sie Land erreichten, war endlich auch wieder etwas Grün zu sehen. An einem wunderschönen See in den nördlichen Ausläufern des Kaukasus füllten sie die Wassertanks auf. Finn hätte hier gerne einige Tage Rast gemacht, aber Samara trieb ihre Mannschaft unerbittlich an, um möglichst schnell nach Hause zu kommen.

Ken sah man immer seltener an Deck. Er verbrachte viel Zeit bei dem Drachen. Um jederzeit Zugang zu bekommen, hatte er sich sogar mit dem griesgrämigen Lomar angefreundet. Finn konnte nicht nachvollziehen, warum er sich ständig dem Anblick des leidenden Geschöpfes aussetzte. Wenn Finn ihn zu Gesicht bekam, war sein Freund immer tief in Gedanken und antwortete auf Nachfragen nur einsilbig oder überhaupt nicht.

Emma ging voll und ganz in ihrer Rolle als Heilerin auf. Die Verletzten aus dem Kampf mit den Mayatan waren längst wieder genesen und sie verbrachte ihre Zeit damit, kleinere Blessuren der Mannschaft zu verarzten. Das hübsche Mädchen war bei allen gut angesehen und Finn freute sich, dass auch Emma sich öffnete und viel lachte.

Sie und der stille Riku waren ein Herz und eine Seele. Der drahtige Asiate nutzte jede Gelegenheit, um seine Kampffertigkeiten zu verbessern, und Emma war immer da, um ihn anzufeuern. Das Problem war nur, dass kaum jemand mit ihm kämpfen wollte, da er jeden Gegner binnen Sekunden auf die Planken schickte.

Erstaunlicherweise hatte Samara begonnen, ihm Privatunterricht im Schwertkampf zu geben. Während der Übungskämpfe, die ein tägliches Highlight für die gesamte Mannschaft darstellten, konnte Finn für einige Momente den früheren Glanz in ihren Augen zurückkehren sehen. Als Riku sie nach kurzer Zeit das erste Mal besiegt hatte, überreichte sie ihm voller Respekt das reich verzierte Schwert von Maluun.

»Ich bin fest überzeugt, dass er gewollt hätte, dass du es bekommst, Riku«, redete sie auf den jungen Asiaten ein, als dieser es respektvoll ablehnen wollte. »Er hätte dir ein guter Freund und Lehrer sein können, so wie er meiner war.«

Schließlich nahm er es doch an und verbeugte sich tief.

»Ich werde es allzeit in Ehren halten«, schwor er mit Tränen in den Augen. Die erste wirkliche Gefühlsregung, die Finn bei seinem Freund bis dahin gesehen hatte.

Dr. Edmundo war fast die ganze Zeit mit Meister Saan in irgendwelche Diskussionen verstrickt, die nicht selten in einem handfesten Streit endeten. Dann schmollten sie sich einige Tage wie Kindergartenkinder an, bevor sie mit neuem Elan über das nächste Thema diskutierten.

Und Sascha war eben Sascha. Sie lungerte die meiste Zeit im Hintergrund herum und beobachtete mit ihrer typischen Überheblichkeit das Treiben auf dem Luftschiff. Finn redete nicht viel mit ihr, aber wenn es darum ging, welchen Landstrich sie gerade überflogen, war sie die Richtige. Diese Frau schien bereits überall auf der Welt gewesen zu sein. Eines Tages fragte Finn sie nach dem Grund für ihre geografischen Kenntnisse.

»Ich habe viele Jahre Nervensägen wie dich auf der ganzen Welt eingesammelt«, antwortete sie lapidar, als würde sie von einem Hobby sprechen und nicht über die Entführung von Menschen.

Seine meiste Zeit verbrachte Finn mit Schey und immer wenn er mit ihr zusammen war, hatte er Schmetterlinge im Bauch. Allerdings wusste er nicht so richtig, woran er bei ihr war, denn ihr Kuss lag nun fast zwei Wochen zurück und seitdem war nichts weiter geschehen. Natürlich ging sie freundlich wie immer mit ihm um, aber Finn fragte sich, ob der Kuss nicht nur einen ihrer spontanen Einfälle darstellte, der im nächsten Moment schon keine Bedeutung mehr hatte.

So vergingen die Tage und nachdem sie die nördlichen Ausläufer des Schwarzen Meeres überflogen hatten, erreichten sie die Südhänge der Karpaten. Eine Anspannung, die fast greifbar zu sein schien, befiel alle an Bord. Große Armbrüste wurden an Bug und Heck an der Reling befestigt, bestückt mit langen, silbrig glänzenden Bolzen, die fast wie Harpunen aussahen.

»Das sind magisch behandelte Drachenpfeile«, erklärte Schey Finn auf seine Nachfrage hin. »Nur sie können die Haut der Drachen durchdringen. Wir befinden uns jetzt an der Grenze ihres Gebiets. Vorsicht ist geboten und Glück wird gebraucht. Die Zähne und Klauen der Wesen können die Traghülle problemlos zerfetzen und vom verheerenden Drachenfeuer will ich dir lieber gar nicht erst erzählen.«

Nachdem sie aber auch diesen Landstrich ohne Zwischenfälle hinter sich gelassen hatten, verbreitete sich eine Hochstimmung auf dem Schiff und selbst die Kapitänin stimmte in die wohlklingenden Lieder über die Heimat mit ein, die die Mannschaft in den Abendstunden sangen.

Schließlich war es soweit: Als die orangene Abendsonne sich dem Horizont näherte und die Drachenhaut über die Adria glitt, tauchte die von hohen Türmen gesäumte Silhouette der Stadt Kysann an der vor ihnen liegenden Küste auf. Die Hauptstadt der Hyva.

Finn stand neben Schey im Gedränge der Besatzung, die jubelnd die Rückkehr nach Hause feierten. Schey selbst war die ganze Zeit ziemlich still und Finn konnte nicht so richtig verstehen, warum sie sich nicht mehr über die Heimkehr freute, als sie plötzlich seine Hand ergriff.

»Weißt du eigentlich, dass du ein riesiger Dummkopf bist, Finnley Kramer? Um alles muss man sich selber kümmern!«

Damit zog sie ihn an sich heran und küsste ihn lange und leidenschaftlich auf den Mund. Dabei schmiegte sie sich dicht an ihn. Finn verlor sich völlig in diesem Moment. Sein Herz schlug heftig in der Brust und die Schmetterlinge in seinem Bauch flatterten wie wild herum. Als sich ihre Lippen nach Minuten voneinander lösten, zog sie ihn wortlos an der Hand aus der Menge heraus. Sie eilten die Treppe hinunter und als sie schließlich die Tür von Scheys Kajüte hinter sich schlossen, nahm er sie fest in den Arm und küsste sie innig und leidenschaftlich.

»Na also, es geht doch!«, hauchte sie schmunzelnd in sein Ohr, als sie sich mit einem Finger in seinem Gürtel einhakte und ihn Richtung Bett zog.

Sie bekamen nichts mit von den Jubelrufen der zu Tausenden am Hafen zusammengeströmten Stadtbewohnern, die die sichere Rückkehr der Drachenhaut feierten, denn in dieser Nacht bestand Finns gesamtes Universum nur aus Schey. Es gab nur den Geschmack ihrer Lippen, den Glanz ihrer grünen Augen, den süßen Duft ihrer schweißnassen Haut und den Klang ihres heißen Atems. Die Welt um ihn herum hörte auf zu existieren und nur Schey in seinen Armen war noch von Bedeutung.

Als Finn am nächsten Morgen die zum Bullauge hereinscheinende Morgensonne weckte, zog Schey sich gerade an. Sie lächelte ihn an und drückte ihm einen sanften Kuss auf die Lippen.

»Guten Morgen, Schlafmütze. Komm hoch, wir müssen uns beeilen! Ich nehm an, uns hat in dem Trubel gestern niemand vermisst, aber heute Morgen ist bestimmt eine Audienz beim Herrscherrat, wo du und deine Freunde mit Sicherheit ein Thema sein werdet. Wäre blöd, wenn du fehlen würdest.«

Nachdem Finn sich angezogen hatte, hasteten sie aus der Kajüte. Das gesamte Luftschiff schien verwaist zu sein. Erst als sie die herabgelassene Heckrampe erreichten, begegneten sie das erste Mal überhaupt jemandem. Zwei Wachen standen dort im Schatten des Tragkörpers und schauten sich verdutzt an, als Schey mit Finn im Schlepptau vorbei stürmte.

Die Drachenhaut ruhte auf einer breiten Kaimauer im Hafen vor der Stadt. Als die beiden in die Sommersonne rannten, musste Finn blinzeln, um überhaupt noch etwas sehen zu können. Der Anblick, der sich ihm bot, war atemberaubend.

Links und rechts vom Luftschiff lagen dutzende Segelschiffe vor Anker, deren Bauart sehr an die der Drachenhaut erinnerte. Nur das bei den Schiffen die Segel und Masten dort waren, wo sie hingehörten. Und natürlich kein riesiger Ballon mit Drachengas über ihnen hing.

An den Decks und Anlegestellen wuselten unzählige Menschen in bunten Gewändern umher. Händler feilschten im Schutz von provisorisch errichteten Sonnensegeln um den Morgenfang der Fischer und die Matrosen sangen lustige Lieder, während sie ihrer Arbeit auf den Schiffen nachgingen.

Einige Schaulustige hatten sich in der Nähe des Luftschiffs versammelt und Schey rief ein halbherziges »Entschuldigung!« über ihre Schulter, nachdem sie sich durch die Menge gerempelt hatten.

Finns Kopf drehte sich während des Laufens hin und her, um die vielen Eindrücke aufzunehmen, aber Schey zog ihn unerbittlich weiter. Sie näherten sich dem gewaltigen Hafentor, das von nicht enden wollenden Menschenmassen durchströmt wurde. Es war so groß, dass die Drachenhaut problemlos hindurchfliegen könnte, schätzte Finn. Oben gab es keinen Torbogen, sondern ein mächtiger Quader diente als Türsturz. Die weit offenstehenden Torflügel waren aus eisenverstärkten, dunklen Holzbohlen gefertigt. Mit welchem Mechanismus die tonnenschweren Gebilde bewegt wurden, blieb für Finn ein Rätsel.

In beide Richtungen schloss sich eine gut dreißig Meter hohe Stadtmauer an den Durchgang an, welche alle paar hundert Schritte von rechteckigen Wachtürmen unterbrochen war, die das Bollwerk noch einmal um zwanzig Meter überragten. Überall auf der Mauer patrouillierten Wachen in glänzenden Rüstungen und die Türme waren mit gigantischen Armbrüsten bestückt.

Schey und Finn benötigten fast fünf Minuten, bis sie das Hafentor passiert hatten, da viele der Leute den kühlen Torweg nutzten, um der schon am Morgen fast unerträglichen Hitze zu entfliehen. Die Wachen versuchten unablässig, die Pausierenden zum Weitergehen zu animieren, was die meisten aber beflissentlich ignorierten.

Sie folgten einer sich an das Tor anschließenden breiten Marktstraße, in der sich die Menschenmassen etwas verteilten, die Ablenkungen für Finn aber noch an Zahl zunahmen. An bunten Ständen priesen die Marktschreier lauthals ihre exotischen Handelsgüter an. Gerüche fluteten auf Finn ein, die er noch nie in seinem Leben gerochen hatte. Und überall rannten Kinder lachend kreuz und quer zwischen den Leuten umher und spielten Verstecken oder Fangen.

Beinahe wäre er mit einem gefährlich aussehenden Seemann zusammengestoßen, als er einem elefantenartigen Tier hinterher starrte, dem zwei umhertastende Rüssel aus dem Gesicht wuchsen und dessen faltige Haut wie ein Zebra gestreift war. Schey zog ihn im letzten Moment noch aus der Bahn und der Mann schimpfte den beiden wütend hinterher.

Die Straße stieß im Osten auf einen weiten Strom, der Richtung Norden auf die Stadtmauer zufloss und sich nach Süden hin in einem Gewirr aus Brücken und Häusern verlor. Nachdem sie den Fluss auf einer breiten Steinbrücke überquert hatten – wo ihnen bestimmt zehn verschiedene Händler die besten und günstigsten Nüsse, Halsketten, Nasenringe, Tücher und Messer angeboten hatten – kamen sie in eine breite Allee, die von dicken, kastanienähnlichen Bäumen gesäumt war.

Finn, der sich in den letzten Wochen auf dem Luftschiff nicht gerade viel bewegt hatte, war völlig schweißgebadet, als sie nach einem Kilometer eine ausgedehnte, flach ansteigende Treppe erreichten, die zu einem monumentalen Palast hinaufführte. Er stöhnte bei jeder Stufe und Schey ließ ihn auf halber

Höhe kurz verschnaufen, sonst wäre er wahrscheinlich umgekippt.

Während er keuchte wie ein Walross, besah er sich die marmorne Säulenhalle am oberen Ende der Treppe. Die meterdicken Säulen standen weit auseinander und stützten eine hoch oben ruhende Decke, die einen detailgetreuen Sternenhimmel zeigte. Hier waren nur wenige Menschen unterwegs, dafür umso mehr Wachleute.

Als sie sich endlich der Säulenhalle näherten, kam ihnen eine der vielen Wachen entgegen. Finn machte sich schon auf Ärger gefasst, doch als der Mann Schey sah, salutierte er und marschierte wieder auf seinen Posten. Der sich wundernde Finn hätte Schey gerne nach dem seltsamen Verhalten des Wachmanns gefragt, doch ihm fehlte die Luft zum Reden.

Sie rannten weiter durch einige Tore, Türen und begrünte Innenhöfe, bis sie schließlich vor einem kleinen Durchgang stehen blieben.

»Das ist eine Seitentür zum Audienzsaal. Wenn wir Glück haben, bemerkt niemand unsere Verspätung. Stell dich zu deinen Kameraden und keinen Mucks, solange du nichts gefragt wirst.«

Damit öffnete sie leise die Tür und schob den verschwitzten Finn vor sich her. Im Inneren herrschte ein ziemliches Gedränge. Die anwesenden Edelleute warfen verächtliche Blicke auf ihn, setzten aber sofort ein künstliches Lächeln auf, sobald sie das Mädchen sahen. Irgendetwas war hier eindeutig mit Schey am Laufen.

Er hörte Samara reden, musste sich aber auf seinen Weg durch die dichte Menge konzentrieren, weshalb er nicht mitbekam, über was sie sprach. Endlich, nach einer mehr oder weniger freundlichen Drängelei durch die Menschenmassen, hatte er Ken und die anderen erreicht, die direkt an vorderster Front vor einer freien Fläche standen. Sein Freund schaute ihn amüsiert an, als er Finns hochroten Kopf und die Schweißperlen auf seiner Stirn bemerkte.

»Vielen Dank für Euren ausführlichen Bericht, Kapitänin Lysan, auch wenn die Resultate nicht annähernd meinen Erwartungen entsprechen.«

Die freundlichen, aber direkten Worte kamen von einem kantigen Mann Ende fünfzig, der auf einem von drei identischen Thronen auf einer Erhöhung aus rotem Marmor saß. Seine Haare waren bereits ergraut, aber exakt geschnitten. Er trug ein edles Gewand aus blauer Seide, das entfernt an eine Uniform erinnerte.

»Der militärische Ratsherr«, flüsterte Schey in seinem Rücken.

Finn war nervös, obwohl er nicht wie Samara im direkten Zentrum der Aufmerksamkeit stand. Er wusste nicht, wohin mit seinen Händen, also holte er vorsichtig den Stein aus dem Ledersäckchen und begann ihn vor dem Bauch zu drehen. Das entspannte ihn etwas.

»Ich muss meinem werten Kollegen beipflichten«, ergriff ein äußerst dicker Kerl links von dem Militärtypen das Wort. Er hatte seine langen, geölten Haare am Hinterkopf zu einem Knoten gebunden. Da er außerdem noch eine sehr hohe Stirn hatte, sah er ein bisschen wie ein Sumo-Ringer aus. Nur die runden Glupschaugen und die immensen Tränensäcke passten nicht ins Bild. Er trug eine mit Goldfäden durchwebte Leinentunika, die die Fettwülste um seinen Bauch nur notdürftig kaschierte.

»Wir sind davon ausgegangen, Ihr könntet eine Reihe von neuen Verbündeten vorweisen oder wenigstens detaillierte Berichte über die Pläne unserer Feinde.«

»Der Ratsherr der Händler und Geldwechsler«, war wieder Scheys Flüsterstimme hinter ihm zu hören.

Samara stand schweigend in der Mitte der freien Fläche und blickte stolz zu den drei Ratsherren hinauf. Als sie nicht sofort antwortete, ergriff der Dritte im Bunde das Wort. Ein alter, dünner Mann mit langem, weißem Haar, das er mit einigen

Zöpfen zu bändigen versuchte. Auch der Bart, der über dem weiten, grauen Gewand hing, war ordentlich geflochten.

»Ihr urteilt zu hart, meine werten Kollegen. Der Sinn dieser Erkundungsreise war, etwas über die Situation bei den Yangri und den Tschumunga zu erfahren. Erstere wurden zwar nicht gefunden, aber die Tschumunga schon. Dass sie sich passiv verhalten würden, war von vornherein sehr wahrscheinlich. Trotzdem sollten wir ihre Weisheit nicht in Frage stellen und uns ihren Rat zu Herzen nehmen.«

»Das ist der wissenschaftliche Ratsherr Talan Lysan. Mein Großvater«, wisperte Schey stolz.

Finn fiel vor Schreck der Stein aus den schwitzigen Händen. Wie in Zeitlupe sah er ihn Richtung Marmorboden fallen. Der Krach würde ohrenbetäubend sein und alle Augen sich auf ihn richten! Er konnte sich nicht schnell genug bücken, um ihn abzufangen, dafür standen die Leute hier zu dicht. In seiner Verzweiflung streckte er die Hand nach dem Stein aus, als könnte er ihn mit purer Willenskraft vom Aufprall abhalten. Und es klappte tatsächlich! Wenige Zentimeter über dem Boden blieb er in der Luft stehen. Intuitiv hatte Finn die magische Kraft benutzt, die ihm Komoroo gezeigt und beschrieben hatte.

Er spürte, wie er die Luft über dem Stein mit seiner Macht kanalförmig so weit verdrängte, dass der höhere Luftdruck unter dem Stein diesen nach oben drückte. Im Prinzip wie bei einem Flugzeugflügel!

Finn konzentrierte sich stärker. Er spielte mit der Menge der verdrängten Luft. Der Auftrieb des Steins nahm weiter zu und er schwebte langsam nach oben in seine ausgestreckte Hand. Verstohlen schaute er sich um. Das Ganze hatte keine zehn Sekunden gedauert und niemand schien etwas bemerkt zu haben. Sein Puls raste. Er steckte den Stein vorsichtig zurück in den Beutel und richtete seine Aufmerksamkeit wieder auf das Geschehen.

»Das *Ihr* von den Ergebnissen überzeugt seid, ist mir klar,

Meister Lysan«, kommentierte der Ratsherr der Händler gehässig schmunzelnd. »Vereint euer Volk, nutzt die Magie nur für das Gute und versucht, die Natur der Laoren zu verstehen. Wenn wir dafür Jahrzehnte an einem fliegenden Schiff gebaut und hunderte von wertvollen Drachenhäuten verschwendet haben, dann sind die Resultate dieser Reise erst recht als desaströs zu bewerten! Unser Volk vereinen? Wir wussten bereits vorher, dass wir Frieden mit den Yangri anstreben müssen. Deshalb haben wir diese Expedition ja überhaupt erst begonnen! Die Magie nur für das Gute nutzen? Selbstverständlich! Wir *sind* ja auch die Guten! Die Natur der Drachen verstehen? Ich habe sie schon verstanden: Es sind mordgierige Bestien!«

Scheys Großvater behielt die Ruhe.

»Vergesst nicht, dass wir endlich den Grund für die gehäuften Übergriffe der Mayatan und der Manticora an unseren Südgrenzen kennen. Der Feind hat nun ein Gesicht und einen Namen! Dieser Krotrok schmiedet finstere Pläne. Wir müssen uns darauf vorbereiten.«

Der militärische Ratsherr mischte sich wieder in die Diskussion ein.

»Aber was nutzt uns ein Gesicht, wenn wir nicht die Mittel haben, es ihm einzuschlagen? Ein wichtiges Ziel der Mission war die Kontaktaufnahme mit den Yangri. Nur wenn wir uns mit ihnen verbünden, können wir dem Sturm trotzen, der über uns hereinzubrechen droht. Bei Omra und Belor, wir schaffen es mit Müh und Not, die Drachen im Norden abzuwehren! Wenn wir es im Süden und Osten jetzt auch noch vermehrt mit den Mayatan und Manticora zu tun bekommen, sind wir dem Untergang geweiht. Kapitänin Lysan, ich weiß, Ihr habt eine lange Reise hinter Euch und Ruhe verdient, aber ich bin der Meinung, wir müssen noch einmal gezielt nach den Yangri suchen. In einem haben die Tschumunga Recht: Die Yangri sind unsere Brüder und Schwestern, auch wenn wir uns mehr als zwei Jahrtausende bekriegt haben, ist dieser Zwist nun fast vierhundert Jahre her. Keiner, der heute noch am Leben ist, ob Hyva oder Yangri, trägt die Verantwortung für das Grauen der Vergangenheit. Die Mehrheit im Rat vorausgesetzt, wärt Ihr bereit, Kapitänin Lysan, Euch erneut auf die Suche nach den Yangri zu begeben?«

Das erste Mal nach ihrem Bericht ergriff Samara wieder das Wort.

»Ratsherr Tibbon, ich teile Eure Sorge um unser Volk und verstehe die dringende Notwendigkeit, Verbündete für die bevorstehenden dunklen Zeiten zu finden. Natürlich bin ich bereit, mich erneut auf die Suche zu begeben, und sicherlich sind die Erfolgsaussichten auch höher, wenn wir uns nur auf diese eine Aufgabe konzentrieren können. Trotzdem möchte ich um einen Mondzyklus Zeit bitten, bevor wir erneut aufbrechen. Die Mannschaft war viele Monde von ihren Familien getrennt und am Luftschiff müssen dringende Reparaturarbeiten durchgeführt werden. Keinem ist gedient, wenn eine ausgelaugte Besatzung Fehler macht oder das Schiff im Flug auseinanderfällt.«

Der Ratsherr nickte lächelnd.

»Ihr habt natürlich Recht, Kapitänin. Trotzdem müssen wir die Gesamtsituation berücksichtigen. Wenn das alles ist, wird sich der Rat nun für die genaue Planung und die Abstimmung zurückziehen. Heute Abend veranstalten wir ein großes Fest zur Feier Eurer Rückkehr! Dort werden wir die Entscheidung zum weiteren Vorgehen bekanntgeben.«

»Eine Sache wäre da noch«, meldete sich Samara nochmals zu Wort. »Wie bereits berichtet, haben wir auf einer kleinen Insel vor der östlichen Küste Rapolans eine Gruppe von Menschen entdeckt, die sich erfolgreich gegen ein ganzes Rudel Manticora verteidigen konnte.«

Eigentlich hatte ja Sascha die Mantikoren im Alleingang erledigt, erinnerte sich Finn, aber er vermutete, dass Samara sich schon etwas dabei dachte.

Die Kapitänin fuhr fort: »Es stellte sich heraus, dass sie aus der Welt hinter dem Schleier kommen.«

Ein Raunen wallte durch den Saal. Ratsherr Tibbon hob die Hand, um für Ruhe zu sorgen. Samaras Vater rutschte interessiert auf seinem Thron nach vorn.

»Dieses Detail habt Ihr bei eurem Bericht aber nicht erwähnt!«

Samara deutete eine Verbeugung an.

»Verzeiht, aber ich wollte zunächst die Ergebnisse der eigentlichen Mission diskutieren, bevor unsere Aufmerksamkeit zu sehr abgelenkt wird.«

»Da sprecht Ihr wahre Worte!«, lachte Tibbon. »In der Tat wäre dies eine höchst wundersame Sache, wenn sie denn der Wahrheit entspricht. Bitte, stellt uns Eure Gäste vor!«

Samara drehte sich zu ihm und seinen Kameraden um und machte eine einladende Geste. Zögerlich versammelten sie sich im offenen Rund und befanden sich nun, zu Finns Verdruss, im Zentrum der Aufmerksamkeit. Die Kapitänin begann sie nacheinander vorzustellen:

»Das hier ist Meister Edmundo. Ein großer Gelehrter in seiner Welt. Er hat es geschafft, ohne Magie einen Durchgang in unsere Welt zu öffnen.«

Wieder ging ein Raunen durch die Menge. Ratsherr Lysan war in seinem Element.

»Ohne Magie? Ein Portal durch den Schleier zu öffnen ist schon *mit* Magie eine Höchstleistung, die nur den Großmeistern vergangener Zeiten gelungen ist! Warum habt Ihr keine magische Energie verwendet und wie habt Ihr es ohne diese überhaupt bewerkstelligt, Meister Edmundo?«

Der Doktor fühlte sich geschmeichelt von der aus seiner Sicht natürlich überaus gerechtfertigten Anerkennung seiner Leistungen. Finns Anteil an der Geschichte war ihm offenbar im Moment entfallen. Mit einer tiefen Verbeugung ergriff er das Wort:

»Nun, Meister Lysan, die magielose Vorgehensweise liegt in

der totalen Abwesenheit von magischer Energie in unserer Realitätsebene begründet. Bei uns gibt es statt dessen *Elektrizität*. Eine Kraft, die durch dynamische Maschinen in bestimmten Materialien erzeugt und nutzbar gemacht werden kann.«

Wieder Getuschel in der Menge. Meister Lysan gab sich beeindruckt:

»Unglaublich! Ich möchte unbedingt mehr über diese Elektrizität und Eure Welt erfahren. Ihr seid mir jederzeit Willkommen!«

Der Doktor verneigte sich tief und Samara fuhr fort:

»Einige der Besucher haben erstaunliche magische Nischenfähigkeiten entwickelt. Ken Parker hier konnte auf Anhieb die Sprache der Hyva verstehen und auch sprechen, und zwar *bevor* Meister Saan die Stimme der Hyva in seinen Geist übertragen hat. Der junge Riku Watanabe ist trotz seiner Jugend der beste Kämpfer, den ich je zu Gesicht bekommen habe. Und er lernt binnen weniger Augenblicke Kampftechniken, für die andere Jahre benötigen. Die Jüngste im Bunde, Emma Blom, kann in kürzester Zeit Verletzungen ausheilen, für die selbst Meister Saan einen vollen Mondzyklus benötigt. Und dann haben wir hier noch die erfahrene Kämpferin Sascha und den jungen Finn Kramer, der bisher aber noch keine magische Befähigung gezeigt hat.«

Finn lief rot an. Sicher hatte Samara das nicht aus bösem Willen so formuliert. Immerhin hatte er das Leuchten der Tschumunga gesehen, was ihr aus irgendeinem Grund offenbar im Moment entfallen sein musste. So war ihre Aussage im Endeffekt nur auf eine Weise zu verstehen: Ach ja, der nutzlose Finn war auch dabei!

Der fette Gerlus strich sich über den Bauch und deutete ein anerkennendes Nicken an.

»Wahrlich beeindruckende Fähigkeiten, wenn sie denn den rühmenden Worten der guten Kapitänin gerecht werden. Warum wollen wir das Fest heute Abend nicht ein wenig würzen, indem unsere Gäste ihr Können mit der Allgemeinheit teilen? Ich wäre auch so frei, in diese Richtung etwas vorzubereiten.«

Samara blickte irritiert zu Gerlus hinauf.

»Bei allem Respekt, mein Herr, wollen wir so unsere Gastfreundschaft zeigen, indem wir sie wie fareenische Tanzsatyren vorführen?«

»Der Vorschlag meines geschätzten Kollegen ist zwar etwas ungewöhnlich«, mischte sich Tibbon ein, »aber die Umstände ihrer Anwesenheit sind es nicht minder. Deshalb stimme ich dem Vorschlag von Gerlus zu. Stellt uns heute Abend eure magischen Künste unter Beweis und wir werden euch mit Ehre und Freude in unserer Mitte willkommen heißen! Weist unseren Gästen bis dahin bitte Quartiere im Palast zu. Dort können sie sich frisch machen und sich auf das Fest vorbereiten. Damit erkläre ich die Versammlung für beendet!«

Er klopfte dreimal mit einer silbernen Kugel auf die Lehne seines Throns. Augenblicklich begannen die Anwesenden sich in alle Richtungen zu zerstreuen. Ein wildes Gebrabbel setzte ein, da alle gleichzeitig anfingen, über das Fest, die Garderobe und natürlich die seltsamen Gäste zu diskutieren.

Schey packte Finn wieder an der Hand, noch bevor er nur ein Wort mit seinen Freunden wechseln konnte, und zog ihn hinaus.

»Du brauchst kein Gästezimmer. Du kannst mit in meinem wohnen, wenn du willst«, sagte sie heiter.

»Wann wolltest du mir eigentlich erzählen, dass du so was wie eine Prinzessin bist?«, fragte Finn sie schnippisch, als sie ihn eine Treppe hinauf und einen langen Gang entlang führte, dessen eine Seite offen zu einem wunderschönen, kleinen Garten lag.

»Ist das denn wichtig?«, stellte sie ihm die Gegenfrage, als sie vor einer großen, weißen Tür stehenblieben. »Viel wichtiger ist, dass du ein Bad nimmst! Und ich werde dir Gesellschaft leisten.«

Und damit stieß sie ihn wieder einmal durch eine Tür. Nur hatte er diesmal absolut nichts dagegen einzuwenden.

Das Fest

Scheys Zimmer war eher eine Wohnung, die über mehr Quadratmeter verfügte, als Finns gesamtes Elternhaus. Sie bestand aus einem weiträumigen Wohn- und Schlafbereich mit offenem Kamin und einem abgetrennten Badezimmer. Alle Räume hatten einen rot geflammten Marmorboden, helle Wände aus Sandstein und eine hohe Holzdecke.

Hinter einer ausladenden Fensterfront lag ein Balkon, von dem man einen wunderbaren Blick über die Stadt bis hinunter zum Hafen hatte. In einer Ecke des Raumes stand ein breites Bett mit dunkelroten Vorhängen. In einer anderen war ein großer Schreibtisch platziert, auf dem kreuz und quer Schriftrollen, Bücher und diverse Pergamente herumlagen. Finn störte die Unordnung nicht, schließlich sah es bei ihm zu Hause auch nicht besser aus.

Das Badezimmer war der Wahnsinn. Es hatte einen eigenen Kamin und aus einer kupfernen Wasserleitung kam tatsächlich heißes Wasser. Auf Finns Nachfrage hin erklärte Schey ihm, dass es auf jeder Etage einen Kupferkessel gab, der unablässig beheizt wurde.

Die Wanne war im Boden eingelassen und bot zwei Personen ohne Probleme Platz. Es gab zwar keine Elektrizität, aber davon abgesehen hatten die Hyva viele Errungenschaften, die es auch in Finns Welt gab.

Den Rest des Vormittags verbrachten sie in der heißen Wanne und wuschen sich gegenseitig den Schmutz der langen Reise von der Haut. Als sie schließlich mit verschrumpelten Fingern aus dem Wasser stiegen, fühlte sich Finn so sauber wie seit Monaten nicht mehr. Schey zog sich frische Kleidung an. Anschließend betrachtete sie kritisch den in ein Badetuch gewickelten Finn.

»Wir brauchen ein paar neue Klamotten für dich. Deine alten müssen erst gereinigt werden. Oder besser noch verbrannt.«

Sie schnappte sich sein verschwitztes Leinenhemd und die lederne Hose.

»Haben dir die Sachen gut gepasst?«

»Ja, wie angegossen. Ich hab ganz schön abgenommen.«

Warum hatte er das nur gesagt? Schey lachte ihn an.

»Warte hier, mein gut gebauter Held! Ich bin in etwa einer Stunde zurück.«

Als sie zurückkam, hatte sie einen Diener im Schlepptau, der unter der Last der Kleidungsstücke auf seinen Armen fast zusammenbrach. Schey selbst trug ein Tablett mit gebratenem Fisch und einem Haufen Gemüse, das entfernt wie Kartoffeln aussah.

»Damit du nicht noch mehr vom Fleisch fällst«, sagte sie zwinkernd.

Nachdem sie gegessen hatten, steckte sie Finn in seine neuen Kleider. Sie hatte ihm schwarze Stiefel und eine ebenso dunkle Hose aus weichem Leder gekauft. Das Hemd bestand aus beigem Leinen und war dezent mit rankenförmigen Ornamenten bestickt. Darüber zog er eine, ja, schwarze Lederweste, in die silberne Ringe eingearbeitet waren. Zusammen mit seiner neuen Frisur sah er fast gefährlicher aus als Sascha. Und das wollte schon was heißen!

»Bei Omra und Belor, du siehst aus wie ein taruschkischer Pirat! Nur die Augenklappe fehlt noch.«

»Das mit der Augenklappe lassen wir lieber. Meinst du nicht, dass es etwas übertrieben ist?«, fragte er zweifelnd an sich herunterblickend.

»Unsinn. Am Hof ist der Schein das Wichtigste! Wenn du

gefährlich aussiehst, dann werden sie es sich zweimal überlegen, dich anzuquatschen. Zumal du aus einer anderen Welt kommst.«

Dieses Argument überzeugte Finn.

»Und was wirst du tragen?«

»Das ist eine Überraschung«, sagte sie geheimnisvoll.

»Wer sind eigentlich Omra und Belor, die jeder hier andauernd anruft?«, fragte er beiläufig, als er seine Weste vorne zuschnürte.

»Du bist wirklich nicht von dieser Welt, Finnley Kramer«, erwiderte sie leicht verwundert. »Komm! Bis zum Fest haben wir noch jede Menge Zeit. Ich zeig dir die Stadt.«

Den ganzen Nachmittag schlenderten sie durch die schattigen Gassen und duftenden Gärten von Kysann. Finn war überrascht, wie gut sein Outfit funktionierte. Niemand rempelte ihn an oder versuchte, ihm etwas zu verkaufen. Kleider machen Leute, wie ein treffendes Sprichwort hieß.

Sie führte ihn auch zum Tempel, einem monumentalen, quadratischen Gebäude mit einer Kuppel, in dem zentral zwei große Statuen standen. Eine war aus weißem Marmor gearbeitet, die andere aus schwarzem. Vor beiden knieten Menschen und beteten.

»Omra ist der Gott des Lebens und der Ordnung.« Sie zeigte auf die weiße Figur. »Belor ist der Gott des Todes und des Chaos«, erklärte sie auf die dunkle Statue deutend.

»Warum betet ihr auch den bösen Gott an?«, fragte Finn irritiert.

»Der Tod und das Chaos sind auch Teil dieser Welt, genauso wie das Leben und die Ordnung. Stell dir vor, jeder würde ewig leben und alles wäre in Reih und Glied angeordnet. Wäre doch total langweilig und ziemlich voll auf der Welt, oder?«

»Na jedenfalls weiß ich jetzt, dass in deinem Zimmer Belor das Sagen hat«, erwiderte Finn grinsend und fing sich dafür einen Knuff an den Oberarm ein.

Als es langsam dämmerte, spazierten sie auf der westlichen Stadtmauer entlang und sahen Hand in Hand der Sonne beim Untergehen zu. Es hatte eindeutig seine Vorzüge, wenn man die Enkelin eines Ratsmitgliedes als Freundin hatte, denn die Mauer war eigentlich nur den Wachen zugänglich.

Plötzlich rannte Finn zur Brüstung und spähte zwischen zwei Zinnen in die Tiefe. In einem steinigen Areal unter der Mauer lagen Dutzende große Skelette. An einem hingen noch Fleischreste und ein ganzer Schwarm von taubengroßen, fliegenartigen Insekten war damit beschäftigt, das zu ändern. Der Geruch des Todes wehte zu ihnen herauf.

»Was zur Hölle ist denn *das*?«, fragte Finn erschüttert.

»Ach das«, merkte Schey beiläufig an. »Das ist der Drachenfriedhof. Hierher schaffen wir ihre Kadaver, wenn wir mit dem Häuten fertig sind.«

Finn wusste, wie sie und alle hier über die Drachen dachten und er hatte sich auch wirklich vorgenommen, nicht vorschnell zu urteilen, aber dieser Anblick trieb ihm die Gänsehaut auf den Rücken, auch bei dreißig Grad im Schatten. Gerade wollte er wegschauen, als ihm ein Leuchten zwischen den Knochen eines Skeletts auffiel. Es glimmte recht schwach, erinnerte ihn aber an das Glühen der Tschumunga.

Erst dachte er, seine Augen spielten ihm einen Streich oder irgendetwas würde das letzte Sonnenlicht reflektieren, aber dann fiel ihm das Leuchten noch bei einem weiteren Skelett auf. Gerade als er Schey danach fragen wollte, hallten vier dumpfe Gongschläge über die Stadt.

»Der Abendschlag!«, rief sie aufgeregt. »Los, wir müssen zurück, wenn wir nicht wieder den ganzen Weg rennen wollen! Ich muss mich noch umziehen und das Fest beginnt schon in einer Stunde!«

Als sie zurück in Scheys Räume kamen, hatte Finn das Leuchten wieder vergessen. Schey verschwand im Badezimmer, wo keine Sekunde später ihre entnervte Stimme ertönte:

»Wunderbar! Gerade jetzt ist der Leuchtstein komplett entladen!«

Finn kam ein Gedanke.

»Gib mal her das Ding.«

Er nahm ihr den faustgroßen Brocken aus der Hand und schloss seine Augen, um sich auf den Stein zu konzentrieren.

»Finn, ich habe jetzt keine Zeit für deine Albernheiten!«, blaffte sie ihn an.

»Schhht!«, machte er streng und sie klappte ihren süßen Mund zu, bevor sie weiterschimpfen konnte.

Mit einem Mal begann der Stein wieder in einem hellen, weißlich-blauen Licht zu strahlen. Schey wich zurück und wäre vor Überraschung beinahe über einen Stuhl gefallen, der ihr im Weg stand.

»Bei Omra und Belor, wie hast du das gemacht?«, rief sie verblüfft aus.

»Ich stecke voller Überraschungen«, erwiderte er schmunzelnd. Er freute sich, dass er sie beeindrucken konnte. »Und jetzt schau dir das an!«

Wieder schloss er die Augen. Eine ganze Zeit geschah nichts, dann erhob sich der Stein wie von Geisterhand langsam in die Höhe und schwebte eine Handbreit über seinen ausgestreckten Händen.

»Finn, du bist ja *doch* ein Magier! Und die Levitation haben bisher nur die alten Großmagier gemeistert, wenn man den Büchern glauben darf. Wie lange kannst du das schon?«

»Erst seit kurzem. Es muss wohl irgendwas damit zu tun haben, dass meine Fähigkeit, Mengen zu erfassen, verschwunden ist. Wahrscheinlich hat sich in meinem Gehirn irgendwas verändert und das brauchte eben seine Zeit.«

Schey war ganz aufgeregt.

»Wenn wir das meinem Großvater zeigen, wird er aus dem Häuschen sein!«

Finn schüttelte energisch den Kopf.

»Hör zu, Schey, ich möchte das lieber erstmal geheimhalten, okay? Ehrlich gesagt gefällt mir nicht, wie dieser Gerlus über uns zu denken scheint. Und bei Ratsherr Tibbon bin ich mir auch noch nicht sicher.«

Sie dachte einen Moment nach, dann nickte sie langsam.

»Na gut, warten wir ab. Aber die Hyva sind auf starke Magiekundige angewiesen, Finn. Wer weiß, zu was du noch fähig bist, wenn du den richtigen Lehrer hast. Aber jetzt wollen wir erst einmal feiern, großer Magier!«

Damit drückte sie ihm einen Kuss auf die Wange und verschwand im Badezimmer.

Als Schey zwanzig Minuten später zurückkam, verschlug es Finn den Atem.

»Du siehst atemberaubend schön aus!«, stammelte er mit aufgerissenen Augen.

Sie trug ein feuerrotes, schulterfreies Kleid, das am Dekolleté und am Saum mit schwarzen Perlen besetzt war. Ihre wunderschönen, lockigen Haare hatte sie hochgesteckt und mit einigen silbernen Ringen verziert, die zu denen an Finns Weste passten.

»Meinst du, ich kann mich so blicken lassen?«, fragte sie unsicher. »Ich hatte einfach nicht genug Zeit!«

Er musste lachen, trat zu ihr und gab ihr einen langen Kuss.

»Ich glaube, es wird schon gehen«, flüsterte er schmunzelnd und zog sie zur Tür hinaus.

Als sie den Audienzsaal betraten, war dieser bereits mit unzähligen Gästen gefüllt. Am Morgen hatte die Sonne den Saal noch erhellt, nun leuchteten tausende Leuchtsteine hinter einem Netz, das sich zwischen den Säulen der Halle dicht unter der Decke aufspannte. Orientalisch klingende Flötenmusik erfüllte den Raum und vor den Thronen tanzten einige kleine Gestalten.

Als Finn genauer hinsah, bemerkte er, dass diese zwar

entfernt wie Menschen aussahen, jedoch saßen gedrehte Hörner auf ihren Köpfen und ihre Beine und Füße erinnerten eher an die von Ziegen. Jedenfalls hatten sie eindeutig Hufe, die auf dem Marmor klackerten, während sie Salti schlugen und Pirouetten drehten. Die Zuschauer lachten und feuerten die Wesen an, immer ausgefallenere Figuren zu zeigen.

»Tanzsatyren«, erklärte Schey knapp, als ob ihr solche Kreaturen täglich vor den Füßen herumtanzen würden. Finn musste an die griechischen Sagen denken, die er früher gerne gelesen hatte. Er fand es überaus verblüffend, dass die Hyva sogar den gleichen Namen für die Wesen verwendeten. Für ihn wurde immer deutlicher, dass in vergangenen Zeiten der Schleier zwischen den Welten, wie ihn die Hyva nannten, löchrig wie ein Schweizer Käse gewesen sein musste.

Viele sahen Schey und Finn verstohlen aus den Augenwinkeln an und tuschelten aufgeregt miteinander. Bestimmt galt es nicht als schicklich, dass die Enkelin eines Ratsherren mit einem Kerl aus einer anderen Welt ausging, dachte Finn. Das er derart im Zentrum der Aufmerksamkeit stand, gefiel ihm gar nicht.

Sie schlängelten sich durch die Menge Richtung Finns Kameraden, die sich in der hintersten Ecke des Saals versteckten. Als sie sie fast erreicht hatten, trat ihnen Samara in den Weg.

Die Kapitänin trug wie immer Hose und Hemd. Das einzige Accessoire, das sie sich gönnte, war eine tiefblaue Schärpe mit Goldrand, die ihr quer über die Brust lief. Ihr Blick hatte nichts Festliches an sich und Finn bekam schwitzige Hände.

»Wo bist du den ganzen Tag gewesen, Schey? Du hast nicht einmal deinen Großvater begrüßt! Er war schwer enttäuscht. Komm mit und sag ihm wenigstens jetzt Hallo. *Finn* wird sicherlich einen Moment ohne dich klarkommen.«

Ihm gefiel gar nicht, wie sie seinen Namen betont hatte. Konnte sie bereits wissen, dass er mit ihrer Tochter zusammen war? Und hatte sie ihn deshalb heute Morgen vor der Menge blamiert?

Kaum war Samara mit Schey an der Hand verschwunden, tauchte die nächste gefährliche Frau in Hosen auf: Sascha. Wenigstens hatte sie ein Lächeln im Gesicht, wenn auch ein spöttisches.

»Na, wenn das nicht unser kleiner Casanova ist. Wem willst du denn mit dem Outfit Angst machen? Fehlt nur noch das Holzbein, dann könntest du glatt als Pirat durchgehen.«

Was hatten alle nur immer mit diesen Piraten? Und was ihn noch viel mehr ärgerte, war, dass hier anscheinend jeder bestens über Schey und ihn Bescheid wusste, sonst hätte sie ihn wohl kaum Casanova genannt. Klar, sie hatten nicht gerade ein Geheimnis daraus gemacht, aber Sascha brachte ihn wie immer mit Leichtigkeit auf die Palme.

Da ihm auf die Schnelle keine schlagfertige Antwort einfiel, schielte er verschämt auf seine Stiefelspitzen, als ihm Saschas Messer ins Auge sprang, das wie immer leger an ihrem Gürtel hing. Er konzentrierte sich kurz und plötzlich hüpfte es aus der Scheide und fiel klappernd auf den Marmorboden.

Sascha schaute verwirrt nach unten, bevor sie böse alle in ihrer Nähe stehenden Gäste fixierte. Diese wichen ängstlich einige Schritte zurück. So ein Blick fehlte Finn eindeutig noch zu seinem Outfit!

Als sie niemanden finden konnte, der ihr das Messer hätte klauen können, richtete sie ihren forschenden Blick wieder auf Finn, der plötzlich Mühe zu haben schien, nicht vor Lachen loszuprusten.

»Ich behalte dich im Auge, Pirat!«, zischte sie todernst und verschwand rempelnd in der Menge.

Endlich war der Weg frei zu seinen Freunden. Alle trugen frische Kleidung, wenn auch nicht so ausgefallenen Sachen, wie die seinen. Nur Emma stach heraus, da sie ein blütenweißes Kleid anhatte, das ihre goldblonden Haare wunderbar hervorhob. Sie sah aus wie ein kleiner Engel.

»Das hat mir Schey heute Mittag vorbeigebracht!«, sagte sie strahlend, als sie seine bewundernden Blicke bemerkte.

Ken klopfte Finn freundschaftlich derart fest auf den Rücken, dass er fast vornüber fiel.

»Hey, Kumpel, du siehst ja echt gefährlich aus! Fast wie ein …«

»Wenn du jetzt Pirat sagst, hau ich dir eine rein!«, unterbrach ihn Finn fast knurrend.

Ken starrte ihn verdutzt an.

»Reden tust du auf jeden Fall schon wie einer. Aber sei's drum. Was hältst du von dem Ganzen hier? Wir hätten es doch schlechter treffen können, nachdem wir wegen *dir* durch dieses Tor gestolpert sind. Also ich könnte es hier jedenfalls aushalten.«

Finn musste Ken da durchaus Recht geben. Er hatte einen ganzen Tag nicht an seinen Vater oder sein zu Hause gedacht. Die Stadt – und vor allem Schey – waren einfach fantastisch! Und dann noch die Sache mit der Magie. Er musste sich eingestehen, dass er seine neuen Fähigkeiten ziemlich aufregend fand. Er konnte es gar nicht abwarten, mehr darüber herauszufinden.

Auch hatten sie hier die besten Chancen, in Ruhe nach einer Möglichkeit zu suchen, wie sie vielleicht wieder in ihre Realitätsebene zurückkehren konnten. Sicher gab es hier eine umfangreiche Bibliothek und jeder Hyva schien Geschichten über die Welt hinter dem Schleier zu kennen. Also musste es Mittel und Wege geben, zurückzukommen. Überrascht stellte er fest, dass ihn der Gedanke nach Hause zu kommen, nicht gerade in Euphorie versetzte.

Plötzlich fiel ihm wieder Sascha ins Auge, die gut zwanzig Schritte entfernt finster blickend an einer Säule lehnte. Sollte er es wagen? Ach, warum nicht. Schließlich hatte sie ihn oft genug gequält. Also konzentrierte er sich wieder auf ihr Messer, um es erneut auf den Boden fallen zu lassen. Das würde ein Spaß werden! Doch so sehr er sich auch anstrengte, es wollte ihm einfach nicht gelingen. Schweißperlen traten auf seine Stirn und ihm wurde schwarz vor Augen.

»Was ist denn los, Kumpel?«, sorgte sich Ken und stützte ihn.

Als er von dem Messer abließ, fühlte er, wie es ihm langsam wieder besser ging.

»Es geht schon. Ich muss wahrscheinlich nur was essen.«

Er schlenderte zu einem Diener, der ein Tablett mit kleinen Häppchen für die Gäste bereithielt. Sie sahen zwar ungewöhnlich aus, aber Finn hatte wirklich Hunger und stopfte sich drei davon in den Mund. Kauend überlegte er, warum seine Magie diesmal versagt hatte.

Sein Appetit hatte ihn wieder in die Nähe von Sascha geführt, die immer noch schmollend an der Säule stand. Er wagte noch einen Versuch und konzentrierte sich erneut. Da die gewiefte Kämpferin nun aber mehr als misstrauisch war, drehte er sich dabei von ihr weg.

Wieder musste er sich extrem anstrengen, aber dieses Mal erklang ein lautes Klappern und ein wütendes »Was zum Teufel!?« in seinem Rücken.

Finn grinste breit. Sie stand vielleicht fünf Schritte von ihm entfernt. Es musste also etwas mit dem Abstand zu tun haben! Glücklich über seinen Erfolg und eine tobende Sascha machte er sich auf den Weg zurück zu Ken und den anderen.

Bevor er bei ihnen ankam, erstarb die Musik, und die heitere Stimme von Ratsherr Gerlus hallte über die Menge:

»Meine lieben Freunde, wie versprochen habe ich mir einige Kleinigkeiten ausgedacht, damit unsere Gäste ihre überschwänglich gelobten Fähigkeiten präsentieren können. Ich möchte als Erstes die wunderschöne Emma zu uns bitten! Emma? Bist du hier irgendwo?«

Emma schaute etwas ängstlich zu Riku. Der lächelte sie aufmunternd an, warf dann aber Ken einen düsteren Blick zu. Dieser nickte nur knapp und all seine Kameraden setzten sich gemeinsam in Richtung Thronpodest in Bewegung.

Offenbar hatten sie sich verabredet, keinen allein seinem Schicksal zu überlassen. Auch Finn schloss sich an. Die tuschelnde Menge teilte sich vor ihnen und als sie vor den drei Thronen ankamen, gesellte sich auch Schey wieder zu ihm.

»Dürfte ich dich in die Mitte bitten?«, säuselte Gerlus künstlich.

Das Mädchen sah noch einmal zu Riku, der ihr zuzwinkerte und ihre Hand drückte. Dann atmete sie tief durch und schritt erhobenen Hauptes in die Mitte des menschenleeren Halbkreises vor den drei Ratsherren. Mit Freude vernahm Finn ein Ohhh! von einigen Gästen, die die Schönheit des Mädchens in ihrem weißen Kleid bewunderten.

»Danke, dass du an sie gedacht hast, Schey«, flüsterte er ihr ins Ohr. »Das gibt ihr das nötige Selbstvertrauen.«

»Wir Mädels müssen doch zusammenhalten«, antwortete sie lächelnd.

Nachdem Ruhe eingekehrt war, fuhr der dicke Ratsherr fort: »Mein liebes Kind, von deinen außergewöhnlichen heilerischen Fähigkeiten wurde uns ja heute Morgen ein regelrechtes Loblied gesungen. Ich habe deshalb eine arme Seele aus dem Haus der Heilung bringen lassen, die verzweifelt auf deine Hilfe hofft!«

Mit diesen Worten gab er einem Diener ein Zeichen. Der öffnete daraufhin eine Seitentür und zwei Männer in weißen Tuniken brachten auf einer Trage einen bewusstlosen Mann herein, dem der Fieberschweiß auf der Stirn stand. Ein Raunen ging durch die Menge und viele der Anwesenden hielten sich erschrocken die Hand vor den Mund.

Die Trage wurde vor Emma abgestellt, die Männer verbeugten sich vor den Ratsherren und gingen dann hinaus. Das Mädchen schaute verwirrt zu Gerlus hinauf.

»Nun denn, heile ihn!«, rief dieser heiter.

Emma kniete nieder und blickte in das Antlitz des halbtoten Mannes. Sie nahm den Ärmel ihres weißen Kleids, tupfte ihm damit den Schweiß vom Gesicht und legte ihm anschließend mit geschlossenen Augen für eine Minute die flache Hand sanft auf die Stirn. Dann schlug sie das Laken zurück, das den Mann bedeckte.

Zum Vorschein kam ein Bein, das bereits bis zum Oberschenkel schwarz war. Einige Frauen in der Menge schrien erschrocken auf, Emma blieb jedoch völlig ruhig. Sie löste den Verband an der Wade und besah sich die eitrige Wunde, die die Ursache für das ganze Übel war. Dann schloss sie die Augen und legte ihre Hände wie im Gebet aneinander.

»Bei dem hilft wirklich nur noch beten«, hörte er Saschas Stimme hinter sich. »Sie sollten *mich* zu ihm lassen, dann hat sein Leid ein Ende.«

Finn drehte sich wütend zu ihr um, aber in ihren Augen fehlte jeder Spott. Wenn er sie nicht besser kennen würde, dann konnte er dort fast so etwas wie Mitleid ablesen. Fast.

Erneut ging ein Raunen durch die Menge und Finn drehte sich wieder um. Die Hände von Emma leuchteten gleißend weiß. In dem hellen Licht konnte er erkennen, dass sich dicke Schweißperlen auf der Stirn des Mädchens gebildet hatten. Sie begann in ihrer knieenden Haltung leicht zu schwanken. Riku wollte zu ihr stürmen, aber Ken hielt ihn am Arm zurück.

»Warte noch!«, sagte der Schwarze knapp.

Kurz darauf löste Emma ihre Hände voneinander und ergriff mit beiden fest die Wade des Kranken direkt an der Wunde. Er stöhnte in seiner Ohnmacht auf, da diese Berührung sicherlich starke Schmerzen verursachte. So verharrte das Mädchen mehrere Minuten, in denen das helle Leuchten langsam schwächer wurde.

Schließlich ließ Emma los, kam taumelnd auf die Füße und schaute lächelnd zu Riku. Dann brach sie bewusstlos zusammen. Der junge Asiate war bei ihr, noch bevor sie mit dem Kopf auf den Boden aufschlagen konnte. Wieder hallte ein Ausruf der Verwunderung durch die Anwesenden. Dann herrschte Totenstille.

In diese Stille hinein war plötzlich ein Stöhnen zu hören.

Der Kranke öffnete tatsächlich die Augen! Sein Bein hatte immer noch eine scheußliche Blaufärbung, aber es sah schon bedeutend besser aus, als noch vor ein paar Minuten. Verwirrt blickte der Erwachte in die fremden Gesichter der Gäste.

»Wo bin ich hier?«, fragte er krächzend.

Gerlus hatte es die Sprache verschlagen, also übernahm Scheys Großvater das Reden:

»Einfach bemerkenswert! Die Heiler hatten den Mann bereits aufgegeben. Nie habe ich solch starke Heilmagie gesehen! Ich hoffe, es geht dem Mädchen gut?«, fragte er aufrichtig besorgt.

Emma lag lächelnd in Rikus Armen. Der drahtige Asiate hob sie mühelos hoch und trug sie zu einer gepolsterten Sitzbank in der Nähe, die bereitwillig von den darauf sitzenden Gästen geräumt wurde. Als die Leute sahen, dass sie wieder wach war, brachen sie in tosenden Beifall aus.

»Das genügt!«, schallte die wiedergewonnene Stimme von Gerlus durch den Saal. »Gönnen wir dem Mädchen etwas Ruhe. Mein Junge, würdest du bitte in unsere Mitte kommen? Und bringt diesen armen Tropf zurück ins Haus der Heilung.«

Der Kranke wurde wieder hinausgetragen und Riku baute sich vor den Thronen auf, wütend zu dem dicken Ratsherren hinauf funkelnd.

»Bitte, mein zorniger Freund, ich konnte doch nicht ahnen, dass deine kleine Freundin so weit gehen würde. Aber ich habe hier jemanden, an dem du deinen Zorn austoben kannst.«

Wieder gab er ein Zeichen und die beiden Flügel des Eingangstores schwangen auf. Davor stand ein knapp zwei Meter großer Hüne. Verschlungene Tätowierungen bedeckten seinen gesamten Leib, was gut zu sehen war, denn außer einem Lendenschurz und Lederstiefel trug er nichts am Körper. Von dem beachtlichen Langschwert einmal abgesehen, das in einer Scheide quer über seinem Rücken hing.

Er wirkte gelangweilt, als er durch die sich teilende Menge

nach vorne schlenderte. Ohne Riku auch nur mit einem Blick zu würdigen, verneigte er sich knapp vor den Ratsherren.

»Das ist Liin, der tapferste Söldner in unseren Reihen. Normalerweise kümmert er sich an der Südgrenze um dieses ärgerliche Manticora-Problem. Sein Kommandant hat mir berichtet, dass er allein im letzten Jahr mehrere hundert der Bestien im Alleingang erledigen konnte. Zu unserem Glück befindet sich seine Einheit gerade in der Stadt, um ihren Sold in den Tavernen und Lusthäusern zu verprassen. Als mein Freund Liin hier hörte, dass wir den *besten* Kämpfer der Welt unter unserem Dach beherbergen, hat er mit Freuden zugesagt, bei der Bestätigung dieser Behauptung zu unterstützen. Oder natürlich bei deren Widerlegung«, fügte er lächelnd hinzu. »Ich war so frei, dein Schwert bringen zu lassen, Riku Watanabe. Ich glaube, ihr seid beide gut genug im Umgang damit, um euch nicht tödlich zu verletzen.«

Ein Diener reichte Riku die Klinge von Maluun. Unsicher blickte er vom Schwert zu Liin und schließlich zu Gerlus.

»Das spitze Ende gehört nach vorn«, spottete der Ratsherr und löste damit ein heiteres Gelächter bei den Gästen aus. Noch bevor dieses verstummte, rief er unvermittelt: »Beginnt!«

In einer fließenden Bewegung riss Liin sich das Schwert vom Rücken und schwang es in Richtung von Rikus Hals. Es war nur dessen übermenschlichen Reflexen zu verdanken, dass er seinen Kopf noch etwas behalten konnte. Er rollte blitzschnell über die Schulter ab und begab sich in Abwehrstellung.

Liin zeigte sich enttäuscht, dass der Kampf noch nicht vorbei war. Wütend stürmte er mit einer Geschwindigkeit auf Riku los, die Finn dem großen Kerl gar nicht zugetraut hätte. Aber sein asiatischer Freund war nun vorbereitet und so konnte er alle Angriffe nahezu mühelos abwehren.

Das brachte den Hünen nur noch mehr in Rage. Unerbittlich drängte er seinen Gegner zurück. Die Klingen schlugen Funken und waren nur noch verschwommen wahrzunehmen.

Finn meinte zu erkennen, dass Riku mit Absicht nur

abwehrte und auf eigene Attacken verzichtete. Der Kampf zog sich nun schon mehrere Minuten hin und da der Angriff anstrengender war als die Verteidigung, kam Liin ziemlich ins Schwitzen.

Plötzlich hielt der Hüne ein Messer in der linken Hand, das er wahrscheinlich in seinem Stiefel versteckt hatte, und griff unvermittelt beidhändig an. Da Finns Freund keinen Schild trug, schien die Verteidigung unmöglich, da er mit dem Schwert immer nur eine Klinge abwehren konnte. Die Menge buhte Liin aus, da sie sein Verhalten mehr als unfair fand und den widerstandsfähigen Asiaten ins Herz geschlossen hatte.

Offenbar reichte es nun auch Riku. Unerwartet ging er in den Angriff über. Dabei bewegte er seine Klinge derart schnell, dass er in einem Moment das Schwert von Liin abwehrte und ihm fast im selben Augenblick einen empfindlichen Schnitt an der linken Hand zufügte, so dass dieser das Messer fallen lassen musste.

Gerade wollte der Getroffene wieder wie ein Berserker auf Riku losstürmen, als Tibbon sich von seinem Thron erhob und donnernd rief: »Genug!«

Zähneknirschend brach der Hüne den Angriff ab und blieb schwer atmend vor Riku stehen. Das Blut von seiner verwundeten Hand tropfte auf den Marmorboden. Wenn sein Blick noch etwas schneidender gewesen wäre, hätte er damit den Asiaten in zwei Teile gespalten.

»Ich denke, Riku hat eindrucksvoll bewiesen, dass er ein begnadeter Kämpfer ist«, lobte Tibbon. »Und auch Liin verdient unseren Respekt. Wenn wir mehr solche Krieger in den eigenen Reihen hätten, müssten wir uns weniger Sorgen machen. Ich weise hiermit an, dass der Sold von Liin verdoppelt wird.«

Das schien den Hünen etwas zu besänftigen. Er verbeugte sich vor den Ratsherren. Mit einem letzten erbitterten Seitenblick auf Riku verließ er die Halle mit schnellen Schritten.

Auch Riku verbeugte sich und lief dann langsam zu Emma. Der Kampf hatte ihn an die Grenzen seiner Kräfte gebracht.

»Nun gut, ähm, ich muss zugeben, dass die Fähigkeiten unserer neuen Gäste bisher durchaus erwähnenswert sind.« Finn sah, dass Gerlus dieses Lob sehr schwerfiel. »Für die letzte Vorführung bitte ich nun Ken Parker nach vorne. Für ihn habe ich eine Angelegenheit, die mich persönlich betrifft.«

Das Tor öffnete sich erneut und eine Dienerin brachte einen verhangenen Vogelkäfig herein. Durch die Abdeckung war ein grünes Schimmern zu erkennen. Vor dem Thronpodest angekommen, zog sie die Decke vom Käfig und zum Vorschein kam eine kleine, umherflatternde Fee, nicht größer als Finns Hand. Sie begann sofort mit einem piepsigen Stimmchen in einer fremden Sprache zu plappern.

Ken trat nach vorn und legte seinen Kopf schräg, als würde er lauschen.

»Diese Kreatur kam eines Nachts in meine Gemächer und hat den Siegelring meiner Familie gestohlen!«, klagte Gerlus das zierliche Wesen an. »Wir konnten sie fangen, aber in der Zwischenzeit hat sie den Ring irgendwo versteckt. Sprich mit ihr und finde heraus, wo mein Ring ist!«

Finns großer, schwarzer Freund fing plötzlich mit heller Stimme an, ähnliche Piepsgeräusche wie die Fee zu machen, was die Anwesenden mit allgemeinem Gelächter quittierten. Erstaunlicherweise hörte die Fee ihm zu, dann antwortete sie, dann redete wieder Ken und abschließend folgte ein langer Monolog des kleinen Wesens. Als sie geendet hatte, musste Ken seinerseits lachen.

»Was ist so komisch?«, wollte Gerlus mit düsterem Gesicht wissen.

»Nun, Ditrimini hier hat eine etwas andere Version der Geschichte erzählt: Sie wurde vor einigen Mondzyklen von einem Fallensteller in den Wäldern weit im Norden gefangen und landete schließlich auf dem Schwarzmarkt hier in der Stadt, wo *Ihr* sie gekauft habt. Als Ihr dann in Euren

Gemächern in den Käfig gegriffen habt, um sie für wer weiß was zu packen, hat sie Euch den Ring vom Finger stibitzt und ist durch die geöffnete Käfigtür entkommen. Leider fand sie kein offenes Fenster in Euren Gemächern und so versteckte sie den Ring, bevor Eure herbeigerufenen Diener sie wieder einfingen. Sie ist bereit, Euch das Schmuckstück zurückzugeben, wenn Ihr sie auf der Stelle freilasst.«

»Das sind unerhörte Anschuldigungen!«, donnerte Gerlus. »Noch nie in meinem Leben war ich auf dem Schwarzmarkt! Und *ich selbst* habe das Gesetz erlassen, dass den Handel und den Besitz von magischen Wesen untersagt!«

»Dann steht ihr Wort gegen Eures«, erwiderte Ken schulterzuckend. »Wenn Ihr den Ring wiederhaben wollt, dann würde ich sie einfach freilassen. Zumal ihr Besitz illegal ist, wie Ihr selbst angemerkt habt.«

Finn konnte fast hören, wie der Ratsherr mit den Zähnen knirschte.

»Öffnet den Käfig!«, zischte er schließlich.

Der Diener zog einen kleinen Schlüssel aus der Tasche und schloss damit das ebenso winzige Vorhängeschloss der Käfigtür auf. Augenblicklich schoss das fipsige Wesen daraus hervor und drehte vor Freude über die wiedererlangte Freiheit einige Loopings in der Luft.

»Sie versucht zu fliehen!«, rief Gerlus, aber die Fee landete seelenruhig auf Kens Schulter und wisperte ihm etwas ins Ohr.

Jetzt konnte Finn auch einen besseren Blick auf sie werfen: Sie hatte einen menschlich geformten Kopf, jedoch keine Haare. Ihre Ohren wuchsen lang und spitz und die Augen glühten wie grünes Feuer. Auch der Rest von ihr glich einem winzigen Menschen, einmal von den fast durchsichtigen, libellenartigen Flügeln auf ihrem Rücken abgesehen. Sie trug keinerlei Kleider, schien sich aber ihrer Nacktheit keineswegs zu schämen.

»Bringt den Gorlemmbaum aus den Gemächern von Ratsherr Gerlus!«, befahl Ken dem Diener. Nachdem dieser sich die Anweisung von seinem Herrn durch ein Nicken hatte bestätigen lassen, eilte er zu einer Seitentür des Saals hinaus.

Die Anwesenden warteten und nach einigen Minuten hatte sich ein allgemeines Gemurmel im Raum ausgebreitet. Alle diskutierten über die Geschehnisse des Abends und ob der Ring noch auftauchen würde.

Endlich kam der Diener mit einem schweren Tontopf wieder, in dem ein wunderschöner, kleiner Baum mit goldenen Blättern wuchs. Er hatte einen armdicken, knorrigen Stamm und dicke Wurzeln, die sich in die dunkle Erde gruben. Ächzend stellte der Mann den Topf vor Ken auf den Boden.

Die Fee flatterte von Kens Schulter hinunter zum Baum, legte ihre Wange an den Stamm und flüsterte etwas. Plötzlich begannen sich die Wurzeln des Baums zu bewegen und gaben den Siegelring des Ratsherren frei. Die Menge applaudierte, als Ken den Ring in die Höhe hielt.

»Nehmt die kleine Diebin wieder gefangen!«, befahl Gerlus überraschend.

Ken gab zwei piepsende Töne von sich und die Fee schoss augenblicklich Richtung Decke davon. Dort drehte sie, nach einem Ausweg suchend, ihre Runden.

»Fangt sie! Fangt sie!«, schrie der fette Ratsherr unablässig.

Während Diener und Wachen in einem fort in die Höhe sprangen, um das kleine Wesen zu erhaschen, öffnete sich das Haupttor und Sascha kam gemütlich hereingeschlendert. Finn war gar nicht aufgefallen, dass sie den Raum verlassen hatte.

»Bei Omra und Belor, schließt das Tor!«, donnerte Gerlus.

Sein Kopf hatte eine tiefrote Färbung angenommen. Die Fee sah ihre Chance und flog wie ein geölter Blitz Richtung Toröffnung. Sascha hatte ein unerwartet begriffsstutziges Gesicht aufgesetzt und schaute sich verwirrt um, als ob sie nicht so richtig wusste, was man von ihr wollte. Dann begann sie langsam, die Tür hinter sich zu schließen. Das Ganze dauerte so lange, dass es die Fee auch zu Fuß nach draußen geschafft hätte. Mit einem freudigen Piepsen verschwand sie in die Freiheit.

»Wie kann man nur so dämlich sein!«, donnerte Gerlus. Wenn er Sascha besser gekannt hätte, wäre sie jetzt fällig gewesen. Aber sie spielte das verwirrte Dummerchen derart geschickt, dass die Gäste nur ein mitleidiges Lachen für sie übrig hatten.

»Beruhigt Euch, mein lieber Gerlus!«, forderte ihn Scheys Großvater auf. »Wie Ihr bereits richtig angemerkt habt, ist es verboten, magische Wesen gefangen zu halten.«

»Aber sie ist eine Diebin!«

»Nebenbei«, überlegte Meister Lysan, »ist es nicht ebenfalls verboten, einen Gorlemmbaum zu besitzen?«

Schlagartig wechselte Gerlus Gesichtsfarbe von Rot zu Weiß.

»Der wurde, äh, von mir beschlagnahmt. Ich wollte ihn, äh, morgen zurück in die nördlichen Wälder bringen lassen.«

Und schlagartig war das Thema mit der Fee erledigt.

Tibbon erhob sich von seinem Thron.

»Meine verehrten Untertanen, bevor wir nun die Weinfässer anstechen ...«

Aufgrund von spontanen Jubelausrufen einiger junger, männlicher Gäste musste der Ratsherr kurz unterbrechen. Als endlich wieder Ruhe herrschte, fuhr er fort:

»... möchte ich die Entscheidung des Rates zu den weiteren Schritten und Maßnahmen bezüglich der zunehmenden Bedrohungen unseres Reiches durch Krotrok und seine Schergen verkünden. Wir haben beschlossen, dass die Drachenhaut unter dem Kommando von Kapitänin Lysan in zehn Tagen in den nördlichen Teil von Tarop aufbrechen wird, um die Yangri ausfindig zu machen. Erst wenn die Kontaktaufnahme gelungen ist oder der unwiderlegbare Beweis erbracht wurde, dass die Yangri von unseren Feinden vollständig ausgelöscht wurden, wird die Rückkehr gestattet. Die Existenz der Hyva steht auf dem Spiel und wir alle müssen harte Entscheidungen treffen. Uns ist bewusst, dass die Drachenhaut und ihre Mannschaft eine lange Reise hinter sich hat, aber ich bin mir sicher, die Besatzung und ihre Familien werden die Dringlichkeit der Mission verstehen. Wir haben weiterhin eben kurzfristig entschieden, dass Riku, Ken und Emma an der Reise teilnehmen sollen. Ihre Fähigkeiten werden sicher eine große Hilfe sein. Nach der Rückkehr der Drachenhaut verleihen wir allen Gästen aus der Welt hinter dem Schleier die vollen Bürgerrechte und begrüßen sie als wertvolle Mitglieder in unserer Gemeinschaft. Dies ist die Entscheidung des Rates und sie ist unumstößlich!«

Damit schlug er mit der Silberkugel auf die Lehne seines Throns, dass es laut von den Wänden widerhallte.

Ken war plötzlich wie von Sinnen. Er rempelte sich durch die Menge bis zu Samara. Nach einer hitzigen Diskussion, die Finn nicht verstehen konnte, eilte er aus dem Saal. Niemand, außer den unmittelbar Danebenstehenden, hatte davon etwas mitbekommen, da im gleichen Moment einige große Fässer in die Halle gerollt wurden und erneut eine Welle des Jubels durch die Menge hallte.

Finn und Schey drängelten sich zu Samara, um herauszufinden, was mit Ken los war.

»Er macht sich Sorgen um den Drachen, könnt ihr euch das vorstellen? Ich muss meiner Besatzung beibringen, dass sie nur zehn Tage für ihre Familien haben und er sorgt sich um diese Bestie!«

Da sie nicht die beste Laune hatte, gaben die beiden ihren Plan auf, sie zu fragen, ob Finn ebenfalls mit auf die Reise durfte. Schey würde sie sicher wieder mitnehmen und er konnte sich einfach nicht vorstellen, allein in der Stadt mit Sascha und Dr. Edmundo zurückzubleiben. Aber morgen war auch noch ein Tag, um sie danach zu fragen.

Inzwischen tat der Alkohol seine Wirkung und der Lautstärkepegel stieg. Die Musiker spielten lustige Melodien und viele der Gäste begannen ausgelassen zu tanzen.

Schey und Finn beschlossen, den Trubel hinter sich zu lassen und lieber einen Spaziergang unter den Sternen zu machen. Hand in Hand schlenderten sie die Gassen entlang. Aus den hell erleuchteten Fenstern der Tavernen schallte Gelächter und Musik. Offenbar hatten die Stadtbewohner, die nicht das Glück oder das nötige Kleingeld besaßen, um auf die Feier im Schloss eingeladen worden zu sein, beschlossen, ihre eigenen Feste zu feiern.

»Sind sie nicht wunderschön«, säuselte Schey, den Blick auf die Sterne gerichtet.

»Wusstest du, dass das alles weit entfernte Sonnen sind, um die vielleicht Planeten, genau wie der unsrige, kreisen? Und dass auch um unsere Sonne noch andere Welten ihre Bahnen ziehen? Der Rötliche zum Beispiel ...« Finn hatte den Himmel abgesucht, um den Mars zu finden. Aber dort, wo er ihn vermutete, leuchtete ein heller, grünlicher Punkt. »Das versteh ich nicht. Eigentlich müsste er rot sein.«

Schey faste zärtlich sein stoppeliges Kinn und drehte sein Gesicht zu sich.

»Ich finde sie wunderschön, Finn. Egal was sie sind.«

Und damit gab sie ihm einen leidenschaftlichen Kuss, der ihn alle Sterne des Universums vergessen ließ.

Eine Zeitlang schlenderten sie schweigend nebeneinander her. Nur ihre ineinander verschlungenen Finger unterhielten sich tastend.

»Meinst du, deine Mutter wird das mit uns beiden verstehen?«, fragte Finn in die Stille hinein.

»Ich werde sie nicht um ihre Erlaubnis fragen. Ich bin siebzehn und kann meine eigenen Entscheidungen treffen. Was ist mit dir? Möchtest du nicht zurück in deine Welt zu deinem Vater?«

Finn nahm eine gewisse Angst in ihrer Stimme wahr.

»Ich müsste lügen, wenn ich behaupten würde, dass ich kein Heimweh hätte. Vor allem mache ich mir Sorgen um meinen Alten Herrn. Er hat keine Ahnung, was mit mir passiert ist.

Andererseits ist da dieser wahnsinnige Milliardär, der uns alle entführen ließ. Solange er glaubt, dass wir tot sind, wird er meinen Vater, denke ich, in Ruhe lassen. Ach, ich weiß auch nicht! Im Moment bin ich absolut glücklich hier mit dir und ich sehe sowieso keine Möglichkeit, nach Hause zu kommen. Also werde ich mein Glück einfach genießen. Dass ich dich getroffen habe, war bisher das absolut Beste in meinem Leben, Schey.«

Sie schmiegte sich an seine Schulter, als sie durch das bis auf eine Wache verwaiste Hafentor spazierten. Am Wasser angekommen, beobachteten sie schweigend die im Mondlicht schaukelnden Schiffe.

Finn schlang seine Arme um Schey, sah ihr tief in ihre smaragdgrünen Augen und wollten sie gerade küssen, als ein markerschütterndes Brüllen aus Richtung des nahegelegenen Luftschiffs die Ruhe zerriss.

Erschrocken wirbelten sie herum. Ein Teil der Backbordseite der Drachenhaut verwandelte sich mit einem knirschenden Krachen in einen Schauer aus splitternden Holztrümmern, die wie Geschosse auf die umliegenden Schiffe prasselten. Finn und Schey hechteten in letzter Sekunde hinter einen Stapel Kisten in Deckung.

In der klaffenden Öffnung erschien das Haupt des weißen Drachen. Die eiserne Maske war verschwunden und zwischen den gewaltigen Kiefern hing eine schlaffe Gestalt.

»Ken!«, brüllte Finn verzweifelt und machte Anstalten, auf den Drachen zuzustürmen, aber Schey hielt ihn mit Mühe zurück.

Die Bestie ließ die leblose Hülle achtlos fallen und spie ein derart markerschütterndes Brüllen in die Nacht, dass die beiden ihre Hände auf die Ohren pressen mussten. Dann bahnte sich das furchteinflößende Wesen mit den klauenbewehrten Flügeln einen Weg durch die zertrümmerte Schiffswand. Dabei legte es die Schwingen eng an den schlanken Körper, um durch das klaffende Loch zu passen. Mit einer letzten Anstrengung schob der Drache seinen weißen Leib ins Freie.

Er streckte die gewaltigen Schwingen aus und bewegte sie zögerlich, aber er flog nicht davon. Offenbar war er nach Jahren der Gefangenschaft nicht mehr in der Lage dazu. Einen Moment schaute er sich suchend um, den langen Hals in alle Richtungen reckend. Schließlich stieß er sich vom Luftschiff ab und tauchte wie ein riesiger Eisvogel ins dunkle Wasser, wo er in der Tiefe verschwand. Gewaltige Wellen schlugen auf die Anlegestelle und durchnässten Finn und Schey bis auf die Knochen.

Den Wachposten auf der Mauer war die spektakuläre Flucht des Drachen natürlich nicht entgangen. Die hektischen Alarmschläge des großen Gongs hallten durch die nächtliche Stadt, kaum dass die Wogen sich geglättet hatten.

Finn sprang auf die Füße und rannte die Kaimauer entlang, auf der das Luftschiff ruhte. Ken konnte, nein, er *durfte* nicht tot sein! Schlitternd kam er vor den Trümmern der Schiffswand zum Stehen. Auf dem schmalen Streifen unter dem klaffenden Loch lag eine leblose, teilweise zerfetzte Gestalt in einem See aus Blut.

Es war Lomar, der Drachenmeister.

Kurzer Prozess

Finn und Schey waren zusammen mit den Wachen auf die Drachenhaut gestürmt. In den Überresten des Drachengefängnisses hatten sie schließlich Ken gefunden. Er war bis auf einige kleinere Schrammen unverletzt, sagte aber kein Wort und ließ sich ohne Widerstand von den Wachen abführen. Sie brachten ihn in das Gefängnis der Stadt, wo Finn der Zutritt verweigert wurde und nicht einmal Scheys familiäre Verbindungen konnten daran etwas ändern.

Also blieb den beiden nichts weiter übrig, als in den Palast zurückzukehren. Scheys Mutter und ihr Großvater kamen ihnen auf der großen Treppe entgegen.

»Bei Omra und Belor, es geht dir gut! Wo bist du nur gewesen? Ich habe schon mit dem Schlimmsten gerechnet!«, rief Samara erleichtert.

Bei dem Wort ‚Schlimmsten' warf sie Finn einen böse funkelnden Blick zu.

»Uns wurde berichtet, dass Ken den Drachen befreit haben soll«, mischte sich Talan Lysan ein. »Habt ihr etwas gesehen? Ist es wahr? Ist der Drache weg?«

»Ja, aber es ist überhaupt nicht sicher, dass Ken dafür verantwortlich ist!«, protestierte Finn. »Er war vielleicht nur zur falschen Zeit am falschen Ort!«

Der Alte ließ sich stöhnend auf die Treppe sinken.

»Der Drache ist weg! Dann sind wir alle verloren! Ohne den Drachen, kein Drachengas. Und ohne Drachengas, kein Luftschiff. Wir können die Yangri nicht finden und die Mayatan und Manticora werden uns überrennen. Es ist nur eine Frage der Zeit.«

Er stützte sein Gesicht in die faltigen Hände. Die Verzweiflung war ihm anzumerken.

Finn kochte vor Wut. Sein Freund war ihm im Moment wichtiger, als irgendwelche Viecher, die irgendwann angreifen könnten oder vielleicht auch nicht.

»Sollten wir nicht erst einmal herausfinden, was überhaupt genau passiert ist, bevor wir den Teufel an die Wand malen?«

»Ich weiß zwar nicht, was ein Teufel ist und warum du ihn an die Wand malen willst«, antwortete Talan verwirrt, »aber die Anhörung von Ken ist für morgen angesetzt. Dann erfahren wir mehr. Als uns die Nachricht und die ersten Informationen auf dem Fest erreichten, haben wir sofort alles abgebrochen und uns beraten. Wie du sicher bemerkt hast, ist Ratsherr Gerlus sowieso nicht so gut auf dich und deine Kameraden zu sprechen. Gerade dein Freund Ken hat ihn vorhin ganz schön vorgeführt. Und Tibbon wurde um seine beste Waffe gebracht: die Drachenhaut. Er hat gewütet, wie ein wilder Bergtroll.«

Er blickte hoch und schaute von Schey zu Finn.

»Ich weiß, dass du meiner Enkelin wichtig bist, Finn, und ich weiß, dass ihr alle auf der langen Reise gute Freunde geworden seid, aber falls Ken dafür verantwortlich ist, dann muss er hart bestraft werden. Er hat mein Lebenswerk zerstört.«

Finn konnte den Rest der Nacht kein Auge zumachen. Er wälzte sich neben Schey hin und her und fragte sich, ob Ken wirklich so dumm gewesen sein sollte, den Drachen zu befreien.

Er brachte am nächsten Morgen beim Frühstück keinen Bissen herunter und machte sich deshalb früh auf den Weg. Er war der Erste, der sich in der Ratshalle einfand. Man hatte einen Holzstuhl vor das Thronpodest gestellt, an dessen Armlehnen stählerne Ringe zum Fesseln der Hände befestigt waren. Mehrere Reihen schlichter Holzbänke standen in einem weiten Kreis darum verteilt. Finn suchte sich einen Platz, von dem er später Kens Gesicht würde sehen können. Er wollte ihm selbst in die Augen blicken, wenn er seine Version der Geschichte erzählte.

Wenig später erschienen Finns Kameraden. Keiner konnte sich vorstellen, dass Ken so etwas getan haben könnte. Sicher gab es eine andere logische Erklärung dafür. Nur Sascha war wie immer Sascha.

»Sieht dem Sonnenschein ähnlich, so etwas Dämliches zu tun.«

Finn funkelte sie böse an.

»Lass das, Sascha«, schimpfte Schey sie. »Siehst du nicht, dass er völlig fertig deswegen ist?«

Sie zuckte nur mit den Schultern und fing dann an, mit dem Messer etwas in die Holzbank zu ritzen.

Nach und nach füllte sich der Saal. Gegen Mittag brachten zwei Wachmänner Ken herein. Seine Hände und Beine waren mit Ketten gefesselt, so dass er kaum laufen konnte. Er setzte sich auf den Stuhl in der Mitte und wartete seelenruhig, bis die Wachen seine Hände an die Lehnen gekettet hatten. Finn suchte Blickkontakt, aber Ken starrte nur ins Leere.

Dann ertönte ein Hornsignal und die drei Ratsherren erschienen. Als sie Platz genommen hatten, donnerte Tibbon mit der Silberkugel auf seine Lehne. Stille machte sich im Saal breit.

»Gestern war ein dunkler Tag für die Hyva. Der Dunkelste, den ich in meinem Leben erdulden musste«, begann er mit lauter Stimme zu sprechen. »Vom Gipfel der Zuversicht wurden wir im nächsten Moment in die tiefsten Abgründe der Hoffnungslosigkeit geschleudert. Der Drache wurde entfesselt! Jahrzehnte der Arbeit wurden in wenigen Sekunden zunichtegemacht. Nicht zu vergessen, das Leben eines treuen Untertanen, das genommen wurde. Ken Parker, man hat dich am

Ort der Untat aufgegriffen. Leugnest du, den Drachen befreit zu haben?«

Es wurde so still im Raum, dass das Kratzen von Saschas Messer in der gesamten Halle zu hören war, was sie aber nicht weiter zu stören schien. Ken schaute kurz zu Finn, dann hob er stolz den Kopf Richtung Ratsherren.

»Ich leugne es nicht!«

Der ganze Saal raunte überrascht auf und selbst Sascha unterbrach ihre Schnitzarbeit.

»Du gibst es also zu?«

»Ich gebe zu, ein seit Jahren leidendes Wesen von seinen Qualen befreit zu haben. Was immer der Drache getan hat, niemand verdient diese endlose Folter. Und nichts anderes war es, was ihr ihm angetan habt! Drachen sind Wesen der Lüfte! Die Bewegungslosigkeit hat ihn beinahe in den Wahnsinn getrieben!

Und ihr denkt, das Fluten der Drachenmaske mit Wasser macht ihm nichts weiter aus, weil es ja in seiner Natur liegt, Unmengen Flüssigkeit in Drachengas umzuwandeln? Hätte die Lanze, die bei seiner Gefangennahme durch seinen Hals gestoßen wurde, nicht die Funkenzähne und das Gaumensegel zerstört, wäre das auch kein Problem. So drang aber ständig ein Teil des Wassers in seine beiden normalen Lungenflügel, anstatt in den Gasbeutel zu fließen, wo er sie in Gas hätte umwandeln können. Der Drache war sozusagen in den letzten Jahren viele tausend Mal kurz vor dem Ertrinken! Wie würde es euch gefallen, wenn man euch unverhofft einmal am Tag für einige Minuten untertaucht?

Ihr glaubt, Drachen benötigen keine Nahrung, weil euer Gefangener bereits viele Jahre ohne überlebt hat und ihr es in irgendwelchen alten Büchern gelesen habt? Die Wahrheit ist, sie können tatsächlich fast unbegrenzte Zeit in einer Art Winterschlaf ohne feste Nahrung überdauern. Aber wenn sie gezwungen werden, ständig Unmengen Drachengas zu erzeugen, weil man sie mit Wasser vollpumpt, dann kostet sie dies magische Energie, die ihnen im wahrsten Sinne des Wortes an die Substanz geht: Sie ziehen die Energie aus der Materie ihrer Knochen, die sich dadurch auf sehr schmerzhafte Art und Weise immer weiter auflösen, wenn auch langsam. Euer wertvoller Drache wäre deshalb in einigen Monaten sowieso gestorben!«

Ken hatte den Ratsherren abwechselnd fest in die Augen geblickt, während er dies alles erklärte. Nun aber senkte er den Blick auf den Boden.

»Ich hatte eigentlich die Absicht, ihn von seinem Leiden zu erlösen, denn ich wollte niemanden in Gefahr bringen. Der Tod war alles, was er sich wünschte. Aber der alte Lomar hat mich bedauerlicherweise überrascht, wie ich gerade mit einer Drachenlanze auf dem Weg zum Drachen war, um ihn diese ins Herz zu stoßen. Er ging sofort auf mich los, also musste ich die Lanze auf den Drachen werfen, bevor Lomar mich erreicht hatte. Leider traf ich nur eine der Ketten, die den Körper fixierten. Das magisch behandelte Geschoss schnitt durch das Eisen, als wäre es Butter, bevor es in den Hinterlauf des Drachen eindrang. Als er sich voller Schmerz aufbäumte, rissen weitere Ketten, da sein Körper nicht mehr ausreichend gehalten wurde. Der Raum versank binnen Sekunden im Chaos: Mit dem freien Hinterlauf durchtrennte er die Fesseln am Flügel. Mit diesem zerriss er die Ketten um seinen Hals und die der Maske. Damit war sein Kopf frei und mit dem Maul zerbiss er alles, was ihn sonst noch hielt.

Lomar ließ natürlich sofort von mir ab, um sich in Sicherheit zu bringen, aber das Erste, was der Drache mit der gewonnenen Freiheit anfing, war, seinem langjährigen Peiniger ein Ende zu bereiten. Alles Weitere wisst ihr bereits. Außer den unglücklichen Tod von Lomar bereue ich nichts!«, schloss Ken mit fester Stimme seinen Vortrag.

Die Stille im Saal war beinahe greifbar. Erst nach einer knappen Minute ergriff der dicke Gerlus das Wort:

»Du denkst doch nicht allen Ernstes, dass wir dir diese

hanebüchene Geschichte glauben? Woher kommen denn deine detaillierten Kenntnisse über die Anatomie und das Verhalten der Drachen, wenn du überhaupt erst seit kurzer Zeit in unserer Welt weilst?«

»Er hat es mir erzählt.«

Einzelne Anwesende begannen zu lachen und Gerlus war einer von ihnen.

»*Erzählt* hat er dir das! So so!«, rief er aus, als er sich wieder beruhigt hatte. »Und wieso hat keiner der Hyva jemals die Stimme des Drachen vernommen, außer in Form ihres furchtbaren Brüllens?«

»Ganz einfach: Sie kommunizieren telepathisch«, antwortete Ken trotzig.

»Und du erwartest, dass wir dir das ohne Weiteres glauben?«

Ken funkelte den fetten Kerl böse an.

»Eigentlich ist es mir völlig egal, ob ihr mir glaubt oder nicht. Ich habe den Drachen von seinem sinnlosen Leiden erlöst. Zwar nicht so, wie ich es geplant hatte, aber es ist vorbei. *Ihr* habt nicht Tag für Tag die unerträglichen Qualen spüren müssen, sonst könntet ihr mich vielleicht ansatzweise verstehen. Mehr habe ich nicht zu sagen.«

Finn konnte nicht glauben, was er in den vergangenen Minuten von seinem Freund hören musste. Er hätte niemals gedacht, dass Ken zu so etwas fähig wäre. Ein kleiner Teil von ihm bewunderte den sonst so lebensfrohen Schwarzen dafür, ohne Rücksicht auf die Konsequenzen für das eigene Leben für seine Überzeugungen einzustehen.

Die Ratsherren tuschelten kurz, dann erhob sich Tibbon und sorgte mit einer Handbewegung für Ruhe im Saal.

»Da der Angeklagte seine Schuld eingestanden hat, bleibt uns nur noch, das Strafmaß festzulegen. Wir werden uns dafür kurz für die Beratung zurückziehen.«

Damit hämmerte er erneut das Silber gegen das Holz und ohne weitere Worte verließen die drei den Raum. Finn hätte gerne mit Ken geredet, aber vier Wachleute umringten ihn nun wie eine Mauer. Also richtete er seine Verzweiflung auf Schey, die neben ihm saß:

»Du kennst die Gesetze hier, Schey. Was glaubst du, was sie mit ihm machen werden?«

Da sie keine Antwort für ihn zu haben schien, die ihn nicht noch mehr verzweifeln ließ, nahm sie mit Tränen in den Augen sein Gesicht zwischen ihre Hände und küsste ihn sanft auf seine Lippen.

Eine halbe Stunde später, die Finn wie ein ganzer Tag vorkam, erschienen die Ratsherren wieder auf ihren Plätzen. Alle außer Tibbon setzten sich. Die Wachen zogen sich zurück und gaben den Blick auf Ken frei.

»Wir haben ausgiebig über die Straftat und deine Motive diskutiert, Ken Parker«, fing er mit ruhiger Stimme an zu sprechen. »Selbst wenn wir dir alles glauben, was du uns erzählt hast, so bleibt das Resultat doch das Gleiche: Ein treuer Bürger ist auf Grund deiner Handlungen gestorben und der Drache ist fort. Auf diese Weise hast du das effektivste Werkzeug im Kampf gegen unsere Feinde sabotiert, was einem Hochverrat gleichkommt. Deine Herkunft, und die damit verbundene Unkenntnis unserer Kultur, kann dabei nicht strafmildernd berücksichtigt werden, da dir auf der langen Reise an Bord der Drachenhaut klar geworden sein müsste, von welcher zentraler Bedeutung das Luftschiff für die Hyva war. Da jede deiner beiden Vergehen die Todesstrafe nach sich zieht, der Tod dich aber nicht zweimal ereilen kann, verurteilen wir dich zu einem langsamen Ende durch Ertrinken. Die Strafe wird beim nächsten Vollmond vollstreckt. Möge Belor dir gnädig sein und deine Seele Ruhe finden.«

Das Knallen der Silberkugel hörte Finn nur wie durch Watte. Viele Anwesende applaudierten, da sie sich und ihr Volk durch Ken verraten sahen. Schey nahm Finn in den Arm und hielt ihn fest, wie lange, wusste er später nicht mehr. Als er aus seiner Lethargie erwachte, war der Saal bis auf die beiden verwaist.

»Komm«, sagte sie leise, »lass uns gehen.«

Mit hängenden Köpfen schlichen sie durch die leeren Reihen. Dabei fiel ihm Saschas Schnitzarbeit ins Auge. Sie hatte in die Bank unzählige Mal das gleiche, englische Wort geritzt: ‚torn', was so viel wie ‚zerrissen' bedeutete. Finn befand sich nicht in der Stimmung, jetzt auch noch über die Eigenheiten dieser seltsamen Frau nachzudenken. Sein bester Freund würde in wenigen Tagen hingerichtet werden! Sie hatten das Gefängnis auf der Insel überlebt, sie hatten den Übergang in eine andere Realitätsebene überlebt, sie hatten gegen albtraumhafte Wesen gekämpft und überlebt. Und jetzt warf Ken sein Leben für ein Wesen weg, das angeblich schlimmer war, als die Mayatan und die Mantikoren zusammen.

In Scheys Gemächern angekommen, ließ er sich aufs Bett fallen und starrte an die Decke. Sonderbarerweise verspürte er keine Wut auf die Ratsherren. Er hatte gesehen, mit welcher Grausamkeit die Mantikoren und auch die Mayatan über die Menschen hergefallen waren und er hatte mitbekommen, wie stolz das Volk der Hyva auf das Luftschiff war und welche Hoffnungen sie damit verknüpft hatten. Ken hatte ein Verbrechen begangen und musste nun mit den Konsequenzen leben. Oder sterben. Aber Ken war sein Freund! Egal, ob sein Handeln richtig oder falsch gewesen war, er musste ihm irgendwie helfen!

Er bekam nur teilweise mit, wie es an der Tür klopfte und Scheys Großvater hereinkam.

»Schey, mein Kind, wie geht es Finn? Ich hoffe, er versteht, dass wir keine andere Wahl hatten, als die Todesstrafe auszusprechen.«

»Aber *Ertränken*, Großvater?«, hörte er Schey leise flüstern. »Etwas Grausameres ist euch wohl nicht eingefallen!«

»Das kam von Gerlus! Und Tibbon war so wütend, dass er

ihm ohne nachzudenken zugestimmt hat. Ich plädierte für eine humanere Hinrichtung.«

»*Humanere Hinrichtung*?«, blaffte Schey ihn an. »Hörst du dir überhaupt selbst zu? Der Drache ist weg und Lomar ist tot. Kens Tod wird daran nichts ändern, wie grausam ihr ihn auch aus dem Leben befördert!«

Jetzt wurde Talan seinerseits ungehalten.

»Was erwartest du denn, mein Kind? Das wir ihm auf die Schultern klopfen für seine Tat? Er hat ein Menschenleben auf dem Gewissen! Das allein rechtfertigt die Todesstrafe!«

»Er sagt, der Drache hat Lomar getötet und seine Befreiung war ein tragischer Unfall. Er wollte ihn eigentlich töten! Niemand sonst hätte Schaden genommen.«

»Du weißt ja nicht, was du da redest, Schey. Mit der Drachenhaut hätten wir eine gute Chance gehabt, die Yangri zu finden. Wenn die Tschumunga Recht haben, ist es nur eine Frage der Zeit, bis dieser Krotrok seine Aufmerksamkeit auf uns richtet und seine Horden gegen unsere Mauern branden. Viele werden noch sterben und Ken trägt einen Großteil der Verantwortung dafür. Du kannst mir glauben, es hat mich viel Überzeugungsarbeit gekostet, Finn und seine restlichen Kameraden zu schützen. Gerlus hätte sie am liebsten alle ins Gefängnis geworfen und Tibbon war kurz davor, ihm zuzustimmen. Nur mit viel Mühe habe ich erreicht, dass sie in Freiheit bleiben dürfen. Aber sie müssen sich unauffällig verhalten! Ein winziger Gesetzesverstoß und sie landen im Kerker. Bitte sag ihnen das.«

Damit ging er wieder. Scheys traurige Augen schoben sich zwischen Finn und die Decke, an die er immer noch starrte.

»Ich nehme an, du hast ihn gehört. Red am besten mit deinen Freunden. Ich werde mit Mutter sprechen. Vielleicht kann ich bei ihr noch irgendetwas erreichen.«

Finn hörte die Tür und dann nur noch Stille. Absolute Stille. Er würde hier einfach liegen bleiben, bis der Vollmond vorbei war. Aber was dann? Ken wäre dann für immer fort. Der beste

Freund, den er je hatte. Ohne ihn wäre er auf der Gefängnisinsel wahnsinnig geworden. Und sie waren schließlich die Savanten! Sie mussten einfach zusammenhalten! In Freud und Leid vereint.

Er sprang aus dem Bett und stürmte mit entschlossenem Gesichtsausdruck aus dem Zimmer. Er würde Ken nicht aufgeben! Niemals!

Flucht

Eine halbe Stunde später hatten sie sich alle in Dr. Edmundos Zimmer versammelt. Es war bei weitem nicht so geräumig wie Scheys Domizil, aber es gab einen kleinen Kamin, ein gemütliches Bett, ein großes Fenster und hinter einem Paravent stand ein hölzerner Badezuber. Der Rest des Raums wurde von einem Tisch und vier Stühlen ausgefüllt. Dort ließen sie sich nieder, nur Sascha lehnte am Fenster und blickte aufs Meer.

»Wir müssen etwas unternehmen!«, begann Finn. »Sicher war es falsch, was Ken getan hat, aber ich finde, am Tod des Drachenmeisters trägt er keine Schuld. Es war ein Unfall! Er hat es auf jeden Fall nicht verdient, für seine Überzeugungen zu sterben. Und ihr habt selbst gesehen, wie sie den Drachen Tag für Tag gequält haben! Wenn es derart böse Wesen sind, dann hätten sie ihn gleich töten sollen! Diese endlose Quälerei ist schlimmer als der Tod.«

»Was willst du denn unternehmen, Junge?«, hielt der Doktor dagegen. »Er ist rechtskräftig verurteilt worden. Selbst wenn der Tod des Drachenmeisters ein Unfall war, den Drachen hat er trotzdem befreit. Und wenn er ihn getötet hätte, wäre dies für die Hyva auf das Gleiche herausgekommen.«

»Das Gefangenhalten von magischen Wesen ist bei den Hyva verboten«, ertönte Saschas Stimme vom Fenster. Sie schaute immer noch aufs Meer. »Ist ein Drache nicht genauso ein magisches Wesen wie eine Fee?«

Alle starrten sie verdutzt an.

»Sie hat Recht!«, rief Finn aufgeregt und sprang von seinem Stuhl hoch. »Wir müssen sofort zum Rat!«

»Und was willst du ihnen sagen?« Endlich drehte sich Sascha um. »Selbst wenn du sie damit überrumpeln kannst, was ich bei Gerlus und Tibbon nicht glaube, hat er immer noch diesen alten Knacker auf dem Gewissen. Das wirst du ihnen kaum ausreden. Töten werden sie ihn trotzdem.«

»Was schlägst du also vor?«, fragte Finn sie.

»Ganz einfach: Wir holen ihn raus und verschwinden von diesem heuchlerischen Ort!«

Auch Finn war die Befreiung von Ken durch den Kopf gegangen. Doch erst jetzt wurde ihm klar, dass sie dann verschwinden mussten. Er würde Schey zurücklassen müssen!

Sein Magen krampfte sich zusammen. Finn liebte sie! Und jetzt sollte er sie einfach aufgeben? Aber er durfte sie da nicht mit hineinziehen. Wenn man sie erwischen würde, wäre das Leben von ihnen allen verwirkt.

Plötzlich wurde ihm klar, was er da von seinen Kameraden verlangte. Emma war erst dreizehn Jahre alt. Er konnte diesen Preis von niemanden fordern. Langsam setzte er sich wieder hin.

»Ich zieh das alleine durch«, beschloss er. »Wenn sie mich erwischen, ertränken sie mich gleich mit, und wenn ich Erfolg habe, werden wir uns niemals wiedersehen. Aber auch wenn ich Schey und euch dadurch für immer verliere, seid ihr wenigstens in Sicherheit.«

Riku erhob sich.

»Das kannst du gleich wieder vergessen, Finn. Wie hast du damals gesagt: Wir sind die Savanten! Wir sind im Schicksal vereint. Ich werde dir helfen, Ken zu retten. Er ist auch mein Freund.«

»Und ich bin auch dabei!«, rief Emma. »Und denkt nicht einmal daran, es mir verbieten zu wollen. Ich bin dreizehn und kein Kind mehr! Ich weiß, was der Tod ist. Ich habe ihn schon gesehen! Und ohne euch will ich auch nicht weiterleben.«

Finn wurde den Verdacht nicht los, dass sie damit vor allem Riku meinte. Aber sie hatte Recht. Emma hatte das Gleiche wie sie alle durchgemacht. Sie konnten sie nicht wie ein Kind behandeln.

»Na dann ist ja alles klar!«, rief Sascha freudig und trat an den Tisch. »Mir ist sowieso schon langweilig geworden.«

»Das kann nicht euer Ernst sein«, mischte sich der bis dahin schweigsame Edmundo ein. »Ist euch klar, was ihr da redet? Ken hat ein Verbrechen begangen und ist dafür verurteilt worden! Ich finde, wir sollten uns alle wieder beruhigen und um Ken trauern. Wir können nichts mehr für ihn tun.«

»Ist das Ihre Meinung, Edmundo?«, fuhr ihn Finn an. »Wenn *Sie* nicht gewesen wären, dann säßen wir überhaupt nicht in diesem Schlamassel! *Sie* mussten ja unbedingt alles in die Luft jagen!«

»Und was denkt ihr, was Tramek bei seinem Besuch auf der Insel mit euch gemacht hätte? Glaubt mir, wir wären alle schon lange tot! Ihr habt ihn nie kennengelernt! Ihr wisst nicht, wozu er fähig ist! Oder habe ich nicht Recht, Sascha?«

Sie schaute ihn düster an.

»Tramek ist kein netter Zeitgenosse, das mag sein, Adrian. Aber vergiss nicht, dass ich für ihn gearbeitet habe und ich bin auch kein netter Mensch«, sagte sie kalt lächelnd. »Du hältst also die Füße still und wenn es so weit ist, wirst du uns schön begleiten, verstanden? Sonst wirst du dir wünschen, du hättest seinerzeit besser auf Tramek gewartet.«

»Ihr seid alle wahnsinnig«, flüsterte der Doktor und verschränkte die Arme wie ein störrisches Kind.

»Gut, wenn das jetzt geklärt wäre, wie gehen wir vor?«, fragte Finn, der wie die anderen nun Sascha ansah.

»War ja klar«, schnaufte sie kopfschüttelnd. »Also: Bis zum Vollmond sind es noch knapp zwei Wochen. Ich schlage vor, wir ziehen es in acht Tagen durch, dann haben wir noch etwas Vorbereitungszeit. Ich werde mich heute Nacht in das Gefängnis schleichen und die Lage sondieren. Die übrigen Nächte recherchiere ich in den Archiven, wohin wir uns am besten absetzen. Wie wir unbemerkt aus der Stadt kommen sollen, weiß ich allerdings noch nicht genau.«

»Da kann ich vielleicht helfen«, mischte Emma sich überraschend ein.

»*Du*?«, fragte Sascha skeptisch.

»Ja *ich*! Und jetzt halt die Klappe!«

Sascha lächelte.

»Okay, aber denk dran: Wenn du es vermasselst, enden wir alle als Futter für die Würmer. Um Vorräte kümmert sich Finn. Ihn wird keiner verdächtigen, wenn er sich Unmengen Nahrungsmittel aus der Küche holt«, ergänzte sie lächelnd. Finn war nicht in Stimmung, sich auf ihre Sticheleien einzulassen.

»Ich sollte dich in die Archive begleiten. Vier Augen sind besser als zwei«, schlug er vor.

»Die Archive sind für die Öffentlichkeit gesperrt. Ich werde nachts über die Dächer eindringen. Du würdest nur als roter Fleck unten auf der Straße enden. Oder schlimmer noch: Uns mit deiner Ungeschicklichkeit verraten. Ich habe einige Nächte Zeit. Glaube mir, das ist mehr, als ich brauche.«

Finn überlegte einen Moment, ob er widersprechen sollte, nickte dann aber mit zusammengepressten Lippen. Er wollte keinesfalls die Mission gefährden.

»Okay«, fuhr Sascha fort, »wenn es so weit ist, werden Riku und ich Ken herausholen und wir treffen uns dann dort, wo uns Emma hoffentlich aus der Stadt schleusen kann.«

Damit legte sie grinsend ihr Messer auf den Tisch. Finn ahnte, was das zu bedeuten hatte.

»Moment mal! Es wird keiner von den Hyva getötet!«

Sascha zog die Augenbrauen zusammen.

»Die werden alle Schwerter haben! Erwartest du, dass wir uns abschlachten lassen?«

Wie von Geisterhand schnellte ihr Messer vom Tisch und blieb nur ein paar Millimeter von ihrer Kehle entfernt in der

Luft schweben. Alle sprangen vor Überraschung auf die Füße. Nur Sascha begann aus irgendeinem Grund zu grinsen.

»Lass das meine Sorge sein«, knurrte Finn sie leise an. »Es wird niemand getötet!«

»*Du* warst das also mit meinem Messer auf dem Fest. Nicht schlecht, Mathe-Ass, nicht schlecht.«

Gegen Abend kehrte er zu Schey zurück. Er hatte eine Entscheidung getroffen, die ihm alles in seinem Inneren abschnürte.

»Da bist du ja, Finn«, begann sie zu sprechen, als er zur Tür hereinkam. »Ich habe mir schon Sorgen gemacht. Bei meiner Mutter konnte ich leider nichts erreichen. Die Drachenhaut war ihr Leben. Ich fürchte, sie hasst Ken für den Rest ihrer Tage und auf dich ist sie auch nicht gerade gut zu sprechen.«

»Sie hat aber Recht, Schey. Ich bin nicht gut für dich. Das ist mir nun klar geworden. Ich werde immer der Freund desjenigen sein, der die Hyva verraten hat. Überall werde ich verhasst sein, nirgends willkommen. Das kann ich dir nicht antun, Schey. Es ist besser, wenn wir uns ab sofort nicht mehr sehen. Ich werde erst einmal zu Riku ziehen.«

Sie sah ihn verdutzt mit großen Augen an.

»Das kann nicht dein Ernst sein, Finn!«

»Doch, das ist es und meine Entscheidung steht fest. Bitte halt dich von mir fern.«

Damit drehte er sich um und ließ die fassungslose Schey zurück. Er ging in die Stadt und wanderte ziellos durch die Gassen. Seine Gedanken kreisten um Schey und Ken. Alles nur wegen diesem vermaledeiten Drachen!

Der große Gong kündigte mit vier dumpfen Schlägen den nahenden Sonnenuntergang an und beförderte einen verlorenen Gedanken zurück in sein Bewusstsein. Die Erkenntnis traf ihn wie ein Blitz. Er schlug sich mit der flachen Hand gegen die Stirn und stürmte Richtung Westtor.

Spät abends kehrte er zu Riku zurück, einen schweren Sack über der Schulter tragend.

»Sind das schon die Vorräte?«, fragte ihn der Asiate, der gerade dabei war, sich einen Kampfstab aus einem wuchtigen Besenstiel zu zimmern.

»Nein, das ist ein Abschiedsgeschenk für Samara«, antwortete Finn rätselhaft und er war dankbar, dass der Asiate keine weiteren Fragen stellte.

Sieben Tage später trafen sie sich alle wieder bei Edmundo. Der Doktor lag im Bett und stierte schmollend an die Decke. Er hatte sich in sein Schicksal gefügt, wollte aber ansonsten nichts mit dem Plan zu tun haben.

»Ich habe gute Neuigkeiten«, begann Sascha, »ihr werdet begeistert sein. Zunächst aber zum Gefängnis: Ich hab mir den Bau von allen Seiten angesehen. Für mich ist es kein Problem, da unbemerkt reinzukommen, aber Ken zu befreien, ohne die sechs Wachen auszuschalten, wird einfach nicht möglich sein.«

»Fein«, antwortete Finn bestimmend, »wir werden sie bewusstlos schlagen. Das solltest du doch hinbekommen, große Kämpferin, *oder*?«, fügte er sarkastisch hinzu.

»Na schön, wenn du dich um die Schwerter kümmerst, erledigen Riku und ich den Rest.«

Der Asiate nickte stumm.

»So, meine Taube«, fuhr Sascha an Emma gewandt fort, »jetzt erleuchte uns mit deinem genialen Fluchtplan, der uns aus der Stadt bringen soll.«

»Unten am Fluss wohnen die Fischer«, erklärte Emma. »Der Mann, den ich im Thronsaal geheilt habe, ist einer davon. Ich habe ihn in den letzten Tagen immer wieder besucht und sein Bein ist nun so gut wie neu. Er hat zugestimmt, uns im Morgengrauen auf seinem kleinen Fischerboot aus der Stadt zu schmuggeln. Die Fischer fahren jeden Morgen zu hunderten den Fluss hinunter und durch die Stadtmauer hinaus aufs

Meer. Kontrollen gibt es nicht, das wäre viel zu aufwendig. Wenn wir draußen sind, bringt er uns so weit wir wollen.«

»Warum sollte er das riskieren?«, fragte Sascha skeptisch.

»Er hat keine Familie und er verdankt mir sein Leben«, antwortete das Mädchen lächelnd.

»Nun gut«, gab sich Sascha zufrieden, »somit wäre auch der Zeitpunkt geklärt. Wir schlagen in den frühen Morgenstunden im Gefängnis zu. Bleibt nur noch das Wohin. Und ihr werdet es nicht glauben, wir werden heimkehren!«

»Wie meinst du das?«, fragte Finn skeptisch.

»Ich habe die letzten Nächte in den Archiven verbracht und als ich alte Karten und Reiseberichte studiert habe, um einen geeigneten Ort für uns zu finden, bin ich auf die Geschichte der Hyva gestoßen. Wie wir ja bereits wissen, haben sich die Kysari vor Jahrtausenden entzweit. Der Grund war der Kampf zweier mächtiger Magier, die schließlich die Anführer der Hyva und Yangri wurden.

Sie bezwangen mit ihrer großen Macht sogar den Tod und da ihr Leben kein Ende hatte, fand der Krieg auch keines. Letztendlich erkannte aber Sulur, der Führer der Hyva, dass der fortwährende Zwist das Ende aller Menschen bedeuten würde. So ersann er einen Plan und er überlistete den Anführer der Yangri:

Unter dem Vorwand der Kapitulation lockte er seinen Gegner zu sich. Niemand ahnte, dass er im Geheimen die Magie der Teleportation gemeistert hatte. Als der Führer der Yangri ihm die Hand reichte, zauberte Sulur ihn und sich selbst auf eine Insel, wo er ihn durch ein vorbereitetes Portal in unsere Welt stieß. Anschließend verschloss er das Tor und da es in unserer Welt keine Magie gibt, war er dort gefangen.«

»Das ist ja ein nettes Märchen«, mischte sich der Doktor von seinem Bett aus ein, »aber zum einen hat dieser Sulur das Portal verschlossen, wie du ja selbst sagst, und zum anderen haben wir nicht den blassesten Schimmer, wo diese Insel liegt.«

»Doch, den haben wir!« Und damit knallte sie ein altes, vergilbtes Buch auf den Tisch. »Hier drin steht, dass in früheren Zeiten die Kysari mit Hilfe von mit Magie aufgeladenen Steinen Tore in unsere Welt öffnen und beliebig lange offen halten konnten. Unsere Welt galt als kalt und trostlos, ohne den Segen der Magie und der Götter. Also nutzten sie das Portal, um Verbrecher und bösartige Kreaturen für immer aus ihrer Welt zu verbannen.«

»Sie haben unsere Welt als *Gefängnis* benutzt?«, fragte Finn verdutzt.

»Ja, aber Ort der ewigen Verdammung trifft es wohl eher, da es keine Möglichkeit zur Rückkehr gab. Versteht ihr nicht? *Das* ist der Grund, warum es Märchen, Fabeln und Sagen über Drachen, Mantikoren und Vampire in unserer Welt überhaupt gibt! Vor vielen hundert Jahren haben die Kysari unzählige dieser Wesen in unsere Welt verbannt, wo sie auf die Menschen trafen. Zwar gibt es bei uns keine Magie, aber das hält einen Mantikor nicht davon ab, kleine Kinder zu fressen, bis ihn ein wackerer Held erschlägt. Riku, die alten Geschichten deines Großvaters sind wahr! Und auch die Märchen über Drachen und die Legenden über Feen. Sie wurden alle in unsere Welt verbannt und fanden dort irgendwann auch den Tod. Und da seit Jahrhunderten kein Portal mehr geöffnet wurde, findet man heutzutage zu Hause auch keine Wesen mehr von hier.«

»Das klingt zwar durchaus logisch«, war erneut die Stimme aus dem Bett zu hören, »aber was hat das mit der Insel zu tun, die wir nicht finden können?«

»Im letzten Kapitel des Buches wird von einem Abenteurer und seinen langen Reisen berichtet. Unter anderem hat er die nördliche Wildnis durchquert und ist schließlich zu einem Meer gekommen. Am Horizont waren die Gestade eines fremden Landes zu sehen. Nachdem er übergesetzt hatte, wanderte er entlang der Südküste und entdeckte schließlich auf einer Insel direkt vor dieser Küste eine Höhle mit dem geschlossenen Portal. Er behauptete, dort auch die Überreste von Sulur gesehen zu haben, doch dann bekam er Angst und floh. So reimten sich die Hyva überhaupt erst die Geschichte über das Ende von Sulur und dem Anführer der Yangri zusammen. Davor dachten sie, er und sein Gegner wären direkt zu Omra und Belor entschwunden.«

»Und *du* weißt natürlich, wo dieses Land hinter dem Meer und die Insel liegen?«, orakelte der Doktor vom Bett aus.

»Klar, denn ich habe in dem Buch auch eine Karte gefunden.«

Damit zog sie ein vergilbtes Pergament aus der Tasche und breitete es auf dem Tisch aus. Darauf war mit groben Strichen das westliche Europa skizziert worden und direkt am Südrand von England prangte ungefähr in der Mitte ein fettes, rotes Kreuz.

»Das kann nur die Isle of Wight sein! Es gibt dort sonst weiter keine Inseln«, sagte Sascha triumphierend.

»Und das weißt du *woher*?«, fragte der Doktor und stemmte sich endlich aus seinem Bett hoch, um einen Blick auf die Karte zu werfen.

»Ganz einfach: Ich bin in England aufgewachsen.«

»Na, von deinen englischen Manieren ist aber nichts mehr zu spüren«, spottete Finn.

»Das muss dann wohl an meinen russischen Wurzeln liegen«, erklärte Sascha grinsend. »Ich bin in England aufgewachsen, nicht geboren!«

Finn sah die anderen der Reihe nach an.

»Also, was sagt ihr dazu? Das Schicksal scheint uns einen Wink zu geben. Vielleicht ist unsere Heimkehr doch nicht unmöglich. Wollen wir diesen Weg wagen?«

Riku und Emma nickten stumm und sogar dem Doktor schien die Aussicht auf die eigene Welt verlockend zu sein.

»Nun, dieser Weg ist so gut oder schlecht wie jeder andere«, sagte er schulterzuckend. Dabei strich er sanft über das Kreuz auf der Karte und Finn wusste genau, dass das eine Lüge war.

Im Osten verblassten langsam die ersten Sterne, deren Licht sich nicht mehr gegen die heranschleichende Dämmerung wehren konnte, als sich Finn dem Eingang zum Gefängnis näherte. Er marschierte frontal auf das Tor zu, unter dessen Gewölbe zwei Wachen mit dem Schlaf rangen. Als sie merkten, dass sie Besuch bekamen, schüttelten sie die Müdigkeit ab und nahmen Haltung an. Finn ging immer weiter, ohne stehenzubleiben, so dass sie sich ihm Seite an Seite in den Weg stellen mussten, damit er endlich anhielt.

»Was glaubst du, wo du hinwillst, Junge?«, fragte der eine grimmig.

»Ich will meinen Freund abholen«, erwiderte er knapp.

»Und wer *ist* dein Freund?«, fragte der andere.

»Ken Parker«, antwortete Finn ruhig.

Die beiden sahen sich kurz an und begannen dann laut zu lachen.

»Der war gut, Kleiner! Wir haben hier selten was zu lachen, schon gar nicht um diese Zeit.«

»Ja, und das hat sich auch leider nicht geändert«, erwiderte Finn bedauernd und schloss kurz die Augen.

Mit einem dumpfen Plopp schlugen die Köpfe der Wachen aneinander, ohne dass sie irgendjemand berührt hatte. Wie zwei nasse Säcke fielen die beiden bewusstlos zu Boden.

Aus den Schatten lösten sich Sascha und Riku. Ohne weitere Worte zogen sie die Soldaten in ihre Wachstube, wo sie sie fesselten und knebelten. Die Schwerter steckten sie ein.

»Nicht schlecht, Mathe-Ass. Jetzt gibt es kein Zurück mehr«, stellte Sascha fest und blickte zum Mond hinauf. »Wir haben noch ungefähr eine Stunde, um ihn da rauszuholen und zum Treffpunkt zu kommen.«

Sie schlossen mit dem Schlüssel der Wachen das Haupttor auf, schlüpften hinein und verriegelten es wieder von innen.

Das Gefängnis war wie eine kleine Burg innerhalb der Stadt angelegt: Eine Mauer umschloss das Gefängnisgebäude in einem langen Rechteck. Zwischen Einfriedung und Gebäude gab es einen gut zwanzig Schritt breiten Innenhof. Das Gefängnis selbst hatte nur ein Stockwerk, da es außer den Zellen nur die Wachstube und eine kleine Küche gab, wie Sascha anhand der im Archiv gelagerten Baupläne herausgefunden hatte.

Bei Nacht erhellten zur Sicherheit viele Leuchtsteine den Hof, die in kleinen, metallenen Käfigen auf tief im Boden verankerten Stäben überall verteilt standen. Offenbar durften die Gefangenen von Zeit zu Zeit in den Innenhof und man wollte vermeiden, dass sie sich an den Leuchtsteinen zu schaffen machten.

Finn schielte aus dem dunklen Torweg hinaus in den Hof. Oben auf der Mauer drehte eine Wache ihre Runde. Sie hatten den Wächter natürlich beobachtet und gewartet, bis dieser auf der Rückseite des Gefängnisses war, bevor Finn seinen Trick mit den Wachleuten am Tor abgezogen hatte.

Sascha spähte ebenfalls um die Ecke.

»Das wird nicht so leicht wie gedacht. Die Wache, die gestern auf der Mauer patrouillierte, hat im Stehen geschlafen. Der hier scheint seinen Job sehr viel ernster zu nehmen. Wenn er mich bemerkt, während ich hochklettere, schlägt er Alarm und wir sind geliefert.«

»Und wenn wir warten, bis er auf der anderen Seite ist und dann einfach über den Hof laufen?«, schlug Riku vor.

»Rüber kommen wir vielleicht ungesehen«, überlegte Sascha, »aber wir müssen damit rechnen, dass die Wachen drinnen oder die anderen Gefangenen Radau machen, wenn sie uns sehen. Wenn der da oben das hört, schlägt er Alarm. Nein, wir müssen ihn ausschalten, bevor wir reingehen. Ich muss es eben riskieren. Sobald er über uns ist, klettere ich hoch und greif ihn mir von hinten.«

Finn überlegte kurz.

»Warte! Ich habe, glaube ich, eine bessere Idee. Halt dich bereit!«

Finn konzentrierte sich und plötzlich erlosch der ihnen am

nächsten stehende Leuchtstein in seinem Käfig. Über einen Teil des Hofes legte sich die Dunkelheit. Die Wache, die oben ihre Runde drehte, bemerkte es und trat an die innere Brüstung.

»Das diese Dinger immer in meiner Schicht den Geist aufgeben müssen!«, hörten sie den Wachmann schimpfen. »Hey, Kopla, Ernes, kümmert euch mal um den Leuchtstein im Hof!«, rief er laut nach unten.

Nichts passierte.

»Na, denen werde ich Beine machen!«, schimpfte er weiter, als er eine Leiter in den Innenhof hinunterließ. Aus Sicherheitsgründen gab es keine feste Treppe auf die Mauer. Als er unten angekommen war, marschierte er schnurstracks Richtung dunklem Torweg, wo sich Finn und die anderen in die Schatten pressten.

»Wenn die wieder gesoffen haben und eingeschlafen sind, mach ich Meldung, darauf können die Gift nehmen!«

Er war derart in Rage, dass er geradewegs an den sich im dunklen Torweg an die Mauer schmiegenden Eindringlingen vorüber stapfte. Am Tor angekommen, begann er an seinen Schlüsseln herumzufummeln.

Riku zog ihm von hinten den Kampfstab über die Rübe und schon gingen dem Wachmann die Lichter aus. Auch er wurde gefesselt und geknebelt, bevor sie ihn in eine dunkle Ecke legten. Dann spurteten sie über den Hof.

»Netter Trick mit dem Licht«, gab Sascha zu, als sie mit dem Schlüsselbund des Wächters die Tür zum Gefängnis aufschloss.

Das Innere bestand nur aus einem langen Gang, an dem rechts und links eine Anzahl von Zellen lagen. Gleich neben dem Eingang befand sich die Küche und gegenüber war die Wachstube. Man konnte von dort aus die Eingangstür nicht sehen, aber auch die Wachen dort schienen heute schwer auf Zack zu sein.

»Wer da?«, kam sogleich der Ruf, als die Tür sich quietschend öffnete.

Finn schaltete sofort.

»Ich bin's, Kopla«, antwortete er mit verstellter Stimme. »Könnt ihr mir mal mit Ernes helfen? Der ist schon wieder total besoffen.«

Ein Lachen war zu hören und das Rücken von Stühlen. »Na, du klingst mir auch schon so, als ob du zu tief ins Glas geschaut hast, Kopla. Oder hast du zu viele lustige Lieder gesungen?«

Zwei Wachen traten aus der Wachstube. Weil sie mit ihrem Kameraden gerechnet hatten, hatten sie ihre Schwerter im Waffenständer gelassen. Das Grinsen erstarb auf ihren Gesichtern, als sie die drei Eindringlinge erblickten. Doch bevor sie kehrtmachen konnten, um ihre Klingen zu holen, hatte Riku den einen bereits bewusstlos geschlagen und auch der andere machte Bekanntschaft mit dem Griff von Saschas Messer, den sie ihm gegen die Schläfe donnerte.

Durch den Radau war nun auch der letzte Wachmann aufgewacht, der am Ende des langen Gangs auf einem Stuhl gesessen und geschlafen hatte. Als er sah, was vor sich ging, zog er sein Schwert und kam mit lauten »Alarm! Alarm!« Rufen auf sie zugestürmt.

»Äh, Finn?«, fragte Riku vorsichtig, als die Wache sie schon fast mit weit nach oben erhobenem Schwert erreicht hatte.

»Moment noch«, meinte Finn nur.

Als der Mann nur noch zwei Schritte entfernt war und die Eindringlinge keine Anstalten machten, sich zu verteidigen, wollte er siegesgewiss sein Schwert auf Finns Kopf niedersausen lassen. Doch die Klinge gehorchte ihm nicht. Sie blieb einfach in der Luft hängen, so dass der verdutzte Wächter nach hinten gerissen wurde und unsanft auf seinem Hinterteil landete. Einen Stockschlag von Riku später, weilte auch er im Land der Träume.

Ungefähr die Hälfte der Zellen war besetzt und als Finn

diese absuchte, während Sascha und Riku mit Fesseln und Knebeln zu tun hatten, brach ein höllischer Radau los. Die Gefangenen schlugen mit allem, was sie fanden, gegen die schweren Holztüren und riefen: »Lasst uns raus! Lasst uns raus!«

Als er endlich Kens Zelle gefunden hatte, fiel ihm ein, dass er die Schlüssel der Wache gar nicht mitgenommen hatte. Schulterzuckend konzentrierte er sich kurz auf das Schloss und mit einem Klicken war die Tür entriegelt. Langsam hatte er den Dreh wirklich raus.

Ken schaute Finn an, als hätte der Weihnachtsmann persönlich die Tür geöffnet.

»*Finn*? Was machst *du* denn hier?«, rief er aus und sprang seinem Befreier entgegen, um ihn zu umarmen. Als Finns Faust jedoch gegen seine Wange knallte, stolperte er verdutzt zurück.

»Bist du von allen guten Geistern verlassen?«, jammerte er und rieb sich die getroffene Stelle.

»Halt die Klappe und komm mit!«, schrie Finn ihn an. »Sei froh, dass ich dich nicht persönlich kalt mache. Wegen dir werde ich Schey nie wiedersehen, du dämlicher Idiot! *Du* musstest ja unbedingt den Weltverbesserer spielen und dieses Vieh freilassen! Denkst du, mir hätte der Drache nicht auch leidgetan? Aber ich schmeiß deshalb nicht gleich mein ganzes Leben weg!«

Ken kam nun ebenfalls in Rage:

»Glaubst du, ich hatte geplant, dass ich in der Todeszelle lande?«, schrie er seinerseits. »Ich wollte den Drachen von seinem Leid erlösen und verschwinden. Keiner hätte je herausbekommen, dass ich es war. Aber dieser Sadist von einem Drachenmeister musste ja unbedingt früher vom Fest abhauen. Wahrscheinlich wollte er sein Opfer noch etwas quälen, was weiß ich. Und dann lief alles aus dem Ruder. Das mit Schey tut mir wirklich leid, aber ich habe dich nicht darum gebeten, mich hier rauszuholen, Finn.«

»Was blieb mir denn anderes übrig«, erwiderte Finn leise. »Du bist mein bester Freund. Ich kann dich doch nicht einfach sterben lassen.«

Ken schaute ihn einen Moment an und drückte seinen Kumpel dann fest an sich.

»Das werde ich dir nie vergessen, Finn.«

Als es langsam peinlich wurde und sie sich wieder voneinander gelöst hatten, zog Ken verwirrt die Augenbrauen hoch.

»Warte mal, Kleiner. Wie bist du eigentlich hier reingekommen?«

Finn grinste schief.

»Was denkst du denn? Ich hatte tatkräftige Unterstützung! Die Savanten passen schließlich aufeinander auf! Na ja, und Sascha hat auch ein wenig geholfen. Aber komm jetzt, wir haben nicht viel Zeit. Wir müssen von hier verschwinden.«

Sie rannten den Gang zurück zu den anderen, wo Ken verwundert erst zu den gefesselten Wachen und dann zu Sascha und Riku starrte.

»Wie habt ihr das nur gemacht?«

»Für Fragen ist später noch Zeit!«, drängelte Sascha. »Wir müssen in einer halben Stunde am Boot sein, sonst sind wir geliefert.«

Ken schnappte sich das Schwert einer Wache, dann stürmten sie gemeinsam über den Hof und als sie das Außentor wieder hinter sich verschlossen hatten, tauchten sie in die in der Dämmerung langsam durchsichtig werdenden Schatten der umliegenden Häuser ein.

Das Glück war auf ihrer Seite und sie erreichten den vom Morgendunst bedeckten Fluss, ohne jemandem über den Weg zu laufen. An der langen Kaimauer lagen in einer endlosen Reihe die kleinen Segelschiffe der Fischer. Finns Augen suchten im zunehmenden Licht die Schiffe ab, bis er eines fand, an dessen Sicherungstau ein Stückchen weißer Stoff in der kühlen Morgenbrise flatterte.

»Da ist es!«, flüsterte er den anderen zu.

Sie kletterten nacheinander an Bord und quetschten sich in den nach Fisch stinkenden Laderaum, wo in einer Ecke bereits Emma und Dr. Edmundo kauerten. Das Mädchen fiel Ken um den Hals und dann drückte sie Riku noch länger.

»Ihr habt es geschafft!«, rief sie gedämpft.

»Noch haben wir gar nichts geschafft«, wiegelte Sascha ab. »Erst wenn ich von dieser Stadt keinen Turm mehr sehe, dann haben wir es *für's Erste* geschafft. Hoffentlich ist auf den Fischer Verlass.«

Offenbar hatte dieser sie von seinem kleinen Haus aus beobachtet, denn keine zehn Minuten später waren Schritte auf dem Schiff zu vernehmen und jemand summte ein fröhliches Lied.

»Guten Morgen Ulef!«, drang kurz darauf die gedämpfte Stimme eines Mannes irgendwo von der Seite kommend an Finns Ohr. »Dass du schon wieder raus fährst? In der Taverne hatten sie Wetten abgeschlossen, wann dich das böse Bein zu Belor schicken würde. Da haben wohl alle ihre Einsätze verloren«, fügte die Stimme lachend hinzu.

Guten Morgen Refak!«, antwortete Emmas Fischer direkt über ihnen. »Irgendwas muss ich ja essen, mein Freund. Und mein Bein ist so gut wie neu, dank der jungen Heilerin aus der Welt hinter dem Schleier.«

»Diesen Fremden ist doch nicht zu trauen!«, rief der andere erbost. »Wenn es nach mir ginge, hätten sie den ganzen Haufen gleich mit zum Tode verurteilen sollen! Aus der Welt hinter dem Schleier kann nichts Gutes kommen, glaub mir. Und dieser Gen oder Ken oder wie der auch immer heißt, hat das ganz klar bewiesen. Romor glaubt, dass die alle mit den Mayatan unter einer Decke stecken.«

»Romor ist doch ständig so besoffen, der würde nicht merken, wenn seine Frau ein Mayatan wäre«, ertönte die lachende Stimme des Fischers über ihnen. »Mir hat dieses Mädchen auf jeden Fall das Leben gerettet. Mehr weiß ich nicht und mehr ist für mich auch nicht wichtig. Und jetzt lass uns unsere Boote vorbereiten, sonst sind wir heute die Letzten auf See.«

Damit war das Gespräch beendet. Ulef, wie der Fischer offenbar hieß, ging auf dem Deck mal hierhin und mal dorthin. Mal summte er ein Lied, mal pfiff er eine Melodie. Endlich spürte Finn, wie sich das Boot in Bewegung setzte.

Anscheinend waren noch viele andere Schiffe auf dem Fluss unterwegs, denn unablässig erschallten Guten-Morgen-Rufe von allen Seiten und einige fragten Ulef nach seinem Bein.

Mit einem Mal begann der große Gong der Stadt wie wild zu schlagen.

»Ahoi, Wachmann! Was ist denn da los?«, rief kurz darauf Ulef offenbar einen Wächter an. Sie mussten sich demnach in der Nähe der Stadtmauer befinden, wo der Fluss durch einen niedrigen Bogen unter ihr hindurch ins Meer floss.

»Ahoi! Keine Ahnung, wir wissen noch nichts. Fahr lieber schnell weiter, bevor der Befehl zum Schließen des Gatters kommt. Dann darf keiner mehr durch.«

»Danke!«, antwortete der Fischer. »Möge Omra über deine Familie wachen!«

Und damit ließen sie die Mauern von Kysann hinter sich. Finn dachte an Schey und sein Magen zog sich unangenehm zusammen. Er liebte sie und nun würde er sie nie mehr wiedersehen können. Tränen rannen ihm über das Gesicht und er war froh, dass es hier unten dunkel wie in einem Kohlenkeller war. Bis zu seinem Tod würde er sie niemals vergessen. Er konnte nur hoffen, dass sie so wütend auf ihn war, dass sie ihn schnell hinter sich ließ. Sie hatte ein glückliches Leben verdient. Und das konnte nur ein Leben ohne ihn sein.

In die Wildnis

Als Ulefs Gesicht endlich in der Luke zum Lagerraum auftauchte, blendete Finn die Helligkeit so sehr, dass es schmerzte. Sie waren bestimmt sechs Stunden gesegelt und jeder Knochen tat ihm weh, da er sich in der Beengtheit kaum regen konnte.

»Ich hab seit einer ganzen Zeit kein anderes Boot gesehen«, sagte Ulef grinsend. »Es sollte keine Gefahr mehr drohen.«

Finn kletterte als erster aus der Luke und streckte sich.

»Danke für deine Hilfe, Ulef. Wir werden bestimmt eine Woche nach Fisch stinken, aber das war es wert.«

»Na, dann halte dich lieber erst einmal von mir fern«, ertönte eine Frauenstimme vom Heck her.

Als Finn sich umdrehte, sah er Schey am Ruder sitzen. Er war so überrascht, dass er einen Schritt nach hinten machte, unglücklicherweise mit dem Fuß in einem Tau hängenblieb und rücklings über die niedrige Reling platschend ins Wasser fiel.

Schey warf ihm lachend ein Seil zu, als er am Heck des kleinen Schiffes vorbeitrieb.

»Das ist aber nett von dir, dass du mir zuliebe gleich ein Bad nimmst«, spottete sie. Aber Finn war ganz und gar nicht nach Lachen zumute.

»Verdammt, Schey, was hast du hier verloren!?«, schrie er, als sie ihn an Bord zog. »Wir haben Ken aus dem Gefängnis befreit! Wir können nie mehr zu den Hyva zurück und nun werden sie denken, dass du uns geholfen hast! Was hast du dir nur dabei gedacht?«

»Ich hab mir gedacht, wenn der dusselige Kerl, den ich liebe, etwas Dummes anstellen will, um seinen Freund zu retten, dann werde ich nicht herumsitzen und ihn einfach aus meinem Leben verschwinden lassen.«

Und damit zog sie ihn an seinen nassen Klamotten an sich heran und küsste ihn lange und leidenschaftlich.

»Woher hast du es überhaupt gewusst?«, fragte er, nachdem sich ihre Lippen wieder voneinander gelöst hatten und sich eine wohlige Wärme in seinem Bauch ausbreitete, die den Ärger langsam aufzulösen begann.

»Du meinst, nachdem du so plump mit mir Schluss gemacht hast?«, gab sie lachend zurück. »Ich hab euch alle beobachtet. Nun ja, alle außer Sascha. Mir war klar, dass sie mich entdecken würde. Als Emma dann zum dritten Mal Ulef besuchte, habe ich sie zur Rede gestellt und sie hat mir den ganzen Plan gebeichtet.«

»Du hast *was*?!«, fuhr Finn Emma an.

Mittlerweile waren alle aus dem Lagerraum herausgeklettert und beobachteten die seltsame Diskussion an Deck.

»Tu nicht so überrascht«, antwortete diese nur schulterzuckend. »Wir Mädels müssen zusammenhalten. Und ich hab doch mitbekommen, wie zwischen euch die Funken fliegen. Ich habe nur wieder korrigiert, was du verbockt hast, Finn. Seine Liebe opfern, nur um die Frau, die man liebt, zu schützen? Wann kapiert ihr Kerle endlich, dass wir unsere eigenen Entscheidungen treffen können!«

So eine klare Ansage hätte Finn von der kleinen Emma nicht erwartet. Er konnte nur mit offenem Mund zwischen ihr und Schey hin und her starren.

»Ich unterbreche euch ja nur ungern«, schaltete sich Ulef ein, »aber ich muss langsam umkehren, sonst bin ich vor dem Abendschlag nicht zurück. Das wäre verdächtig.«

»Werden sich die anderen nicht wundern, dass du nicht einen einzigen Fisch gefangen hast?«, fragte ihn Emma besorgt.

»Mach dir keine Sorgen, Emma. Der Bruder meiner verstorbenen Frau erwartet mich nördlich der Stadt. Er wird seinen Fang mit mir teilen. Niemand wird Verdacht schöpfen.«

Schey kramte in ihrem Beutel herum und holte drei goldene Münzen hervor.

»Die sind für dich, Ulef. Wir stehen auf ewig in deiner Schuld!«

»Gar nichts schuldet ihr mir!«, antwortete er und schob Scheys Hand mit dem Gold zurück. »Ich wäre bereits bei Omra, wenn Emma mich nicht gerettet hätte.«

Nach langem Hin und Her akzeptierte der Fischer wenigstens eine der wertvollen Münzen. Danach steuerte er die Küste an, der er in nördlicher Richtung gefolgt war. Als alle das kleine Schiff verlassen und gemeinsam die Vorräte ausgeladen hatten, legte Ulef ab und fuhr nach Süden davon.

»Möge Omras Segen euch auf all euren Wegen begleiten!«, rief er ihnen noch zu, bevor er endgültig außer Hörweite war.

»Wo hattest du dich eigentlich versteckt?«, fragte er Schey und umschlang sie mit seinen nassen Armen.

»Unter der Steuerbank am Heck. Schließlich wollte ich erst die Stadt verlassen haben, ehe du mich bemerkst. Sonst hättest du mich womöglich noch über Bord geworfen, du Verbrecher!«, antwortete sie lächelnd. »Und außerdem wollte ich mir diesen Fischgestank ersparen.«

Am Abend schlugen sie einige Kilometer von der Küste entfernt ihr Lager auf. Emma und Dr. Edmundo hatten im Schutz der letzten Nacht die Vorräte, Decken, Ersatzkleidung und noch einiges mehr auf dem Schiff verstaut. Nachdem sie sich einen Überblick über ihre Habseligkeiten verschafft hatten, packten sie alles wieder in die rucksackähnlichen Tragetaschen aus Leder und aßen etwas von den begrenzten Essensvorräten, während sie in die knisternden Flammen eines kleinen Feuers blickten.

Seit sie von der Küste aufgebrochen waren, hatten sie nicht

viel geredet. Jeder dachte für sich über die Ereignisse der letzten Nacht und den langen, ungewissen Weg nach, der vor ihnen lag. Jetzt, nachdem ihre Bäuche notdürftig gefüllt waren und es nichts mehr zu tun gab, brach Ken endlich sein Schweigen und erzählte noch einmal von seinem eigentlichen Plan, den Drachen unbemerkt zu töten, anstatt ihn auf die Welt loszulassen.

»Aber warum hast du das denn überhaupt getan?«, fragte Emma kopfschüttelnd.

Ken atmete tief durch.

»Seit wir die Drachenhaut betreten hatten, verspürte ich unterbewusst großes Leid und unsägliche Qualen. Ich konnte es nicht einordnen und zweifelte schon an meinem Verstand, bis uns Samara zu dem Drachen führte. Es muss mit meinen Fähigkeiten zusammenhängen, jedenfalls traf mich das Bewusstsein des Wesens wie ein Schlag und seit diesem Tag konnte ich nicht nur seine Qualen spüren, sondern vernahm auch die Stimme des Drachen deutlich in meinem Kopf. Er flehte mich an, ihn von seinem Leid zu erlösen! Da sie ihm keine Nahrung gaben, er jeden Tag beinahe ertränkt wurde und außerdem noch Unmengen an Drachengas erzeugen musste, begann ihn seine Magie von innen heraus langsam zu verzehren. Und ich kann euch sagen, das ist ein *sehr* schmerzhafter Prozess! Kein Lebewesen hat sowas verdient, auch wenn es noch so böse ist! Dann schon eher den Tod. Als der Rat beschloss, dass die Drachenhaut sofort wieder starten sollte, konnte ich es einfach mit meinem Gewissen nicht mehr vereinbaren. Ich musste etwas unternehmen und dem Leid ein Ende setzen, koste es, was es wolle!«

Für eine Weile war nur das Knistern des Feuers zu hören.

»Warum hast du uns nicht eingeweiht?«, fragte Finn schließlich. »Wir hätten dir doch helfen können.«

»Und wie?«, erwiderte Ken. »Nein, es war besser, das alleine zu erledigen. Sonst wären wir ja alle in einer Zelle gelandet. Und wer hätte *uns* dann rausgeholt?«

»Was geschehen ist, ist geschehen«, mischte sich Sascha ein. »Wir müssen uns jetzt auf das konzentrieren, was vor uns liegt. Unser Ziel ist die Isle of Wight und das Portal von Sulur.«

»Ich verstehe nur Bahnhof«, erwiderte Ken kopfschüttelnd. »Was für eine Insel? Und welches Portal? Meint ihr einen Durchgang in *unsere* Welt?«

»Vielleicht«, antwortete Finn und erzählte seinem Freund von Saschas Recherchen in den Archiven und die Geschichte der zwei Magier.

Ken war völlig aus dem Häuschen.

»Das heißt, wir können wirklich in unsere Welt zurückkehren? Ich hätte nie für möglich gehalten, dass wir das jemals schaffen würden, und das schon nach so kurzer Zeit!«

»Langsam, langsam!«, beschwichtigte Dr. Edmundo. »Erstens müssen wir zunächst einmal bis zu dieser Insel kommen, zweitens das Portal finden und drittens es wieder in Gang bekommen. Wer weiß, was für mächtige Magie dazu nötig ist. Es kann auch durchaus sein, dass dieser Sulur es unbrauchbar gemacht hat. Schließlich war er bestimmt nicht dumm und wollte verhindern, dass sein Widersacher jemals wieder zurückkehren kann.«

»Und wenn die Chance auch nur winzig ist, müssen wir es versuchen!«, hielt Finn dagegen. »Jeder von uns hat irgendwelche geliebten Menschen, die nicht wissen, was mit ihren Lieben geschehen ist. Mein Vater denkt wahrscheinlich, ich hätte ihn im Stich gelassen, Sascha sei Dank!« Er warf seiner Entführerin einen finsteren Blick zu, die das aber in keiner Weise zu stören schien. »Jedenfalls muss ich jeden Strohhalm ergreifen, der mich zu ihm zurückbringen kann.«

»Wer sagt dir denn«, warf der Doktor ein, »dass uns Sascha nicht sofort wieder zu diesem Tramek schleift, sobald wir zurück sind?«

Alle starrten mit düsterem Blick auf Sascha.

»Da müsst ihr euch keine Sorgen machen. Ich hab nämlich

keineswegs vor, durch dieses Portal zu gehen«, erwiderte sie lapidar.

Finn fiel die Kinnlade nach unten.

»*Was*? Warum das denn?«

»Ist das wirklich so schwer zu verstehen? Zum einen habe ich keine Familie, die zu Hause auf mich wartet und zum anderen bietet diese Welt einer Frau mit meinen Fähigkeiten viel mehr. Bei uns darf man nicht mal einen Fisch fangen, wenn man keine Erlaubnis hat. Hier bin ich frei! Eine ganze Welt voller Möglichkeiten! Ich wäre ja dumm, wieder in die Beschränktheit unserer Realität zurückzukehren.«

»Und warum hast du dann überhaupt den Vorschlag mit dem Portal auf der Isle of Wight gemacht?«, fragte Ken skeptisch.

»Na, nach deiner Aktion konnte ich ja wohl schlecht bei den Hyva bleiben. Außerdem ist es nur eine Frage der Zeit, bis diese Trottel von den Mayatan und Mantikoren überrannt werden. Nach Norden zu verschwinden, ist die einzig logische Richtung für mich. Also kann ich euch auch begleiten. Ihr würdet ohne mich eh keine zehn Tage überleben.«

Schey funkelte sie böse an.

»Hey, die Hyva sind vielleicht nicht perfekt, aber sie haben sich seit vielen tausend Jahren in einer feindseligen Welt behauptet! Und wir werden auch diesen Krotrok besiegen!«, erwiderte sie entschlossen.

»Wie du meinst. Dich braucht das ja eh nicht mehr zu kümmern, denn egal ob ihr durch das Portal kommt oder nicht, zu den Hyva kannst du nie mehr zurückkehren, wenn du nicht für immer in einer modrigen Zelle versauern willst. Du hast dich ja für die Liebe entschieden!«

Den letzten Satz hatte Sascha so abfällig betont, dass Schey drauf und dran war, auf die viel ältere und deutlich gefährlichere Frau loszugehen. Finn hielt sie am Arm zurück und versuchte sie zu beruhigen.

»Das bringt doch jetzt nichts! Jeder von uns hat seine Entscheidungen selbst getroffen. Wenn Sascha nicht durch das Portal will, müssen wir uns keine Sorgen um ihre Motive machen. Also, Sascha, wenn wir ohne dich so hilflos sind, wie du behauptest, dann eröffne uns deinen großen Plan, wie wir am schnellsten nach Südengland kommen.«

Ganz einfach«, erwiderte Sascha und befreite mit den Händen den Boden vor sich von Laub, Ästen und Steinen. Dann begann sie, mit ein paar Strichen Europa in die trockene Erde zu skizzieren. »Wir sind im Moment ungefähr hier, in Norditalien in der Nähe von Venedig. Der direkte Weg ist der beste. Wir schlagen uns also immer Richtung Nordwesten durch, überqueren die Alpen und wandern dann quer durch Frankreich bis zum Ärmelkanal. So einfach ist das!«

Schey schnaubte abfällig.

»Hat unser Prinzesschen etwas anzumerken?«, fragt Sascha schnippisch.

»Ja, hat sie«, erwiderte Schey. »Wenn du mit den Alpen das Mondgebirge meinst, dann führt uns dein Weg in den sicheren Tod. Das gesamte Gebirge ist Trollgebiet! Tagsüber verkriechen sie sich zwar in ihren Höhlen, da sie in der Sonne sterben würden, wie ja jedes Kind weiß, aber bei Nacht fallen sie über alles her, was sie irgendwie verdauen können. Und glaubt mir, die Viecher können so ziemlich *alles* verdauen. Also würde ich vorschlagen, du lässt *mich* die Routenplanung machen, denn ich bin hier die Einzige, die diese Welt wirklich kennt!«

Sascha starrte sie einen Moment forschend an. Sie war nicht dumm und wusste, dass Schey Recht hatte. Also reichte sie schließlich ohne jeglichen spitzen Kommentar ihr Skizzierstöckchen an sie weiter. Schey zeichnete sofort einen Bogen östlich um die Alpen herum.

»Die einzige Möglichkeit, eventuell lebendig nach Ulambor zu kommen, ist, das Mondgebirge auf der Ostseite zu umgehen. Dazu müssen wir uns zunächst immer Richtung Nordosten halten. Bis zur Grenze des Hyva-Gebietes sind es ungefähr fünf Tagesmärsche. Die Gegend hier ist nur dünn besiedelt, so dass es uns recht leicht fallen sollte, die paar Dörfer zu umgehen, die es hier gibt. An der Grenze sind in engen Abständen Drachenspäher postiert. Falls sie uns entdecken und die Kunde unserer Flucht sie schon erreicht hat, könnten wir dort Probleme bekommen.«

»Drachenspäher?«, warf Finn fragend ein.

»Das sind furchtlose Kämpfer, die unermüdlich nach Drachen Ausschau halten, die sich unseren Grenzen nähern. Falls irgendwie möglich, greifen sie sie dann mit ihren mächtigen Armbrüsten an. Damit soll verhindert werden, dass die Drachen bis zu den Städten und Dörfern vordringen.«

»Und wenn sie es nicht schaffen, die Drachen abzuwehren?«, wollte Ken wissen.

»Dann gibt es meist viele Tote«, antwortet Schey knapp, bevor sie mit ihrer Planung fortfuhr. »Jedenfalls müssen wir uns irgendwie an den Drachenspähern vorbeischleichen. Da ihr Blick meist gen Norden und nach oben gerichtet ist, sollte das machbar sein. Haben wir das erst einmal geschafft, haben wir die Wildnis erreicht und die *wirklichen* Probleme fangen an.«

»Was meinst du damit?«, fragte Dr. Edmundo.

»Es liegen bestimmt drei Mondzyklen Wegstrecke durch die Wildnis vor uns. Es gibt keine Wege, keine Brücken und keine anderen Menschen. Dafür aber jede Menge Wesen, für die wir eine verlockende Mahlzeit darstellen. Und sollte uns gar ein Drache erspähen, ist es sowieso aus mit uns.«

»Klingt doch nach einer Menge Spaß«, antwortete Sascha grinsend. »Und dieses Ulambor, das du vorhin erwähnt hast, ist was?«

»Ulambor ist das Land der Feen.« Sie zeigte mit dem Stock auf Großbritannien. »Ihr habt eine von ihnen im Ratssaal gesehen. Sie interessieren sich eigentlich nicht für die Menschen, aber sie können gefährlich werden, wenn man die Natur nicht respektiert. In Ulambor angekommen, müssen wir dann nur noch die Insel erreichen und schon sind wir am Ziel.«

»Na, das klingt doch nach einem Plan«, sagte Finn und streckte sich. Er hatte, genau wie die anderen, in den letzten vierundzwanzig Stunden kein Auge zu gemacht. »Wir sollten uns jetzt alle Schlafen legen, damit wir morgen ausgeruht sind. Die Feinheiten können wir auch noch beim Frühstück besprechen.«

»Ich denke, unser Zauberkünstler hat Recht. Ich übernehme die erste Wache. Ken, du konntest dich ja im Gefängnis ausruhen. Ich weck dich um Mitternacht, um mich abzulösen. Bei Sonnenaufgang brechen wir auf«, legte Sascha fest und alle waren viel zu müde, um irgendetwas dagegen einzuwenden.

Die Nacht verging ereignislos und selbst wenn eine Meute Mantikoren durch das Lager getrampelt wäre, Finn hätte sie nicht bemerkt, so fest hatte er nach all den Ereignissen des letzten Tages geschlafen. Als die Sonne den östlichen Horizont rot färbte, wurden sie alle von Sascha geweckt. Ken war natürlich auf seiner Wache eingeschlafen.

»Hoch mit euch! Wir müssen Abstand zur Stadt gewinnen, sonst könnt ihr euch alle bald sehr lange in eurer Zelle ausruhen!«, blaffte sie.

Immer noch müde aßen sie schweigend eine Kleinigkeit, dann schulterten sie ihre Habseligkeiten und machten sich auf den langen Weg ins Unbekannte.

Das Land lag flach vor ihnen und die dicht wachsenden Pinienwälder spendeten Schatten und Schutz. Das Brummen und Zirpen von den umherschwirrenden Insekten erfüllte die Sommerluft und Finn wanderte gut gelaunt neben Schey her.

»Ich vermisse den Gesang der Vögel«, sagte er zu ihr. »Ich frage mich, warum es in eurer Welt keine gibt.«

»Was sind denn *Vögel?*«, fragte Schey irritiert.

»Das sind fliegende Tiere mit wunderschönen Federn, von denen einige traumhaft singen können. Es gibt unglaublich viele Arten in unserer Welt. Aber hier scheint es nicht einen Vogel zu geben.«

»Das scheinen ja wundervolle Geschöpfe zu sein. Bei uns gibt es am Himmel nur den Tod.«

So wanderten sie die nächsten Tage durch das Land, ohne dass ihnen jemand begegnete oder irgendetwas passierte. Nur einmal mussten sie eine kleine Ansammlung von Bauernhäusern umgehen, die idyllisch zwischen sanften Hügeln lagen. Am Abend des vierten Tages nahmen die Hügel an Höhe zu und auf fast jedem thronten hohe Holztürme.

»Das sind die Türme der Drachenspäher«, erklärte Schey. »Ihre Augen richten sich normalerweise in den Himmel, aber wir sollten kein Risiko eingehen und erst heute Nacht im Schutz der Dunkelheit an ihnen vorbeischleichen.«

»Klingt vernünftig«, antwortete Sascha auf die hohen Türme blickend. »Wir rasten hier einige Stunden, dann gehen wir die Nacht durch.«

Der Doktor ließ sich stöhnend ins trockene Gras plumpsen und rieb sich die schmerzenden Füße.

»Wollen wir nicht lieber einen Tag abwarten und mit neuen Kräften morgen Nacht weitergehen?«, fragte er missmutig.

»Nein. Wir bleiben keine Minute länger als notwendig in Sichtweite dieser Späher«, widersprach Sascha.

Der Doktor grummelte zwar vor sich hin, aber alle anderen sahen es wie die erfahrene Kämpferin. Irgendetwas Bedrohliches ging von diesen Holzbauwerken aus, fand Finn.

Kurz nachdem er endlich eingeschlafen war, wurde er auch schon wieder von Sascha geweckt. Der noch fast volle Mond erhellte die Dunkelheit etwas, die sich um sie herum ausgebreitet hatte. Die Nacht war sommerlich warm und bis auf einige vereinzelte Tierlaute herrschte Stille.

Im Gänsemarsch bewegten sie sich ohne ein Wort im Schatten der Bäume in einem schmalen Tal entlang. Auf den Hügeln zu beiden Seiten thronten zwei der imposanten Holztürme der Drachenspäher. Kein Licht war auf den Bauwerken zu erkennen.

»Vielleicht sind sie ja gar nicht besetzt?«, flüsterte Finn hoffnungsvoll. »Es sind weder Fackeln noch irgendwelche Leuchtsteine zu sehen.«

»Glaub mir, sie sind besetzt«, antwortete Schey gedämpft. »Hast du schon mal versucht, neben einem Feuer etwas in der Dunkelheit zu erkennen?«

Finn verstand und Sascha warf Schey einen anerkennenden Blick über die Schulter zu. Diese Kampfamazone hatte das natürlich schon wieder vorher gewusst!

Sie schlichen schweigend weiter und nachdem sie nach gut einer Stunde den nächsten, turmlosen Hügel erklommen hatten, schauten sie zurück über die mondbeschienenen Wipfel.

Die Türme, die selbst noch die höchsten Bäume um gut dreißig Meter überragten, waren in der Ferne nur noch als dunkle Schatten zu erahnen. Gerade wollten sie sich abwenden, um noch etwas Abstand zwischen sich und die Drachenspäher zu bekommen, da durchdrang der kräftige Klang eines großen Horns die nächtliche Ruhe.

Alle gingen sofort in die Hocke und lauschten. Das Signal wurde von den Türmen in der Nähe aufgegriffen und bald erfüllte ein vielstimmiges Orchester von Hörnern die Nacht.

»Haben sie uns entdeckt?«, fragte Emma ängstlich.

»Das kann ich mir nicht vorstellen«, antwortete Sascha und spähte in die Dunkelheit. »Wir sind schon zu weit entfernt. Nein, etwas anderes muss den Alarm ausgelöst haben.«

»Ein Drache«, flüsterte Ken leise.

Und wirklich, ein dunkler Schatten huschte über die helle Scheibe des Mondes und verschmolz fast im gleichen Augenblick wieder mit dem schwarzen Himmel. Kurz darauf hörten auch die Hörner auf zu blasen.

»Greifen sie ihn nicht an?«, wollte Dr. Edmundo wissen.

»Er war offenbar zu hoch«, analysierte Schey. »Und wenn ich mich nicht getäuscht habe, ist er auch nordwärts geflogen.«

Sie beobachteten noch einen Moment den sternenübersäten

Nachthimmel, aber der bedrohliche Schatten blieb verschwunden. Also machten sie sich wieder auf und eine Stunde später erreichten sie die nächste Talsohle und schlugen ihr Lager am Ufer eines kleinen Baches auf. Die Nacht war bereits weit fortgeschritten und sie fielen todmüde auf ihre Decken. Niemand verlor ein Wort über die Wacheinteilung, aus Angst, dass es ihn treffen könnte. Als Sascha wieder einmal keine Anstalten machte, sich hinzulegen, schloss Finn dankbar seine Augen. So finster und unfreundlich diese Frau auch wirkte, ohne sie wären sie aufgeschmissen.

In den kommenden Tagen kamen sie etwas langsamer voran. Das Wetter war zwar weiterhin warm und trocken, aber das Gelände wurde stündlich schwieriger. Die Hügel wurden zu Bergen und fast in jedem Tal holten sie sich nasse Füße, da sie durch irgendeinen kalten Bach stiefeln mussten. Auch der Wald wurde dichter und sie folgten oft den Wildwechseln irgendwelcher Tiere, denn Menschen schien es hier nirgends zu geben.

»Wohnen außerhalb eurer Grenzen überhaupt keine Hyva?«, fragte Finn Schey, als sie sich mühsam durch ein Dickicht einen Hang hinauf kämpften.

»Es gibt wenige Abenteurer und Jäger, die einige Monde im Jahr die Wildnis durchkämmen. Und man erzählt sich, dass es in den endlosen Wäldern im Norden immer noch Dörfer gibt, die in den glorreichen Zeiten der Kysari gegründet wurden und deren Bewohner sich bis heute gegen die wilde Natur behaupten. Aber ob das wirklich wahr ist, kann niemand sagen.«

Nach einiger Zeit gaben sie ihren leicht östlichen Kurs auf und wandten sich genau nach Norden. Weit im Westen thronten die weißen Gipfel der Alpen und auf Scheys Rat hin, hielten sie immer ausreichend Abstand zum Hochgebirge. So verging eine weitere Woche und die Hitze des Hochsommers ließ die Luft in den sonnenbeschienenen Tälern flirren.

Die Natur war wild und unbändig, doch auch wunderschön. Die Bäume ähnelten den Laub- und Nadelbäumen aus Finns Heimat, jedoch wuchsen sie hier höher und kräftiger. In den Abendstunden sahen sie oft grün gefleckte Rehe und einmal stand am gegenüberliegenden Hang ein weißer Hirsch von der Größe eines Ochsen mit einem armdicken, zigfach verzweigten Geweih. Die Tiere schienen keine Angst vor den Menschen zu haben, denn sie hatten anscheinend noch nie Kontakt zu ihnen.

Als sich die zweite Woche nach dem Passieren der Drachenspähertürme dem Ende näherte, türmte sich vor den Gefährten ein hoher Ausläufer der Alpen auf, der in östliche Richtung kein Ende zu haben schien.

»Wenn wir die Berge umgehen wollen, brauchen wir noch eine Woche länger«, mutmaßte Sascha. »Ich bin dafür, dass wir hier lagern und morgen mit einem strammen Marsch diesen Ausläufer innerhalb eines Tages überqueren.«

Bei den Worten ‚strammer Marsch' sank Dr. Edmundo stöhnend auf sein Hinterteil. Für Finn war es eh ein Wunder, dass der ältere, beleibte Doktor bisher so gut mitgehalten hatte.

»Das ist keine gute Idee«, hielt Schey dagegen. »Wie schon gesagt, hausen im Hochgebirge die Trolle und wenn wir es an einem Tag nicht schaffen, gehen wir mit einer Übernachtung dort oben ein hohes Risiko ein. Und woher willst du wissen, dass es nicht mehrere Bergketten hintereinander sind?«

»Ich kenne die Alpen, Prinzesschen«, antwortete Sascha etwas überheblich. »Hinter dem Kamm sollten die Berge schnell flacher werden. Wenn wir diesen Pass dort ansteuern und unser guter Doktor noch durchhält, sind wir morgen Abend wieder auf der gleichen Höhenlage wie jetzt. Wenn wir die Berge östlich umgehen, verlieren wir sicher über eine Woche und unsere Vorräte reichen nicht ewig. Sobald wir auf das Jagen und Fischen angewiesen sind, werden wir deutlich langsamer vorwärtskommen. Und ich will nicht während der Herbststürme über den Ärmelkanal setzen müssen.«

Das waren durchaus schlüssige Argumente und so wurde Schey und der Doktor schließlich von den anderen überstimmt, da die Gefahr, einem Troll zu begegnen, eher nach einem Schauermärchen als nach einer reellen Bedrohung klang.

Als sie am darauffolgenden Abend im Schatten der Berge rasteten, fühlte sich die Gefahr für Finn plötzlich doch viel echter an und ihn beschlich die Angst. Am prasselnden Lagerfeuer gingen ihm die seltsamen Wesen durch den Kopf, die ihnen über den Weg gelaufen waren, seit sie das Portal passiert hatten.

»Ich frag mich, wie es kommt, dass es hier so viele Kreaturen gibt, die bei uns nur als Fabelwesen bekannt sind. Drachen, Mantikoren, Feen und jetzt auch noch Trolle? Und die Hyva haben zum Teil sogar die gleichen Namen für sie!«

»Es wird bei uns erzählt, dass in den Zeiten der Kysari Verbrecher und bösartige Wesen als Bestrafung durch den Schleier geschickt wurden«, versuchte Schey eine Erklärung. »Eure Welt galt bei uns immer als unwirtlicher Ort und die Verbannung dorthin muss wohl eine schlimmere Strafe als der Tod gewesen sein. Ich kann mir durchaus vorstellen, dass damals viele Menschen, aber auch Trolle, Mantikoren und bestimmt auch der ein oder andere Drache zu euch geschickt worden sind. Vielleicht haben die verbannten Kysari eurem Volk von den Kreaturen erzählt, die ab und an in eurer Welt erschienen sind. Und da die Hyva vor langer Zeit das Wissen verloren haben, Tore im Schleier der Welt zu erzeugen, sind seit vielen hundert Jahren bei euch keine Wesen von uns mehr aufgetaucht. So wurden sie zu Mythen, Märchen und Legenden.«

»Das war auch meine Theorie«, pflichtete der Doktor ihr gähnend bei. »Schade, dass euer Bürgerkrieg euch so viel Wissen gekostet hat.«

»Ja«, antwortete Schey leise. »Und so viele Leben.«

Hetzen und Heulen

Es war wieder einmal Sascha, die sie bereits vor Sonnenaufgang weckte und nach einem, nach Finns Meinung, viel zu spärlichem Frühstück, begannen sie den Aufstieg zum Pass. Der Weg stieg steil an und die Sonne näherte sich bereits ihrem höchsten Punkt, als sie die Baumgrenze endlich hinter sich ließen.

»Wir sind zu langsam!«, beschwerte sich Sascha mit einem säuerlichen Blick zu Dr. Edmundo, der sich einige hundert Meter hinter ihnen den steilen Hang herauf quälte. Mit düsterer Miene wartete sie aber dann doch auf den Doktor. Als sie den Kamm endlich erreicht hatten, kroch bereits der Abend heran. Zum Glück erwies sich Saschas Vermutung als richtig.

Vor ihnen breitete sich ein atemberaubender Ausblick auf flacher werdende bewaldete Berge aus und auch dahinter schien der Wald weiterzugehen, denn bis zum Horizont gab es nur Grün zu sehen.

»Ab jetzt geht es bergab. Ich hoffe, wir können nun einen Zahn zulegen. Ich will vor Einbruch der Nacht die Baumgrenze erreicht haben«, forderte Sascha.

»Die wird uns nicht unbedingt schützen«, kommentierte Schey knapp und stiefelte schnellen Schrittes und mit einem finsteren Gesichtsausdruck an ihr vorbei.

Als sie im abnehmenden Licht nicht mehr erkennen konnten, wohin sie ihre Füße setzten, schlugen sie notgedrungen ihr Lager im losen Geröll zwischen den ersten verkrüppelten Bäumen auf. Sie waren alle hungrig und hundemüde. Nach einem spärlichen Abendbrot legten sie sich auf dem harten, unebenen Boden zum Schlafen hin.

Finn drückte ein spitzer Stein unangenehm in den Rücken und aus Angst vor den Trollen lauschte er auf jedes Geräusch. Im letzten Zwielicht sah er Sascha an einer knorrigen Kiefer stehen, den Blick in die Dunkelheit gerichtet. Offenbar machte auch sie sich Sorgen.

Mit einem Mal begann sich das Geröll unter ihnen zu bewegen.

»Ist das ein Erdbeben?«, schrie Emma hysterisch.

»Das ist kein Erdbeben!«, rief Schey und sprang auf die Beine. »Alle sofort weg von hier!«

Sie griffen sich ihre Bündel und stolperten in absoluter Finsternis den Hang zwischen den dünnen Bäumen hinunter. Als Finn sich nach Sascha umschaute, stand sie mit dem Schwert in der Hand seelenruhig auf dem Hang und beobachtete, wie sich vor ihr ein gut vier Meter großer Troll aus dem Geröll wühlte. Offenbar hatte er sich dort eingegraben, um vor der Sonne geschützt zu sein. Und sie mussten natürlich genau hier lagern!

Die Kreatur erinnerte Finn an einen riesigen Orang-Utan ohne Fell. Sie hatte lange, dünne Gliedmaßen und der runde Kopf mit den tellergroßen Augen saß ohne jeglichen Hals auf einem plumpen Körper. Seine graue Haut war dick und faltig, wie bei einem Nashorn, und sie sah aus, als würde sie aus Stein bestehen.

Er schnüffelte in die Nacht und schaute sich um. Offenbar hatte der Troll nicht damit gerechnet, sofort nach dem Aufstehen schon vor einem gedeckten Tisch zu sitzen. Diese kurze Verwirrung nutzte Sascha aus und stürmte mit erhobenem Schwert todesmutig auf die riesige Kreatur zu, die vor ihr im Geröll kauerte. Sie zog die Klinge über den Bauch des Trolls, hinterließ aber nur einen oberflächlichen Schnitt, der nicht einmal blutete.

Gespürt hatte der Troll es aber offenbar trotzdem, denn er

stieß ein Brüllen aus, dass Finn sich die Ohren zuhalten musste. Er stemmte sich auf die langen Beine und überragte Sascha nun wie ein Kirchturm. Mit der rechten Pranke ergriff der Troll eine armdicke Kiefer in seiner Nähe und zog sie mühelos aus dem steinigen Boden. Wie eine Keule schwang er den Baum über den Kopf und mit einem gewaltigen Schwung wollte er Sascha von den Beinen fegen.

Die Kämpferin konnte sich gerade noch mit einem Sprung in Sicherheit bringen, aber ein Stein, der noch zwischen den Wurzeln gehangen hatte, löste sich und traf sie hart an der Schläfe. Sascha taumelte kurz und fiel dann auf ihre Knie.

Finn blickte sich um. Die anderen waren in der Dunkelheit verschwunden. Wie sollten sie auch ahnen, dass diese Kampfamazone wieder einmal jede Vorsicht in den Wind schießen würde! Er konnte also von seinen Freunden keine Hilfe erwarten. Jetzt lag es an ihm, sich bei Sascha zu revanchieren. Also fasste Finn seinen gesamten Mut und stürmte bergauf Richtung Troll.

Der musste zunächst den Schwung des Baums abbremsen, bevor er erneut ausholen konnte, um die angeschlagene Sascha endgültig zu zermalmen. In diesen Sekunden kam Finn bis auf zehn Schritte heran. Eigentlich zu weit für seine Kräfte, aber wenn er noch länger warten würde, wäre es zu spät. Nur was sollte er tun? Der Troll selbst wog viel zu viel und den Baum hatte er weit über sein Haupt erhoben, so dass dieser noch weiter entfernt war. Verzweifelt suchte Finn nach einer Lösung, als sein Blick auf die nackten Füße des Trolls fiel.

Diese hatten lange fingerartige Zehen, mit denen er sich offenbar besser im bergigen Gelände bewegen konnte. Der linke Fuß stand im Moment auf einer großen, flachen Steinplatte, die relativ lose auf dem restlichen Geröll lag. Finn verlor keine Zeit, denn der Baum raste bereits auf Sascha zu, und zog mit all seiner magischen Kraft an der Platte.

Aufgrund der Entfernung und dem Gewicht wurde ihm fast schwarz vor Augen, aber im letzten Moment geriet die Steinplatte ins Rutschen. Mitten im Schwung verlor der Troll sein Gleichgewicht, der Baum flog ihm aus den Pranken und mit einem mächtigen Rums fiel das Ungetüm direkt vor Sascha aufs Geröll.

Diese war zwar noch benommen, erkannte aber sofort ihre Chance. Sie rollte sich herum und mit all ihrer Kraft stieß sie dem Unhold das Schwert mit einem knirschenden Geräusch bis zum Anschlag durch sein Ohr direkt in das Gehirn. Der Troll gab ein erstickstes Röcheln von sich, zuckte noch einmal kurz und lag dann still.

Sascha stemmte sich stöhnend auf die Füße und zog die Klinge mit einem schmatzenden Geräusch aus dem Trollschädel. Dunkles, dickes Blut versickerte inmitten der Steine. Sie rieb sich die Schläfe und starrte zwischen Finn und dem toten Troll hin und her.

»Hab ich *dir* das zu verdanken?«, fragte sie verwundert.

Finn lächelte schief und zog die Schultern hoch. Sascha verdrehte die Augen.

»Na großartig! Jetzt schulde ich dir auch noch mein Leben, Zauberkünstler«, fuhr sie mürrisch fort. »Lass uns die anderen suchen. So wie die gelaufen sind, haben sie bestimmt schon das Tal erreicht.«

Sie sammelten die Decken ein, die die anderen bei ihrer stürmischen Flucht zurückgelassen hatten und machten sich mit den Füßen vorsichtig tastend auf den Weg durch die Dunkelheit.

»Warum bist du nicht weggelaufen?«, fragte Finn sie.

Sascha schnaufte abfällig.

»Glaubst du wirklich, wir hätten vor diesem langbeinigen Ungetüm davonlaufen können? Die Berge sind seine Welt und die Jagd ist seine Natur, wenn Schey Recht hat. Wir wären nicht weit gekommen.«

Wieder einmal bewunderte Finn, wie Sascha selbst in den gefährlichsten Situationen innerhalb von Sekundenbruchteilen die richtigen Entscheidungen treffen konnte.

»Obwohl das wahrscheinlich mein letzter Kampf geworden wäre, wenn du mir nicht geholfen hättest«, fügte sie mürrisch hinzu.

»Gern geschehen«, antwortete Finn, denn näher würde Sascha einem Danke niemals kommen.

Nach einigen Minuten Gestolper kam ihnen Riku aus der Dunkelheit mit gezogenem Schwert entgegen.

»Gott sein dank, ihr lebt!«, rief er erleichtert. »Was ist passiert? Warum seid ihr uns nicht gefolgt?«

Finn berichtete von ihrem Kampf mit dem Troll. Er konnte Riku ansehen, dass es ihm mehr als unangenehm war, sie alleingelassen zu haben.

»Das nächste Mal werde ich an eurer Seite stehen!«, versprach er.

Finn konnte nur hoffen, dass es kein nächstes Mal geben würde.

Ein Stück weiter den Hang hinunter stießen sie auf die anderen, die zwischen einigen großen Steinbrocken Schutz gesucht hatten. Schey fiel Finn um den Hals und drückte ihn so fest an sich, dass ihm die Luft wegblieb. Nachdem sie auch ihren restlichen Kameraden berichtet hatten, was passiert war, schaute Schey mit großen Augen von Finn zu Sascha.

»Unglaublich! Ich habe schon oft Berichte von Trollangriffen mit angehört. Und immer gab es Tote und Verletzte, bevor man den Troll zur Strecke bringen konnte. Dass ihr das unverletzt überstanden habt, grenzt an ein Wunder!«

»Wir hatten einfach Glück«, wehrte Finn ab.

»Und Magie«, ergänzte Sascha. Und zur Verwunderung aller klopfte sie Finn freundschaftlich auf den Rücken.

Die Angst vor weiteren Trollen ließ sie die ganze Nacht weiterstolpern und als der Morgen graute, hatten sie ein enges Tal erreicht, in dem sie unter einem überhängenden Felsen ihr Lager aufschlugen. Sie schliefen abwechselnd den ganzen Tag und die nächste Nacht hindurch und als der neue Morgen anbrach, hatten sie wieder Kraft zum Weitergehen.

Sie hielten sich nun immer nordwestlich und es vergingen fast zwei Wochen ohne weitere Zwischenfälle, als Sascha sie an einem schwülen Abend plötzlich anhalten ließ.

»Riecht ihr das?«, fragte sie in die Runde.

Jetzt, wo sie es ansprach, roch Finn tatsächlich etwas und es war kein besonders angenehmer Duft. Es roch nach Tod. Sie gingen weiter und der Geruch nahm an Intensität zu. Als sie sich durch einige dichte Büsche gekämpft hatten, lag die Quelle des Gestanks direkt vor ihnen:

Ein toter Drache. Seine Gliedmaßen waren verdreht und er war offenbar vom Himmel gestürzt, denn etliche dünnere Bäume in der Nähe lagen zersplittert am Boden. Dem Verwesungsgeruch nach zu urteilen, war das schon einige Tage her, wenn nicht sogar Wochen.

Sie traten näher und betrachteten sich das Ungetüm von allen Seiten. Er war deutlich kleiner als der Drachen aus dem Luftschiff und seine Haut hatte eine dunkelbraune Färbung. Trotzdem konnte Finn auch bei ihm das Schimmern der unterschiedlichsten Farben sehen, wenn er sich um den Kadaver bewegte. Der rechte Flügel war völlig zerfetzt und an seinem Hals klaffte eine gewaltige Bisswunde, die ihn fast geköpft hatte.

»Das muss ein anderer Drache gewesen sein«, mutmaßte Schey. »Ich kenne sonst kein Wesen, das die Haut eines Drachen durchdringen könnte.«

»Mag sein«, erwiderte Sascha und besah sich die Wunde genauer, »aber danach war hier noch ein anderes Tier am Werk und hat seinen Hunger gestillt.« Sie zeigte auf ein tiefes Loch in der eigentlichen Wunde, das bis zur Wirbelsäule reichte. »Das sind ohne Zweifel Zahnabdrücke an diesen Knochen. Sie sind zu klein für einen Drachen, aber eindeutig groß genug, um sich Sorgen zu machen. Wir sollten hier schleunigst verschwinden!«

Kaum hatte sie das ausgesprochen, erschallte in der Ferne aus südlicher Richtung ein Heulen, das Finn die Gänsehaut über den gesamten Körper jagte. Sie sahen sich erschrocken an, bis Sascha ihnen laut »Lauft!« in die Gesichter brüllte. Und das taten sie dann auch.

So schnell es in dem dichten Wald möglich war, rannten sie Richtung Norden. Immer wieder war das Heulen zu hören und zum Entsetzen aller kam es näher.

»Sind das Wölfe?«, fragte Emma völlig außer Atem.

»Ich weiß nicht, was Wölfe sind, aber das ist eindeutig ein Fenrir!«, keuchte Schey.

Finn kannte grob die alten nordischen Sagen und er war ziemlich sicher, dass Fenrir dort auch eine Art Wolf war, aber er war viel zu sehr mit Rennen beschäftigt, um das näher mit Schey zu erörtern.

Das Heulen erklang nun höchstens noch einige hundert Meter hinter ihnen und Finn konnte bereits Holz knacken hören. Etwas Großes schien sich einen Weg durch das Unterholz zu bahnen. Sascha, die heldenhaft vorne weg stürmte, blieb so abrupt stehen, dass ihr Riku in den Rücken rannte. Als Finn zu ihnen aufschloss, erkannte er den Grund für den unvermittelten Halt: Sie standen auf einer Klippe und zwanzig Meter unter ihnen floss ein breiter Strom gemächlich dahin.

»Das dürfte dann wohl die Donau sein«, stellte Sascha trocken fest.

»Und was machen wir jetzt!?«, schrie Dr. Edmundo entsetzt. »Was immer uns da verfolgt, wird in ein paar Sekunden hier sein! Ihr müsst kämpfen!«

Sascha starrte ihn an und zog die rechte Augenbraue hoch. Dann gab sie dem Doktor einen Stoß. Einen langgezogenen Schrei ausstoßend fiel er die Klippe hinunter und landete mit einem lauten Platschen im Fluss. Alle schauten Sascha überrascht an. Sie zuckte aber nur mit den Schultern und sprang dem Doktor hinterher.

»Das kann doch nicht ihr Ernst sein!«, rief Ken, atmete tief ein und sprang ebenfalls. Riku nahm Emmas Hand und zog das verängstigte Mädchen mit sich in den Abgrund.

»Wir müssen auch springen!«, forderte Schey Finn auf. Aber Finn war erstarrt. Wie kleine Punkte sah er die anderen unten im Wasser treiben. Sie bewegten sich alle noch. So weit, so gut. Aber er konnte sich einfach nicht überwinden, den letzten Schritt zu wagen. Hinter ihnen im Dickicht nahm das Knacken zu.

»Alles muss man selber machen!«, rief Schey schließlich, packte seinen Oberarm und zog ihn mit sich in die Tiefe. Und keinen Moment zu früh.

Finns Blick war im Fallen nach oben gerichtet. Sie hatten die Wasseroberfläche noch nicht erreicht, als an der Klippe der gewaltige Kopf eines schwarzen Wolfes auftauchte. Dann schlugen sie hart auf dem Wasser auf und für einen Augenblick verlor Finn das Bewusstsein.

Als er wieder zu sich kam, befand er sich immer noch unter Wasser und selbiges brannte in seinen Lungen. Er wusste nicht, wo oben und unten war. Dann packte ihn eine Hand und zog ihn an die Oberfläche. Es war Schey.

»Mein Held«, sagte sie spottend, aber mit einem Lächeln. Finn hustete das Wasser aus und seltsamerweise musste auch er lachen. Sie waren beide einfach glücklich, den Sturz überlebt zu haben.

Weit über ihnen erschallte wieder dieses schreckliche Heulen. Die Strömung war nicht sehr stark und so konnte sich Finn schwimmend drehen, um nach oben zu blicken. Auf der Klippe stand ein schwarzer Wolf, so groß wie ein Ochse. Er tigerte hin und her und schien zu überlegen, ob er ihnen hinterherspringen sollte. Glücklicherweise entschied er sich aber dagegen und stieß ein langgezogenes, wütendes Heulen aus.

Als Finn erkannte, dass der Fenrir nicht springen würde, schaute er sich nach den anderen um. Schey schwamm direkt neben ihm, der Rest hatte sich bereits bis zur Mitte des Stroms vorgekämpft und war dabei flussabwärts getrieben.

Mühsam folgten sie den anderen, denn mit dem Gepäck

und der nassen Kleidung war das Schwimmen äußerst mühselig. Nach beinahe einer halben Stunde krochen sie endlich ans gegenüberliegende flache Ufer und blieben schwer atmend im Schlamm liegen. Finn drehte seinen Kopf und sah etwas entfernt die anderen sitzen. Nachdem er wieder zu Atem gekommen war, schleppten sich die beiden zum Rest der Gruppe und bekamen so noch das Ende der hitzigen Diskussion mit, in die sich Sascha und Dr. Edmundo verstrickt hatten.

»Du hättest mich wenigstens vorwarnen können!«, schimpfte der Doktor auf Sascha ein.

»Für eine Diskussionsrunde war leider keine Zeit, Adrian«, antwortete sie sarkastisch. »Wie du sicher sehen konntest, hätten wir sonst unser Ende im Magen dieses Monstrums gefunden. Was für ein Wolf!«, fügte sie beinahe bewundernd hinzu.

»Fenrir«, verbesserte Schey sie. »Nur wenige haben bisher einen gesehen und überlebt. Die Götter müssen uns wahrlich wohlgesonnen sein.«

»Ja. Und das Glück«, fügte Ken hinzu. »Ich hoffe, es bleibt uns weiterhin hold und dieses Vieh findet keinen Weg über den Fluss.«

»Die Klippen scheinen sich über viele Kilometer hinzuziehen«, mutmaßte Sascha, »und er hat ja noch seinen Berg Drachenfleisch. Bestimmt wird er wegen uns dürren Heringen nicht durch den Fluss schwimmen.«

Der Doktor blickte skeptisch auf den breiten Strom und dann auf seinen runden Bauch.

»Gibt es viele von diesen Viechern in den Wäldern?«, fragte sie Schey.

»Ich glaube nicht. Jedenfalls gibt es selten Berichte über die Fenrir. Was aber auch daran liegen kann, dass kaum jemand die Begegnung überlebt.«

»Wie auch immer«, schloss Sascha das Thema ab. »Es hat keinen Sinn sich über etwas Sorgen zu machen, was man sowieso nicht ändern kann. Lasst uns vom Ufer verschwinden und irgendwo ein ordentliches Feuer entfachen. Die Nacht wird bestimmt kühl.«

Dagegen hatte niemand etwas einzuwenden und einige Zeit später saßen sie alle in ihrer Unterwäsche um ein enormes Lagerfeuer und wärmten ihre ausgekühlten Glieder. Ken und Riku hatten einige Gestelle aus Ästen in der Nähe des Feuers zusammengezimmert. Daran hingen nun all ihre Sachen zum Trocknen. Das unfreiwillige Bad hatte leider die meisten ihrer Vorräte unbrauchbar gemacht, so dass sie nur noch einige Streifen getrocknetes Fleisch hatten, auf dem sie herumkauten.

»Ab morgen werden wir jagen müssen«, stellte Sascha fest. »Wir sollten aber bis dahin noch einige Kilometer zwischen uns und diesen Fenrir bringen. Nicht das wir vom Jäger zum Gejagten werden.«

Einen Tag später schlugen sie ihr Lager in der Nähe eines klaren Baches in einem lichten Wald aus birkenähnlichen Bäumen auf. Anders als die weiß und schwarz gefleckten Stämme der Birken, die Finn von Zuhause kannte, waren diese hier komplett weiß und dick wie Eichen.

Während die anderen das Lager herrichteten, war Sascha damit beschäftigt, ihr Messer mit einem Lederstreifen vorne an einen langen Speer zu befestigen.

Als die Abenddämmerung heraufzog, verschwand sie im Wald. Die übrigen saßen am Feuer und aßen die Beeren, die sie in der Nähe gefunden hatten. Kein wirklich nahrhaftes Abendessen, wie Finn fand.

Nachdem die Dunkelheit sich über den Wald gelegt hatte, kam Sascha mit einer großen Hirschkuh zurück, die sie mühsam hinter sich herschleppte. Schwer atmend ließ sie den Kadaver am Feuer liegen.

»Gibt es bei euch nur riesige Tiere?«, fragte sie Schey vorwurfsvoll.

Sie machte sich sofort daran, ihre Beute auszunehmen und

abzuziehen. Die anderen halfen ihr, wo sie konnten. Finn beeindruckte wieder einmal Saschas Vielseitigkeit. Kurze Zeit später brieten sie das in Streifen geschnittene Fleisch über dem Feuer. Das Wasser lief ihnen bereits im Mund zusammen, so einen Hunger hatten alle. Nur Sascha machte sich schon wieder an den Resten der Hirschkuh zu schaffen. Als sie alle um das Feuer saßen, baumelten neben ihr einige lange Sehnen des Tieres zum Trocknen. Finn sparte sich jede Frage dazu, denn nachdem er sich seit Wochen wieder einmal satt gegessen hatte, kam die Müdigkeit über ihn. Er hatte die zweite Wache, also legte er sich gleich auf seine Decke, um noch etwas Schlaf zu bekommen.

Als ihn Sascha nach Mitternacht weckte, hielt sie einen selbstgebauten Bogen und etliche Pfeile in den Händen. Offenbar war sie auf ihrer Wache sehr fleißig gewesen. Jetzt erkannte Finn auch, wozu sie die Tiersehnen benötigt hatte. Als sie seine Blicke bemerkte, sagte sie leise:

»Ich weiß, ist nicht perfekt. Aber zum Jagen ist er allemal besser als ein Speer.«

Dass der fachmännisch aussehende Bogen nicht perfekt sein könnte, wäre das Letzte gewesen, was Finn in den Sinn gekommen wäre.

Von diesem Tag an mussten sie keinen Hunger mehr leiden. Sascha war eine gute Jägerin und es gab hier Wild in Hülle und Fülle. Sie kamen jedoch nicht mehr so schnell vorwärts, da sie jeden zweiten Abend jagen musste.

So vergingen die Wochen und Finn fing an, Gefallen an diesem Wanderleben zu finden. Er hatte bestimmt zwanzig Kilo abgenommen und erfreut stellte er fest, dass er sogar so etwas wie Bauchmuskeln besaß. Die täglichen Wanderungen machten ihm nichts mehr aus und abends fühlte er sich noch fit genug, um sich in der Magie zu üben.

Neben dem Bewegen von Dingen fand er es mittlerweile recht einfach, ein Feuer zu entfachen. Er musste nur die

Atome in Schwingung versetzen und schon konnte er alles erhitzen. So war es ihm ein Leichtes, nasse Kleidung zu trocknen oder eine Schale Wasser zu erwärmen. Das Gefühl der Nutzlosigkeit verschwand ein für alle mal.

Sie sahen zwar viele seltsame Tiere auf ihrem Weg, aber nie wurden sie von ihnen angegriffen, wofür Finn sehr dankbar war. Trolle und Fenrir-Wölfe gehörten der Vergangenheit an.

Am meisten hielt sie noch die Überquerung der vielen Wasserläufe auf. Sascha hatte zum Glück das Beil mitgenommen, das ihnen schon oft gute Dienste geleistet hatte. So konnten sie vor jedem größeren Fluss ein kleines Floß zimmern, auf dem sie übersetzten.

Der Sommer ging langsam in den Herbst über und der endlos scheinende Wald wurde nach und nach immer lichter. Oft mussten sie sich nun durch Sümpfe kämpfen oder diese zeitaufwendig umgehen. Das Gelände wurde flach und offen und nachdem die Gruppe einige Tage über weite Ebenen gewandert war, standen sie an einem sonnigen Abend Ende September am Meer.

»Ich kann es nicht glauben, wir haben es wirklich geschafft!«, staunte der Doktor.

»Und nicht einmal in zwei Mondzyklen!«, pflichtete ihm Schey bei.

»Das Schwerste liegt noch vor uns«, erwiderte Sascha. »Das da ist kein Fluss, den wir mit einem Floß überwinden können. Ohne ein richtiges Boot haben wir keine Chance. Auch kann ich das englische Ufer nicht erkennen. Wahrscheinlich sind wir noch zu weit östlich. Wir sollten also der Küste nach Westen folgen. Wenn am Horizont Land zu sehen ist, dann haben wir die Straße von Calais erreicht. Die beste Stelle zum Übersetzen.«

Sie folgten der Küste einige Tage, als unvermittelt Rauch am westlichen Horizont aufstieg.

»Ob dort Menschen leben?«, fragte Ken.

»Finden wir's raus«, antwortete Sascha und zuckte mit den Schultern. »Sieht nach der besten Chance auf ein Boot aus.«

Als sie näher kamen, erkannten sie, dass es sich tatsächlich um ein kleines Fischerdorf handelte, das sich im Schatten steiler Klippen an die Mündung eines schmalen Flusses schmiegte. Einige schlichte Segel- und Ruderboote lagen im Meer an einfach gezimmerten Holzstegen vor Anker.

Nachdem die Bewohner die sich nähernde Gruppe von Fremden erspäht hatten, begannen sie aufgeregt zu rufen und umher zu rennen. Kaum waren sie bei den ersten Häusern angekommen, da stellte sich ihnen eine Schar Männer mit Äxten, Mistgabeln und Knüppeln in den Weg.

»Wer seid ihr und was wollt ihr hier?«, rief sie ein grauhaariger Mann mit breiten Schultern an. Die Worte klangen ein wenig seltsam und Finn musste sich konzentrieren, um sie zu verstehen. Offenbar sprach man hier einen anderen Dialekt als bei den Hyva.

»Wir haben keine bösen Absichten«, erwiderte Ken. Erstaunlicherweise sprach auch er bereits mit diesem komischen Akzent. »Wir sind Reisende und kommen von weither aus dem Reich der Hyva.«

Getuschel machte sich breit, das der ältere Mann mit einer harschen Geste beendete. Offenbar war er eine wichtige Persönlichkeit.

»Seit ich ein kleiner Junge war, hatten wir keinen Kontakt mehr zu den Hyva. Wir sind und waren immer schon Kysari! Was wollt ihr von uns?«

»Wir müssen nach Ulambor und benötigen ein Boot für die Überfahrt«, erwiderte Schey.

Wieder setzte Getuschel ein und die Männer tauschten erstaunte Blicke aus.

»Niemand ist seit vielen Jahren dort hinüber gesegelt und ich kenne keinen, der zurückgekommen ist. Das ist Feenland«, antwortete der Anführer.

»Lasst das mal unsere Sorge sein«, erwiderte Sascha schroff, der die Unterhaltung offenbar bereits zu lange dauerte.

»Wir haben Gold und möchten euch ein Boot abkaufen!«, fügte Schey rasch freundlich lächelnd hinzu.

Das schien die Fischer zu belustigen.

»Was sollen wir denn hier mit Gold anfangen? Man kann es nicht essen und als Fischköder ist es ebenfalls ungeeignet.«

»Wie sieht es mit Heilung aus?«, mischte sich überraschend Emma ein. Ihre Augen ruhten auf einem Mann, der den Arm in einer Schlinge trug.

»Wie meint ihr das?«, fragte der Grauhaarige skeptisch.

Emma schloss die Augen und drückte ihre Handflächen aufeinander, die sofort in einem sanften weißen Licht zu glühen begannen. Ein erschrecktes Raunen ging durch die Männer und sie wichen alle einige Schritte zurück. Erstauntes Gemurmel machte sich breit.

»Ihr seid Magiekundige!«, rief der Anführer aus. »Bei Omra und Belor, verschont uns bitte! Wir sind friedliche Fischer!«

»Keiner wird hier irgendjemandem etwas tun«, beruhigte Finn die Gemüter. »Wärt ihr bereit, uns ein Segelboot zu überlassen, wenn unsere Freundin hier eure Kranken behandelt?«

Die Gruppe von Männern begann nun hitzig zu diskutieren. Nach einigen Minuten schienen sie sich aber geeinigt zu haben.

»Wenn ihr uns eure Waffen aushändigt und auf die Götter schwört, uns kein Leid zuzufügen, dann sind wir einverstanden. Viele von uns plagt ein tückisches Fieber und einige sind daran auch schon gestorben. Wenn ihr etwas dagegen tun könnt, dann überlassen wir euch mit Freuden eines unserer Fischerboote. Natürlich bekommt ihr bei eurer Abreise die Waffen zurück.«

Sascha schien zwar nicht begeistert, aber letztendlich konnten die anderen auch sie überzeugen, ihr Schwert, den Bogen und das Messer abzugeben.

Umringt von den Männern zogen sie hinunter ins Dorf. Aus den Türen und Fenstern lugten neugierige Frauen und Kinder heraus. Finn fiel auf, dass an einigen Eingängen ein Stück schwarzer Stoff hing. Auf dem Dorfplatz angekommen, hielten sie auf eines dieser Häuser zu, das etwas größer als die anderen war.

»Das ist mein Haus«, erklärte der Anführer der Fischer. »Meine Tochter liegt im Sterben. Wenn ihr könnt, so helft ihr, bitte.«

Der Mann öffnete ihnen die Tür und bat sie herein. Die anderen Männer blieben zurück und auch Sascha wollte draußen warten, um den Kerl, der ihre Waffen trug, im Auge zu behalten.

Drinnen war es feucht und kühl. Eine Frau kam ihnen mit fragendem Blick entgegen und nachdem der Mann ihr alles erklärt hatte, spiegelte sich Angst und Hoffnung zugleich in ihren Augen wider.

In einem schmalen Zimmer neben dem Wohnbereich lag ein kleines Mädchen auf einer Strohmatratze. Ihr stand der Fieberschweiß auf der Stirn und sie war ohne Bewusstsein. In einer Ecke des Raums kämpfte ein mickriges Feuer gegen die Kälte und Nässe an.

»Hier drin ist es viel zu kalt für eine Kranke!«, stellte Emma fest.

»Da kann ich vielleicht helfen«, antwortete Finn und schloss die Augen.

Er hatte viel geübt in den letzten Wochen, aber was er jetzt vorhatte, stellte eine neue Herausforderung dar. Zuerst konzentrierte er sich auf die Luft, die sie alle umgab, und versetzte die Gasmoleküle etwas mehr in Bewegung. Es war Vorsicht geboten, denn wenn er es übertrieb, würden sich alle im Zimmer im Nu wie in einem Backofen fühlen. Aber er hatte es im Griff und fast augenblicklich stieg die Temperatur im Raum auf ein angenehmes Niveau. Finn beachtete die staunenden Ausrufe des Fischers und seiner Frau nicht weiter und fuhr fort.

Als Nächstes kümmerte er sich um die Feuchtigkeit, die sich

hier überall verkrochen hatte. Die Holzdielen, das grobe Mauerwerk, das Schilf auf dem Dach und auch die Strohmatratze unter dem Mädchen, alles hier war klamm und feucht. Aber nicht mehr lange! Finn trieb die Wassermoleküle aus dem Holz, dem Stein, dem Stroh und sogar aus der Luft. Ein dichter Nebel stand mit einem Mal im Zimmer. Mit seiner Magie öffnete er das schmale Fenster und trieb die Feuchtigkeit nach draußen.

Abschließend widmete er sich dem Feuer, dem aber mangels Holz nicht zu helfen war. Also brachte Finn die Steine der Feuerstelle zum Glühen, indem er ihre trägen Atome ordentlich zum Schwingen anregte. Nachdem dies vollbracht war, öffnete er endlich wieder die Augen.

Die Fischerleute starrten ihn mit offenem Mund an, aber auch seine Freunde schienen von seinen Kräften durchaus beeindruckt zu sein. Den gesamten Raum erfüllte nun eine wohlige und trockene Wärme.

»Jetzt bin ich aber dran«, sagte Emma lachend und kniete sich vor dem Mädchen auf den Dielenboden. Vorsichtig legte sie ihr eine Hand auf die Stirn und die andere auf den Bauch.

»Aha, ja, ich seh schon«, murmelte sie. »Das haben wir gleich.«

Ihre Hände begannen für einige Sekunden weiß zu leuchten, dann war alles auch schon vorbei. Emma erhob sich und noch bevor irgendjemand etwas sagen konnte, schlug das kleine Mädchen die Augen auf.

»Mama?«, fragte sie und blickte sich nach ihrer Mutter um.

Die Fischersfrau brach in Freudentränen aus und stürzte zu ihrem Kind, um es fest an sich zu drücken. Der Vater trat dazu und griff an die Stirn seiner Tochter.

»Sie ist ganz kühl!«, stellte er überrascht fest. »Das Fieber ist weg! Bei Omra, Ihr seid wahrhaft eine große Heilerin!«

Emma konnte sich ein stolzes Grinsen nicht verkneifen. »Das hab ich doch gerne gemacht. Gibt es noch weitere Erkrankte?«

Den restlichen Tag zogen sie von Haus zu Haus und je mehr Kranke sie heilte, desto freundlicher wurden die Menschen ihnen gegenüber. Am Abend gab es keine Fieberkranken mehr und eine jubelnde Menge führte Emma und ihre Freunde in die geräumige Gemeinschaftshütte, wo kurzfristig ein Festessen mit Fisch und einem bierähnlichen Getränk zur Feier der Heilerin und ihrer Begleiter organisiert wurde.

Die Fischer sangen und tanzten und alle klopften Finn und seinen Freunden auf die Schultern. Als das kleine Fest auf dem Höhepunkt war, kam der Dorfvorsteher noch einmal zu ihnen, um sich zu bedanken.

»Meine Tochter ist schon wieder auf den Beinen! Sie isst und trinkt und lacht. Ich stehe für immer in eurer Schuld. Und ich werde beginnen, sie zu begleichen, indem ich euch das Boot meines Vaters schenke. Er ist letztes Jahr gestorben. Sicher hätte er gewollt, dass die Retter seiner Enkelin es bekommen.«

Er drückte Emma noch einmal herzlich, dann verließ er die Feier und ging zurück zu seiner Familie.

Als Mitternacht vorüber war, brachten einige Frauen Strohmatratzen für Finn und seine Freunde. Alle wünschten ihnen eine gute Nacht und ließen sie dann in der Gemeinschaftshütte allein. Und das erste Mal seit Monaten mussten sie keine Wache aufstellen.

Heimkehr

Als Finn erwachte, schien die Sonne bereits zum Fenster herein. Er blieb noch einen Augenblick liegen und beobachtete, wie der Staub im Sonnenlicht träge tanzte. Sein Vater schlich sich in seine Gedanken und für einen Moment hoffte er auf das vertraute Klopfen an der Zimmertür, mit dem sein Vater ihn immer geweckt hatte.

Wenn sie das Portal von Sulur finden und in Gang setzen konnten, dann wäre er schon bald wieder bei ihm. Er könnte ihm sein Verschwinden erklären und von den unglaublichen Abenteuern erzählen. Und er würde ihm Schey vorstellen. Schey, die alles für ihn aufgegeben hatte. Schey, die ihn liebte. Würde sie seine Welt mögen? Diese laute Welt ohne jegliche Magie, in der die Natur im Vergleich zu der in dieser Realität trist und leblos wirkte.

Und was würde er ohne *seine* Magie machen? Er musste zugeben, es gefiel ihm sehr, etwas Besonderes zu sein und solch außergewöhnliche Macht zu besitzen. Das würde er schon sehr vermissen. Vielleicht bekam er wenigstens die Zählfähigkeiten wieder zurück.

Was er aber auf jeden Fall noch haben würde, waren seine Freunde: Ken, Riku und Emma. Und natürlich auch den Doktor. Sascha wollte ja hierbleiben. Irgendwie bewunderte er sie dafür.

Finn hoffte inständig, dass dieser Tramek sie nicht mehr suchte. Aber was, wenn doch? Sein Vater könnte beobachtet werden! Aber aus welchem Grund? Sicher musste Tramek doch davon ausgehen, dass sie alle bei der Explosion auf der Insel gestorben waren.

In einem kurzen Moment der Konzentration fegte er alle Staubpartikel aus dem Sonnenlicht. Nein, er war nicht mehr der einfältige Junge von damals, der nur beobachtete und selten handelte! Er würde zu seinem Vater zurückkehren und wenn dieser Tramek sich blicken ließ, dann würde er schon sehen, was er davon hatte! Magie hin oder her!

»Träumst du mit offenen Augen?«, fragte Schey, die neben ihm lag und ihn offenbar schon eine geraume Zeit beobachtete.

»Nein. Ich hab nur darüber nachgedacht, was aus uns allen wird, wenn wir durch das Portal gegangen sind. Meine Welt ist so viel anders als deine. Was ist, wenn sie dir nicht gefällt?«

»Solange ich bei dir sein kann, ist mir egal, wie anders deine Welt ist, Finn. Mach dir nicht so viele Gedanken. Und wer weiß, vielleicht können wir das Portal ja offen lassen und meine Welt besuchen, wenn uns danach ist«, sagte sie augenzwinkernd.

Daran hatte Finn noch überhaupt nicht gedacht! Sie könnten dann hin und her wechseln, so oft sie wollten!

»Meint ihr nicht, ihr macht euch zu viele Gedanken über ungelegte Eier?«, mischte sich Ken von seiner Matratze aus ein.

»Was sind denn Eier?«, fragte Schey interessiert und Finn wusste plötzlich ganz genau, was er als erstes essen würde, sobald sie zurück in seiner Welt waren.

Ein reichliches Frühstück später brachte der Dorfvorsteher sie zum Boot seines Vaters. Es handelte sich um ein kleines Segelboot, ganz ähnlich wie das von Ulef, und die dankbaren Fischer hatten ihnen reichlich Vorräte für die Überfahrt an Bord deponiert.

Gegen Mittag setzten sie das Segel und fuhren unter den Abschiedsrufen der Dorfbewohner auf den Ärmelkanal hinaus. Sie segelten zunächst Richtung Westen, die Küste entlang, bis sie am frühen Nachmittag am Horizont im Norden einen fernen Landstreifen erspähten. Daraufhin änderten sie ihren Kurs nordwärts. Die See war noch ruhig, denn der Herbst hatte seine Winde noch nicht entfesselt und so erreichte das kleine Schiff in der Abenddämmerung die Küste von Südengland.

Im Licht der untergehenden Sonne türmten sich weiße Kreideklippen hinter dem Strand und ein düsterer Wald kämpfte mit dem Abgrund um jeden Meter Lebensraum.

Die Fischer hatten sie davor gewarnt, an Land zu übernachten, und so aßen sie etwas getrockneten Fisch an Deck ihres kleinen Gefährts und sahen der Sonne zu, wie sie im Westen in einer Explosion von Rot- und Orangetönen im Meer versank.

Gerade wollten sie sich schlafen legen, als Riku, der die erste Wache übernommen hatte, einen Ausruf des Erstaunens ausstieß. Finn schaute Richtung Wald, wo grüne, blaue und rote Lichter zwischen den Bäumen tanzten.

»Das müssen die Feen sein«, mutmaßte Schey.

»Werden sie uns in Ruhe lassen?«, fragte Emma ängstlich.

»Ich denke, solange wir auf dem Wasser bleiben, droht uns keine Gefahr«, beruhigte Riku sie.

Plötzlich rammte etwas das Boot, so dass es leicht zu schaukeln begann.

»Was war denn *das*?«, fragte Finn und spähte über die Reling ins dunkle Wasser. Für einen kurzen Augenblick waren unter der Oberfläche bläulich leuchtende Streifen zu sehen, die aber sofort in der Tiefe verschwanden. Als er den anderen seine Beobachtung beschrieb, äußerte Schey eine Vermutung:

»Das war sicher eine Nixe. Die gibt es bei uns in Kysann auch. Normalerweise sind sie harmlos. Nur eben recht neugierig.«

Sie schauten noch eine Weile den tanzenden Lichtern zu, dann schliefen sie einer nach dem anderen ein. Als Finn die zweite Wache übernahm, waren die Lichtpunkte verschwunden, aber immer wieder hörte er in einiger Entfernung ein Platschen, als ob etwas ins Wasser fiel. Er hatte das unangenehme Gefühl, beobachtet zu werden.

Als endlich die Morgendämmerung über den Horizont kroch, lag die See wieder völlig ruhig vor ihm.

Sie setzten das Segel und eine sanfte Brise trieb sie Richtung Westen, immer an der Küste entlang. Gegen Mittag frischte der Wind auf und sie machten gute Fahrt. Urplötzlich sprang vor ihrem Bug ein Wesen aus dem Meer, das Finn im ersten Moment für einen Delfin hielt.

Es drehte sich einmal um die eigene Achse, bevor es wieder ins Wasser platschte. Kurz darauf sprang ein weiteres dieser Geschöpfe in einem hohen Bogen über die Wellen. Und das ging immer so fort. Erst jetzt erkannte Finn, dass es sich definitiv nicht um Delfine handelte.

Ihre Haut glänzte zwar bläulich grau, wie die der Meeressäuger, aber Kopf, Oberkörper und Arme erinnerten eher an Menschen, auch wenn auf ihrem Rücken eine große Flosse wuchs. Hände schienen sie keine zu haben, vielmehr endeten ihre Arme in flachen Fortsätzen, die wie das Ende eines Paddels aussahen. Beine hatten sie ebenfalls nicht. Ihr Rumpf setzte sich einfach fort, wurde immer schmaler und endete in einer breiten Flosse, die ihnen einen immensen Vortrieb verschaffte. Mühelos hielten sie mit dem schnell dahinsegelnden Schiff mit und konnten dabei auch noch ihre Kunststücke vollführen.

Die Wesen wurden immer mutiger und kamen bis auf wenige Meter an das Boot heran. Jetzt erkannte Finn auch ihre Gesichter, mit den großen, dunklen Augen und einem lippenlosen Mund. Eine Nase konnte er nicht erkennen, allerdings hatten sie auf der Brust schlitzartige Öffnungen, die sich öffneten und schlossen. Finn vermutete, dass es so etwas wie Kiemen sein mussten.

»Sagte ich doch. Nixen«, kommentierte Schey lapidar, als ob

sie über Karpfen redete, die ihre Runden in einem Fischteich drehten.

»Sind sie intelligent?«, wollte Finn wissen, da er sich sicher war, dass ihm eine dieser Nixen zugezwinkert hatte.

»Vermutlich schon, auf eine gewisse Weise. Sie treiben ihren Schabernack mit den Fischern und Händlern. Einige Geschichten erzählen, dass sie Menschen vor dem Ertrinken gerettet hätten, wieder andere, dass sie Boote im Nebel auf Riffe gelockt haben. Aber meistens beobachten sie nur eine Weile und verschwinden dann einfach.«

Wie auf Kommando vollführten drei der Nixen noch einen gemeinsamen Salto vor dem Bug, der alle auf dem Schiff nass spritzte, dann verschwanden sie auf nimmer Wiedersehen in den Tiefen der See.

Nach einer weiteren Nacht vor der Küste erreichten sie gegen Mittag des darauffolgenden Tages etwas, das Finn zunächst für eine breite Flussmündung hielt, bis Sascha ihm erklärte, dass dies die Meerenge zwischen dem Festland und der Isle of Wight war.

Sie hatten ihr Ziel erreicht! In Finns Magengegend begann es zu kribbeln und auch die anderen schienen nervös zu sein, denn keinen hielt es auf seinem Platz. Das Ende ihres langen Weges lag vor ihnen. Bald würden sie erfahren, ob es dieses Portal hier irgendwo gab und ob sie eine Möglichkeit fanden, es in Gang zu setzen.

»Ihr könnt euch alle erstmal wieder beruhigen«, äußerte Sascha belustigt. »Die Insel ist nicht gerade klein. Es kann Monate dauern, sie abzusuchen. Und ich wette, dass die Feen auch dieses lauschige Eiland als ihr Territorium ansehen. Wir sollten also vorsichtig vorgehen, und uns erst einmal vom Meer aus einen Überblick verschaffen.«

Mit ihrer motivierenden Art hatte Sascha alle wieder auf den Boden der Tatsachen zurückgeholt. Ihr Vorschlag schien aber durchaus vernünftig und so schipperten sie zunächst an der

Nordseite der Insel entlang, die Augen auf alles gerichtet, was irgendwie nicht natürlich aussah.

Finn verlor ein wenig den Mut, als sie nach über einer Stunde immer noch Richtung Westen fuhren. Die Insel schien tatsächlich enorm groß zu sein.

Nachdem sie eine Engstelle durchfahren hatten, kam endlich das westliche Ende in Sicht. Die Küste türmte sich dort zu hohen Klippen auf und wie die Rückenflosse eines riesigen Seeungeheuers bildeten einige schmale Felsinseln das Ende des Eilands.

Sascha drehte das Steuer und fuhr gekonnt zwischen den Felsen hindurch. Die Insel lief an dieser Seite spitz zu, so dass sie beinahe eine Hundertachtzig-Grad-Drehung machen mussten. Kaum fuhren sie auf östlichem Kurs, als Emma ein überraschtes »Da!« ausrief.

Sie spähten in Richtung ihres ausgestreckten Arms und erblickten eine gewaltige Höhle in der steilen Klippenwand, die so tief lag, dass das Meer ungehindert hineinfließen konnte.

»Also wenn ich ein Portal verstecken müsste, dann wäre so eine Höhle bestimmt nicht der schlechteste Platz dafür«, kommentierte Sascha die Entdeckung und änderte den Kurs.

Kurz vor dem Eingang refften sie das Segel und ließen das Boot hineintreiben. Die Öffnung war bestimmt zwanzig Meter breit und zehn hoch und wirkte wie das weit aufgerissene Maul eines Ungeheuers, das nur darauf wartete, neugierige Seefahrer zu verschlingen.

Finn schaute über die Reling ins klare Wasser, konnte aber keinen Grund erkennen. Ein Großteil der Höhle schien unter der Oberfläche zu liegen. Als sie fast zum stehen gekommen waren, ließen sie zwei Ruder ins Wasser und paddelten vorsichtig weiter. Nach einigen Metern wurde die Durchfahrt enger und das Tageslicht blieb zurück.

»Das ist nur eine Höhle«, maulte der Doktor, dem die zunehmende Dunkelheit nicht gefiel. »Wir sollten umdrehen.«

Im letzten Licht fiel Finn an der nahegelegenen Höhlenwand eine Vertiefung auf, in der ein großer, runder Steinbrocken lag.

»Moment mal«, überlegte er laut und schloss die Augen.

Fast augenblicklich begann der Stein in einem hellen, weißblauen Licht zu strahlen und erhellte die Höhle auf viele Meter. »Wusst ich's doch, ein Leuchtstein! Ich glaube, wir sind hier richtig!«

Das Kribbeln in seiner Magengegend kam zurück und er begann trotz der kühlen Höhlenluft zu schwitzen.

Langsam fuhren sie weiter. Alle paar Meter fanden sie Leuchtsteine, die Finn nacheinander erstrahlen ließ. Schließlich öffnete sich der Gang zu einer weiten Kammer, in der das Wasser am Fuße einer breiten Steintreppe endete, die sich im höher gelegenen hinteren Teil der Höhle in der Dunkelheit verlor.

Als sie sich der untersten Stufe näherten, entdeckte Finn auf der Treppe verteilt noch mehr von den magischen Steinen, die er sogleich zum Glühen brachte. Die hohe, kuppelartige Höhle war nun in ein schummriges Licht getaucht und offenbarte so ihr Geheimnis: Am Ende der Stufen, dicht unter der Decke, thronte ein gewaltiger, schwarzer Steinring, der im Schein der Steine seine Schattenspuren an die weiten Höhlenwände malte.

»Das muss es sein!«, rief Finn und sprang aus dem Boot, noch bevor es richtig angelegt hatte.

Er stürmte die Stufen hinauf und blieb wie angewurzelt vor dem dunkel glänzenden Ring stehen. Vor ihm auf dem Boden lag bäuchlings ein menschliches Skelett. In der einen Knochenhand lag ein knorriger Stab aus Ebenholz, dessen verschlungenes Ende einen kugelförmig geschliffenen Rubin umschloss. Der andere Arm steckte bis zum Schultergelenk in einer schmalen Felsspalte, die sich in dem grob behauenen Boden öffnete und sich im oberen Teil der Treppe fortsetzte.

Am Brustkorb waren noch die letzten Reste eines edlen Gewands zu erkennen und vor dem blanken Schädelknochen lag eine schmale, goldene Krone. Inmitten der bleichen Rippen hing ein langer, silberner Dolch mit einem mächtigen Smaragd am Knauf. So wie die Klinge zwischen den Rippenbögen hing, war sie offenbar der Grund für den vorzeitigen Tod dieses armen Tropfs gewesen.

Die anderen hatten mittlerweile ebenfalls die Treppe erklommen und gesellten sich zu ihm.

»Nun, ich denke, damit ist das Rätsel über den Verbleib von Sulur gelöst«, brach Sascha das andächtige Schweigen, das alle befallen hatte. »Und ich glaube, er hat keinen Selbstmord begangen.«

Sie tippte den Brustkorb mit der Fußspitze an. Der Dolch rutschte aus seiner instabilen Lage und fiel klappernd auf den Felsboden.

»Wer ihn wohl umgebracht hat?«, fragte Ken leise.

»Ist das nicht offensichtlich?«, kam die Gegenfrage von Sascha. »Die Legende, die ich in den Archiven von Kysann gefunden habe, ist offenbar wahr. Er hat sich wahrscheinlich mit seinem Widersacher durch einen Zauber hierher versetzt und, kurz bevor er ihn durch das Tor stieß, gelang es seinem Gegner offenbar noch, Sulur den Dolch zwischen die Rippen zu treiben. Was für ein Glück für uns!«

»Inwiefern soll das Glück für uns sein?«, fragte Schey verdutzt.

»Nun, so wie es aussieht, konnte Sulur das Portal gerade noch schließen, bevor er das Zeitliche gesegnet hat. Also muss die Lösung zur Aktivierung des Tors noch irgendwo hier sein.«

Finn musste zugeben, dass Sascha die Situation durchaus schlüssig analysiert hatte, wenn auch etwas pietätlos. Er wendete sich von dem Toten ab und besah sich das Portal näher.

Es schien nicht direkt aus Stein zu bestehen, sondern eher aus einer Art schwarzem Kristall, denn bei genauerer Betrachtung war der Ring leicht durchsichtig und so glatt wie Glas. Die Größe des perfekt gearbeiteten Meisterwerks verblüffte Finn. Wenn er seinen Arm ausstreckte, konnte er gerade noch den oberen Scheitelpunkt berühren. Unten ruhte er in einer exakt angepassten Vertiefung im Felsen. Der Ring schien aus einem Stück gefertigt zu sein, denn auch bei näherer Untersuchung fand er keine Verbindungsstellen, wohl aber etwas anderes Interessantes:

In vier Vertiefungen, die beidseitig in Hüft- und Kopfhöhe auf der Innenseite des Rings lagen, ruhte jeweils ein schlicht aussehender, unförmiger Stein. Sie sahen in keiner Weise besonders aus, eher als hätte sie jemand zufällig am Strand aufgelesen. Aber irgendwie spürte Finn eine seltsame Kraft von ihnen ausgehen.

Er trat einige Schritte zurück und schloss die Augen. Und tatsächlich, er konnte die Steine spüren! Eine unvorstellbare Macht ging von ihnen aus und sie fühlten sich alle verschieden an. Anders als bei den Leuchtsteinen, gelangte die magische Energie allerdings nicht nach außen, denn wie die Schale eines Eies verhinderte eine dünne Schicht aus entgegengerichteter Magie deren Ausbruch. Finn fragte sich, was passieren würde, wenn ...

Kaum hatte er mit seinen magischen Kräften die Magiebarriere von einem der Steine berührt, löste sich diese auf und er strahlte in einem kräftigen grünen Licht. Finn spürte, wie ausgehend von dem aktivierten Stein die Magie ähnlich einem elektrischen Leiter im Kristallring im Kreis zu fließen begann. Ein Brummen, so tief, dass es kaum zu hören war, ging mit einem Mal von dem Ring aus.

»Finn, was tust du da?«, fragte Emma ängstlich.

»Ich glaube, genau das Richtige«, antwortete Sascha, noch bevor Finn selbst etwas erwidern konnte. »Los, mach weiter!«

Er löste die Barriere um den nächsten Stein. Blaues Licht erstrahlte und das Brummen änderte sich zu einem hochfrequenten Sirren. Staub rieselte vom Ring und Sascha war so wagemutig, ihn anzufassen.

»Er vibriert!«, rief sie freudig aus.

»Kaum zu glauben«, wunderte sich der Doktor. »Anscheinend versetzt die Magie den Ring ebenso in Schwingung, wie ich die Platten des Gravitationswellengenerators auf der Insel! Mach weiter, mein Junge! Das ist wie ein Wunder!«

Als der nächste Stein in rotem Licht aufleuchtete, verschwand das Sirren. Knirschend hob sich der gesamte Ring aus seinem Lager und begann eine Handbreit über dem Steinboden zu schweben. Automatisch traten alle außer Finn einige Schritte zurück.

Er atmete tief durch, bevor er den letzten Stein aktivierte. Gleich würde sich zeigen, ob er seinen Vater bald wieder in die Arme schließen konnte. Als das gelbe Licht des verbleibenden Steins sich in der Höhle ausbreitete, vibrierte der Ring derart stark und so schnell, dass er vor ihren Augen zu verschwimmen begann. Finn hielt den Atem an. Jetzt würde sich der Weg zurück in seine Welt öffnen!

Aber es geschah nichts dergleichen.

»Was ist los? Warum öffnet es sich nicht?«, fragte der Doktor ratlos.

»Ich habe keine Ahnung«, antwortete Finn. »Ich habe die Energie aller Steine entfesselt. Ich verstehe das nicht! Vielleicht fehlt die Macht von Sulur selbst? Dann wären wir verloren!«

»Die großen Magier vergangener Tage haben ihre Kraft in Objekten gespeichert, um sie zu gegebener Zeit bei Bedarf abrufen zu können«, überlegte Schey fieberhaft. »Vielleicht hat Sulur es genauso gemacht.«

Sie bückte sich, nahm dem Skelett den Ebenholzstab aus der Hand und reichte ihn Finn. Kaum hatte er den Stab berührt, konnte er eine seltsame Magie spüren, die jedoch in keiner Weise zu der des Ringes zu passen schien. Er probierte trotzdem, die Kraft des Stabs auf das Portal zu übertragen, aber die magische Energie war einfach nicht kompatibel.

»Das funktioniert auch nicht!«, schimpfte Finn resigniert und alle ließen ihre Köpfe hängen. Alle, bis auf Schey.

Sie trat furchtlos dicht vor den Ring und blickte von einem Licht zum anderen.

»Findet ihr das nicht merkwürdig?«, begann sie nach kurzem Überlegen. »Die vier Steine sitzen alle in gleichmäßigem Abstand zueinander auf dem Ring. Nur hier unten, genau in der Mitte, scheint noch einer zu fehlen.«

Die Erkenntnis traf Finn wie ein Schlag.

»Natürlich!«, rief er aus. »Wie konnte ich nur so dumm sein! Schey, du bist ein Genie!«

Unter den fragenden Blicken der anderen ließ er sich auf die Knie fallen und zog den Knochenarm von Sulur aus der Felsspalte. Dass er ihn dabei vom Rest des Skeletts abtrennte, kümmerte ihn nicht weiter. Achtlos warf er ihn über die Schulter. Dann streckte er seinerseits den Arm in den Spalt und schloss erneut die Augen.

Tief unten, bestimmt zwanzig Meter entfernt, spürte er die Präsenz des fünften Steins. Er war verdammt weit weg! Er konzentrierte sich und ignorierte das Gefühle der Ohnmacht, das ihn wegen der enormen geistigen Anstrengung überkam.

Zuerst bewegte sich der Stein nicht, doch plötzlich begann er zu zittern und flog nach oben in Finns ausgestreckte Hand. Wie eine Trophäe hielt er ihn hoch und grinste breit von einem Ohr zum anderen. Dann sprang er auf die Füße und gab Schey einen leidenschaftlichen Kuss.

»Nehmt euch zu Hause ein Zimmer«, witzelte Ken, »aber jetzt bring endlich dieses vermaledeite Portal in Gang!«

Finn löste sich von Schey und trat vor den Ring, der noch immer verschwommen vibrierte. Er stand einen Moment unentschlossen davor, denn er wusste nicht recht, wie er den Stein einsetzen sollte. Schließlich schloss er abermals die Augen und aktivierte ihn direkt in seiner Hand.

Wie von einem Magneten angezogen, sprang der weiß leuchtende Stein an seine Position im Ring, und augenblicklich spannte sich einer gekräuselten Wasserfläche gleich der Durchgang zu ihrer Heimatrealität auf. Zwar war nur die einige Schritte entfernte, hintere Wand der Höhle zu sehen, doch diese wies eine etwas andere Struktur auf und auch die Lichtverhältnisse unterschieden sich. Es gab keinen Zweifel, sie hatten es tatsächlich geschafft!

Finn sank auf die Knie und Tränen der Freude liefen ihm über das Gesicht. Schey umschlang ihn von hinten und küsste ihn auf die Wange. Emma fiel Riku um den Hals und der Doktor klopfte Ken zufrieden auf die Schulter.

Nur Sascha starrte mit finsterer Miene auf das Portal.

»Wir können nach Hause!«, rief Ken laut, schnappte sich Emma und Riku, zog sie zu Finn und Schey und umarmte sie alle überschwänglich mit seinen kräftigen Armen. Sie lachten und weinten und hüpften herum. Der lange Weg, den sie hinter sich gebracht hatten, war nicht umsonst gewesen.

Als sie sich alle wieder beruhigt hatten, gesellten sie sich zu Dr. Edmundo, der unten beim Schiff bereits damit beschäftigt war, ihre Sachen auszuladen. Sascha saß auf einer der Stufen am Wasser und starrte gedankenverloren Richtung Höhlenausgang. Sie wirkte irgendwie traurig. Eine Gefühlsregung, die Finn bei ihr noch nie gesehen hatte.

»Bereust du deine Entscheidung, hierzubleiben?«, fragte er und setzte sich neben sie. »Noch kannst du mit uns kommen, solange du versprichst, uns diesen Tramek nicht wieder auf den Hals zu hetzen.«

Eigentlich hatte er irgendeinen bissigen oder sarkastischen Kommentar erwartet, aber stattdessen schaute sie ihn nur traurig an und sagte: »Es tut mir leid, Finn, das musst du mir glauben.«

Noch bevor Finn nach dem Grund ihrer plötzlichen Reue fragen konnte, stieß Emma einen schrillen Schrei aus. Als sie sich alle zu ihr umdrehten, erblickten sie einen hageren, blassen Mann in Anzug und Krawatte, der vor dem Portal stand. Er hielt sich den Schädelknochen von Sulur vor das Gesicht, als wollte er ihm in die Augen schauen. Mit der rechten Hand umfasste er den Griff des silbernen Dolchs.

»Nach fast vierhundert Jahren bin ich nun endlich heimgekehrt, alter Freund«, sprach er leise, aber seine Stimme schien die gesamte Höhle auszufüllen.

Finn und die anderen beachtete er gar nicht und sie waren zu erschrocken, um ihrerseits irgendetwas zu sagen oder zu tun.

»Wie ich sehe, ist dir mein Dolch nicht gut bekommen. Sei froh, denn ich ließe dich solche Qualen erleiden, dass du um deinen Tod betteln würdest.«

Schließlich ließ er den Schädel achtlos fallen. Er rollte klappernd die Treppe hinunter, hüpfte zwischen Finn und den anderen hindurch und platschte schlussendlich ins Wasser, wo er für immer versank.

Die dunklen Augen des Unbekannten, denen eine kalte Ruhe innewohnte, richteten sich nun auf die Freunde. Sie wanderten von einem zum anderen, bis sie schließlich an Dr. Edmundo haften blieben. Ein beängstigendes Lächeln schlich sich auf das Gesicht des Anzugträgers.

»Mein lieber Adrian, ist es dir letztendlich doch noch geglückt, deine Maschine in Gang zu setzen. Ich hatte fast schon die Hoffnung verloren. Glaube mir, ich hätte dich höchst ungern getötet. Aber dass du das ganze Lager in die Luft gejagt hast, um mich von hier fernzuhalten, hat mir gar nicht gefallen.«

Das Gesicht des Doktors hatte die Farbe von Milch angenommen und ihm standen die Schweißperlen auf der Stirn.

»Tramek!«, spie er voller Angst und gleichzeitig auch Hass aus.

Finns Herz setzte kurz aus und ihm wurde beinahe schwarz vor Augen. Tramek! Wie konnte das sein? Was hatte dieser teuflische Milliardär hier verloren? Woher hatte er gewusst, dass sie gerade hier ein Portal öffnen würden? Und was hatte es mit dem Gefasel von Heimkehr und der Unterhaltung mit dem Schädel auf sich?

»Du betonst das völlig falsch, mein alter Freund«, tadelte Tramek belustigt. »Da ich nun wieder in meiner eigenen Welt bin, muss ich darauf bestehen, dass mein Name richtig ausgesprochen wird. Schließlich wird man ihn schon bald bis in alle Ewigkeit voller Ehrfurcht und Angst flüstern: Tra'Mek, Herrscher über *zwei* Welten! Und dieses Portal wird mir bei meinen Plänen gute Dienste leisten.«

»Tra'Mek?«, platzte es aus Schey heraus. »Ich wusste, dass mir der Name Tramek bekannt vorkam! Ihr seid der Tra'Mek, der sich zweitausend Jahre lang einen blutigen Krieg mit Sulur geliefert hat? Der schließlich durch eine geniale List in die Welt hinter dem Schleier verbannt wurde? Aber ihr hättet ohne Magie auf der anderen Seite schon längst gestorben sein müssen!«

»Auf das Hinterlistigste getäuscht hat er mich!«, zischte Tra'Mek mit einem kurzen Blick auf das Skelett. »Kapitulieren wollte er! Dem sinnlosen Blutvergießen ein Ende setzen wollte er! Von wegen! Irgendwie war es ihm gelungen, die Magie des Raums zu meistern, und so versetzte er uns hierher, in dem Moment, wo er vor mir wie ein Wurm auf den Knien herumrutschte und seinen Stab darbot.

Für einen Augenblick hatte er mich überrumpelt, doch bevor ich durch das Portal fiel und ohnmächtig wurde, konnte ich ihm noch meinen Dolch zwischen die Rippen treiben. Als ich in der kalten Höhle auf der anderen Seite wieder zu mir kam, war das Tor geschlossen und ich hatte meine Magie verloren. Ich war verzweifelt, konnte mir jedoch mit dem kleinen Vermögen, das meine goldene Krone gebracht hatte, im finsteren Mittelalter ein gutes Leben aufbauen.

Du willst wissen, wie ich bis heute überlebt habe, mein Kind? Nun, ich hatte zwar keine Magie mehr, aber mein brillanter Verstand war mir geblieben. Ich wusste, dass über die Jahrhunderte hinweg viele Vampire in die Welt hinter dem Schleier verbannt worden waren. Schnell kamen mir Schauermärchen zu Ohren, dass blutsaugende Wesen in London ihr Unwesen trieben. Da wurde mir klar, dass ihre Unsterblichkeit offenbar nicht mit Magie zusammenhängen konnte, da sie ja sonst längst hätten gestorben sein müssen.

Zu meinem Glück hatten mir viele Vampire bei meinem Kampf gegen Sulur geholfen und ich konnte tatsächlich einen finden, der mir eine solche fanatische Loyalität entgegenbrachte und der seiner ewigen Existenz derart überdrüssig geworden war, dass er mir sein Leben und damit seine Unsterblichkeit opferte. So wurde ich meinerseits unsterblich, wenn auch zu einem hohen Preis.

Ich schwor also für immer dem Tageslicht ab, durchlebte viele Jahrhunderte und kam zu Macht und Geld. Doch trotz meiner unablässigen Suche, konnte ich keinen Weg zurück in diese Welt finden. Erst als ich vor nun fast fünfunddreißig Jahren die Veröffentlichung von Dr. Edmundo las, fasste ich neue Hoffnung. Nur leider verlor er wegen so etwas banalem wie *Liebe* seinen wissenschaftlichen Antrieb und ich musste ihn neu motivieren, damit er seine genialen Theorien in die Tat umsetzte.«

»Neu *motivieren*?!«, platzte dem Doktor nun der Kragen. Die Wut gewann die Oberhand über seine Angst. »Du hast meine Frau entführt und bestimmt längst getötet, du verdammter Mistkerl! Ich hatte dir vertraut!«

»Du enttäuscht mich, Adrian. Ich habe immer gesagt, wenn du es schaffst, deine Maschine zu bauen und einen Durchgang zu öffnen, dann werde ich dich wieder mit deiner Frau vereinen. Und du hast es geschafft, auch wenn du mich hintergehen wolltest.«

Das zornesrote Gesicht des Doktors wurde wieder weiß wie Kreide.

»Heißt das, sie ist noch am Leben?!«, fragte er hoffnungsvoll.

Tra'Mek grinste nur breit und machte eine einladende Geste Richtung Portal.

»Sie wartet auf der anderen Seite auf dich.«

Dr. Edmundo überlegte einen Moment und begann dann,

mit zaghaften Schritten die Stufen hochzusteigen. Finn konnte kaum glauben, was er da sah. Hatte der Doktor nicht zugehört, wer das dort oben wirklich war?

»Vertrauen sie ihm nicht, Doktor!«, hörte Finn sich rufen. Zögernd blieb Edmundo auf halber Strecke stehen.

»Aber, aber, Adrian«, hielt Tra'Mek kopfschüttelnd entgegen. »Du wirst doch diesem Versuchskaninchen nicht *mehr* vertrauen als mir. Ich habe dir mein Wort gegeben.«

Traurig und hoffnungsvoll zugleich schaute der Doktor über die Schulter zurück zu Finn.

»Glaub mir, mein Junge, ich weiß, was das für ein Mensch ist. Aber wenn es nur die geringste Chance gibt, dass meine Frau noch lebt, dann muss ich sie ergreifen. Ich liebe sie, Finn, ich liebe sie mehr als mein Leben.«

Damit ging er weiter. Als er die oberste Stufe erreicht hatte, schaute er erwartungsvoll zu Tra'Mek, der ihm aufmunternd zunickte.

Der Doktor hatte den Ring fast erreicht und Finn überkam ein kleiner Funken Hoffnung, dass Edmundo durch das Portal schreiten und auf der anderen Seite seine Frau in den Arm nehmen würde. Aber im nächsten Moment stand Tra'Mek hinter ihm und bevor Finn oder einer seiner Freunde auch nur mit der Wimper zucken konnten, biss der Vampir dem Doktor in den Hals und riss ihm förmlich die Halsschlagader heraus.

Blut spritzte und färbte Gesicht und Anzug von Tra'Mek rot, was er sehr zu genießen schien. Edmundo sank auf die Knie, kippte zur Seite und seine Augen wurden leer. Er war tot und sein Blut bildete einen roten Fluss zwischen den bleichen Knochen von Sulur.

»Nein!«, schrien Finn und die anderen wie aus einem Mund. Trotz seiner vielen Fehler war Edmundo ihr Freund gewesen und sie waren nun drauf und dran, gemeinsam auf Tra'Mek loszugehen.

Bevor sie aber auch nur einen Schritt machen konnten, bewegte sich der Vampir mit übermenschlicher Geschwindigkeit vom Portal zum oberen Ende der langen und flach ansteigenden Treppe. Dort oben blieb er stehen und richtete die Spitze des silbernen Dolchs in ihre Richtung.

»Überlegt es euch gut!«, donnerte er und seine kalte Stimme hallte von den Höhlenwänden wider. Alle blieben vor Schreck wie angewurzelt stehen.

»Ich habe nur mein Versprechen gehalten und ihn zu seiner Geliebten geschickt. Hat der einfältige Tor wirklich geglaubt, ich würde mich über zehn Jahre mit dieser Frau belasten? Sie war bereits tot, da wusste der gute Doktor noch gar nicht, dass sie verschwunden war! Aber nun zu den Lebenden, die Toten langweilen mich.«

Mit der Dolchspitze zeigte er direkt auf Sascha, die sich die ganze Zeit im Hintergrund gehalten hatte.

»Meine treue Sascha! Auf dich konnte ich mich immer verlassen. Ich wusste einfach, dass du dem Doktor gefolgt bist, als ich deine Leiche nirgendwo in den Überresten der Anlage auf der Insel finden konnte. Und ich wusste, dass du schlau genug wärst, hierher zu kommen, um das Portal von Sulur wieder zu aktivieren. Seit Monaten saß ich Tag für Tag und Nacht für Nacht in dieser Höhle und starrte auf die Stelle, wo der Durchgang erscheinen musste. Aber auf meine talentierte Ziehtochter ist Verlass! Komm zu mir, mein Kind, und zusammen werden wir beide Welten beherrschen!«

Fassungslos starrten Finn und die anderen Sascha an.

»Es war von Anfang an dein Ziel, uns hierher zu bringen?!«, entfuhr es Finn. »Aber wie konntest du wissen, dass hier ein Portal ist?«

Sascha sagte nichts und stierte nur vor sich hin. Es war Tra'Mek, der antwortete.

»Sehr schlau scheinst du ja nicht zu sein, mein Junge. Ich habe mein Domizil natürlich in der Nähe des Ortes errichtet, wo ich in eure trostlose Welt gestoßen wurde und von wo aus mir vielleicht irgendwann die Rückkehr gelingen würde. Seit fast vierhundert Jahren gehört mir ein Großteil dieser Insel.

Ich habe mir ein Schloss oben auf der Klippe errichtet und dafür gesorgt, dass keiner außer mir jemals diese Höhle betreten würde.

Und Sascha wohnt seit ihrem sechsten Lebensjahr bei mir. Ihre Mutter war eine sowjetische Wissenschaftlerin, die mich, nun, sagen wir, ebenfalls enttäuscht hat. Aber die kleine Sascha hat eine Stärke ausgestrahlt, die mir gefiel. Deshalb habe ich sie behalten. Sie ist hier auf dieser Insel aufgewachsen und sie kannte natürlich meine Vergangenheit.«

»Dann war die Geschichte mit dem Buch aus dem Archiv nur eine Lüge, um uns hierher zu locken?«, fragte Ken. »Aber warum hast du uns nicht einfach zurückgelassen und bist allein gekommen?«

Wieder nur Schweigen von Sascha.

»Sie wusste natürlich, wie wichtig es mir sein würde, den guten Doktor zu treffen«, erklärte Tra'Mek. »Nun komm zu mir, mein Kind, wir haben Großes vor!«

Sascha ging langsam an Finn vorbei und er überlegte einen Moment, ihr mit seiner Magie das Messer zu entreißen und es ihr in ihr kaltes Herz zu stoßen. Aber irgendwie konnte er es nicht und auch keiner der anderen unternahm etwas. Jeder von ihnen verdankte dieser Frau auf irgendeine Weise sein Leben, auch wenn Sascha sie alle verraten hatte.

Sie begann die Stufen hinaufzusteigen und Tra'Mek breitete lächelnd seine Arme in einer Geste des Willkommens aus.

Auf halber Höhe der Treppe blieb sie unvermittelt stehen. Finn konnte ihr Gesicht nicht sehen, aber aus irgendeinem Grund verging dem Vampir das Lachen. Als Sascha kurz darauf über ihre Schulter zurückblickte, hatte sie ein feuriges Lächeln im Gesicht und Tränen in den Augen.

»Für Adrian!«, flüsterte sie, zog ihr Schwert aus der Scheide und stürmte auf den verdutzten Tra'Mek zu.

Finn konnte es kaum glauben, Sascha hatte sich für ihre Freunde entschieden! Sie mussten ihr unbedingt beistehen und diese Ausgeburt der Hölle ein für alle Mal beseitigen.

»Auf ihn!«, rief er und schwang den Stab von Sulur. Ken und Riku nickten ihm zu und ergriffen ihre Schwerter. Emma schnappte sich Rikus Kampfstab und Schey zog ihren Dolch aus dem Gürtel. Gemeinsam stürmten sie Sascha hinterher.

»Wie kannst du es nur wagen!«, brüllte Tra'Mek und bleckte seine langen Eckzähne.

Sascha erreichte das Plateau und schwang grimmig ihr Schwert gegen den Vampir. Dieser konnte jedoch durch seine übermenschliche Geschwindigkeit mühelos ausweichen. Immer wieder schlug sie auf ihn ein, aber er lachte nur. Finn und seine Freunde waren fast oben angekommen, als Tra'Mek offenbar die Geduld verlor. Nachdem Sascha wieder einen Schlag ausgeführt hatte, ergriff er das Handgelenk ihres Schwertarms und drehte es herum. Sie stieß einen Schmerzensschrei aus und ließ die Waffe fallen. Dann packte er sie am Hals und hob sie mühelos hoch.

»Ich bin schwer enttäuscht von dir!«, zischte er der nach Atem ringenden Sascha ins Gesicht und riss sein Maul weit auf, um ihr die Kehle aufzureißen.

Das konnte Finn keinesfalls zulassen. Er war noch ziemlich weit weg, aber die Wut schien ihm Kraft zu verleihen. Mit seiner Magie entriss er dem Vampir den Silberdolch und rammte ihn bis zum Heft in sein schwarzes Herz.

Aber es war zu spät, er hatte die Zähne bereits in ihren Hals geschlagen. Als er Sascha überrascht fallen ließ und auf den Dolchgriff starrte, der aus seiner Brust ragte, überkam Finn ein Gefühl der Genugtuung. Er und die anderen blieben auf der Treppe stehen, um ihm beim Sterben zuzusehen.

Aber er starb nicht. Er lachte.

»Habt ihr denn den Gruselgeschichten nie richtig zugehört?«, höhnte er. »Ihr könnt einen Vampir nicht so einfach töten!«

Ohne mit der Wimper zu zucken zog er sich den Dolch aus der Brust und zeigte damit wieder auf Finn und seine Freunde.

»Offenbar ist ein Magier unter euch. Meine Vermutung war

also richtig: Das Savant-Syndrom führt in dieser Welt zur Ausbildung von magischen Fähigkeiten! Wie wunderbar! Ich kann vielleicht selbst nicht mehr zaubern, aber ich werde mir eine Armee von Magiern züchten!«

Finn wollte gerade wieder auf ihn losstürmen, als Ken ihn am Arm zurückhielt.

»Wir müssen sofort zum Wasser!«, rief er laut, dass es die anderen auch hören konnten. »Finn, du musst Sascha in Sicherheit bringen!«

Finn begriff nicht, was sein Freund vorhatte, aber er konnte die Entschlossenheit in seinen Augen erkennen. Also nickte er nur, konzentrierte sich und mit Hilfe seiner Magie zog er die auf dem Boden liegende Sascha zu sich herunter. Als sie bei ihm landete, hievte er sie sofort auf die Beine. Sie blutete stark am Hals, war aber am Leben und bei Bewusstsein.

»Wir müssen hier weg!«, forderte er sie auf.

»Wir müssen ihn aufhalten!«, kam ihre schwache Antwort.

»Das werden wir«, erwiderte Finn, während sie die Stufen hinunter stolperten. »Ken hat, glaube ich, irgendeinen Plan.«

»Unser Sonnenschein?«, lachte sie matt. »Das wäre ja mal ganz was Neues.«

Tra'Mek blieb oben stehen und genoss offenbar den Anblick der vor ihm Fliehenden.

»Habt keine Angst!«, rief er überheblich. »Schließt euch mir an und ihr dürft zu Füßen meines Throns im Staub sitzen! Ihr könnt mir ja sowieso nicht entkommen!«

Als sie fast am Wasser waren, nahm Ken Finn die sich nur schwer auf den Beinen haltende Sascha aus den Armen.

»Du musst noch etwas für mich tun, mein Freund. Ich brauche da oben sofort ein Feuer! Kannst du das?« Ken blickte ihn flehend an.

Finn verstand nicht, was das alles sollte, aber er nickte. Das Plateau mit dem Portal lag viel zu weit entfernt, um dort direkt ein Feuer zu entfachen. Also musste er sich etwas anderes einfallen lassen. Verzweifelt schaute er sich um, dabei stieß seine

Hand an den Lederbeutel mit dem Stein vom Grab seiner Mutter, der an seinem Gürtel hing, und ihm kam eine Idee.

Er nahm den Stein heraus und hielt in vor sich in der flachen Hand. Ohne sich groß konzentrieren zu müssen, ließ er den Stein einige Zentimeter hoch über seiner Handfläche schweben. Dann versetzte er dessen Atome derart in Schwingung, dass er fast augenblicklich hellrot zu glühen begann und eine enorme Hitze abstrahlte.

Jetzt kam der schwere Teil. Seine Macht reichte nicht bis zum Portal. Also beschleunigte er mit all seiner magischen Kraft den Stein in Richtung des Leichnams von Dr. Edmundo. Er wollte mit ihm den Umhang des Doktors entzünden. Sicherlich hätte dieser nichts dagegen gehabt, bei der Vernichtung von Tra'Mek zu helfen.

Einer Gewehrkugel gleich schoss der Stein nach oben, doch geradezu mühelos fing der Vampir ihn in der Luft mit einer schnellen Handbewegung ab und hielt das glühende Gestein ohne ein Anzeichen von Schmerz in seiner Hand.

»Ist das alles, zu dem ihr im Stande seid?«, fragte er spöttisch.

»Nicht ganz«, rief Ken nach oben und warf sich auf den Boden.

Bevor Finn fragen konnte, was sein Freund da machte, begann das Boot hinter ihnen wie wild zu schaukeln und mit einem Mal wurde es in die Höhe gehoben und zur Seite geschleudert.

Aus dem Wasser stieg der weiße Drache aus dem Luftschiff! Finn, Riku, Emma und Schey machten es Ken in panischer Angst nach und warfen sich zu Boden. Der Drache hatte die Flügel angelegt und nutzte die mittleren Flügelgelenke zum Kriechen, ähnlich einer Fledermaus. So hievte er seinen mächtigen Körper auf die Treppe und kroch über Finn und seine Freunde hinweg.

Ob nun gewollt oder durch Zufall, keiner von ihnen wurde durch das gewaltige Ungetüm verletzt.

Zielstrebig begann der Drache, die Treppe hinaufzukriechen. Finn hob seinen Kopf und konnte den erstaunten Tra'Mek vor dem Portal stehen sehen, immer noch den glühenden Stein in der Hand.

»Was hat das zu bedeuten?«, rief der Vampir aus und das erste Mal schwang so etwas wie Unsicherheit und Angst in seiner Stimme mit.

Finn konnte sehen, wie er einige Schritte in Richtung Tor zurückwich und einen Blick über die Schulter warf. Offenbar überlegte er, ob er durch das Portal flüchten sollte, zögerte aber, da er vielleicht nie mehr heimkehren konnte, wenn er jetzt die Pforte zwischen den Welten durchschreiten würde. Und dieses Zögern wurde ihm zum Verhängnis.

Der Drache öffnete seinen Rachen und spie brüllend eine riesige Menge Drachengas aus. In Erwartung eines Infernos zogen alle, auch Tra'Mek, die Köpfe ein. Da der Drache jedoch keine Funkenzähne mehr hatte, geschah einen Augenblick lang gar nichts.

Tra'Mek, der mit dem Feuer der Hölle gerechnet hatte, blickte einen Sekundenbruchteil triumphierend, doch dann blieben seine Augen voller Entsetzen an dem Stein in seiner Hand hängen.

Das Gas hatte ihn unterdessen erreicht, entzündete sich an der glühenden Oberfläche des Steins und die gesamte Höhle verwandelte sich explosionsartig in ein Flammenmeer, das Tra'Mek, das Portal und auch den Drachen verschlang. Reflexartig rollten sich die Freunde über die letzte Stufe ins Wasser und tauchten unter. Über ihnen brannte die Luft sekundenlang und erhellte die Unterwasserwelt bis auf den Grund.

Als ihnen schließlich die Atemluft ausging, durchstießen sie japsend die Wasseroberfläche und zogen sich hustend auf die unterste Stufe. Finn half Ken dabei, die Wasser spuckende Sascha herauszuziehen.

Das Inferno war vorüber, nur das kieloben treibende Boot brannte noch wie eine schwimmende Fackel. Die zuvor kühle

Höhlenluft hatte nun mindestens vierzig Grad und der Steinboden dampfte. Nebelschwaden zogen über das Wasser. Vor ihnen auf der Treppe kauerte der weiße Drache und blickte sie abwartend aus gefährlich aussehenden Augen an. Als Finn einigermaßen sicher war, dass er nicht über sie herfallen würde, wandte er sich Ken zu.

»Woher, zum Teufel, wusstest du, dass der Drache hier auftauchen würde?«, schrie er ihn nach Atem ringend an.

Ken schaute etwas verlegen drein.

»Das ist nicht so einfach zu erklären.«

»Versuch es doch einfach mal«, forderte Schey ihn auf, während ihr ängstlicher Blick auf dem Drachen ruhte.

»Nun«, begann Ken, »ehrlich gesagt, hat der Drache nie aufgehört, mit mir zu sprechen. Nachdem ich ihn befreit hatte und in dieser Zelle gelandet war, hörte ich plötzlich seine Stimme in meinem Kopf. Er redete unablässig davon, dass er in meiner Schuld stehen und mich befreien würde. Ich konnte ihn gerade noch davon abhalten, das Gefängnis anzugreifen. Er versteckte sich also in der Nähe der Stadt und kam langsam wieder zu Kräften. Nachdem ihr mich befreit hattet, ist er uns immer gefolgt. Er war der Drache, der über die Drachenspähertürme geflogen ist und er hat diesen anderen Drachen erledigt, weil die Gefahr bestand, dass dieser uns gefährlich werden könnte. Nie war er sehr weit von mir entfernt.«

»Und warum hast du uns nichts davon erzählt?«, warf Finn seinem Freund vor.

»Ich wollte doch unseren Plan nicht gefährden, Finn! Oder hättest du dich in die Wildnis gewagt, wenn ich dir gesagt hätte, dass uns ein Drache auf Schritt und Tritt verfolgt?«

Da war durchaus was dran, musste Finn zugeben. Zweifelnd beäugte er den Drachen.

»Wird er uns denn auch nichts tun?«

»Keine Sorge, er hat mir sein Wort gegeben. Ihr werdet es kaum Glauben, aber Ehre ist diesen Wesen fast das Wichtigste.«

Wie zur Bestätigung gab der Drache ein Schnaufen von sich. Dann setzte er sich in Bewegung und kroch dicht an ihnen vorbei ins Wasser.

»Er hat seine Reserven verbraucht«, erklärte Ken. »Er muss nun erst einmal ruhen.«

Als der Drache untergetaucht war, kümmerten sie sich zunächst um Sascha, die viel Blut verloren hatte. Emma brauchte überraschenderweise sehr lange, um die Bisswunde mit ihrer Magie zu schließen und danach blickte das Mädchen besorgt auf die Verwundete.

»Das ist keine normale Verletzung«, erklärte sie. »Sie scheint bis in jede Zelle ihres Körpers zu reichen.«

»Ach, das wird schon wieder«, flüsterte Sascha schwach. »Ich bin hart im Nehmen.«

Finn kniete sich neben sie und legte seine Hand auf ihre Schulter.

»Wir danken dir, dass du dich für uns entschieden hast, Sascha. Ich weiß, er war so etwas wie ein Vater für dich.«

»Hör mit dem Gewinsel auf«, blaffte sie ihn an, »sonst bereu ich meine Entscheidung noch! Schaut lieber nach, ob er wirklich tot ist.«

Finn musste kurz grinsen. Sascha war eben Sascha. Er stand auf und zusammen mit den anderen stieg er die Stufen hinauf. Das erste, was ihn wie ein Schlag traf, war das Portal. Es gab keines mehr! Als sie das Plateau erreicht hatten, sahen sie, dass es in Myriaden kleiner Splitter zerborsten war. Die Hitze des Drachenfeuers war wohl einfach zu groß gewesen.

Die Leiche des guten Doktors war offenbar vollständig verbrannte. Von Tra'Mek fanden sie immerhin einige halb geschmolzene Knochen. Sein Vampirismus hatte ihn anscheinend widerstandsfähiger gegen alles Mögliche gemacht, aber gegen das Feuer eines Drachen war letztendlich nicht einmal ein Vampir gefeit.

»Er ist tot!«, rief Ken zu Sascha hinunter. Diese hob bestätigend die Hand und ließ sich dann rücklings auf den Steinboden sinken.

Zu Finns Freude fand er sogar seinen weißen Stein wieder. Aber sie währte nur kurz, denn er realisierte plötzlich, dass nun ihre einzige Hoffnung auf eine Heimkehr in Trümmern lag. Er nahm eine Handvoll Splitter und ließ sie durch seine Finger rieseln.

»Wir werden nie mehr nach Hause kommen«, flüsterte er traurig. Schey trat zu ihm und nahm ihn in ihre Arme.

»Die Heimat ist dort, wo dein Herz ist, Finn. Und dein Herz ist hier.« Mit diesen Worten legte sie seine Hand auf ihre Brust. »Wir werden schon noch einen Ort für uns finden.«

Ken hob auf einmal den Kopf, als ob er lauschen würde.

»Was ist?«, fragte Riku.

Erstaunt blickte Ken von einem zum anderen.

»Der Drache sagt, das draußen über der Insel die Drachenhaut kreuzt!«

Da ihr Boot zerstört war, mussten sie leider schwimmen, um die Höhle zu verlassen. Als sie sich nach der anschließenden, mühseligen Kletterei endlich patschnass und vor Kälte schlotternd über den Rand der Klippe zogen, sahen sie in der Ferne tatsächlich die vertraute Silhouette des Luftschiffs am Himmel.

»Sollen wir sie auf uns aufmerksam machen?«, fragte Schey unsicher. »Schließlich sind wir alle Verbrecher in ihren Augen. Ken droht immer noch die Todesstrafe.«

Finn überlegte einen Moment.

»Fragt ihr euch nicht, warum die Drachenhaut ohne Drachen fliegen kann?«, erwiderte er verschmitzt lächelnd. »Vielleicht haben sich ja einige Dinge während unserer Abwesenheit verändert. Und falls nicht, lassen wir uns einfach nicht verhaften«, fügte er schulterzuckend hinzu und ließ demonstrativ den Stab von Sulur vor sich in der Luft schweben.

»Egal für was, entscheidet euch endlich!«, war Saschas wie immer äußerst herzliche Stimme vom Rand der Klippe zu hören. Es hatte sie ihre letzten Kräfte gekostet, heraufzuklettern, und nun lag sie zitternd auf dem Rücken und rang nach Atem.

»Na dann los!«, forderte Ken auf und kurz darauf hatte Finn ein nahe gelegenes Gebüsch in Brand gesteckt. Dicke, schwarze Rauchschwaden stiegen zum Himmel empor.

Eine halbe Stunde später hatte die Drachenhaut in einiger Entfernung festgemacht und Samara schritt mit einer Gruppe von Kämpfern über die windige Ebene auf sie zu. Wenige Schritte vor ihnen machte sie mit ihren Männern Halt, musterte sie alle stumm und blieb schließlich mit ihrem Blick bei Schey hängen.

»Ich danke Omra dafür, dass du am Leben bist, Schey«, brach sie schließlich die Stille. »Haben sie dich gezwungen, mit ihnen zu gehen?«

»Niemand hat mich gezwungen, Mutter!«, platzte Schey der Kragen. »Unser feiner Rat hat einen Freund der Hyva zum Tode verurteilt, weil er ein empfindendes Wesen vom Leid erlösen wollte, für das die Hyva verantwortlich waren! Kens Kameraden haben vielen von uns das Leben gerettet, als die Mayatan damals die Drachenhaut angegriffen haben. Alle, insbesondere du, scheinen das vergessen zu haben! Und außerdem liebe ich einen von ihnen!«, beendete sie ihre Ansprache und ergriff demonstrativ Finns linke Hand.

Samara antwortete nicht sofort, sondern schien mit den Worten ihrer Tochter zu hadern. Schließlich setzte sich ihr Pflichtgefühl dem Rat gegenüber durch.

»Die Ratsherren haben ein Urteil gefällt und dem haben wir uns zu beugen, auch wenn wir vielleicht selbst eine andere Entscheidung getroffen hätten. So funktioniert unsere Gesellschaft nun einmal. Ich fordere euch also hiermit auf, eure Waffen abzulegen und uns ohne Widerstand zu folgen. Wenn wir nach

Kysann zurückkehren, muss der Rat über euer Schicksal entscheiden.«

Bei den letzten Worten wich ihr das Blut aus dem Gesicht, denn Samara war durchaus bewusst, dass dies auch für ihre Tochter galt.

»Ich hab einen anderen Vorschlag«, sagte Finn lächelnd und plötzlichen wurden wie von Geisterhand die Schwerter, Säbel und Messer von Samara und ihren Männern aus den Scheiden gezogen und landeten klappernd auf einem wilden Haufen vor Finns Füßen. Die Kapitänin und ihre Mannschaftsmitglieder wichen völlig erstaunt einige Meter zurück und bekamen große Augen.

»Wie...wie...wie hast du das vollbracht?«, fragte sie mit bebender Stimme.

»Mit Magie natürlich«, erwiderte Finn gelassen. »Und nun beantworte mir eine Frage: Wie konntet ihr eigentlich ohne den Drachen mit der Drachenhaut so weit fliegen?«

Eigentlich kannte Finn die Antwort bereits, aber er wollte, dass Samara es vor den anderen offen zugab.

»Nun, äh, wir haben in Rikus Zimmer den Drachenknochen im Badezuber gefunden. Als uns klar wurde, was dort als Blasen im Wasser aufstieg, haben wir eins und eins zusammengezählt.«

»Also habt ihr mein Geschenk erhalten«, trug Finn ziemlich dick auf. Er musste jetzt unbedingt die Kontrolle behalten. »Ich habe auf dem Drachenfriedhof erkannt, dass dieser spezielle Knochen höchstwahrscheinlich für die Erzeugung des Drachengases verantwortlich ist, denn ich konnte die ihm innewohnende Magie sehen. Nach einem kurzen Test im Badezuber war ich mir dann sicher und mir war klar, dass dies die Lösung für die Drachenhaut sein könnte. War nicht die Zerstörung der Flugfähigkeit des Luftschiffs der Hauptgrund für Kens Verurteilung? Ist damit Kens Schuld nicht im Großen und Ganzen getilgt?«

»Nun ja, der Tod von Lomar ...«, wollte Samara entgegenhalten, aber Finn unterbrach sie schroff.

»War nichts weiter als ein bedauerlicher Unfall, der durch Lomars übertriebenen Angriff auf Ken überhaupt erst passieren konnte! Wenn eine Strafe nötig ist, dann sollte er dafür einige Monate im Gefängnis schmoren, nicht mehr!«

»Aber ihr habt ihn aus dem Gefängnis befreit!«, rief Samara nun laut, denn ihr gefiel es gar nicht, in die Defensive gedrängt zu werden.

»Und niemand wurde dabei großartig verletzt, außer vielleicht das Ego eurer versoffenen Wachen!«, hielt Finn dagegen.

Er spürte, wie ihn Schey und die anderen überrascht von der Seite anschauten, da sie offensichtlich nicht damit gerechnet hatten, dass gerade Finn sie so eloquent verteidigen würde. Bei Samara hatte er nun offenbar sein Ziel erreicht, denn sie erwiderte mit eingeschnappter Miene:

»Nun denn, Finn, was schlägst du vor, was wir mit euch machen sollen?«

Darauf hatte er nur gewartet.

»Ganz einfach. Ihr ladet uns ein, Euch auf Eurer Mission, die Yangri zu finden, zu begleiten. Ich nehme an, dass dies immer noch euer großer Plan ist? Nur von eurem kleinen Abstecher, um eure Tochter zu suchen, weiß der Rat vermutlich nichts. Ihr habt sicherlich schon viel Zeit verloren.« Er konnte in Samaras Augen sehen, dass er damit richtig lag. »Nur eines ist mir noch nicht ganz klar: Wie konntet ihr überhaupt wissen, wohin wir gegangen sind?«

Finn konnte das Aufatmen regelrecht sehen, als Samara erkannte, dass Finn doch nicht alles zu wissen schien.

»Meister Edmundo war wohl von eurer Flucht nicht ganz so überzeugt. Wir haben in seinem Zimmer einen Brief gefunden, der uns euer Ziel verriet. Doch leider hattet ihr da schon die nördlichen Grenzen überschritten und es wäre aussichtslos gewesen, euch in der Wildnis zu suchen. Wo ist der gute Doktor überhaupt?«

»Er ist zu seiner Frau zurückgekehrt«, antwortete Finn nur, denn das war es auch, was er im Herzen glaubte.

Samara schaute einen Moment irritiert, beließ es aber dabei. Nachdem sie noch einmal den müden Haufen vor sich begutachtet hatte, atmete sie tief durch und sprach:

»So sei es denn! Ihr könnt uns als freie Männer und Frauen begleiten. Was der Rat davon halten wird, werden wir zu gegebener Zeit erfahren. Aber ich will euch keine Illusionen machen! Die Mayatan und die Manticora haben begonnen, die südlichen Städte der Hyva anzugreifen, und es ist nur noch eine Frage der Zeit, bis sie Kysann direkt attackieren. Wir fliegen über das Meer ins nördliche Tarop, wo wir noch Yangri vermuten. Vielleicht können wir sie überzeugen, dass wir vereint mehr erreichen. Doch falls auch dort dieser Krotrok seine Horden entfesselt hat, kann es auch trotz eurer beeindruckenden Fähigkeiten eine Reise in den Tod werden.«

»Ich kann Euch da nur beipflichten«, antwortete Finn ernst, »aber wir haben einen alten Bekannten, der uns sicherlich nützlich sein wird. Ken?«

»Wen meint ihr?«, konnte Samara gerade noch etwas verwirrt fragen, als plötzlich der weiße Drache von unterhalb der Klippe emporschoss, über dem Meer einen eleganten Looping vollführte und dann brüllend auf dem Klippenrand hinter Finn und seinen Kameraden landete.

Das war zu viel für Samaras unbewaffnete Begleiter. In wilder Panik nahmen sie die Beine in die Hand und stürmten schreiend in Richtung Luftschiff davon. Allein Samara hatte den Mut zu bleiben, auch wenn sie vor Schreck einige Schritte rückwärts stolperte und rücklings ins spärliche Gras fiel.

Der Kopf des Drachen senkte sich und seine Augen verengten sich zu Schlitzen, als er auf Samara herunterblickte.

»Warum tötet er uns nicht?«, fragte sie panisch.

»Warum sollte er«, antwortete Finn schulterzuckend. »Außer

Euch hat ihm hier niemand etwas getan. Und weil er Schey zu mögen scheint, hat er versprochen, Euch nicht *sofort* zu fressen.«

Das Letztere hatte er sich zwar ausgedacht, aber diesen kleinen Seitenhieb hatte sie durchaus verdient.

»Und er will uns wirklich helfen?«, fragte sie ungläubig und kam vorsichtig auf die Füße.

»Nun, sagen wir, er möchte uns ein Geschäft vorschlagen. Er hilft uns bei der Suche nach den Yangri.«

»Und im Gegenzug?«

»Ganz einfach. Im Gegenzug sollen wir ihm helfen, seine Mutter zu töten.«

- Teil 2 -
Drachenstimme

Zwischen Himmel und Erde

»Es ist eine Falle!«, rief Schey entsetzt und trat mit weit aufgerissenen Augen einen Schritt vom Sichtfenster zurück. Finn starrte ungläubig auf das sich vor dem Luftschiff abspielende Schauspiel:

Einen knappen Kilometer entfernt lag eingehüllt in den Morgennebel eines ruhig dahinfließenden Stroms eine Stadt. Ihre gewaltigen Mauern aus schwarzem Stein schmiegten sich an die sanften Windungen des Flusses und unzählige schlanke Türme ragten dunkel ins Blau des Herbsthimmels.

Bis eben noch schien es eine Geisterstadt zu sein, aber aus heiterem Himmel erhoben sich aufgescheuchten Vögeln gleich hunderte von fliegenden Wesen aus den Straßen und Gassen hinter der Stadtmauer. Selbst auf diese Entfernung gab es keinen Zweifel: Mayatan! Und sie hielten wie ein Schwarm wütender Hornissen auf die Drachenhaut zu.

Erlus, der Erste Offizier, rannte ohne den Befehl seiner Kapitänin abzuwarten, zu einer dicken Messingkette und zog so kräftig daran, als wollte er sie von der Decke reißen. Überall an Bord läuteten die Alarmglocken.

»Wir hätten *doch* erst einen Spähtrupp schicken sollen!«, beschwerte sich Finn bei Kapitänin Lysan. »Wie konntet Ihr nur glauben, die Yangri würden hier friedlich auf uns warten?!«

Samara umfasste den Griff ihres Säbels so fest, dass ihre Fingerknöchel weiß hervortraten.

»Das war unmöglich vorherzusehen! Wer konnte denn ahnen, dass selbst die Hauptstadt der Yangri diesen geflügelten

Bestien zum Opfer gefallen ist. Wir sind weit im Norden von Tarop. Hier sollte es keine Mayatan geben!«

Sie schlug mit der flachen Hand auf die große Weltkarte, genau dort wo Nordamerika lag. Oder Tarop, wie es in dieser Welt hieß.

»Aber egal, wir sind auf so etwas vorbereitet«, presste sie zwischen den Zähnen hervor.

»*Niemand* ist auf so was vorbereitet!«, schrie Ken aufgebracht, mit seinem dunklen, muskulösen Arm auf die schwarze Wolke aus Mayatan über der Stadt zeigend.

»Wir haben jetzt keine Zeit mehr für Diskussionen! Alle Mann an Deck!«, rief sie den aufgeregt miteinander tuschelnden Besatzungsmitgliedern auf der Brücke zu. Augenblicklich erstarben alle Unterhaltungen und die Anwesenden setzten sich Richtung Tür in Bewegung. Finn blieb mit Schey noch zurück und drückte sie fest an sich.

»Das können wir doch unmöglich schaffen!«, sagte sie ängstlich und grub ihre Hände in seine Schultern.

Auch Finn hatte Angst. Aber er durfte jetzt nicht in Panik geraten. Das würde keinem helfen und Schey noch mehr verängstigen.

»Wir haben einen sechshundertjährigen Vampir besiegt, da sollten wir doch mit ein paar Mayatan keine Schwierigkeiten haben«, erwiderte er übertrieben enthusiastisch.

Finn löste sich mit einem aufmunternden Lächeln von ihr, ergriff ihre Hand und gemeinsam folgten sie den anderen zur Tür hinaus.

Beim Hinausgehen fiel ihm auf, dass auch Emma Rikus Hand hielt. Seit dem Beginn ihrer Reise über den Atlantik vor drei Wochen, machten sich Schey und Finn einen Spaß daraus zu spekulieren, ob sich zwischen dem jungen Asiaten und der hübschen Schwedin mehr entwickelt hatte, als nur eine gute Freundschaft. Sicher, die Kleine war erst Dreizehn, aber gerade in diesem Alter spielten die Hormone verrückt. So sah es wenigstens Schey. Finn konnte da nicht mitreden, denn bevor er seinen schwarz gelockten Engel getroffen hatte, waren Mädchen immer ein Buch mit sieben Siegeln für ihn gewesen.

Überall in den engen Gängen des Luftschiffs schoben sich Soldaten und Besatzungsmitglieder Richtung Treppenaufgang. Die Alarmglocken hatten die gesamte Crew auf die Beine gebracht. Auf dieser Mission drängten sich nahezu doppelt so viele Männer an Bord wie bei ihrer letzten Reise. Alle Kajüten waren vollgestopft mit Mensch und Material. Und so gut wie jeder auf dem Schiff wusste mit Waffen umzugehen, von der kleinen Kernbesatzung einmal abgesehen. Der Herrscherrat wollte offenbar in Anbetracht der wachsenden Bedrohungen für die Hyva dieses Mal kein Scheitern riskieren. Insofern teilte Finn die Zuversicht von Samara, denn die Drachenhaut war bestens für den Kampf gerüstet.

Als sie in die kühle Herbstluft traten, wimmelte es an Deck von Armbrustschützen, die zu ihren Posten eilten oder ihre Schusswaffen ein letztes Mal überprüften. Finn wunderte sich, fast genauso viele Männer mit hohen eckigen Holzschilden zu sehen.

»Schildwall! Elliptische Formation!«, brüllte Samara über das Deck, kaum das sie es betreten hatte.

Sofort begann ein hektisches Treiben, das anfänglich chaotisch wirkte, aber schließlich verstand Finn den Sinn dahinter: Die Schildträger bildeten auf dem gesamten Oberdeck ein Oval mit einigen Schritten Abstand zur Reling. Dabei wechselte sich jeweils ein knieender mit einem stehenden Mann ab, die Schilde in zwei übereinander angeordneten Reihen formiert. So erzeugten sie einen geschlossenen, nach innen geneigten Wall, der gut und gerne drei Meter hoch reichte.

Nachdem das Bollwerk stand, verteilten sich die Armbrustschützen, immer zwei hintereinander. Nach kurzem Grübeln verstand Finn auch diese Taktik: Einer schoss durch den Spalt zwischen den Schilden, während sein Partner nachlud.

Ihn beeindruckte die militärische Präzision der Abläufe. Die letzten Wochen hatten die Kämpfer nur nutzlos an Deck herumgelungert und ihre Witze über Finns Auftreten gemacht: Wie er mit den geflochtenen roten Haaren und der schwarzen, mit Silberringen geschmückten Lederrüstung herumlief, immer den dunklen Ebenholzstab mit dem Rubin auf dem Rücken tragend.

Bei einem gestandenen Mann hätte das sicherlich bedrohlich gewirkt, ein neunzehnjähriger Bengel erwarb auf diese Weise bei den kampferfahrenen Soldaten keinen Respekt, sondern erntete nur Spott. Aber das störte Finn nicht. Er wusste, welche Fähigkeiten in ihm schlummerten.

»Netze hoch und Segel reffen!«, kam der nächste donnernde Befehl von Samara.

Die Crewmitglieder der Drachenhaut hatten die ganze Zeit kistenweise Armbrustbolzen im Inneren des Ovals verteilt. Jetzt ließen sie alles stehen und liegen und eilten durch den sich öffnenden Schildwall zur Reling.

Durch eine der Lücken erhaschte Finn einen Blick auf die sich nähernde Wolke aus Mayatan. Das Blau des Herbsthimmels verschwand hinter unzähligen dunklen Schwingen. Er dachte daran, was vor nicht allzu langer Zeit eine kleine Gruppe dieser Wesen auf der Drachenhaut angerichtet hatte. Und da draußen näherte sich eine Armee!

»Ein Drache wäre jetzt nicht schlecht, oder was meint Ihr, Samara?«, frage Ken sarkastisch.

Finn kannte den lebensfrohen Schwarzen gut genug, um zu wissen, dass er mit seinem Sarkasmus nur seine Angst überspielen wollte.

»*Ich* habe ihn nicht zum Jagen fortgeschickt«, antworte die Kapitänin vorwurfsvoll, ohne ihn eines Blickes zu würdigen.

»Er hat wochenlang nichts gefressen! Ein Wunder, dass er sich überhaupt so lange in der Luft halten konnte. Wir hätten einfach auf seine Rückkehr warten sollen, bevor wir uns der Stadt nähern! Schließlich hätten auch die Yangri feindlich reagieren können. Aber um die müssen wir uns ja nun keine Sorgen machen. Offenbar haben die Mayatan sich bereits um sie gekümmert!«

»Kannst du den Drachen nicht rufen?«, fragte Emma mit ängstlicher Stimme.

»Ich spüre ihn nicht. Er ist zu weit entfernt«, erwiderte Ken kopfschüttelnd.

Die Angst kroch Finn in alle Glieder und nistete sich schleichend in seinem Verstand ein. Mühsam kämpfte er dagegen an. Er war ein Magier! Er durfte seine Freunde jetzt nicht im Stich lassen.

Als er wieder durch eine der Lücken im Wall spähte, hoben sich gerade grobmaschige Netze aus Seilen entlang der Reling bis hinauf zur mit Drachengas gefüllten Traghülle. Finn hatte sich während ihrer Atlantiküberquerung darüber gewundert, was für dicke Seilwülste außen am Schiff hingen, aber er hatte es nicht für wichtig genug erachtet, um Samara damit zu behelligen. Jetzt erkannte er den Sinn dahinter.

Die Männer außerhalb des Schildwalls beeilten sich, wieder ins Innere zu kommen, denn schon schwirrten ihnen die ersten Pfeile der Mayatan um die Ohren. Zitternd bohrten sich die Geschosse in das Holz der Schilde.

»Bereitmachen!«

Samara spähte durch eine der Lücken. Die Schützen legten die Armbrüste an und zielten. Sekunden vergingen. Die Frequenz der dumpfen Einschläge erhöhte sich, bis es wie prasselnder Hagel auf einem Holzdach klang.

Einer der Pfeile fand den schmalen Spalt zwischen zwei Schilden und auch die Schulter des Schützen dahinter. Mit einem Schmerzensschrei ließ er seine Waffe fallen und kippte rücklings auf die Planken. Sofort rannte Emma zu dem Mann und zusammen mit einem der Crewmitglieder zog sie den Verletzten auf die Füße.

»Ich kümmere mich unten um die Verwundeten«, sagte sie knapp, als sie mit dem stöhnenden Mann an der Kapitänin vorbeikam. Diese nickte kurz, die Augen immer noch auf eine der Lücken im Wall gerichtet.

»Ich helfe ihr«, entschied Schey. »Das ihr hier oben auf euch aufpasst, verstanden? Ich will keinen von euch zusammenflicken müssen!«

Finn ahnte, dass sie ihnen am liebsten das Sterben verboten hätte, doch niemand musste – oder wollte – an diese Möglichkeit erinnert werden. Sie gab ihm einen kurzen, aber intensiven Kuss und verschwand mit Emma unter Deck.

Inzwischen vibrierte die Luft vom Rauschen zahlloser Schwingen und den schrillen Rufen ihrer Besitzer. Finn verstand nicht, worauf die Kapitänin noch wartete.

»Feuer frei!«, brüllte Samara endlich, gegen den tosenden Lärm der heranrasenden Feinde ankämpfend.

Das zeitgleiche Sirren hunderter Armbrustsehnen schallte über das Deck, gefolgt von den grauenhaften Schreien der getroffenen Mayatan. Finn verabscheute jedes Töten, aber in Anbetracht der lebensbedrohlichen Lage, in der sie sich befanden, klangen die Todesschreie wie Musik in seinen Ohren.

In einer fließenden Bewegung traten die ersten Schützen zurück und tauschten die Plätze mit den hinter ihnen wartenden, die nach kurzem Zielen ihrerseits feuerten. So entstand ein endloser Regen aus Armbrustbolzen, der sich todbringend auf den Feind ergoss.

Riku und Ken zogen ihre Schwerter, doch es gab nichts für sie zu tun. Finn riskierte einen Blick durch eine der Lücken zwischen den Schilden. Die Mayatan verdunkelten zwar den Himmel, aber nur selten schaffte es einer von ihnen bis ans Netz. Und wenn es doch einem gelang, durchbohrten ihn mehrere Bolzen, noch bevor er eines seiner beiden Kurzschwerter ziehen und die Seile zerschneiden konnte.

Es schien, dass Samara eine todsichere Strategie gegen die fliegenden Wesen gefunden hatte. Die Angst fiel teilweise von ihm ab. Er bewunderte diese geniale Frau, auch wenn sie mit dem voreiligen Anflug auf die Stadt der Yangri einen folgenschweren Fehler begangen hatte.

Finn sah schließlich ein, dass er hier im Augenblick nichts ausrichten konnte.

»Ich werde Sascha informieren«, entschied er kurzerhand.

Unverhofft bekam er die volle Aufmerksamkeit von Samara. Mit zusammengezogenen Augenbrauen fixierte sie Finn.

»Zu was soll *das* denn gut sein?«, fragte sie kalt. »Sie ist doch schon so gut wie tot. Und wenn ich nicht einen verrückten Haufen von sogenannten *Savanten* an Bord hätte, die aus mir unerfindlichen Gründen noch zu dieser Kreatur halten, dann hätte ich sie längst in den Ozean geworfen.«

»Sie hat uns viele Male das Leben gerettet!«, entgegnete Finn aufgebracht. »Gerade eine Soldatin wie Ihr sollte doch verstehen, was Treue ist!«

Das Finn ihre Soldatenehre anzweifelte, schmeckte der Kapitänin offensichtlich gar nicht.

»Das hat nichts mit Treue zu tun, Finn! Sie wurde von einem Vampir gebissen und er ist gestorben, bevor sie selbst sterben konnte. Du hast Meister Saan gehört, was er über die Weitergabe dieses Übels gesagt hat: Der Fluch geht auf das Opfer über, wenn der Vampir vor ihm stirbt. Und die Geschichte, die Tra'Mek euch über sein Überleben in der Welt hinter dem Schleier erzählt hat, bestätigt seine Worte. Sascha verwandelt sich in eine dunkle Kreatur. Und bei Belor, sie war schon vorher keine von den wirklich Guten!«

»Sprecht nicht von ihr, als wär sie bereits tot!«, donnerte Finn und ohne die Schlacht weiter zu beachten, verschwand er unter Deck.

Es brodelte dermaßen in ihm, dass er kaum auf seinen Weg achtete. Er eilte die steilen Treppen hinunter und einen schmalen Gang entlang, bis es nicht mehr weiter ging. Finn stoppte vor der schweren Holztür, hinter der sie ihren ersten Tag auf der Drachenhaut verbracht hatten. Es kam ihm vor, als seien seitdem Jahre vergangen, dabei handelte es sich erst um wenige Monate.

In den letzten Wochen war er oft hier unten gewesen. Seit Samara von Saschas Verwandlung erfahren und sie in diese Zelle gesperrt hatte, besuchte er sie jeden Tag.

Als sie nach dem Kampf mit Tra'Mek auf das Luftschiff gekommen waren, rechneten noch alle mit ihrer raschen Genesung. Aber nachdem Meister Saan die Geschichte zu ihrer Verletzung vernommen hatte, war er kreidebleich geworden und hätte sie am liebsten auf der Stelle über Bord werfen lassen. Nur mit Mühe gelang es ihnen, den Gelehrten der Drachenhaut davon abzuhalten und ihm stattdessen sein Wissen zu entlocken. Als er fertig erzählt hatte, waren Finn und seine Freunde plötzlich die Einzigen, die Sascha nicht sofort umbringen wollten.

Finn hatte in Gedanken versunken eine Weile schweigend vor der Tür gestanden. Gerade wollte er etwas sagen, als er die leise Stimme von Sascha vernahm:

»Was willst du schon wieder hier unten, Zauberkünstler? Hier gibt es nichts mehr für dich. Nur den Tod.«

Nur seine griesgrämige Freundin war in der Lage, ihn gleich mit dem ersten Satz auf die Palme zu bringen.

»Hör mit dem ständigen Geschwafel vom Tod auf, Sascha! Noch bist du am Leben. Jeden Tag höre ich die gleiche depressive Leier von dir.«

Ein bitteres Lachen drang durch die Tür.

»Hast du vergessen, was mein Ziehvater mir vererbt hat? Durst und Dunkelheit.«

»Ich hab jetzt für dein selbstmitleidiges Gejammer keine Zeit, Sascha! Wir werden angegriffen! Die Hauptstadt der Yangri war von den Mayatan besetzt und nun fallen sie wie ein Schwarm tollwütiger Falken über uns her!«

»Denkst du, das wüsste ich nicht längst? Ich lausche ihren Todesschreien schon eine ganze Weile. Und die Luft trägt den Geruch ihres warmen Bluts. Der süße Duft des Todes!«

»Was faselst du da? Hör zu, im Moment halten wir sie noch in Schach, aber falls sie durchbrechen, benötigen wir jeden Mann und jede Frau. Und besonders eine Frau mit deinen Fähigkeiten.«

Wieder dieses Lachen.

»Selbst wenn ich wollte, ich könnte es nicht. Das Licht des Tages verursacht Höllenqualen und die Strahlen der Sonne verwandeln mich binnen Sekunden in eine lodernde Fackel.«

»Verdammt noch mal, dann kämpfst du eben unter Deck, wenn sie so weit vordringen sollten! Bedeuten dir deine Freunde denn gar nichts mehr? Ich werde jetzt diese Tür öffnen und *du* wirst dich zusammenreißen!«

»Wenn du das tust, reiß ich dir die Kehle raus!«

Saschas grollende Stimme ertönte dicht hinter der Tür und sie schien mit ihren Fingernägeln über das Holz zu kratzen.

»Ich kann es nicht mehr kontrollieren, Finn! Der Durst ist so unglaublich stark! So stark. Ich kann dein Herz durch das Holz schlagen hören und das Blut, wie es durch deine Adern pulsiert. Auch wenn mein Verstand es nicht will, die Blutgier verbrennt meine Selbstbeherrschung, bis nur noch schwarze Asche übrig ist. Wenn sich diese Tür öffnet, ist niemand mehr vor mir sicher, Finn. *Niemand.*«

Finn fehlten die Worte. In einem letzten Anflug kindlicher Sturheit hatte er sich bis eben dagegen gesträubt, Sascha endgültig aufzugeben. War sie verloren? Gab es denn nichts, was er für sie tun konnte?

»Du brauchst mich doch gar nicht, Finn«, drang die nun deutlich ruhigere Stimme von Sascha durch die Tür. »Das Einzige, was du noch finden musst, ist Mut und Selbstvertrauen. Du bist ein Magier, verdammt noch mal! Du kannst Feuer entfachen, Dinge durch die Luft fliegen lassen und wer weiß was sonst noch! Und du stehst hier und quatschst mit einer Todgeweihten, während in diesem Augenblick da oben ganz normale Menschen um ihr erbärmliches Leben kämpfen? Wenn ich nicht so einen unbändigen Blutdurst hätte, würde ich auf der Stelle rauskommen und dir gehörig in deinen Savantenarsch treten! Und jetzt mach, dass du an Deck kommst!«

Finn stand einen Moment verdutzt vor der Tür. Konnte sie Recht haben? War er gar nicht wegen Sascha hier unten, sondern weil er nach all den bestandenen Abenteuern immer noch ein Feigling war? Ein Kind?

Nein! Er war kein Kind mehr. Aber eben auch noch kein Mann, sonst würde er irgendetwas unternehmen!

Er legte die Hand einen Moment auf das Holz der Tür. Dann drehte er sich wortlos um und stürmte den Gang entlang. Dort oben hatte er noch Freunde, denen das Leben noch etwas bedeutete und die seine Hilfe brauchten.

Als er neben Samara trat, sah sie ihn forschend an, sagte aber nichts. In seinem Gesicht lag eine kalte Entschlossenheit.

Das Glück der Schlacht schien ihnen immer noch hold zu sein. Zwar hatten sie einige Verluste hinnehmen müssen, aber es gab kaum Lücken im Schildwall und die Angreifer waren deutlich dezimiert worden.

Finn packte ein unbändiger Tatendrang, aber es gab im Moment einfach nichts zu tun. Die wenigen Mayatan, die das Netz noch erreichten, trudelten Sekunden später von mehreren Bolzen getroffen leblos Richtung Boden.

»Wir treten ihnen wirklich in den Arsch, ich kann es kaum glauben!«, jubelte Ken ausgelassen und reckte sein Schwert siegesgewiss in die Höhe.

Finn wollte gerade erwidern, dass es für einen derart überschwänglichen Optimismus im Moment noch etwas zu früh war, als in der Ferne ein dumpfes Hornsignal ertönte. Augenblicklich unterbrachen die Mayatan ihren Angriff und flogen Richtung Stadt davon.

»Geben die auf?«, fragte Riku ungläubig und Ken ließ irritiert sein Schwert sinken.

»Kann ich mir nicht vorstellen«, antwortete Samara mit

einem Kopfschütteln. Sie bahnte sich einen Weg durch den Wall, gefolgt von den drei Freunden.

Zuerst schien es tatsächlich so, als ob der Feind in die Stadt zurückkehren würde, aber dann begannen die Mayatan in einiger Entfernung zu kreisen. Viel war auf diese Distanz nicht zu erkennen, aber im Zentrum des Schwarms befand sich eindeutig ein einzelner Mayatan, der mit kräftigen Flügelschlägen seine Position hielt. Finn registrierte bei ihm ein sanftes Glühen, wie er es auch bei den Tschumunga und dem weißen Drachen gesehen hatte.

»Das muss Krotrok sein! Er ist tatsächlich hier!«, entfuhr es Finn überrascht.

Als die Drachenhaut vor ein paar Monaten im Himalaya auf die Tschumunga gestoßen war, hatten sie ihnen berichtet, dass die Mayatan seit einigen Jahren von einem magisch Begabten ihrer eigenen Rasse angeführt wurden. Doch bisher hatte keine Menschenseele ihn jemals zu Gesicht bekommen.

»Unsinn«, wiegelte Samara ab. »Das könnte *irgendein* Befehlshaber sein.«

»Aber ich sehe ein Leuchten! Nur bei magisch begabten Wesen habe ich bisher so ein Glühen gesehen. Und soweit wir wissen, gibt es nur einen magiebegabten Mayatan: Krotrok!«

Keiner sagte mehr ein Wort. Schweigend starrten sie auf die fliegenden Wesen, die ihren Anführer umschwärmten, wie die Motten das Licht. Der Schwarm gab bis auf das Rauschen der Flügel keinen Laut von sich, ganz so, als lauschten sie ihrem Herrn. Finn beschlich ein mulmiges Gefühl.

Mit einem Mal stoben die Mayatan auseinander und flogen erneut auf die Drachenhaut zu.

»Alle zurück auf ihre Posten!«, brüllte Samara die Kämpfer an, da sich einige von ihnen bis zur Reling vorgewagt hatten. Eilig gliederten sie sich wieder in den Wall ein. Auch Finn und seine Freunde zogen sich hinter die schützenden Schilde zurück.

»Egal ob das Krotrok ist oder nicht«, ermutigte die

Kapitänin die Umstehenden, »lasst uns diese fliegenden Bestien ein für alle Mal vom Himmel vertreiben!«

Mit einem siegessicheren Lächeln spähte sie zwischen den Schilden hindurch, aber das Grinsen fiel ihr aus dem Gesicht und hinterließ nur Ratlosigkeit.

»Was haben die vor?«

Als Finn an ihre Seite trat, sah er gerade noch, wie die sich nähernden Mayatan nach oben abdrehten und hinter dem ausladenden Tragkörper verschwanden.

»Oh mein Gott!«, rief Ken entsetzt. »Sie zerfetzen die Hülle und wir werden abstürzen!«

Bei Ken gab es heute offenbar nur extreme Reaktionen.

»Ach Unsinn, Kumpel«, versuchte Finn, ihn zu beruhigen. »Das Drachenleder ist unzerstörbar und magisch gefügt. Du hast es doch selbst gesehen.«

Sie hatten bei ihrer ersten Reise beobachtet, wie einer von Samaras Männern auf ihren Befehl hin mit einem brennenden Armbrustbolzen aus nächster Nähe auf die Hülle geschossen hatte. Das Projektil war einfach abgeprallt, ohne eine Spur zu hinterlassen. Die Mayatan besaßen gar nicht die Mittel, den Tragkörper zu verletzen.

Ken beruhigte sich gerade wieder etwas, als es urplötzlich Seile um das Luftschiff zu regnen begann. Nach einem Augenblick der Verwunderung traf die Erkenntnis Finn wie ein Schlag.

»Sie müssen den Tragkörper gar nicht beschädigen!«, rief er fassungslos und fuhr sich entsetzt mit beiden Händen über die geflochtenen Haare. »Es reicht, wenn sie das Netz um die Hülle zerstören!«

Es war eine Schwachstelle, an die niemand gedacht hatte. Niemand, außer Krotrok. Das weitmaschige Netz, das den Tragkörper komplett umschloss, bestand aus normalen Seilen! Wenn die Mayatan genug Taue zerschneiden konnten, würde die Hülle sich vom Luftschiff trennen und die Drachenhaut wie ein Stein fallen.

Unvermittelt brach heilloses Chaos auf dem Deck aus. Einen Moment befürchtete Finn, dass auch Samara in Panik geriet, doch sie fasste sich und brüllte über das Deck:

»Alle Mann an die Steigleitern! Auf die Hülle mit euch und verteidigt sie mit eurem Leben! Denn genau das wird euch genommen, sollte die Drachenhaut abstürzen!«

Das Durcheinander an Deck beruhigte sich etwas. Nach kurzem Zögern warfen die Kämpfer Armbrüste und Schilde auf die Planken und eilten zielstrebig zu Bug und Heck, wo breite Strickleitern unterhalb des weit ausladenden Tragkörpers hingen. Auf diesem windigen Geflecht mussten sie unter der Hülle entlang klettern, bis sie eine Stelle erreichten, wo sie am grobmaschigen Tragnetz senkrecht emporsteigen konnten.

Es war ein hoffnungsloses Himmelfahrtskommando. Nicht nur wegen der schwindelerregenden Höhe, sondern auch aufgrund der kreisenden Mayatan, die bereits die ersten armen Seelen von den schwankenden Leitern in den Tod rissen.

Das Deck blieb ungeschützt zurück und Krotrok schien nur darauf gewartet zu haben. Gleichzeitig tauchten an beiden Seiten von unterhalb des Rumpfes Dutzende der geflügelten Kreaturen auf. Mit schnellen Schwerthieben durchtrennten sie ungestört das Abwehrnetz.

Riku und Ken zögerten nicht. Sie stürzten Samara folgend mit gezogenem Schwert in den Kampf. Finn nahm den Stab von Sulur vom Rücken, bereit, seinen Freunden beizustehen, als ihm etwas einfiel. Er hielt den nächstbesten Soldaten, der an ihm vorbeistürmte, am Arm fest.

»Was soll das, Junge?«, blaffte ihn der wesentlich ältere Mann an.

»Halt den Mund und hör zu!«, fuhr Finn ihn an. Überrascht klappte der Kämpfer den Mund zu. »Du gehst sofort auf die Brücke und übermittelst den Befehl der Kapitänin, so viel Gas wie möglich abzulassen!«

»Von dir nehm ich doch keine Befehle entgegen! Siehst du nicht, was hier los ist, Junge?«

Der Soldat befreite sich und wollte davonstürmen, aber Finn nutzte die Magie und hielt den Mann an Ort und Stelle fest. Gemächlich drehte er ihn um, damit er in seine Augen blicken konnte.

»Ich sagte«, knurrte er den ängstlich blickenden Kerl an, »du sollst *sofort* den Befehl zum Ablassen des Gases überbringen.«

Finns Gegenüber nickte beflissentlich. Er ließ ihn noch einen Moment schmoren, bevor er sein Opfer freigab. Wie ein geölter Blitz hastete der Mann Richtung Treppe davon.

Die Diskussion mit diesem uneinsichtigen Dickkopf hatte wertvolle Sekunden gekostet, aber sie rettete unter Umständen viele Leben. Falls die Mayatan erfolgreich sein sollten, würde jeder Meter zählen, der das Luftschiff dichter an den Boden brachte.

Nachdem das erledigt war, verschaffte er sich einen Überblick über den Stand der Dinge an Deck. Samara kämpfte zusammen mit drei von ihren Männern gegen zwei dieser geflügelten Bestien an Steuerbord. Sie schien alles im Griff zu haben.

Riku war, nun ja, eben Riku. Er schwang das Schwert von Maluun derart behände, dass es die Luft zum Singen brachte. Vier Mayatan lagen niedergestreckt hinter seinem Rücken und die beiden, die er sich gegenwärtig vornahm, würden ihnen bald Gesellschaft leisten.

Nur für Ken sah es nicht so gut aus. Er war von einer dieser Kreaturen am Heck in die Enge getrieben worden. Zwar hatte er in den letzten Wochen oft mit Riku trainiert, aber seine Schwertkünste konnte man höchstens als mittelmäßig bezeichnen. Finn musste seinem Freund unbedingt beistehen!

Er stürmte über das Deck, den tobenden Zweikämpfen ausweichend. Dabei entwand er auf magische Art und Weise das eine oder andere Kurzschwert aus den Klauen der Mayatan, was in den meisten Fällen zum vorzeitigen Ableben des jeweiligen Besitzers führte.

Endlich erreichte er Ken, den sein Gegner bereits auf die

Knie gezwungen hatte. Nur mit Mühe wehrte er noch die wütenden Schläge des Angreifers ab. Finn zögerte keine Sekunde. Er konzentrierte sich und im nächsten Moment drangen fünf Armbrustbolzen in den Rücken des Mayatan, die eben noch auf den Planken neben Finn gelegen hatten. Der Getroffene ließ die Kurzschwerter fallen und brach röchelnd zusammen.

»Danke, Mann«, stöhnte Ken und kämpfte sich auf die Füße, »aber ich hätte das Mistvieh jeden Augenblick selbst soweit gehabt.«

»Natürlich hättest du das«, erwiderte Finn grinsend.

»Wir müssen sofort da hoch und sie aufhalten!«, brachte sein Freund schnaufend hervor und deutete über die Schulter zu den schwingenden Strickleitern. »Wenn sie das Netz um die Hülle zerfetzen, war's das für uns.«

»Ich geb dir Recht, Kumpel«, antwortete Finn, »aber da oben tummeln sich Dutzende von diesen Viechern und soweit ich's mitbekommen hab, hat's keiner unserer Männer nach oben geschafft. Selbst mit meiner Magie kommen wir da nicht weit.«

Er spähte über die Reling. Der rettende Grund lag noch etwa zwanzig Meter unter dem Kiel des Luftschiffs.

»Ich hab den Befehl zum Gasablassen gegeben. Wir verlier'n schon an Höhe. Lass uns hier an Deck aufräumen und unsren Freunden helfen. Und mit etwas Glück erreichen wir den Boden, bevor sich die Hülle losreißt.«

Kaum dass Finn diese Worte ausgesprochen hatte, begann es unter ihren Füßen zu knirschen und zu knacken.

»Ich glaub, das Glück hat uns soeben verlassen«, erwiderte Ken mit besorgtem Gesichtsausdruck.

Die Seile des Netzes, das den Tragkörper umschloss, liefen an vier Stellen an der unteren Scheitellinie der Hülle zusammen. Dort vereinten sie sich in regelmäßigen Abständen zu baumdicken Tauen, die durch das Deck bis tief ins Innere der Drachenhaut reichten und dort mit den stabilsten Balken des Luftschiffs verbunden waren.

Von Schrecken erfüllt musste Finn nun mit ansehen, wie sich die Hülle am bugseitigen Ende des Schiffs träge vom Haltenetz zu lösen begann.

An Deck tobten überall die Zweikämpfe, doch plötzlich ertönte erneut das dumpfe Hornsignal aus der Ferne. Die Mayatan ließen auf der Stelle von ihren Gegnern ab und sprangen mit ausgebreiteten Flügeln über Bord. Verdutzt schauten sich die Überlebenden um, bis sie registrierten, dass sich der Bug der Drachenhaut zu neigen begann, während die Hülle behäbig nach oben kippte.

Das Netz um den bugseitigen Teil des Tragkörpers war an der Oberseite vermutlich komplett aufgerissen, denn wie ein fallender Vorhang rutschte es an beiden Flanken der langsam aufsteigenden Hülle herunter. Die knirschenden Geräusche im Schiff nahmen an Intensität zu.

»Flach auf den Boden legen!«, rief Finn seinem Freund zu. »Gleich stürzen wir ab!«

Wie eine Banane schälte sich der gigantische, mit Drachengas gefüllte Körper immer weiter aus dem geschwächten Haltenetz. Drei der vier säulenartigen Haltetaue hatten den Kontakt zum Tragkörper bereits verloren. Wie gefällte Bäume kippten sie aufs schräg hängende Deck. Nur das Tau am Heck, wo die beiden ausharrten, hielt noch stand, wie Finn verwundert feststellte.

Riku und Samara hatte er unterdessen erspäht. Sie klammerten sich mittschiffs an das Geländer des Treppenaufgangs. Wie es wohl Schey und Emma erging? Hoffentlich begriffen sie den Ernst der Lage und schützten sich vor dem drohenden Absturz, soweit das überhaupt möglich war. Er hatte nicht nochmal nachgeschaut, aber mittlerweile mussten sie den Boden fast erreicht haben.

Unvermittelt ging ein immenser Ruck durch das Schiff. Das Knirschen wuchs zu einem Knacken und schließlich zu einer

Sinfonie aus berstendem Holz. Die Drachenhaut brach auseinander. Keine zehn Schritt von Finn entfernt, hinter dem verbliebenen Haltetau, bildete sich quer über das Deck ein Riss und schlagartig verschwanden drei Viertel des Luftschiffs aus seinem Sichtfeld. Der kümmerliche Rest des Hecks, auf dem die beiden immer noch lagen, wurde zusammen mit dem Tragkörper ruckartig nach oben gezogen.

Das letzte Haltetau schien sich einfach nicht von der Hülle trennen zu wollen. Da es direkt an der Bruchkante hing, kippte das schwere Heck nach unten und das bis eben noch leicht geneigte Deck verwandelte sich in eine senkrechte Wand.

Zusammen mit all den herumliegenden Trümmern rutschten die beiden Richtung Brüstung, die als einziges noch zwischen ihnen und dem Abgrund lag. Finn fand dort Halt, aber Ken hatte zu viel Schwung und die Leiche des Mayatan schlitterte ihm in den Rücken. Er stürzte über die Reling und verschwand.

»Ken!«, schrie Finn panisch und gab die sichere Position auf, um nach seinem Freund zu sehen.

Das Glück war ihnen noch nicht gänzlich abhandengekommen, denn Ken baumelte unterhalb der Reling an der teilweise zerfetzten Strickleiter. Mit Entsetzen erkannte Finn, dass sie bereits mehrere hundert Meter von der Erdoberfläche trennten. Zwar verlor die Hülle Gas, aber die einzige Last, die sie noch bremste, war der kümmerliche Rest vom Heck. Und die zwei armen Kerle nicht zu vergessen, die sich zu ihrem Pech am falschen Ende des Schiffs aufgehalten hatten.

Der Tragkörper schoss regelrecht gen Himmel und den auf dem Boden aufgeschlagenen Hauptteil der Drachenhaut erkannte er mittlerweile nur noch als braunen Punkt neben dem blauen Band des Flusses.

»Finn, hilf mir!«, flehte Ken.

Das Heck taumelte unter der Hülle wild hin und her. Ständig lösten sich Fragmente und fielen der erbarmungslosen Schwerkraft zum Opfer.

Finn reckte Ken die Hand entgegen, aber der Abstand erwies sich als zu groß. Im letzten Moment fiel ihm der Stab von Sulur ein, der immer noch in dem Lederhalfter auf seinem Rücken steckte. Er zog ihn mit der linken Hand heraus und streckte ihn Ken entgegen, während er sich mit der rechten krampfhaft an der Reling festhielt.

Der Baumelnde ergriff das Ende des Stabs, aber für Finn erwies sich der muskulöse Schwarze als zu schwere Last. Zum Glück wurde er sich noch rechtzeitig seiner magischen Fähigkeiten bewusst. Er sammelte sich kurz und wie von Geisterhand getragen, begann sein Freund gemächlich Richtung Brüstung zu schweben.

Ken gab ein erstauntes Geräusch von sich und ruderte wie wild mit den Armen. Beinahe berührten sich ihre Hände, aber in dem Moment schoss einer der Mayatan heran, die nach getaner Arbeit einer nach dem anderen von der aufsteigenden Hülle glitten. Wie ein Falke bei der Jagd stieß er auf Ken herunter. Die geflügelte Kreatur verpasste ihm einen kräftigen Stoß, der ihn aus Finns magischem Griff schleuderte. Kreischend stürzte sein Freund in den Abgrund.

»Neiiiiiin!«, schrie Finn verzweifelt und starrte fassungslos dem rasch schrumpfenden Ken hinterher. Tränen trübten ihm den Blick. Der unbändige Wunsch überkam ihn, seinem Kumpel zu folgen und das kaum ertragbare Leid zu beenden.

In diesem Augenblick schoss wie ein Pfeil der weiße Drache an der Hülle vorbei Richtung Boden. Mit kräftigen Flügelschlägen beschleunigte er seinen Sturzflug und nach wenigen Sekunden hatte er Ken eingeholt. Er vollführte eine Rolle in der Luft und ergriff den Fallenden mit den Klauen der Hinterläufe. Im nächsten Moment schrumpften beide zu einem weißen Punkt tief unterhalb der endlos aufwärtsstrebenden Hülle.

Ken war gerettet und Finn blieb mutterseelenallein zurück. Abgesehen von den kreisenden Mayatan, denen es anscheinend Spaß bereitete, dem trudelnden Tragkörper in immer größere Höhen zu folgen. Nur ein Narr vermochte in einer derartigen Lage noch an Rettung zu glauben. Was blieb noch zu tun, außer zu sterben? Eine Sache fiel Finn noch ein.

Er steckte Sulurs Stab in das Futteral auf seinem Rücken und kroch der Reling folgend zur Backbordseite. Hier bog sie infolge der Lage des Hecks nach oben ab. Wie auf einer Leiter kletterte er an den Sprossen der Brüstung nach oben, was bei dem ständig hin und her taumelnden Schiffsrest nicht einfach war.

Als er die Bruchkante erreichte und darüber spähte, bestätigte sich sein Verdacht: Der hintere Teil des Schiffs war nicht mit dem Rest des Luftschiffs abgestürzt, weil im Inneren des heckseitigen Taus der Versorgungsschlauch aus Drachenleder verlief. Dieser war mit der imposanten Speicherblase im Schiffsinneren verbunden, die ebenfalls aus der magisch gefügten Drachenhaut bestand. Wie ein Anker hing sie zwischen dem zersplitterten Gebälk und hielt das Heck gefangen.

Doch so robust die Haut der Drachen auch war, es musste Zugänge geben, wo Gas hineingeblasen oder abgelassen werden konnte. Und diese Öffnungen befanden sich am Ende von zwei mit der Speicherblase verbundenen Schläuchen, die wie wütende Mantikorenschwänze durch die Luft peitschten. Das unüberhörbare Zischen von ausströmenden Drachengas drang an Finns Ohren.

Jetzt kam der schwere Teil. Er konzentrierte sich und beobachtete die langen, dünnen Lederröhren wie zwei giftige Schlangen, die sich auf ihn stürzen wollten. Endlose Sekunden vergingen, in denen die Hülle immer höher und höher stieg. Schon blieben die ersten Wolken hinter dem Tragkörper zurück und es wurde derart kalt, dass Finn seinen Atem vor dem Gesicht sehen konnte.

Endlich kam der ersehnte Moment. Einer der armdicken Schläuche peitschte während seines ungezügelten Tanzes in Finns Reichweite. Er fixierte ihn mit Magie und zog ihn heran.

Schließlich hielt er das bockige Ende mit Mühe in den vor Kälte zitternden Händen.

Nun war es soweit. Die letzten Sekunden seines Lebens standen bevor. Nun ja, eher Minuten, in Anbetracht der schwindeleregenden Höhe, in die ihn die trudelnde Hülle getragen hatte. Finn klemmte den Schlauch zwischen die Beine und nahm den Stab vom Rücken. Eine Zeitlang betrachtete er den roten, von dunklem Ebenholz umrankten Stein. Sulur hatte sich vor langer Zeit geopfert, um die Welt von einem Jahrtausende währenden Konflikt zu befreien. Für wen oder was würde Finn sterben?

Für Schey wäre er jederzeit gestorben. Aber er konnte nichts mehr für sie tun. Er hoffte, dass sie den Absturz der Drachenhaut unbeschadet überstanden hatte. Möglicherweise war ihr und seinen Freunden ja die Flucht gelungen. Riku und Samara traute er zu, zusammen eine kleine Armee dieser Mayatan in Schach zu halten. Und Emma würde etwaige Verletzungen im Nu heilen.

Ken hatte der weiße Drache gerettet. Das eigensinnige Wesen bestand vermutlich darauf, seinen Retter in Sicherheit zu bringen. Aber sein Kumpel konnte ebenfalls ein Dickkopf sein. Bestimmt würden sie zurückkehren.

Und schließlich Sascha. Finn glaubte nicht, dass sie sich aufgegeben hatte. Diese Frau ließ sich doch nicht von so etwas Banalem wie dem Vampirismus unterkriegen. Sie brauchte nur ein bisschen Zeit.

Ja, für sie alle war er bereit zu sterben. Und jeden Mayatan, den er noch erledigte, erhöhte ihre Chancen.

Es hatte keinen Sinn mehr, zu warten. Niemand konnte ihm hier oben helfen. Und wenn ihn eine dieser Kreaturen entdeckte, würde der Plan scheitern. Sein Herz hämmerte zwar wie wild in der Brust, aber erstaunlicherweise fürchtete er den Tod nicht. Darüber war er hinaus, denn das Schicksal hatte ihm jegliche Hoffnung geraubt. Das Unvermeidliche schenkte ihm Frieden. Er atmete tief durch, zündete mit seiner Magie das ausströmende Gas und ließ sich rücklings in die gähnende Leere fallen.

Er hörte noch kurz das pfeifende Geräusch, das das in den Schlauch hineinbrennende Drachengas verursachte, bevor ihn die Schwerkraft unerbittlich in die Tiefe zog. Keine Sekunde später blähte sich die Hülle unvermittelt auf die doppelte Größe auf, als das Gas im Inneren explosionsartig verbrannte. Selbst die magischen Nähte, mit denen die Lederstücke verbunden waren, widerstanden einem solch immensen Druck nicht lange. Der Tragkörper explodierte in einem gigantischen Feuerball. Dutzende Mayatan, die die Hülle immer noch umkreist hatten, zerfetzte es wie Strohpuppen. Ihre Überreste torkelten brennend in die Tiefe.

Jetzt erst erreichte der ohrenbetäubende Knall den fallenden Finn. Eine tröstende Ruhe umfing ihn. Der Stab von Sulur lag auf seiner Brust. Mit beiden Händen hielt er ihn fest, die Augen geschlossen, während der Wind neckische Spiele mit ihm trieb.

Wie lange es wohl noch dauerte, bis er auf dem Boden aufschlagen würde?

Finn versuchte gar nicht erst, sich mit Magie selbst zu tragen. Das hatte er in der Vergangenheit immer mal wieder ausprobiert, wenn er sich unbeobachtet fühlte. Es schien aus irgendeinem Grund nicht möglich zu sein.

Komoroo hätte es ihm sicher erklären können. Finn konzentrierte sich auf den großen, behaarten Tschumunga und die mit Fellen ausgelegte gemütliche Hütte unter dem Gletscher. Es schmerzte ihn einfach zu sehr, so kurz vor dem Tod an Schey und das Leben zu denken, das sie nun nicht miteinander teilen konnten.

Urplötzlich schien sich sein ganzer Körper zu einem Punkt zusammenzuziehen und Finns letzter Gedanke war, dass sich der Tod irgendwie sonderbar anfühlte.

Hoffnungslos

Schey dachte im ersten Moment, ihr sei schwindelig, bis sie registrierte, dass sich das gesamte Schiff neigte. Die Schalen mit Wasser, die sie für die Verwundeten eingegossen hatte, rutschten klappernd vom Tisch des Lagerraums, in dem sie ihr Notlazarett betrieben.

Emma ließ überrascht von dem Mann ab, dem sie gerade einen Pfeil aus dem Bein ziehen wollte.

»Was ist denn jetzt los?«

»Irgendwas stimmt hier ganz und gar nicht«, erwiderte Schey besorgt. Mit einer Hand musste sie sich am Tisch festhalten, um nicht auf die am Boden liegenden Verletzten zu stürzen. »Das Schiff kann sich unmöglich derart neigen.«

Während sie noch rätselten, stürmte ein Soldat mit einer klaffenden Armwunde wie von Sinnen zur Tür herein.

»Die Hülle!«, rief er aufgeregt. »Belor sei unseren armen Seelen gnädig! Die Hülle löst sich vom Schiff!«

Augenblicklich rannte der panische Mann wieder hinaus, ohne seine blutende Verletzung behandeln zu lassen oder auf eine Antwort zu warten.

»Was meint er damit?«, fragte Emma ängstlich und säuberte ihre blutverschmierten Hände an einem Tuch. Schey brauchte einen Moment, bis ihr die ganze Tragweite dieser Nachricht bewusst wurde.

»Wir werden abstürzen, Emma«, antwortete sie geschockt. »Die Drachenhaut fällt.«

Das blonde Mädchen riss die Augen auf.

»Und was machen wir jetzt?! Wir müssen uns sofort in Sicherheit bringen!«, rief sie panisch.

Sie drehte sich um ihre eigene Achse, als ob sie erwartete, dass sich vor ihr ein Ausweg auftun würde. Da sie keinen fand, fiel ihr Blick auf die Verletzten.

»Oh mein Gott, was machen wir mit den Menschen hier?«

In dem geräumigen Lagerraum befanden sich mittlerweile mehr als zwei Dutzend Verwundete. Viele waren bewusstlos, aber einige erkannten den Ernst der Lage und versuchten, auf die Beine zu kommen.

»Es gibt keinen sicheren Ort an Bord«, erwiderte Schey kopfschüttelnd. »Dieser Raum ist so gut wie jeder andere. Hoffentlich hat jemand daran gedacht, das Gas abzulassen, dann haben wir vielleicht eine Chance.«

Sie drückte einen der Leichtverletzten, der aufstehen wollte, zurück auf sein Lager.

»Alle flach auf den Boden!«, rief sie den Leuten zu. »Du auch, Emma. Leg dich auf den Rücken.«

Zwei Unbelehrbare humpelten aus dem Lagerraum, aber die meisten folgten ihrem Beispiel und blieben liegen.

Die Sekunden vergingen und die Schlagseite nahm zu. Ein ungesund anschwellendes Knirschen wanderte durch das Gebälk. Emma ergriff ihre Hand und drückte sie so fest, dass Schey vor Schmerz beinahe laut aufschrie.

Urplötzlich dröhnte aus dem Bauch der Drachenhaut ein markerschütterndes Konzert von berstendem Holz und der eben noch leicht geneigte Boden verwandelte sich in eine nahezu senkrechte Wand.

Vom Chor panischer Schreie begleitet, rutschte alles und jeder zum bugseitigen Ende des Lagerraums. Dort knallten sie ineinander und ein Jammern und Stöhnen kam von denjenigen, die zuunterst lagen. Kaum an der Rückwand angekommen, die nun den Boden darstellte, befiehl Schey kurz ein Gefühl der Schwerelosigkeit, bevor sie mit immenser Wucht gegen die unter ihr liegenden Verwundeten geschleudert wurde.

Das Chaos brach aus. Überall splitterten Planken. Ein ohrenbetäubender Krach übertönte die Schreie. Der gesamte Raum schien sich zu verwinden und in Scheys unmittelbarer Nähe kam ein geborstener Balken durch die Rückwand geschossen. Blut spritzte ihr ins Gesicht und der röchelnde Schrei eines Mannes vermischte sich mit dem brachialen Orchester der sterbenden Drachenhaut.

So abrupt alles begonnen hatte, kehrte wieder Stille ein, die nur von einem gelegentlichen Stöhnen unterbrochen wurde. Schey war auf zwei der Verwundeten gelandet, die sich nun unter ihr regten. Vorsichtig rollte sie sich zur Seite, wo sie unvermittelt in die toten Augen des armen Pechvogels starrte, den der Balken durchbohrt hatte. Erschrocken wandte sie sich ab und fand endlich ein Stück Boden, auf dem kein menschlicher Körper lag.

Wie Speere aus Licht drangen die Strahlen der Morgensonne durch die unzähligen Risse, Spalten und Löcher, die der Absturz in den Leib der Drachenhaut gerissen hatte. Die Luft war geschwängert vom Staub des geborstenen Holzes. Bei jedem Atemzug kratzte es in Scheys Hals.

»Emma? Wo bist du?«, rief sie hustend.

»Ich bin hier!«, ertönte die gepresste Antwort des Mädchens.

Schey kroch der Stimme folgend zwischen den kreuz und quer liegenden Körpern der Verwundeten hindurch. Sie fand ihre Freundin halb von einem massigen Soldaten bedeckt, aus dessen Hals eine gesplitterte Holzplanke ragte.

Sie ergriff Emmas Handgelenke und zog sie mit all ihrer Kraft unter dem Toten hervor. Als sie in das Gesicht des Mädchens schaute, sah sie, dass ihre Tränen Spuren über die schmutzigen Wangen zeichneten.

»Was ist nur passiert?«, schluchzte sie und schlang ihre Arme um Scheys Hals.

»Wir sind abgestürzt, Emma, und hatten dabei noch großes

Glück. Offenbar waren wir nicht mehr allzu hoch über dem Boden, sonst hätten wir den Aufprall nicht überlebt. Bist du verletzt?«

»Ich glaub nicht«, antwortete Emma. Zur Probe bewegte sie ihre Arme und Beine. Dann fiel ihr Blick auf die Menschen um sie herum. »Wir müssen ihnen helfen, Schey!«

Gemeinsam begannen sie, die sich übereinander türmenden Körper in eine halbwegs normale Lage zu bringen, aber der Platz auf der Rückwand des Lagerraums reichte kaum für alle.

Fünf ihrer zwei Dutzend Patienten weilten nicht mehr unter den Lebenden. Drei waren von Holztrümmern durchbohrt worden, zwei weitere hatten die Verletzungen aus dem Kampf mit den Mayatan dahingerafft, da Emma vor dem Absturz nicht mehr dazu gekommen war, sie mit ihrer Magie zu behandeln. Dem Rest ging es den Umständen entsprechend. Sie hatten, genau wie Schey und Emma, einige Schürfwunden und Prellungen davongetragen.

Das Mädchen wollte gerade mit der magischen Versorgung der Wunden beginnen, als überraschend der langgezogene Knall einer entfernten Explosion die Stille durchbrach. Die Detonation befreite die in der Notwendigkeit des Augenblicks gefangenen Gedanken der beiden jungen Frauen aus der Beengtheit des zertrümmerten Lagerraums.

»Finn!«, rief Schey verzweifelt aus, als sich die Furcht um ihren Liebsten wie geschmolzenes Eisen in ihr Herz ergoss. In Emmas traurigen Augen lag die ohnmächtige Sorge um Riku.

»Meinst du, sie konnten sich in Sicherheit bringen, bevor die Drachenhaut aufgeschlagen ist? Und was werden die Mayatan mit ihnen anstellen, falls sie sie erwischen? Oder mit uns?«

Wie auf Kommando drangen aus den zersplitterten Eingeweiden des Luftschiffs die kreischenden Stimmen der geflügelten Kreaturen an ihre Ohren. Sie schienen noch ein gutes Stück entfernt zu sein, aber die Geräusche kamen eindeutig näher. Zwischendurch erklangen auch Rufe von Besatzungsmitgliedern und das Klirren von Schwertern. Offenbar leisteten einige Wenige noch immer Widerstand. Schey zog grimmig ihr Messer aus der ledernen Scheide, aber Emma packte überraschend ihr Handgelenk.

»Schey, nein, das hat doch keinen Sinn! Wir können unsren Freunden nicht helfen, wenn wir den Märtyrertod sterben.«

Sie riss wütend ihre Hand los.

»Die töten uns doch sowieso! Dann will ich wenigstens noch eines oder zwei dieser Mistviecher zu Belor schicken, bevor ich ihnen folge!«

»Und wenn die anderen entkommen konnten? Finn würde niemals darüber hinwegkommen, wenn du dein Leben sinnlos wegwirfst! Wenn wir kämpfen, sterben wir mit Sicherheit. Es gibt immerhin eine winzige Chance, dass sie uns nur gefangennehmen.«

»*Nur* gefangennehmen?«, erwiderte Schey gereizt. »Was glaubst du denn, was diese Monster mit ihren Gefangenen anstellen? Ich möchte es auf jeden Fall nicht herausfinden!«

Emma senkte ihre Augen.

»Bitte, Schey. Riku und ich haben uns gerade erst gefunden. Ich will nicht, dass es so endet.«

Schey ließ den Dolch sinken und blickte zu dem in sich zusammengesunkenen Mädchen. Was hatte sie sich nur gedacht? Sie konnte nicht einfach für sie beide den Tod wählen, genauso wenig wie für die verwundeten Soldaten. Sie schaute sich um. Die Gesichter von denjenigen, die bei Bewusstsein waren, zeichnete die Angst.

Der Dolch fiel ihr aus der zitternden Hand, rutschte in die Lücke zwischen zwei zerbrochenen Planken und verschwand auf Nimmerwiedersehen.

Im nächsten Moment kam ein Mayatan durch die weit über ihnen liegende Tür des Lagerraums. Als er die Überlebenden erblickte, stieß er einen schrillen Schrei aus. Teils fliegend, teils kletternd bahnte er sich den Weg durch den zerstörten, nahezu senkrecht stehenden Raum. Kurz darauf erschienen zwei seiner Artgenossen und folgten ihm nach unten.

Schey sah ihr Ende nahen. Sie ergriff Emmas Hand und erwartete das Unausweichliche, während ihre Gedanken um Finn kreisten. Sie betete zu Omra, dass wenigstens ihm die Flucht gelungen war.

Der erste Mayatan näherte sich unterdessen dem Grund des Lagerraums. Prüfend sondierte er sie aus gebührendem Abstand. Als er sah, dass sie keine Waffen trugen, kam er mit seiner Fratze ganz nah an Schey heran. Die gelben Augen wanderten forschend über ihr Gesicht. Es schien, als ob er noch nie einen Menschen aus nächster Nähe gesehen hatte.

Auch für Schey handelte es sich um eine Premiere. Das Adrenalin in ihrem Körper ließ sie jede Kleinigkeit wahrnehmen: Die schuppige Haut der Kreatur wies eine grünlich braune Färbung auf, durchzogen von einem schwarzen Netzmuster, das von der hohen Stirn über die flache Nase bis zum fliehenden Kinn reichte. Die Federn auf seinem Kopf leuchteten blutrot und wuchsen deutlich länger als das dunkle Gefieder der angelegten Flügel.

Er trug einen kurzen Lederrock um die Hüften, an dessen Gürtel zwei Kurzschwerter in ledernen Scheiden steckten. Um die muskelbepackte Brust spannte sich eine schlecht verarbeitete Fellweste, die von verschiedenen Tieren zu stammen schien. Das Netzmuster setzte sich auf den muskulösen Armen fort und verlor sich erst auf den viergliedrigen, kräftigen Händen, die an den Griffen der Klingen ruhten.

Sie spürte, wie er die Luft einsog, um ihren Geruch aufzunehmen. Seine schmalen Lippen öffneten sich etwas und der Gestank von verrottetem Fleisch schlug ihr entgegen. Eine gespaltene Zunge wand sich hinter einer Reihe spitzer Zähne hervor und glitt langsam über Scheys Wange. Angewidert wendete sie sich ab.

Die Neugier des Mayatan war anscheinend gestillt. Ohne weitere Vorwarnung packte er Schey am Oberarm und schleifte sie zur löchrigen Seitenwand des Schiffs. Dort begann er mit den kräftigen Armen die geborstenen Planken aufzureißen, nachdem er sie aus seinem stählernen Griff entlassen hatte.

Während er damit beschäftigt war, schaute sie besorgt zu Emma. Eine der Kreaturen hatte sie sich geschnappt und schleppte das wimmernde Mädchen zu Schey. Der dritte stand unschlüssig zwischen den Verwundeten, die ihn ängstlich beäugten. Schließlich rief er ein paar gackernde Worte in Scheys Richtung.

Der Mayatan, der sich neben ihr an der Wand zu schaffen machte, hielt kurz inne. Sein Blick ruhte auf den Verletzten. Nachdem er einen Augenblick überlegt hatte, gab er ein knappes Kommando, worauf sein Artgenosse eine Art gackerndes Lachen von sich gab. Er zog die Kurzschwerter und begann ohne zu zögern, auf die loskreischenden Verwundeten einzuschlagen.

»Neiiiin!«, rief Schey verzweifelt und Emma schrie wie am Spieß, aber die beiden anderen Mayatan hielten sie fest, so dass sie tatenlos zusehen mussten. Das Gemetzel war so abscheulich, dass sie schließlich ihre Augen schloss und die Hände auf die Ohren presste, um die panischen Schreie der Sterbenden und das grauenhafte Abschlachten nicht mehr mitzubekommen.

Wie in Trance spürte sie, wie sie ins Sonnenlicht gezogen wurde und den Halt unter den Füßen verlor. Einen kurzen Moment segelte sie im stählernen Griff des Mayatan Richtung Boden. Als Schey noch gut zwei Meter über der Erde baumelte, ließ er sie einfach los. Unsanft landete sie auf einem harten Baumstumpf, was sie aus ihrer Schockstarre erweckte. Vor Schmerz stöhnend rollte sie sich auf die Seite.

So blieb sie eine Zeitlang liegen und konzentrierte sich auf das braune Gras vor ihrem Gesicht, das ihr zitternder Atem schwanken ließ. Was für Monster! Unbewaffnete, verletzte Menschen einfach so abzuschlachten! Welche Hoffnung konnten sie sich noch erlauben, nachdem sie in den Fängen solcher Bestien gelandet waren?

Neben ihr fiel Emma mit einem lauten Stöhnen vom Himmel. Ihr Gesicht war kreidebleich und ihre Augen starrten ins Leere. Offensichtlich stand das Mädchen unter Schock, was ja auch kein Wunder war. Schey kroch zu ihr, nahm sie in den Arm und wiegte sie sanft. Sie konnte im Moment nichts weiter für sie tun, also schaute sie sich ein wenig um.

Überall in der Luft kreisten die Mayatan und auf dem Boden hielten Dutzende von ihnen um das Wrack verteilt Wache. Eine Flucht kam nicht in Frage. Wie ein hölzerner Berg türmten sich vor ihr die zersplitterten Überreste der Drachenhaut. Sie war mit dem Bug nahezu senkrecht auf dem Grund aufgeschlagen. Die Brücke, und mit ihr das vordere Drittel des Schiffs, waren durch den Absturz regelrecht zermalmt worden. Der Mittelteil schien noch halbwegs intakt, was Emma und ihr das Leben gerettet hatte. Vom abgerissenen Heck fehlte, genau wie von der Hülle, jede Spur.

Das Luftschiff lag gut hundert Schritte vom Fluss entfernt. Schey erspähte unten am Wasser eine von einigen der geflügelten Kreaturen eingekreiste Gruppe von Menschen. Sie hielt sofort nach Finns einzigartigen roten Haaren Ausschau, konnte aber auf diese Entfernung nichts erkennen.

Mit einem Kreischen landete einer der Mayatan neben den beiden, zog die Zwei schroff auf die Füße und gab ihnen einen Stoß Richtung Fluss. Das jüngere Mädchen stützend humpelte Schey langsam los. Ihr linker Knöchel schmerzte stark nach dem harten Aufprall.

Ihr Bewacher stakste gemächlich hinter den beiden her. Das mäßige Tempo schien ihn nicht zu stören, da er augenscheinlich selbst nicht gut zu Fuß war. Im Vergleich zu ihren muskulösen Oberkörpern machten die Beine dieser Wesen einen verkümmerten Eindruck, was wohl damit zusammenhängen musste, dass sie die meiste Zeit fliegend verbrachten.

Sie schlichen gemächlich den mit Baumstümpfen übersäten Hang zum Fluss hinunter. Schey fiel auf, dass es hier keinen einzigen Baum mehr zu geben schien. Die grob behauenen

Oberseiten der unzähligen Stümpfe wiesen noch eine helle Färbung auf. Vor nicht allzu langer Zeit mussten die Ufer des Stroms noch bewaldet gewesen sein.

Schließlich näherten sie sich der Gruppe. Scheys Magen zog sich zusammen, da sie gleich erfahren würde, ob die Menschen, die sie liebte, noch unter den Lebenden weilten. Oder bei den Toten ruhten.

Fieberhaft versuchte sie, die Gesichter aus der Entfernung zu erkennen. Da! Ihre Mutter war am Leben! Sie stand neben Erlus, dem Ersten Offizier. Und Riku sah sie auch! Er schien verletzt zu sein, da ein Soldat ihn stützte.

»Ich habe Riku entdeckt, Emma! Er lebt!«

Als ob jemand einen Knopf gedrückt hatte, erwachte das Mädchen aus ihrer Lethargie. Fieberhaft suchte sie mit ihren Augen die Menge ab. Als sie Riku erspähte, riss sie sich von Schey los und stürmte auf ihn zu. Der Mayatan hinter ihr griff zum Kurzschwert, als er aber sah, dass sie zur Gruppe rannte, ließ er sie gewähren. Emma sprang ihrem Freund in die Arme und küsste den drahtigen Asiaten leidenschaftlich.

»Ich hab's dir doch gesagt, Finn«, flüsterte Schey und ein trauriges Lächeln schlich sich kurz auf ihr Gesicht. Bis ihr schließlich klar wurde, dass sich ihr Geliebter nicht in der Menge aufhielt. Die roten Haare hätte sie bereits von Weitem sehen müssen. Eine bleierne Leere legte sich auf ihr Herz, ihre Knie gaben nach und sie sank weinend zu Boden.

Der Mayatan hinter ihr schrie sie in seiner unverständlichen Sprache an und trat ihr in die Seite, aber Schey fühlte es kaum. Finn war nicht hier. Und da er seine Freunde niemals im Stich lassen würde, konnte das nur bedeuten, dass er nicht mehr lebte.

Ihr Aufpasser trat immer heftiger auf sie ein. Ein Teil von ihr hoffte, dass er sein Kurzschwert nehmen und ihrem Leid ein Ende bereiteten würde. Aber er packte sie nur mit den kräftigen Armen und zog sie auf die Beine. Dann stieß er sie die restliche Strecke vor sich her.

Sie hielt auf ihre Mutter zu, denn sie musste sich jetzt unbedingt an jemandem festhalten, der sie liebte, sonst würde sie die Verzweiflung in den Wahnsinn treiben. Überraschenderweise schüttelte Samara unmerklich den Kopf und machte mit den Händen vorsichtig eine abwehrende Geste. Offensichtlich sollte sie nicht zu ihr kommen. Ihre eigene Mutter wollte sie in dieser aussichtslosen Lage im Angesicht des Todes nicht an ihrer Seite haben? Beabsichtigten die Götter, sie zu verhöhnen?

Aber dann sah sie den verzweifelten Ausdruck im Gesicht ihrer Mutter. Seit Scheys frühester Kindheit hatte sie diese tiefe Verzweiflung bei ihr nicht mehr gesehen. Damals war Scheys Vater gestorben. Einer der besten Drachenspäher, wie Samara in den seltenen Momenten betonte, in denen sie von ihm sprach. Schey war erst Sechs gewesen, aber sie konnte sich noch gut daran erinnern, wie ihre Mutter tagelang nur im Bett gelegen und geweint hatte. Bis sie eines Morgens aufstand und sich in die Arbeit an der Drachenhaut stürzte. Erst beim Tod von Maluun vor einigen Monaten hatte sie seither wieder eine Träne vergossen.

Der in Schey aufsteigende Ärger verflog. Ihre Mutter schien einen Grund für ihr Verhalten zu haben, das war ihr nun klar. Sie änderte die Richtung und gesellte sich stattdessen zu Emma und Riku. Das blonde Mädchen hing immer noch am Hals des verwundeten Asiaten.

»Lass ihn los, Emma. Siehst du nicht, dass er kaum stehen kann?«

Emma löste sich aus seiner Umarmung und schien erst jetzt zu bemerken, dass in Rikus Oberschenkel ein abgebrochener Pfeil steckte. Erschrocken fiel sie auf die Knie und wollte sich sofort um die Wunde kümmern.

»Nicht hier!«, ermahnte sie Riku sanft. »Wenn diese Viecher mitbekommen, dass du Magie anwendest, töten sie dich auf der Stelle!«

»Er hat Recht«, pflichtete Schey ihm bei und zog ihre besorgte Freundin auf die Beine.

»Aber die Wunde muss versorgt werden, sonst entzündet sie sich noch«, hielt Emma dagegen.

Schey zog sie von Riku weg, bevor ihre Bewacher auf sie aufmerksam wurden.

»Du kannst dich später um ihn kümmern.« Mit einem flehenden Blick wandte sie sich an Riku. »Weißt du, wo Finn ist?«

Riku presste die Lippen aufeinander und schüttelte traurig den Kopf.

»Schey, es tut mir leid, aber als ich Finn das letzte Mal gesehen habe, war er am Heck der Drachenhaut, zusammen mit Ken. Kurz darauf brach sie auseinander und die Hülle schoss mit dem hinteren Teil des Schiffs unglaublich schnell in die Höhe. Dann sind wir auf dem Boden aufgeschlagen und ich hab das Bewusstsein verloren.«

Schey suchte nach jedem Strohhalm.

»Aber vielleicht sind sie irgendwo wieder runtergekommen. Die Hülle hat doch bestimmt Gas verloren, sonst wären wir nicht so dicht über dem Boden gewesen!«

Der Asiate legte ihr seine Hände auf die Schultern.

»Die Hülle ist explodiert, Schey. Ich habe es mit eigenen Augen gesehen, nachdem ich zu mir kam. Ich habe in den Himmel über mir geblickt und der schimmernde, weit entfernte Punkt, zu dem die Hülle zusammengeschrumpft war, verwandelte sich in eine Kugel aus Feuer.«

Die tröstenden, aber kalten Arme der Gewissheit legten sich um Scheys Seele und stahlen ihr die Hoffnung direkt aus ihrem zerbrochenen Herzen. Er war tot. Finn war *tot.* Sie wusste nicht genau wieso, aber sie hatte sich Hals über Kopf in den schüchternen Rotschopf verliebt, als sie damals mit ihm an der Reling der Drachenhaut stand und den Paramen bei der Jagd zusah. Sie hatte gespürt, dass in diesem unsicheren Jungen ein besonderer Mann steckte, den sie kennenlernen wollte.

Und sie hatte sich nicht getäuscht. Finn war zu jemandem geworden, den man in den schönsten, aber auch den schlimmsten Momenten an seiner Seite haben wollte. Nun hatte er sie in der Hoffnungslosigkeit einsam zurückgelassen.

Sie spürte, wie Emma sie in den Arm nahm und an sich drückte. Nein, sie war nicht allein. Finn wäre enttäuscht von ihr, wenn sie einfach aufgab. Er hatte ihr oft erzählt, wie sie ihn anfangs mit ihrer Beharrlichkeit und Abenteuerlust in ihren Bann gezogen hatte. Sie würde jetzt nicht resignieren. Sie würde dafür sorgen, dass ihre Mutter, Emma und Riku hier lebend rauskamen. Und sie würde dafür sorgen, dass die Mayatan für den Tod von Finn, Ken und Sascha bezahlten.

Sascha? Was war eigentlich mit *ihr* geschehen? Schey wischte sich mit dem Handrücken die Tränen aus den Augen. Sie konnte nicht behaupten, dass sie sich je gut mit ihr verstanden hatte, aber sie verdankten dieser arroganten Einzelgängerin nicht nur einmal ihr Leben.

»Weißt du, was mit Sascha passiert ist, Riku?«

Er blickte bekümmert zum Wrack der Drachenhaut.

»Ihre Zelle lag zwei Decks unterhalb der Brücke, nahe dem Bug. Ich kann mir nicht vorstellen, dass dort jemand überlebt hat.«

Noch ein Leben, für das diese geflügelten Scheusale bezahlen würden. Schey löste sich aus der Umarmung von Emma und schob sie sanft von sich.

»Wir müssen jetzt einen klaren Kopf bewahren! Aus irgendeinem Grund wollen uns die Mayatan lebend. Solange wir nicht wissen warum, unternimmt niemand etwas Dummes, verstanden?«

Riku und Emma sahen sie überrascht an, aber dann schienen sie zu begreifen, dass Schey sich nicht in ihrem Kummer verlieren wollte. Sie nickten verstehend.

»Du bist deiner Mutter sehr ähnlich«, sagte Riku mit einem betrübten Lächeln. »Warum kommt sie eigentlich nicht zu uns?«

»Ich weiß nicht genau«, gab Schey zu, »aber sie wird ihre Gründe haben. Bis wir wissen, welche das sind, halten wir uns fern von ihr.«

Plötzlich kam Bewegung in die umstehenden Mayatan. Sie riefen sich Kommandos zu und die hinter der Gruppe Menschen stehenden Wachen begannen, sie Richtung Stadt zu treiben.

Schey schätzte die Anzahl der Überlebenden auf etwa dreißig. Dreißig von über dreihundert Besatzungsmitgliedern. Mehr hatten nicht überlebt. Noch vor einer Stunde waren sie alle voller Zuversicht gewesen, dass die Yangri sie freundlich empfangen würden. Wie konnte das Leben in so kurzer Zeit nur derart drastisch aus dem Ruder laufen? Das Schicksal hatte seinen Stiefel gehoben und sie in den Staub getreten.

Emma und Schey nahmen Riku zwischen sich und stützten ihn beim Laufen. Zum Glück waren die Mayatan nicht gut zu Fuß und legten deshalb ein eher gemächliches Tempo vor. So konnten sie trotz des verletzten Asiaten mithalten.

Sie folgten einer mit dunklen, abgewetzten Natursteinen gepflasterten Straße, die am Ufer des weiten Flusses Richtung Stadt führte. Schey wunderte sich noch immer über die kahlen Hänge mit den unzähligen Baumstümpfen. Wofür hatten die Mayatan nur derart viel Holz benötigt? Und was war mit den Yangri geschehen? Sie bezweifelte nicht, dass die vor ihnen liegende Metropole einst von Menschen gebaut und bewohnt worden war. Es gab in dieser Welt kein anderes Volk, das sich steinerne Städte errichtete. Außerdem hatte Meister Saan vor der Abreise die alten Berichte in den Archiven von Kysann studiert, die von der Hauptstadt der Yangri in diesem Teil der Welt berichteten.

Natürlich handelte es sich ausschließlich um Kriegsberichte, denn bevor der Kontakt zu den Yangri vor vielen hundert Jahren abbrach, tobte ein zwei Jahrtausende währender Krieg zwischen ihnen und den Hyva. Schey musste sich eingestehen, dass dies das passende Ende für Hyva und Yangri war. Als die beiden Völker noch als Kysari vereint lebten, hatten sie es zu enormem Wissen und Wohlstand gebracht, waren aber auch überheblich und stolz. Die gesamte Welt wollten sie sich untertan machen und es mangelte ihnen an Respekt vor den Gaben der Natur.

Ihr Großvater, der Oberste Gelehrte der Hyva, hatte Schey immer vor dem Schlafengehen von den altertümlichen Epochen erzählt, denn er verbrachte jede freie Minute in den Archiven mit dem Studium der Geschichte ihres Volkes. Er bewunderte die Kysari für ihre magischen Fertigkeiten, vergaß aber nie die Fehler, die zu ihrem Verhängnis führten. Vor allem Tra'Mek und Sulur faszinierten ihn. Zwei unfassbar talentierte und weise Männer, die aber von dem Drang zur absoluten Macht verführt wurden. Als Sulur schließlich doch noch zur Vernunft kam, war es bereits zu spät. Die Kysari waren gespalten und soweit dezimiert, dass sie nur mit Mühe in dieser Welt voller Mayatan, Mantikoren und Drachen überlebten.

Besonders letztere setzten ihnen seit jeher zu. Ihr Großvater beharrte immer darauf, dass die Drachenangriffe in den Zeiten der Kysari die heutigen an Wucht bei Weitem übertrafen. Die Menschen konnten sie nur mit Hilfe der Magie und den legendären Drachenkriegern im Zaum halten. Für Schey klang das immer wie die Übertreibungen eines alten Mannes, denn täglich gab es Berichte über Angriffe von Drachen an den nördlichen Grenzen. Wie hätte es noch schlimmer sein können?

Mit der Drachenhaut sollte alles anders werden. Ihr Großvater und auch ihre Mutter wollten die Hyva damit in ein neues, goldenes Zeitalter führen. Doch nun schien der Glaube an die Unbesiegbarkeit des Luftschiffs nur eine weitere Form der Überheblichkeit der Menschen gewesen zu sein.

»Wie haben sie die Drachenhaut überhaupt zum Absturz gebracht?«, fragte sie Riku während sie gingen.

Er konnte sich ein kaltes Lachen nicht verkneifen, bevor er antwortete.

»Wir waren so dumm, Schey! So *dumm*! Unsere unzerstörbare Hülle aus Drachenleder wurde von Seilen aus stinknormalem Hanf gehalten. Keiner hat daran gedacht, nur dieser verfluchte Krotrok. So blöd seine Artgenossen auch wirken, der geflügelte Mistkerl ist schlauer als wir alle zusammen!«

»*Krotrok* ist hier?«, rief sie etwas zu laut.

Einige Mayatan in der Nähe spähten in ihre Richtung. Offensichtlich hatten sie den Namen ihres Anführers herausgehört. Da sie aber nicht feststellen konnten, von wem der Ausruf kam, liefen sie nach kurzem Zögern einfach weiter.

Schey hatte erschrocken den Blick gesenkt. Als sie merkte, dass die Gefahr vorüber war, wiederholte sie ihr Erstaunen in geflüsterter Form.

»Krotrok ist hier? Bist du dir sicher?«

»Ja, so ziemlich«, antwortete Riku ebenfalls flüsternd. »Diese Viecher haben ihn umschwärmt wie die Motten das Licht und Finn hat eindeutig ein Leuchten gesehen.«

Der mysteriöse Führer der Mayatan hielt sich also hier auf! Scheys von unsäglicher Trauer genährte Wut fokussierte sich auf ihn, wie eine Linse die Strahlen der Sonne bündelte. Sie würde Krotrok töten, und wenn es das Letzte war, was sie je tun würde! Er musste nicht nur den Tod von Finn, Ken und Sascha verantworten. Fast dreihundert anständige Frauen und Männer gingen ebenfalls auf seine Rechnung. Ihnen wurde die Chance geraubt, jemals ihre Heimat wiederzusehen und ihre Lieben zu Hause in die Arme schließen zu können.

Dieser Krotrok hatte den Schwachpunkt gefunden, für den sie alle blind gewesen waren. Das Netz der Hülle! Schey konnte Riku nur Recht geben. Und ihrem Großvater ebenso: Die vermeintliche Macht eines fliegenden Schiffs hatte sie alle überheblich werden lassen. Keiner hatte sich im Angesicht der majestätischen Drachenhaut über irgendwelche Schwachstellen Gedanken machen wollen.

Das Luftschiff war nicht weit von der Stadt abgestürzt und so wuchsen mit jedem Schritt ihre dunklen Mauern höher und höher in den blauen Herbsthimmel. Die halbe Strecke lag hinter ihnen. Am Ufer des Flusses tauchten vermehrt Hütten und kleine Häuser auf. Sie sahen alle ziemlich ramponiert aus und wirkten verlassen. Dazwischen standen immer wieder große Gerüste aus Holzstämmen dicht am Wasser, auf die sich Schey keinen Reim machen konnte.

Auf der dem Strom gegenüberliegenden Seite des Weges kam ein langes Blockhaus in Sicht, das so gar nicht in das verfallene Bild der übrigen Gebäude passte: Es bestand aus sauber bearbeiteten Stämmen, die noch die lebendige Farbe frischen Holzes besaßen. Beim Vorbeigehen spähte sie durch das ausladende Tor an der schmalen Front des Bauwerks. In der Mitte eines gut vierzig Schritte messenden, massiv gearbeiteten Tisches hing eine riesige, glänzende Säge aus einer Öffnung in der Decke, die unten im Boden wieder verschwand. In ihrer Heimat gab es ähnliche Vorrichtungen, wenn auch nicht in solch gigantischen Ausmaßen. Es war ein Sägewerk! Hier mussten sie all die Bäume verarbeitet haben.

Sie näherten sich dem dreieckigen Stadttor, das von zwei gewaltigen Monolithen eingerahmt wurde, die oben aneinander lehnten. Es gab kein Holztor wie in Kysann, sondern ein eisernes Gatter sicherte den Torweg, dessen Segmente aus armdicken Eisenstangen bestanden. Das tonnenschwere Gebilde war über dicke Ketten und riesige Umlenkrollen mit steinernen Gewichten verbunden, die das Öffnen und Schließen ermöglichten.

Die dunklen Wälle, die sich an das Tor anschlossen, hatten ungefähr die gleiche Höhe wie die in Scheys Heimatstadt. Früher musste es auch hier, ähnlich wie in Kysann, Wachtürme entlang der Einfriedung gegeben haben, aber sie schienen sauber bis auf das Niveau der umgebenden Mauer abgetragen worden zu sein. Nur ihre rechteckigen Grundmauern waren noch zu erkennen. Schey konnte sich nicht vorstellen, dass die

Mayatan sie zurückgebaut hatten. Diese Monster hätten sie höchstens zum Einsturz gebracht.

Die Stadt selbst überragten viele schlanke Türme, die allesamt sehr hoch reichten. Es machte den Eindruck, als ob sich die Erbauer einen Wettstreit geliefert hatten, wer am höchsten käme.

Scheys Blick richtete sich nach oben, wo das Kreischen und Gackern der Mayatan erschallte. Auf den Zinnen der Türme drängten sie sich dicht an dicht. Diejenigen, die dort keinen Platz gefunden hatten, nahmen mit den Dachfirsten der höheren Häuser vorlieb. Wie es schien, verabscheuten die geflügelten Wesen die Nähe zum Boden.

Hinter dem Tor lag ein weiter Marktplatz, auf dem sich wilde Haufen von ramponierten Möbeln und den sonstigen Habseligkeiten der einstigen Bewohner türmten. Die Mayatan mussten irgendetwas gesucht und dabei alles aus den Häusern geschafft haben. Im Vorbeigehen fiel Scheys Blick auf eine schmutzige Puppe aus grobem Leinen, die ein Kleid aus blauer Seide trug. Verloren lag sie neben den Resten eines ehemals glücklichen Lebens. Sie konnte nur hoffen, dass es das Mädchen noch irgendwo gab, das seine Puppe vermisste.

Schey löste die Augen von dem Spielzeug und besah sich die umliegenden Häuser. Früher mussten sie der ganze Stolz ihrer Besitzer gewesen sein. Zwar bestanden sie allesamt aus dem gleichen schwarzen Stein, aus dem die gesamte Stadt zu bestehen schien, aber alle Fassaden zierten detailverliebte Ornamente aus Kupfer und Eisen und verliehen dem Marktplatz ein vielseitiges Gesicht. Die meisten sahen wie Bäume oder wild rankende Blumen aus, sie konnte aber auch einen fliegenden Drachen erkennen. Doch der frühere Glanz war verschwunden. Überall waren die Fenster und Türen zertrümmert oder hingen schief in ihren Angeln.

Die Mayatan eskortierten die Gruppe quer über den Platz zu einem großen Gebäude an der Seite des Marktes. Es war eindeutig kein Wohnhaus und besaß nur im ersten Stock einige kleine, schmale Fenster. Durch ein hölzernes Tor traten sie in einen weiten Lagerraum. Hier wurden früher offenbar die Güter der Händler gelagert, aber weder von den Gütern, noch von den Händlern gab es irgendeine Spur.

Kaum waren alle Gefangenen im Raum versammelt, verschlossen die Mayatan die Torflügel und ließen sie im spärlichen Licht der kleinen, staubigen Fenster zurück.

Riku sackte stöhnend in sich zusammen. Offenbar hatte ihn der Weg von der Drachenhaut bis hierher sehr zu schaffen gemacht, was er den Kreaturen aber nicht zeigen wollte. In Anbetracht des Gemetzels, das diese geflügelten Ungeheuer unter den verwundeten Soldaten auf dem Wrack angerichtet hatten, war das eine überaus weise Entscheidung von ihm gewesen, fand Schey.

Emma ließ sich nun nicht mehr bremsen und besah sich das Bein ihres Freundes genauer. Das Geschoss war abgebrochen, schaute aber noch gut eine Handbreit aus dem Fleisch heraus. Begleitet von Rikus schmerzhaftem Stöhnen befühlte sie die Wunde und die Rückseite des Oberschenkels.

»Der Pfeil ist fast komplett durchgegangen. Ich kann die Spitze unter der Haut spüren. Ihn herauszuziehen würde zu viel Schaden anrichten. Ich werd ihn also ganz durch das Bein schieben müssen.«

Riku riss entsetzt die Augen auf.

»Das halte ich für keine gute Idee, Emma.«

Schey konnte sehen, wie es das Mädchen belastete, ihrem Freund solche Schmerzen zufügen zu müssen.

»Der Pfeil muss raus, Riku. Und in Richtung Spitze ist es besser als zurück.«

»Da bin ich nicht ganz deiner Meinung. Wir sollten erst noch einmal genau überlegen –.«

Rikus Erklärung ging in einen markerschütternden Schrei über. Emma drückte ohne Vorwarnung mit all ihrer Kraft den Schaft des Geschosses in seinen Oberschenkel. Die breite Spitze kam zusammen mit einer Menge Blut auf der Rückseite heraus. Der Asiate wand sich vor Schmerz und Schey versuchte, ihn festzuhalten, während Emma den vorderen Teil des Pfeils ergriff und ihn mit einer schnellen, kraftvollen Bewegung herauszog. Erneut schrie Riku auf und verlor dann das Bewusstsein.

Emma fing an zu weinen, blieb aber auf ihre Aufgabe konzentriert. Sie legte ihre Handflächen aneinander, die sofort hell zu leuchten begannen. Schey schielte zum Tor, aber falls Mayatan davor Wache hielten und Rikus Schrei gehört hatten, war ihnen offensichtlich egal, was sich hier drinnen abspielte.

Das Mädchen legte ihre leuchtenden Hände auf das Bein, eine auf die Eintritts- und die andere auf die Austrittswunde. Blut quoll zwischen ihren Fingern hervor, doch schon wenige Augenblicke später ließ die Blutung nach. Als sie nach gut einer Minute ihre Handflächen zurückzog, hatte sich das Fleisch geschlossen. Erschöpft sank Emma in sich zusammen.

»Da seid ihr aber ein ganz schönes Risiko eingegangen.«

Schey drehte sich erschrocken um und blickte in das ernste Gesicht von Samara.

»Mutter!«, rief sie und fiel ihr um den Hals. Die mühsam unterdrückte Trauer um Finn brach aus ihr heraus und sie begann bitterlich zu schluchzen. Samara drückte ihre Tochter fest an sich.

»Das mit Finn tut mir leid, Schey. Ich weiß, ich hab ihn nicht immer fair behandelt, aber ich mochte ihn wirklich sehr.«

»Ken und Sascha nicht zu vergessen«, ergänzte Emma vorwurfsvoll.

»Na, Ken hat doch mehr Glück als wir alle zusammen.«

Schey trat einen Schritt von ihrer Mutter zurück und schaute sie irritiert an.

»Wie kannst du nur so grausam sein! Was hat dir der arme Ken denn getan, dass du ihn noch im Tod verhöhnst?«

Jetzt war es an Samara, verwirrt zu sein.

»Wieso Tod? Hat euch Riku nicht erzählt, dass der weiße

Drache aus den Wolken herabgeschossen kam und den abstürzenden Ken aufgefangen hat?«

Schey horchte auf. Ein Funken Hoffnung regte sich in ihrem Herzen.

»Riku war bewusstlos und hat nur die Explosion der Hülle gesehen! Bist du dir sicher, dass es Ken und nicht Finn war, den der Drache gerettet hat?«

Sie schämte sich für diesen Gedanken, aber sie konnte nichts dagegen tun. Sie mochte Ken, aber sie *liebte* nur Finn.

»Es tut mir leid, Schey, aber bevor der Drache verschwand, ist er dicht über das Wrack geflogen. Ich konnte eindeutig Kens dunkle Haut und die schwarzen Haare zwischen seinen Klauen erkennen.«

»Vielleicht hat er Finn schon vorher in Sicherheit gebracht!«, klammerte sie sich an den nächsten dünnen Strohhalm.

Samaras Gesicht verhärtete sich.

»Schey, der Drache hat seinen Befreier gerettet. Alle anderen sind ihm egal. Wann begreifst du das endlich. Es sind und bleiben bösartige Kreaturen, die nur ihre eigenen Ziele verfolgen.«

Ihr fehlte die Kraft, um sich jetzt auf solch eine Diskussion mit ihrer Mutter einzulassen. Der schwache Funken Hoffnung wurde von der kalten Wahrheit erstickt. Selbst wenn sie nicht die Meinung von Samara über die Bosheit des Drachen teilte, musste sie sich eingestehen, dass er sein Leben nur Ken verdankte. Ken hatte ihn aus dem Martyrium auf der Drachenhaut befreit. Nie hätte er Finn gerettet und seinen Befreier dem Tod überlassen.

»Warum sollte ich eigentlich vorhin nicht zu dir kommen, Mutter?«, wechselte Schey das Thema.

Samara nahm sie wieder in ihre Arme.

»Ich bin die Kapitänin der Drachenhaut und damit für den Tod unzähliger Mayatan verantwortlich. Wenn ich dafür bezahlen muss, dann möchte ich dich da raushalten. Ich kann mir gut vorstellen, dass es diesem Krotrok Spaß machen würde, die

Menschen, die ich liebe, zu quälen. Versprich mir also, dass du dich von mir fernhältst, egal was mit mir passiert.«

Schey nickte stumm, aber ein Versprechen kam nicht über ihre Lippen.

Sie verbrachten den Tag im Lagerraum, ohne dass sich die Mayatan zeigten. Um die Mittagszeit kam Riku wieder zu sich. Emma plagte ein schlechtes Gewissen, ihn so überrumpelt zu haben, aber er verzieh ihr augenblicklich, als er die nahezu verheilte Wunde an seinem Bein sah.

Gegen Abend öffnete sich endlich das Tor, vor dem sie ein ganzer Trupp der Kreaturen erwartete. Als sie zögernd ins Freie traten, wurde die Gruppe sofort eingekreist. Auf der dem Stadttor gegenüberliegenden Seite des Platzes führte eine breite, schnurgerade Straße Richtung Stadtzentrum. Dorthin lotsten sie ihre Bewacher unter den Blicken und kreischenden Rufen von Dutzenden auf den umliegenden Dächern sitzenden Mayatan. Samara hielt nun wieder Abstand, um ihre Tochter nicht zu gefährden.

Während sie liefen, sah sich Schey weiter um. Alle Häuser befanden sich in einem ebenso desaströsen Zustand, wie die am Marktplatz. Nirgends war eine Menschenseele zu sehen. Sie schätzte, dass in der Stadt früher etliche tausend Einwohner gelebt haben mussten. Was war nur mit den Yangri geschehen? Hatten die Mayatan alle ausgelöscht? Blüte ihnen ein ähnliches Schicksal? Aber warum hatte man sie dann nicht gleich auf der Drachenhaut getötet und sich die Mühe ihrer Gefangennahme erspart? So viele Fragen und keine Antworten.

Die Sonne versank im Westen hinter der Stadtmauer, als sie einen gewaltigen Turm im Zentrum erreichten. Er ragte zwar nicht so hoch wie seine schlanken Nachbarn, war mit einer Grundfläche von bestimmt hundert auf hundert Schritten aber deutlich imposanter.

Ihn zierten, so hoch Scheys Blicke reichten, Mosaike aus kobaltblauen Steinen, was im Kontrast zu den dunklen Farben der umgebenden Stadt noch beeindruckender wirkte. Die Mosaiksteine bildeten Wellen und Spiralen, die fließend ineinander übergingen. Es kam ihr so vor, als spiegelte der Turm einen weiten Sommerhimmel wider, der längst vergangen war.

Sie stiegen einige breite Stufen empor und traten durch ein bogenförmiges Eingangstor in eine reich verzierte, von Leuchtsteinen erhellte Halle. Der weitläufige, kreisrunde Raum erstreckte sich vier Stockwerke hoch. Den gesamten Boden schmückte ein gewaltiges Bild aus farbigen Mosaiksteinen.

Da gab es feuerspeiende Drachen, kämpfende Mantikoren, steinewerfende Trolle, herumfliegende Mayatan, auf Schiffen segelnde Menschen, deren sehnsüchtige Blicke in die Ferne gerichtet waren, und noch viele andere Kreaturen, die Schey selbst noch nie zu Gesicht bekommen hatte und nur aus den Geschichten ihres Großvaters kannte.

Das Rund umrahmte ein Säulengang aus weißen Stützpfeilern, die die kuppelförmige Decke trugen. Da der Saal genau im Zentrum des Turms lag, gab es keine Fenster, die das Tageslicht hereinließen. Stattdessen erhellten tausende Leuchtsteine den Raum, die wie die großen Sternbilder des Nachthimmels auf der Kuppel angeordnet waren.

Finn hätte das sicher gefallen, dachte Schey. Mit all ihrer Willenskraft kämpfte sie gegen die in ihr aufsteigende, lähmende Trauer an. Sie war noch nicht bereit, sich ihr zu stellen. Jetzt war nicht der richtige Moment dafür. Sie musste einen klaren Kopf behalten, damit sie jede sich bietende Gelegenheit erkannte, sei sie auch noch so klein.

Sie wurden ins Zentrum des Saals geführt, wo sich eine beeindruckende Wendeltreppe aus weißem Marmor bis zum höchsten Punkt der Kuppel schraubte. Dort verschwand sie in einer runden Öffnung. Die Treppe hatte keinerlei Stützen oder Halterungen, sondern trug sich komplett selbst, was den Eindruck erweckte, dass sie im Raum schwebte.

Als sie die ersten Stufen erreichten, richtete Schey ihren Blick nach oben. Sie kam aus dem Staunen nicht heraus. Die

Wendeltreppe endete nicht etwa oberhalb der kuppelförmigen Halle. Nein, das geniale Konstrukt schien sich bis zur Spitze des Turms zu winden. Auf jedem Stockwerk gab es eine Art Steg, damit der Aufgang überhaupt betreten werden konnte.

Scheys Beine fühlten sich wie Gummi an, nachdem sie zehn Etagen hinaufgestiegen waren. Sie hatte seit gestern Abend nichts mehr gegessen. Ihr letztes Abendessen mit Finn. Und heute Morgen war die Stadt am Horizont aufgetaucht. Keiner hatte da an Frühstück denken können.

Auch quälte sie mittlerweile ein ungeheuerlicher Durst. Wie ein Stück altes Leder lag ihre ausgetrocknete Zunge in ihrem Mund. Mit jeder weiteren Stufe nahm das Verlangen nach einem Schluck kühlem Wasser zu, bis sie es kaum noch aushielt.

Endlich erreichten sie das oberste Stockwerk, das sechzehnte, wie Schey vermutete, aber sie hatte vor lauter Durst und Hunger nicht mehr richtig mitgezählt. Die Treppe endete in der Mitte eines imposanten quadratischen Thronsaals, der die ganze Etage einnahm. An allen vier Seiten gaben riesige Fensterfronten einen atemberaubenden Ausblick auf die Metropole und das Umland frei. Weit im Westen wurde die Silhouette eines Gebirges von der untergehenden Sonne in Szene gesetzt und der sich an die Stadt anschmiegende Fluss glühte im orangenen Licht wie flüssiges Feuer. Der ruhige Strom schlängelte sich östlich Richtung Meer, das ihn irgendwo hinter dem Horizont erwartete.

Schey hätte alles dafür gegeben, sich jetzt mit Finn in einem kleinen Boot gen Ozean treiben zu lassen, die versinkende Herbstsonne im Rücken und die gemeinsame Zukunft voraus. Sie wollte sich gern in dem Gedanken verlieren, aber die kalte Realität verlangte ihre Aufmerksamkeit.

Die Gruppe wurde zur Nordseite geführt, wo ein schlichter Thron aus weißem Marmor vor der Fensterfront stand. Die Lehne war in tausend Stücke zerschlagen worden, damit die Flügel des auf ihm sitzenden Mayatan sich frei entfalten konnten. Das Äußere dieses Exemplars wich deutlich von dem seiner Artgenossen ab.

Die Haut wies eine tiefschwarze Färbung ohne jegliche Musterung auf, aber sie schien leicht in den unterschiedlichsten Farben zu schimmern, sobald Schey den Blickwinkel wechselte. Auch fehlten ihm die roten Kopffedern, die alle anderen Mayatan auf ihren Häuptern trugen. Ebenso passte seine Kleidung nicht ins übliche Bild. Für gewöhnlich kleideten sich diese geflügelten Wesen in schlichte Lederröcke, die ihnen bis zu den dünnen Knien reichten. Nicht bei Krotrok, um den es sich zweifellos handeln musste. Die Beine verhüllte ein blutrotes Gewand aus schwerem Leinen, das selbst noch die Füße bedeckte. Vielleicht versuchte er, mit der Farbe seiner Kleidung das Fehlen der roten Kopffedern zu kompensieren, mutmaße Schey. Gehalten wurde die Robe von einem breiten, schwarzen Gurt, der die muskulöse Brust umschloss.

Dort, wo bei einem Menschen das Brustbein saß, hatte der Gurt eine halbkugelförmige Auswölbung von der doppelten Größe einer Faust. Irgendwie wirkte sie fehl am Platz und ihre Funktion blieb Schey ein Rätsel.

Der Anführer der Mayatan thronte nicht allein auf dem Podest. Neben dem weißen Herrscherstuhl saß ein großer Mantikor. Er ließ sich die zinnoberrote Mähne aus dünnen Stacheln von Krotrok kraulen. Wie ein Ring aus Feuer umrahmte sie das dämonenhafte Gesicht der Kreatur. Die schwarzen, übergroßen Augen wanderten ruhelos von einem zum andern, als würde er überlegen, wen der armen Seelen er als erstes zerfleischen sollte. Unterdessen vollführte sein langer, in einem giftigen Stachel endender Schwanz einen hypnotisierenden Tanz in der Luft.

Die Gefangenen verharrten bereits einige Minuten vor dem Thron, aber der ungewöhnliche Mayatan rührte sich nicht. Die gelben Augen schienen durch sie alle hindurch zu starren. Endlich erhob er sich gemächlich und stieg anmutig die Thronstufen herunter. In seinem Blick lag eine gefährliche

Ruhe. Schey war sich nun endgültig gewiss, dass Krotrok vor ihnen stand, der mysteriöse Anführer der Mayatan.

Langsam schritt er an den Gefangenen vorbei. Er sah jedem ins Gesicht, wobei die wenigsten seinem forschenden Starren standhielten. Samara hatte sich in vorderster Reihe neben dem nervös wirkenden Erlus postiert. Krotrok beachtete den Ersten Offizier nicht weiter, vor der Kapitänin verharrte er aber einen Augenblick. In diesem kurzen Moment griff sich Erlus rasch an die Wade und zog einen Dolch aus dem Stiefel hervor, den er dort die ganze Zeit versteckt haben musste.

»Für die Drachenhaut!«, brüllte er und stieß die Klinge mit all seiner Kraft in den Hals des Mayatan. Aber die Stichwaffe konnte die schwarze Haut nicht durchdringen. Sie glitt von ihr ab, wie von einem Stein.

Ungerührt löste Krotrok die Augen von Samara und wandte sich dem verdutzten Ersten Offizier zu. Mit einem kalten Lächeln schloss er seine Hand fast zärtlich um den Hals von Erlus, doch nicht um ihn zu erwürgen. Das war gar nicht nötig. Zwischen den klauenartigen Fingern des Mayatan strahlte urplötzlich ein grünes Glühen hervor und der junge Mann begann zu schreien wie am Spieß. Seine Haut färbte sich augenblicklich weiß und wurde runzlig, die Haare ergrauten binnen Sekunden und die Muskeln schienen sich einfach aufzulösen.

Schließlich erstarb sein Schrei in einem letzten Röcheln. Alles, was Krotrok noch in der ausgestreckten Hand hielt, glich der leblosen Hülle eines Hundertjährigen. Verängstigt wichen die Umstehenden zurück, soweit es ihre Bewacher zuließen. Nur Samara blieb stehen und starrte fassungslos auf die Leiche ihres Ersten Offiziers.

Mit seiner grotesken Magie hatte dieses Monster dem Mann das Leben regelrecht ausgesaugt! Die Gerüchte, dass der mysteriöse Anführer der Mayatan magische Fähigkeiten besaß, entsprachen also der Wahrheit.

Krotrok ließ die Überreste von Erlus achtlos fallen und gab ein genüssliches Stöhnen von sich.

»Es gibt immer eine törichte Seele wie ihn. Ihr Menschen seid so vorhersehbar.«

Er war tatsächlich ihrer Sprache mächtig! Zwar zog er die Vokale unnatürlich in die Länge und seine gespaltene Zunge schien Mühe zu haben, manche Silben zu formen, aber Schey verstand ihn problemlos.

Er beendete wortlos die Inspektion und kehrte zu seinem hohen Stuhl zurück. Sie konnte das Gesicht ihrer Mutter nicht erkennen, da Schey schräg hinter ihr stand, aber ihr Blick hing offenbar immer noch an den Überresten von Erlus. Er war der zweite Erste Offizier, den sie in diesem Jahr verloren hatte.

»Ein imposantes Schiff, das ihr da hattet«, gab Krotrok wohlwollend kund, nachdem er sich niedergelassen hatte. »Ich habe es höchst ungern zerstört. Gerne hätte ich es mein Eigen genannt, aber ihr habt es zu teuer verkauft. Eine geschickte Verteidigung, das muss ich euch lassen. Ist der Kommandant des fliegenden Wunderwerks unter euch? Ich möchte ihm dazu gratulieren, dass er mehr als die Hälfte meines tapferen Heeres vernichten konnte.«

Nicht einer der Gefangenen sagte ein Wort. Allen war nur zu klar, dass auf die Kapitänin keine Glückwünsche warteten. Krotrok schien enttäuscht zu sein, dass niemand antwortete. Er gab ein theatralisches Seufzen von sich.

»Nun denn, dann müssen wir der Sache anderweitig auf den Grund gehen.«

Er wandte sich dem Mantikor zu, streichelte ihm sanft über die Mähne und gab einige Worte in der zischenden Sprache dieser furchteinflößenden Wesen von sich. Besaß der Mayatan die gleiche magische Sprachfähigkeit wie Ken? Oder hatte er die Sprachen der Menschen und der Mantikoren auf normalem Weg gelernt? Schey blieb keine Zeit für weitere Überlegungen, denn Krotrok richtete seine Aufmerksamkeit wieder auf die Gefangenen.

»Wollen wir doch mal sehen, ob wir den großen Kapitän nicht mit Hilfe des Ausschlussverfahrens identifizieren können. Dieser armselige Tropf dort drüben ist es nicht, denke ich.«

Er zeigte mit dem Finger auf einen älteren Mann mit grauen, verfilzten Haaren und einem struppigen Vollbart, der sich nahtlos in das verwahrloste Gesamtbild einfügte. Schey hatte ihn ab und zu auf dem Schiff gesehen. Er ging immer dem Koch zur Hand und flickte verschlissene Seile.

Kaum hatte Krotrok die Hand ausgestreckt, da sprang der Mantikor mit einem gewaltigen Satz auf den armen Kerl zu, schleuderte ihn einige Schritte nach hinten und verbiss sich in seinem Hals. Einen kurzen Moment wehrte der Mann sich noch, doch letztendlich erstarb sein Widerstand.

Ein Aufschrei ging durch die Gruppe der Gefangenen und Emma wandte sich ab. Schey sah, dass ihre Mutter sich mit bloßen Händen auf das Vieh stürzen wollte, aber ein dicht bei ihr stehender Soldat hielt sie zurück.

Der Mantikor ließ von seinem Opfer ab und kam in aller Seelenruhe zum Thron stolziert, wo er sich wieder neben Krotrok niederließ.

»Wen können wir wohl noch ausschließen?«, sinnierte der Mayatan in heiterem Tonfall, während das Blut des Getöteten einen roten Spiegel auf den Marmorboden zeichnete. Schon streckte er die Hand erneut aus und ließ sie unentschlossen in Richtung der Menschen kreisen.

»Hört sofort auf damit!«, donnerte Samara mit kräftiger Stimme. »*Ich* bin die Kapitänin der Drachenhaut. Wenn Ihr Euch für eure gefallenen Krieger rächen wollt, lasst eure Wut an mir aus!«

»Natürlich seid Ihr die Kapitänin«, erwiderte Krotrok amüsiert. »Ich wusste es bereits, seit ich in eure Augen geblickt habe. Der Tote geht also auf euer Konto, meine Liebe. Obgleich es auf diesen einen mehr auch nicht ankommt, findet Ihr nicht?«

Schey kannte ihre Mutter. Obwohl sie ihr Gesicht nicht sehen konnte, verriet ihr Samaras Körperspannung, dass sie drauf und dran war, sich mit bloßen Händen auf den Mayatan zu stürzen.

»Spart Euch eure sinnlose Wut, Kapitänin. Euer Zorn hilft weder euren toten Besatzungsmitgliedern, noch meinen treuen Kriegern, die ihr Leben für mich ließen. Er führt nur dazu, dass ihr wie dieser arme Tropf dort neben Euch endet. Wie Ihr gewiss bemerkt habt, bin ich nicht so einfach zu verletzen. Es wird Euch amüsieren zu hören, dass mir meine Brüder und Schwestern den gleichen Namen wie den eures stolzen Luftschiffs gegeben haben: Ich bin Krotrok Drachenhaut! Zweifellos hat die Kunde meiner Taten auch das Volk der Hyva schon erreicht.«

Samara riss sich zu Scheys Erleichterung etwas zusammen. Ihr Körper entspannte sich spürbar.

»Woher wisst Ihr, dass wir dem Volk der Hyva angehören?«, fragte sie erstaunt, aber Schey war klar, dass ihre Mutter nur ihre Strategie geändert hatte. Sie versuchte, durch unterschwellige Bewunderung mehr Informationen aus dem Mayatan herauszuholen.

»Aber bitte, meine Liebe. Ein fliegendes Schiff! So eine Neuigkeit macht schnell die Runde. Ihr habt meinen Manticora auf dieser Insel weit im Osten von Rapolan schwer zugesetzt. Außer den Menschen gibt es in dieser Welt niemanden, der ein solches technisches Wunderwerk bauen könnte. Und da ich die Yangri bereits überall auf der Welt in den Staub getreten habe, konnte es sich nur um die Tat der Hyva handeln.«

Schey traf es wie ein Schlag. Ihr Großvater hatte unzählige Geschichten über die Yangri zum Besten gegeben. Sie hatten sich nach dem Verschwinden von Tra'Mek und Sulur nicht wie die Hyva in einen einzelnen Landstrich zurückgezogen. Ihr Schwestervolk wollte den Herrschaftsanspruch über die zahlreichen Gebiete aufrechterhalten, die es auf dem Höhepunkt der Macht beherrscht hatte. Wenn man zu viel will, hat man am Ende gar nichts mehr, endete ihr Großvater jedes Mal, sooft er von den Yangri erzählte. Da sie seit vielen Jahrzehnten nicht das Geringste von ihren einstigen Brüdern und Schwestern gehört hatten, ging er davon aus, dass sie letztendlich den Gefahren dieser rauen Welt zum Opfer gefallen waren. Was sich nun zu bestätigen schien.

Krotrok streichelte wieder über die Mähne des Mantikors.

»Mein treuer Freund hier hat keine Mühen gescheut, mir die Nachricht über das gefährliche fliegende Schiff so schnell wie möglich zu bringen. Viele Tage und Nächte ist er gelaufen, bis er endlich an Bord eines meiner Segelschiffe vor zwei Monden hier in Boram ankam.«

Schey horchte auf. Die Mayatan und *Schiffe*? Diese Wesen besiedelten die Dschungelgebiete rund um die Welt, aber dass sie Schiffe bauten und sie sogar benutzten, schien unvorstellbar. Anscheinend spiegelte sich Scheys Skepsis auch im Gesicht ihrer Mutter wider.

»Euer Blick sagt mir, dass Ihr die Mayatan noch immer unterschätzt, Kapitänin«, fuhr Krotrok ein wenig beleidigt fort. »Für euch Menschen sind wir nur ungebildete Baumbewohner, die euch hier und da überfallen, gezwungen von unseren primitiven Instinkten. Wir haben zwar nie nach Wissen und Erkenntnis gestrebt, aber verwechselt die Entscheidung zu einem naturnahen Leben nicht mit mangelndem Intellekt. Die Mayatan haben nur eine führende Hand benötigt und die haben sie in mir gefunden, auch wenn ich sie erst davon überzeugen musste. Genau wie die Manticora, möchte ich hinzufügen. Gemeinsam mit ihnen werden wir die Menschen vom Antlitz dieser Welt tilgen, die viel zu lange unter dem Machthunger eurer Spezies zu leiden hatte!«

»Interessante Worte aus dem Mund eines angehenden Welteroberers«, erwiderte Samara sarkastisch.

Ohne auf die verbale Attacke von Scheys Mutter einzugehen, erhob Krotrok sich wieder und schritt an der Kapitänin vorbei zum westlichen Fenster. Die Dunkelheit hatte sich mittlerweile über das Land gelegt und ein riesiges Feuer erhellte die Nacht in einiger Entfernung zur Stadt.

»Seht hin! Euer kostbares Luftschiff wird morgen nur noch Asche im Wind des Wandels sein. Und es ist nur noch eine Frage der Zeit, bis die Menschen sein Schicksal teilen. Zu gern wäre ich damit über den Ozean geflogen. Wie hätten die hohen Ratsherren in Kysann geglotzt, wenn ich an Bord eurer größten Erfindung über ihre geliebte Stadt hereingebrochen wäre!«

Eine Reihe von Explosionen ließ das Feuer urplötzlich zu einem gigantischen Inferno anschwellen, das den Nachthimmel erhellte. Sekunden später traf der Knall der Detonation den Turm und ließ die Fensterscheiben erzittern.

Schey vermutete, dass die Flammen die Behälter mit den Drachengasbomben erreicht haben mussten, die im Mittelteil des Schiffs lagerten und den Absturz aufgrund ihrer speziell gesicherten Kisten offenbar überstanden hatten. Sie hoffte inständig, dass möglichst viele dieser brutalen Geschöpfe in der Nähe des Wracks gewesen waren, als es explodierte.

Das erste Mal zeigte Krotrok so etwas wie Überraschung und eine flüchtige Unsicherheit. Ein Zucken durchlief die schwarzen Schwingen, doch kurz darauf hatte er die Fassung wiedererlangt.

»Ich sehe, euer Schiff hatte noch ein Geheimnis in seinem Rumpf verborgen. Drachengas vermute ich?«

Er drehte sich zu Samara und den Gefangenen um. In dem echsenartigen Gesicht war so etwas wie Abscheu zu erkennen.

»*Drachen*! Die nächste Rasse, die ich auszulöschen gedenke. Wie die Menschen kennen auch sie weder Maß noch Ziel!«

»Wo ist *eure* Mäßigung, Krotrok?«, hielt Samara ihm vor. »Eben habt Ihr uns eröffnet, dass Ihr die Yangri auf der ganzen Welt vernichtet habt und das Gleiche mit den Hyva und den Drachen plant. Nicht das mich die Drachen kümmern, aber in welcher Hinsicht unterscheiden sich eure Ambitionen von denen der Kysari auf dem Höhepunkt ihrer

Macht? Ihr seid nur ein weiterer machthungriger Despot, der seine dunklen Taten zu rechtfertigen versucht!«

Krotrok trat an Samara heran und starrte lange in ihre braunen Augen. Sie ließ sich jedoch nicht einschüchtern und erwiderte stolz seinen Blick. Einen Moment fürchtete Schey, er würde sie packen und ihr das Leben aussaugen, so wie er es bei dem armen Erlus getan hatte. Aber nichts dergleichen geschah. Stattdessen begann er zu lächeln und entblößte seine spitzen Zähne.

»Ich muss mich vor nichts und niemanden rechtfertigen, meine Liebe. Insbesondere nicht vor den Hyva, die schon in nicht allzu ferner Zukunft den Yangri in die Vergessenheit folgen werden. Ich brauche euer glorreiches Luftschiff nicht, Kapitänin, um Kysann und den Rest eures jämmerlichen Reiches in den Abgrund zu schicken. Eure Verwunderung über die Tatsache, dass die Mayatan Schiffe erbauen konnten, war durchaus angebracht. Wir können es nicht. Aber wir können ein Volk *erobern*, das die Fähigkeit des Schiffbaus seit Jahrhunderten wie eine Kunst zelebriert. Die Yangri zum Beispiel. Sie haben mir geholfen, eine ganze Flotte zu bauen. In diesem Moment befindet sie sich auf dem Weg über den weiten Ozean, bemannt mit meinen stolzen Mayatankriegern und gesteuert von den erfahrenen Seemännern der Yangri. Sie werden schon bald in eurem Reich anlanden. Bevor die Hyva wissen, wie ihnen geschieht, greifen die Mayatan von Süden und die Manticora von Norden aus an und Kysann wird fallen.«

Schey wurde mit einem Mal klar, was die unzähligen Baumstümpfe und die massiven Gerüste am Fluss zu bedeuten hatten. Dort wurden Schiffe gebaut! Und nach dem riesigen Wald zu urteilen, der den Äxten zum Opfer gefallen war, mussten es sehr viele Schiffe sein.

»Niemals!«, entgegnete Samara fassungslos. »Die Yangri waren zwar nie unsere Verbündeten, aber seit vielen Jahrhunderten auch keine Feinde mehr. Ich weigere mich zu glauben, dass sie sich mit Euch gegen ihre einstigen Brüder und Schwestern verbündet haben sollen!«

»Wer hat denn irgendetwas von verbünden gesagt?«, antwortete Krotrok unschuldig. »Ihr könnt Euch nicht vorstellen, wie motiviert Männer sein können, wenn man ihre Frauen und Kinder bedroht.«

»Ihr haltet die Familien aller Männer von Boram gefangen?«, fragte Samara ungläubig und Schey konnte ihre Skepsis verstehen. Um eine Flotte von Schiffen zu bauen und zu bemannen, waren sehr viele Besatzungsmitglieder notwendig. Ergo müssten hier irgendwo tausende von Frauen und Kindern sein, aber bei ihrem Weg durch die Stadt gab es dafür nirgends Anzeichen.

»Das war gar nicht nötig, meine Liebe. Diese Feiglinge haben ihre Familien in die Berge geschickt, als mein glorreiches Heer sich näherte. Nach der Einnahme von Boram musste ich nur erwähnen, dass ich die Manticora auf die Jagd nach ihnen schicken würde und schon haben die Männer sich ganz von alleine an die Arbeit gemacht. Nachdem die Flotte ausgelaufen war, habe ich meine Manticora dann trotzdem auf die Suche geschickt. Schließlich haben sie sich auch eine kleine Belohnung verdient.«

Schey sah, dass Samara sich nur mit Mühe zurückhalten konnte.

»Was haben Euch die Menschen nur so Schreckliches angetan, dass Ihr ihnen mit einem solchen Hass begegnet?«

»Wie jedes Mitglied eurer Art denkt Ihr, dass sich alles immer nur um euch dreht. Eure Rasse hat keinerlei Bedeutung für mich! Ihr seid mir nur im Weg. Wenn ich erst die Welt von den Menschen und den Drachen befreit habe, sind die Mayatan das mächtigste Volk in der Welt und wir können uns endlich frei entfalten.«

Samara lachte verächtlich auf.

»Und zufälligerweise seid *Ihr* der Anführer dieses Volkes.

Ihr könnt es drehen und wenden wie Ihr wollt, Krotrok, es geht Euch letztendlich nur um Macht.«

»Es geht *immer* um Macht, meine Liebe. Was hat Euch denn in diesen Teil der Welt verschlagen? Ich muss keine hellseherischen Fähigkeiten besitzen, um zu erkennen, dass ihr euch mit den Yangri gegen mich verbünden wolltet. Und wenn euch der Sieg gelungen wäre, würdet ihr mit euren Kriegern die Wälder meiner Heimat nach jedem flüchtenden Mayatan absuchen, um euren Triumph perfekt zu machen.«

Schey hatte den Disput zwischen ihrer Mutter und Krotrok mit wachsender Wut auf den überheblichen Mayatan verfolgt, doch urplötzlich wurde ihr bewusst, dass er mit seiner letzten Behauptung wahrscheinlich Recht hatte.

Sie konnte vor ihrem geistigen Auge den dicken Ratsherren Gerlus sehen, wie er nach dem Sieg über Krotrok großspurig die endgültige Auslöschung der Mayatan und Manticora fordern würde. Und Tibbon, der militärische Ratsherr, würde ihm schließlich beipflichten und ihren Großvater überstimmen. Wäre die Bedrohung durch die Mayatan erst beseitigt, würde es nicht lange dauern und die Rufe nach der Vernichtung aller Drachen würden laut werden. Dann wären die Menschen an dem Punkt angelangt, an dem sich Krotrok gerade befand. Schey wurde schmerzlich bewusst, dass sie alle Geißeln des selben Dämons waren: Machtgier.

Samara schienen ähnliche Gedanken durch den Kopf zu schwirren, denn sie verzichtete auf eine Erwiderung und schwieg mit düsterer Miene.

»Euer Schweigen ist Antwort genug«, stellte Krotrok genüsslich fest und wandte sich von der Kapitänin ab. »Vorerst werdet ihr meine Gäste sein, bis ich nach Kysann aufbreche. Ihr dürft mich dahin begleiten und in der Heimat sterben. Aber vorher habe ich hier noch etwas zu erledigen.«

Ohne eine Erwiderung von Samara abzuwarten, gab er den Wachen krächzend und gackernd einige Befehle, worauf die kleine Gruppe Richtung Aufgang getrieben wurde. Die

Leichen von Erlus und dem anderen Mann, dessen Namen Schey nicht kannte, blieben achtlos liegen. Das sich träge ausbreitende Blut des armen Kerls hatte mittlerweile die Treppe erreicht. Es tropfte über den Rand in den Abgrund, in den auch alle Hoffnung der Menschen zu stürzen drohte.

Die schwere, mit Eisen verstärkte Tür der Zelle fiel quietschend ins Schloss. Als die Gefangenen von den Mayatan in kleine Gruppen aufgeteilt worden waren, hatten es Schey, Emma, Riku und Samara irgendwie geschafft, zusammenzubleiben. Sie und drei weitere Überlebende der Drachenhaut standen nun im gespenstischen Licht eines winzigen Leuchtsteins in einer für sieben Personen viel zu engen und feuchten Gefängniszelle. Ihr Kerker befand sich drei Stockwerke unterhalb des Wachhauses, das ganz in der Nähe des Herrscherturms lag. Nach der Audienz bei Krotrok hatten die Mayatan sie direkt hierher gebracht.

»So sieht also unser Ende aus«, sagte Riku kopfschüttelnd. »Und heute Morgen hatten wir noch ein Bündnis mit den Yangri vor Augen. Wie konnte nur so viel in so kurzer Zeit schiefgehen?«

»Wir waren einfach nur dumm und leichtsinnig!«, erwiderte Schey wütend. »Wir dachten, die Drachenhaut sei unbesiegbar. Nun haben wir den Preis dafür bezahlt und Finn, Sascha und all die anderen, die ihr Leben gelassen haben, sind die sinnlosen Opfer unserer maßlosen Selbstüberschätzung!«

Stille breitete sich aus, denn alle wussten, dass sie im Grunde Recht hatte. Schey stapfte in eine Ecke und setzte sich auf den mit feuchtem Stroh bedeckten Boden, den Kopf auf die Knie gelegt. Sie spürte, dass sich ihre Wut nur wie eine dünne Haut über die Trauer in ihrem Inneren spannte. Diese fragile Hülle konnte jeden Moment zerreißen und die Verzweiflung würde über ihr zusammenschlagen, wie die tosenden Wellen eines sturmgepeitschten Ozeans. Sie musste das unbedingt verhindern, denn sie beabsichtigte, nicht aufzugeben. Sie wollte Finns Andenken ehren und die Schey sein, in die er sich verliebt hatte.

»Was hat Krotrok nur mit Erlus angestellt?«, fragte Emma schaudernd in die Stille hinein. »So eine dunkle und mächtige Magie! Er hat ihm das Leben förmlich ausgesaugt.«

»Und seine Haut! Sie scheint genauso widerstandsfähig wie die der Drachen zu sein. Dieser Drecksack hat regelrecht provoziert, dass ihn jemand angreift und damit scheitert«, ergänzte Riku düster.

»Ganz davon zu schweigen, dass er unsere Sprache und auch das Kauderwelsch der Mantikoren sprechen kann«, fügte Emma hinzu. »Meint ihr, er verfügt über die gleiche Magie wie Ken?«

»Er ist jedenfalls kein normaler Mayatan, so viel steht fest«, fasste Samara zusammen. »Und schlimmer noch, er scheint überaus intelligent zu sein. Es wird schwer werden, ihn zu töten.«

Schey hob den Kopf und sah ihre Mutter überrascht an.

»Ihn *töten*? Ist das dein Ernst?«

»Natürlich. Glaubst du, ich lass dieses Scheusal unsere Heimat in Schutt und Asche legen? Wir müssen erstmal hier raus. Dann suchen wir Ken. Sein Drache konnte bei unserer Ozeanüberquerung mühelos mit dem Luftschiff mithalten. Er könnte also zusammen mit Ken noch vor der Flotte der Mayatan Kysann erreichen und den Herrscherrat warnen.«

Da sie nicht wussten, wann die Schiffe aufgebrochen waren und wohin sich Ken mit dem Drachen aufgemacht hatten, wurden die Teile von Samaras Plan von einer Menge verzweifeltem Optimismus zusammengehalten. Aber genau diese Art Motivation brauchten sie jetzt, wie Schey fand.

»Na dann«, rief sie euphorisch und sprang auf die Beine, »brechen wir hier aus!«

Stunden später – wie viele wusste Schey nicht genau – saßen sie alle in einer Reihe an der Rückwand der Zelle und ließen die Köpfe hängen. Sie hatten jeden Winkel ihres Gefängnisses abgesucht, aber hier gab es nur Mauern, etwas Stroh und eine Tür, die einem wütenden Bergtroll standhalten würde. Und natürlich das kleine, stinkende Loch im Boden, dessen Funktion allen sofort klar war.

Riku hatte hineingespäht, soweit es der ekelerregende Geruch zuließ, aber es endete unmittelbar in einem winzigen Kanal unter der Zelle, in dem selbst der Gestank Platzangst bekommen musste. Hier gab es keine Chance auf Flucht.

Am meisten hatte ihnen noch die Tür Hoffnung gemacht, die aber nach genauerer Untersuchung rasch erstarb. Die Scharniere lagen auf der Außenseite, und an das Schloss war von innen nicht heranzukommen. Die winzige Luke in der Türmitte konnte ebenfalls nur von außen entriegelt werden.

Vor einer Stunde hatte sie sich kurz geöffnet und ein gackernder Mayatan hatte einige halbverfaulte Äpfel hereingeworfen, die Riku und Emma aufgrund ihrer Größe zum Staunen gebracht hatten. Schey kannte die Früchte von zu Hause, nur dass sie dort stets frisch gewesen waren. Nach einem ganzen Tag ohne Essen kam es ihr trotzdem wie ein Festmahl vor.

»Es hat keinen Sinn!«, jammerte Emma, nachdem sie ihren gröbsten Hunger stillen konnten. »Aus diesem Gefängnis kann man nicht entkommen.«

»Das haben wir bei Tra'Meks Gefangenenlager auch gedacht. Und dann sind wir unversehens in einer fremden Welt aufgewacht. Es gibt immer Hoffnung, Emma«, munterte Riku sie auf. Doch Schey erkannte an seinem Tonfall, dass er die seine verloren hatte.

Unvermittelt ertönte das Quietschen einer Tür auf dem Gang, gefolgt vom Gekrächze der Mayatan und einer dröhnenden Männerstimme:

»Ich habe euch gestern nichts verraten, ich werde euch heute nichts verraten und, bei Omra, ich werde euch auch morgen nichts verraten, ihr Bastarde! Und wenn ihr mir jeden Knochen im Körper zweimal brecht!«

Der Mann schien sich zu wehren, denn im Gang waren Geräusche eines wilden Gerangels zu hören. Irgendetwas oder irgendwer krachte von außen gegen die Tür ihrer Zelle. Dann entfernte sich der Lärm und die Stille kehrte zurück.

»Wer das wohl war?«, fragte Emma leise, ohne wirklich eine Antwort zu erwarten.

Sie saßen eine unbestimmte Zeit nur da und Emma schlief schließlich an Rikus Arm gelehnt ein. Gerade als Schey ebenfalls am Eindösen war, tat sich etwas im Korridor. Sie vernahm wieder die Stimme des Mannes, wie sie glaubte, aber es klang mehr wie ein Wimmern als irgendwelche Worte. Eine Tür schloss sich quietschend und die erdrückende Grabesstille breitete sich erneut aus.

Die Eintönigkeit war kaum zu ertragen. Sie saßen nun bereits mehrere Tage in dem Kerker, wie Schey vermutete. Ihr anfänglicher Enthusiasmus hatte sich in eine lähmende Resignation verwandelt. Alle paar Stunden warf ein Mayatan einige Äpfel durch die Luke in der Tür, dann kam er eine geraume Zeit gar nicht. Schey nahm an, dass diese längere Pause in die Nacht fiel. Aber das war nur eine Theorie.

Wasser gab es keines. Das bisschen Flüssigkeit in den Früchten musste ihnen genügen. Offensichtlich gewöhnte sich ihr Körper allmählich an den Durst, denn sie musste nicht mehr pausenlos daran denken, auch wenn ihre Lippen rissig und ihr Mund trocken war.

Noch eine weitere Sache wiederholte sich, abgesehen von der Apfellieferung, in einem immerwährenden Rhythmus: Jeden Tag wurde der Mann in der Zelle nebenan abgeholt. Jedes Mal tobte er wie ein tollwütiger Fenrir, wenn er herausgezerrt wurde, und jedes Mal schleiften sie ein wimmerndes Wrack zurück in seinen Kerker.

Schey mochte sich gar nicht ausmalen, was sie dem armen

Kerl antaten. Das Quietschen der Zellentür, sooft sie ihn holten und brachten, war neben seinem Getobe das einzige Geräusch, das von außerhalb des Raums zu ihnen drang.

Als sie den Mann am wer weiß wievielten Tag in seine Zelle schleppten und sich die Tür quietschend schloss, durchdrang die unverhoffte Erkenntnis die bleierne Trägheit von Scheys Gedanken wie ein Sonnenstrahl, der durch einen wolkenverhangenen Himmel stieß. In ihr keimte die tollkühne Idee eines Fluchtplans, der so verrückt war, dass er sogar funktionieren konnte.

»Wir müssen sofort durch die Wand!«, rief sie laut.

Samara schreckte aus dem Halbschlaf hoch und sah ihre Tochter fragend an.

»Darüber haben wir doch schon diskutiert, Schey. Wenn wir versuchen, uns einen Weg in den Korridor zu graben, werden sie uns von außen bemerken, bevor wir fertig sind. Das ist zu gefährlich. Ganz davon abgesehen, dass wir kein Werkzeug haben.«

»Ich habe nicht die Wand zum Gang hin gemeint, sondern diese da.«

Sie zeigte mit dem ausgestreckten Zeigefinger auf die rechte Seitenwand. Alle schauten sie verständnislos an.

»Was soll das bringen? Dort ist nur eine weitere Zelle.«

»Wenn wir schon graben, sollten wir die Rückwand probieren«, schlug Riku vor, aber Samara schüttelte nur den Kopf.

»Wir stecken drei Stockwerke unter der Erde. Es ist mehr als unwahrscheinlich, dass hinter der Wand etwas anderes auf uns wartet, als dreißig Fuß Erde und Stein.«

Schey wurde langsam ungeduldig.

»Habt ihr mir nicht zugehört? Wir müssen durch *diese* Wand.«

»Verrätst du uns auch, was du dir davon versprichst?«

Sie lächelte verschmitzt.

»Im besten Fall kommen wir hier raus. Und wenn nicht, haben wir bald doppelt so viel Platz.«

Samara zog die Augenbraue hoch.

»Es freut mich, dass du dir deinen Humor bewahrt hast, Schey. Na schön, bevor wir nur hier herumsitzen, können wir es genauso gut versuchen.«

Sie stemmte sich auf die Beine und schlenderte zur Seitenwand der Zelle, gefolgt von den anderen. Die Wand war aus groben Natursteinen und einer Art Kalkmörtel gemauert. Die Erbauer hatten sich hier unten nicht viel Mühe gegeben, was sich für die Insassen nun als Glücksfall herausstellte.

Riku ließ sich auf die Knie sinken. Mit dem Finger pulte er in einer der Fugen herum.

»Scheint ganz schön bröselig zu sein. Zum Glück kennen die hier noch keinen Zement.«

»Was soll *das* denn sein?«, fragte Samara irritiert.

Riku lachte.

»Sagen wir mal so: Die Türme der Stadt wären bestimmt dreimal so hoch, wenn sie hier Zement hätten. Aber mit bloßen Händen kommen wir auch bei diesem Bröselmörtel nicht weit. Ohne Werkzeug brauchen wir Wochen und kratzen uns die Finger wund.«

Suchend schauten sie sich noch einmal um. Einer der mit einsitzenden Männer von der Besatzung fand einen dürren Stock im Stroh, aber bereits nach wenigen Minuten war nicht mehr viel davon übrig.

Schey legte das Gesicht in ihre Hände, um zu überlegen. Keinesfalls wollte sie jetzt schon aufgeben. Plötzlich spürte sie, wie jemand in ihr Haar griff. Als sie aufblickte, stand Emma mit einem strahlenden Lächeln vor ihr. Sie hielt einen silbernen Ring von der Größe ihrer Handfläche zwischen ihren Fingern.

Natürlich! Scheys Haarringe, die sie für das Fest passend zu Finns Weste besorgt hatte! Mit einigen flinken Handbewegungen entflocht sie die übrigen fünf aus ihren langen, gelockten Haaren und reichte sie Emma. Riku nahm einen davon und besah ihn sich genauer.

An einer Stelle wies der Ring eine kaum sichtbare Öffnung auf. Er griff mit beiden Händen fest zu und bog ihn auseinander. Schey fühlte einen Stich in ihrem Herzen, da sie der Haarschmuck an Finn erinnerte. Aber sie riss sich zusammen und sagte nichts.

»Perfekt!«, rief der Asiate und hielt den krallenförmig aufgebogenen Ring in die Höhe.

Als Schey aufwachte, wuchteten zwei der drei Männer, die mit in ihrer Zelle gelandet waren, gerade den fünften Stein aus der Wand. Samara lauschte an der Tür, ob jemand kam. Sie hatten zwei Gruppen gebildet und während die eine schlief, arbeitete die andere weiter. Sie, Riku, Emma und das dritte Besatzungsmitglied hatten zuvor mühevoll Stein Nummer eins und zwei freigekratzt, bevor sie todmüde an das zweite Team übergaben. Zwar halfen die aufgebogenen Silberringe ungemein, es dauerte jedoch immer noch sehr lange, bis sich ein Brocken löste.

Schey streckte sich. Wie spät es wohl war? Von der Zeit hing einiges ab. Jede Stunde, die verging, brachte die Flotte der Mayatan näher an Kysann heran. Riku erhob sich gähnend, schlenderte zur Mauer und steckte den Kopf in das vier Fuß durchmessende Loch.

»Die haben zwar schlampig gemauert, aber dafür bei der Dicke nicht gespart. Wir sind schon einen halben Meter tief und immer noch nicht durch.«

Plötzlich ertönte im Loch ein dumpfes Pochen und Riku stieß sich vor Schreck den Kopf.

»Anscheinend hat uns unser Nachbar bemerkt«, kommentierte er trocken und rieb sich die schmerzende Stelle. »So wie das Klopfen klingt, müsste das der letzte Stein sein. Gebt mir mal nen Ring.«

Kopfüber verschwand er im Loch. Sein angestrengtes

Stöhnen echote aus der Öffnung, während der Asiate sich an der Fuge abmühte. Nach einer knappen halben Stunde kam er schwitzend herausgekrochen.

»Mir reicht's jetzt! Geht beiseite.«

Riku ging an der gegenüberliegenden Seite der Zelle in die Hocke und stemmte seinen Fuß gegen die Wand. Dann konzentrierte er sich auf das vor ihm liegende Loch. Gerade als Schey fragen wollte, was er vorhatte, stieß er sich ab und schoss mit übermenschlicher Geschwindigkeit durch den Raum. Kurz vor dem Loch streckte er sich und flog mit den Beinen zuerst in die Öffnung. Ein dumpfer Knall ertönte, als er mit voller Wucht mit den Füßen auf den letzten Stein traf. Stöhnend blieb der Asiate liegen.

»Bist du verrückt geworden!«, rief Emma und zog ihn aus dem Loch. Sein Gesicht war schmerzverzerrt und er hielt sich beide Knöchel. »Männer! Müssen immer mit dem Kopf durch die Wand!«

Riku rang sich ein Lächeln ab.

»Sei froh, dass ich nicht meinen Kopf benutzt habe.«

Emma fand das gar nicht komisch. Mit zornigem Blick brachte sie ihre Hände zum Leuchten und legte sie auf die Fußknöchel des Asiaten. Schey konnte seinem Gesicht regelrecht ansehen, wie der Schmerz nachließ.

»Was, bei Omra, war denn *das*? Habt ihr einen Rammbock hier drüben?«

Die Frage kam von einem Mann, der seinen Zottelkopf aus dem Loch in der Wand steckte. Vom Gesicht waren nur die von Blutergüssen gezeichneten Augen zu sehen, den Rest verbargen die grauen, verfilzten Haare und sein zerzauster Vollbart.

»Wenn wir einen hätten, wären wir längst durch die Tür verschwunden«, antwortete Samara lächelnd. »Mit wem haben wir die Ehre, wenn ich fragen darf?«

»Ihr dürft«, erwiderte der Mann und schob mit schmerzverzerrtem Gesicht den Rest seines verwahrlosten Körpers durch das Loch.

Seine Kleidung bestand nur noch aus wenigen Fetzen, auch wenn sie den Anschein erweckten, dass sie einst zu einem edlen Gewand gehört haben mussten. Arme und Beine des bedauernswerten Kerls zeichneten grüne und blaue Flecken, einige Finger schienen gebrochen oder zumindest ausgerenkt zu sein und diese grausamen Wesen hatten ihm alle Zehennägel herausgerissen. Seine abgemagerte Gestalt machte einen jämmerlichen Eindruck, doch in der Stimme lag eine gewisse Würde, als er weitersprach:

»Ich bin Tolkan Murator, König der Yangri. Nun, jedenfalls war ich das, bevor diese geflügelten Bestien meine Stadt überrannten.«

Er kam unter Schmerzen auf die Füße und lehnte sich stöhnend an die Wand neben dem Loch. Emma machte Anstalten, dem Mann mit ihren Fähigkeiten zu helfen, doch Schey hielt sie am Arm zurück und schüttelte den Kopf. Der König musste in diesem Zustand bleiben. Vorerst.

»Das nenn ich wahrlich eine Überraschung! Es freut mich, eure Bekanntschaft zu machen, Hoheit, auch wenn ich auf vorteilhaftere Umstände für unsere erste Begegnung gehofft hatte«, antwortete ihre Mutter und verbeugte sich tief. »Ich bin Kapitänin Samara Lysan, Abgesandte der Hyva. Wir waren auf der Suche nach eurem Volk, um den Jahrtausende währenden Zwist endlich zu beenden und uns gemeinsam dem neuen Feind zu stellen. Doch anscheinend sind wir zu spät gekommen.«

Der König blickte erstaunt von einem zum anderen, bevor er sich seinerseits leicht verbeugte.

»Wenn das wahr ist, was Ihr sagt, hat uns allen das Schicksal einen grausamen Streich gespielt. Noch vor fünf Jahren hätte ich Euch mit offenen Armen in meiner Stadt Willkommen geheißen und euer Angebot mit Freuden angenommen. Schon lange trage ich den Wunsch in mir, den Hyva die Hand in

Freundschaft zu reichen. Aber ich hatte die Befürchtung, dass der Hass noch zu tief säße und ich damit nur einen schlummernden Konflikt neu entfachen würde. Und wahrlich, wenn ich etwas nicht brauchen konnte, war es ein weiterer Gegner! Dieser Krotrok dezimiert seit nunmehr fünfzehn Jahren mein Volk überall auf der Welt. Vor fünf Wintern hat er schließlich Boram eingenommen. Der Widerstand der Yangri war damit endgültig gebrochen und ich fürchte, er hat seine Aufmerksamkeit nun auf die Hyva gerichtet.«

»Das wissen wir bereits«, antwortete Samara zerknirscht. »Er hat eine Flotte von Schiffen nach Kysann entsandt. Wir müssen deshalb schnellstens hier raus und unser Volk warnen!«

Der König schaute sie mit einem mitleidigen Blick an, der eindeutig ihren Geisteszustand anzweifelte.

»Kapitänin, Ihr sitzt in einem Kerker unter einer Stadt voller Mayatan. Selbst wenn Ihr hier herauskommen könntet – was ich bezweifle – liegt eine Seereise von mehr als einem halben Mondzyklus zwischen Boram und eurer Hauptstadt. Bis dahin hat die Flotte Kysann längst erreicht. Sie hat schließlich bereits sieben Tage Vorsprung.«

Freudestrahlend packte sie den zerzausten König an den Schultern, der nun vollends zu glauben schien, dass sie den Verstand verloren hatte, denn eigentlich waren das keine guten Neuigkeiten.

»Vor sieben Tagen? Wisst Ihr das genau?«

»Natürlich«, erwiderte er verwirrt. »Krotrok hat mich gezwungen zuzuschauen, wie die Schiffe ausgelaufen sind. All meine verbliebenen Männer mussten mitsegeln, da diese grobschlächtigen Mayatan nicht einmal wissen, was bei einem Segelschiff oben und unten ist.«

»Wisst ihr, was das bedeutet?«, rief Samara an die anderen gerichtet. »Die Flotte ist nur ein oder zwei Tage vor der Ankunft der Drachenhaut in See gestochen! Wir können es also noch schaffen! Vorausgesetzt, wir kommen umgehend hier raus und finden Ken. Wenn wir Glück haben, ist er irgendwo in der Nähe. Schließlich wird er seine Savanten-Freunde nicht einfach so im Stich lassen wollen, wie ich ihn kenne.«

König Murator verstand nun offensichtlich gar nichts mehr. Verwirrt schaute er von einem zum anderen.

»Könntet Ihr mir verraten, was Euch an der ganzen Situation so freudig erregt?«, stieß er wütend hervor. »Meine Männer segeln vermutlich ihrem Tod entgegen und ihre Familien verstecken sich seit fünf Jahren in den Bergen. Nur Belor weiß, wie viele den Naturgewalten bereits zum Opfer gefallen sind! Und kaum war die Flotte ausgelaufen, gab Krotrok den Manticora den Befehl, nach ihnen zu suchen, obwohl er einen feierlichen Eid geschworen hatte, sie zu verschonen, wenn die Männer kooperieren und ihm seine Schiffe bauen würden. Seit sieben Tagen foltert er mich, um den Aufenthaltsort der Frauen und Kinder zu erfahren. Ihr versteht also, dass ich eure Euphorie nicht teilen kann!«

Samara neigte ehrfürchtig den Kopf.

»Verzeiht, Hoheit. Ich weiß, dass die Lage aussichtslos erscheint, aber für lange Erklärungen haben wir keine Zeit. Wir müssen sofort hier raus. Ich hoffe inständig, meine Tochter weiht uns nun endlich in ihren großen Plan ein. Wir sind durch die Wand gebrochen, wie gewünscht. Wie soll uns das nun helfen, hier rauszukommen?«

Schey lächelte verschmitzt und wandte sich an den König.

»Eure Majestät, wird man Euch auch heute zum Verhör abholen?«

»Ich fürchte schon«, erwiderte er deprimiert. »Doch niemals werde ich mein Volk verraten!«

»Dann muss ich Euch bitten, in eure Zelle zurückzukehren und die Tortur noch einmal über Euch ergehen zu lassen. Es wird das letzte Mal sein, wenn ich richtig liege.«

Tolkan Murator schaute irritiert und Samara verlor endgültig die Geduld.

»Bei Omra und Belor! Kind, sag uns endlich, was du vorhast!«

»Ist denn keinem von euch aufgefallen, dass die Zellentür des Königs jedes Mal quietscht wie ein taruschkischer Chupacabra beim Liebesspiel?«, fragte sie entrüstet.

»Ja *und*?«

Schey seufzte.

»Die Tür quietscht *einmal*, wenn die Mayatan den König holen und ein *weiteres* Mal, sobald sie ihn wiederbringen. Sie lassen sie also *offen*, sonst würde sie ja *zweimal* quietschen.«

Erstaunt starrten sie alle an. Dann drang die simple Erkenntnis der sich daraus ergebenden Möglichkeiten endlich in Samaras Verstand.

»Du bist genial, Schey!«, rief sie aus und schloss das Mädchen in ihre Arme. Nachdem sie sie wieder losgelassen hatte, fragte sie an den König gewandt:

»Könnt Ihr das bestätigen, Hoheit? Lassen sie eure Tür wirklich offen?«

Tolkan Murator überlegte einen Moment.

»Kann schon sein, ich weiß nicht genau. Wenn sie mich abholen bin ich meist damit beschäftigt, ihnen ihre Arbeit so schwer wie möglich zu machen. Da achte ich nicht auf derartige Dinge. Glaubt ihr wirklich, ihr könnt euch hier rauskämpfen?«

»Sagen wir mal, unser junger Freund hier hat besondere Talente und der Rest von uns ist ebenfalls kampferprobt. Eine Chance haben wir auf jeden Fall und die sollten wir ergreifen«, erwiderte Samara gefährlich grinsend. Nach Tagen der Untätigkeit hatte sie offensichtlich der Tatendrang gepackt.

»Nun gut«, sagte der König mit einem Schnaufen, »nach fünf Jahren in diesem Loch ist mir alles recht, um das Ganze auf die eine oder andere Weise endlich zu beenden. Wenn mein inneres Zeitgefühl mich nicht täuscht, sind es noch einige Stunden bis Sonnenaufgang. Dann holen sie mich normalerweise immer. Wir haben also noch jede Menge Zeit, den Gang wieder provisorisch zu verschließen und so gut es geht zu tarnen.«

In diesem Moment ertönte der dumpfe, kaum hörbare Klang vieler Hörnern, die überall in der Stadt geblasen wurden. Alle horchten angespannt.

»Das ist neu«, sagte der König verdutzt. »Wir sollten uns lieber beeilen.«

Eilig halfen sie ihm zurück in das Loch. Riku und einer der Männer folgten ihm. Schey konnte hören, wie sie drüben den großen, zuletzt aus der Wand gebrochenen Stein über den Zellenboden in Position schoben. Draußen auf dem Korridor erklang das aufgeregte Gekreische der Mayatan. In der Stadt war eindeutig etwas Ungewöhnliches im Gange.

Das Besatzungsmitglied kroch aus dem Loch und Rikus Füße tauchten auf. Schey vernahm das angestrengte Stöhnen des Asiaten, als er zusammen mit dem König den Stein wieder in seine ungefähre Ausgangslage bugsierte. Und keinen Moment zu früh. Kaum hatten sie Riku aus dem Loch gezogen, da hörten sie nebenan auch schon das Quietschen der Zellentür.

Offenbar leistete Murator noch größeren Widerstand als sonst, damit die Mayatan nicht auf den notdürftig verschlossenen Durchbruch aufmerksam wurden und es schien zu funktionieren. Der Tumult verlagerte sich in den Gang und ohne Vorwarnung wurde die Luke an der Tür zu ihrer Zelle aufgerissen.

Das wütende Gesicht einer dieser Bestien tauchte darin auf. Der Mayatan ließ die gelben Augen rasch durch den Raum wandern. Zu ihrem Glück hatten sie die herausgebrochenen Steine direkt in der Ecke neben der Tür deponiert, so dass er sie von seinem Blickwinkel aus nicht sehen konnte. Und wie zufällig hatten sich alle Insassen an der Seitenwand der Zelle versammelt und warfen dem stierenden Wesen böse Blicke zu. Das Loch hinter ihren Rücken war komplett durch ihre Körper verdeckt.

Knallend schloss der Mayatan die Klappe und im Gang breitete sich Stille aus.

»Was meint ihr, was da oben los ist?«, fragte einer der Männer.

»Egal was es ist«, antwortet Samara, »die Götter zeigen sich endlich wieder wohlwollend uns gegenüber. Jede Ablenkung hilft uns jetzt. Dann wollen wir mal. Auf in die Freiheit! Oder in den Tod. In diese Zelle gehe ich jedenfalls freiwillig nicht wieder zurück!«

Mit diesen Worten kroch sie in den Tunnel. Ein dumpfer Knall erschallte, als sie den Stein in den Raum dahinter kippte. Sie verschwand zur Gänze im Loch und einen Augenblick später tauchte ihr strahlendes Lächeln in der Öffnung auf.

»Die Tür ist tatsächlich offen! Schey, du bist brillant!«

Nachdem sie sich in der Nachbarzelle versammelt hatten, spähte Samara durch die Tür in den von Leuchtsteinen erhellten Gang.

»Keine Wachen zu sehen. Wahrscheinlich sind sie alle nach oben verschwunden«, flüsterte sie.

Einer nach dem anderen schlüpften sie in den Korridor. Das Gefängnis des Königs lag am Ende eines langen, schnurgeraden Gangs, in dem es insgesamt zwanzig Zellen auf beiden Seiten gab. Ganz vorne befand sich die Wachstube direkt vor der Treppe.

Leise schlichen sie im Gänsemarsch vorwärts, bis sie den türlosen Raum neben dem Aufgang erreicht hatten. Schey wagte kaum, zu atmen. Jedes noch so kleine Geräusch, das sie von sich gab, kam ihr unerträglich laut vor. Samara kroch voraus und spähte kurz um die Ecke. Mit dem Finger signalisierte sie ihnen, dass eine Wache zurückgeblieben war.

Schon mit Waffen war es nicht leicht, einen Mayatan zu töten. Wie sollten sie es nur mit bloßen Händen schaffen? Schey konnte erkennen, dass den anderen die gleiche Frage durch den Kopf spukte, als ohne Vorwarnung einer der drei

Besatzungsmitglieder aufsprang und brüllend in den Raum stürmte.

Das Kreischen der geflügelten Kreatur und das Krachen von umgeworfenen Möbeln war zu hören. Samara und Riku wollten dem Todesmutigen gerade zur Unterstützung folgen, als dieser auch schon vom Mayatan zurück in den Gang geschoben wurde. Die Bestie hatte ihm eines seiner Kurzschwerter bis zum Heft in die Brust getrieben und drückte damit den Sterbenden an die gegenüberliegende Wand. Der Mayatan war derart in Rage, dass er sich voll und ganz auf sein Opfer konzentrierte.

Samara zögerte keine Sekunde. Bevor die Kreatur sie registrierte, schoss sie nach vorne und griff nach dem zweiten Schwert, das noch an seiner Hüfte baumelte. Sie zog es aus der Scheide und trieb die Klinge von schräg unten in den Hals des Mayatan. Überrascht breitete er die Flügel ein letztes Mal aus und brach dann röchelnd zusammen.

Emma stürzte sofort zu dem übereifrigen Mann, aber es war zu spät. Die Augen starrten bereits leer an die dunkle Decke des Korridors.

»Perogo war schon immer ein Hitzkopf«, sagte einer der beiden anderen Männer kopfschüttelnd. »Handeln, ohne zu überlegen. Ich hab ihm so oft gesagt, dass ihm das irgendwann zum Verhängnis werden würde.«

»Nun, jedenfalls hat er uns durch seine überstürzte Tat die Wache vom Hals geschafft«, erwiderte Samara. Sie schloss sanft seine Lider mit ihren Händen. »Wir werden dich nie vergessen, Perogo. Niemals.«

Da sie jederzeit damit rechnen mussten, dass weitere Mayatan auftauchen würden, begannen sie rasch mit der Durchsuchung der Wachstube.

In einem Waffenständer fanden sie einige Kurzschwerter und an der Wand neben dem Eingang hing der Bund mit den Zellenschlüsseln. Doch als Erstes ließen sie den Wasserkrug herumgehen, der wie durch ein Wunder den Kampf heil überstanden hatte. Schey war noch nie derart köstliches Wasser über die Lippen geflossen.

Nachdem sie ihren beißenden Durst gestillt hatten, schnappte sich Samara den Schlüsselbund und rannte zurück in den Gang. Überraschte und glückliche Rufe schallten durch das Gewölbe, als die Kapitänin den Rest ihrer Besatzung und all die anderen Insassen befreite. Schon nach kurzer Zeit drängten sich knapp hundert Männer und Frauen im Korridor.

Riku und Samara nahmen sich jeder eines der erbeuteten Kurzschwerter. Die übrigen verteilten sie an die fähigsten Kämpfer unter den Befreiten. Der Zeitpunkt war gekommen, die Heimlichtuerei aufzugeben.

»Hört mich an!«, rief Samara mit dröhnender Stimme. »Diese geflügelten Ungeheuer haben eure geliebte Stadt überrannt und unser stolzes Luftschiff zum Absturz gebracht. Viele tapfere Frauen und Männer haben den Tod gefunden und sie bedrohen in diesem Moment eure Familien, die in den Bergen Zuflucht gesucht haben.« Ein wütendes Raunen ging durch die Menge. »Zeigen wir diesen Mistviechern, dass die Yangri und die Hyva ab jetzt Schulter an Schulter zusammenstehen! Zeigen wir ihnen, dass der Kampfgeist der Kysari noch immer in unseren Herzen brennt! Zeigen wir ihnen, wozu Menschen *gemeinsam* fähig sind!«

Ein tosender Jubelsturm brach los, der durch das Gemäuer hallte. Diejenigen, die Klingen in den Händen hielten, streckten sie in die Höhe.

Kaum war der Beifallssturm verebbt, kamen zwei der geflügelten Wesen kreischend den Aufgang herunter. Als sie die dicht gedrängten Menschen erblickten, erstarrten sie überrascht auf den unteren Stufen. Doch ihnen blieb keine Zeit, um sich weiter zu wundern. Riku schoss mit wahnsinniger Geschwindigkeit auf die geschockten Wachen zu, sprang ab und drehte sich in der Luft wie ein Kreisel. Als er hinter den Mayatan auf der Treppe landete, brachen beide mit aufgeschlitzten Kehlen zusammen.

Wieder jubelte die Menge und drängte kampfeslustig Richtung Treppenaufgang. Samara und Riku führten sie an, während Schey sich mit Emma im Hintergrund hielt. Sie gab sich keinen Illusionen hin. Im Kampf war sie eher im Weg, als eine Hilfe.

Wie eine Flutwelle brandeten sie ins nächste Stockwerk, das aber wie ausgestorben vor ihnen lag. Die beiden Mayatan, die tot auf der Treppe ruhten, waren hier unten anscheinend die einzigen Wachen gewesen.

Auf dieser Ebene befanden sich jede Menge Vorratsräume, in denen Lebensmittel, Wein und andere Güter lagerten. Sie nahmen sich die Zeit, alles zu durchsuchen, da die meisten von ihnen völlig ausgehungert und ohne Waffen waren. Am Ende des Gangs entdeckten sie schließlich eine Waffenkammer, in der die Mayatan die erbeuteten Klingen horteten, mit denen sie selbst anscheinend nichts anzufangen wussten.

Schey und Emma machten sich sogleich daran, die Befreiten zu bewaffnen. Zur Freude von Samara und Riku fanden sie dort auch den Säbel der Kapitänin und das Schwert von Maluun. Während die anderen Befreiten ihren Hunger und Durst an den Vorräten stillten, berieten sich die Gefährten über das weitere Vorgehen.

»Das lief doch besser als gedacht«, freute sich Riku und schwang probeweise seine Klinge.

»Keine Sorge, draußen in den Straßen werden sie's uns nicht so leicht machen«, dämpfte Samara die Euphorie. »Immerhin können diese Viecher fliegen und sie haben Bögen. Wir müssen versuchen, in Deckung zu bleiben und uns bis zum Haupttor durchschlagen. Wenn wir dort durch sind, wird es erst so richtig interessant. Ich weiß nicht, ob ihr euch erinnert, aber vor der Stadt steht kein einziger Baum mehr. Wir werden wunderbare Zielscheiben abgeben.«

»Aber zuerst müssen wir den König befreien«, mischte sich Schey ein. »Schließlich hat er uns bei der Flucht geholfen.«

Samara war ganz und gar nicht ihrer Meinung.

»Das wäre Wahnsinn, Schey. Sicher haben sie ihn zu Krotrok gebracht und wir sind mit unseren Klingen nicht in der Lage, dieses Scheusal zu verletzen. Wenn sie uns erwischen oder töten, können wir die Hyva nicht warnen. Das Leben von vielen tausend Menschen steht auf dem Spiel. Es tut mir leid, aber nicht einmal der König der Yangri ist so ein Opfer wert.«

Schey fühlte sich unheimlich mies dabei, aber sie musste ihrer Mutter Recht geben. Sie waren mit viel Glück aus dem Kerker entkommen und ihre Chancen standen so schon schlecht genug. Wenn sie jetzt noch direkt zu Krotrok spazieren würden, könnten sie sich auch gleich selbst wieder in ihre Zellen einschließen. Sie presste die Lippen zusammen und nickte. Samara legte ihrer Tochter mitfühlend die Hand auf die Schulter, dann drehte sie sich zu den Wartenden um.

»Weiter!«, rief sie ihnen zu und zeigte mit ihrem Säbel zum Aufgang.

Die Truppe sammelte sich wieder und folgte der Kapitänin die Treppe hinauf ins Erdgeschoss des Wachhauses. Als sie die zweiflüglige Tür zur Eingangshalle aufstießen, trafen sie auf über zwanzig überraschte Mayatan, die sich für einen Kampf zu rüsten schienen. Aber mit einem Angriff aus dem Kerker hatten sie wohl nicht gerechnet.

Wie eine Flutwelle strömten die Gefangenen in den Raum und ihre aufgestaute Wut ergoss sich über die verdutzten Feinde, die regelrecht überrannt wurden. Die tobende Menge schlug noch auf sie ein, als sie längst tot am Boden lagen.

Sie behielten ihren Schwung und stürmten durch die breite Eingangstür auf die in der grauen Morgendämmerung liegenden Straße hinaus, wo sie ihrerseits eine Überraschung erlebten. Mehrere hundert Mayatan hatten dort Aufstellung genommen und wollten sich gerade in den noch dunklen Himmel erheben, als die Ausbrecher ihnen geradewegs in die Arme liefen.

Einen Augenblick schauten die geflügelten Wesen verdutzt,

genauso wie die Menschen. Schey erkannte sofort, dass sie gegen eine derartige Übermacht keine Chance hatten.

»Ich komme zu dir, Finn«, flüsterte sie leise und hob ihr Kurzschwert zum Angriff.

In diesem Moment erklang das Rauschen mächtiger Schwingen in der Dunkelheit über ihren Köpfen und ein Windstoß fegte durch die Straße. Die dunkle Silhouette eines menschlichen Körpers fiel vor ihnen vom Himmel und schlug wie ein Geschoss in den vorderen Reihen der Mayatan ein. Im selben Augenblick verwandelte sich ein Großteil des Mayatanheeres in ein kreischendes Flammenmeer. Das Feuer erhellte die gesamte Straße und im Licht der Flammen erkannte Schey den weißen Bauch von Kens Drachen.

Bei den Mayatan, die nicht lichterloh brannten, brach Panik aus. Viele erhoben sich wie aufgeschreckte Aasfliegen in die Lüfte. Schließlich gaben die Fliehenden den Blick auf die Gestalt frei, die vom Himmel gefallen war. Es war Sascha und sie hatte ihre Zähne in den Hals eines schlaff in ihren Armen hängenden Mayatan geschlagen.

Geisel der Nacht

Sascha lehnte mit dem Rücken an der Tür ihrer Gefängniskajüte und horchte auf die sich rasch entfernenden Schritte von Finn. Sie war erleichtert, dass er ging, denn sie war kurz davor gewesen, die Tür einzutreten. Entweder hätte sie ihm dann in seinen Savanten-Hintern getreten oder ihm die Kehle herausgerissen. Vielleicht sogar beides.

An Deck der Drachenhaut tobte der Kampf mit den Mayatan. Sie hörte das wütende Kreischen der fliegenden Kreaturen und lauschte ihren Schreien, wenn sie tödlich getroffen in die Tiefe stürzten. Selbst die dröhnenden Befehle von Samara konnte sie vom übrigen Schlachtengetümmel unterscheiden, auch wenn sie ihren Inhalt nicht verstand.

Seit Tra'Mek sie vor einigen Wochen mit diesem Fluch beladen hatte, ging eine schleichende Veränderung in ihr vor. All ihre Sinne waren übermenschlich geschärft. Sie nahm durch die hölzernen Wände des Schiffs das Rauschen der Mayatanschwingen wahr und roch ihr warmes Blut, das draußen wie Regen vom Himmel fallen musste. Ihre Augen durchdrangen mittlerweile mühelos die Dunkelheit des Zimmers.

Doch Sascha konnte sich an diesen neuen Fähigkeiten nicht erfreuen. Schon vor Tagen hatte sie ihre Matratze vor dem Bullauge platziert, um das Licht auszusperren. Zuerst war es nur ein unangenehmes Gefühl gewesen, doch mittlerweile verursachte die Sonne unerträgliche Schmerzen in den Augen und auf ihrer Haut.

Und sobald sich jemand ihrer Zelle näherte, erfüllte das

Schlagen seines Herzens ihre gesamte Welt. Der kaum zügelbare Wunsch brannte dann in ihrem Inneren, es zum Schweigen zu bringen, um sich an dem pulsierenden Lebenssaft satt zu trinken.

Blut war das einzige, was sie noch begehrte. Seit Tagen hatte sie weder etwas gegessen, noch getrunken. Auch Schlaf schien sie nicht mehr zu benötigen. Ihre Haut war kalt, aber sie fror nicht. Das Leben hatte sich von ihr abgewandt und nur sein dunkler Schatten ruhte noch auf ihr.

Sascha rutschte langsam an der Tür herunter und schlang die Arme um ihre Knie. Wie hatte sie sich nur gegen Tra'Mek wenden können? Sicher, er war nie ein besonders fürsorglicher Ziehvater gewesen, aber er hatte sie nach dem Tod ihrer Mutter bei sich aufgenommen. Es hatte ihr an nichts gefehlt. Bis auf Liebe vielleicht.

Sie war damals erst sechs Jahre alt gewesen und ihr leiblicher Vater hatte sie kurz zuvor im Stich gelassen, als sie die Sowjetunion überstürzt verließen. Ihre Mutter hatte sie mitten in der Nacht geweckt und ihr ins Ohr geflüstert, dass eine bessere Zukunft auf sie warten würde. Sie konnte sich noch genau an den schwarzen Wagen erinnern, der sie abgeholt hatte, und an den zwielichtigen Fahrer, den der Gestank von Zigaretten und billigem Wodka umgab.

Die ach so fabelhafte Zukunft stellte sich als zugiges Labor in einem verlassenen Flugzeughangar in Nordengland heraus. Ihre Mutter forschte Tag und Nacht, um Tra'Mek von ihrer Theorie zu überzeugen. Es hatte mit schnell rotierenden Massen zu tun und diente wohl ebenfalls seinem Wunsch, ein Portal in diese Welt zu öffnen, wie Sascha Jahre später erfuhr.

Ihr Tod blieb ein Mysterium, wenngleich sie immer argwöhnte, dass ihr Ziehvater etwas damit zu tun gehabt haben könnte. Doch da sie bei ihrem Ableben noch so jung gewesen war, blieben ihr nur die nebligen Erinnerungen an ein freundliches Gesicht und eine sanfte Stimme. Sie stellte also keine Fragen und nahm das Leben an, das Tra'Mek ihr bot. Es war geprägt von täglichem Lernen und unerbittlichem Training. Und Einsamkeit.

Niemand durfte das Anwesen des Milliardärs betreten. Die handverlesenen Lehrer und Trainer erfüllten ihren Job, ohne eine tiefere Beziehung zu ihr aufzubauen. Nun ja, bis auf ihren Kampfsportlehrer, der ihr an die Wäsche wollte. Sie war damals Vierzehn und rannte weinend zu ihrem Ziehvater, nachdem sie Mr. Porter ordentlich in die Eier getreten hatte, damit er sie losließ.

Tra'Mek hatte nichts gesagt und den Lehrer augenblicklich zu sich bringen lassen. Sie musste mit ansehen, wie er dem Mann mit den Zähnen die Kehle aufriss und gierig sein Blut trank. An dem schrecklichen Anblick wäre ihre junge Seele beinahe zerbrochen. Wochenlang hatte sie ihr Zimmer nicht mehr verlassen, in ständiger Angst, ihr könnte das Gleiche geschehen.

Bis zu diesem Vorfall hatte sie in dem festen Glauben gelebt, Tra'Mek würde an einer seltenen Krankheit leiden, denn er ging tagsüber niemals nach draußen und hielt sich stets in abgedunkelten Räumen auf. Dass er ein Vampir sein könnte, wäre ihr nie im Leben in den Sinn gekommen, auch wenn ihr seine unnatürlich langen Eckzähne schon immer etwas seltsam vorgekommen waren. Aber ein *Vampir*? Niemals. Schließlich gab es diese Blutsauger nur in Gruselgeschichten, die kleinen Kindern Angst machen sollten.

Sascha fuhr sich mit der Zunge über ihre spitzen Reißzähne, die seit dem Kampf in der Höhle einen guten Zentimeter gewachsen waren. Ein bitteres Lachen kam über ihre Lippen.

Tra'Mek hatte sie einige Wochen nach dem Vorfall in ihrem Zimmer aufgesucht. Nachdem er ihr hysterisches Kreischen tapfer ertragen hatte, offenbarte er seine ganze Geschichte. Damals klang alles wie ein verdrehtes Märchen voller Intrigen, Krieg und Verrat, erzählt von einem blutgierigen Vampir, der gleichzeitig die einzige Bezugsperson darstellte, die sie auf der Welt noch hatte. Was blieb ihrem kindlichen Verstand also anderes übrig, als zu kapitulieren und sein dunkles Streben zu ihrem eigenen Antrieb zu machen?

Ihr ganzes Leben stellte sie in den Dienst dieses abscheulichen Wesens, denn sie hatte sonst nichts. Doch dann strandete sie mit den Savanten und dem Doktor in dieser seltsamen Welt, die Tra'Mek über viele Jahrhunderte mit Krieg gegeißelt hatte. Aus dem hintersten Winkel ihres Geistes schlich sich die einem kleinen Mädchen erzählte Geschichte unvermittelt in das scharfe Bewusstsein einer erwachsenen Frau, die alles und jeden hinterfragte. Das verdrehte Märchen wurde zur harten Realität. Und nach langem Grübeln war nur *eine* Schicksalsfrage übrig geblieben:

War sie die Handlangerin eines Monsters, das im Begriff war, diese Welt erneut ins Chaos zu stürzen? Oder würde sie sich von ihm abwenden und damit ihr ganzes bisheriges Leben in Frage stellen?

Letztendlich hatte sie sich für die Savanten entschieden. Dieser Haufen nerviger Idioten war ihr während ihrer Reise durch die magische Welt irgendwie ans Herz gewachsen, auch wenn sie es zuerst nicht wahrhaben wollte. Woher sollte sie auch wissen, was Freundschaft bedeutet? Doch Tra'Mek hatte es geschafft, sie selbst noch mit seinem Tod zu bestrafen. Er hatte ihr nicht nur ihre Vergangenheit geraubt, sondern die Zukunft ebenso.

Ein Knarzen in den Planken riss Sascha aus ihren düsteren Gedanken. Überrascht stellte sie fest, dass das Luftschiff Schlagseite hatte.

»Was zum Teufel–«, begann sie zu grummeln, als plötzlich die Strohmatratze vom gegenüberliegenden Bullauge rutschte und sich die Strahlen der Morgensonne wie glühende Lava über sie ergossen.

Es fühlte sich an, als würden ihr die Augäpfel explodieren. Ihre Haut im Gesicht und an den Händen färbte sich augenblicklich in einem ungesunden Rot und Brandblasen, so groß wie Walnüsse, schossen überall auf. Die Schmerzen waren unerträglich. Sie schrie wie am Spieß und rollte sich reflexartig zur Seite der Kajüte, die zu ihrem Glück im Schatten lag.

Die Pein überstrahlte jegliche Wahrnehmung. Sascha wusste nicht, wie lange sie sich in der Ecke wie ein Aal gewunden hatte. Gerade als die Qualen auf ein erträgliches Maß schrumpften, erfasste sie für einen kurzen Augenblick ein Gefühl der Schwerelosigkeit, bevor sie brutal gegen die Wand geschleudert wurde und das Bewusstsein verlor.

Als Sascha wieder zur Besinnung kam, spürte sie als erstes ein unerträgliches Brennen in der Magengegend, das den dumpfen Schmerz der Brandblasen auf ihrer Haut überstrahlte. Sie öffnete die Augen, die sich zum Glück wieder erholt zu haben schienen.

Die Kajüte lag in Trümmern und war nicht mehr als Raum zu erkennen. Ohne Zweifel, die Drachenhaut war abgestürzt. Dichte Rauchschwaden füllten die Lücken und Spalten zwischen den geborstenen Brettern und Balken. Als Mensch wäre sie längst erstickt. Auch ohne ihr verbessertes Gehör war überall deutlich das Knacken und Knistern von Feuer zu vernehmen. Es schien nicht mehr allzu weit von ihr entfernt zu sein, denn durch den Rauch erspähte sie hie und da ein orangenes Glühen und die Hitze war fast unerträglich.

Sascha musste unbedingt hier raus. Der Versuch sich zu bewegen, führte zu einer Schmerzkaskade, die ihr beinahe erneut das Bewusstsein raubte. Als sie den Blick auf ihren Bauch senkte, musste sie schockiert feststellen, dass sie von einer geborstenen Planke durchbohrt worden war.

Vorsichtig befühlte sie die Austrittswunde mit ihren blasigen Händen. Sie blutete kaum. Wieder hatte sie der Fluch vor dem sicheren Tod bewahrt, auch wenn das Holz in ihrem Körper wie glühendes Eisen brannte.

Die Erinnerung an ihre Kindheit kam zurück, als sie besessen davon war, alles über Vampire herauszufinden, da sich ihr Ziehvater erschreckenderweise als einer offenbart hatte. In jedem Buch stand etwas anderes, aber eine Tatsache fand sich fast in allen Werken: Ein hölzerner Pflock durchs Herz konnte einen Vampir töten. Der brennende Schmerz, den das Holz in ihren Eingeweiden verursachte, schien diese Theorie auf jeden Fall zu untermauern.

Sie wusste nicht genau, ob der Vampirismus sie auch immun gegen Feuer machte und keinesfalls wollte sie abwarten, bis sie es am eigenen Leib herausfand. Was aber tun? Wie ein Anker verband sie die Planke mit dem Wrack des Schiffs. Im Grunde war ihr absolut klar, was sie tun musste, aber ihr Verstand wehrte sich noch dagegen.

»Reiß dich zusammen, Sascha!«, ermahnte sie sich hustend. »Du bist ja schon genauso ein Jammerlappen wie der Zauberkünstler!«

Mit diesen Worten suchte sie mit Händen und Füßen Halt und begann sich langsam von der vorne spitz zulaufenden Planke zu schieben. Der Schmerz raubte ihr fast die Besinnung und sie brüllte ihn laut heraus, bis sie sich endlich befreit hatte und zitternd auf die Reste des Bodens sank. Oder war es eine Wand?

Sie erlaubte sich nur einen kurzen Moment der Rast, in dem sie sich durch den dichten Rauch blinzelnd die Wunde ansah. Auch jetzt trat kaum Körperflüssigkeit aus. Sogar ihr Blut schien ohne Leben zu sein. Die wenigen Tropfen wirkten dunkel und flossen zäh wie Honig.

Da das Holz nun aus ihrem Körper heraus war, ließ auch das Brennen nach. Sascha schleppte sich durch die Trümmer in die Richtung, in der sie die Außenseite des Wracks vermutete. Und ihr Instinkt ließ sie auch dieses Mal nicht im Stich. Das Gesicht an die Reste der Wand gedrückt, erkannte sie durch den Rauch den vom lodernden Feuer erhellten Boden einige Meter unter ihr. Zu ihrem Glück war draußen mittlerweile die Nacht hereingebrochen.

Ohne lange zu überlegen, tastete sie sich einige Schritte zurück und stürmte dann, ihre letzten Kräfte mobilisierend, auf die durch den Absturz stark beschädigte Außenwand ein. Wie ein menschlicher Rammbock brach sie durch die Planken und landete nach einem kurzen Sturz rücklings auf dem Boden. Als Sascha nach dem Aufprall die Augen aufschlug, fiel ihr Blick auf den brennenden Berg über ihr, der das Ende der stolzen Drachenhaut darstellte.

»Oh Mann, da wird Samara aber stinksauer sein«, brummte sie und schob sich in eine sitzende Position.

Auch wenn die Wahrscheinlichkeit für ihr Überleben gering schien, wollte sie sich die taffe Kapitänin einfach nicht tot vorstellen. Sicher, Samara hatte sie in die Kajüte gesperrt, aber wenn Sascha an ihrer Stelle gewesen wäre, hätte sie auf die Meinung der Savanten gepfiffen und den Vampir über Bord geworfen, soviel stand fest. Insofern musste sie ihr also sogar dankbar sein.

Stöhnend stemmte Sascha sich auf die Füße. Sie musste Abstand zwischen sich und dem lodernden Wrack bringen, denn es konnte jederzeit in sich zusammensacken. Dann hätte sie zwar von hier aus einen prima Blick auf das Spektakel, würde aber nicht lange etwas davon haben.

Sie schlurfte los und spähte dabei in die nächtliche Finsternis, die sich jenseits des Feuers ausbreitete. In einiger Entfernung erkannte sie mit Hilfe ihrer verbesserten Sehkraft in der Dunkelheit hinter dem Feuerschein überall Mayatan, die sich das Inferno ansahen.

Sascha hoffte, dass sie ungesehen blieb, denn das prasselnde Flammenmeer überstrahlte alles. Linkerhand stand eine der Bestien etwas Abseits von den anderen. Sie wusste zwar nicht, ob diese Viecher im Dunkeln sehen konnten, aber eine bessere Chance würde sie nicht bekommen. Da es hier nirgends einen Baum oder Busch zu geben schien, hatte Anschleichen sowieso keinen Zweck. Also humpelte sie geradewegs auf den Einzelgänger zu.

Sascha hatte Glück. Den Mayatan zogen offenbar die weit in den Himmel züngelnden Flammen derart in den Bann, dass er sie erst bemerkte, als sie nur noch wenige Schritte von ihm entfernt war. Doch mehr wollte ihr Fortuna nicht zugestehen. Sie klammerte sich an die Hoffnung, ihren Gegner zu überrumpeln und ihm eines seiner Kurzschwerter zu entreißen, bevor er überhaupt wusste, wie ihm geschah. Doch die Verwundung hatte sie dermaßen geschwächt, dass selbst der alte Meister Saan stürmischer angegriffen hätte. So blieb dem Mayatan alle Zeit der Welt, um seine kurze Verwunderung zu überwinden, sich in die Lüfte zu erheben und hinter der vorwärts stolpernden Sascha wieder zu landen, noch bevor diese sich auf die neue Situation einstellen konnte.

Als sie sich endlich umgedreht hatte, stand der deutlich größere Mayatan wir ein Turm vor ihr, die Flügel ausgebreitet. Er packte die geschwächte Sascha mit seiner linken Pranke am Hals und hob sie mühelos vom Boden, um ihr ins brandblasenübersäte Gesicht zu blicken.

Er drehte sie von links nach rechts und ein gackerndes Lachen kam über seine schmalen Lippen. Offenbar belustigte ihn die übel zugerichtete Frau immens. Aber das Interesse hielt nicht lange an und er stieß ihr ohne weitere Umschweife seine Klinge in den Bauch.

In Erwartung von Pein und Tod stellte Sascha überraschend fest, dass sie den Stich zwar spürte, aber von Schmerzen konnte keine Rede sein. Auch der Mayatan schien eine andere Reaktion erwartet zu haben und zog sie ganz dicht an sein Gesicht heran. Er starrte ihr forschend in die Augen, aber Saschas Blick hielt etwas anderes gefangen: Am Hals der Kreatur pulsierte die Schlagader in einem verlockenden Takt und mit einem Mal übernahm die Blutgier die Kontrolle.

Ihre letzten Kräfte mobilisierend, schlang sie die in der Luft baumelnden Beine um die Hüfte des Mayatan und packt mit den Händen seine Schultern. Überrascht über ihr Aufbäumen, ließ er sie los, was sich jedoch als Fehler erwies. Bevor er wusste, wie ihm geschah, hatte Sascha ihre Eckzähne in seinen

Hals geschlagen und saugte ihm gierig das Blut aus dem Körper.

In Panik begann er an ihr zu zerren, aber sie hatte ihn wie eine Boa umschlungen und mit jedem Schluck floss neue Kraft in ihren geschundenen Leib.

Sicher hätte sie ihr Opfer bis auf den letzten Tropfen ausgesaugt, aber in diesem Moment explodierte das Wrack der Drachenhaut in einer gigantischen Detonation.

Die Druckwelle schleuderte die beiden etliche Meter durch die Luft und spickte sie mit brennenden Holzsplittern, die wie Geschosse durch die Luft flogen. Zu Saschas Glück fing der bullige Körper des Mayatan die meisten davon ab. Er hatte sie unter sich begraben und regte sich nicht mehr. Nachdem sie den leblosen Leib mühelos von dem ihren gedrückt hatte, erkannte sie auch, warum. Hunderte, teilweise nicht gerade kleine Splitter hatten sich in seinen Rücken gebohrt. Er sah ein bisschen wie ein geflügelter Igel mit brennenden Stacheln aus.

Mit schmerzverzerrtem Gesicht zog Sascha die wenigen Holzsplitter aus ihren Armen und Beinen, die sie direkt abbekommen hatte. Wieder spürte sie dieses Brennen, das eindeutig nicht vom Feuer, sondern vom Holz selbst kam. Kaum war sie die Splitter los, begannen zu ihrem Erstaunen die Wunden sofort zu verheilen.

Ohne mit der Wimper zu zucken, zog sie das Kurzschwert aus ihrem Leib. Als sie einen Blick auf ihren Bauch warf, fand sie von der klaffenden Wunde, die die Planke hinterlassen hatte, nur noch eine blasse Narbe. Und auch der Schnitt des Kurzschwerts begann sich bereits zu schließen. Von den hässlichen Brandblasen auf ihrer Haut gab es keine Spur mehr.

Auch ihre Kräfte kehrten mit einem Mal zurück. Noch vor ein paar Augenblicken war sie kaum in der Lage gewesen, zu laufen. Jetzt hatte sie das Gefühl, Bäume ausreißen zu können. Gierig fiel ihr Blick auf die Leiche des Mayatan. Nur mit Mühe konnte sie sich zurückhalten, wie ein wildes Tier über den Kadaver herzufallen. Dafür blieb jetzt keine Zeit.

Ihre geschärften Augen spähten in die Runde. Die Drachenhaut hatte sich in ein brennendes Trümmerfeld verwandelt und den gaffenden Mayatan war ihre Neugier zum Verhängnis geworden. Diejenigen, die noch nicht tot am Boden lagen, taumelten brennend durch die Gegend.

Weiter den sanft abfallenden Hang hinunter glitzerte ein breiter Fluss im Mondlicht und in einiger Entfernung konnte sie die dunkle Silhouette einer Stadt erkennen.

Sie überlegte. Falls diese Viecher ihre Freunde lebend gefangen hatten, waren sie bestimmt dorthin gebracht worden. Aber vermutlich waren sie alle beim Absturz des Luftschiffs oder im Kampf mit den Mayatan gestorben. Es würde an Wahnsinn grenzen, auf diese schwache Hoffnung hin in die Stadt einzudringen. Vor allem, da sie noch nicht so recht wusste, was für Überraschungen ihr Zustand noch für sie bereit hielt.

Sascha drehte sich um und spähte in die Nacht. Der Hang war von dunklen Punkten übersät. Als sie ihre Augen etwas senkte, erkannte sie einige Baumstümpfe in der Nähe. Vermutlich hatte es hier früher einen Wald gegeben, der aus irgendeinem Grund komplett abgeholzt worden war. Auf der dem Fluss abgewandten Seite glaubte sie, in der Ferne hohe Bäume zu erkennen, aber selbst ihre Nachtsicht hatte ihre Grenzen.

Unschlüssig schaute sie zwischen Stadt und vermeintlichem Waldrand hin und her.

»Sei keine Närrin, Sascha!«, tadelte sie sich selbst. »Sie sind alle tot. Und du bist es auch irgendwie. Also sieh zu, dass du ein Loch findest, in dem du dich verkriechen kannst.«

Sie wandte sich von der Stadt ab, ergriff die beiden Kurzschwerter ihres Opfers und rannte mit erstaunlicher Geschwindigkeit den Hang hinauf.

Die ganze Nacht wanderte sie durch den duftenden Herbstwald, immer auf die Berge zu, deren dunkle Silhouette im Westen vor den funkelnden Sternen lag. Sascha sog die

Gerüche der Natur regelrecht in sich auf und lauschte den friedlichen Klängen, die die Wesen der Dunkelheit dann und wann von sich gaben.

Als sie auf einer kleinen Lichtung halt machte, um sich den sternenübersäten Himmel anzuschauen, kam plötzlich eine große Raubkatze aus dem Schutz der Bäume und beäugte sie neugierig. Das Fell des Tieres schimmerte tiefschwarz und seine Makellosigkeit wurde nur von einem weißen Streifen gestört, der zwischen den großen, dunklen Augen begann und sich über den muskulösen Rücken bis zur Spitze des langen Schwanzes erstreckte. Die Katze war so groß wie ein Tiger und machte einen mindestens genauso gefährlichen Eindruck, zumal ihre säbelartigen Reißzähne weiß im Mondlicht glänzten.

Ohne Furcht oder Scheu kam das Tier auf sie zu und verharrte nur wenige Schritte vor ihr. Auch Sascha blieb überraschend ruhig. Wie zwei verwandte Seelen tauschten sie stumme Blicke aus, von einem Wesen der Nacht zum anderen. Dann gähnte die Raubkatze, schlenderte dicht an ihr vorbei und verschwand auf der gegenüberliegenden Seite der Lichtung im Dickicht.

»Hat mich auch gefreut«, wisperte Sascha und setzte ihren eigenen Weg fort.

Als der Himmel sich grau zu färben begann, befiel sie langsam eine nervöse Unruhe. In nicht einmal einer Stunde würde die Sonne aufgehen und sie auf äußerst schmerzhafte Weise zu Asche verbrennen. Schließlich begann sie sogar zu rennen und suchte fieberhaft die Umgebung nach einem Unterschlupf ab.

Kurz bevor sie endgültig in Panik geriet, erspähte sie im morgendlichen Zwielicht einen gewaltigen Baum, dessen ausladende Krone sich offenbar schon viele hundert Jahre gegen die umstehenden Gewächse behaupten konnte. Doch nun schien er zu sterben, denn seine dicken Äste trugen nicht einmal mehr totes Herbstlaub. Dem teilweise morschen Stamm hatten Wind und Wetter und vermutlich auch das ein oder andere Tier übel mitgespielt, was sich als Glück für Sascha herausstellte, denn so war eine Höhle entstanden, in die sie sich hineinkauern konnte.

Hastig vergrößerte sie den Hohlraum noch etwas mit einem der Schwerter, indem sie das tote Holz heraus hackte. Dann kündigte das orange Leuchten der aufgehenden Sonne den neuen Tag an und Sascha verbarg ihre schmerzenden Augen in ihren Händen.

Alles, was zu tun blieb, war daliegen und abwarten. Schlafen konnte sie schon viele Tage nicht mehr. Früher hatte sie die Nachtruhe als lästige Zeitverschwendung angesehen, doch mittlerweile vermisste sie das Träumen sehr.

Sie versuchte, sich an ihren letzten Traum zu erinnern, aber er wollte ihr einfach nicht einfallen. Selbst die Albträume, die sie als Kind wegen Tra'Mek geplagt hatten, wären ihr im Augenblick willkommen gewesen, nur damit die Zeit etwas schneller vergehen würde. Doch offensichtlich gehörte der Schlaf, ebenso wie das Essen oder Trinken, zu dem Teil des Lebendigseins, der ihr abhandengekommen war.

Die Zeit schien stillzustehen. Um sich abzulenken, lauschte sie auf jedes Geräusch, das der Wald draußen von sich gab. Einmal glaubte sie sogar, in der Ferne das Zischen und Keifen von Mantikoren zu hören, aber gewiss spielte ihr gelangweilter Verstand ihr einen Streich.

Endlich nahm das Licht draußen wieder ab, wie sie vorsichtig blinzelnd feststellte, und als sie ins Freie kroch, kam es ihr vor, als hätte sie eine Woche in dem hohlen Baum festgesessen und nicht nur einige Stunden.

Noch einen Tag würde sie nicht auf diese Weise verbringen, das schwor sie sich. Eher würde sie freiwillig ins Licht gehen. Sie brauchte unbedingt einen größeren Unterschlupf, in dem sie sich eine Beschäftigung suchen konnte, während sie auf die Nacht wartete. Eine geräumige Grotte vielleicht.

Wehmütig dachte Sascha an ihre Höhle unter dem Wasserfall, die sie sich zusammen mit den Savanten häuslich einrichten wollte. Was wohl aus ihnen allen geworden wäre, wenn es auf der Insel keine Mantikoren gegeben hätte? Ein Teil von ihr hätte nichts dagegen gehabt, dort den Rest ihres Lebens in Frieden zu verbringen und den lieben langen Tag die dusseligen Savanten herumzukommandieren.

Welches Schicksal sie wohl ereilt hatte? War ihre Asche bereits vom Wind davongetragen worden? Oder verrotteten sie in einem Kerker unter der Stadt?

Sascha schüttelte diese sinnlosen Gedanken ab. Eine Höhle zu finden, das war im Moment lebenswichtig. Und die besten Chancen dafür gab es in den Bergen. Sie schob die Schwerter in ihren Gürtel und setzte sich in Bewegung. Die Nacht war kurz und das Gebirge weit entfernt.

»Na wer sagt's denn. Das Glück ist mit den Blutsaugern!«

Sascha stand vor dem schmalen Eingang einer Höhle, der sich kaum vom umliegenden dunklen Gestein abhob. Vor allem nicht mitten in der Nacht. Sie war gerannt wie der Teufel und hatte die Ausläufer der Berge einige Stunden vor Sonnenaufgang erreicht. Und an der ersten Bergflanke, die sich von dünnem Nadelgehölz bewachsen Richtung Gipfel streckte, war sie gleich über diese Höhle gestolpert.

Ohne zu zögern, zwängte sie sich durch den schmalen Spalt ins Innere. Nach einigen Metern öffnete sich der Gang zu einem langgestreckten Raum, in dem sie aufrecht stehen konnte. Sie ging ganz nach hinten, aber dort wurde die Höhle rasch schmaler und sie kam nicht weiter.

»Besser als nichts«, murmelte sie vor sich hin.

Sie zwängte sich wieder nach draußen und nutzte die letzten Minuten der Nacht, um einige Stücke Holz zu suchen. Dann schlüpfte sie zurück in ihre dunkle Behausung und begann mit einem der Kurzschwerter drauflos zu schnitzen.

Etwas Besseres war ihr als Zeitvertreib nicht eingefallen. Zuerst hatte sie sich einen Bogen bauen wollen, bis ihr bewusst wurde, dass sie keine Nahrung benötigte. Also wozu eine

Jagdwaffe? Auch wärmende Felle schienen unnötig, denn selbst die frostige Kälte der Herbstnacht machten ihr nicht das geringste aus. Also musste Sascha die Zeit auf andere Weise totschlagen.

Kurz nach Mittag begann es draußen in Strömen zu regnen und der Wind rauschte in den Bäumen. Sie wartete auf ein Donnergrollen, bis ihr einfiel, dass es ja in dieser Welt keine Elektrizität gab. Also auch weder Blitze, noch Donner.

Gerade wandte sie sich wieder ihrer Schnitzarbeit zu, als sie am Höhleneingang die Stimme eines Kindes vernahm.

»Komm her, Nana! Hier können wir uns unterstellen!«

Sascha huschte eilends in die hintere Ecke des Raums. Kurz darauf tauchte ein Mädchen am Eingang auf, das sich tastend vorwärts bewegte. Die Kleine konnte in der Dunkelheit der Höhle natürlich nichts sehen.

Sie war vielleicht zehn Jahre alt. Ihre braunen, lockigen Haare wuchsen wild in alle Richtungen. Wenn Sascha nicht gewusst hätte, dass es in dieser Welt keine Vögel gab, hätte sie jeden Betrag darauf gewettet, dass in der unbändigen Mähne ein ganzer Schwarm Spatzen nistete. Die aus unterschiedlichen Pelzen zusammengesetzte Kleidung des Mädchens war von einfacher Machart, aber zweckmäßig. Das dürre Kind sah irgendwie verloren zwischen den derben Fellen aus.

Sascha ertappte sich dabei, wie sie die im schnellen Rhythmus pulsierende Halsschlagader der Kleinen mit den Augen fixierte.

Das Mädchen blieb kurz hinter dem Eingang stehen und nahm einen ledernen Beutel von der Schulter. Während sie darin herumwühlte, rief sie erneut mit lauter Stimme:

»Nana! Wo bleibst du denn?«

»Ich komm ja schon, mein Kind«, erklang das dünne Stimmchen einer betagten Frau, die sich mühsam durch den engen Zugang zwängte. »Wenn du erst in meinem Alter bist, wirst du verstehen, dass jeder Schritt mit Bedacht gewählt werden muss, damit es nicht der letzte wird. Meine müden Knochen sind brüchig wie dürre Zweige.«

Das Mädchen kramte eine Menge heller Wurzeln und zusammengebundene Kräuter aus ihrer Tasche und legte sie beiseite. Mit einem lauten »Ahhh!« hielt sie schließlich einen faustgroßen Leuchtstein in die Höhe, den sie aber erschrocken fallen ließ, als sein blaues Licht auf Sascha fiel.

Die Kleine wich stolpernd zurück und stieß mit der alten Frau zusammen, die es endlich in die Höhle geschafft hatte.

»Vorsicht, mein Kind! Warum so stürmisch?«

»Da ist eine fremde Frau in der Ecke, Nana!«

Die Alte spähte mit ihren weiß verschleierten Augen in Saschas Richtung. Viel sah sie damit bestimmt nicht mehr. Trotzdem begann sie kurz darauf zu lächeln, was noch wesentlich mehr Falten in ihr ohnehin schon zerfurchtes Gesicht grub.

»Ich grüße dich!«, krächzte sie freundlich. »Hast du auch Schutz vor dem Wetter gesucht?«

»Ihr müsst wieder gehen«, antwortete Sascha, ohne auf die Frage der Greisin einzugehen. »Ihr seid hier nicht sicher.«

Die weißhaarige Frau starrte sie immer noch an, als würde sie ein seltenes Tier beobachten. Dann lachte sie gackernd und entblößte dabei die fünf braunen Zähne, die tapfer hinter den zerfurchten Lippen die Stellung hielten. Mit einem Stöhnen ließ sie sich auf einem großen Stein nieder.

»Ich glaube nicht, dass uns hier Gefahr droht. Draußen gießt es in Strömen. Komm, Nuri, bring deiner alten Nana eine Bola-Wurzel.«

Das Mädchen hatte sich nach Saschas indirekter Drohung in den Höhleneingang verzogen. Jetzt schaute sie zögernd von ihrer Nana zu Sascha. Erst als die Alte ihr ermutigend zunickte, trat sie wieder etwas näher und reichte der Greisin eine der Wurzeln. Sich ganz auf das mühevolle Kauen konzentrierend, ignorierte sie Sascha komplett. Ganz im Gegensatz zu Nuri, die sie nicht aus den Augen ließ.

Sascha rang mit dem aufkommenden Drang, sich auf das Mädchen zu stürzen und ihr das süße Blut der Jugend aus dem Körper zu saugen. Sie durfte das nicht tun! Es war *eine* Sache, einem Mayatan die Kehle herauszureißen, der sie umbringen wollte. Ein unschuldiges Kind zu meucheln war etwas völlig anderes.

Oder doch nicht? Ein Leben war ein Leben. Warum sollte der Tod des Mädchens mehr auf ihrer Seele lasten, als der dieses geflügelten Viehs? Hatte sie überhaupt noch eine Seele? Oder ein Gewissen? Sie war jetzt ein Vampir. Konnte es so falsch sein, ihrer Natur zu folgen?

Sie kam langsam aus der Hocke hoch. Die Kleine musste ihren gierigen Blick bemerkt haben, denn sie konnte hören, wie sich der Herzschlag des Mädchens regelrecht überschlug. Das Kind gab ein schrilles Kreischen von sich und flüchtete hinter die alte Frau.

Der Schrei drang in Saschas Verstand und legte die Erinnerung an den Moment frei, als Tra'Mek in ihr Zimmer gekommen war, nachdem sie die Wahrheit über ihn erfahren hatte. In diese Erinnerung war die Todesangst verwoben, die sie damals fast in den Wahnsinn getrieben hatte. Und jetzt war *sie* der blutrünstige Vampir, der Ursprung aller Angst.

Sascha erstarrte in ihrer Bewegung, rang in einem inneren Kraftakt mit der Blutgier und verbannte sie schließlich mit Hilfe all ihrer Willenskraft in das dunkle Loch, das der Verlust der Menschlichkeit in ihr aufgerissen hatte.

»Ihr müsst wirklich gehen«, presste sie mit bebender Stimme zwischen ihren Lippen hervor. »Ihr wisst nicht, in welcher Gefahr ihr euch befindet!«

Die Greisin ließ kurz von der harten Wurzel ab und schaute die mit sich selbst ringende Frau an.

»Mach dir keine Sorgen, mein Kind. Wenn du uns wirklich hättest beißen wollen, dann säßen wir nicht mehr hier.«

Sascha war so verdutzt, dass sie für einen Moment sogar ihre Blutgier vergaß.

»Du *weißt*, was ich bin?«

»Weißt du es denn?«, erwiderte die Alte kauend.

Sascha öffnete den Mund, um ihr die offensichtliche Antwort zu geben. Sie war natürlich ein Vampir. Doch dann wurde ihr schlagartig bewusst, dass dies die Frage nicht beantwortete. Sicher, der Fluch ihres Ziehvaters war auf sie übergegangen. Doch war sie dadurch nicht zu Tra'Mek selbst geworden. Sie war immer noch Sascha. Sie hatte noch einen freien Willen. Genau wie die Raubkatze auf der Lichtung blieb es ihre eigene Entscheidung, ob sie ihren niederen Instinkten nachgab. Oder eben nicht.

Sie ließ sich zurück auf den Boden sinken.

»*Ich bin Sascha*«, antwortete sie mit einer gewissen Überraschung in der Stimme.

»Natürlich bist du das. Mein Name ist Reen. Und dieses ängstliche Häuflein Elend hier, ist meine Urenkelin Nuri.«

»Ich bin überhaupt kein Häuflein Elend!«, erwiderte die Kleine aufgebracht.

Wie zum Beweis erhob sie sich und setzte sich in die Nähe von Sascha, der dieser unerwartete Mut des Kindes imponierte. Sie konnte sich ein Lächeln nicht verkneifen, das jedoch ihre langen Eckzähne entblößte. Die Angst schlich sich wieder in das Gesicht des Mädchens, aber sie wollte ihrer Nana anscheinend beweisen, dass sie kein Häuflein Elend war, und blieb tapfer sitzen.

»Bist du ein Monster?«

»Manchmal«, antwortete Sascha. »Wenn es nötig ist.«

»Wolltest du mich fressen?«

»Wenn du nicht mit der Fragerei aufhörst, mach ich es vielleicht noch.«

Das war zu viel für die Kleine und sie verzog sich wieder hinter ihre Nana, die abermals wie ein Mayatan im Stimmbruch lachte. Als sich die Alte beruhigt hatte, startete Sascha einen neuen Versuch.

»Woher wusstest du, was ich bin?«

»Ich sage es dir, wenn du mir verrätst, woher du kommst und wie dich dieses Übel ereilt hat. Deine Redeweise sagt mir, dass du keine Yangri bist.«

»Das ist eine lange Geschichte.«

Wieder verwandelte das Lächeln der Greisin ihr Gesicht in ein Faltenmeer.

»Nun, die Nacht ist noch fern und der Regen immer noch nass. Keiner von uns kann also irgendwo hin, ohne seine Gesundheit zu gefährden. Was gibt es da Besseres, als eine gute Geschichte?«

Sascha schnaufte. So hatte sie sich ihre Flucht in die Einsamkeit nicht vorgestellt. Aber immerhin würde auf diese Weise die Zeit bis zur Abenddämmerung etwas schneller vergehen. Also begann sie zu berichten, wie sie durch das Portal in diese Welt gekommen waren, von ihrer Reise auf der Drachenhaut, der Flucht aus Kysann und dem Kampf mit Tra'Mek in der Höhle. Sie beendete ihren Bericht mit der Schlacht gegen die Mayatan vor den Toren der Stadt, von der sie allerdings nicht allzu viel mitbekommen hatte. Nuri machte jedes mal große Augen, sooft sie den weißen Drachen erwähnte.

»Hast du wirklich einen *Drachen* gesehen?«, fragte sie im Anschluss an die Geschichte staunend.

»Gibt es denn hier keine?«, erwiderte Sascha überrascht. Sie war der Meinung gewesen, dass diese Kreaturen überall in dieser Welt heimisch waren.

»In den Zeiten der Kysari waren sie auch hier weit verbreitet«, erklärte Reen. »Die Drachen versuchten, die nach der Herrschaft über die gesamte Welt greifenden Menschen im Zaum zu halten. Doch nachdem sich unsere Vorfahren in ihrem sinnlosen Bürgerkrieg fast selbst ausgerottet hatten, war die Gefahr gebannt und sie zogen sich zurück.«

Sascha verstand gar nichts mehr.

»Das klingt ja fast so, als wären die Menschen die Bösen, und nicht die Drachen.«

»Was habt ihr jungen Leute nur immer mit Gut und Böse. Alles muss bei euch entweder schwarz oder weiß sein. Bist du böse, weil du ein Vampir bist? Bin ich gut, nur weil ich ein Mensch bin? Jedes Wesen hat seine Natur, und wenn ihm eine gewisse Intelligenz innewohnt, dann kann es diese Natur vielleicht in Frage stellen, wenn es einen Grund dafür gibt. Die Drachen sind durch und durch magische Wesen. Ihre Natur ist es, diese Welt im Gleichgewicht zu halten. Die Kysari hatten ihre gierigen Finger ausgestreckt, um sich die gesamte Welt einzuverleiben und alle nichtmenschlichen Wesen ihrem Willen zu unterwerfen. Ist *das* gut?«

»Willst du damit sagen, die Drachen töten alles und jeden, nur um die Welt im Gleichgewicht zu halten? Das ist doch Schwachsinn! Ich habe in den Archiven von Kysann die Berichte gelesen. Fast täglich greifen diese Kreaturen Dörfer und Städte an und löschen ganze Familien aus, vom Greis bis zum Säugling! Und glaub mir, die Hyva streben nicht nach der Weltherrschaft. Sie kämpfen ums blanke Überleben.«

Reen dachte einen Moment nach.

»Das ist wahrlich eigenartig. Aber ich habe da eine Vermutung. Du hast vorhin berichtet, dass der weiße Drache eine Bedingung für seine Hilfe gestellt hat?«

»Ja, so war es. Er wollte uns bei der Suche nach den Yangri beistehen. Im Gegenzug hat er etwas sehr Seltsames verlangt: Wir sollten ihm helfen, seine Mutter zu töten.«

Nuri hielt sich entsetzt die Hand vor den Mund und auch Reen machte große Augen.

»In der Tat seltsam. *Sehr* seltsam! Was wissen die Hyva über die Drachen?«

Sascha überlegte einen Moment.

»Nun, sie haben den lieben langen Tag damit zu tun, ihre Grenzen gegen sie zu verteidigen. Für die Hyva sind es einfach blutrünstige Bestien. Wir hatten Mühe, die Besatzung der Drachenhaut davon zu überzeugen, dass der weiße Drache auf unserer Seite ist. Zum Glück konnte er kein Feuer spucken, sonst hätten sie ihn nie in die Nähe des Luftschiffs gelassen.«

Reen horchte auf.

»Kein Feuer? Interessant. Langsam ahne ich, was bei den Hyva los ist.«

Ein skeptischer Ausdruck schlich sich auf Saschas Gesicht.

»Nimm's mir nicht übel, aber woher will eine alte Tattergreisin wie du etwas über die Drachen wissen.«

Nuri warf ihr einen bösen Blick zu.

»Meine Nana ist keine Ta...da...kreisin! Sie hat dem König gedient! Er hat auf das gehört, was *sie* gesagt hat! Meine Nana weiß alles!«

Die Greisin lächelte milde.

»Niemand weiß alles, mein Kind.« Und an Sascha gerichtet, fügte sie hinzu: »Aber sie hat Recht. Vor vielen Jahren war ich die Beraterin des Königs. Lange bevor diese Mayatan hier aufgetaucht sind. Du wolltest erfahren, woher ich wusste, was du bist und dass du uns nichts tun würdest? Nun, die Götter haben mich mit einer besonderen magischen Gabe gesegnet. Zwar konnte ich nie so scharf sehen, wie all die anderen Kinder, aber dafür war ich in der Lage, die Gesinnung und Natur aller Wesen zu erkennen. Dich umgibt die Aura eines Raubtiers und ein dunkler Schleier hüllt dich ein. Aber darunter sehe ich viel Licht. Mehr, als bei vielen anderen, die nicht deine Last zu tragen haben.«

Sascha lächelte traurig.

»Du weißt nicht, was ich in meinem Leben schon alles getan habe.«

»Das ist auch nicht nötig. Die Vergangenheit ist ohne Bedeutung, denn du kannst sie nicht mehr verändern. Deine Zukunft hingegen ist lebendig wie ein junger Baum. Du entscheidest, wo es sich für ihn lohnt, zu wurzeln, und wie weit er seine Krone in den Himmel strecken soll.«

Ein schöner Gedanke, fand Sascha. Aber im Augenblick war für sie unvorstellbar, dass in ihrer Zukunft irgendetwas

Lebendiges liegen könnte. Mit viel Mühe hielt sie ihre Blutgier im Zaum. Sie konnte sich nicht vorstellen, woher sie die Kraft nehmen sollte, diese auf ewig zu unterdrücken. Sie schwieg und richtete ihren Blick in die Dunkelheit, die hinter dem blauen Schein des Leuchtsteins lag. Reen erzählte unterdessen weiter:

»Aus Angst vor Ausgrenzung habe ich niemanden etwas von meiner Gabe verraten. Aber eines Tages kam es zu mysteriösen Todesfällen in der Stadt und das Wort ›Vampir‹ ging wie ein Flüstern durch die Straßen. Der Blutsauger war schlau. Nie wurde er erwischt. Als ich eines Abends noch spät mit meiner Mutter unterwegs war, sah ich einen Mann aus einem verlassenen Haus kommen. Er sah aus wie ein Bettler, doch ich konnte seine dunkle, raubtierhafte Aura erkennen. Ein Wachtrupp kam vorbei, doch sie beachteten den zerlumpten Mann überhaupt nicht. Was sollte ich also tun? Wenn ich nichts unternahm, würde er sicher immer weiter morden. Also zeigte ich mit dem Finger auf ihn und begann, wie am Spieß zu kreischen.

Die Wachleute blieben stehen, um zu schauen, was los war. Als sie sich dem Bettler näherten, auf den ich voller Panik deutete, gab er seine Tarnung auf und stürzte sich auf die Wachen. Es war ein blutiges Gemetzel. Vier Männer lagen bereits tot auf der Straße. Aber dann zeigten die Götter Erbarmen.

Der Vampir hatte gerade den Speer eines Wachmanns zertrümmert und den armen Kerl wie eine Puppe gegen eine Wand geschleudert. Aber als er sich seinem nächsten Opfer zuwandte, rappelte sich der Mann auf, ergriff den abgebrochenen Schaft der Waffe und rammte ihn dem Vampir von hinten ins Herz. Vor unseren Augen zerfiel dieser zu Asche.

Ich wurde daraufhin zum König gebracht und als er mich fragte, wie ich den Vampir erkennen konnte, wagte ich nicht, zu lügen, und erzählte endlich von meiner magischen

Begabung. Von diesem Tag an war ich die Beraterin des Königs. Ich stand an der Seite des Throns und nahm jeden in Augenschein, der eine Audienz am Hof wollte. Da es ansonsten nicht viel zu tun gab, verbrachte ich die meiste Zeit in den Archiven und las alles, was ich in die Finger bekommen konnte. Dort lernte ich viel über die Drachen.«

»Und was ist nun so besonderes daran, dass der weiße Drache seine Mutter töten will? Soweit ich weiß, gehen sich diese Viecher bei jeder Gelegenheit gegenseitig an die Gurgel.«

Reen schüttelte bedächtig den Kopf.

»Mit den Drachen in Rapolan scheint irgendetwas nicht zu stimmen. Du musst wissen, dass es auf der Welt immer nur *drei* weibliche Drachen gleichzeitig gibt. Die sogenannten Drachenmütter. Alle anderen sind männlich und stammen von der jeweiligen Mutter auf dem Kontinent ab. In Zeiten, in denen das Gleichgewicht der Welt in Gefahr ist, bringen sie unzählige Nachkommen zur Welt. Ist ihre Aufgabe erfüllt, töten sich die Drachen gegenseitig, bis nur noch wenige übrig sind.«

Sascha erinnerte sich, dass Rapolan hier in dieser Welt der Name für den eurasischen Kontinent war, wo auch das kleine Reich der Hyva lag. Aber dort verhielten sich die Drachen auf jeden Fall nicht so, wie Reen es beschrieben hatte.

»Also die Hyva bedrohen sicher nicht das Gleichgewicht der Welt«, kommentierte Sascha. »Die haben alle Hände voll zu tun, nicht ausgelöscht zu werden.«

Reen nickte bedächtig.

»Deshalb vermute ich, dass mit der Drachenmutter in Rapolan irgendetwas nicht stimmt. Wenn es wahr ist, dass euer weißer Drache kein Feuer spucken kann, dann muss er seine Funkenzähne verloren haben.«

»Ja, Samara hat mal erzählt, dass eine Drachenlanze durch Zufall seine Funkenzähne zerstört hat. Der Drache war daraufhin so durcheinander, dass sie ihn lebendig fangen konnten.«

Reen nickte verstehend.

»Diese speziellen Zähne im Rachen der Wesen dienen nicht nur dem Entfachen des Drachenfeuers. Sie verbinden alle Drachen durch Magie mit ihrer Mutter. So hat sie in gewisser Weise die Kontrolle über all ihre Kinder.«

»Ein Netzwerk?«, fragte Sascha überrascht.

»Ich weiß nicht, was du mit Netzwerk meinst, aber ja, man kann es sich wie ein magisches Netz vorstellen.«

Sascha erkannte immer deutlicher, dass die Alte Recht hatte.

»Dann muss tatsächlich mit der Drachenmutter auf Rapolan etwas nicht stimmen! Und nachdem der weiße Drache nicht mehr ihrem Willen unterworfen war, wollte er irgendwas dagegen unternehmen. Nur war er dummerweise von den Hyva gefangen genommen worden. Kein Wunder, dass er sauer war!«

»Das vermute ich auch«, nickte Reen zustimmend. »Wenn die Hyva wirklich so schwach sind, wie du sagst, dürfte es dort kaum Drachen geben. Das Gleichgewicht ist dann schließlich in keiner Weise bedroht. Warum also bringt die Drachenmutter fortwährend kampflustige Nachkommen zur Welt?«

Alles schien nun einen Sinn zu ergeben: Die ständigen Angriffe der Drachen auf das kleine Reich der Hyva und auch das Verhalten des weißen Drachen, seinen seltsamen Wunsch eingeschlossen, die eigene Mutter zu töten.

Nur war all das nicht mehr von Belang. Die einzigen Menschen, die ihr etwas bedeutet hatten, waren tot. Sie wollte nur noch so weit wie möglich von allem weg und sich in irgendeinem Loch verkriechen. Und ganz offensichtlich war *dieses* Loch noch nicht tief genug gewesen.

Sascha konnte mit ihrem geschärften Gehör die Tiere der Nacht hören, die sich im Wald vor der Höhle regten. Der Tag hatte sich also verabschiedet. Sie stand so abrupt auf, dass Nuri erschrocken zusammenzuckte.

»Die Nacht ist hereingebrochen. Ich werde euch nun

verlassen, so lange ich meinen Hunger noch im Zaum halten kann.«

»Wo wirst du hingehen?«, fragte Reen interessiert.

»Dorthin, wo das Monster in mir keinen Schaden anrichten kann.«

Die Alte begann wieder laut zu lachen.

»Mein Kind, einen solchen Ort wirst du nicht finden. Wie willst du vor etwas davonlaufen, das ein Teil von dir ist? In der Einsamkeit verlierst du den Kampf mit deinen Dämonen nur umso schneller. Und wenn sie erst einmal Macht über dich haben, dann bist *du* der Vampir, der durch die Gassen irgendeiner Stadt schleicht. Dann wird das nächste Kind, dem du begegnest, nicht die Chance haben, die Frau hinter dem Monster kennenzulernen.«

Sascha blieb am Höhleneingang stehen, drehte sich aber nicht um.

»Und was soll ich deiner Meinung nach tun?«

»Stell dich dem Monster in dir! Fordere es heraus, jeden Tag aufs Neue! Und nimm seine Kraft als Gabe, um deine eigenen Ziele zu verwirklichen.«

»Hast du meiner Geschichte nicht zugehört«, erwiderte Sascha verbittert. »All meine Freunde sind tot. Ich bin allein in einer Welt, in die ich nicht gehöre.«

»Wenn du glaubst, dass du keine Freunde hast, sind deine Augen noch schlechter als die meinen.«

Sascha drehte sich um. Die kleine Nuri saß mit tränenüberströmtem Gesicht da und weinte leise vor sich hin. Es dauerte einen Augenblick, bis ihr klar wurde, dass das Mädchen so aufgelöst war, weil Sascha im Begriff war, zu gehen. Unglaublich. Noch vor ein paar Stunden hatte die Kleine Todesangst vor ihr gehabt.

»Wie du siehst«, sagte die Greisin mit leiser Stimme, »strahlt das Licht in dir wesentlich heller, als du denkst. Nuri möchte nicht, dass du gehst. Und ich auch nicht. Willst du es diesen Mayatan denn nicht heimzahlen?«

Sascha zog die Augenbrauen zusammen.

»Wie sollen mir eine alte Frau und ein flennendes Kind bitteschön dabei helfen, mich an den Mayatan zu rächen? Ich glaub nicht, dass die sich von dir totquatschen lassen.«

»Jetzt enttäuschst du mich aber. Denkst du wirklich, wir beide würden hier alleine herumirren? Komm mit uns und du wirst sehen, dass es für die Menschen in dieser Welt durchaus noch Hoffnung gibt. Auch wenn man sie vielleicht erst davon überzeugen muss.«

»Ich kann nicht glauben, dass du mich dazu überreden konntest«, wisperte Sascha leise.

Sie trug die schlafende Nuri huckepack durch den nächtlichen Wald und neben ihr schlurfte auf einen Stock gestützt die alte Reen, den Leuchtstein in der knochigen Hand.

Die Last des Mädchens spürte Sascha kaum, entweder weil die Kleine so dünn war oder auf Grund ihrer neu gewonnenen Stärke. Seit sie den Mayatan ausgesaugt hatte, pulsierte eine erstaunliche Kraft in ihr, wenngleich sie spürte, dass sie ganz allmählich wieder schwächer wurde.

»Man kann niemanden zu etwas überreden, zu dem er sich längst entschlossen hat«, erwiderte die Alte verschmitzt lächelnd.

Sascha schnaufte.

»Du bist nicht zufällig mit einem gewissen Komoroo verwandt? Der hat sich nämlich genauso verdreht ausgedrückt wie du.«

»Nicht das ich wüsste«, antwortete Reen. »Was ist mit dir? Hast du Angehörige? Wie lautet dein Familienname?«

»Ich habe keine Verwandten. Und keinen Familiennamen.«

»Das versteh ich nicht«, murmelte die Greisin. »Jeder hat doch einen Nachnamen. Jedenfalls ist es bei den Yangri so Brauch. Meiner lautet Gelintor. Ist es in deiner Welt anders?«

»Da mein Ziehvater sich als blutrünstiger Vampir herausgestellt hat, wirst du verstehen, dass ich seinen Namen nicht tragen möchte. Wobei ich nicht einmal weiß, ob Tra'Mek sein Vor- oder sein Zuname war.«

»Aber du hattest doch sicher auch eine Mutter?«

Sascha blieb stehen und blickte die neugierige Alte einen Moment an. Sie überlegte, ob sie antworten oder zubeißen sollte. Dann ging sie weiter.

»Meine Mutter war eine wunderbare, brillante Frau, auch wenn ich mich kaum an sie erinnern kann. Mit meinen Taten habe ich das Recht verwirkt, ihren Namen zu tragen. Also einfach nur Sascha!«

Eine Zeitlang wanderten sie schweigend nebeneinander her.

»Was ist mit der Kleinen? Wo sind ihre Eltern?«, erkundigte sich Sascha, nachdem sie sich wieder beruhigt hatte.

»Sie ist die Tochter meines Enkels Hoib. Ihre Mutter ist im Kindbett gestorben. Was aus ihrem Vater geworden ist, wissen wir nicht, aber vermutlich ist er bei der Verteidigung von Boram gefallen, genau wie ihre beiden Großväter.«

»Und ihre Großmütter?«

Reen schien mit einem Mal noch älter zu werden, wenn das überhaupt möglich war.

»Sie sind bereits seit einigen Jahren tot. Das Leben hier in den Bergen ist hart. Niemand sollte jemals dazu gezwungen werden, seine Kinder und Enkel zu überleben.«

Egal wie hart das Leben hier war, diese alte Frau schien wesentlich härter zu sein, dachte Sascha bei sich. Nachdem sie wieder eine Zeit schweigend verbracht hatten, kam ihr eine weitere Frage in den Sinn.

»Warum unternehmen die Drachen eigentlich nichts gegen die Mayatan? Ich meine, wenn dieses geflügelte Ungeziefer nicht das Gleichgewicht der Natur stört, dann weiß ich auch nicht!«

»Diese Frage stelle ich mir jeden Tag«, erwiderte Reen kopfschüttelnd. »Vielleicht ist es hier in Tarop genau wie in Rapolan. Irgendetwas stimmt nicht mit der Drachenmutter.

Fast dreißig Winter ist es nun schon her, dass die Stimme der Drachen verstummt ist.«

Sascha wollte gerade Fragen, was Reen damit meinte, als sie in ihrem Rücken das kaum wahrnehmbare Geräusch von Tatzen auf dem Waldboden vernahm. Ohne zu zögern, ließ sie Nuri fallen. Sie hatte ihre beiden Kurzschwerter in der Hand, bevor das Kind den Boden berührte.

Als sie herumwirbelte, starrte sie in die Fratze eines Mantikors, der sich leise in ihrem Rücken anschleichen wollte. Jetzt machte das Wesen einen Satz auf sie zu, den in einer tödlichen Spitze endenden Schwanz über dem Kopf nach vorne gerichtet. Doch wenn Sascha als Mensch flink wie eine Katze gewesen war, so hatte sie nun die Reflexe eines Kolibris. Wie ein Blitz stürmte sie auf die Bestie zu und sprang in die Höhe. Sie wich dem Stachel mühelos aus und trennte ihn mit einem sirrenden Schwerthieb vom Rest der Kreatur.

Dem Mantikor entfuhr ein schmerzliches Jaulen, das aber zu einem Gurgeln erstarb, nachdem Sascha ihm ihre zweite Klinge seitlich in den Hals getrieben hatte. Sofort zog sie das Schwert mit einem schmatzenden Geräusch heraus und wirbelte herum. Den in ihr aufsteigenden Gedanken, sich am Blut der Bestie zu laben, fegte sie mit ihrer stählernen Entschlossenheit beiseite.

Reen hatte sich über das heulende Kind gebeugt, um es zu trösten. Wenige Meter dahinter sprintete ein zweiter Mantikor wie ein Gepard auf die beiden zu. Selbst mit ihrer gesteigerten Geschwindigkeit würde sie nicht rechtzeitig zur Stelle sein.

Ohne weiter zu überlegen, schleuderte sie mit all ihrer Kraft das Kurzschwert Richtung Reen. Wie in Zeitlupe beobachtete sie, wie es sich durch die Luft drehte und dabei eine tödliche Melodie pfiff. Wenn die Alte jetzt den Kopf heben würde, wäre es aus mit ihr, dachte Sascha geschockt. Dann hätte sie den Balg am Hals. Wenigstens die paar Sekunden, bis die Bestie das Kind zerfleischen würde.

Aber Reen schien bei den Göttern einen Stein im Brett zu

haben, denn die Klinge wirbelte haarscharf über ihren grauen Haarschopf hinweg und bohrte sich in die Fratze des Mantikors. Sie hatte das Schwert mit solch verzweifelter Wucht geworfen, dass die im Sprung getroffene Bestie nach hinten geschleudert wurde und zuckend über den Waldboden rutschte.

Schlitternd kam Sascha neben Nuri zum Stehen, die seit sie von ihrem Rücken gefallen war, voller Panik kreischte.

»Still!«, donnerte Sascha und bleckte ihre Reißzähne.

Das Kind verstummte augenblicklich. Wahrscheinlich würde sie nie wieder etwas sagen. Aber ihrer aller Leben wogen im Moment mehr als die Befindlichkeiten der Kleinen.

Sascha lauschte in die Nacht hinein. Das galoppierende Herz des Mädchens lenkte sie ab. Ein Teil von ihr wollte es zum Schweigen bringen, aber der Schatten ihres früheren Ichs hielt tapfer dagegen.

Im Wald hatte sich eine gespenstische Stille ausgebreitet. Kein Laut ertönte. Die Natur war im Angesicht des Monsters erstarrt. Und dies lag nicht an den Mantikoren. Sascha war die schlimmere Bestie.

»Sind sie tot?«, ertönte die ängstliche Stimme von Nuri. Offenbar hatte sie ihren Schreck bereits wieder überwunden. Tapferes Mädchen.

»Darauf kannst du Gift nehmen«, knurrte Sascha. Und zu ihrer Überraschung fiel ihr das Kind schluchzend um den Hals.

Die Halsschlagader mit dem süßen Saft des Lebens pulsierte direkt vor ihrer Vampirnase dicht unter der gebräunten Haut. Selbst die sonst so selbstsichere Reen hob erschrocken ihre welken Arme, um Nuri von ihr wegzuziehen. Aber das war gar nicht nötig. Ihr Blutdurst wütete wie ein tollwütiger Fenrir in ihrem Inneren, doch die zuvor trüben Schemen ihrer verlorenen Menschlichkeit strahlten im Licht der Zuneigung, die ihr dieses Kind entgegenbrachte, und hielten das Monster im Zaum. Sie drückte Nuri kurz an sich und entließ sie dann in die Arme ihrer Nana.

Die Greisin starrte sie voller Erstaunen an.

»Deine Stärke erstaunt mich, Sascha.«

»Ach, das war doch gar nichts. Du hättest mich auf dem Vulkan sehen sollen. Gib mir 'ne Knarre und ich nehm es mit 'nem ganzen Rudel dieser Schwanzwedler auf!«

Reen lächelte.

»Das habe ich nicht gemeint, mein Kind.«

Sie tätschelte ihr mit der fleckigen Hand die Schulter, stemmte sich an ihrem Stock stöhnend auf die Beine und schlurfte an dem zinnoberroten Kadaver vorbei in die Nacht.

Als der erste Schimmer der Morgendämmerung den Glanz der schwächeren Sterne auslöschte, wurde Sascha langsam nervös. Seit geraumer Zeit folgten sie einem schmalen Tal, das schnurgerade einen Ausläufer der höheren Berge durchschnitt, als wäre es vor langer Zeit von Menschen in den Felsen getrieben worden.

»Hast du nicht schon vor einer halben Stunde gesagt, wir wären gleich da? Wo auch immer dieses *da* sein soll!«

»Du bist ja ungeduldiger als Nuri«, witzelte die alte Frau, der die Strapazen der Nacht deutlich anzumerken waren. Sie stützte sich schwer auf ihren Stock und keuchte bei jedem Schritt.

Sascha erwartete einen empörten Widerspruch des Kindes, aber es kam nichts dergleichen. Das Mädchen hatte seit Stunden kein Wort mehr gesagt und klebte apathisch an Saschas Seite. Die Begegnung mit den Mantikoren war offenbar doch nicht spurlos an der Seele der Kleinen vorbeigegangen.

»Das hat mit Ungeduld nichts zu tun. Eher mit dem Wunsch, nicht im Sonnenlicht in Flammen aufzugehen. Wo ist denn jetzt dieser sichere Ort, von dem du –.«

Ihre Vampirsinne sprachen an. In den Büschen zu beiden Seiten des Wegs nahm Sascha eindeutig die Herzschläge zweier Lebewesen wahr. Ansonsten war von ihnen weder etwas zu sehen, noch zu hören. Sie fletschte die Zähne und machte einen Satz ins Gebüsch.

»Sascha! Nein!«, hörte sie Reen in ihrem Rücken rufen.

Doch die Sorge der Alten war unbegründet. Sascha erkannte sofort, dass hier keine wirkliche Gefahr drohte, nachdem sie in das angstverzerrte Gesicht eines Knaben starrte, der kaum älter als Emma sein konnte. Er klammerte sich an einem Speer fest. Oder besser gesagt, an einem dilettantisch angespitzten Stock, der kaum die Bezeichnung Speer verdiente. Der Junge riss die Augen so weit auf, dass Sascha fast erwartete, sie würden ihm einfach aus den Höhlen fallen.

Er tat ihr fast leid, aber schließlich hatte er ihnen hier aufgelauert, was durchaus eine kleine Lektion rechtfertigte. Sie packte ihn am Kragen, bleckte ihre Reißzähne und gab ein gefährliches Knurren von sich. Der Geruch, der ihr in die Nase stieg, ließ keinen Zweifel daran, dass der arme Kerl sich gerade in die Hose machte.

Ihr geschärftes Gehör warnte sie unterdessen, dass jemand aus dem Unterholz auf der gegenüberliegenden Seite des Weges auf sie zu gestürmt kam. Da sie keine Lust verspürte, ihre Schwerter schon wieder vom Blut reinigen zu müssen, warf sie kurzerhand das Weichei in die ungefähre Richtung. Ein dumpfer Knall und ein vielstimmiges Stöhnen verrieten ihr, dass sie getroffen hatte.

Mit einem Satz landete sie wieder auf dem Weg, wo eine blonde Frau laut fluchend versuchte, sich von dem Hosenscheißer zu befreien, der auf ihr gelandet war. Irgendetwas in den zornigen Augen der Begrabenen verriet Sascha, dass es wohl doch keine schlechte Idee wäre, ihr Schwert zu ziehen.

»Runter von mir, du nichtsnutziger Trottel!«, brüllte die Frau und schaffte es endlich, sich zu befreien.

Ohne weitere Vorwarnung ging sie mit ihrem eigenen spitzen Stock auf Sascha los und zu deren Verblüffung wusste sie durchaus damit umzugehen. Zwar hatte sie dank ihrer gesteigerten Reflexe keine Probleme, die Angriffe der

Kämpferin abzuwehren, aber sie musste zugeben, dass sie ohne ihre Vampirfähigkeiten durchaus ins Schwitzen gekommen wäre. So stellte die wilde Frau allerdings keine wirkliche Gefahr dar und sie begnügte sich damit, zu parieren, bis ihre Gegnerin schließlich schnaufend den Speer sinken ließ.

»Was, bei Belor, *bist* du!«, spie sie Sascha entgegen.

Sie schien drauf und dran, erneut anzugreifen, als sich endlich Reen zu Wort meldetet:

»Lass gut sein, Teliin. Spar dir deine Kräfte für den wahren Feind.«

Erst jetzt schien die kampflustige Frau Reen und Nuri zu bemerken.

»Reen! Was hat das zu bedeuten? Wo seid ihr gewesen? Ich hatte ausdrücklich befohlen, dass über Nacht *niemand* die Zuflucht verlässt! Die Späher haben Manticora gesichtet, wie du sehr gut weißt!«

»Ja ja, reg dich nicht so auf. Wir haben Wurzeln und Kräuter gesammelt.«

Teliin schien die Antwort nicht zu gefallen.

»*Wurzeln* und *Kräuter*? Hast du mir nicht zugehört?! Nicht nur, dass du dein eigenes Leben riskierst, du hast auch noch das Kind in Gefahr gebracht!«

Reen schien der Tobsuchtsanfall der Blondine völlig kalt zu lassen.

»Ohne die Kräuter überleben einige den kommenden Winter nicht. Und wenn ich noch einen Tag Holamis tote Suppe essen muss, leg ich mich freiwillig ins Grab. Die Bola-Wurzeln werden den fauligen Geschmack wenigstens ein klein wenig überdecken. Nuri hat mir wie immer geholfen. Das Kind ist offenbar die Einzige, die noch etwas Mut im Herzen trägt.«

Teliin wollte wieder voller Wut den Mund aufreißen, als Sascha der Geduldsfaden riss.

»Klappe halten! Alle beide!«, brüllte sie und präsentierte dabei ihre langen Eckzähne. »Entweder, irgendjemand von euch Verrückten zeigt mir auf der Stelle diese Zuflucht, oder ich reiß euch alle in Fetzen, damit ich wenigstens noch eine halbe Stunde meine Ruhe hab, bevor die Sonne mich zu Asche verbrennt!«

Die blonde Kämpferin schaute einen Moment verwirrt, doch plötzlich verriet ihr entsetzter Blick, dass sie verstanden hatte. Sofort riss sie ihren Speer in die Höhe und hielt ihn Sascha an die Kehle. Ohne die Augen von ihr zu wenden, schrie sie Reen an:

»Du bringst einen *Vampir* zu uns!? Bist du von allen guten Geistern verlassen, Reen!?«

Sascha war kurz davor, dieses Theater auf ihre Weise zu beenden, und die alte Frau schien das auch zu bemerken.

»Sascha, bitte«, flehte sie nun regelrecht, »denk an Nuri. Und du, Teliin, nimm endlich diesen Speer runter. Oder glaubst du wirklich, du würdest hier noch stehen, wenn sie Ernst gemacht hätte?«

Einen Moment lang starrten sich Sascha und Teliin direkt in die Augen. Dann endlich senkte die Kämpferin ihre Waffe.

»Du bringst uns allen den Tod, Reen«, zischte sie durch die Zähne.

»Der Tod ist schon lange unser Begleiter, Teliin. Meine Hoffnung ist es, dass auch das Leben wieder zu uns zurückkehrt.«

Die blonde Frau antwortete nicht auf die rätselhaften Worte der Greisin. Nach einem Moment des Schweigens sagte sie schließlich in einem Tonfall, der keine Widerworte duldete:

»Ihre Hände werden gebunden und sie bekommt einen Knebel, oder wir beenden es hier und jetzt mit Blut und Tod.«

Sascha zuckte mit den Schultern und streckte ihr die Hände entgegen. Diese Frau schien unheimlich stur und jähzornig zu sein. Sie konnte sie bereits jetzt gut leiden.

Als sich das Grau des Himmels langsam Orange zu färben begann, erreichten sie endlich ihr Ziel: Die schnurgerade

Schlucht endete vor der rechteckigen Öffnung einer Höhle, die eindeutig nicht natürlichen Ursprungs war. Die Kanten des Eingangs waren makellos glatt und absolut lotrecht.

Teliin hatte Sascha die Hände auf den Rücken gebunden und ihr einen Stock zwischen die Zähne gesteckt, den ein Seil um ihren Hinterkopf sicherte. Mit einem kräftigen Biss und einem kurzen Ruck ihrer Arme hätte sie sich von beidem befreien können, aber sie ließ der jähzornigen Kämpferin ihren kleinen Triumph.

Die blonde Frau führte sie am Oberarm und der Hosenscheißer pikte sie ab und an mit seinem spitzen Stock in den Rücken. Sascha hatte sich fest vorgenommen, ihn ausbluten zu lassen, falls er sie wider erwarten wirklich damit verletzen würde. Reen hatte Nuri an der Hand genommen und folgte in einigem Abstand.

Als sie sich dem breiten Tor im Berg näherten, ließ Teliin die anderen hinter sich und lief zu den Wachen. Es handelte sich ebenfalls um Frauen, wie Sascha feststellte. In einer hitzigen Diskussion versuchte die Kämpferin den beiden klarzumachen, dass die Vampirin keine Gefahr darstellte. Ein Widerspruch in sich, aber irgendwie schaffte sie es, dass Sascha eintreten durfte, auch wenn sie sich einige böse Blicke von den Wachfrauen gefallen lassen musste.

Der rechteckige Gang mit den glatten, schwarzen Wänden führte einige hundert Schritte schnurgerade in den Berg hinein, bevor er sich zu einer gewaltigen Kammer öffnete. Sascha ließ sich nicht von vielen Dingen beeindrucken, diese Höhle kam aber eindeutig auf die kurze Liste.

Der Eingang mündete auf einen runden Platz, etwas weitläufiger als das Deck der Drachenhaut. Zu ihrer Rechten begann sich ein breiter, in den Felsen gehauener Weg in einer Spirale um die nach oben immer größer werdende Halle zu schrauben.

Die riesige Höhle hatte die Form eines auf dem Kopf stehenden Kegels. In unregelmäßigen Abständen zweigten

Gänge und Türen vom Spiralweg ab, bevor er in gut fünfzig Metern Höhe an der Decke endete. Dort oben hatte die Halle fast monumentale Ausmaße erreicht. Mit dem Gestein, das hier abgebaut worden war, könnte man eine ganze Stadt bauen, dachte Sascha staunend.

Noch beeindruckender als die Dimensionen der Höhle war allerdings die verästelte Leuchtsteinader, die sich wie die Momentaufnahme eines gewaltigen Blitzes über die Höhlendecke erstreckte und in einem sanften Blau den ganzen, gigantischen Raum erleuchtete.

Schey hatte Finn immer wieder gefragt, wie ein Blitz eigentlich aussah. Hier hätte der Zauberkünstler das perfekte Anschauungsobjekt gehabt. Aber weder Finn noch Schey würden das hier jemals zu Gesicht bekommen.

Obwohl es noch früh am Morgen war, herrschte bereits ein reger Betrieb. Es wurden erlegte Wildtiere an Stangen vorbei getragen, Körbe voller großer gelber Beeren und mit Wasser gefüllte Tonkrüge. Zu Saschas Verwunderung sah sie nur Frauen bei der Arbeit, von ein paar einzelnen jungen Burschen abgesehen, die nicht älter als fünfzehn sein konnten. Wo waren nur die Männer?

Teliin führte sie über den Platz zu einem Podest, auf dem ein mit Schnitzereien verzierter Thron aus Holz stand.

»Wartet hier. Und du, mach keine Dummheiten«, fügte sie an Sascha gerichtet hinzu. Dann verschwand sie in einem Durchgang hinter dem Podest.

Eine ganze Weile warteten sie und Sascha nutzte die Zeit, um sich weiter umzuschauen. Sie legte ihren Kopf in den Nacken und beobachtete eine Gestalt, die sich auf einem schwankenden Holzgerüst der schwach glühenden Leuchtsteinader näherte.

Ihre Vampiraugen verrieten ihr, dass es sich doch tatsächlich um einen Mann handelte, wenn auch um ein sehr altes Exemplar. Der Greis hob die Hände an die Decke und kurz darauf begann die Gesteinsader in voller Intensität zu leuchten. Die gesamte Höhle erstrahlte in einem taghellen blauen Schein.

Irgendwo wurde daraufhin ein Gong geschlagen und endlich kam Teliin in Begleitung einer älteren Frau wieder, die in eine edle, tiefgrüne Robe gehüllt war. Die von grauen Strähnen durchzogenen, kastanienbraunen Haare hingen zu einem strengen Zopf geflochten über ihre Schulter und die scharf geschnittenen Gesichtszüge ließen vermuten, dass mit dieser Frau nicht gut Kirschen essen war.

»Das ist also der gefährliche Vampir, den du gefangen nehmen konntest, Teliin. Bist du dir sicher, dass es sich nicht nur um eine verirrte Wanderin handelt?«, fragte sie mit einem sarkastischen Unterton und ließ sich auf dem Thron nieder. Die blonde Kämpferin errötete, sagte aber nichts. Offenbar hatte sie großen Respekt vor diesem aufgeblasenen Weib.

Nun, für Sascha war Respekt ein Fremdwort und irgendwie gefiel es ihr nicht, wie diese arrogante Schnepfe mit Teliin sprach, also biss sie einmal kräftig zu und spuckte die Reste des Knebels vor den Thron. Anschließend gähnte sie herzhaft und ihre langen Reißzähne taten ihre Wirkung. Die Fesseln an ihren Handgelenken ließ sie vorerst intakt, damit sich nicht gleich alle auf sie stürzen würden.

»Wachen! Haltet dieses Monster im Zaum!«, rief die Frau in der Robe. Die Arroganz in ihrem Blick hatte einer panischen Angst Platz gemacht. »Bist du wahnsinnig, Teliin, eine solch gefährliche Kreatur in unsere Mitte zu bringen!«

»Meisterin Reen hat versichert, dass sie keine Gefahr darstellt. Die Vampirin hat sie sogar gegen zwei Mantikoren verteidigt, Regentin Alamaan«, brachte Teliin mit unsicherer Stimme an.

»*Die Vampirin* kann für sich selbst sprechen«, knurrte Sascha. »Und sie hat einen Namen.«

Die Regentin hatte ihre Fassung teilweise wiedererlangt, nachdem zehn Speere auf Sascha zeigten.

»Nun gut. Wie lautet dein Name und was führt jemanden wie dich zu den Yangri?«

»Man nennt mich Sascha. Ich kam zusammen mit einer Delegation der Hyva an Bord eines Luftschiffs über das Meer, um mit den Yangri Frieden zu schließen. Doch als wir die Stadt anflogen, in der wir euer Volk vermuteten, wurden wir von einem Heer der Mayatan überrascht, das uns letztendlich besiegt hat. Ich fürchte, dass ich die einzige Überlebende bin, meinem Zustand sei dank. Im Wald stieß ich dann auf Reen und die Kleine. Aus irgendeinem absurden Grund habe ich mich überreden lassen, sie hierher zu begleiten. Und nun erfahre ich, dass *das* hier das Volk der Yangri sein soll? Weiber und ihre Bälger? Bitte sagt mir, Regentin, dass meine Freunde nicht nur für diesen müden Haufen gestorben sind.«

Die Zornesröte stieg Alamaan ins Gesicht.

»Was fällt dir ein, mich und mein Volk derart zu beleidigen! Du hast keine Ahnung, was uns alles widerfahren ist. Fünf Winter leben wir nun bereits hier, kaum besser als irgendwelche Tiere. Wie eine Flut sind die Mayatan über unsere schöne Stadt hergefallen. Der König hat in seiner Weisheit die Frauen und Kinder vor dem Angriff in die Berge geschickt und *mich*, seine geliebte Schwester, mit ihrem Schutz beauftragt. Hier hausen wir nun, voller Entbehrungen, mit dem Wissen, dass unsere tapferen Männer ihr Leben bei der Verteidigung von Boram gelassen haben.«

Jetzt verstand Sascha, was Reen damit gemeint hatte, dass die Yangri davon überzeugt werden mussten, etwas gegen die Besetzer ihrer Heimatstadt zu unternehmen. Dieser Haufen Weiber war derart verängstigt, dass sie lieber in diesem Loch zugrunde gehen würden, als sich dem Feind zu stellen.

»Na, da habt ihr ja Glück, dass wir für euch einen Großteil der Mayatan erledigt haben. Jetzt könnt ihr eure Stadt mit meiner Hilfe zurückerobern!«

Die Regentin starrte Sascha an, als ob sie den Verstand verloren hatte.

»Hier gibt es nur Frauen, Kinder und ein paar alte Männer. Wir werden nicht für deinen Rachedurst in den Tod gehen.«

»Verzeiht, Regentin, aber wir befinden uns bereits auf direktem Weg zu Belor«, mischte sich Reen ein. »Viele sind krank und werden den nächsten Winter nicht überleben. Und es ist nur eine Frage der Zeit, bis uns die Manticora hier finden. Ich weiß nicht, warum sie uns die letzten Jahre in Ruhe gelassen haben, aber es scheint, als ob sie nun Jagd auf uns machen.«

Alamaan richtete ihren schneidenden Blick auf die Alte.

»Ich verstehe jetzt, warum du diese Kreatur hierher gebracht hast, Meisterin Reen. Ihr Durst nach Rache scheint noch größer zu sein als der nach Blut.

Seit wir die Zuflucht entdeckt haben, liegst du mir damit in den Ohren, dass wir die Stadt angreifen sollten. Und nun hast du in dieser Vampirin eine verwandte Seele gefunden, die das gleiche Lied singt! Ich sage es dir noch ein *einziges* Mal: Überlass das Wohl unseres Volkes mir und kümmere dich um die Kranken und Verletzten, wie es deine Aufgabe ist! Und jetzt habe ich endgültig genug von diesem Thema. Geht an eure Arbeit und sperrt unseren *Gast* hier in eine Zelle, bis ich entschieden habe, was wir mit ihr machen.«

Die Wachen packten Sascha an den Armen. Einen Moment spielte sie mit dem Gedanken, ihre Hände loszureißen und von hier zu verschwinden, gleich nachdem sie dieser sogenannten Regentin den Hals umgedreht hatte. Aber dann fiel ihr Blick auf Nuri, die immer noch abwesend vor sich hinstarrte, und Reen, die fast unmerklich den Kopf schüttelte. Sie würde hier nicht rauskommen, ohne die beiden in Gefahr zu bringen. Außerdem stand draußen mittlerweile die Sonne am Himmel. Im Moment konnte sie also nirgendwo hin. Sie entspannte sich wieder und ließ sich zähneknirschend von den Wachfrauen abführen.

Sie brachten sie zum Spiralweg und folgten diesem einige Umdrehungen nach oben, bis sie vor einer kleinen Höhle in der Seitenwand halt machten, die mit einem aus dicken Stöcken und Seilen zusammengezimmerten Gitter verschlossen war.

»Ist das euer Ernst?«, fragte sie amüsiert eine der Frauen, doch die schubsten sie schweigend hinein und schlossen das wacklige Gitter hinter ihr.

Als ihre Bewacherinnen zu beiden Seiten der Tür Aufstellung genommen hatten, zerriss Sascha mit einem Ruck die Fesseln an ihren Handgelenken und ließ sich an der Rückseite der kleinen Kammer auf den Boden sinken.

Wie lange es wohl dauerte, bis der Blutdurst in ihr so übermächtig wurde, dass sie sich über die Wachfrauen hermachen würde? Im Augenblick hatte sie ihre Gier erstaunlich gut im Griff, auch wenn es sie ständig einen Teil ihrer Konzentration kostete.

Da sie im Moment nichts weiter machen konnte, dachte sie über das Gehörte nach. Anscheinend war die Yangri-Stadt, die sie angeflogen hatten, vor fünf Jahren von den Mayatan überrannt worden und der hiesige König hatte vor dem Angriff alle Frauen, Kinder und die Alten in die Berge geschickt, wo sie sich seitdem versteckt hielten. Wenn man das so nennen konnte. Warum die nicht gerade gut getarnte Höhle solange unentdeckt geblieben war, obwohl es in der Stadt doch unzählige Mayatan und anscheinend auch einige dieser schnüffelnden Mantikoren gab, blieb für Sascha ein Rätsel.

Aber eines stand fest: Dass sie so dicht an der Zuflucht über zwei dieser Schwanzwedler gestolpert war, konnte kein Zufall sein. Hatte es vielleicht etwas mit der Ankunft der Drachenhaut zu tun?

So sehr sie sich den Kopf auch zerbrach, es ergab keinen rechten Sinn. Was aber für Sascha feststand, war, dass es nur eine Frage der Zeit sein konnte, bis die Mantikoren diese Höhle finden würden. Und dann säßen sie hier in der Falle. Nein, die einzig logische Alternative stellte ein Angriff auf die Stadt dar. Soweit sie es bei dem Kampf um die Drachenhaut mitbekommen hatte, war Samaras Verteidigung äußerst effektiv gewesen. Sascha hatte die Schreie von hunderten oder gar tausenden Mayatan vernommen, die an dem Luftschiff vorbei in den Tod gestürzt waren. Der Feind musste momentan also ziemlich geschwächt sein.

Nur wie sollte ein Haufen Frauen und ein paar sich in die Hosen machende Jungspunde das bewerkstelligen? Die Mayatan hatten Flügel und vor der Stadt gab es nirgends Deckung. Ja, wenn sie unbemerkt durch die Mauer schlüpfen könnten, sähe die Sache wieder anders aus. Zum einen kannten die Menschen hier die Straßen und Gassen, und zum anderen wären die Mayatan gezwungen, am Boden zu kämpfen, was eindeutig nicht zu ihren Stärken gehörte, wie Sascha aus eigener Erfahrung wusste.

Die ganze Planung war jedoch sinnlos, solange diese eingebildete Alamaan hier das Sagen hatte. Aber warum sollte sie überhaupt ihr eigenes Leben aufs Spiel setzen? Für diesen heruntergekommenen Haufen Fremder?

Nein, dafür nicht. Aber für die Rache. Sie wollte jedem gottverdammten Mayatan in dieser Stadt die Kehle herausreißen! Dafür, dass sie Finn und den anderen das Leben genommen hatten, würden sie bezahlen. Sascha musste endlich aufhören, sich etwas vorzumachen. Die Flucht in die Einsamkeit würde ihr nichts bringen, das hatte die alte Reen eher erkannt, als sie selbst. Sie konnte weder vor ihrem Gewissen davonlaufen, noch vor dem, was nun zu einem Teil von ihr geworden war.

Finn und die anderen Savanten waren zu ihrer Familie geworden. Seit ihre Mutter gestorben war, hatte sie sich nirgends so zu Hause gefühlt, wie in der Gesellschaft dieser seltsamen Truppe. Und das war auch der Grund, warum sie sich gegen Tra'Mek gewandt hatte.

Es hatte nicht den geringsten Sinn, sich weiter selbst zu belügen. Sie war ein Teil der Savanten geworden und nun lebte vermutlich kein einziger von ihnen mehr. Und da Vergebung nicht zu ihren Stärken gehörte, würde sie wie ein Engel des

Todes über die Mayatan herfallen und nicht eher damit aufhören, bis sie ihre Rache bekam oder bei dem Versuch starb. Beides akzeptable Lösungen.

Heute Nacht würde sie also hier verschwinden. Es war ein Fehler gewesen, hierher zu kommen. Hier konnte ihr niemand helfen.

Nachdem sie diesen Entschluss gefasst hatte, fühlte sie sich so entspannt, wie lange nicht mehr. Endlich war ihr klar, wohin sie im Leben gehörte. Oder eben im Tod.

Die Höhle vor ihrem armseligen Verschlag wachte langsam auf. Sie konnte von ihrem Platz aus wunderbar die gegenüberliegende Seite beobachten. Die Menschen strömten den Hauptweg hinauf und hinunter und gingen ihren Beschäftigungen nach.

Sascha hätte nicht geglaubt, dass es derart viele waren, die hier Zuflucht suchten. Sie schätzte ihre Zahl auf mehrere Tausend. Die Luft war erfüllt von unzähligen Stimmen und dem Gelächter von Kindern. So saß sie da und beobachtete, bis schließlich gegen Mittag Nuri vor der Zelle auftauchte.

»Ich hab dir was zu Essen mitgebracht«, stammelte sie unsicher und hielt ihr eine Schüssel mit einer schleimigen Brühe durch das Gitter.

»Danke«, antwortete Sascha knapp und nahm ihr die seltsam riechende Suppe aus der Hand.

Zum Glück brauchte sie keine normale Nahrung mehr, aber sie wollte dem Mädchen die Freude nicht verderben. Unauffällig stellte sie das Gefäß zur Seite.

»Wie geht es Reen?«

»Oh, sie kümmert sich wie immer um die Kranken. Sie will mit dir reden, sobald sie Zeit hat. Es tut ihr leid, dass sie dich in diese Lage gebracht hat, soll ich dir ausrichten.«

»Sag ihr, sie soll sich um mich keine Sorgen machen. Das klärt sich schon alles«, beruhigte sie das Mädchen. Sascha konnte ihr ansehen, dass das Kind sich ebenfalls Vorwürfe machte, dass sie hier eingekerkert war.

Nuri wollte offenbar noch etwas anderes sagen, aber mit einem Seitenblick auf eine der Wachfrauen ließ sie es bleiben. Kluges Kind.

»Und was ist *deine* Aufgabe hier?«, fragte Sascha mit einem Nicken in Richtung Höhle, nachdem sie sich einen Moment angeschwiegen hatten.

»Ich sammle Gorlabeeren«, erwiderte das Mädchen stolz. »Wir Kinder sollen jeden Tag so viele sammeln, wie es geht, damit wir im Winter nicht hungern müssen. Ich muss jetzt auch los, sonst schaff ich nicht, meinen Korb vollzumachen, und ich bekomm heut Abend nur eine halbe Schüssel Suppe. Ich besuch dich morgen wieder, ja?«

Sascha lächelte und nickte stumm. Und schon sauste das Kind den Weg hinunter.

»Leb wohl«, flüsterte sie dem Mädchen leise hinterher.

Der restliche Tag zog sich endlos dahin. Da sie nicht wusste, wie spät es war, versuchte Sascha am Verhalten der Yangri abzulesen, ob es schon Nacht wurde. Mit einem Mal nahm das blaue Leuchten in der Höhle ab. Als sie sich an das Holzgitter drückte und nach oben spähte, erkannte sie wieder den Alten auf dem Gerüst. Offenbar entzog er der Leuchtsteinader die magische Energie, damit es in der Höhle dunkler wurde. Ein dumpfer Gongschlag folgte und Sascha beobachtete, wie sich das Verhalten der Menschen änderte. Die Vorbereitungen auf die Nacht begannen.

Sie nahm sich vor, sich noch zwei Stunden zu gedulden und dann von hier abzuhauen. Am Nachmittag waren die Wachfrauen von zwei männlichen Jugendlichen abgelöst worden. An den Atemgeräuschen hörte sie, dass einer der beiden bereits schlief und der andere kurz davor war, einzunicken.

Auch der Platz unten am Höhleneingang begann sich nach und nach zu leeren. Nur noch vereinzelt kamen Kinder mit Körben voller gelber Beeren zurück.

Langsam bereitete sich Sascha auf ihren Ausbruch vor. Sie

kauerte an der Rückwand ihrer Zelle und spielte alle Schritte im Gedanken durch. Sie wollte niemanden töten, wenn es sich vermeiden ließ.

Mit einem Mal hallte das Kreischen von Frauen durch die Höhle. Sascha eilte zum Gitterwerk und spähte nach unten. Aus dem Gang, der nach draußen führte, kamen Kinder auf den Platz gerannt und warfen die Beerenkörbe auf den Boden. Die Wachen vom Tor traten rücklings in die Höhle, ihre Speere abwehrend zum Ausgang gerichtet. Einen Augenblick später wurden sie von einigen Mantikoren regelrecht überrannt, die unaufhaltsam auf den Platz stürmten.

Der Gong begann Alarm zu schlagen und die beiden jungen Kerle vor der Zelle waren plötzlich hellwach. Völlig verängstigt beobachteten sie das Geschehen, das sich unten abspielte.

»Macht, dass ihr da runter kommt!«, blaffte Sascha sie an.

Als ob sie einen Befehl von ihrem Vorgesetzten bekommen hätten, nahmen sie die Beine in die Hand und stürmten den Spiralweg hinunter. Vermutlich rannten sie ihrem Tod entgegen, dachte Sascha, aber sie würden sowieso sterben, wenn niemand diese Mistviecher aufhielt.

»Manticora!«, brüllte irgendwo eine Frau in Todesangst.

»Das ist mein Stichwort«, murmelte Sascha, nahm so viel Anlauf, wie ihr Verschlag hergab, und rannte mit voller Wucht gegen das lieblos gezimmerte Holzgitter. Es gab ohne weiteres nach. Sie flog in hohem Bogen über den Weg hinweg und knallte unsanft eine Windung tiefer auf den Pfad.

»Ein Wunder, dass das vermaledeite Gitter nicht von selbst herausgefallen ist!«, schimpfte sie und stemmte sich stöhnend auf die Beine.

Schnell verschaffte sie sich einen Überblick: Sie zählte vier der Bestien auf dem Platz. Eine weitere stürmte den Weg herauf und machte sich einen Spaß daraus, flüchtende Yangri in den Rücken zu stechen oder in die Tiefe zu schleudern.

»Ich borg mir den mal kurz«, rief sie einer nach oben fliehenden Wachfrau zu und entriss ihr den Speer. Dann stürmte Sascha in einem unglaublichen Tempo den Spiralpfad hinunter.

Als sie sich eine Windung über dem Mantikor befand, sprang sie über den Rand. Ehe die Bestie wusste, wie ihr geschah, bohrte sich der unfachmännisch angespitzte Stock tief in ihren Hals. Mit einem gurgelnden Geräusch brach sie in vollem Lauf zusammen. Leider stürzte die Kreatur so ungünstig, dass der Speer zerbrach.

»Na Klasse«, beschwerte sich Sascha. »Ich brauch unbedingt meine Schwerter!«

Unten auf dem Platz erkannte sie Teliin, die die beiden Klingen von Sascha gar nicht mal so ungeschickt dazu benutzte, die Regentin gegen einen der Mantikoren zu verteidigen. Einige Meter entfernt kauerte Reen völlig ungeschützt an der Wand. Wenn eines dieser Viecher auf sie aufmerksam werden würde, wäre es aus mit ihr.

Bis zum Platz waren es noch zwei komplette Windungen. So lange würde die Alte nicht mehr überleben, denn schon schlich einer dieser Schwanzwedler auf sie zu. Ohne nachzudenken, sprang Sascha in die Tiefe und versuchte, wie eine Katze während des Fallens, ihre Flugrichtung noch geringfügig zu beeinflussen. Punktgenau knallte sie in den Mantikor und schlug ohne zu zögern ihre Reißzähne in seine Flanke. Sein Blut hatte einen bitteren Geschmack, trotzdem saugte sie ihm mit gierigen Zügen sein Leben aus.

In Panik wälzte sich das Wesen über den Boden, aber die Blutgier hatte bei Sascha das Kommando übernommen. Wie ein Klammeraffe hielt sie den Körper der Bestie umschlungen. Sie spürte kaum, wie die Klauen des Mantikor über ihren Rücken kratzten und ihr Lederweste und Fleisch aufrissen. Immer träger wurde seine Abwehr, bis er schließlich reglos liegen blieb.

Jetzt erst löste Sascha ihren Griff und zog die langen Eckzähne aus dem toten Fleisch. Eine unbändige Kraft durchströmte aufs Neue ihren Körper. Nur mit Mühe konnte sie sich davon abhalten, über die alte Reen herzufallen, die mit weit aufgerissenen Augen den Kampf beobachtet hatte.

»Wo ist Nuri?«, fragte Sascha die Alte, als sie ihre Beherrschung halbwegs wiedergefunden hatte.

»Sie ... sie ist noch nicht aus dem Wald zurückgekommen«, stammelte sie.

Nicht gut. Dort draußen schlichen zweifellos noch weitere Mantikoren herum. Aber zunächst musste sie Teliin helfen, die auf verlorenem Posten stand, da nun zwei Gegner auf sie eindrangen und hinter ihr die Regentin hysterisch schrie. Welch eine erhabene Monarchin!

Schnell half sie Reen auf die Beine und brachte sie zu einer nahegelegenen Kammer. Als sie die Tür öffnete, starrten sie viele angsterfüllte Augen an.

»Bleib mit den anderen hier drin, egal was ihr draußen hört«, wies Sascha die Alte an. »Und seht zu, dass ihr die Tür verbarrikadiert!«

Mit diesen Worten drehte sie sich um und einen enormen Satz später landete sie auch schon bei den beiden Mantikoren, die Teliin bedrängten. Sie packte den ersten am peitschenden Schwanz und schleuderte ihn wie eine Puppe gegen die Seitenwand der Höhle. Laut drang das Brechen seiner Knochen an ihre Ohren. Der zweite ließ überrascht von der blonden Kämpferin ab, um sich frontal auf die neue Bedrohung zu stürzen.

»Fang auf!«, rief Teliin und warf Sascha eines ihrer Schwerter zu. Und keine Sekunde zu früh. Sie musste die Klinge nur noch hochhalten und sie bohrte sich in das aufgerissene Maul der Bestie.

Nachdem sie ihr Schwert aus dem zuckenden Kadaver gezogen hatte, verriet ihr ein Blick in die Runde, dass die Situation hier erst einmal unter Kontrolle zu sein schien. Ungefähr drei Dutzend nicht ganz so unfähige Wachfrauen hatten sich auf dem Platz versammelt und zusammen den vierten Mantikor zur Strecke gebracht.

»Nimm die anderen mit und postiert euch am Eingang der Höhle!«, befahl Sascha in einem Ton, der keine Widerworte zuließ.

»Aber was ist mit der Regentin?«, fragte Teliin zweifelnd.

»Ich kümmer mich um sie. Entscheidenter ist, dass keines dieser Mistviecher mehr in die Höhle gelangt.«

Die Kriegerin nickte verstehend, brüllte Befehle in die Runde und stürmte mit den anderen Frauen in den Tunnel Richtung Ausgang. Möglicherweise waren doch nicht alle hier unfähig. Sie hatte einmal mitbekommen, wie Finn sie hinter ihrem Rücken Kampfamazone genannt hatte. Auf den kleinen Haufen Frauen um Teliin passte diese Beschreibung auch sehr gut.

Mit einem Mal war es sehr still in der weiten Höhle. Die einfache Bevölkerung hatte sich in ihren Behausungen verkrochen und die Kämpferinnen waren mit Teliin nach draußen verschwunden.

Sascha nahm einem toten Jungen, der nicht viel älter als Emma sein konnte, den krummen Speer aus den blutigen Händen. Langsam schlenderte sie damit auf die Regentin zu, die zwar nicht mehr schrie, aber immer noch mit angstverzerrtem Gesicht in einer Ecke kauerte und sie beobachtete.

»Was willst du von mir?«, keifte Alamaan die grinsende Sascha an. »Wenn du mich tötest, werden sie dich niederstrecken! Diese Höhle hat viele Augen. Denk nicht, dass wir unbeobachtet sind!«

»Oh, ich werd dich nicht töten. Ein Monster kratzt doch dem anderen kein Auge aus. Oder so ähnlich.«

Von der gegenüberliegenden Wand war ein jaulendes Keuchen zu hören. Mit ihren Vampirsinnen hatte Sascha schon längst bemerkt, dass der Mantikor, den sie gegen die Wand geschleudert hatte, noch nicht tot war. Offenbar hatte er sich zwei Beine gebrochen und sein Kiefer hing unnatürlich schräg im menschenähnlichen Gesicht.

Langsam kroch er mit Hilfe der unverletzten Extremitäten und unter Einsatz seines Peitschenschwanzes in ihre Richtung. Sascha warf der Regentin den Speer vor die Füße.

»Sein Vorbesitzer hat sein Leben bei der Verteidigung des deinen gelassen. Erweise ihm Ehre und zeige, dass er nicht für eine eingebildete, hochnäsige und arrogante Schnepfe gestorben ist.«

»Wie kannst du es wagen, so …«, begann Alamaan zu wüten, aber Sascha sprang mit einem Satz auf den Spiralweg über ihr und rannte Richtung Ausgang. Die erneut panisch schreiende Regentin ignorierte sie voll und ganz. Ihre Gedanken galten im Moment nur der kleinen Nuri, die irgendwo im Wald sein musste und hoffentlich noch lebte.

Das Blut des Mantikors hatte ihre Kraftreserven wieder aufgefüllt. Sie stürmte mit übermenschlicher Geschwindigkeit durch den Gang und sprang mit einem gewaltigen Satz über die Köpfe von Teliin und den anderen Wachfrauen, die sich am Eingang der Höhle postiert und bereits zwei weitere Mantikoren niedergestreckt hatten.

Ohne auf die überraschten Ausrufe zu achten, rannte Sascha in den Wald hinein. Zu ihrem Glück war die Sonne bereits hinter dem Horizont versunken, aber in ihrem Wahn hätte sie vermutlich nicht einmal das aufgehalten. Sie lauschte auf jedes Geräusch.

Nach einigen hundert Metern hörte sie links einen Mantikor durch das Gebüsch schleichen. Sie änderte die Richtung und ohne stehenzubleiben, hinterließ sie eine weitere Leiche.

Einen kurzen Sprint später sprangen ihr zwei der Bestien in den Weg. Ohne zu zögern, stürzte sie sich brüllend in den Kampf. Sie wurde zweimal gestochen und eines der Viecher hatte sich in ihren Arm verbissen, aber schließlich lagen auch diese beiden tot am Boden. Sie stärkte sich an ihrem bitteren Blut und während sich ihre Wunden in einem irrsinnigen Tempo zu schließen begannen, machte sie sich bereits wieder auf die Suche.

Plötzlich vernahm sie in einiger Entfernung das Schreien eines Kindes. Wie ein Pfeil schoss sie durch das Unterholz. Völlig überraschend tauchte eine Felswand auf, gegen die sie beinahe in vollem Lauf gerannt wäre. Einige Meter entfernt angelte ein besonders großer Mantikor mit seinem langen Schwanz in einer schmalen Felsspalte, aus der eindeutig Nuris Schreie zu hören waren.

»Hey, du hässliches Mistvieh!«, brüllte sie laut. »Wie wäre es, wenn du dich mit jemanden in deiner Größe anlegst!«

Der Mantikor hob überrascht den Kopf. Er verengte die Augen zu Schlitzen und keifte etwas in seiner zischenden Sprache. Dann stürmte er auf Sascha zu. Ihre beiden Körper kollidierten regelrecht in der Luft und der Stachel des Wesens durchbohrte ihren Oberschenkel.

Mit dem Schwert erwischte sie das Vieh am Bauch, aber mit einem Tritt seines Hinterlaufs zerfleischte er ihre rechte Hand und ihre Klinge segelte in die Büsche. Der Mantikor gab ein triumphierendes Brüllen von sich, aber er hatte nur erreicht, dass Sascha jetzt richtig wütend war.

Mit beiden Händen griff sie in das Maul der Bestie, völlig ignorierend, dass die nadelspitzen Zähne sich in ihr Fleisch gruben. Mit einem kräftigen Ruck riss sie ihm regelrecht den Unterkiefer aus dem Gesicht. Dann schlang sie ihre Beine um den Körper des röchelnden Wesens und bog seinen stacheligen Kopf so weit nach hinten, bis ein lautes Knacken ertönte. Erst dann befreite sie sich mit einem Tritt von dem zuckenden Kadaver.

Auf allen vieren kroch sie Richtung Felsspalte. Ihre Verwundungen begannen zwar bereits zu verheilen, aber es waren nicht nur ein paar Kratzer, so dass es wohl etwas dauern würde.

»Nuri?!«, brüllte sie laut.

Einige Sekunden geschah nichts und Sascha fühlte in ihrem Inneren, wie die wiedergefundene Menschlichkeit zu zerbrechen drohte. Doch dann tauchte das verweinte Gesicht der

Kleinen auf und als sie Sascha erblickte, erstrahlte ein Lächeln so hell wie die Sonne auf dem Antlitz des Mädchens.

»Sascha!«, rief sie voller Erleichterung und sprang ihr in die Arme. Als sie sich von ihr löste, fiel ihr besorgter Blick auf die vielen Wunden. »Du bist verletzt!«

»Nur ein paar Kratzer«, erwiderte Sascha stöhnend. »Alles halb so wild. Warum warst du nicht bei Sonnenuntergang in der Höhle?«

»Mein Korb war noch nicht voll. Und ich musste mir doch unbedingt die ganze Ration verdienen, damit ich dir wieder etwas abgeben konnte.«

Sascha fehlten die Worte. Sie drückte Nuri eine ganze Weile liebevoll an sich. Dann stemmte sie sich stöhnend auf die Beine.

»Komm, Nuri, lass uns zurückgehen. Reen macht sich bestimmt schon Sorgen.«

Als sie sich umdrehte, blickte sie in die dunklen Augen von drei Mantikoren, die sich in ihrem Rücken auf die Lichtung geschlichen hatten und sie finster anstarrten. Sie war so mit dem Kind beschäftigt gewesen, dass sie nicht auf die Umgebung geachtet hatte.

Reflexartig griff sie an ihre Hüfte, aber ihr Schwert lag irgendwo in den Büschen.

»Nuri, geh langsam zurück zur Felsspalte. Und komm nicht raus, egal was du hörst.«

Gerade als Nuri widersprechen wollte, drang das Rauschen mächtiger Schwingen an Saschas Ohren, und noch bevor sie den Blick heben konnte, verwandelten sich die drei Mantikoren in lodernde Fackeln. Wie wild wälzten sie sich am Boden, doch sie wurden schnell von ihrem Leiden erlöst, als der weiße Drache mit den Hinterläufen auf ihnen landete. Den dritten packte er mit seinen gewaltigen Kiefern und schleuderte ihn in den Wald.

Sascha nahm Nuri schützend hinter sich. Dem Drachen war

zweifellos zuzutrauen, dass er sich als Nächstes auf sie stürzen würde. Aber dann fiel ihr Blick auf den Rücken des Wesens.

»Das soll doch wohl ein Scherz sein!«, rief sie laut und ihr herzhaftes Lachen erfüllte die Nacht.

Die Stimme der Drachen

Ken umklammerte mit seiner rechten Hand krampfhaft den Strick der baumelnden Steigleiter, während er mit der linken versuchte, sich an Finns Stab nach oben zu ziehen. Doch jedes mal, wenn er sein Gewicht auf den Holzstab verlagerte, drohte sein Kumpel von der Reling zu stürzen. Sein muskulöser Körper war einfach zu schwer für den untrainierten Finn.

Lange würde er sich nicht mehr halten können. Die Reste vom Luftschiff schlingerten hin und her. Ken wurde wie auf einem Rodeogaul herumgeschleudert. Die zunehmende Kälte ließ seine Finger langsam steif werden. Die Schmerzen waren kaum noch auszuhalten.

Plötzlich spürte er ein Ziehen am Rücken und ein Gefühl der vollkommenen Schwerelosigkeit befiel ihn. Einen Augenblick glaubte Ken, seine Sinne würden ihm einen Streich spielen. Er gab einen überraschten Schrei von sich und ließ Seil und Stab los, um mit wild fuchtelnden Armen irgendwie die Kontrolle über den Schwebezustand zu bekommen. Doch ohne Erfolg.

Als sein panischer Blick auf Finn fiel, der die ausgestreckte Hand mit gespreizten Fingern in seine Richtung streckte, wurde ihm klar, dass er im magischen Griff seines Freundes hing. Langsam schwebte Ken auf Finn zu. Fast konnte er schon seine Fingerspitzen berühren!

In diesem Moment traf ihn etwas dermaßen hart an der Seite, dass er Sterne sah und schmerzhaft aufschrie. Als er den ersten Schock überwunden hatte, registrierte er plötzlich, dass das schwebende Gefühl verschwunden war und sein

Schmerzensschrei verwandelte sich in ein panisches Kreischen, während er in die Leere stürzte.

Ken trudelte wild durch die Luft. Erde und Himmel wechselten sich in seinem Blickfeld ab. Die Schwerkraft zog ihn erbarmungslos in die Tiefe, während der Wind mit ihm spielte. Die Lunge brannte ihm vom Schreien und da er kaum noch Luft in ihr hatte, gab er das Brüllen schließlich auf.

Das blaue Band des Flusses wurde unter ihm breiter und breiter. Seine letzten Sekunden nahten. Die Gedanken in seinem Kopf überschlugen sich derart, dass ihm beinahe die geistige Gegenwart des Drachen entgangen wäre, die wie ein treibendes Blatt im chaotischen Sturm seines panischen Verstandes tanzte. Als er ihn endlich bemerkte, konzentrierte Ken sich auf die ihm vertraut gewordene Präsenz. Sofort konnte er die Worte des Wesens wie eine innere Stimme hören, die doch nicht die seine war.

Ich fang dich auf. Mach dich bereit.

Auffangen? Wie zur Hölle sollte er sich darauf vorbereiten?

Bevor er sich noch weitere Gedanken machen konnte, kollidierte er mit etwas Gewaltigem, das von oben auf ihn zuschoss, und er verlor das Bewusstsein.

Das Erste, was Ken zu seiner Freude spürte, als er langsam wieder zur Besinnung kam, war fester Boden. Er hörte das ferne Rauschen von Wasser und als er die Augen aufschlug, blickte er in das wettergegerbte Gesicht eines grauhaarigen Mannes, der ihn freundlich anlächelte.

Haare und Bart waren lang gewachsen und zu vielen kleinen Zöpfen geflochten. Die stahlblauen Augen strahlten Güte und eine tiefe Ruhe aus und auf seiner gebräunten Stirn prangte ein rundes Mal. Es war keine Tätowierung oder dergleichen, vielmehr machte es den Eindruck, als ob die Sonne noch nie auf diese Stelle geschienen hatte und die Haut deshalb so hell wie bei einem Neugeborenen war.

»Guten Abend, mein Freund«, begrüßte ihn der Alte in einer seltsam gurgelnden Sprache.

Dank Kens magischer Begabung verstand er diese nicht nur sofort, er konnte auch in gleicher Weise antworten:

»Gleichfalls«, stöhnte er. »Was ist passiert? Mir brummt der Schädel.«

Erstaunen trat auf das Gesicht des Mannes und sein Lächeln wurde noch einmal deutlich breiter. Als er erneut das Wort ergriff, benutzte er die Sprache der Yangri, die der Redeweise der Hyva sehr ähnelte.

»Nach so vielen Jahren! Die Götter haben mein Flehen endlich erhört!«

»Das freut mich für dich, Kumpel«, erwiderte Ken, »aber kannst du mir mal auf die Sprünge helfen? Das letzte, woran ich mich erinnere, ist, dass ich Richtung Boden stürzte und die Besinnung verlor.«

Der Mann schüttelte den Kopf.

»Ich kann dir nur sagen, dass der weiße Drache, den wir gestern bereits kurz in der Ferne erspäht hatten, vor ein paar Stunden zu uns kam und dich in seinen Klauen hielt. Er hat dich hier am See abgelegt, dann ist er wieder davongeflogen.«

Ken stemmte sich stöhnend in eine sitzende Position.

»Und wer ist *wir*, wenn ich fragen darf?«

»Nun, Cawagana und meine Wenigkeit, Okori.«

Damit drehte er sich etwas zur Seite und gab den Blick auf einen großen Drachen frei. Das Wesen lag zusammengerollt am Ufer eines kleinen Bergsees und schien zu schlafen. Seine Haut strahlte im Grün junger Birkenblätter, wobei sie auch in anderen Farben schimmerte, sobald Ken den Blickwinkel leicht änderte. Ein typischer Effekt der Drachenhaut, wie er mittlerweile wusste. Der Hals war kürzer, als bei dem weißen Drachen, und sein Kopf wirkte gedrungener. Auch war der Stachelkamm auf seinem Rücken weniger ausgeprägt.

»Du hast einen Drachen gezähmt?!«, rief Ken erstaunt.

»Gezähmt? Nein. Drachen kann man nicht zähmen. Genausogut könntest du versuchen, das Licht der Sonne mit den Händen einzufangen. Wir sind Gefährten mit einem gemeinsamen Ziel. Nicht mehr und nicht weniger.«

Kens faszinierter Blick blieb an einer Art Sattel hängen, der in Höhe der angelegten Schwingen zwischen den kurzen Rückenstacheln befestigt war.

»*Reitest* du auf ihm?«

»Natürlich reite ich auf *ihr*. Aber deine Fragen verwirren mich. Als Drachenstimme solltest du derartige Dinge wissen.«

Jetzt war Ken vollends durcheinander.

»Drachenstimme?«

Okori legte die Stirn in Falten.

»Ich habe dich vorhin in der alten Sprache der Tschumunga begrüßt. Hast du sie jemals zuvor vernommen?«

»Nein. Aber das ist eben mein Ding. Ich hör ein paar Worte einer fremden Sprache und schon kann ich sie verstehen und sprechen. Hat was mit Magie zu tun, denk ich.«

Der Alte fuhr sich mit den Händen durch die geflochtenen Haare.

»Dein *Ding*? Willst du mir weismachen, du hast die Gabe der Stimme, fliegst mit einem Drachen, aber kennst die Bedeutung der *Drachenstimme* nicht?«

»Nun mal langsam, Meister! Ich flieg den Drachen nicht. Ich bin schon froh, dass er mich nicht zerfleischt! Und diese *Gabe der Stimme*, wie du sie nennst, hab ich erst, seit ich in dieser Welt angekommen bin.«

Okori starrte ihn fassungslos an. Das Lächeln war aus seinem Gesicht gewichen.

»Soll das heißen, du kommst aus der Welt hinter dem Schleier?«

»Ja, so nennt ihr unsere Welt wohl. Ich bin hier unfreiwillig zusammen mit einigen Freunden gestrandet. Dann haben uns die Hyva aufgelesen. Sie hielten den weißen Drachen auf ihrem Luftschiff gefangen und ich habe ihn befreit, um ihn von seinen Qualen zu erlösen. Na ja, eigentlich wollte ich ihn töten, aber das ist irgendwie schief gelaufen. Und bevor wir uns versahen, befanden wir uns auf der Flucht vor den Hyva. Wir waren schon fast wieder zu Hause, als dieser bescheuerte Vampir aufgetaucht ist, der uns alle kaltmachen wollte. Der Drache hat ihn aber eingeäschert und uns seine Hilfe bei der Suche nach den Yangri angeboten. Aber als wir hier ankamen, haben uns diese fliegenden Mistviecher überrascht. Unser Luftschiff ist abgestürzt und mich hat, wie es scheint, der weiße Drache gerettet. Ich glaub, außer mir hat niemand überlebt.«

Nachdem Ken den letzten Satz laut ausgesprochen hatte, wurde ihm schlagartig seine Bedeutung bewusst. Er war nach seinem Erwachen so mit Okori beschäftigt gewesen, dass er noch keinen Gedanken an die anderen verschwendet hatte. Aber jetzt verschaffte sich die traurige Gewissheit Raum in seinem Geist und Tränen trübten ihm den Blick.

Okori bekam davon nichts mit. Er war aufgestanden und stapfte nachdenklich im Kreis herum. Dabei strich er über seinen geflochtenen Bart, als ob er ihn melken wollte.

»Das ergibt keinen Sinn!«, platzte es schließlich aus ihm heraus. »Wenn du nicht die Drachenstimme von Rapolan bist, warum ist dann der Drache bei dir? Aber du hast das Mal nicht, also scheint deine Geschichte zu stimmen. Alles sehr mysteriös. Du sagtest, er hat euch seine *Hilfe* angeboten?«

Ken wischte sich die Tränen aus den Augen. Solange er nicht wusste, wer dieser Typ mit dem grünen Drachen genau war, wollte er ihm gegenüber keine Schwäche zeigen.

»Ja. Im Gegenzug sollten wir ihm helfen, seine Mutter zu töten. Kannst du dir das vorstellen?«

Okori blieb so abrupt stehen, als wäre er gegen eine Wand gelaufen. Er starrte Ken mit ungläubigen Augen an, bevor er sich dem Drachen zuwandte. Offenbar führten sie eine stumme Unterhaltung, denn plötzlich hob Cawagana den Kopf und fixierte Ken mit einem feurigen Blick, der bis in seine Seele vordrang.

Okori stürmte auf Ken zu und zog ihn auf die Füße.

»Was kannst du mir über die Drachen in Rapolan sagen? Gibt es viele von ihnen? Wie verhalten sie sich?«

In Ken stieg langsam die Wut hoch. Er hasste es, wenn er auf dem Schlauch stand. Und im Moment verstand er nur Bahnhof.

»Wie soll'n sie sich schon verhalten! Sie morden und verwüsten! Und was ich so mitbekommen hab, gibt es fast täglich Angriffe.«

»Wenn die Hyva genauso schwach sind wie die Yangri, dann dürfte es in Rapolan eigentlich kaum Drachen geben!« Plötzlich schien Okori eine Eingebung zu haben. »Spuckt der weiße Drache Feuer?«

»Er hat keine Funkenzähne mehr, wenn du darauf hinaus willst. Er hat sie bei seiner Gefangennahme verloren, wie man uns erzählt hat.«

Okori nickte erst verstehend, dann schüttelte er traurig den Kopf.

»Die Welt steht am Abgrund«, murmelte er mehr zu sich selbst. »Die Mayatan erheben sich und gleich zwei Mütter können ihre Aufgabe nicht erfüllen.«

Ken platzte der Kragen.

»Würdest du bitte aufhören, in Rätseln zu sprechen!? Ich habe eben erst alle Menschen verloren, die mir im Leben etwas bedeutet haben. Und beinahe wäre ich selbst draufgegangen. Dann wach ich hier auf, bei einem alten Knacker und seinem Schoßdrachen, und werd mit sinnlosen Fragen gelöchert, die ich nicht verstehe! Also entweder sagst du mir jetzt in klaren, verständlichen Sätzen, wer zur Hölle du eigentlich bist und was diese ganze Fragerei soll, oder ich verschwinde hier auf der Stelle!«

Überraschenderweise fand Okori sein Lächeln wieder.

»Verzeih mir! Du musst sehr wenig über diese Welt und ihre Geschichte wissen, wenn du aus der Welt hinter dem Schleier kommst. Ich werde dir all deine Fragen beantworten, das verspreche ich, aber es wird bereits dunkel und du hast sicher Hunger. Wir machen ein Feuer und dann erkläre ich dir alles, selbst wenn es die ganze Nacht dauern sollte.«

Ken war so aufgebracht, dass er die Antworten am liebsten sofort haben wollte, aber sein Magen legte sein Veto ein und so klappte er den Mund wieder zu und nickte stumm.

»Wie lautet eigentlich dein Name?«, fragte Okori, während sie zum See schlenderten.

»Kenneth Parker. Aber nenn mich Ken. So haben mich meine Freunde immer genannt.«

Eine halbe Stunde später saßen die beiden Männer an einem fröhlich knisternden Feuer, über dem saftige Fleischbrocken an einigen Spießen brutzelten. Sie verströmten einen so appetitlichen Duft, dass Kens Magen laut zu knurren begann und ihm das Wasser im Mund zusammenlief. Lächelnd reichte Okori ihm einen der Spieße und atmete dann tief durch.

»Was ich dir jetzt erzählen werde, wissen heutzutage nur noch wenige Menschen, auch wenn ihrer aller Schicksal davon abhängt. Ich vertrau dir mein Wissen nur an, weil ich hoffe, dass du mir helfen kannst, die Dinge hier in Tarop wieder ins Lot zu bringen. Vielleicht sogar auf der ganzen Welt.

Also, wo fange ich an? Am besten ganz am Anfang«, entschied er lächelnd. »Als sich vor unzähligen Jahrtausenden intelligentes Leben in der Welt zu regen begann, wurden die Götter ihrer gewahr. Fortan versuchten sie, die Geschöpfe dieser Weltensphäre auf die eine oder andere Weise zu beeinflussen. Nun schau nicht so ungläubig! Du wolltest schließlich die Wahrheit wissen. Omra und Belor sind so real wie du und ich. Und genau wie du aus der Welt hinter dem Schleier kommst, haben die Götter ihre eigene Sphäre, von der aus sie auf ihre Art nach der Herrschaft über alles Leben trachten. Dabei versuchen sie sich ständig zu übertrumpfen, denn wie alle Wesen mit Macht, ist ihr einziges Bestreben, noch mehr davon zu erlangen.

Tagtäglich versuchen sie, die Seelen der fühlenden Geschöpfe für ihre Zwecke zu manipulieren. Ab und an erlangen sie indirekt Gewalt über besonders mächtige Individuen, die dann im Glauben ihre eigenen ambitionierten Ziele zu verfolgen, die Welt ins Chaos stürzen. Obwohl es eigentlich die Götter sind, die die Gier in ihren Herzen schüren oder den Machthunger in ihren Verstand pflanzen. Du hast sicher von Tra'Mek und Sulur gehört. Sie waren die letzten großen Spielbälle von Omra und Belor, und sie haben es fast geschafft, die Menschheit in den Untergang zu führen.

Doch es gibt auch in *dieser* Welt eine große Macht, die sich gegen die Einmischungen der Götter zur Wehr setzt. Sie findet sich in allem, das man in irgendeiner Art und Weise lebendig nennen kann. Sie ist der Atem und der Herzschlag der Welt. Der Anfang und das Ende und doch ein endloser Kreis. *Gaia.*

Die Drachen sind ihr Geschenk an diese Welt. Nun, eigentlich die Drachen*mütter*. Es gibt immer nur drei zur selben Zeit. Eine hier in Tarop, eine in Rapolan und eine in Fareen. Sie sind die einzigen weiblichen Drachen.«

Ken hatte den Fleischspieß in seiner Hand völlig vergessen. Mit offenem Mund hatte er die Geschichte von Okori verfolgt. Sie war eigentlich kaum zu glauben, aber in den letzten Monaten hatten sich so viele unglaubliche Dinge als wahr herausgestellt, warum sollte es in diesem Fall anders sein? Ken beschloss, sich erst einmal darauf einzulassen.

»Aber hast du nicht vorhin angedeutet, dass Cawagana weiblich ist?«

Okori grinste breit.

»Gut aufgepasst, Ken! Aber hab noch einen Augenblick Geduld, dazu komme ich noch. Wo war ich? Ach ja, die drei Drachenmütter und ihre Aufgabe in dieser Welt.

Wenn der Einfluss der Götter nicht wäre, gäbe es auch keine Gier und keinen Machthunger. Alles befände sich im Gleichgewicht. Und für dieses Gleichgewicht kämpfen die Drachen. Droht es zu kippen, legen die Drachenmütter viele

Eier und vermehren sich so in kürzester Zeit. Auf diese Weise sorgen sie dafür, dass die Welt wieder ins Lot kommt, auch wenn das bedeutet, dass sie die Unschuldigen genauso treffen, wie die Schuldigen. Für Gaia zählt nur das Wohl der gesamten Welt, auch wenn das für dich und mich kaltherzig klingt.

Sicher hast du auch vom Volk der Kysari gehört, aus dem die Yangri und Hyva hervorgegangen sind. Die Kysari waren bis zum heutigen Tag die größte Bedrohung für das Gleichgewicht. Sie hatten Maß und Ziel verloren und trachteten nach der Kontrolle über alles Leben. Selbst die Drachen hielten sie mit ihrem tiefgründigen Wissen über die Magie in Schach. Doch schließlich fielen die Kysari dem Zwist zwischen Sulur und Tra'Mek zum Opfer, oder besser gesagt, dem von Omra und Belor.

Nach dem Untergang der Kysari war die Aufgabe der Drachen erfüllt und sie töteten sich gegenseitig, bis nur noch einzelne übrig blieben. Jedenfalls hier in Tarop. Eine Zeit der Ausgeglichenheit begann, die bis vor wenigen Jahrzehnten Bestand hatte. Und damit kommen wir zu meiner eigenen Geschichte und zur Antwort auf deine Frage.

Jede Drachenmutter wählt eine Stimme in Form eines magiebegabten Wesens, die ihr Wort zu den Völkern dieser Welt trägt. Die Drachenstimme kann mit den Drachen kommunizieren und sie ist in der Lage, mit jedem fühlenden Geschöpf auf der Welt zu reden. Du verstehst nun sicher, warum ich dich für Meinesgleichen hielt, denn ich bin die Stimme der Drachen auf diesem Kontinent.«

Ken zeigte mit dem Fleischspieß auf den Drachen.

»Heißt das, Cawagana ist die Drachenmutter von Tarop?«

»Sie sollte es eigentlich sein, ja. Drachen sind magische Geschöpfe und sie werden sehr alt. Mehrere hundert Jahre, manchmal sogar tausend. Wenn das Ende der Drachenmutter naht, ist bei den Eiern, die sie legt, irgendwann auch einmal eines dabei, aus dem ein weiblicher Drache schlüpft. Das ist dann der Moment, in dem die alte Drachenmutter den Mutterstein an ihre Nachfolgerin weitergibt und stirbt.«

»Was ist denn ein *Mutterstein*?«, fragte Ken kauend. Endlich hatte er den Spieß in seiner Hand wahrgenommen.

»*Der* Mutterstein. Jede Drachenmutter trägt ihn in ihrem Inneren. Er befähigt sie dazu, Eier zu legen und ihren gesamten Nachwuchs aus der Ferne zu kontrollieren. Ist ihre Zeit gekommen und ein weiblicher Nachkomme wurde geboren, würgt sie den Stein hervor und übergibt ihn im Beisein der neuen Drachenstimme an ihre Nachfolgerin. Dann stirbt die alte Mutter, und mit ihr die bisherige Stimme der Drachen.«

Ken versuchte mit in Falten gelegter Stirn alles auf die Reihe zu bekommen.

»Also bist du die Drachenstimme von Cawagana?«

Okori seufzte traurig.

»Nein. Ich bin die Stimme ihrer Mutter.«

»Jetzt versteh ich gar nichts mehr. Wenn Cawagana die Drachenmutter von Tarop ist und du die Stimme ihrer Mutter, müsstest dann du nicht genauso tot sein, wie Cawaganas Mutter? Und wo ist dann Cawaganas Drachenstimme?«

Der alte Mann schleuderte wütend den Stock ins Feuer, mit dem er die ganze Zeit in der Glut herumgestochert hatte.

»Genau da liegt das Problem! Als Cawagana geboren wurde, schickte mich ihre Mutter auf die Suche nach der neuen Drachenstimme. Viele Jahre flog ich mit meinem treuen Drachen Ulamor durch Tarop, doch ich konnte keinen Menschen finden, der die Gabe der Stimme besaß. Als ich schon fast verzweifeln wollte, begegnete ich in den südlichen Wäldern einem jungen Mayatan. Er sah anders aus, als seine Artgenossen. Auf seiner dunklen Haut gab es keine Muster und ihm fehlten die roten Kopffedern. Als ich versuchte, mit ihm in der Sprache der Mayatan zu kommunizieren, wäre ich vor Überraschung fast vom Drachen gefallen, da er mir in der Redeweise der Yangri antwortete. Ich hatte die neue Drachenstimme gefunden und es war kein Mensch!

Im Nachhinein wurde mir klar, wie engstirnig meine Sichtweise war. Natürlich ging es Gaia nicht nur um die Menschen. Weshalb sollte sie also nur menschliche Drachenstimmen auswählen. So nahm ich den von seinem Volk verstoßenen Mayatan auf und bildete ihn viele Jahre aus, bis Cawagana, zu dessen Stimme er werden sollte, ins geschlechtsreife Alter kam und es Zeit wurde, den Mutterstein weiterzugeben. So machten wir uns zur Drachenmutter auf, um das Ritual abzuschließen.«

»Du warst bereit, einfach so zu sterben?«

Okori lächelte ihn milde an.

»Glaube mir, mein Junge, wenn du über achthundert Jahre gelebt hast, fürchtest du den Tod nicht mehr.«

»*Achthundert Jahre*?«, stieß Ken hustend hervor. Er hatte sich vor Überraschung an einem Stück Fleisch verschluckt.

»Ich sagte doch, die Drachenstimme ist an die Drachenmutter gebunden. Im Leben, wie auch im Tod. Jedenfalls war ich bereit, zu sterben. Das Ritual begann und die alte Mutter würgte den Mutterstein hervor. Bevor ihn aber Cawagana verschlucken durfte, musste die neue Drachenstimme den Stein mit seiner Stirn berühren und so das Mal empfangen. Doch der Mayatan verriet uns alle! Er schnappte sich den Stein und flog davon.«

»Wie konntest du auch einem dieser geflügelten Mistviecher vertrauen!«, rief Ken aufgebracht. Er hatte sich geschworen, jeden Mayatan zu töten, der ihm über den Weg lief. Sie würden bezahlen für den Tod seiner Freunde!

»Ich habe ihn fünfzehn Jahre ausgebildet und jeden einzelnen Tag mit ihm verbracht!«, verteidigte sich Okori. »Nie gab es irgendein Anzeichen für seine niederträchtigen Pläne. Er war wie ein Sohn für mich.«

»Und warum haben die Drachen ihn nicht zur Strecke gebracht, als er mit dem Stein abhauen wollte?«

Okori seufzte erneut.

»Der Mutterstein kontrolliert die Drachen. In dem Moment,

in dem Krotrok ihn an sich gebracht hatte, besaß er die Macht über alle Drachen auf Tarop.«

»*Krotrok?!*« Ken war fassungslos. »Der Mayatan, den du aufgenommen hast, war Krotrok? *Der* Krotrok, der gerade dabei ist, diese Welt zu erobern?«

»Genau der«, knurrte Okori. »Als er den Mutterstein hatte, hetzte er sofort alle Drachen in der Umgebung auf uns. Selbst mein treuer Ulamor wandte sich gegen mich. Über die beiden weiblichen Drachen hatte der Mutterstein jedoch keine Macht und so gelang es Cawagana und der alten Mutter, die angreifenden Drachen zu besiegen. Doch da war Krotrok bereits über alle Berge.«

»Und warum hat dieser Mistkerl dann nicht ein Heer von Drachen an seiner Seite, das für ihn kämpft?«, wollte Ken wissen.

»Nun«, begann Okori und zog aus dem Gebäck neben dem Feuer eine silbrig schimmernde Lanze hervor, »da die Kysari lange besiegt waren, gab es nicht mehr viele Drachen in Tarop. Die alte Drachenmutter hatte im Kampf einen Flügel verloren und mein Ulamor war tot. So blieben nur Cawagana und ich. Wir haben die letzten Jahrzehnte damit verbracht, jeden Drachen auf diesem Kontinent zu jagen und zur Strecke zu bringen, so dass Krotrok sie nicht für seine finsteren Pläne missbrauchen konnte.«

Eine ganze Zeit war nur das Knistern des Feuers zu hören. Okori starrte voller Abscheu auf die Lanze, in der sich im Schein der Flammen sein verzerrtes Gesicht widerspiegelte.

»Wenn du willst, helfe ich dir nur allzu gern, Krotrok ein Ende zu bereiten. Er ist für den Tod meiner Freunde und all der Frauen und Männer auf der Drachenhaut verantwortlich! Ich werde ihn töten! Und wenn es mein eigenes Leben kostet!«

Okori lächelte traurig.

»Das freut mich zu hören. Noch wichtiger als die Rache ist aber, dass wir den Mutterstein zurückbekommen. Wenn es eine Drachenmutter gäbe, die Eier legen könnte, wären die Mayatan längst Geschichte, das kannst du mir glauben.«

»Aber warum greifen die Drachen in Rapolan und Fareen nicht ein?«

»Diese Frage solltest du deinem Drachenfreund stellen. Schließlich stammt er aus Rapolan und will seine Mutter töten. Ich denke, nachdem du jetzt die Geschichte der Drachen kennst, verstehst du meine Überraschung, als ich davon erfuhr.«

Eine Zeitlang starrten sie in die Flammen, jeder mit seinen eigenen Gedanken beschäftigt.

»Lagerst du deshalb hier in der Nähe der Stadt?«, fragte Ken schließlich. »Weil du den Mutterstein von Krotrok zurückholen willst?«

Okori nickte mit zusammengepressten Lippen.

»Er war lange Zeit verschwunden, nachdem er gemerkt hatte, dass es keine Drachen mehr gab, die er für seine dunklen Pläne missbrauchen konnte. Dann, vor ein paar Jahren, kam er mit einem Mayatanheer und einiger dieser Manticora zurück. Offenbar hatte er sich zum Herrscher über sein eigenes Volk aufgeschwungen. Er überrannte die Hauptstadt der Yangri und ließ sich dort nieder. Seither beobachte ich ihn.«

Du *beobachtest* ihn nur?«, fragte Ken verwundert.

»Was denkst du denn, was ein einzelner Drache und ein alter Mann gegen ein ganzes Heer ausrichten könnten? Wenn wir versagen, ist es für immer aus mit den Drachen in Tarop! Und Krotrok kann tausend Jahre lang diese Welt knechten, da ihm der Mutterstein fast ewiges Leben verleiht. Nein, wir mussten auf eine günstige Gelegenheit warten. Und es scheint so, als würde sie nun durch eure Ankunft endlich gekommen sein!

Vor einigen Tagen ist die Hälfte der Mayatan auf Schiffen davongesegelt, die die Yangri für sie bauen mussten. Fast hätte ich zugeschlagen, als plötzlich euer Luftschiff auftauchte und noch einmal die Hälfte der verbliebenen Mayatan zu Belor geschickt hat. Verstehst du, was das bedeutet? Es sind nur noch ein Viertel der Gegner in der Stadt übrig und wir haben *zwei* Drachen. Wenn das keine gute Gelegenheit ist, weiß ich auch nicht!«, rief Okori euphorisch.

»Wenn man vom Teufel spricht«, murmelte Ken und schaute in den Nachthimmel hinauf.

»Von *wem*?«, fragte Okori verdutzt.

Ken spürte die sich nähernde Präsenz des weißen Drachen. Kurz darauf landete das imposante Geschöpf auf der Lichtung und trieb mit seinen Flügelschlägen unzählige Funken aus der sterbenden Glut des Feuers über den kleinen Bergsee.

»Wo bist du gewesen?«, rief Ken ihm zu. Er wusste, dass er seine Worte nicht laut zu formulieren brauchte, aber so kam er sich nicht noch schizophrener vor, als er sich sowieso schon fühlte. Schließlich hörte er die Stimme des Drachen direkt in seinem Kopf.

Ich habe die Stadt beobachtet. Die Mayatan haben Gefangene genommen.

Ken sprang auf die Füße.

»Heißt das, es gibt Überlebende? Hast du Riku oder Emma gesehen?«

Ich musste sehr hoch fliegen, damit sie mich nicht bemerkt haben. Ich konnte keine Gesichter erkennen.

Ken klammerte sich an den Strohhalm, auch wenn er noch so dünn war.

»Okori! Hast du das gehört?«, rief er aufgeregt.

Der alte Mann lächelte ihn an.

»Ganz ruhig, Ken. Ich kann nur die Stimmen der Drachen von Tarop hören. Dieser hier stammt aus Rapolan. Was hat er zu berichten?«

Wie ein aufgescheuchtes Huhn lief Ken ziellos hin und her.

»Es gibt Überlebende! Vielleicht sind sogar einige meiner Freunde unter ihnen. Sie wurden gefangen genommen. Okori, wir müssen sofort in die Stadt und sie befreien!«

»Langsam, langsam, mein Junge! Hast du mir nicht

zugehört? Die Gelegenheit ist günstig, ja, aber wenn wir scheitern, ist alles verloren. Wir müssen einen kühlen Kopf bewahren!«

»Aber meine Freunde–!«, begann Ken.

»Werden auch in ein paar Tagen noch leben. Krotrok macht sich nicht die Mühe, sie gefangen zu nehmen, wenn er sie auf der Stelle umbringen wollte. Wir müssen uns vorbereiten!«

»Was denn vorbereiten? Wir haben zwei Drachen. Schlagen wir los!«, entgegnete Ken gereizt.

»Kannst du denn deinen Drachen reiten?«

»Nun, äh, nein«, stammelte Ken.

»Und kann er Feuer spucken?«

Ken antwortete nicht. Okori trat an seine Seite und legte ihm die Hand auf die Schulter.

»Mach dir keine Sorgen, mein Junge. Schon in wenigen Tagen werden wir wie der Zorn der Götter über diese Stadt hereinbrechen, aber zuerst müssen wir einen alten Freund von mir besuchen. Zunächst brauchen wir aber ein paar Stunden Schlaf. Und ein Seil.«

»Wozu denn ein Seil?«

Zugegeben, Ken hätte seinen ersten Flug auf dem Rücken eines Drachen mehr genossen, wenn er nicht wie ein Stück Fracht zwischen den langen Rückenstacheln festgebunden gewesen wäre. Aber auch so fühlte es sich einfach atemberaubend an. Die Sonne stieg hinter dem Horizont empor und ließ die Berge unter ihnen glühen. Das frische Blau eines wolkenlosen Herbsthimmels spannte sich über ihren Köpfen.

Ein Stück vor ihnen flog Okori auf Cawagana. Die morgendliche Thermik schien gut zu sein und so segelten die Drachen mit weit ausgebreiteten Schwingen dahin. Nur von Zeit zu Zeit gewannen die beiden mit einigen kräftigen Flügelschlägen wieder etwas an Höhe. In diesen Momenten verspürte Ken eine tief empfundene Dankbarkeit, mit dem Seil an den Rückendornen festgebunden zu sein.

Okori hatte ihm den Tipp gegeben, den Drachen nur vorsichtig nach Informationen über die Drachenmutter von Rapolan zu fragen. Da das Wesen bisher nichts weiter zu seinen Plänen verraten hatte, vermutete der alte Mann, dass es ein heikles Thema sein könnte. So hatte Ken dem Drachen zunächst die Geschichte von Okori und Cawagana erzählt und das Wesen hatte ihr kommentarlos gelauscht. Nachdem sie eine geraume Zeit stumm durch die Lüfte geglitten waren, wagte Ken einen vorsichtigen Vorstoß, um mehr über den weißen Drachen herauszufinden.

»Wie lautet eigentlich dein Name?«, rief er gegen den Flugwind an. Ken spürte eine Art Schnaufen in seinem Geist.

Du redest viel, Ken Parker. Wenn du dich schon mitteilen musst, nutze wenigstens die Gabe der Stimme dazu. Du brauchst deine Worte nicht laut auszusprechen. Ich kann deine Gedanken hören, wenn du es zulässt.

»Das ist mir schon klar. Aber so komm ich mir nicht ganz so verrückt vor. Also, wie lautet dein Name? Ich will nicht ständig ›Weißer Drache‹ sagen müssen. Das ist doch irgendwie blöd.«

Ken spürte ein Kribbeln in seinem Geist, dass nur so eine Art Drachenlachen sein konnte.

Drachen haben keine Namen. Wozu auch.

»Aber Okoris Drache hat doch einen«, stellte Ken verwirrt fest.

Ich nehme an, dass er ihr einen gegeben hat. Menschliche Eigenheiten, wie ich vermute.

Nun war es an Ken, zu schmunzeln. Sehr viel hatte er bisher noch nicht mit dem Drachen geredet. Beim Flug über den Atlantik war er meist weit vor dem Luftschiff geflogen und als sie endlich Land erreicht hatten, war er sofort zur Jagd aufgebrochen. Wie der Drache ihm bestätigt hatte, war er dabei auch Okori und Cawagana begegnet. Doch als er zurück zur Drachenhaut kam, um von seiner Sichtung zu berichten, war diese bereits abgestürzt und er konnte gerade noch Kens Leben retten.

»Dann kann ich dir auch einen geben?«, fragte Ken vorsichtig.

Wenn es wichtig für dich ist. Mir ist es gleich.

»Es würde auf jeden Fall vieles erleichtern.«

Na dann, tu dir keinen Zwang an.

Ken fühlte sich etwas überrumpelt. Schließlich hatte man nicht allzuoft die Gelegenheit, einem Drachen einen Namen zu geben. Eine Zeitlang zogen sie schweigend über die bewaldeten Berge dahin, während er fieberhaft nachdachte. Schließlich hatte er sich entschieden.

»Ich werde dich Bror nennen.«

So sei es.

Er hatte erwartet, dass der Drachen ihn nach der Bedeutung fragen würde, aber es schien ihm tatsächlich egal zu sein.

»Also, Bror, verrätst du mir, warum du mir immer noch helfen willst? Das Luftschiff ist zerstört. Wir besitzen jetzt nicht mehr die Mittel, deine Mutter zu töten.«

Euer fliegendes Schiff spielt dabei keine Rolle. Damit wärt ihr nicht einmal in die Nähe meiner Mutter gekommen. Wenn ein Frontalangriff die Lösung wäre, hätte ich es längst selbst versucht. Nein, nur wer unbemerkt zu ihr vordringen kann und über große magische Kräfte verfügt, hat eine Chance. Du und deine Freunde – die Savanten, wie du sie nennst – könnten es bewerkstelligen.

»Glaubst du denn, dass sie noch am Leben sind?«, erwiderte Ken hoffnungsvoll. »Emma und Riku sind von hunderten Mayatan umringt mit der Drachenhaut abgestürzt. Und Finn ist wahrscheinlich mit diesem vermaledeiten Ballon bis in den Weltraum geflogen.«

Hab Vertrauen. Mit Magie ist alles möglich.

Das unerschütterliche Zutrauen des Drachen in die Macht der Magie ließ Ken selbst etwas Hoffnung schöpfen. Er nahm sich vor, so lange an die Unversehrtheit seiner Freunde zu glauben, bis ihn die Realität eines Besseren belehren würde.

»Wie ist deine Mutter so? Ist sie wie Cawagana?«

Bror schwieg. Ken wollte schon das heikle Thema wechseln, als der Drache doch noch antwortete:

Früher einmal, lange bevor ich aus dem Ei geschlüpft bin, muss sie ihr wohl ähnlich gewesen sein. Doch das ist viele hundert Winter her. Als ich aus meiner Schale kroch, spürte ich das Flüstern von Gaia, doch meine Mutter hat ihr zorniges Herz vor der Stimme der Natur verschlossen. Ihr Hass auf die Menschen hat sie taub gemacht. Den Schmerz, den sie durch einen von euch erfahren hat, wirft sie tausendfach auf euer Volk zurück. Und als ich wuchs und meine Funkenzähne hervorkamen, übertrug sich dieser Hass auch auf mich. Als Sklave ihres Willens mordete ich Zahllose deiner Art, obwohl sie keinerlei Bedrohung für die Harmonie der Welt darstellten.

»Und dann hat eine Drachenlanze deine Funkenzähne zerstört und du warst von ihrem Willen befreit!«

Du kannst dir nicht vorstellen, wie verwirrend das für mich war. Die Stimme verstummte, die seit vielen hundert Jahren meinen Verstand lenkte. Ich wusste nicht mehr, wie man eigene Entscheidungen traf. Und die Verwundung brannte in meinem Rachen. Ich kann nicht sagen, wie viele Menschen ich im Wahn von Schmerz und Orientierungslosigkeit zerfetzt habe, doch schließlich rangen sie mich nieder. So landete ich in diesem hölzernen Ungetüm und musste fortan Qualen leiden. Doch in den Momenten der Stille vernahm ich wieder das Flüstern von Gaia in meiner Seele. Ich erkannte, welchen falschen Weg meine Mutter eingeschlagen hatte und dass ich diesen Wahnsinn beenden musste. Es wurde Zeit, dass die Saat, die ich vor vielen Jahren gesät hatte, endlich aufging. Doch die Hyva verdammten mich zu ewigem Leid und ich konnte mich nicht mitteilen, obwohl ich die Lösung für all ihre Probleme hätte sein können. Das Schicksal trieb ein zynisches Spiel mit mir, bis du die Bühne betreten hast.

»Hat dir deine Mutter erzählt, was für ein Leid ihr von den Menschen angetan wurde und aus welchem Grund?«

Ich habe nie mit meiner Mutter gesprochen, aber ihr Antlitz war vom Leid gezeichnet.

»Was? Du hast nie ein Wort mit deiner eigenen Mutter gewechselt?«, erwiderte Ken verdutzt.

Ihr Wille war stets in meinem Geist. Worte gab es keine.

»Und die anderen Drachen? Hat dir niemals einer von ihnen die Geschichte erzählt?

Du verstehst nicht. Wir können nicht miteinander kommunizieren. Du bist das erste Wesen, dem ich mich auf diese Weise mitteilen kann.

Nur gut, dass Ken festgebunden war, sonst wäre er mit Sicherheit vor Überraschung vom Drachen gefallen.

»Du hast vorher noch *nie* mit irgendjemandem geredet!? Woher weißt du dann überhaupt, wie es geht?«

Jedenfalls war ihm jetzt klar, warum diese Geschöpfe keine Namen brauchten.

Woher weißt du denn, wie man mit Drachen spricht? Durch Magie natürlich!

»Oh Mann, das muss hart für deine Art sein. Nie mit jemanden reden zu können.«

Wieder spürte Ken das Kräuseln eines Lachens in seinem Geist.

Kannst du fliegen?

»Natürlich nicht.«

Fehlt es dir?

»Blöde Frage. Wie soll es mir fehlen, wenn ich es nie gekonnt habe?«

Ebenso geht es den Drachen mit der Konversation.

Okori und Cawagana, die einige hundert Meter vor ihnen dahinglitten, gingen in einen leichten Sinkflug über und Bror folgte dem Manöver. Sie flogen auf eine höhere Bergkette zu, deren Gipfel nur spärlich bewachsen waren. Die Drachen hatten ein ordentliches Tempo vorgelegt. Mittlerweile mussten sie einige hundert Kilometer von der Stadt entfernt sein.

»Was ist eigentlich mit der Drachenstimme von Rapolan? Müsste es dort nicht auch eine Art Okori geben?«

Ehrlich gesagt, wusste ich nichts von der Drachenstimme, bis du mir Okoris Geschichte erzählt hast. Ich nehme an, die Stimme gehörte deiner

Art an und meine Mutter hat sie bereits vor langer Zeit getötet. Sie wird nicht eher ruhen, bis sie eure ganze Art ausgemerzt hat. Jemand muss sie aufhalten.

Ken erinnerte sich daran, wie er den Drachen damals aus dem Luftschiff befreit hatte. Er saß deswegen im Gefängnis der Hyva und von Zeit zu Zeit spürte er Brors Gegenwart, der in der Nähe von Kysann geblieben war. Nur mit Mühe hatte er ihn damals davon abhalten können, in die Stadt einzufallen. Der Drache wollte ihn unbedingt aus dem Kerker befreien.

»Warum bist du nicht einfach abgehauen, als ich dich befreit hatte? Du hättest im Alleingang etwas gegen deine Mutter unternehmen können. Stattdessen hängst du mit uns Savanten herum.«

Wie schon gesagt, ein frontaler Angriff hätte keinen Sinn. Sie ist alt und mächtig. Und der Stärkste meiner Art liegt bei ihr.

»Liegt bei ihr? Ohhh!«

Natürlich. Irgendwo mussten die Nachkommen ja herkommen. Und wie überall in der Natur gehörten immer zwei dazu.

»Dann hilfst du mir deswegen? Du brauchst die Savanten, damit sie sich ins Drachennest schleichen und irgendwie diesen Superdrachen und deine Mutter töten?«

Vor allem deshalb, ja. Aber auch wegen den Mayatan. Sie bedrohen die Harmonie der Welt. Wenn es eine Chance gibt, bei der Befreiung deiner Freunde Krotrok zu töten, dann sollten wir Gaia diesen Dienst erweisen.

»Na, ich hoffe, dein Optimismus bewahrheitet sich und sie leben alle noch.«

Falls dem nicht so ist, müssen wir einen neuen Plan schmieden. Bis dahin vertraue ich auf Gaia.

Sie landeten am Fuß eines zerklüfteten Bergkamms, dessen schmale Gipfel sich wie die Schneide einer schartigen Axt aneinanderreihten. Seine grauen Flanken strebten fast senkrecht in den Himmel, so dass sie der Vegetation keinen Halt boten.

Okori griff sich die Lanze und winkte Ken auffordernd zu, der Mühe hatte, sich von seinen Sicherungsseilen zu befreien. Die Drachen ließen sie am Ufer eines gurgelnden Flusses zurück. Sie folgten dem Lauf des Gewässers ein Stück, bis sie zu einem steingefassten Kanal kamen, der Richtung Berg abzweigte. Zwar zeigten die Böschungssteine starke Verwitterungsspuren, aber Ken konnte erkennen, dass sie nicht natürlichen Ursprungs waren. Von Zeit zu Zeit hob sich auch die helle Färbung eines frisch eingesetzten Steins von den restlichen ab.

»Warum haust dein Freund mitten in der Wildnis?«, maulte Ken, nachdem ihm ein von Okori zur Seite gebogener Ast schmerzhaft im Gesicht getroffen hatte.

»Sag so etwas bloß nicht in seiner Gegenwart!«, ermahnte ihn Okori. »Er wohnt hier, weil es sein Zuhause ist und schon immer war. Am besten überlässt du mir das Reden. Er hat nicht so gern Besuch.«

Sie kraxelten weiter durchs Dickicht, bis die Flanke des Berges wie eine Mauer vor ihnen aufragte. Der Kanal verschwand in einem hohen Tor im Felsen, zu dessen beiden Seiten gewaltige Statuen Wache hielten. Sie stellten grimmig blickende Männer in Rüstung dar, deren buschige Bärte vor der breiten Brust hingen. Die kurzen, aber muskulösen Arme ruhten auf den Stielen gewaltiger Hämmer, die vor ihnen auf dem Boden standen.

Die Öffnung im Berg war breit genug, dass zu beiden Seiten des Kanals ausladende, mit flachen Platten gepflasterte Wege ins Innere führen konnten. Sie folgten dem Wasser und traten in den Schatten der Höhle. Ken äugte verstohlen zu den Gesichtern der Statuen hinauf, deren strenge Blicke den Neuankömmlingen zu folgen schienen.

»Wozu brauchen wir überhaupt seine Hilfe? Kannst *du* mir nicht einen Sattel bauen?«

»Der Sattel ist nicht das Problem. Dass dein Drache wieder Feuer spucken kann, das ist entscheidend. Und diese Aufgabe übersteigt meine Möglichkeiten bei weitem.«

»Bror.«

»Wie bitte?«, fragte Okori irritiert.

»Der weiße Drachen. Ich habe ihm den Namen Bror gegeben.«

Der alte Mann grinste. »Sehr schön. Ein Kampfgefährte sollte einen Namen haben. Wie soll man sich sonst seiner erinnern, wenn er gefallen ist.«

»Sehr ermutigend«, erwiderte Ken sarkastisch.

Der Weg führte stetig bergab und das Tageslicht ließ nach. Ken fing an sich Sorgen zu machen, wie sie ohne Licht weitergehen sollten, als es langsam wieder heller wurde. Es kam ihm so vor, als ob sie auf den Ausgang eines Tunnels zugingen, denn es handelte sich zweifellos um Sonnenlicht, das sich vor ihnen ausbreitete. Das dröhnende Rauschen von tief fallendem Wasser drang an seine Ohren.

Nach einigen hundert Schritten öffnete sich der Raum nach allen Seiten zu einer gigantischen Kammer, für die das Wort ›Höhle‹ so unpassend war, wie die Bezeichnung ›Pfütze‹ für den weiten Ozean. Ken schätzte, dass es viele Stunden dauern würde, um einmal um diesen unfassbar großen Hohlraum herumzuwandern.

Alles erstrahlte im Licht der Sonne, deren gebündelte Strahlen zu Öffnungen in der Höhlendecke eindrangen und von riesigen Spiegeln gestreut wurden. So kräftig, wie die Lichtbündel erstrahlten, musste es draußen am Berg irgendwelche optischen Vorrichtungen geben, die das Licht der Sonne fokussierten, vermutete Ken.

Das Wasser des Kanals, der ihren Weg begleitet hatte, stürzte auf ein großes Wasserrad und versetzte es in Rotation. Die Drehung wurde auf einen breiten Riemen übertragen, der in einer Öffnung im Felsen verschwand. Nach getaner Arbeit ergoss sich das Wasser schließlich in einen See, der einige

Dutzend Meter unter ihnen lag und sich beinahe über die gesamte Höhle erstreckte.

An den steinernen Pfad schloss sich eine ausladende Holzbrücke an, die schnurgerade Richtung Zentrum verlief und sich in der Weite verlor. In der Mitte des gigantischen Hohlraums stützte eine monumentale, natürliche Felssäule die Höhlendecke ab, an deren Fuß sich ringförmig Gebäude verteilten, die aus der Ferne wie Spielzeughäuser wirkten. Aufgrund der zentralen Säule erinnerte ihn die Form der Höhle ein wenig an einen Donut, die es immer zu besonderen Anlässen im Waisenhaus gegeben hatte.

»Welches Volk lebt hier?«, entfuhr es Ken staunend.

»Kein Volk. Nur Enrathros, der Schmied.« Und damit machten sie sich auf, die Brücke zu überqueren.

Stunden später erreichten sie endlich die Insel mit der monumentalen Säule, die sich wie ein Berg vor ihnen erhob. Ken hatte die Zeit genutzt, um Okori zu berichten, was ihm Bror auf dem Flug erzählt hatte.

»So etwas Ähnliches hatte ich befürchtet.« Der Alte strich sich grübelnd über den Bart. »Das bedeutet, dass wir im Kampf gegen Krotrok nicht mit der Drachenmutter auf Rapolan rechnen können. Durch ihren Hass hat sie die Verbindung zu Gaia verloren. Jetzt müssen wir uns auf uns selbst verlassen, Ken. Komm! Wir dürfen keine Zeit verlieren.«

Ken wandte sich noch einmal um. Er konnte die Stelle nicht mehr ausmachen, von wo aus sie losgelaufen waren. Die Außenwände der Höhle erschienen ihm wie eine ferne Küste, an der in regelmäßigen Abständen kleine Sonnen in ihre Richtung strahlten. Ken wusste, dass es sich dabei um die Spiegel handelte, die er beim Eintritt gesehen hatte. Finn wäre begeistert gewesen.

Er richtete seinen Blick wieder nach vorne und betrachtete die dunklen Gemäuer, die sich vor ihnen erhoben. Wie Spielzeug sahen sie nicht mehr aus, eher wie riesige Mausoleen, die alles Lebendige aussperrten.

Dennoch musste dies einmal ein Ort des Lebens gewesen sein, überlegte Ken beim Gehen, denn die Häuser hatten Fenster- und Türöffnungen, auch wenn alles fehlte, was irgendwie verrotten konnte, wie Holz oder Eisen. Nur der Stein war unvergänglich.

Wie eine aus tausend Jahren gewobene Decke hatte Stille über allem gelegen, bis unerwartet das rhythmische Schlagen eines Hammers die Ruhe zerriss.

»Ah, wir haben Glück!«, freute sich Okori. »Das erspart uns langes Suchen.«

Zielstrebig ging er dem Hämmern nach, bis sie auf einen quadratischen Marktplatz einbogen, in dessen Zentrum die Statue eines weiteren grimmigen Kriegers thronte, an dem sich ein äußerst lebendiges Exemplar dieser Zunft zu schaffen machte.

Offenbar drohte dem Standbild der rechte Arm abzufallen, denn der breitschultrige Mann, der auf einem Gerüst stand und ihnen den Rücken zugewandt hatte, war damit beschäftigt, der Statue eine eiserne Manschette anzulegen.

Ken und Okori liefen über den Platz auf den in seine Arbeit vertieften Enrathros zu.

»Ich werd uns mal lieber ankündigen. Nicht, dass wir ihn noch erschrecken. Er kann äußerst gereizt reagieren, wenn man ihn auf dem falschen Fuß erwischt.« Dann rief Okori in einer kantigen Sprache voller rollender Vokale über den Platz: »Ich grüße dich, Enrathros, mein Freund!«

Der alte Mann hatte seine Begrüßung kaum beendet, als der Angesprochene mit erstaunlicher Geschwindigkeit herumwirbelte, die Arme nach vorne streckte und ihnen ein Bündel blauer Blitze entgegen sendete.

Zum Glück stellten sich die Reflexe von Okori als nicht minder schnell heraus, denn bevor sie das magische Geschoss traf, riss er den ungläubig glotzenden Ken zur Seite. Die Entladung schoss an ihnen vorbei über den Platz und schlug ein Loch in eine Häuserwand.

»Bei den nutzlosen Göttern, Okori, was denkst du dir dabei, mich derart zu erschrecken!«

Enrathros sprang behände vom Gerüst und stapfte ihnen entgegen. Als er näherkam, fiel Ken auf, dass der breitschultrige Mann ihm höchstens bis zur Brust reichte. Zumindest, wenn er nicht im Staub der Straße unter Okori gelegen hätte. Trotz der geringen Körpergröße machte dieser Enrathros einen gefährlichen Eindruck.

Ken war immer der Meinung gewesen, dass er ganz gut in Form sei, aber der kleine Kerl vor ihm schien nur aus Muskeln zu bestehen. Der graue Bart, der zu zwei wulstigen Zöpfen geflochten war, lag auf seiner breiten, unbekleideten Brust und die kurzen Arme waren dicker als Kens Oberschenkel. Um die Handgelenke trug er mehrere metallene Armreifen, die alle aus verschiedenen Materialien zu bestehen schienen und bei jedem seiner donnernden Schritte klirrten. In die weißen Haare waren unzählige hühnereigroße Steinperlen geflochten, die im Rhythmus seines zielstrebigen Ganges wippten.

Als er sie erreicht hatte, erwartete Ken, dass Enrathros sie entweder niedertrampeln oder ihnen aufhelfen würde, aber er würdigte sie keines Blickes, sondern stapfte an den beiden vorbei zu dem Loch in der Häuserwand.

»Sie dir an, was du angerichtet hast, Okori! Das wird mich wenigstens zwei Tage kosten.«

Was *Okori* angerichtet hatte? Enrathros hätte sie doch beinahe mit diesem magischen Blitz gegrillt! Ken kämpfte sich auf die Füße und war drauf und dran, dem Kerl gehörig die Meinung zu geigen, aber Okori packte ihn am Handgelenk und schüttelte den Kopf.

»Enrathros, alter Freund, es tut mir leid. Wir hätten dich nicht so überfallen dürfen«, entschuldigte sich Okori mit einer angedeuteten Verbeugung.

Der Zwerg – denn etwas anderes konnte dieser missmutige

Kerl Kens Meinung nach nicht sein – kam wieder zu ihnen zurückgestapft und funkelte sie aus meergrauen Augen an.

»Ganz recht. Kannst du mir erklären, was du an *›Und nun verschwinde und komm nie mehr zurück!‹* nicht verstanden hast?«, grummelte Enrathros und die buschigen Augenbrauen bildeten ein V auf seiner in Falten gelegten Stirn. Ken würdigte er keines Blicks.

»Es handelt sich um einen Notfall«, beschwichtigte Okori. »Ich brauch ein letztes Mal deine Hilfe, mein Freund. Das Schicksal der gesamten Welt hängt davon ab!«

»Und was kümmert *mich* die Welt? Sieh dich um!« Er streckte die Arme aus und drehte sich einmal um die eigene Achse. »*Das* ist meine Welt. Nicht mehr und nicht weniger. Ist es zuviel verlangt, mir hier meinen Frieden zu gönnen?«

Ken riss der Geduldsfaden.

»Aber sie werden dich nicht in Ruhe lassen!«, rief er aufgebracht. »Irgendwann kommen sie auch in dieses Tal und die schnüffelnden Mantikoren spüren dich in deiner Höhle auf. Dann dauert es nicht lange, bis die Mayatan hier wie die Fledermäuse kopfüber von der Decke hängen!«

Erst jetzt schien Enrathros den hochgewachsenen Schwarzen zu bemerken.

»Sieh einmal an. Noch einer mit der Gabe der Stimme. Ich hoffe, mit diesem hier hast du mehr Glück, wie mit deinem letzten Fang, Okori.« Und an Ken gewandt fügte er hinzu. »Die Mayatan sind es also dieses Mal, soso. Mein Junge, es gibt immer eine Rasse oder ein Volk, die die Welt auf irgendeine Art und Weise an den Rand des Abgrunds führt. Und bei Belors stumpfen Hörnern, ich wundere mich, dass sie noch nicht in die Tiefe gestürzt ist! Erst waren es die Mogasch, dann die Tschumunga und schließlich die Kysari. Und nun sind eben die Mayatan an der Reihe! Was ihr euch überhaupt Sorgen macht! Die Drachen werden es wie immer richten. Du bist wahrscheinlich zu jung, um es zu wissen, aber diese geflügelten Feuerspucker versagen nie, wie ich dir aus eigener Erfahrung versichern kann.«

»In diesem Fall vielleicht doch, mein Freund«, mischte sich Okori wieder ein. »Wie du sicher nicht vergessen hast, hat mein ehemaliger Schüler den Mutterstein der Drachenmutter von Tarop an sich gebracht. Und die Mutter auf Rapolan hat Gaias Weg verlassen. Du siehst also, dieses Mal könnte die Welt wirklich zugrunde gehen. Krotrok hat jedenfalls bisher ganze Arbeit geleistet.«

Die Nachricht von der Drachenmutter auf Rapolan schien Enrathros nicht völlig egal zu sein.

»Bist du dir sicher? Zwei Mütter verloren? Was ist mit Fareen?«

»Wir wissen nichts über die Drachenmutter auf Fareen. Aber auch wenn dort alles in Ordnung ist, eine Mutter wird die Welt nicht retten können.«

Enrathros Züge verloren ihren Groll und seine grauen Augen schienen einen Moment durch sie hindurch in eine längst vergangene Zeit zu blicken.

»Wie kann ich euch helfen?«, fragte er schließlich mit ruhiger Stimme. Okori lächelte dankbar.

»Mein junger Freund Ken hier hat einen Drachen aus Rapolan, der nicht unter dem Willen der Mutter steht. Er will uns helfen, hat aber seine Funkenzähne verloren. Und ein Drache, der kein Feuer spucken kann, ist wie ein Mantikor ohne Schwanz. Fällt dir da irgendwas ein?«

»Wenn es weiter nichts ist. Wo habt ihr euer Lager?«

»Nördlich des Eingangs. Am Fluss.«

»Gut. Gib mir einen Tag. Und lass deine Lanze hier. Was hast du nur angestellt? Als ich sie dir gegeben habe, hättest du dich damit rasieren können. Und jetzt schau sie dir an! Schartig und so stumpf wie der Zehennagel eines Bergtrolls.«

Okori reichte dem Zwerg lächelnd die Lanze.

»Das ist fast dreißig Jahre her, mein Freund.«

Enrathros fiel wieder in seine übliche Grummeligkeit.

»Faule Ausreden! Dreißig Jahre, was ist das schon? Ein Wimpernschlag! Nur du schaffst es, eine Waffe in so kurzer Zeit derart zu demolieren. Nun schert euch aus meiner Halle! Ihr haltet mich von der Arbeit ab.«

Okori verbeugte sich tief und nachdem er Ken einen kräftigen Stoß versetzt hatte, verneigte sich auch er. Dann machten sie sich auf den Rückweg zur Brücke.

»Wer, zum Teufel, ist dieser Kerl?!«, entfuhr es Ken, als sie außer Hörweite waren. »Hast du den Blitz gesehen, den er auf uns geschleudert hat? Ich habe nicht gedacht, dass derartige Magie möglich ist.«

»Sei froh, dass er nicht seinen Hammer benutzt hat«, erwiderte Okori lachend. »Dann wären wir nicht mehr aufgestanden.«

»Ist er ein Magier?«

»Eigentlich ist er Schmied. Zumindest war er das mal, vor unendlich langer Zeit.«

»Das versteh ich nicht.«

Der alte Mann schnaufte.

»Das glaub ich dir gern. Es ist auch nicht so einfach. Na schön, ich werd versuchen, es dir zu erklären. Wie du sicher bemerkt hast, ist Enrathros kein Mensch.«

»Ach wirklich?«, erwiderte Ken sarkastisch.

»Willst du es nun hören oder nicht?«, fuhr ihn Okori ungehalten an. Ken klappte seinen vorlauten Mund zu.

»Manche Geschichten – wenn sie es wert sind – werden von einer Drachenstimme zur nächsten überliefert. Und die von Enrathros gehört definitiv dazu. Ich kann nicht sagen, ob jedes Detail davon wahr ist, aber seine Geschichte wird bereits über viele Generationen von Stimme zu Stimme weitergegeben.

Enrathros ist der Letzte der Mogasch. Es heißt, die Mogasch waren der Grund, warum Gaia letztendlich die Drachen erschaffen hat. Sie bedrohten als erstes Volk das Gleichgewicht der Welt, lange bevor die Menschen einen Fuß in diese Sphäre setzten. Und ehe du fragst: Ja, die Kysari stammen ursprünglich alle aus deiner Welt! Jedenfalls wurden die Mogasch immer mächtiger. Da es in ihrer Natur lag, ihre Städte tief unter der Erde anzulegen, stießen sie beim Graben auf seltsame Steine und Erze. Bald schon erkannten sie ihr magisches Potenzial und sie lernten, es zu nutzen, um sich die Welt Untertan zu machen.

Sicher ist dir Enrathros Schmuck aufgefallen. Jeder Armreif und jede Perle in seinem Haar besteht aus einem anderen magischen Material. Wenn man weiß wie, speichert jede Substanz eine bestimmte Art der Magie in sich, die bei Bedarf entfesselt werden kann.«

Ken erinnerte sich an das Portal von Tra'Mek und die fünf verschiedenen Steine, die es reaktiviert hatten. Bestimmt handelte es sich dabei auch um solch besondere Materialien.

»Der Krieg mit den Drachen war entsetzlich«, fuhr Okori fort. »Die Welt brannte, die Meere kochten und der Wind brachte den Tod. Ich weiß nicht, ob es stimmt, aber es wurde überliefert, dass Enrathros die mächtigsten der magischen Artefakte für die Mogasch hergestellt hat.

Doch irgendwann muss ihm klar geworden sein, dass er die Welt mit seiner Arbeit an den Abgrund geführt hatte. Er weigerte sich, weiter magische Dinge herzustellen, und wurde deshalb von seinem eigenen Volk verbannt. Es heißt, er hätte kurz zuvor die Magie entdeckt, die einen vor dem Altern schützt. Eine große Macht, die sicher in den falschen Händen zum Untergang der Welt geführt hätte. So aber überlebte er sein eigenes Volk.

Als der Krieg endete, kehrte er zurück, doch von seinen Leuten war niemand mehr übrig. Die wenigen, die die Drachen überlebt hatten, waren von zu geringer Zahl gewesen, um die Rasse der Mogasch zu erhalten. So blieb Enrathros allein in der Stadt seiner Väter zurück und bewahrt sie seitdem vor dem endgültigen Verfall.«

»Und warum tut er das?«

Okori dachte einen Augenblick nach. »Ich glaube, er hat das

Gefühl, sein Volk im Stich gelassen zu haben. Das ist seine Buße.«

Ken ließ sich die Geschichte durch den Kopf gehen. Er hatte nie eine Familie besessen und die Erinnerungen an das Waisenhaus waren eher mit Schlägen, Tritten und vielen blauen Flecken verbunden, als mit Liebe und Geborgenheit. Aber wenn er sich vorstellte, dass er stattdessen über unzählige Jahre ganz allein hätte leben müssen, kam ihm seine Kindheit gar nicht mehr so finster vor. Und Enrathros musste schon seit Jahrtausenden so existieren, wenn er bedachte, dass die Drachenstimmen so alt wie ihre Drachenmütter wurden. Kein Wunder, dass dieser Kerl ständig schlechte Laune hatte!

»Enrathros hat vorhin die Tschumunga erwähnt. Es klang fast so, also ob diese Ich-misch-mich-da-nicht-ein-Typen auch ihre dunklen Momente hatten.«

Okori nickte. »Ja, das stimmt. Sie kamen aber zur Vernunft, bevor die Drachen sie vollends auslöschten. Die Tschumunga schworen jeglichem Machthunger ab und zogen sich von der Welt zurück. Nur wenn sie erkennen, dass ein Volk auf dem falschen Weg ist, versuchen sie es mit Argumenten auf den rechten Pfad zurückzuführen. Die Tschumunga waren es auch, die auf der Höhe ihres Machtstrebens die ersten Tore in eure Sphäre öffneten, um die Menschen in diese Welt zu verschleppen.«

»*Zu verschleppen*?«, fragte Ken verdutzt.

»Ja. Als Sklaven.«

Ken machte große Augen. Nie hätte er für möglich gehalten, dass sich in der Vergangenheit dieser friedfertigen Wesen ein so dunkles Kapitel verbarg.

Habt ihr euer Ziel erreicht?

Sie befanden sich noch ein gutes Stück vom Lagerplatz entfernt, aber Bror schien nur darauf gewartet zu haben, dass Ken wieder in Reichweite seines Geistes kam. In der Frage des Drachen schwang eine gewisse Unruhe mit. Er konnte es dem

Wesen nicht verdenken. Die Chance, nach Jahrzehnten das Drachenfeuer zurückzubekommen, musste für Bror wie ein Wunder sein.

Ken sandte nur einen beruhigenden Gedanken aus. Er wollte ihm die gute Nachricht persönlich überbringen. Nach der Machtdemonstration von Enrathros hatte er keine Zweifel daran, dass der Zwerg einen Weg finden würde.

Einige Zeit später erreichten die beiden den Landeplatz. Bror tigerte nervös im Kreis. Kaum waren sie auf die Lichtung am Fluss getreten, knurrte der Drachen Ken böse an.

Warum antwortest du mir nicht?

»Ganz ruhig, Großer! Ich hab dir doch gesagt, dass ich lieber auf normalem Weg kommuniziere. Es reicht schon, dass deine Stimme in meinem Kopf herumspukt! Da will ich wenigstens noch die eigenen Gedanken in Worte fassen. Wozu habe ich denn sonst meinen Mund? Und nun komm wieder runter. Okoris Freund wird dir helfen können. Du musst dich nur noch einen Tag gedulden.«

Bror stieß ein Schnaufen aus, dass Okori die Zöpfe um die Ohren flogen. Dann drehte er sich um und stakste auf seinen angelegten Flügeln zum Fluss. Die beiden mussten zur Seite hechten, damit sein peitschender Schwanz sie nicht ins Dickicht schleuderte.

»Es ist nicht klug, einen Drachen zu verärgern«, tadelte ihn Okori und klopfte sich den Staub von der Kleidung. »Vor allem nicht, wenn man auf ihm reiten will.«

Der alte Mann ging zu Cawagana, die sich in der Nähe des Waldes zusammengerollt hatte, und löste ein Bündel vom Sattel. Es handelte sich um einige Stücke Leder, die von einer Art Hirsch oder Reh stammen mussten.

»Wäre Drachenleder nicht besser?«, fragte Ken interessiert, während Okori begann, mit einem scharfen Messer Formen aus den Häuten zu schneiden. Der Alte warf ihm einen irritierten Blick zu.

»Möchtest du mit Menschenhaut auf dem Rücken herumrennen? Glaub mir, es wäre keine gute Idee, einen Drachen mit einem Sattel aus der Haut seiner Artgenossen satteln zu wollen. Zwar haben sie nicht gerade ein ausgeprägtes Gemeinschaftsgefühl, aber was zu viel ist, ist zu viel. Außerdem könnte ich es gar nicht verarbeiten«, fügte er lachend hinzu.

Den Rest des Nachmittags beobachtete Ken, wie Okori den Sattel und ein seltsames Geschirr anfertigte, das für den Drachen aber viel zu klein war.

»Wozu soll das denn gut sein?« Ken hielt das komplizierte Gestricke aus Lederstreifen weit von sich.

»Das, mein junger Freund, soll verhindern, dass dein Drache dich bei der ersten scharfen Wende verliert.«

Ken hatte sich schon gewundert, wozu die Riemen dienten, die in die abgewetzte Lederkleidung von Okori eingearbeitet waren. Jetzt fiel ihm auf, dass diese dem Ledergeschirr in seinen Händen sehr ähnlich sahen.

»Ich würde vorschlagen, wir passen den Sattel morgen an, wenn Bror wieder bessere Laune hat. Ich besorg uns etwas zum Abendessen. Kümmer du dich solange um ein Feuer«, wies Okori an und machte sich mit seinem Jagdbogen auf in den Wald.

Am nächsten Morgen wurde er durch einen sanften Tritt in seine Seite geweckt. Einen kurzen Moment erwartete er einen sarkastischen Kommentar von Sascha, bis er realisierte, wo er war. Erstaunlicherweise überkam ihn ein Gefühl der Enttäuschung, als er stattdessen in Okoris grinsendes Gesicht über sich blickte. Er hatte sich eigentlich immer nur mit dieser selbstverliebten Kampfamazone gestritten, aber nun vermisste er sie.

»Hoch mit dir!«, kommandierte ihn der Alte herum.

»Aber die Sonne ist noch nicht mal aufgegangen«, maulte Ken und zog sich das Fell übers Gesicht.

»Wenn sie aufgeht, will ich, dass du es vom Rücken eines Drachens siehst. Denk an deine Freunde. Sie zählen auf dich.«

Mehr musste Okori nicht sagen. Ken sprang sofort auf die Füße und während er noch an einem kalten Stück Fleisch vom Abendbrot kaute, half er dem alten Mann dabei, das Geschirr zu befestigen. Kens Hüften und Beine wurden straff von den Lederbändern umschlossen und in Höhe seines Bauchnabels sowie an den Innenseiten seiner Oberschenkel hingen kurze Schlaufen.

Seit er damals nach dem Unfall im Waisenhaus seine Sprachfähigkeiten erhalten hatte, war er nicht mehr so aufgeregt gewesen.

»Wo ist der Sattel?«, fragte er umherblickend.

»Dort wo er hingehört«, erwiderte Okori und zeigte auf Bror. Der Drache wartete am Ufer des Flusses und beobachtete Ken mit den unergründlichen Augen einer uralten Seele. Auf seinem Rücken, kurz vor den Flügeln, saß der Sattel, fachmännisch an den Rückendornen befestigt.

Bist du so weit?, hallte die Stimme des Wesens in Kens Geist. Irgendwie hatte Ken das Gefühl, dass die Frage nicht nur auf seinen ersten richtigen Ritt auf einem Drachen abzielte.

»Wir werden sehen«, antwortete er schulterzuckend.

Unschlüssig stand er vor der Flanke von Bror und überlegte, wie er dieses Mal mit etwas mehr Würde aufsteigen konnte. Das letzte Mal musste ihn Okori nach oben schieben, bevor er ihn wie ein Stück Fracht an eine der Rückenstacheln gebunden hatte.

Ich bin nicht aus Glas. Kletter einfach hoch!, forderte Bror ihn auf.

Ken fasste sich ein Herz und setzte seinen Fuß auf eine der armdicken Sehnen, die sich unter der schimmernden Haut des Drachen spannten. So erreichte er die Schulter, wo der riesige Flügel ansetzte. Jetzt konnte er mit seiner rechten Hand eine der Rückenstacheln ergreifen und sich in den Sattel ziehen.

Na also. Es geht doch.

Ken wollte nicht schon wieder mit Bror aneinandergeraten und sparte sich einen sarkastischen Kommentar. Er saß erstaunlich weich in dem mit Lederstreifen gefüllten Sattel.

Zwischen seinen Beinen und an den Seiten des Sitzes schimmerten silberne Ringe, die wie gebogene Mayatanschwingen geformt waren.

»Die hatte ich eigentlich für Krotrok anfertigen lassen. Als ich noch nicht wusste, was er für ein hinterhältiger Mistkerl ist«, erklärte Okori, nachdem ihm Kens fragender Blick aufgefallen war. »Zieh die Schlaufen durch die Ringe und mach einen Knoten, so wie ich es dir gestern gezeigt habe.«

»So?«

»Keine Ahnung. Ich kann es von hier unten nicht sehen. Spätestens, wenn du Richtung Erde stürzt, wirst du wissen, dass die Knoten nicht fest genug waren«, erwiderte Okori grinsend und trat einige Schritte zurück.

»Wie meinst du–«, wollte Ken gerade Fragen, doch in diesem Moment stieß sich Bror mit einem mächtigen Flügelschlag vom Boden ab und stieg in die Lüfte.

Das letzte Mal war er an einem der Rückenstacheln festgezurrt gewesen. Nun saß er frei auf dem Sattel und sein ganzer Halt bestand aus drei Lederriemen, die an dünne Silberringe geknotet waren. Es fühlte sich atemberaubend an. In seinem Magen kribbelte es bei jedem Schwung der Flügel und bereits nach wenigen Schlägen schrumpfte Okori zu einem winzigen Punkt am Boden zusammen.

»Das ist fantastisch!«, jubelte Ken.

Wir haben doch noch gar nicht angefangen.

»Was meinst du–?« Bror legte die Flügel an und Kens Frage verwandelte sich in einen grellen Schrei, als der Drache wie ein tonnenschwerer Falke Richtung Boden schoss. Kurz vor den Wipfeln der Bäume breitete er seine Schwingen wieder aus und fing den Sturzflug gerade noch ab.

»Mach das bloß nicht noch–!« Aber erneut endete Kens Satz in einem panischen Schrei, als der Drache vom Steigflug in einen Looping überging. Am oberen Scheitelpunkt rollte Bror herum und flog wieder gemächlich dahin.

Was wolltest du sagen? Benutze doch einfach deine Gabe der Stimme, dann kannst du gleichzeitig reden und schreien.

Ken umklammerte den Rückenstachel vor sich wie eine Geliebte. Erstaunlicherweise musste er laut lachen. Ob nun wegen dem treffenden Witz von Bror oder dem Hochgefühl der grenzenlosen Freiheit, das ihm der Flug bereitete, konnte er selbst nicht genau sagen.

»Das war der absolute Wahnsinn! Los Bror, zeig mir, was du kannst!«

Als Bror mit ihm am Abend auf der Lichtung am Fluss landete, war Ken so fix und fertig, dass er von der Flanke des Drachen abrutschte und in den Schlamm am Flussufer fiel. Völlig verdreckt kämpfte er sich lachend auf die Füße und torkelte Okori entgegen. Er hatte den ganzen Tag nichts gegessen. Nur einmal waren sie kurz gelandet, um an einem Gebirgsbach einige Schlucke Wasser zu trinken.

»Das war der beste Tag meines Lebens, Okori! Diese Freiheit. Diese *absolute* Freiheit!«

»Mir musst du das nicht sagen«, erwiderte der Alte lachend. »Aber komm erstmal ans Feuer und wärm dich auf. Du bist bestimmt hungrig.«

Während des Essens plapperte Ken wie ein Wasserfall und beschrieb jedes Flugmanöver in allen Einzelheiten. Okori lauschte stumm und ließ sich nur selten von der Begeisterung des Schwarzen anstecken.

»Was ist los mit dir?«, fragte Ken schließlich, nachdem er mit seinen schwärmerischen Ausführungen fertig war.

»Enrathros ist überfällig«, erwiderte der Alte knapp. »Er hätte schon vor Stunden hier sein müssen. Normalerweise steht er zu seinem Wort. Wenn er einen Tag sagt, dann ist es auch ein Tag. Und keine Minute länger.«

»Ich wusste gar nicht, dass du so viel Wert auf Pünktlichkeit legst«, erklang unerwartet eine Stimme in der Dunkelheit.

Okori wirbelte herum und griff an seine Seite ins Leere.

Enrathros trat in den Schein des Feuers und hielt dem alten Mann die glänzende Lanze vor die Nase. Sie sah aus wie neu und spiegelte die Flammen wie das Licht der Sonne.

»Ich nehme an, du suchst die hier«, lachte der Zwerg. »Jetzt sind wir quitt, was das Erschrecken angeht.«

»Enrathros!«, freute sich Okori. »Ich dachte schon, du würdest nicht kommen.«

»Du weißt, ich stehe zu meinem Wort. Aber es war nicht so einfach, wie ich dachte. Ich habe meiner Arbeit lange nicht mehr nachgehen können. Die Mühe hat sich aber gelohnt.«

Damit zog der Zwerg zwei große Metallringe aus einem Lederbeutel und hielt sie in den Lichtschein des Feuers. Der eine glänzte heller wie das strahlendste Silber, der andere war schwarz und schluckte sämtliches Licht.

Bring sie zu mir!, hörte Ken die aufgeregte Stimme von Bror in seinem Geist. Enrathros griff sich an den wuchtigen Ring, der sein linkes Ohr durchbohrte.

»Dein Freund scheint es nicht abwarten zu können. Na meinetwegen. Umso schneller bin ich euch wieder los.«

Er ging sicheren Schrittes in der Dunkelheit auf den Drachen zu. Okori holte einen Leuchtstein aus seinem Bündel und zusammen hasteten sie dem Zwerg hinterher. Sie fanden ihn im offenen Maul von Bror liegen. Eine seltsame Melodie summend machte er sich an den Zähnen zu schaffen. Schließlich kletterte er wieder aus dem Schlund des Drachen und trat vor dessen linkes Auge.

»Wenn ich die Ringe magisch fixiert habe, gibt es kein Zurück mehr. Du wirst mit ihnen leben und sterben.«

Er soll anfangen.

»Du sollst–«, wollte Ken den Wunsch von Bror weitergeben, als der Zwerg ihn schroff unterbrach.

»Jaja, Kleiner, ich hab ihn schon verstanden. Dann wollen wir mal.«

Es hatte den Anschein, dass Enrathros den Drachen hören konnte. Ken vermutete, dass es etwas mit dem Ohrring zu tun haben musste. Aber er wurde aus seinen Gedanken gerissen, als der Zwerg die Arme ausstreckte und die beiden Ringe, die auf den gewaltigen Eckzähnen des Drachen saßen, hell zu glühen begannen. Immer gleißender strahlten sie und ein eigenartiger Geruch breitete sich aus. Schließlich ließ der Zwerg die Hände sinken. Nachdem sich die Ringe abgekühlt hatten, erkannte Ken, dass sie mit den Zähnen verschmolzen waren.

»Es ist vollbracht!«, triumphierte Enrathros. »Nun zeige uns dein Feuer. Zu lange war es dir genommen, Wächter der Harmonie!«

Bror stemmte sich hoch und stakste auf seine angelegten Flügel gestützt zum Fluss, gefolgt von Ken und Okori, die im Schein des Leuchtsteins nur die dunkle Silhouette des Drachen erkennen konnten. Mit langen Zügen trank er das Wasser, wobei er sich von Zeit zu Zeit verschluckte und eine Art Husten von sich gab. Ken erinnerte sich, dass er zusammen mit den Funkenzähnen auch sein Gaumensegel verloren hatte, das verhinderte, dass Flüssigkeit in seine normalen Lungenflügel floss. Deshalb litt er während der Gefangenschaft im Luftschiff jeden Tag Höllenqualen, bis Ken ihn schließlich befreit hatte.

Ein dumpfes Brodeln war zu hören. Ken wusste, dass Bror das Wasser in seinem Gasbeutel in Drachengas verwandelte. Der dunkle Umriss des Drachen vor ihnen schwoll an, als sich seine Speicherblasen unter der Haut mit Gas füllten. Mit einem Brüllen stieß sich Bror vom kiesigen Ufer des Flusses ab und verschwand in der Dunkelheit.

»Wo will er denn hin?«, wunderte sich Ken.

Enrathros trat an ihre Seite.

»Lass ihm diesen Moment.«

Eine ganze Zeit geschah nichts. Dann erstrahlte der Bergkamm im gleißenden Licht des Drachenfeuers. In seinem Schein erkannten sie den Drachen, der auf dem höchsten

Gipfel saß und seine wiedergewonnen Flammen den Göttern entgegen spie.

»Wie hast du das geschafft?«, fragte Ken staunend.

»Die Ringe reagieren auf das Drachengas, sobald es den Rachen deines Drachens verlässt. Das Gas erzeugt ein derart großes Energiegefälle zwischen ihnen, dass es sich schließlich in Form einer magischen Entladung ausgleichen muss. Dieser Magieblitz zündet dann das Drachengas. Die Materialien sind äußerst selten. Ihr hattet Glück, dass ich noch etwas davon rumliegen hatte.«

Das Drachenfeuer erlosch und die Nacht raubte ihnen erneut die Sicht. Als Ken und Okori ihre Blicke vom Himmel lösten, war Enrathros verschwunden.

»Er hätte sich wenigstens verabschieden können«, beschwerte sich Ken.

»Sei froh, dass er uns nicht davongejagt hat«, erwiderte Okori lachend und klopfte dem jungen Schwarzen auf die Schulter. »Lass uns Schlafen gehen. Morgen ziehen wir in die Schlacht.«

Das mit dem *›in die Schlacht ziehen‹* hatte Okori offenbar im übertragenen Sinn gemeint, denn am Abend des darauffolgenden Tages segelten sie einige Flugstunden von der Stadt entfernt durch die Täler der Berge und suchten nach Anzeichen von Menschen.

Sein Lehrer war der Meinung, dass sich hier irgendwo Flüchtlinge der Yangri verstecken mussten, die sie in ihrem Kampf unterstützen konnten. Der alte Mann wollte nichts dem Zufall überlassen und alle Möglichkeiten nutzen, die sich ihnen boten. Eine so ausgezeichnete Chance würden sie nie wieder bekommen, wie Okori bei jeder Gelegenheit betonte. Ken konnte nur hoffen, dass seine Freunde noch durchhielten. Falls sie überhaupt noch lebten.

»Ich kann kaum noch was sehen«, brüllte Ken zu Cawagana

hinüber, auf deren Rücken Okori angestrengt in die sich ausbreitende Dunkelheit stierte. »Das hat doch so keinen Zweck.«

»Ein Tal noch«, rief der Alte zurück. »Ich bin mir sicher, dass es hier irgendwo sein muss. Ein Wanderer hat mir vor vielen Jahren erzählt, dass sie sich im alten Steinbruch verstecken. Und wenn mich meine Erinnerung nicht vollends im Stich lässt, muss der Eingang hier in der Nähe sein.«

Ken grummelte irgendetwas von sturen, alten Männern in seinen nicht vorhandenen Bart und segelte mit Bror um einen steilen Ausläufer des sich neben ihnen türmenden Berges. Und dort, auf einer Lichtung am Fuß der Felswand, stand Sascha vor einem Kind, Auge in Auge mit drei Mantikoren, die drauf und dran waren, sich auf die beiden zu stürzen.

»Bror, mein Freund, ich hätt gern drei Mantikoren zum Abendessen. Gut durchgebraten. Und zum Nachtisch möchte ich das dumme Gesicht dieser Kampfamazone sehen, wenn sie mitbekommt, *wer* sie gerettet hat.«

Cawaganas Wille

»Mit dir hab ich ja nun überhaupt nicht gerechnet, Sonnenschein«, rief Sascha perplex.

Ken war vom Drachen gestiegen und kam mit einem triumphierenden Lächeln auf sie zu stolziert. Doch dann schien er die langen Reißzähne zu registrieren, die hinter ihren Lippen lauerten, und er blieb wie erstarrt stehen. Sascha musste sich eingestehen, dass es ihr einen höllischen Spaß bereitete, diesen dusseligen Kerl in Angst und Schrecken zu versetzen.

»Oh Mann, Sascha«, stammelte er und wich wieder einen Schritt zurück, »du hast das im Griff, oder?«

»Keine Panik, du Held. Ich würd wohl kaum neben der Kleinen hier steh'n, wenn ich's nicht unter Kontrolle hätte. Erzähl mir lieber, wie du's geschafft hast, dass dich unser Schmusedrachen reiten lässt. Und warum, zur Hölle, spuckt er Feuer?«

Ken fand sein Grinsen wieder. »Lange Geschichte.«

»Na, so lang kann sie nicht sein. Wir sind doch erst vor ein paar Tagen mit der Mühle abgestürzt.«

Sascha vernahm mit ihrem geschärften Gehör Schwingen, die die Luft durchschnitten. Kurz darauf landete in einem Sturm von tanzendem Herbstlaub ein grüner Drachen neben dem weißen. Ein grauhaariger Mann sprang elegant von seinem Rücken und gesellte sich zu ihnen.

»Ken, du hast mir gar nicht verraten, dass einer deiner Freunde ein Vampir ist.« Den Alten schien ihr Zustand nicht im Geringsten zu stören. Galant verbeugte er sich vor ihr und lächelte sie aufrichtig an. »Okori, zu deinen Diensten. Vezeih, aber unser gemeinsamer Freund hier scheint keinerlei Manieren zu besitzen, sonst würde er nicht wie ein Dämlack dastehen und glotzen, anstatt uns einander vorzustellen.«

Sascha fand diesen Okori auf Anhieb sympathisch. Nicht nur, weil er Ken fast genausogut auf die Palme bringen konnte, wie sie selbst. Nein, vor allem, weil sie hinter dem strahlenden Lächeln eine gefährliche Entschlossenheit erkannte, die der ihren nahe kam.

»Man nennt mich Sascha. Und das hier ist Nuri.«

Das Kind schien gar nicht wahrzunehmen, dass irgendjemand über sie sprach. Mit weit aufgerissenen Augen stierte sie von einem Drachen zum anderen. Sascha musste lächeln. Sie freute sich, dass die Kleine nach all den schrecklichen Ereignissen der letzten Stunden mit dem Anblick ihrer ersten Drachen entschädigt wurde.

»Ist das Kind von den Yangri?«, fragte Okori interessiert. »Weißt du, wo sie lagern?«

»Wo sie hausen, trifft es wohl eher«, erwiderte Sascha. »Ich kann dich hinbringen, wenn du willst. Bevor ich abhaue, wollte ich sowieso das Kind zurückbringen.«

Jetzt war Nuri ganz bei der Sache.

»Du willst uns verlassen?«, rief sie entsetzt.

»Ich hab noch was zu erledigen. Aber ich komm bestimmt bald zurück«, log sie.

»Was hast *du* denn bitteschön zu erledigen?«, mischte sich Ken ein.

»Ganz einfach: Ich werd jedem gottverdammten Mayatan in dieser Stadt die Kehle rausreißen«, knurrte sie. »Die haben Finn und all die anderen auf dem Gewissen. Ich dachte, sie wär'n auch deine Freunde gewesen. Denkst du denn nicht auch an Rache?«

»Ich denk an Rettung, Sascha!«, erwiderte Ken aufgeregt.

»Wie meinst du das? Glaubst du, sie haben den Absturz und das Gemetzel mit den Mayatan überlebt?« Sie war mehr als skeptisch.

»Es gibt eine Chance«, bestätigte Ken. »Und das ist genug für mich. Bror hat nach dem Absturz beobachtet, wie sie einen kleinen Teil der Besatzung Richtung Stadt getrieben haben.«

»Bror?«

»Der Drache. Ich habe ihn Bror getauft.«

In Sascha keimte Hoffnung. Es war zwar keinesfalls sicher, dass ihre Freunde zu den Überlebenden zählten, aber es handelte sich um eine Chance, die sie ergreifen mussten, wie Ken richtig erkannt hatte.

»Worauf warten wir dann noch!«, rief sie aufgekratzt. »Wir haben zwei Drachen und einen Vampir. Metzeln wir sie nieder!«

»Ganz so einfach ist es nicht, Sascha«, mischte sich Okori ein. »Komm, wir begleiten dich und die Kleine zu den Yangri. Unterwegs kann Ken dir alles erzählen.«

Vor dem Eingang zur Zuflucht erwartete sie Teliin mit ihren Kämpferinnen. Drei von ihnen lagen tot zu ihren Füßen, aber sie hatten bestimmt ein Dutzend Mantikoren ins Jenseits befördert, wie der Berg von Kadavern bewies.

»Wo bist du nur gewesen, Sascha!?«, polterte sie los und warf den beiden Männern einen finsteren Blick zu. »Die Regentin ist tot! Du hast gesagt, du würdest dich um sie kümmern! Und dann stürmst du in den Wald und überlässt sie ihrem Schicksal!«

»Na ja, ganz so würd ich es nicht nennen«, verteidigte sich Sasha halbherzig. »Ich hab ihr immerhin eine Waffe dagelassen und der Mantikor war schon halb tot. Wie konnte ich denn ahnen, dass eure große Anführerin derart unfähig ist.«

Teliin war drauf und dran, sich auf sie zu stürzen.

»Bei den Göttern, ich habe einen Eid geleistet, Alamaan mit meinem Leben zu beschützen! Und dann lass ich sie in der Obhut eines Vampirs! Wie konnte ich nur so dumm sein. Ich verdiene ebenso den Tod wie du!«

Die alte Reen trat aus den Schatten des Höhleneingangs in das Licht des zunehmenden Mondes.

»Ist deine Erinnerung so von Wut getrübt, Teliin?«, klagte die Alte die blonde Kämpferin an. »Wenn Sascha nicht gewesen wäre, wärst du noch vor der Regentin gestorben. Du hättest nicht die Verteidigung des Höhleneingangs übernehmen können und die Manticora wären ohne große Gegenwehr in die Zuflucht eingedrungen, wo sie uns einen nach dem anderen zerfleischt hätten. Sascha ist eine Heldin, *du* bist eine Heldin. Und die Regentin ist ein tragisches Opfer.«

Teliin ließ Kopf und Schultern hängen.

»Aber was soll'n wir denn jetzt tun? Alamaan ist tot und die Manticora wissen nun, wo sie uns finden. Es ist nur eine Frage der Zeit, bis die Mayatan hier auftauchen.«

Sascha nickte Ken zu und der schloss kurz die Augen. Dann packte sie Teliin an den Schultern.

»Ich sag dir, was wir tun werden: Wir verlassen diese Grabkammer und holen uns die Stadt zurück!« Sie wandte sich an alle umstehenden Yangri. »Seid ihr es nicht leid, hier wie die Tiere zu hausen? Möchtet ihr nicht in eure Häuser zurückkehren und diese verdammten Mayatan zu Belor schicken? Verlangt es euch nicht nach Rache für eure Söhne, Ehemänner und Väter? Denkt ihr, sie hätten gewollt, dass ihr in dieser Höhle dahinvegetiert, bis euch Krankheit, Hunger oder die Mantikoren ins Jenseits befördern?«

Alle schwiegen, doch konnte Sascha sehen, wie sie das Gesagte beschäftigte. Schließlich ergriff Teliin das Wort:

»Du musst uns nicht erklären, was wir eigentlich zu tun hätten. Aber die Mayatan–«

»Sind so schwach wie nie zuvor!«, unterbrach Sascha sie. »Hunderte von ihnen brachen vor einigen Tagen mit einer Flotte von Segelschiffen auf, hunderte starben beim Angriff auf unser Luftschiff und hunderte segneten das Zeitliche bei der Explosion des Wracks. Wie viele können da noch übrig sein?«

»Zu viele für einen Haufen Frauen, Alte und Kinder«, entgegnete Teliin deprimiert.

Sascha lauschte in die Nacht.

»Wenn das Kräfteverhältnis das einzige ist, was dich noch davon abhält, kann ich vielleicht behilflich sein.«

Ein stürmischer Wind kam auf und erweckte das welke Laub zum Leben. Weite Schwingen brachten die kühle Nachtluft zum Singen und wie zwei fleischgewordene Alpträume fielen die beiden Drachen aus der Dunkelheit. Die Frauen um Teliin wichen einige Schritte zurück, doch niemand von ihnen ergriff die Flucht, wie Sascha anerkennend feststellte.

»Denkst du immer noch, dass wir keine Chance haben?«, fragte sie breit grinsend und präsentierte dabei ganz bewusst ihre Reißzähne.

Teliin starrte ungläubig auf die beiden furchteinflößenden Wesen. Dann wandte sie sich an Sascha.

»Das ist wie ein Wunder! Die Drachen aus den Geschichten unserer Großeltern stehen leibhaftig vor uns. Und sie werden für uns kämpfen?«

Okori trat an Saschas Seite.

»Sie kämpfen für Gaia, für die Harmonie dieser Welt. Der Vater von König Murator war weise und hat das vor vielen Jahren erkannt. Eure Großeltern haben euch sicher die Geschichte erzählt, wie er dem Machthunger abgeschworen hat und sich in den Dienst von Gaia stellte. Er hat die Drachenwehrtürme abgebaut und sämtliche Drachenpfeile und -lanzen für alle Zeiten verschwinden lassen. So musste niemand mehr die Drachen fürchten. Doch nun ist das Gleichgewicht unserer Welt in Gefahr. Und Krotrok, ein magiebegabter und machthungriger Mayatan, ist der Grund dafür. Wenn ihr uns nicht helft, wird er die ganze Welt ins Chaos stürzen.«

Andächtige Stille breitete sich aus, die von Reen vertrieben wurde.

»Ich kenne dich! Du bist Okori, die Stimme der Drachen.«

Der alte Mann trat auf die Heilerin zu und schaute ihr

suchend ins Gesicht. Dann sprang die Erkenntnis aus seinen Augen.

»Reen! Die Deuterin der Seelen! Warst du nicht stets an der Seite des Königs, wenn ich ihn besuchte? Du hast mit deiner Schönheit meine Konzentration auf eine harte Probe gestellt.«

Die Alte schenkte ihm ein fast zahnloses Lächeln.

»Diese Blume ist schon lange verwelkt, mein Freund. Aber sag, warum hat dich die Zeit eingeholt? Ist der Stimme nicht ewige Jugend vergönnt? Oder irre ich mich?«

Okori ergriff ihre faltige Hand.

»Es gibt viele Arten von Schönheit und die unwichtigste geht mit dem Äußeren einher. Wer weiß, wie sich der König damals entschieden hätte, wenn nicht dein Rat in sein Ohr gedrungen wäre! Was meine Jugend betrifft, so werde ich sie von Krotrok zurückfordern.« Sein Blick löste sich von Reen und wanderte von einem Gesicht zum anderen. Mittlerweile hatten sich hunderte am Höhleneingang versammelt, um die Drachen zu bestaunen. »Was sagt nun das Volk der Yangri? Ist es nicht Zeit, heimzukehren?«

Und ein Jubelsturm brach los, den selbst die Götter hören mussten.

»Verdammt! Wir sind spät dran«, beschwerte sich Sascha und starrte auf den sanften Schimmer am Horizont hinter der dunklen Stadt, der bereits die ersten Sterne vom Himmel vertrieb.

»Darf ich dich daran erinnern, dass wir wegen *dir* immer nur nachts marschieren konnten?«, entgegnete Teliin, die im Gebüsch neben ihr lag und über die kahlen Hänge vor den Toren von Boram spähte.

»Du hättest dich also am *helllichten* Tag an die Stadt angeschlichen? Nur gut, dass ich hier das Sagen habe«, konterte Sascha sarkastisch. Die blonde Kämpferin ging nicht weiter darauf ein. Ihr versonnener Blick hing an der dunklen Silhouette ihrer Heimatstadt.

»Ich hätte nicht gedacht, jemals hierher zurückzukehren«, flüsterte sie mehr zu sich selbst.

»Du meinst in dieses Gebüsch? Bis zur Stadt sind es nämlich noch einige Kilometer und wenn du nicht willst, dass eure beste Kämpferin sich in ein Häufchen Asche verwandelt, sollten wir langsam loslegen.«

Von hinten kam eine von Teliins Gefährtinnen geschlichen und zeigte ihnen den erhobenen Daumen.

»Das wird aber auch Zeit«, grummelte Sascha. »Na dann lasst uns mal etwas Unordnung in den Hühnerstall bringen!«

»Was sind denn *Hühner*?« Die Stirn von Teliin legte sich in Falten.

»Das sind Vögel, die wild herumflattern und gackern, wenn man sie aufscheucht.«

»*Vögel*?«, fragte Teliin irritiert.

»Ach, vergiss es einfach. Hoch mit dir!«

Und damit stürmten die beiden auf den weiten, von unzähligen Baumstümpfen übersäten Hang Richtung Stadt. Zunächst waren sie allein, doch nach und nach brachen Frauen, junge Burschen und halbwegs rüstige Alte aus dem Saum des Waldes. Als Sascha nach einer Zeit einen Blick über ihre Schulter warf, folgten ihr eintausend wütend grölende Yangri, bewaffnet mit angespitzten Stöcken oder Bögen mit krummen Pfeilen.

»So, Krotrok, du bist am Zug«, knurrte sie und zog ihr Kurzschwert. Sie hatte sich zwar etwas vom Rest des Heeres abgesetzt, aber selbst wenn sie es gewollt hätte, war momentan kein höheres Tempo drin. Dazu fehlte ihr einfach frisches Blut. Wenigstens waren in den vergangenen beiden Tagen ihre Wunden aus dem Kampf mit den Mantikoren verheilt. Aber das schien ihrem Körper das letzte bisschen Vampirkraft geraubt zu haben.

»Wo bleiben die denn?«, rief ihr Teliin zu.

»Keine Sorge. Die kommen schon. Eine so leichte Beute lassen sich diese feigen Mistkerle doch nicht entgehen.«

Als ob sie auf ihr Stichwort gewartet hatten, stiegen einige hundert Mayatan hinter der Stadtmauer auf und flogen in ihre Richtung. Sie wirkten wie ein Schwarm dunkler Schmeißfliegen vor dem beängstigend hell werdenden Morgenhimmel. Das Heer geriet ins Stocken und hielt schließlich an. Die beiden Frauen postierten sich schnaufend an vorderster Front.

»Wenn sie in Reichweite ihrer Bögen kommen, war's das für uns«, stellte Teliin fest.

»Dann können wir nur hoffen, dass unsre Joker uns nicht im Stich lassen.«

Die Mayatan hatten bereits mehr als die Hälfte der Strecke zu den Yangri zurückgelegt, als die Wolke sich zu teilen begann. Offenbar wollten sie das armselige Heer zunächst umfliegen, um ihnen jede Rückzugsmöglichkeit zu nehmen.

»Wie vorhersehbar«, schnaufte Sascha kopfschüttelnd.

Aus dem Wald, der sich im Norden in einem weiten Bogen um die Stadt zog, schoss unvermittelt Bror in den dämmernden Nachthimmel. Keine zehn Sekunden später durchbrach Okoris grüner Drache die Wasseroberfläche des Flusses im Süden. Wie Falken auf der Jagd drangen sie von beiden Seiten auf die Mayatan ein, unter denen schlagartig ein heilloses Chaos ausbrach.

»*Das* meinte ich mit Hühnern!«, erklärte Sascha, mit ihrem Schwert auf das Wirrwarr in der Luft zeigend.

Bevor sich die beiden Feindwolken zerstreuen konnten, spien die Drachen ihnen das Feuer der Hölle entgegen. Der gesamte Himmel schien in Brand geraten zu sein. Aus der Stadt erklang ein vielstimmiges Konzert von Hörnern.

»Ah, jetzt hat jemand kapiert, dass es besser wäre, doch endlich Alarm zu schlagen«, witzelte Sascha. Doch ihr blieb keine Zeit für weitere unangebrachte Späße, denn einige der Mayatan sahen ihre beste Chance nun darin, wenn sie sich dem Heer am Boden stellten. Schließlich würden die Drachen nicht ihre eigenen Verbündeten rösten.

»Zu den Waffen!«, brüllte Teliin und machte sich kampfbereit.

Schon zischten die ersten Pfeile über Saschas Kopf hinweg in die Menge hinter ihr. Schmerzensschreie erfüllten die Luft. Die dichtgedrängten Yangri waren einfach ein zu leichtes Ziel. Zu beiden Seiten des Menschenheeres fielen lodernde Gegner wie Kometen vom Himmel. Das war ihre Chance.

»Verteilen!«, befahl Sascha mit lauter Stimme. »Schnappt euch die Waffen der gefallenen Mayatan!«

Der Menschenteppich hinter ihr floss langsam auseinander und machte es den Angreifern schwerer, jemanden zu treffen. Die Drachen leisteten ganze Arbeit, denn der Regen aus brennenden Mayatan ließ nicht nach. Schon hatten sich einige der Yangri Bögen und Pfeile der Leichen geschnappt, die nicht komplett vom Feuer verzehrt worden waren.

Wenn diese geflügelten Scheusale etwas konnten, dann gute Kampfbögen bauen. Und viele der Yangri hatten sich während der Jahre in der Wildnis in der Bogenjagd geübt. Für die Mayatan wurde es daher immer schwieriger, ihrerseits in Schussreichweite zu kommen. Je mehr der fliegenden Geschöpfe vom Himmel fielen, umso schlagkräftiger wurden die Yangri.

Ein von einem Pfeil am Flügel getroffener Angreifer trudelte unverhofft in Saschas Richtung.

»Mein Flug wurde aufgerufen«, witzelte Sascha und sprang mit all ihrer verbliebenen Kraft ab. Gerade so erreichte sie den über ihr hinwegfliegenden Feind, hielt sich an ihm fest und grub ihre Zähne in seinen Hals. Der Mayatan konnte sich aufgrund des zusätzlichen Gewichts keine zehn Meter mehr in der Luft halten und schlug mit einem fürchterlichen Kreischen auf dem Boden auf, wo er reglos liegen blieb.

Sascha klammerte sich noch einen Moment an ihr Opfer, bis sie spürte, dass das fremde Blut auch in die letzte Faser ihres Körpers gedrungen war. Dann erhob sie sich und leckte ihre Lippen. Es störte sie nicht im Geringsten, dass die Yangri in der Nähe schreiend vor ihr davonliefen.

Sie hob ihren Blick und hielt Ausschau nach den Drachen. Die beiden hatten ihren Kampf unterbrochen und flogen eilends zum Fluss. Offenbar war ihnen das Drachengas ausgegangen und sie brauchten Wasser, um neues zu erzeugen.

Glücklicherweise befand sich kaum noch ein Mayatan im Luftraum vor Boram. Ihr war natürlich klar, dass das noch nicht alles gewesen sein konnte. Sie mussten schleunigst in die Deckung der Stadt, bevor die nächste Welle anrollte.

»Zu den Toren!«, brüllte sie laut und ihr Befehl wurde von dutzenden Stimmen aufgenommen und weitergetragen.

Sascha hatte wieder ihre volle Kraft und ließ die anderen mühelos zurück. Als sie sich dem Tor näherte, erkannte sie schon von Weitem einige Mayatan im Torweg, die sich verzweifelt abmühten, das Gatter zu schließen. Sie legte noch einen Zahn zu und schoss wie ein jagender Gepard auf den Eingang zur Stadt zu. Im letzten Moment schlüpfte sie durch die sich schließenden Flügel des Gittertores. Den vier überraschten Mayatan blieb keine Chance und sie waren tot, noch bevor sie registrierten, wer oder was ihnen dieses jähe Ende beschert hatte.

Sascha begann an dem massiven Gitter zu ziehen, um das Tor wieder zu öffnen, aber selbst ihre Vampirkräfte stießen hier an ihre Grenzen. Sie spähte nach oben und erkannte, dass sich das Monstrum von einem Tor mit Hilfe von gewaltigen Gegengewichten bewegen ließ. Und im Moment half ein riesiger Felsbrocken an einer rostigen Kette, das Tor zu schließen. Daneben ruhte ein zweiter Felsen auf dem Boden. Das musste das Gewicht zum Öffnen sein!

Sie huschte in ein dunkles Treppenhaus neben dem Tor und rannte die Treppe hinauf, immer vier Stufen auf einmal nehmend. Im Torhaus hoch über dem Boden fand sie endlich die Mechanik für die Gewichte. Hektisch zog sie an verschiedenen Hebeln, um hinter die Funktion des Mechanismus zu kommen.

»Da braucht man dich einmal, Finn, und du bist natürlich

nicht da!«, schimpfte sie laut und ein Stich durchfuhr ihr totes Herz. Musste wohl mit dem Vampirismus zu tun haben, belog sie sich selbst.

Endlich fand sie die richtige Hebelstellung und indem sie wie ein Maulesel auf Drogen das große Rad des Flaschenzugs drehte, hob sich langsam das Gegengewicht in die Höhe. Dann ließ sie den anderen Brocken zu Boden sinken, damit sich die Gewichte nicht gegenseitig aufhoben.

Mehr springend als rennend fegte sie die Treppe wieder hinunter und stemmte sich gegen das Gatter, bis es langsam aufschwang.

Mit ihren Vampiraugen spähte sie auf die Ebene vor der Stadt. Ohne Probleme konnte sie das Heer der Yangri erkennen, dass sich noch einen guten Kilometer vom Tor entfernt auf die Stadtmauer zubewegte. Und kein Wunder, dass sie die sich nähernden Menschen sehen konnte, die Morgendämmerung hatte ja auch bereits eingesetzt!

Sascha hatte keinesfalls vor, vom Tageslicht in irgendeiner Bruchbude am Rand der Stadt eingesperrt zu werden, während die anderen den ganzen Spaß für sich alleine hatten. Also stürmte sie erneut die Treppe nach oben und kletterte aus dem Fenster des Torhauses auf das Dach, dem höchsten Punkt der gesamten Mauer.

Einen Augenblick wunderte sie sich, warum es entlang der Einfriedung keine Wachtürme gab, aber dann erinnerte sie sich an die Worte von Okori: Der alte König hatte sie als Zeichen der Verbundenheit mit den Drachen abbauen lassen.

Bror und Cawagana waren mittlerweile vom Fluss zurückgekehrt und da es vor der Stadt keine Mayatan mehr gab, hielten sie auf die Mauer zu.

»Hab ich ein Glück«, freute sich Sascha und stieß einen schrillen Pfiff aus.

Bror änderte seinen Kurs und landete mit viel Getöse auf dem First neben ihr. Dass er dabei das halbe Dach zum Einsturz brachte, schien ihn nicht weiter zu stören.

»Das läuft doch ganz gut«, rief ihr Ken von seinem Sattel aus zu.

»Ja, nur dass ich in ein paar Minuten von der Sonne geröstet werde, wenn ich nicht in den Schatten komme. Könnt ihr mich ein Stück mitnehmen? Ich würd ungern das Gesicht von Krotrok verpassen, wenn ihm die Lichter ausgehen.«

»Kein Problem«, erwiderte Ken grinsend. »Nächster Halt: Stadtzentrum!«

Damit erhob sich Bror wieder und ergriff beim Wegfliegen mit seinen Hinterläufen Sascha an den Schultern. Wie eine Maus in den Fängen eines gewaltigen Steinadlers wurde sie in die Lüfte gehoben.

Sie glitten zwischen den schlanken Türmen der Stadt dahin und hin und wieder holte Bror mit einem gezielten Feuerstoß einen einzelnen Mayatan vom Himmel.

»Wo ist bloß der Rest von ihnen?«, rief Ken ihr vom Rücken des Drachen aus zu.

»Ich nehm an, sie sammeln sich«, orakelte Sascha laut gegen den Flugwind brüllend. »Dieser Krotrok ist bestimmt nicht so blöd, seine restlichen Krieger einzeln zu verheizen.«

Als sie sich einem wuchtigen Turm mit blau schimmernden Wänden in der Mitte der Stadt näherten, erspähte Sascha auf der breiten Straße vor dem Gebäude einige hundert Mayatan, die sich zum Start bereit machten.

Und just in diesem Augenblick stürmte eine Gruppe Menschen aus einem gedrungenen Bauwerk direkt vor die kampfbereiten Gegner. Als sie mit ihren Vampiraugen genauer hinsah, erblickte sie in vorderster Front Riku, Emma, Samara und Schey. Ihr Herz machte einen Sprung und dieses Mal versuchte sie erst gar nicht, sich etwas anderes einzureden. Sie war überglücklich, die Bande wiederzusehen!

»Hey, Sonnenschein! Da unten ist der Rest von deiner Truppe. Ich würd gern hier aussteigen.«

Vom Rücken des Drachen ertönte ein Jubelschrei und sofort ging Bror in den Sturzflug über. Als sie über die

Menschen fegten, öffneten sich seine Klauen und Sascha schlug wie ein Geschoss in die vorderen Reihen der Mayatan ein.

Noch bevor sie sich wieder aufrappeln konnte, spürte sie, wie eine Hitzewand über sie hinwegfegte und alles um sie herum wurde vom orangenen Licht des Drachenfeuers erhellt. Die Schmerzensschreie der brennenden Mayatan wurden grausam von den Wänden der umstehenden Häuser zurückgeworfen.

Die Gegner in ihrer unmittelbaren Umgebung, die sie nicht mit sich umgerissen hatte, machten Anstalten, sich fluchtartig in die Lüfte zu erheben, da sich ihre Artgenossen in den hinteren Reihen in ein loderndes Flammenmeer verwandelt hatten. Rasch griff sie sich einen der Flüchtenden und schlug ihre Reißzähne in seinen Hals.

Um sie herum brach Schlachtenlärm aus und sie konnte die Rufe vieler Menschen hören, die sich wütend auf die wenigen verbliebenen Mayatan stürzten. Als sie ihr Opfer fallen ließ und die Augen öffnete, schaute sie in die erstaunten Gesichter von Riku, Emma, Schey und Samara. Ihr Gesichtsausdruck verriet, dass sie nicht genau wussten, ob sie sie in die Arme schließen oder vor ihr davonlaufen sollten.

»Jetzt bist du sicher froh, mich nicht über Bord geworfen zu haben, oder?«, brach Sascha schließlich das Schweigen und schenkte Samara ein zähnefletschendes Lächeln. Die kleine Emma konnte sich nicht mehr zurückhalten und sprang ihr in die Arme. Riku wollte sie erst von ihr wegziehen, aber als er merkte, dass Sascha keine Anstalten machte, die Kleine zu beißen, trat er neben sie und legte lächelnd seine Hand auf ihre Schulter.

»Schön dich lebendig zu sehen. Na ja, *irgendwie* lebendig jedenfalls.«

Um sie herum hatten inzwischen die übrigen Menschen die Mayatan niedergemetzelt, die nicht schnell genug fliehen konnten. Jetzt versammelten sie sich um Sascha und die anderen, aufgeregt miteinander tuschelnd, die Augen allesamt auf die seltsame Frau mit den Reißzähnen gerichtet.

»Kannst du uns das Feuerwerk erklären?«, fragte Samara ohne den Hauch von Freundlichkeit in der Stimme.

»Oh, das haben wir Ken und dem Drachen zu verdanken«, erwiderte Sascha beiläufig, als ob sie von einem Jungen und seinem Hund reden würde.

Mit einem kräftigen Windstoß, der die Funken tanzen ließ, landete Okori mit Cawagana auf den Überresten der Mayatan. Er sprang behände von seinem Drachen und bahnte sich einen Weg durch die Menge zu Sascha. Mit einer hochgezogenen Augenbraue blickte er in die Runde.

»Entschuldigung, wenn ich die Wiedersehensfeier störe, aber wir müssen uns Krotrok schnappen, bevor er abhaut! Ken ist nach oben geflogen und behält den Thronsaal im Auge. Die Fenster im restlichen Turm sind nicht größer als Feenlöcher, also ist der Haupteingang sein einziger Ausweg. Und den würde ich ihm gerne verwehren, wenn es euch recht ist.«

»Wer ist das?«, wandte sich Samara an Sascha, ohne Okori weiter zu beachten. Sie konnte es offenbar ganz und gar nicht leiden, wenn man ihr Vorschriften machen wollte.

»Das erklär ich euch später«, drängte Sascha. »Er hat jedenfalls Recht. Oder willst du dir nicht auch den Typen schnappen, der Finn und all die anderen auf dem Gewissen hat? Von deinem stolzen Luftschiff ganz zu schweigen.«

Sascha bemerkte, wie Schey erbleichte, als sie Finns Namen erwähnte. Die beiden hatten wirklich gut zusammengepasst, wie sie zugeben musste. Das Mädchen konnte ihn fast genauso gut herumkommandieren wie sie. Aber jetzt war nicht die Zeit für Beileidsbekundungen.

»Worauf warten wir dann noch!«, rief Riku.

Unter der Führung von Sascha und Okori stürmte die kleine Schar Richtung Turm, gefolgt von Cawagana. Am Fuß der Eingangsstufen kam der Trupp allerdings abrupt zum Stehen, da aus dem Schatten des Tors ein riesiger Mantikor trat. Das imposante Exemplar schien sich keineswegs von der Menge an Gegnern einschüchtern zu lassen. Mit stolz erhobenem Haupt blickte er auf die Eindringlinge herab.

Sascha schaute nach links und rechts, aber keiner ihrer Gefährten machte irgendwelche Anstalten. Also zuckte sie mit den Schultern, zog ihr Kurzschwert und wollte sich gerade auf die Bestie stürzen, als Samara sie am Arm zurückhielt.

»Der gehört mir«, knurrte sie und zog ihren Säbel.

»Bist du sicher? Das ist nicht gerade eine Schmusekatze, weißt du?«

Samara ignorierte sie und schritt langsam auf die Bestie zu.

»Beeil dich wenigstens! Die Sonne geht gleich auf und ich will mir keinen Sonnenbrand holen!«

Einen Steinwurf von dem Biest entfernt blieb Samara mit gezogenem Säbel stehen. Der Schwanz des Mantikor begann nervös zu zucken. Offenbar freute er sich über die leichte Beute, denn sein übergroßes Maul verzog sich zu so etwas wie einem Lächeln und entblößte mehrere Reihen nadelspitzer Zähne.

Ohne Vorwarnung setzte das Vieh zum Angriffsspurt an. Samara zuckte nicht einmal. Den halben Weg hatte das Biest bereits zurückgelegt. Die Kapitänin rührte sich immer noch nicht.

»Mutter!«, rief Schey verzweifelt.

Der Mantikor sprang brüllend ab. Wie ein Dämon aus der Hölle flog er auf Samara zu. Aber diese hielt sich nicht mehr dort auf, wo die Bestie sie erwartet hatte. Mit für einen normalen Menschen erstaunlichem Tempo rannte sie dem Scheusal entgegen, ging dann unter ihm in die Knie und zog die rasiermesserscharfe Klinge über den gesamten Torso des über ihr dahinfliegenden Mantikors. Ein überraschtes Jaulen entfuhr ihm noch, dann knallte der aufgeschlitzte Kadaver auf die Stufen, überschlug sich einige Male und blieb vor den Füßen der Yangri reglos liegen.

»Das war für Terof«, flüsterte Samara.

Der Trupp setzte sich wieder in Bewegung. Als Sascha bei der Kapitänin war, gab sie ihr einen freundschaftlichen Klaps auf die Schulter.

»Warum hat das so lange gedauert?«

Samara reagierte nicht darauf. Mit trauriger Miene stieg sie die Stufen hinauf.

Sie traten in die Düsternis des Turms und Sascha war heilfroh, dass sie es noch vor dem Sonnenaufgang geschafft hatten. Nach einigen Schritten öffnete sich der Gang zu einem kuppelförmigen Saal, an dessen hoch oben liegender Decke Leuchtsteine wie Sternbilder strahlten. Auf dem Boden waren alle möglichen Geschöpfe abgebildet. Im Zentrum der Halle schraubte sich eine sich selbst tragende Wendeltreppe aus weißem Marmor bis zum höchsten Punkt der Kuppel, wo sie in einer Öffnung verschwand. Genau dort stand ein dunkelhäutiger Mayatan auf der Treppe und hielt einen äußerst mitgenommen aussehenden, zerzausten Mann am Arm, der nur in einige Fetzen Stoff gekleidet war.

»Wie könnt ihr es wagen!«, donnerte der Mayatan, bei dem es sich nur um Krotrok handeln konnte, von oben auf sie herab. Die hereinströmenden Menschen verteilten sich in einem weiten Kreis um die Treppe. Sascha erkannte, wie der geflügelte Mistkerl einen raschen Blick zum Ausgang warf. In diesem Moment tauchte der Kopf von Cawagana im Tor auf und sie beobachtete mit Genugtuung, wie die Hoffnung in seinen gelben Augen zerbrach.

»Ist er das?«, versicherte sie sich noch einmal bei Schey. Als diese nickte, zog Sascha ihr Schwert und wollte sich auf den Weg zur Treppe machen. Aber das Mädchen hielt sie zurück.

»Warte! Er hat den König.«

»Den *König*?«, erwiderte Sascha verwirrt mit einen Blick auf die zerlumpte Geisel. »König von was? Der Gosse?«

»König der Yangri«, erklärte Okori und trat an ihr vorbei in die Mitte des Raums. »Gib auf, Krotrok! Es gibt keinen

Ausweg für dich. Wenn du dich ergibst, verspreche ich dir einen schnellen Tod.«

»Ah, Okori! Ich hätte mir denken können, dass du hinter dem Ganzen steckst. Alt siehst du aus. Unter welchem Stein hattest du dich denn die vielen Jahre verkrochen?«

Der Alte knallte den Stiel der silbern glänzenden Lanze auf den Marmorboden, dass es nur so hallte.

»Ich war damit beschäftigt, unschuldige Drachen zu töten, um zu verhindern, dass *du* sie für deine finsteren Pläne missbrauchst. Wie konntest du mir das nur antun, Krotrok? Du warst auserwählt! Du hättest tausend Jahre lang die Stimme der Drachen sein können!«

»*Sklave* der Drachen, meinst du wohl. Was nutzt einem das lange Leben, wenn man nur das tun darf, was im Sinne von Gaia ist? Nein, nun bin ich frei und der Mutterstein schenkt mir die Ewigkeit.«

Okori lachte laut.

»Frei? Sieh dich um, Krotrok. Dein Ende naht.«

»Du denkst, dein müder Haufen und dein Schoßdrache können mich aufhalten? Nur zu! Versuch dein Glück!«

Mit diesen Worten gab er dem König einen Stoß und unter dem Aufschrei vieler Yangri stürzte er Richtung Marmorboden. Sascha zögerte nicht. Der Mann war ihr eigentlich egal, aber wenn dieses Scheusal von einem Mayatan ihn tot sehen wollte, würde sie dafür sorgen, dass er lebte.

Wie ein Pfeil schoss sie an Okori vorbei Richtung Treppe und sprang ab. Sie fing den fallenden Körper im Flug auf, drehte sich in der Luft und knallte rücklings auf den harten Steinboden. Ein Mensch hätte sich sämtliche Knochen gebrochen. Sie allerdings schob angeekelt den stinkenden Kerl von sich und kam, sich den Staub von der Kleidung klopfend, wieder auf die Füße.

Okoris Gesicht war wutverzerrt. Er hob die Lanze zum Wurf und schleuderte sie Krotrok mit einer derartigen Kraft entgegen, wie sie Sascha dem alten Kerl niemals zugetraut hätte. Wie von einer gigantischen Armbrust abgeschossen, flog die Drachenlanze schnurgerade auf den Mayatan zu, der Arme und Flügel weit ausgestreckt hatte und das Geschoss reglos erwartete.

In freudiger Erwartung des Anblicks, wie der magische Drachenstahl diesen arroganten Mistkerl durchbohren würde, beobachtete Sascha den Flug der Lanze. Okori hatte genau gezielt. Sie traf Krotrok mit voller Wucht auf der Brust. Doch sie drang nicht ein! Der Mayatan wurde durch die Intensität des Aufpralls nur einen Meter zurückgestoßen und die Waffe fiel der Schwerkraft zum Opfer. Klappernd landete sie vor Okoris Füßen. Ungläubig starrte er erst auf den Speer und dann hinauf zu seinem ehemaligen Schüler.

»Wie du siehst, kann mich deine magische Waffe nicht verletzen«, triumphierte Krotrok. »Man nennt mich zwar Drachenhaut, aber meine Haut ist von anderer, von *besserer* Beschaffenheit, wie die dieser geflügelten Ungetüme. Ich bin *unverwundbar* und ich werde ewig leben! Beugt eure Knie vor eurem neuen Gott oder sterbt auf der Stelle!«

Viele der Anwesenden waren in eine Art Schockstarre verfallen. Genau wie Sascha hatten auch sie damit gerechnet, dass die Drachenlanze Krotrok ein Ende bereiten würde. Wenn dieses magische Material den Mayatan nicht töten konnte, *was dann*?

Einige der Yangri reagierten in ihrer Verzweiflung erbost und schossen mit Bögen auf den Unverwundbaren, was ihn aber nur wütend machte. Wie ein Falke stürzte er sich von seinem hohen Posten herunter, ergriff einen der Schützen und flog mit ihm zurück unter die Decke.

Mit Entsetzen beobachtete die sonst schwer zu erschütternde Sascha, wie Krotroks Hände von grünem Licht eingehüllt wurden und der Gefangene binnen Sekunden verdorrte wie eine Blume im Feuer. Offenbar hatte dieser Mistkerl noch weitere schreckliche Fähigkeiten. Schon startete er einen erneuten Angriff und unter den Menschen brach Panik aus.

»Ich brauch deine Hilfe.« Okori war mit entschlossenem, aber auch sehr traurigem Blick an Saschas Seite getreten. »Du musst dich von ihm schnappen lassen.«

»Häh?« Sie konnte sich nur verhört haben. »Hast du nicht gesehen, was dieser Kerl draufhat? Der saugt einem im Handumdrehen das Leben aus!«

»Er kann dir nichts nehmen, was du nicht hast! Du bist ein Vampir«, konterte Okori.

Sascha war noch nicht überzeugt.

»Vielleicht. Aber was soll das überhaupt bringen? Ich werd ihm wohl kaum das Genick brechen können, wenn seine Haut ihn schützt.«

»Das ist auch nicht nötig. Ich möchte nur, dass du ihm den Mutterstein auf die Stirn drückst.«

»Was für einen Stein?«, erwiderte sie verwirrt.

»Es bleibt keine Zeit für weitere Erklärungen! Du musst mir einfach vertrauen. Alles, was du zu wissen brauchst, ist, dass er den Mutterstein unter seinem Gewand auf der Brust trägt. Tu es! Bevor noch weitere Menschen ihr Leben lassen müssen.«

Sascha schaute sich um. Krotrok hatte bereits ein halbes Dutzend ausgetrocknete Leichen hinterlassen. Cawagana blockierte weiterhin den Ausgang, denn sie wollte um jeden Preis verhindern, dass der Mayatan ins Freie entkam. Dadurch nahm sie aber auch den Menschen jede Fluchtmöglichkeit.

Es war nur noch eine Frage der Zeit, bis sich Krotrok Emma oder Riku schnappen würde. Der Asiate war zwar übermenschlich schnell, aber er wich der jungen Schwedin nicht von der Seite, so viel hatte Sascha längst erkannt.

»Na schön«, knurrte sie. »Aber wenn das nicht klappt, werd ich im Jenseits auf dich warten, um dir den Tod zur Hölle zu machen.«

Damit drehte sie sich um, schritt zur Mitte der Halle und steckte ihr Kurzschwert in den Gürtel.

»Wenn das mal keine dämliche Idee ist«, sagte sie zu sich selbst und sprang ab, als Krotrok sich ein weiteres Mal im

Sturzflug näherte. Einige Meter über dem Boden knallte sie mit dem Mayatan zusammen, der mitten im Flug nicht mit einem Zusammenstoß gerechnet hatte und einen Moment ins Trudeln geriet.

Sie klammerte sich an seinem Hals fest, bis sie ihre Beine nachgezogen und um die Hüften des Mayatan geschlungen hatte. Jetzt ließ sie mit den Armen los und riss das lederne Halfter auf, das sich um seine Brust schloss.

Krotrok erlangte unterdessen wieder die Kontrolle und packte Saschas Kopf mit den in einem gespenstischen Grün leuchtenden Klauen. Einen Moment fühlte sie ein Ziehen an den Überresten ihrer Seele, aber ihre Menschlichkeit trieb dahin wie ein feiner Nebel, der zwar die Kontur des Lebens hatte, aber nicht zu greifen war. Ein überraschter Ausdruck trat in die gelben Augen des Mayatan.

»Bei mir gibt's nichts zu holen, Arschloch.«

Sie zerfetzte das restliche Leder über seiner Brust und zum Vorschein kam ein weiß glühender Stein von der Größe einer Grapefruit. Ohne zu zögern, ergriff sie ihn mit beiden Händen. Die Wärme des Lebens durchflutete ihren kalten Leib und einen Augenblick vergaß sie alles um sich herum.

Beinahe zu spät bemerkte sie, dass Krotrok ebenfalls nach dem Stein gegriffen hatte und ihn ihr aus den Händen reißen wollte. Mit einer ruckartigen Bewegung befreite sie den Mutterstein und knallte ihn dem Mayatan auf die schwarze Stirn.

Wie vom Blitz getroffen, verlor Krotrok die Kontrolle über seine Flügel und zusammen trudelten sie Richtung Boden, wo sie vor der Wendeltreppe aufschlugen. Durch die Wucht des Aufpralls fiel Sascha der Stein aus den Händen und rollte davon. Der Mayatan sprang wie von Sinnen auf seine dünnen Beine und presste sich die Pranken auf die Stirn, während er rückwärts gegen die Treppe taumelte.

»Was hast du getan? Was ist das für eine Stimme in meinem Kopf?«

Okori trat mit der Drachenlanze vor den verstörten Krotrok.

»Das Ritual wurde beendet. Du hörst die Worte der neuen Drachenmutter Cawagana in deinem Geist. Und du bist ihre Stimme!«

Einen Moment verharrte der Mayatan geschockt, doch dann begann er gackernd zu lachen. Als er die Hände vom Gesicht nahm, erstrahlte ein weißes, kreisrundes Mal auf seiner Stirn. Ken hatte Sascha die Geschichte von Okori und Krotrok erzählt. Das musste das Mal sein, dass die Drachenstimme zeichnete und das bei Okori schon fast verblasst war.

»Das ändert gar nichts!«, donnerte der Mayatan. »Ihr könnt mich immer noch nicht töten. Ich werde dir und allen anderen das Leben aussaugen. Dann wird der Mutterstein erneut mir gehören.«

»Du irrst dich«, flüsterte Okori leise. »Es ändert *alles*.«

Mit diesen Worten wirbelte er herum und schleuderte die Drachenlanze dicht über die Menge hinweg Richtung Ausgang. Dort ruhte noch immer das Haupt von Cawagana im Durchgang. Die Lanze schoss auf den Drachen zu und dieser reckte ihr den Kopf mit offenem Maul entgegen. Das magische Metall bohrte sich durch den Rachen direkt in das Gehirn. Ein letztes Zucken durchlief ihren Körper, dann sank der Drache tot zu Boden. Cawagana war nicht mehr.

Mit einem Schrei der Trauer sank Okori auf die Knie und schwere Tränen liefen ihm über das Gesicht. Er bekam nicht mit, wie die gelben Augen von Krotrok schlagartig leer wurden und der Mayatan vornüber auf den Marmor fiel.

Sascha brauchte einen Moment, bis sie realisierte, was passiert war. Natürlich! Das Leben der Drachenstimme war an das der Drachenmutter geknüpft. Und nachdem das Ritual mit der Berührung von Krotroks Stirn mit dem Mutterstein seinen Abschluss gefunden hatte, waren ihre Schicksale untrennbar miteinander verbunden. Durch das Opfer von Cawagana konnte der unverwundbare Mayatan schließlich doch besiegt werden.

Ungläubig hatte die Menge beobachtet, wie Okori seinen Drachen getötet hatte. Dann, nach und nach, realisierten die Menschen, dass auch Krotrok nicht mehr unter den Lebenden weilte. Das verwirrte Gemurmel schwoll zu einem tosenden Freudentaumel an, in dessen Zentrum der Alte mit seiner Trauer wie im Auge eines Orkans gefangen war. Sascha rempelte sich durch die Jubelnden zu ihm und zog ihn auf die Beine. In ihrem Gesicht lag keine Freude, nur ein tief empfundener Respekt.

»Die Welt steht in deiner Schuld, Okori. Dieses Opfer werden die Menschen dir nie vergessen.«

»Ich wollte es nicht tun. Es war Cawaganas Wille. Ihr gebührt die Ehre und solange ich lebe, werde ich die Yangri an ihr Opfer erinnern.«

Am darauffolgenden Abend empfing sie der König im Thronsaal im obersten Stockwerk des Turms. Der geschundene Mann saß auf seinem geborstenen Thron, und der kühle Herbstwind wehte durch die zertrümmerten Fensterfronten. Ken und Bror hatten ganze Arbeit geleistet, um Krotrok nach unten zu treiben. Alles, was irgendwie Feuer fangen konnte, war im Atem des Drachen verbrannt.

Nach dem Tod ihres Anführers hatten die verbliebenen Mayatan ihr Heil in der Flucht gesucht, wobei Bror noch für ein wenig zusätzlichen Ansporn sorgte. Er war mit der Leiche Krotroks in den Fängen einige Runden über der Stadt geflogen, bevor er sie aus großer Höhe in den Fluss fallen ließ. Sascha fragte sich, ob sie verrotten oder auf ewig durch das Meer treiben würde.

Am Nachmittag waren auch die Kinder und die Alten aus dem Wald in die befreite Stadt gekommen. Nuri und Reen hatten sie in der Kuppelhalle unten im Turm besucht, da das Tageslicht Sascha dort gefangen hielt. Das Kind war ihr um den Hals gefallen und egal was die anderen ihr auch erzählten, niemand konnte das Mädchen davon abbringen, dass die Vampirin im Alleingang die Mayatan besiegt hatte.

Teliin hatte sich bereit erklärt, sich um Reen und die Kleine zu kümmern. Der Winter stand vor der Tür und es würde schwer für die Rückkehrer werden, da die Besatzer nicht viele Vorräte zurückgelassen hatten. Aber so zäh wie die Frauen waren, würden sie es schon irgendwie schaffen.

Die schneidende Stimme von Samara holte Sascha jäh aus ihren Gedanken.

»Was soll das heißen, der Drache kann nicht zu den Hyva fliegen? Habt Ihr vergessen, dass immer noch eine Flotte der Mayatan Richtung Kysann unterwegs ist? Wir dürfen keine Zeit mehr verlieren! Noch besteht die Chance, dass es Ken und Bror rechtzeitig schaffen!«

Der König hatte die verfilzten Haare nach hinten gebunden und sich den Bart notdürftig gekürzt, was aber die Blessuren in seinem Gesicht noch deutlicher hervorstechen ließ. Den ausgemergelten Körper versteckte er unter einem weiten Gewand. Trotz des bemitleidenswerten Äußeren lag eine unnachgiebige Autorität in seiner Stimme, als er sprach.

»Ich verstehe Eure Position, Kapitänin, aber die Zukunft der Welt wiegt schwerer als das augenblickliche Wohl eines einzelnen Volkes. Okori braucht Bror, um den Mutterstein schleunigst zurück zur alten Drachenmutter zu bringen, ehe sie stirbt. Nur so besteht die Hoffnung, dass sie noch einen weiteren weiblichen Drachen zur Welt bringt, bevor sie ihr hohes Alter einholt. Wenn es stimmt, dass die Drachenmutter auf Rapolan Gaias Weg verlassen hat, brauchen wir die Mutter hier auf Tarop umso mehr, oder der nächste machthungrige Despot wird die gesamte Welt in den Abgrund führen.«

Samara war außer sich vor Wut.

»Das kann nicht Euer Ernst sein! Ihr stellt das Leben eines alten Drachen über das eurer Brüder und Schwestern? Hat Euch dieser Mayatan den Verstand aus dem Hirn geprügelt?«

»Wählt Eure nächsten Worte weise, Samara Lysan!«, donnerte König Murator. »Ich bin keiner eurer Matrosen!«

»Verzeiht, Hoheit«, presste die Kapitänin durch die Zähne hervor, »aber ich verstehe eure Motivation in dieser Angelegenheit nicht.«

»Meine Motivation?« Die Stimme Murators war jetzt wieder deutlich versöhnlicher. »Mein Volk hat vor Jahrzehnten einen Pakt mit den Drachen geschlossen und sie haben sich seither immer daran gehalten. Bei Omra, ihre neue Drachenmutter hat sich heute Morgen für die Menschen geopfert! Meint ihr nicht auch, wir schulden diesen Wesen etwas? Und vergesst nicht, dass auch die tapferen Männer der Yangri auf diesen verfluchten Schiffen segeln. Glaubt mir, die Entscheidung ist mir nicht leicht gefallen.«

»Aber mein Volk«, flüsterte Samara leise.

»Ich verspreche Euch, dass ich schnellstmöglich einige Schiffe zur Verfügung stellen werde, damit Ihr heimkehren könnt. Die Hyva sind ein widerstandsfähiges Volk. Sie wissen sich zu verteidigen.«

Okori erhob sich und richtete das Wort an die niedergeschlagene Samara.

»Die Drachenmutter hat ihr Nest im Langen Wall weit im Westen von Tarop. Ich werde Tag und Nacht durchfliegen, dann schaffe ich es in einer Woche. Ken kann dann immer noch mit Bror aufbrechen.«

Samara war in sich zusammengesunken.

»Dann wird es zu spät sein. Nur ein Wunder kann die Hyva jetzt noch retten.«

Mit einem Knall, als ob ein Flugzeug direkt neben ihnen die Schallmauer durchbrochen hätte, tauchten in der Mitte des Saals zwei Gestalten aus dem Nichts auf. Die eine erwies sich als ein großer Tschumunga, der eindeutig seine besten Jahre hinter sich hatte. Sein Fell wuchs nur noch spärlich und er stützte sich schwer auf einen knorrigen Stab.

Kaum waren die beiden aufgetaucht, knallte es erneut und

das Wesen löste sich in Nichts auf. Zurück blieb ein junger Bursche, und die Farbe seiner Haare ließ keinen Zweifel.

»Finn!«, brüllte Schey fassungslos und flog in die Arme ihres totgeglaubten Geliebten. Auch Ken, Riku und Emma hielt nichts mehr auf ihren Plätzen und sie stürzten sich auf ihren Freund.

»Na, wenn das mal kein Wunder ist«, kommentierte Sascha trocken und klopfte der verdutzt blickenden Samara auf die Schulter.

Der Stab von Sulur

Finn hatte sich das Jenseits irgendwie anders vorgestellt. Er lag rücklings auf einem weichen Fell und blickte auf einige Leuchtsteine, die ihr schummriges Licht durch die Maschen eines grob geknüpften Netzes warfen. Es roch ein wenig nach nassem Hund und Pilzsuppe.

Es kam ihm so vor, als würde ein Trupp Tanzsatyren in seinem Schädel einen Stepptanz aufführen. Konnten Tote an Kopfschmerzen leiden? Weilte er vielleicht doch noch unter den Lebenden? Aber wie sollte das möglich sein. Er war gerade aus unglaublicher Höhe in die Tiefe gefallen. Einen solchen Sturz konnte niemand überleben. Oder doch?

»Dein Erscheinen versetzt mich in Erstaunen. Und mich hat seit vielen hundert Wintern nichts mehr überrascht.«

Finn kannte diese Stimme. Und nun, da er sie hörte, registrierte er auch, wo er sich befand. Ruckartig schoss er in eine sitzende Position, was ihm die Satyren in seinem Kopf sofort übel nahmen.

Auf der anderen Seite des geräumigen Zeltes saß ein stattlicher Tschumunga mit einer dampfenden Schüssel in den Händen. Sein langhaariges, weißes Fell schimmerte bläulich im Schein der Leuchtsteine und die großen, saphirblauen Augen ruhten verdutzt auf dem Neuankömmling.

»Komoroo!?«, rief Finn völlig durcheinander. »Wie bin ich denn *hierher* gekommen? Und warum bin ich nicht tot?«

»Bei deiner zweiten Frage kann ich dir nicht behilflich sein. Die Antwort auf die erste lautet aber mit ziemlicher Sicherheit Magie.«

»Magie?« Er konnte sich nicht erinnern, welche gewirkt zu haben. »Vor einer Sekunde bin ich auf der anderen Seite der Welt in den Tod gestürzt und in der nächsten lieg ich in deinem Zelt! Ich kann Dinge schweben lassen und Wasser zum Kochen bringen. Aber sowas?«

Die Augen des Tschumunga hefteten sich an den Stab, der in Finns Schoß lag. Bedächtig stellte er die Schüssel Suppe neben sich ab.

»Glaube mir, mit Magie ist nahezu alles möglich. Verrate mir, an was hast du gedacht, während du fielst?«

Er überlegte kurz. Die schrecklichen Ereignisse der letzten Stunde stürzten abrupt auf ihn ein und er brauchte einen Moment, um gegen die Verzweiflung anzukämpfen, die ihn befiel. Noch war nicht alles verloren, redete er sich ein. Es gab noch eine Chance, dass seine Freunde überlebt hatten. Mühsam fokussierte er seine Gedanken auf Komoroos Frage.

»Ich habe an Schey gedacht – meine Freundin – aber der Schmerz, sie nie wieder zu sehen, war einfach zu groß und da habe ich mich auf etwas anderes konzentriert. Wenn ich es mir recht überlege, dachte ich an dich und deine gemütliche Behausung! Kann das Zufall sein?«

Komoroo brummte vor Lachen.

»Mit Zufall hat das nichts zu tun. Vielmehr mit dem Stab, den du da hast. Sag mir, wie kam er in deinen Besitz?«

Finn senkte überrascht den Blick auf das dunkle Holz mit dem roten Stein.

»Oh Mann, das ist eine lange Geschichte.«

»Das muss kein Nachteil sein, solange sie gut ist«, erwiderte der Tschumunga lächelnd und offenbarte dabei sein beeindruckendes Gebiss. »Doch warte einen Moment. Ich sitze hier und esse, während du sicherlich großen Hunger leidest. Trink etwas Wasser aus der Schale, ich hole dir derweilen eine Schüssel Suppe.«

Die Nacht war bereits weit fortgeschritten, als Finn mit seinem

Bericht endete. Er hatte dem Tschumunga von all ihren Abenteuern erzählt, beginnend mit dem hastigen Aufbruch nach der Beratung mit Komoroo vor einigen Monaten, bis hin zu ihrer Begegnung mit Krotrok am Himmel über der Yangri-Stadt, die mit dem Absturz der Drachenhaut endete. Nun saßen sich beide schweigend gegenüber, bis der Tschumunga schließlich die Stille durchbrach.

»Eine wahrlich abenteuerliche Geschichte, mein junger Freund. Das Tra'Mek in der Welt hinter dem Schleier überleben konnte, ist wirklich bemerkenswert. Und du hast ganz nebenbei auch das Rätsel deines überraschenden Erscheinens aufgelöst.«

»Tatsächlich?«, erwiderte Finn verwundert.

»Natürlich. Eigentlich müsstest du von selbst darauf kommen. Schließlich hast du den Stab von Sulur an dich genommen.«

Er wusste nicht, worauf sein Gegenüber hinaus wollte. »Ja und?«

»Na, deine Freundin Sascha hat euch doch die Geschichte von Tra'Mek und Sulur erzählt. Was glaubst du denn, wie er seinen Widersacher zu dem Portal bringen konnte? Er hat den Stab benutzt!«

In Finns Kopf begann es zu rattern.

»Soll das heißen, der *Stab* hat mich vor dem Tod bewahrt, indem er mich hierher gezaubert hat?«

»Der Stab allein wäre dazu nicht fähig. Es bedarf schon eines mächtigen Magiers, um dergleichen zu vollbringen. Du selbst hattest also einen Anteil daran, dass der Sturz nicht mit deinem Tod endete.«

»Dann kann der Stab mich überall hinbringen? Wohin ich auch will?«, erwiderte Finn hoffnungsvoll und sprang auf die Füße. »Wenn das so ist, muss ich sofort zurück zur Drachenhaut! Vielleicht kann ich meine Freunde noch retten!«

Komoroo schüttelte langsam sein zotteliges Haupt. »So

einfach ist das nicht. Diese Art von Magie ist schwer zu beherrschen und sehr gefährlich.«

Doch Finn hörte gar nicht zu. Er presste den Stab an seine Brust und flüsterte mit geschlossenen Augen: »Die Brücke der Drachenhaut. Die Brücke der Drachenhaut.«

»Schweig!«, donnerte der Tschumunga und Finn ließ erschrocken den Stab fallen. »Willst du als Dummkopf sterben? Wenn du versuchst, zu einem unbestimmten Ort zu reisen, verschwindest du und tauchst nie wieder auf!«

»Unbestimmt?«

»Du bist nur in der Lage, zu Orten zu springen, die du in deinem Geist komplett visualisieren kannst. Meine Hütte, zum Beispiel, scheint einen bleibenden Eindruck in deiner Erinnerung hinterlassen zu haben. Wenn du aber versuchst, an einen Punkt zu gelangen, an den du dich nur flüchtig erinnerst, wirst du dich auflösen oder du landest in einer Wand, die du vergessen hast. Aber selbst bei einer perfekten Visualisierung ist es immer noch ein risikoreiches Unterfangen. Hätte ich meine Suppe dort gegessen, wo du aufgetaucht bist, wäre das Resultat unschön für uns beide geworden.«

»Aber die Brücke der Drachenhaut kenne ich wie meine Westentasche!«, konterte Finn. Schließlich hatte er Wochen und Monate dort verbracht.

»Das mag sein. Nur hast du mir berichtet, dass euer Luftschiff abgestürzt ist. Was meinst du, wie groß sind die Chancen, dass du mit einer Planke in deinem Körper auftauchst? Wenn überhaupt noch etwas von dem Raum übrig ist.«

Finn hob den Stab von Sulur auf und betrachtete den runden Rubin an seinem Ende.

»Aber meine Freunde sind in Gefahr. Ich muss doch irgendetwas unternehmen können.«

Komoroo überlegte einen Moment.

»Eine Möglichkeit gäbe es. Der Älteste der Tschumunga hat noch persönlich mit Tra'Mek verhandelt. Er war der letzte Berater der Menschen, den mein Volk entsandte. Nach deiner

Beschreibung der Stadt kann es sich nur um Boram handeln, die Hauptstadt der Yangri. Der Älteste könnte dich vielleicht dorthin bringen, wenn er irgendeinen Ort dort noch ausreichend visualisieren kann.«

Hoffnung keimte in Finns Herzen.

»Dann lass ihn uns gleich aufsuchen! Ich hab schon viel zu viel Zeit verschwendet. Wer weiß, in was für Schwierigkeiten die anderen stecken.«

Ihm war natürlich bewusst, dass sie genausogut alle tot sein konnten, aber er verdrängte diesen Gedanken in den hintersten Winkel seines Verstandes. Solange die grausame Realität ihn nicht eines Besseren belehrte, würde er weiterhin fest an seine Freunde glauben.

»So einfach ist das nicht, Finnley Kramer. Die Tschumunga verehren die Magie. Kein nichtmagisches Wesen darf den Aufstieg zum Ältesten antreten. So lauten unsere Gesetze.«

»Aber ich habe doch magische Fähigkeiten! Sonst wäre ich wohl kaum hier. Wo ist also das Problem?«

»Zunächst musst du die Prüfungen bestehen, die jeder Tschumunga ablegen muss, bevor er in den Kreis der Erleuchteten aufgenommen wird. Nur so kannst du dich dem Ältesten und auch dem Stab, den du trägst, als würdig erweisen.«

»Aber meine Freunde –«, begann Finn zu diskutieren, doch Komoroos Gesicht nahm einen gefährlichen Ausdruck an und er verstummte.

»Es gibt nur diesen einen Weg! Schätze dich glücklich, dass ich ihn dich beschreiten lasse. Er ist im Grunde genommen nur den Tschumunga vorbehalten. Doch ich sehe großes Potenzial in dir. Und Krotrok bedroht die Harmonie der gesamten Welt. Wir haben zwar jedweder direkten Einmischung in das Gleichgewicht abgeschworen, doch dürfen wir dem Schicksal gelegentlich einen kleinen Stoß in die richtige Richtung geben. Also vertrau mir, Finn, und lass dich von mir leiten.«

»Soll das ein Witz sein?«, erwiderte er gereizt, nachdem ihm Komoroo die erste Prüfung erklärt hatte. Finn war extra früh aufgestanden, damit er die Tests rasch hinter sich bringen und diesem mysteriösen Ältesten endlich einen Besuch abstatten konnte. Aber dann hatte der Tschumunga ihm eröffnet, dass er sich nur *einer* Aufgabe pro Tag stellen durfte. Angeblich war es die kürzest mögliche Frist, die die Gesetze seines Volkes zuließ. Normalerweise vergingen Jahrzehnte zwischen den Prüfungen.

»Wenn es um Magie geht, mache ich niemals Scherze. Diese Aufgabe müssen die Jüngsten bei uns absolvieren, um in den Kreis der Lernenden aufgenommen zu werden. Kannst du es nun, oder nicht?«

Finn konzentrierte sich auf die Schale Wasser vor sich. Einen Augenblick später erstarrte die Flüssigkeit zu massivem Eis. Dann versetzte er die Wassermoleküle derart in Schwingung, dass sich mit einem lauten Zischen das gefrorene Wasser in einer Dampfwolke auflöste.

»Zufrieden?«, brummte er.

»Mit dem Ergebnis schon, nur nicht mit deiner Einstellung«, erwiderte Komoroo und zog seine buschigen Augenbrauen zusammen. »Ich verstehe deine Ungeduld, aber du musst lernen, das Unabänderliche zu akzeptieren. Und nun gib mir den Stab und geh. Morgen früh fahren wir fort. Ich rate dir, dich gut auszuruhen.«

Den Rat des Tschumunga registrierte Finn nicht mehr, denn die Forderung seines Lehrers schockierte ihn.

»Den Stab? Warum? Ich brauch ihn noch, um zu meinen Freunden zurückzukehren!«

Komoroo verrollte die saphirblauen Augen.

»Zum einen habe ich dir doch bereits erklärt, dass du selbst nicht nach Boram springen kannst. Der Älteste wird dich hinbringen, wenn er dich als würdig anerkennt. Und zum anderen ist das nicht *dein* Stab. Er gehörte auch nicht Sulur, sondern Komolaan, dem Vater meines Vaters.«

Völlig verdutzt vergaß Finn seinen Ärger.

»Er gehörte deinem Großvater? Aber wie hat ihn dann Sulur bekommen?«

Der Tschumunga atmete tief durch.

»Der Vater meines Vaters weilte als Berater am Hof von Sulur, während zur selben Zeit der Älteste der Ratgeber von Tra'Mek war. Die Tschumunga litten damals noch sehr unter der Last einer alten Schuld und deshalb versuchten sie, zwischen Tra'Mek und Sulur zu vermitteln, um die Welt und auch die Menschen vor dem Untergang zu bewahren. Das ist nun schon mehr als sechshundert Winter her.

Doch beide Anführer waren taub für den Rat meines Volkes, obwohl ihnen die Drachen übel zusetzten und Yangri und Hyva immer schwächer wurden. Sulur, der Herrscher der Hyva, fasste deshalb eines Tages den Plan, die Drachenmutter auf Rapolan zu töten, um sich von dem Drachenproblem zu befreien und so einen Vorteil gegenüber Tra'Mek zu erlangen, der seinerseits mit den Drachen auf Tarop kämpfte.«

»Drachenmutter?«, unterbrach Finn Komoroo.

»Es gibt immer nur drei von ihnen auf der Welt, auf jeder großen Landmasse eine«, erklärte der Tschumunga geduldig. »Nur die Drachenmütter können Nachkommen gebären. Wenn das Gleichgewicht der Welt in Gefahr ist, dann zeugen sie viele Söhne, die sich der Störung annehmen und die Harmonie wieder herstellen.«

»Warte mal. Du behauptest also, die Drachen würden die Welt *beschützen*? Das hab ich aber ganz anders gehört.«

»Jeder hat seine spezifische Sicht auf die Dinge. Und manchmal sieht man die Wahrheit verzerrt, weil die eigene Perspektive keinen Blick auf das Ganze erlaubt«, antwortete Komoroo. »Aber zurück zu Sulur. Er wagte sich weit in den Norden und suchte nach dem Nest der Drachenmutter. Doch als er sein Ziel fast erreicht hatte, ziemlich geschwächt von den

Angriffen der Drachen, geriet er auch noch mit den Feen aneinander und kam nur knapp mit dem Leben davon.«

Finn erinnerte sich an das flatternde Wesen in der Ratshalle von Kysann. Es wollte nicht so recht in seinen Kopf hinein, wie ein solch winziges Geschöpf einem der größten Magier aller Zeiten gefährlich werden konnte. Doch um Komoroo nicht schon wieder zu unterbrechen, verkniff er sich seine Frage.

»Zurück in Kysann zögerte Sulur nicht einen Moment und tötete Komolaan, der nicht mit einem Angriff rechnete. Der Herrscher der Hyva hatte auf dem Rückweg aus der Wildnis einen neuen, niederträchtigen Plan gefasst. Er nahm den Stab des Niedergestreckten an sich und mit Hilfe seines Wissens über die Magie meisterte er seine Macht. Er versetzte sich weit in den Norden in die Nähe des Drachennestes. So war es ihm möglich, den Feen zu entgehen, und er drang schließlich bis zur Drachenmutter vor. Aber im letzten Moment scheiterte Sulur erneut und er konnte sein Leben wiederum nur knapp retten, indem er mit dem Stab nach Kysann zurücksprang.

Der Tod eines der Mächtigsten unseres Volkes blieb den Tschumunga natürlich nicht verborgen und so konfrontierten wir Sulur schließlich mit seiner abscheulichen Tat.«

»Und warum habt ihr ihn nicht einfach getötet?«, platzte es aus Finn heraus. Er war entsetzt über die dunkle Seite von Sulur, wo er doch bisher immer gedacht hatte, Tra'Mek sei der Böse gewesen. Aber nun wurde ihm schlagartig bewusst, dass die Welt nicht so einfach gestrickt war.

»Die Tschumunga haben seit vielen tausend Jahren niemanden mehr getötet, denn das Leben ist uns heilig. Mein Volk stellte Sulur vor die Wahl: Entweder würden sie ihn an Tra'Mek ausliefern und so dem Herrscher der Yangri zum Sieg verhelfen, oder er schloss mit seinem Widersacher einen Waffenstillstand, damit beide Völker friedlich weiterleben konnten. Den Tschumunga war natürlich klar, dass sich Sulur in diesem Fall für den Frieden entscheiden würde. Nie hätte er sich den Yangri unterworfen.

Doch er hinterging uns erneut, wie du ja bereits aus der Geschichte deiner Freundin Sascha erfahren hast. Sulur stieß Tra'Mek durch das Portal, gerade als der Waffenstillstand besiegelt werden sollte. Dieses Mal ließ sich das Schicksal jedoch nicht betrügen, denn sein Rivale versetzte ihm noch einen tödlichen Stich, bevor er durch das Tor fiel. Und dort hast du ihn und den Stab schließlich gefunden. Du siehst also, weder Sulur, noch Finnley Kramer, sind die rechtmäßigen Besitzer dieses mächtigen Artefakts.«

Finn hörte das Echo eines lauten Knalls, als er zusammen mit Komoroo auf einem sturmgepeitschten Gipfel erschien. Schlagartig traf ihn die Kälte wie millionen feiner Nadelstiche und er bekam kaum noch Luft. Ein unheimlicher Druck baute sich in seinen Ohren auf und es fühlte sich an, als wollten ihm die Trommelfelle platzen.

Nach Atem ringend und schlotternd vor Kälte fiel sein Blick auf den Tschumunga neben sich, dessen Fell sich kaum im Wind bewegte.

»Nutze die Magie, um dich an deine Umgebung anzupassen«, brüllte Komoroo gegen den Sturm.

Mühsam konzentrierte sich Finn auf die peitschende Luft, die an seiner viel zu dünnen Kleidung zerrte, und er begann, sie um sich herum abzubremsen. Die Eiseskälte ließ sofort etwas nach, aber auch ohne den Wind würde er hier oben binnen Minuten erfrieren. Also versetzte er die Moleküle einer dünnen Luftschicht um seinen Köper herum vorsichtig in Schwingung, bis ihn eine angenehme Wärme umhüllte.

Das Gefühl kehrte in seine Gliedmaßen zurück, doch obwohl er versuchte, tief einzuatmen, gab es einfach nicht genug Sauerstoff in dieser Höhe. Schon tanzten schwarze Punkte vor seinen Augen und er war kurz davor, umzukippen.

Mit letzter Kraft schaffte er es, den Luftdruck um sich

herum zu erhöhen, indem er die dünne Atmosphäre magisch verdichtete. Finn atmete erleichtert auf, als endlich wieder genug des lebenswichtigen Gases in seine Lunge strömte. Es knackte in seinen Ohren und der Schmerz ließ augenblicklich nach.

Sich ständig auf die Magie konzentrierend, fand er endlich die Gelegenheit, sich richtig umzuschauen. Sie standen auf dem höchsten aller Gipfel. Ein schwindeleregendes Panorama auf das Hochgebirge bot sich in alle Richtungen, während im Osten die Sonne über den Bergen aufging und ihre rote Glut über das Dach der Welt ergoss. Es gab für Finn keinen Zweifel, sie befanden sich tatsächlich auf dem Mount Everest, der höchsten Erhebung auf dem gesamten Planeten!

»Du hättest mich vorher ruhig warnen können«, warf er dem wie ein Fels in der Brandung neben ihm stehenden Tschumunga vor. »Was wäre geschehen, wenn mich die Kälte oder der Sauerstoffmangel umgehauen hätte, bevor ich es in den Griff bekommen habe?«

Komoroo zeigte wieder sein zähnefletschendes Lächeln. »Dann wärst du durch den ersten Teil der Prüfung gefallen und ich hätte dich zurückgebracht. Aber damit wäre auch deine Chance verstrichen, den Ältesten zu sehen und ihm dein Anliegen vorzutragen.«

Finn schluckte. Das hier war etwas ganz anderes, als Wasser zum Kochen zu bringen.

»Okay, ich hab's ja noch hinbekommen. Können wir jetzt zurück?«

Finn war es leid, sich ständig auf die Beeinflussung der Atmosphäre konzentrieren zu müssen. Es fühlte sich so ähnlich an, als würde er mit drei Bällen gleichzeitig jonglieren, während er auch noch eine Unterhaltung führte.

Komoroo lachte nur brummend.

»Die Prüfung hat doch noch gar nicht richtig angefangen. Ich hole dich bei Sonnenuntergang ab.« Und mit einem Knall, der ihm die Ohren klingen ließ, verschwand der Tschumunga vor seinen Augen.

»Was!? Hey!«, entfuhr es Finn, aber nur der Wind hörte ihm noch zu.

Die nächsten Stunden waren eine Qual. Zwar schützte ihn seine Magie vor den tobenden Naturgewalten, doch hatte er sie noch nie so lange wirken müssen. Mehrere Male ließ seine Konzentration nach und er spürte die tödliche Kälte, die lauernd darauf wartete, dass er versagte. Doch er würde nicht aufgeben. Schey und die anderen waren diesem Krotrok ausgeliefert. Wenn sie überhaupt noch lebten. Aber nein, natürlich lebten sie noch. Sie mussten es einfach!

Gegen Abend nahm der Wind an Intensität zu und Finn, den mittlerweile ein fürchterlicher Hunger quälte, standen vor Anstrengung die Schweißperlen auf der Stirn. Den Durst hatte er glücklicherweise mit dem Schnee stillen können, der in seinen warmen Händen zu Wasser zerschmolz. Doch nun war er mit den Kräften am Ende. Finn biss die Zähne zusammen, dass es schmerzte. Schließlich brüllte er seine ganze Verzweiflung in den Sturm, der seine Stimme einfach mit sich nahm.

Als die Sonne die Gipfel am westlichen Horizont berührte, sank Finn auf die Knie. Schon spürte er, wie die Kälte seine Barriere durchdrang und ihm die Luft zum Atmen fehlte. Gerade als er endgültig aufgeben wollte, tauchte Komoroo mit einem lauten Knall neben ihm auf, packte ihn an der Schulter und einen Moment später fand sich Finn wieder im gemütlichen Zelt des Tschumunga, wo er wie ein nasser Sack in sich zusammensank.

»Ich hätte sterben können«, murmelte Finn tonlos. Selbst die Kraft, um auf Komoroo wütend zu sein, fehlte ihm.

»Das wäre durchaus möglich gewesen«, stimmte dieser ungerührt zu. »Erst wenn ein Tschumunga die Gipfelprüfung geschafft hat, gilt er als vollwertiges Mitglied der Gemeinschaft. Einige schaffen es nicht«, endete er traurig.

Finn rollte sich auf den Rücken. »Heißt das, wir können endlich zum Ältesten?«

»Noch nicht, mein ungeduldiger Freund. Zwei Prüfungen liegen noch vor dir, ehe du den Meistergrad der Magie erreicht hast. Dein Potenzial scheint groß genug zu sein, das Ganze lebend zu überstehen. Kein Tschumunga hat diese Herausforderungen jemals in so kurzer Zeit geschafft. Du kannst stolz auf dich sein!«

Finn fühlte sich alles andere als stolz. Nach der ersten Prüfung dachte er noch, dass diese lächerlichen Aufgaben nur seine Zeit verschwendeten. Doch nun wurde ihm klar, dass es hier durchaus um Leben und Tod ging. Seine Angst vor den Abiturprüfungen im vergangenen Jahr kamen ihm nun mehr als lächerlich vor. Aber er würde jetzt nicht aufgeben. Niemals. Er würde zu Schey zurückkehren oder bei dem Versuch sterben. Es gab keine andere Option.

Nachdem er zwei Schüsseln Pilzsuppe verschlungen hatte, fiel er hundemüde auf sein Lager. Jetzt verstand er auch, warum nur eine Prüfung pro Tag möglich war. Kaum hatte er die Augen geschlossen, umfing ihn auch schon ein tiefer Schlaf. Er träumte von Schey, wie sie zusammen in einem kleinen Boot auf einem ruhigen Strom Richtung Ozean trieben und alle Sorgen hinter sich ließen. Sie lehnte sich in seinen Arm und ihre wilden Locken, die nach Sommer und Meer dufteten, kitzelten ihn an der Nase. Am liebsten wäre er gar nicht mehr aufgewacht. Aber auch der schönste Traum löste sich irgendwann in der Realität auf.

Als ihn Komoroo am Morgen weckte, war er voller Tatendrang. Egal was für Gefahren die nächste Prüfung mit sich bringen würde, er musste sie einfach meistern, um endlich zu Schey zurückkehren zu können.

Nachdem er sich gewaschen und ein Stück knuspriges Brot gefrühstückt hatte, das ebenfalls verdächtig nach Pilzen schmeckte, trat er nach draußen in die kuppelförmige Halle unter dem Gletscher. Wie immer strahlte deren Decke so hell, als ob die Sommersonne durch eine dünne Eisschicht schien. Finn wusste jedoch, dass es sich nur um einen magischen Effekt handelte, denn die Höhle der Tschumunga lag tief unter dem Eis.

Komoroo erwartete ihn bereits vor dem Zelt. Neben seinem eigenen Stab hielt er auch den von Sulur in den Pranken.

»Bist du soweit?«, fragte er ernst.

»Bringen wir's hinter uns«, erwiderte Finn enthusiastisch.

Der Tschumunga reichte ihm das Ende seines eigenen Stabs und einen Augenblick später umgab sie absolute Finsternis. Wenn er nicht das hallende Echo des typischen Knalls gehört hätte, den es jedes Mal gab, wenn sie durch den Raum sprangen, wäre Finns erster Gedanke gewesen, dass er urplötzlich erblindet sei.

»Wir befinden uns nun in der Höhle der Sammlung«, ertönte Komoroos Stimme aus der Dunkelheit. Finn spürte, wie der Tschumunga ihm den Stab von Sulur in die Hand legte. »Sobald sich ein Angehöriger unseres Volkes dazu entschlossen hat, den Wächtergrad zu erlangen, bringen wir ihn hierher. Diese Kammer liegt so tief wie kein anderer Ort unter den Bergen. Es gibt zwar einen Zugang von der Oberfläche, der aber nur den Meistern bekannt ist. Ich gebe dir den Rat, die Zeit nicht mit der Suche danach zu vergeuden.«

»Und was soll ich hier stattdessen tun?«

»Sammle dich und finde deinen inneren Fokus. Sobald du ihn gefunden hast, wird es dir möglich sein, zurückzuspringen. Wer diese Prüfung meistert, dem wird sein Stab überreicht. Sollte es dir gelingen, überlasse ich dir den meines Großvaters, denn dann bist du würdig, ihn zu tragen.«

»Und wenn nicht?« Finn wusste bereits, dass ihm die Antwort nicht gefallen würde.

»Es ist mir nicht erlaubt, innerhalb eines Mondzyklus zurückzukehren. Da es hier unten keine Nahrung oder Wasser gibt, ist Versagen gleichbedeutend mit Tod.«

Ein ohrenbetäubender Knall, der von den weit entfernten

Höhlenwänden zurückgeworfen wurde, sagte Finn, dass es keinen Sinn machte, noch weitere Fragen zu stellen. Er war allein.

»Großartig«, murmelte er und tastete mit dem Stab wie mit einem Blindenstock den Boden in seiner Umgebung ab. Er wagte einige vorsichtige Schritte, doch unerwartet stieß die Spitze ins Leere.

Erschrocken blieb er wie angewurzelt stehen und ließ sich auf die Knie sinken. Mit den Händen konnte er eine Kante ertasten. Flach auf dem Boden liegend, streckte er seinen Arm nach unten, aber da war nichts. Einen Moment überlegte er, ob er den Stab als Lot benutzen sollte, doch er verwarf den Gedanken schnell wieder. Wenn er ihm aus der Hand fallen würde und das vor ihm nicht nur ein kleinerer Absatz war, wäre der Stab verloren. Also tastete Finn herum, bis er einen pflaumengroßen Stein fand, den er vorsichtig über den unsichtbaren Rand schubste. Dann lauschte er. Erschreckende zehn Sekunden später vernahm er ein kaum hörbares Poltern aus der Tiefe.

»Diese Tschumunga haben doch allesamt eine Schraube locker!«, rief er entsetzt in die Finsternis und kroch einige Meter rückwärts von dem Abgrund weg. Er würde sich hier unten keinen Schritt mehr bewegen.

Finn überlegte kurz, ob er noch einen Stein suchen sollte, um ihn zum Glühen zu bringen. Vielleicht konnte er so seine direkte Umgebung erkennen. Aber er wusste nicht, ob dies erlaubt war und er wollte keinesfalls riskieren, wegen so etwas die Prüfung zu vergeigen.

Also setzte Finn sich im Schneidersitz auf den felsigen Boden und versuchte seinen inneren Fokus zu finden. Was immer das auch war.

»Komoroos Zelt. Komoroos Zelt«, wiederholte er wie ein Mantra, den Stab fest an seine Brust gedrückt, doch nichts geschah. Er versuchte, sich an die Gefühle beim Sturz von der Hülle der Drachenhaut zu erinnern, aber die Gewissheit des sicheren Todes war keine Empfindung, die man mal eben einfach so empfand.

Einen verzweifelten Augenblick überlegte er, ob er mit dem Stab in den Abgrund springen sollte, um wieder das gleiche Gefühl wie damals zu erzeugen. Doch zum einen hatte er nur einen Versuch und zum anderen musste es auch so gehen. Schließlich konnte er später nicht jedes Mal irgendwo herunterspringen, wenn er den Ort wechseln wollte. Ganz davon abgesehen, dass sich in einen Abgrund zu werfen eine total bescheuerte Idee war.

So saß er in der Dunkelheit und versuchte sich zu sammeln. Aber ständig kam ihm Schey in den Sinn und er musste an ihre wunderschönen, grünen Augen und die vollen Lippen denken, was im Augenblick nicht sehr hilfreich war.

Es mussten mittlerweile einige Stunden vergangen sein, jedenfalls sagte ihm das sein Magen, der ein lautes Knurren in die Finsternis schickte. Langsam machte Finn das Fehlen jeglicher optischer oder akustischer Reize wahnsinnig. Er begann irgendwelche Melodien zu summen, nur damit er *irgendetwas* hörte.

Aber die Dunkelheit war allgegenwärtig. Fast schien sie eine Substanz zu haben, wie eine Flüssigkeit, die ihm die Luft zum Atmen nahm. Kalter Schweiß trat ihm auf die Stirn und seine Atemzüge gingen stoßweise. Gerade, als er glaubte, den Verstand zu verlieren, ergab er sich schließlich der Finsternis.

Finn verschmolz mit dem Dunkel, er *war* das Nichts und gleichzeitig füllte er die gesamte Höhle aus. Und plötzlich begriff er es! Erst wenn er bereit war, sich aufzulösen, konnte er an anderer Stelle wieder entstehen. Es klang eigenartig, aber genau *das* war die Lösung. Er spürte es. Und als er die Augen schloss und an das Zelt unter dem Gletscher dachte, fiel mit einem Mal ein Hauch von Helligkeit durch seine Lider.

»Willkommen zurück, Hüter des Stabs«, erklang die zufriedene Stimme von Komoroo, noch bevor er es wagte, die Augen wieder zu öffnen.

Finn stand am Fuß des Gletschers und ließ seinen Blick über die schneebedeckten Hänge zu beiden Seiten des Tals gleiten. Der Tschumunga hatte ihm geraten, den Ortswechsel mit dem Stab den Rest des Tags zu üben, denn es war wichtig, dass er diese Magie im Schlaf beherrschte. Finn hatte ihn gefragt, ob er ihm auch etwas über die letzte Prüfung verraten könnte, doch mehr als ein besorgtes Schnaufen hatte er nicht aus Komoroo herausgebracht, was Finn nicht gerade beruhigte.

Also war er nach dem üblichen Mittagessen aus Pilzsuppe und Pilzbrot gleich nach draußen gegangen, um zu üben. Wenn er sein Ziel sehen konnte, war das Springen eine relativ sichere Angelegenheit, da in diesem Fall eine geistige Visualisierung auf Basis von Erinnerungen nicht nötig war. So viel hatte er wenigstens aus seinem Lehrer herausbekommen. Die Gefahr, überhaupt nicht mehr aufzutauchen, bestand jedoch immer. Diese konnte nur mit Übung und Routine auf ein Minimum reduziert werden.

Schließlich atmete Finn tief die kalte Luft des Himalayas ein und fixierte eine flache Felsstufe, die einige Meter höher auf der gegenüberliegenden Seite des Gletscherbachs lag.

»Dann woll'n wir mal«, machte er sich Mut und schloss die Augen.

Es war gar nicht so einfach, wieder das Gefühl des Auflösens in sich zu spüren, da unzählige Geräusche auf ihn eindrangen und der Wind über seine Haut strich. Jetzt fehlte ihm plötzlich die allumfängliche Dunkelheit, unter der er in der Höhle der Sammlung noch so gelitten hatte.

Doch schließlich gelang es ihm und das Echo des Sprungknalls wurde von den Berghängen zu ihm zurückgeworfen. Als er die Augen aufschlug, stand er tatsächlich auf dem Felsplateau und blickte auf die Stelle hinunter, an der er eben noch gestanden hatte.

Eine unbändige Euphorie befiel ihn. Ohne lange nachzudenken, sprang er zurück zu seiner alten Position, nur um gleich darauf wieder auf dem Plateau zu stehen. Wie Gewehrfeuer polterten die Echos der magischen Sprünge das Tal hinunter. Zuletzt schaffte er es sogar, ohne die Augen schließen zu müssen.

Als ihm die Ortswechsel über kleine Distanzen hinweg schließlich zu einfach wurden, fasste er sich ein Herz und im nächsten Moment stand er wieder auf dem Dach der Welt, dem Mount Everest. Von einer magischen Hülle geschützt, streckte er die Arme in die Höhe und schrie sein Glück in den azurblauen Himmel. Nie hätte er es für möglich gehalten, dass er zu so etwas in der Lage sein könnte. Was konnte er mit diesen Fähigkeiten nicht erreichen? Alles schien machbar. Niemand würde ihn aufhalten können.

Mit einem Mal ließ er die Hände sinken. Was waren das für Gedanken, die sich da in seinen Verstand schlichen? Einen Moment kam es ihm sogar so vor, als flüstere ihm eine leise Stimme diese verlockenden Aussichten direkt in sein Ohr. Er erschrak vor sich selbst, als er erkannte, dass der dunkle Spross der Machtgier in ihm keimte. Für einen kurzen Augenblick hatte er seine Freunde, ja sogar Schey, vergessen und sich egoistischen Gedankenspielen hingegeben. Er konnte nun verstehen, wie verführerisch es war, solch außergewöhnliche Fähigkeiten zu nutzen, um noch größere Macht zu erlangen.

Doch er wusste, wo dieser Weg endete. Finn erinnerte sich nur zu gut an die bleichen Knochen von Sulur und Tra'Mek, der über Jahrhunderte hinweg dem Schatten früherer Macht hinterherjagte und hierfür sogar seine Menschlichkeit geopfert hatte. Nein, er würde sich dem nicht hingeben. Alles was zählte, war Schey und seine Freunde zu retten. Nur dafür brauchte er diese Macht.

Einen Moment genoss er noch den Ausblick, dann sprang er zurück in das warme Zelt unter dem Gletscher. Komoroo saß im hinteren Teil der Behausung und schien zu meditieren. Doch als Finn schon hinausgehen wollte, um ihm seine Ruhe zu lassen, sprach der Tschumunga ihn an, ohne die Augen zu öffnen.

»Bist du bereit für morgen?«

Finn zuckte mit den Schultern. »Na ja, so bereit man eben sein kann, wenn man nicht weiß, was einen erwartet.«

Komoroo öffnete die Augen und musterte den jungen Menschen einen Moment.

»Du hast großes magisches Talent, Finnley Kramer. Doch der Weg, den du gewählt hast, ist sehr schwer. An die Meisterprüfung, der du dich morgen stellen musst, wagen sich nur die fähigsten Tschumunga, und das auch nur nach Jahrzehnten der Übung und Meditation.«

Finn zog seine Augenbrauen nach oben. »Also wenn du mir Mut machen willst, ist das nicht sehr hilfreich.«

»An Mut fehlt es dir nicht, mein junger Freund, aber an Weitsicht und Vernunft.«

»Was soll das heißen?«, erwiderte er verwirrt.

Komoroo deutete mit seinem Stab auf den in Finns Händen.

»Du hast den Wächtergrad gemeistert und dich damit als würdig erwiesen, einen Stab zu tragen.«

»Ja und? Du hast doch selbst gesagt, dass ich nicht nach Boram springen kann, weil ich dort keinen Ort visualisieren kann.«

Der Tschumunga schüttelte langsam seinen riesigen Schädel. »Erkennst du denn nicht, welche anderen Möglichkeiten du hast?«

In Finn kochte allmählich die Wut hoch. »Was soll'n denn das für Alternativen sein? Ich muss schnellstmöglich den halben Globus umrunden. Wie soll das anders geh'n als mit Magie? Oder hast du hier irgendwo ein Düsenflugzeug, von dem ich nichts weiß?«, ergänzte er sarkastisch.

»Das meinte ich nicht«, antwortete Komoroo. »Du hast nun die Macht, binnen eines Wimpernschlags an jeden Ort zu reisen, den du in dieser Welt besucht hast. In Kysann könntest du den Hyva sicher von großem Nutzen sein. Oder du holst die Portalsteine aus Sulurs Höhle auf der Insel und kehrst in deine eigene Welt zurück.«

Finn horchte auf. »Aber das Portal wurde doch zerstört, als der Drache Tra'Mek eingeäschert hat.«

»Nur der Ring wurde vernichtet. Er ist eine Art Leiter für die Magie und ist leicht zu ersetzen. Die fünf magischen Steine, die den Portalzauber ermöglichen, sind hingegen äußerst selten und viel zu mächtig, als dass sie durch Drachenfeuer zerstört werden könnten. Wenn du sie bergen kannst, sollte es dir mit etwas Glück gelingen, ein neues Portal in deine Welt zu öffnen.«

Finns Magen begann zu kribbeln. Wenn das stimmte, war er nur einen Sprung von der Möglichkeit entfernt, in seine eigene Welt zurückzukehren. Er könnte all diesen Wahnsinn hinter sich lassen und seinen Vater wieder in die Arme schließen. Doch das würde bedeuten, Schey und die anderen einfach ihrem Schicksal zu überlassen. Und wenn er an eine Zukunft ohne Schey dachte, sah er nichts, wofür es sich zu leben lohnte.

»Du verstehst das vielleicht nicht, Komoroo, aber für mich gibt es nur zwei Alternativen: Entweder ich bestehe diese verdammte Meisterprüfung und dein Ältester bringt mich zu meinen Freunden, oder ich sterbe bei dem Versuch.«

»So sei es«, antwortet der Tschumunga und war im nächsten Moment bereits wieder in seiner Meditation versunken.

Als Finn am nächsten Morgen sein Frühstück in den Händen hielt, bekam er nichts hinunter. Zum einen hatte er einfach die Nase voll von allem, das im entferntesten nach Pilzen schmeckte, zum anderen – und das war der Hauptgrund – quälte ihn eine Todesangst vor der bevorstehenden Prüfung. Geschlafen hatte er so gut wie gar nicht.

Komoroo war nicht im Zelt gewesen, als er erwachte. Auf dem Dorfplatz konnte er ihn ebenfalls nirgends entdecken, zumal es für Finn immer noch schwer war, die Tschumunga auseinanderzuhalten. Als er ratlos zur Behausung zurückkehrte und gerade eintreten wollte, ertönte unvermittelt ein Sprungknall aus dem Inneren des Zelts. Dort stieß er schließlich auf Komoroo, der sich schwer atmend auf seinen Stab stützte.

»Ist alles in Ordnung?«, erkundigte sich Finn besorgt. Der Tschumunga schien am Ende seiner Kräfte zu sein.

»Mach dir keine Sorgen um mich«, winkte Komoroo ab. »Konzentriere dich lieber auf die Aufgabe, der du dich nun stellen musst, und höre meinen Rat: Es geht dieses Mal um Leben und Tod! Verhalte dich entsprechend.« Damit hielt er Finn wieder das Ende seines Stabs hin. »Und vergiss nicht: Wenn du scheiterst, darf ich dich nicht zum Ältesten bringen.«

Finn schluckte und ergriff das dunkle Holz. Im nächsten Augenblick stand er in einer niedrigen Felskammer, die notdürftig von einigen schwachen Leuchtsteinen erhellt wurde. Bevor er sich fragend an Komoroo wenden konnte, war dieser auch schon wieder mit einem Knall verschwunden.

»Danke für das Gespräch«, knurrte Finn und umklammerte den Stab von Sulur.

Langsam gewöhnten sich seine Augen an das wenige Licht und er blickte sich vorsichtig um. Der Teil der Höhle, den er erkennen konnte, schien absolut leer zu sein, aber es gab unzählige Winkel, die im Schatten lagen. Die Luft war feucht und trug den unangenehmen Geruch von vergammeltem Fleisch und Fäkalien. Außer dem gelegentlichen Tropfen von Wasser herrschte eine bedrohliche Stille.

Finn verharrte an Ort und Stelle, den Körper angespannt, und drehte sich langsam um die eigene Achse, jederzeit mit dem Schlimmsten rechnend. Seine Nackenhaare stellten sich abrupt auf, als aus einer dunklen Ecke ein leises Fauchen erklang. Erschrocken wich Finn einige Schritte zurück, bis er gegen die Felswand stieß.

»Wer ist da?«, rief er mit zittriger Stimme, den Stab wie ein Schwert vor sich haltend.

Eine hässliche Schnauze schälte sich aus den Schatten. Die Haut war faltig, bleich und völlig unbehaart, von einigen extrem langen Barthaaren abgesehen, die unablässig zuckten, da die Kreatur stoßweise die Luft durch die immensen Nüstern aufsog. Aus dem Maul, das von zwei armlangen Schneidezähnen dominiert wurde, lief in glibberigen Fäden der Geifer auf den Boden.

Immer weiter schob sich das Wesen vorwärts. Schon konnte Finn die winzigen schwarzen Knopfaugen erkennen, die seitlich am wulstigen Schädel saßen. Im Vergleich zum länglichen Kopf, den nicht einmal Ken mit seinen langen Armen hätte umfassen können, wirkten die Augen winzig. Offenbar verließ sich die Kreatur auf ihre anderen Sinne. Ihre trichterförmigen Ohröffnungen bewegten sich lauschend in alle Richtungen.

Die kurzen, rattenartigen Vorderbeine gruben sich mit den klauenbewehrten Zehen in den Höhlenboden und wuchteten den tonnenförmigen, blassen Leib noch ein paar Meter auf Finn zu.

Der grauenhafte Anblick des Wesens hatte ihn für einen Augenblick wie paralysiert. Erst als das Vieh ein ohrenbetäubendes Quieken ausstieß und Finn klebriger Speichel ins Gesicht flog, überwand er endlich den Schock.

Er überlegte fieberhaft. Es geht um Leben und Tod, hatte Komoroo gesagt. Er würde also mit der Kreatur kämpfen müssen! Sie kauerte nur wenige Meter von ihm entfernt und drehte ruckartig den Kopf von rechts nach links, als ob sie versuchte, ihre Beute zu lokalisieren. Jetzt musste er schnell handeln, bevor sie ihm zuvorkam.

Finn konzentrierte sich auf die Bestie, genauer gesagt auf das Blut, das durch ihre Adern pulsierte. Er begann, es zu erhitzen, auch wenn es auf diese Entfernung schwierig war und langsam vonstattenging. Jeden Augenblick konnte sich das grauenhafte Vieh auf ihn stürzen, doch Finn war überzeugt, es mit seiner Magie so lange auf Abstand halten zu können, bis es für die Kreatur zu spät sein würde. Er war für den Kampf bereit!

Doch nichts dergleichen geschah. Das Wesen begann nur ängstlich in einem hohen Ton zu fiepen, da es mittlerweile zu spüren schien, dass irgendetwas nicht stimmte. Zufrieden lächelnd wischte Finn sich den Angstschweiß von der Stirn. Das ging ja leichter als gedacht, freute er sich.

Der fette, faltige Leib sackte taumelnd zu Boden. Jetzt hatte das Vieh keine Chance mehr! Wie im Wahn riss er die Augen auf und verstärkte seine magische Attacke noch, angespornt von der Macht, die er über die Kreatur hatte. Er würde dieses Scheusal zur Hölle schicken!

Doch auf einmal zögerte Finn. Was tat er da eigentlich? Hatte das Wesen ihn angegriffen? Nein. War er sich absolut sicher, dass es ihn töten wollte? Auch diese Frage konnte er nur verneinen. Doch welche Wahl hatte er? Die Prüfung ging um Leben und Tod! Das hatte Komoroo unmissverständlich klargemacht. Er *musste* die Kreatur also töten, sonst würde er niemals rechtzeitig zu Schey kommen können. Aber war er ein Mörder? Das Wesen, so grauenhaft es auch aussah, hatte ihm schließlich bisher nichts getan.

Völlig durcheinander ließ er von der Kreatur ab, die ein erleichtertes Quieken ausstieß und sich mühsam drehte, um in einer dunklen Ecke Schutz zu suchen. Dabei bemerkte Finn ein metallisches Klirren, was ihn stutzig machte. Mit Magie fixierte er einen der trüben Leuchtsteine, die in Nischen an der Höhlenwand verteilt lagen, und schleuderte ihn in Richtung des Wesens. Und da erblickte Finn die Kette, die den Hinterlauf umschloss. Es war an die Wand gekettet! Beinahe hätte er ein wehrloses Tier getötet!

Rasend vor Wut umfasste Finn den Stab von Sulur so fest, dass seine Fingerknöchel weiß hervortraten. Einen Knall später stand er wieder im Zelt von Komoroo, der im Schneidersitz meditierte.

»Ist das die hochentwickelte Moral der Tschumunga!?«,

brüllte Finn. »Ein wehrloses Wesen töten, um sich Meister nennen zu dürfen?«

Komoroo blieb wie immer die Ruhe in Person. »Hast du es denn getötet?«

»Natürlich nicht! Ich bin kein Mörder! Weißt du was? Dein Ältester und du können mir gestohlen bleiben! Ich werd einen anderen Weg finden, um zu Schey zu kommen.«

»Es wäre ziemlich dumm von dir, jetzt zu verschwinden, wo du doch endlich das Privileg erlangt hast, den Ältesten aufzusuchen.«

Finn, der stürmenden Schrittes bereits die Tür des Zelts erreicht hatte, blieb wie angewurzelt stehen.

»Was meinst du damit?«

»Dass du die letzte Prüfung bestanden hast.«

»Aber du hast doch klargestellt, dass es bei der Aufgabe um Leben und Tod geht.« Finn verstand wieder einmal gar nichts mehr.

»Das sagte ich. Und du hast dich richtig entschieden: für das Leben!«

»Soll das heißen, die ganze Prüfung bestand darin, das hässliche Vieh *nicht* zu töten?«

Der Tschumunga schmunzelte. »Bei dir klingt das so, als ob es eine leichte Aufgabe wäre. Ich versichere dir, die meisten hätten das Wesen ohne nachzudenken getötet. Doch du hast dich von dem grotesken Äußeren nicht beeinflussen lassen und genauer hingesehen.«

Finn schlurfte zu seinem Lager und ließ sich auf die Felle sinken.

»Nimm es mir nicht übel, Komoroo, aber ihr habt echt einen Knall. So prüft ihr eure zukünftigen Meister?«

Der Tschumunga schien auf einmal einen Teil seiner inneren Ruhe verloren zu haben. »Ich muss dir gestehen, dass du leider kein Meister bist.«

Finn stemmte sich ruckartig in eine sitzende Position.

»Was soll das heißen? Du sagtest doch, wir dürfen jetzt zum Ältesten!«

»Oh, das können wir auch. Nur ein Meister bist du nicht, weil es so etwas, ehrlich gesagt, bei den Tschumunga gar nicht gibt. Ebenso wenig müssen sich bei uns die Lernenden derartigen Prüfungen unterziehen.«

Einen Augenblick war Finn einfach nur sprachlos.

»Willst du mich verarschen!?«, brüllte er Komoroo an, der kurz zusammenzuckte. »Soll das heißen, die Torturen der letzten Tage sind völlig sinnlos gewesen und ich könnte längst bei Schey sein?«

»Der Stab ist ein mächtiges Artefakt. Ich musste sicher sein, dass du die nötige Befähigung besitzt, mit ihm umzugehen. Und genauso wichtig war für mich, ob ein gutes Herz in deiner Brust schlägt. Ich würde den Stab meines Vorfahren nie jemandem anvertrauen, der das Leben nicht respektiert.«

Finn beruhigte die Erklärung nicht im Mindesten.

»Na toll! Damit *du* dein Gewissen beruhigen konntest, habe ich Tage verloren! Tage, in denen meine Freunde vielleicht Qualen leiden mussten!«

Der Tschumunga erhob sich und sein drohender Blick ließ Finns Gemüt etwas abkühlen.

»Jetzt hör mir mal zu, Junge: Als du mit dem Stab hier aufgetaucht bist, hätte ich ihn dir auch einfach wegnehmen können. Er gehört dir nicht, auch wenn du ihn gefunden hast. Sulur hat meinen Großvater kaltblütig ermordet, um in seinen Besitz zu gelangen. *Ich* bin sein rechtmäßiger Erbe. Niemand sonst. Und *ich* entscheide, was damit geschieht. Wenn deine magischen Fähigkeiten nicht stark genug sind, könnte Krotrok ihn dir abnehmen, kaum dass du ihm gegenübertrittst. Ich würde es nicht ertragen, wenn der Stab erneut in den Händen eines machthungrigen Despoten landet.«

Finn beruhigte sich etwas, da er den Standpunkt von Komoroo verstehen konnte, auch wenn es ihm immer noch nicht sonderlich gefiel, derart getäuscht worden zu sein.

»Du hättest es mir auch einfach erklären können«, grummelte er vor sich hin.

»Ich kannte dich nicht, Finn«, erwiderte der Tschumunga beschwichtigend. »Du hättest mich täuschen können. Nein, ich musste herausfinden, was in dir steckt und ob deine Seele rein ist. Und was soll ich sagen, du hast ein gutes Herz und beeindruckende magische Fähigkeiten. Also verzeih mir bitte meinen kleinen Trick und lass uns nun alles für die Reise zum Ältesten vorbereiten, damit wir nicht noch mehr Zeit verlieren.«

»Reise?«, fragte Finn verdutzt. »Können wir nicht einfach hinspringen?«

»Der Älteste verdient Respekt«, antwortete Komoroo belehrend. »Wenn man mit ihm sprechen will, dann nimmt man den Aufstieg in Kauf. Sieh es als eine Art Pilgerreise. Und wir haben noch Glück, vom Dorf ist es nur ein Tagesmarsch. Aber für heute ist es schon zu spät. Wir können nicht riskieren, dass die Nacht uns überrascht, bevor wir sein Refugium erreicht haben. Ruh dich nun aus, Finnley Kramer. Du wirst morgen all deine Kräfte brauchen.«

Komoroo hatte nicht übertrieben. Kurz vor Sonnenaufgang waren sie vom Gletscher aufgebrochen und seit dem folgten die beiden einem schmalen Pfad, der ununterbrochen bergauf führte.

»Wir dürfen auf dieser Reise keine Magie benutzen«, hatte der Tschumunga ihn belehrt. »Bis Sonnenuntergang müssen wir die Tore auf normale Art und Weise erreicht haben.«

Am frühen Nachmittag brannten Finns Beine wie Feuer, aber er biss die Zähne zusammen und kämpfte sich Meter für Meter weiter den Berg hinauf. Komoroo schien das alles nichts auszumachen. Mit ausladenden Schritten wanderte er vorneweg, ohne irgendein Zeichen der Schwäche zu zeigen. Allein der Ausblick über die Gipfel des Himalayas entschädigte etwas für die Strapazen.

Finn hatte sich in dicke Felle eingewickelt, doch am Abend kroch ihm die zunehmende Kälte bis unter die verschwitzte Haut. Das Brennen in den Beinen hatte dankbarerweise nachgelassen, aber er war sich sicher, dass der Muskelkater am nächsten Tag umso schlimmer sein würde.

Als die orangerote Sonne die Bergkämme am Horizont berührte, näherten sie sich endlich dem Gipfel. Es war keiner der höheren Berge, aber nach der dünnen Luft zu urteilen, befanden sie sich bestimmt dreitausend Meter über dem Meeresspiegel, wie Finn schätzte.

Als es dämmrig wurde, versperrte unvermittelt ein mit geschwungenen Schnitzereien verziertes Holztor den Pfad. An der Bergflanke hing ein gewaltiger Gong aus Messing unter einem überhängenden Felsen. Komoroo zögerte nicht und schlug mit seinem Stab kräftig dagegen, worauf ein dumpfer, aber harmonischer Ton ins Tal hallte.

»Nun bist du an der Reihe«, ermutigte er Finn. Dieser schleppte seine müden Knochen zu der monströsen Metallscheibe und stieß das untere Ende seines eigenen Stabs dagegen. Erstaunlicherweise erzeugte der Gong dieses Mal einen viel höheren Ton, dessen Echo hundertfach von den umliegenden Bergen zurückgeworfen wurde.

»Und jetzt?«, fragte er müde, nachdem nur noch der Wind zu hören war. Erwartungsvoll starrte er auf das Tor.

»Nun beginnt unsere Torwache«, erklärte Komoroo. »Bis zum Sonnenaufgang werden wir meditieren und wachen. Erst dann wird uns der Einlass gewährt, so Gaia will.«

Finn, der sich auf ein warmes Zelt oder eine gemütliche Höhle gefreut hatte, blickte sich suchend um.

»Hier?«

Aber der Tschumunga antwortet ihm nicht und ließ sich neben dem mächtigen Gong auf den Boden sinken. Im Schneidersitz saß er mit geschlossenen Augen da und summte leise vor sich hin.

Einen Moment starrte Finn ihn ungläubig an, doch als er

merkte, dass es sich nicht um einen schlechten Scherz handelte, ließ auch er sich neben Komoroo auf die Erde sinken. Da es ihm der Tschumunga nicht verboten hatte, nahm er sich ein Stück Pilzbrot aus seinem Beutel und schlang es gierig hinunter. So hungrig war er lange nicht gewesen.

Kurz darauf stahlen sich die ersten Sterne an den Himmel und einige Stunden später füllte ein ganzes Sternenmeer das Firmament. Seit seiner Entführung, bei der ihn Sascha in einem Boot über den nächtlichen Ozean geschippert hatte, war der Nachthimmel nicht mehr so überwältigend schön gewesen. Die Fahrt zur Insel kam ihm wie ein Traum aus einem anderen Leben vor, obwohl es gerade mal ein halbes Jahr zurücklag.

Trotz der dicken Felle klapperten Finn die Zähne und er rutschte etwas näher an den großen Tschumunga heran, der wie eine Statue neben ihm saß. Er wagte nicht, sich mit Magie zu wärmen, da Komoroo ihn davor gewarnt hatte, auch wenn er sich nicht vorstellen konnte, dass es jemals irgendwer herausbekommen hätte. Er wollte so kurz vor dem Ziel kein Risiko eingehen.

»Ich komme zu dir, Schey. Halt noch etwas durch«, flüsterte Finn in die Nacht. Kurz darauf war er eingeschlafen.

Er wachte auf, als sich Komoroo am nächsten Morgen neben ihm erhob.

»Deine Art zu meditieren ist eigenartig«, sagte der Tschumunga lachend. »Und du schnarchst dabei.«

Finn wurde rot und wusste nicht, was er darauf antworten sollte, also schwieg er stattdessen. Als auch er sich stöhnend aufgerappelt hatte, schwang das Holztor auf und ein halbwüchsiger Tschumunga, dessen Arme mit bunten Bändern geschmückt waren, empfing sie dahinter.

»Willkommen, Pilger. Der Älteste erwartet euch.«

Als sie durch das Tor gegangen waren, schloss der kleine Tschumunga dieses wieder und ließ sich auf einem großen Stein nieder. Finn fragte sich beschämt, ob er wohl auch in der letzten Nacht dort gesessen und seinem Schnarchen zugehört hatte.

Sie wanderten noch einen guten Kilometer Richtung Gipfel, doch so sehr er den Hals auch reckte, Finn konnte keine Bergspitze oder Ähnliches erkennen. Als sie das Ende des Pfads erreichten, erkannte er auch, weshalb:

Der Berggipfel war wie abgeschnitten und die mehrere hundert Schritte durchmessende Ebene bedeckte ein Teppich aus wogendem Gras und blühenden Blumen. Vereinzelt reckten mächtige Bäume ihre Kronen in den wolkenlosen Morgenhimmel.

Gerade als Finn sich fragte, wie das alles hier oben gedeihen konnte, spürte er einen schwachen Widerstand in der Luft und urplötzlich hörte der Wind auf, an seinen Fellen zu zerren, und eine frühlingshafte Wärme umschmeichelte sein Gesicht.

Sie wanderten über die Wiese und fanden unter einem großen Baum im Zentrum der Ebene einen alten Tschumunga in die Meditation vertieft. Sein weißes Fell wuchs nur noch spärlich und Finn konnte die fleckige Haut darunter erkennen. Auf seinen Knien ruhte ein Stab, der dem von Finn erstaunlich ähnlich sah, nur dass ein kugelförmiger Smaragd das verschlungene Ende zierte.

»Willkommen, Komoroo, mein junger Freund.« Der Älteste öffnete die Augen und Finn erschrak kurz, da diese milchig weiß ins Leere starrten. »Wer ist der Mensch an deiner Seite, der den Stab meines Bruders trägt?«

Der alte Tschumunga war der Bruder von Komoroos Großvater? Dann musste er unheimlich alt sein! Jetzt erinnerte sich Finn auch, dass der Älteste Berater an Tra'Meks Hof gewesen war, zu der Zeit, als Sulur den Stab heimtückisch an sich brachte. Wenn er es richtig im Kopf hatte, dann war das sechshundert Jahre her! Die Tschumunga schienen ein äußerst langlebiges Volk zu sein. Aber wie konnte er Finn und den Stab erkennen, wenn er doch offensichtlich blind war?

»Das ist Finnley Kramer, ein Mensch aus der Welt hinter

dem Schleier«, stellte Komoroo den jungen Mann vor. »Er und seine Gefährten haben Tra'Mek besiegt, der in unsere Welt zurückzukehren versuchte, und sie sind mit Krotrok aneinandergeraten.«

Der Alte hob erstaunt sein Haupt. »Tra'Mek? Wie soll das möglich sein? Er wurde von Sulur in die Welt hinter dem Schleier verbannt, wo es keine Magie gibt und er vor Jahrhunderten hätte sterben müssen.«

Komoroo nickte Finn auffordernd zu und so begann er, zuerst zögerlich, doch dann voller Hingabe von seinen Abenteuern zu erzählen. »Schließlich brachte Krotrok durch eine List die Drachenhaut zum Absturz und als ich fiel, versetzte mich der Stab in das Zelt von Komoroo«, beendete er seinen Bericht nach einer guten halben Stunde.

Der Älteste dachte lange über das Gehörte nach, bevor er antwortete.

»Das ist eine höchst erstaunliche Geschichte. Die Welt schuldet dir und deinen Gefährten großen Dank. Wenn Tra'Mek zurückgekehrt wäre, hätte er das Gleichgewicht dieser Sphäre noch mehr gestört, als es sowieso schon der Fall ist. Die Tschumunga haben geschworen, nie wieder direkt in das Schicksal der Welt einzugreifen. Dafür ist die Last unserer Schuld zu groß. Aber wir beobachten genau, was vor sich geht. Mit Sorge registrieren wir das Treiben von Krotrok. Seit sechshundert Jahren leiden vor allem die Hyva unter den Folgen von Sulurs Angriff auf die Drachenmutter von Rapolan. Und nun hat Krotrok auch noch den Mutterstein der Mutter auf Tarop entwendet. Wenn ihm nicht Einhalt geboten wird, droht diese Welt im Chaos zu versinken.«

Finn verstand nicht alles, was der Älteste sagte, aber er witterte trotzdem seine Chance.

»Dann schickt mich zurück nach Boram! Ich rette meine Freunde und zusammen werden wir Krotrok aufhalten, das verspreche ich!«

Der Älteste atmete tief durch.

»Versprich nichts, was du nicht halten kannst, junger Finn. Zwar spüre ich großes magisches Potenzial in dir, doch auch Krotrok verfügt über immense Fähigkeiten. Und er ist schlau, was fast das Gefährlichste an ihm ist. Wenn du versagst und er den Stab meines Bruders an sich nimmt, wird er noch viel mächtiger werden. Das Risiko ist nicht gerade klein.«

»Aber ich bin nicht allein!«, hielt Finn dagegen. »Auch meine Freunde haben große Macht. Sie werden mir zur Seite stehen!«

»Die Möglichkeit besteht durchaus, dass deine Gefährten allesamt nicht mehr am Leben sind.«

Die nüchterne Aussage des Ältesten traf Finn wie ein Schlag ins Gesicht. Die Chancen standen sicherlich mehr als schlecht, dass seine Freunde den Absturz und den Angriff der Mayatan überlebt hatten. Aber solange nur die geringste Wahrscheinlichkeit bestand, dass sie am Leben waren, würde er niemals kapitulieren. Finn schluckte hart.

»Ich kann nicht abstreiten, dass diese Möglichkeit besteht. Aber wenn ich – nein, wenn *wir* – alle Hoffnung aufgeben, dann ist die Welt bereits verloren.«

Der alte Tschumunga verzog den lippenlosen Mund zu einem Lächeln, was etliche Zahnlücken offenbarte und sein Gesicht in ein Faltenmeer verwandelte.

»Dein jugendlicher Optimismus gefällt mir, Finnley Kramer. Bewahre ihn dir, solange du kannst. In deinen Worten liegt durchaus eine tiefgründige Weisheit und ich spüre einen Mut, den unser Volk längst verloren hat.« Wieder atmete er tief durch. »Nun gut, ich werde dir helfen und dich nach Boram bringen. Aber ich muss dir mitteilen, dass der Thronsaal der einzige Ort ist, den ich nach all den Jahren noch ausreichend stark visualisieren kann. Die Chancen stehen nicht schlecht, dass uns dort Krotrok selbst erwartet. Ich werde dir dort nicht helfen können, das verbietet mir mein Gelübde vor Gaia.«

Finn dachte an seine Freunde und die vielen anderen Menschen, die auf dem Luftschiff waren. Zwar spürte er die Angst in seinen Eingeweiden, aber die grimmige Entschlossenheit überstrahlte jeden Zweifel in ihm.

»Ich hätte nichts dagegen, dem geflügelten Mistkerl ›Hallo‹ zu sagen«, presste er zwischen den Zähnen hervor.

Wenn Schey wegen diesem Bastard nicht mehr am Leben sein sollte, würde er sein Blut langsam verdampfen lassen und sich an seinen Schreien laben. Oder bei dem Versuch sterben.

Die Ruhe vor dem Sturm

Kaum waren sie im Thronsaal von Boram erschienen, da verschwand der Älteste auch schon wieder mit einem ohrenbetäubenden Knall. Finn hatte eigentlich damit gerechnet, sich sofort in einen tödlichen Kampf mit Krotrok stürzen zu müssen. Stattdessen drohten ihn seine Freunde zu erdrücken, allen vorneweg Schey, die ihn unablässig küsste.

Er konnte sein Glück kaum fassen. Sie schienen allesamt wohlauf zu sein! Selbst Sascha war anwesend, auch wenn sie sich an der überschwänglichen Begrüßung nicht beteiligte, was ihm zunächst einmal ganz recht war, denn ihr Lächeln zierten zwei gefährlich aussehende Eckzähne von der Länge seines Daumens. Neben ihr hockte Kapitänin Samara, die ihn nur mit offenem Mund anstarrte, als wäre er ein Geist.

»Finn, oh Finn!«, schluchzte Schey in seinem Arm. »Ich dachte, ich hätte dich für immer verloren. Bist du wirklich hier? Oder träum ich?«

»Ich bin hier, Schey«, hauchte er ihr ins Ohr. »Und ich werd dich nie mehr verlassen, das versprech ich dir.«

Nach und nach ließen seine Freunde von ihm ab, nur seine Liebste hielt ihn umklammert, als ob sie befürchtete, er würde wieder verschwinden, sobald sie ihn losließ.

»Jetzt lass ihn doch erstmal Luftholen, Schey!«, lachte Ken und zog sie sanft von ihm weg. »Die wird er nämlich brauchen, um uns das alles zu erklären.«

»Das musst *du* gerade sagen«, erwiderte Finn glücklich grinsend. »Ich hatte eigentlich Krotrok erwartet. Was *macht* ihr alle hier? Nach dem Absturz der Drachenhaut habe ich mit dem Schlimmsten gerechnet«, fügte er hinzu und für einen Moment legte sich ein Schatten auf sein Gesicht.

»Du weißt doch, die Savanten sind wie Unkraut. Wir lassen uns nicht so schnell unterkriegen. Aber ohne Scheiß jetzt: Wie hast du bloß die Explosion der Hülle überlebt?«

Finn lachte. »Das ist eine lange Geschichte. Und ich vermute, eure ist auch nicht wesentlich kürzer. Aber wenn ihr nichts dagegen habt, würd ich gern erstmal was essen. Und zwar irgendwas *ohne* Pilze, wenn es sich einrichten lässt.«

Nachdem er ein großes Stück köstliches Brot gegessen hatte, musste er endlich seine Geschichte zum Besten geben. Zuvor hatte ihm Ken allerdings noch Okori, die Drachenstimme von Tarop, und Tolkan Murator, den König der Yangri, vorgestellt. Er begrüßte staunend die beiden Männer und war mehr als nur gespannt auf die Ereignisse, die diese beeindruckenden Persönlichkeiten mit seinen Freunden verband.

Doch zuerst war er an der Reihe. Er berichtete, wie er von der Hülle abstürzte und sich urplötzlich in Komoroos Zelt wiederfand; von den Prüfungen, die sich der Tschumunga nur ausgedacht hatte, um seine Fähigkeiten und seinen Charakter zu prüfen; und vom Besuch beim Ältesten, der ihn schließlich zurückgebracht hatte.

»Du kannst dich wirklich von einem Ort zum anderen teleportieren?«, fragte Emma fasziniert, als er seinen Bericht abgeschlossen hatte.

Finn antwortete nicht, sondern lächelte nur verschmitzt. Es knallte und urplötzlich stand er neben dem Thron. Murator wäre vor Überraschung beinahe von seinem hohen Stuhl gefallen.

»Wahnsinn!«, staunte Ken und in Samaras Augen schlich sich ein hoffnungsvoller Blick, den Finn nicht so recht verstand.

»Jetzt seid ihr aber dran«, drängelte er und setzte sich wieder neben Schey, die ihren Kopf an seine Schulter lehnte. Es war für ihn immer noch wie ein Wunder, dass sie und die anderen unversehrt vor ihm saßen.

Ken berichtete, wie ihn der weiße Drachen gerettet hatte, ihn zu Okori brachte und sie Enrathros in seinem unterirdischen Reich der Einsamkeit besuchten. Staunend lauschte er, wie sein Freund ihm von der Drachenmutter und dem Mutterstein erzählte. Nun ergaben die Ausführungen des Ältesten etwas mehr Sinn.

»Und Krotrok ist wirklich dein Schüler gewesen?«, wandte Finn sich an Okori, der nur traurig nickte. »Aber was ist aus ihm geworden?«

»Ungeduldig, wie immer«, meldete sich Sascha von ihrem Platz in den Schatten.

»Auf deine Geschichte bin ich besonders gespannt.« Finn blickte sie herausfordernd an. »Wie war das noch: *Hier gibt es nichts mehr für dich. Nur den Tod*«, äffte er sie nach.

»Vorsicht, Zauberkünstler, sonst vergesse ich noch meine guten Manieren.« Sie leckte sich genüsslich über die Lippen. Aber Finn ließ sich durch ihr Gehabe nicht aus der Ruhe bringen, dafür kannte er sie zu gut.

»Spar dir deine charmanten Drohungen und erzähl lieber!«

Erstaunlicherweise lächelte Sascha und begann dann zu berichten, wie sie sich aus dem Wrack befreit hatte und schließlich bei den geflüchteten Yangri gelandet war, die sie nach Kens Auftauchen letztendlich zum Angriff auf die Stadt überreden konnte. Als sie bei der Stelle ankam, wo sie auf Schey und die anderen getroffen war, drehte sich Finn erstaunt zu seiner Freundin um.

»Du bist aus dem Kerker geflohen?«

»Na ja, Riku, meine Mutter und Emma haben auch ihren Teil dazu beigetragen. Aber ich hatte die entscheidende Idee«, fügte sie etwas stolz hinzu. »Aber angefangen hat alles, als wir mit der Drachenhaut abgestürzt sind.« Sie erzählte von ihrer Gefangennahme, der Audienz bei Krotrok und den vielen

Tagen im Kerker, bis sie schließlich die rettende Idee hatte und alle Gefangenen flohen.

»Und was ist nun mit Krotrok geschehen?«, fragte Finn, als Schey ihren Teil der Geschichte mit dem Auftauchen von Sascha und Ken beendet hatte.

Okori schnaufte traurig.

»Wir konnten ihn im Turm stellen. Aber wie Schey schon erzählt hat, machte es seine besondere Haut unmöglich, ihn zu töten. Mit seiner grotesken Magie saugte er vielen der Entflohenen die Lebenskraft aus. Er hätte immer weiter gemacht und wäre schließlich entkommen. Es gab nur einen Weg und Cawagana, mein geliebter Drache, opferte sich, nachdem Sascha das Initiationsritual bei Krotrok beendet hatte.«

Auf Finns fragenden Blick hin, erklärte ihm Okori die Zusammenhänge zwischen der Drachenstimme, dem Mutterstein und der Drachenmutter, und dass es auf jeder Landmasse nur eine Mutter gab, die ihre männlichen Nachkommen kontrollierte.

»Jetzt ergibt alles einen Sinn!«, rief Finn und schlug sich mit der flachen Hand an die Stirn. »Sulur wollte damals die Drachenmutter auf Rapolan töten, um den Nachschub an Drachen zu unterbrechen, die Gaias Willen folgten und die übermächtigen Hyva in ihre Schranken weisen wollten. Dann hätte er einen Vorteil gegenüber Tra'Mek gehabt, der seinerseits unter den Angriffen der Drachen auf Tarop litt. Aber er scheiterte.

Anstatt die Mutter zu töten, muss er sie schwer verletzt haben und in ihrer Wut drangsaliert sie seither die Hyva, obwohl diese eigentlich keine Bedrohung mehr für das Gleichgewicht der Welt darstellen. Der weiße Drachen, Bror, hat bei seiner Gefangennahme die Funkenzähne eingebüßt, die ihn auch mit dem Willen der Drachenmutter verbanden. Von ihrer Stimme befreit, fasste Bror den Plan, seine Mutter zu töten. Da er aber nicht so einfach an sie herankam, wollte er unsere Hilfe.«

»Na endlich hat unser Zauberkünstler es auch kapiert«, spottete Sascha und Finn warf ihr einen wütenden Blick zu. Er konnte sich nicht vorstellen, dass seine Freunde das alles bereits wussten, auch wenn Okori und Bror sicher einiges erzählt hatten. Zumindest der Teil mit Sulur musste ihnen neu gewesen sein. Aber er wollte jetzt nicht darauf herumreiten und schwieg lieber. Auch die anderen hüllten sich in Schweigen, offenbar damit beschäftigt, dass alles zu verstehen.

»Kannst du uns zurück nach Kysann bringen?«, durchbrach Samaras hoffnungsvolle Stimme überraschend die Stille. »Wir müssen die Hyva warnen, bevor die Flotte der Mayatan dort eintrifft.«

Richtig, die Schiffsflotte, die mit tausenden der geflügelten Wesen auf dem Weg nach Kysann war, um es dem Erdboden gleichzumachen. Krotrok hatte sie in See stechen lassen, kurz bevor die Drachenhaut auftauchte. Und nun segelten die Schiffe ihrem Ziel entgegen, ohne dass die Mayatan an Bord ahnten, dass ihr großer Anführer bereits das Zeitliche gesegnet hatte. Das Schicksal trieb ein makaberes Spiel.

»Ich denke schon«, erwiderte Finn und das erste Mal überhaupt, sah ihn die sonst eher unterkühlte Kapitänin voller aufrichtiger Dankbarkeit an. »Aber für den Augenblick würde ich vorschlagen, wir gönnen uns alle ein paar Stunden Schlaf. Morgen schmieden wir dann einen Plan.«

Selbst Samara sah ein, dass alle Anwesenden am Ende ihrer Kräfte waren. Außerdem spielte die Zeit nun für sie. Finn würde sie ohne Zeitverlust nach Kysann bringen können und die feindliche Flotte hatte noch mindestens eine Woche auf See vor sich.

Als Finn erwachte, lag Schey in seinen Armen und schaute ihn mit glitzernden Augen an.

»Hast du mich beim Schlafen beobachtet?«, fragte er gähnend.

»Ein wenig. Ich werde dich ab jetzt nie wieder aus den Augen lassen«, ergänzte sie mit einem drohenden Lächeln.

»Wie spät ist es?« Die Strahlen der Morgensonne fielen besorgniserregend steil durch das offene Fenster.

»Fast Mittag, schätze ich«, erwiderte Schey und schlüpfte mit ihrem Traumkörper unter der Decke hervor. Finn dachte voller Wonne an die vergangene Nacht. Er hatte nicht viel Schlaf bekommen, aber er bereute es keine Sekunde. Am liebsten hätte er sie auf der Stelle zurück ins Bett gezogen, aber die anderen warteten bestimmt schon.

Der König hatte Wort gehalten und für beide frische Kleidung vor die Tür legen lassen. Nachdem sie sich angezogen hatten, verließen sie ihr Zimmer im sechsten Stock des Herrscherturms und stiegen die zentrale Wendeltreppe hinunter. Da Sascha kein Tageslicht vertrug, wollten sie sich in der fensterlosen Eingangshalle des Turms treffen.

»Was für eine Treppe!«, staunte Finn.

»Das hast du gestern auch schon gesagt«, lachte Schey. »Warte, bis du die Eingangshalle siehst.«

Sie hatte nicht zu viel versprochen. Als sie durch das Loch in der Decke der Kuppel kamen, bot sich Finn ein atemberaubender Blick auf den von unzähligen Leuchtsteinen erhellten Boden der Halle. Es schien, als ob alle Geschöpfe dieser Welt dort abgebildet waren, und die meisten davon kannte Finn noch nicht. Am Fuß der Treppe angekommen, richtete er seine Augen nach oben, wo Leuchtsteine wie die Sterne des Himmels die Kuppel bevölkerten.

»Wundervoll«, flüsterte er.

Schey an seiner Seite brach in Tränen aus.

»Was hast du?«, fragte Finn besorgt.

»Es ist nichts«, lächelte sie mit tränenverschleierten Augen. »Ich dachte nur, dass ich dir das hier niemals würde zeigen können.«

Er nahm sie in seine Arme und drückte sie fest an sich.

»Schön, dass das junge Glück sich auch endlich blicken

lässt«, schallte Saschas sarkastische Stimme durch die Halle. Im hinteren Bereich saßen alle an einer langen, reichgedeckten Tafel und schienen nur auf sie zu warten. Auch der Rest seiner Freunde trug frische Kleidung und alle sahen einigermaßen erholt aus. Selbst der König, der am Abend zuvor einen eher erbärmlichen Anblick geboten hatte, wirkte durch die saubere Kleidung und die ordentlich geflochtenen Haare nun weitaus würdevoller, auch wenn sein Gesicht noch immer von Blutergüssen übersät war. Als Finn den Blick in die Runde schweifen ließ, fiel ihm auf, dass Okori fehlte.

»Nun, da wir vollzählig sind, können wir beginnen«, begann König Murator und erhob sich.

»Was ist mit Okori? Sollten wir nicht auf ihn warten?«, unterbrach ihn Finn. Er hatte gestern den Eindruck gewonnen, dass die Stimme der Drachen reich an Erfahrung war. Sein Rat wäre sicher hilfreich bei ihrer Planung.

Ken ergriff daraufhin das Wort. »Okori ist weg, Finn. Bror und er bringen den Mutterstein zurück zur alten Drachenmutter. Mit viel Glück bringt sie noch einen weiblichen Nachkommen zur Welt, bevor ihre Zeit gekommen ist, sonst steht es schlecht um das Schicksal der Drachen auf Tarop.«

Finn merkte, dass seinen Freund etwas bedrückte.

»Was ist los mit dir?«

»Okori hat mich gefragt, ob ich die neue Drachenstimme werden will, wenn es so weit ist«, antwortete Ken gepresst.

Finn riss erschrocken die Augen auf. Er wusste durch die Erklärungen von Okori, dass die Drachenstimme an das Leben der Drachenmutter gebunden war. Sein Freund würde zwar viele hundert Jahre alt werden, andererseits brachte dieses Schicksal aber auch große Veränderungen mit sich. Er würde Tarop wahrscheinlich nie mehr verlassen können, ständig im Auftrag der Mutter unterwegs sein und die Stimme aller Drachen des Kontinents hören. Finn konnte sich einfach nicht vorstellen, dass sein Freund dann noch derselbe wäre.

»Was hast du ihm geantwortet?«, fragte Finn vorsichtig.

»Das ich es mir überlege«, erwiderte er schulterzuckend. »Aber zunächst gibt es dringendere Aufgaben zu erledigen«, ergänzte er mit einem Blick zum König, der den Ball dankend wieder aufnahm.

»Nachdem wir nun alle ausgeruht sind, möchte ich diesen Augenblick nutzen, um euch allen noch einmal den Dank des Volks der Yangri auszusprechen. Ohne euer beherztes Eingreifen wäre mein Reich dem Untergang geweiht gewesen. Jetzt gibt es Hoffnung, auch wenn es lange dauern wird, bis wir uns von den Schrecken der vergangenen Jahre erholen werden. Und bevor ihr nun eure Pläne schmiedet, um euer eigenes Volk zu retten, wende ich mich mit einer letzten, verzweifelten Bitte an euch.

Auf den Schiffen, die mit den Mayatan über den Ozean segeln, sind viele brave Yangri-Männer, deren Familien in diesem Moment um das Leben ihrer Ehemänner, Väter und Söhne bangen. Nur unter Zwang haben sie die Schiffe gebaut und bemannt. Ich bitte euch also, versucht, sie zu retten, wenn ihr euch den Mayatan entgegenstellt. Seid versichert, die Yangri werden nie vergessen, was ihre Brüder und Schwestern bei den Hyva für sie getan haben. Wenn alles vorbei ist, reichen wir uns die Hände zum Frieden.«

Damit setzte sich der König und Kapitänin Samara, die am ehesten als Repräsentantin der Hyva angesehen werden konnte, erhob sich.

»Danke, Eure Majestät. Ich versichere Euch, dass wir unser Möglichstes tun werden, um eure treuen Männer zu retten, auch wenn die Chancen mehr als schlecht stehen, uns gleichzeitig gegen die Mayatan, die Mantikoren *und* die Drachen zur Wehr zu setzen.«

»Was das angeht«, mischte sich Ken überraschend ein, »hätte ich einen Vorschlag zu machen.« Alle schauten ihn erwartungsvoll an. »Bevor Bror mit Komoroo losgeflogen ist, hat er mich erneut an unser Versprechen erinnert, uns seiner Mutter anzunehmen.«

»Ich denke, das Wohl der Hyva sollte erst einmal Priorität haben, findest du nicht?«, fuhr ihn Samara ärgerlich an.

»Langsam, langsam, Schwester«, beschwichtigte Ken sie, »das eine muss das andere nicht ausschließen.«

»Wie meinst du das?«, erkundigte die Kapitänin sich misstrauisch, die unangemessene Anrede freundlicherweise überhörend.

»Bror hat mir erklärt, dass sobald die Drachenmutter tot ist, alle Drachen auf Rapolan von ihrem fehlgeleiteten Willen befreit sind. Sie werden wieder dem Pfad Gaias folgen. Und die Mayatan und auch die Mantikoren stellen im Moment – verglichen mit den schwächelnden Hyva – die größere Bedrohung für das Gleichgewicht dieser Welt dar.«

Samara schien einen Augenblick mit der unglaublichen Schlussfolgerung dieser Annahme zu ringen. »Willst du damit andeuten, dass die Drachen für uns kämpfen werden, sobald die Drachenmutter tot ist?«

»Sagen wir mal, ihr Zorn wird sich gegen die Mayatan und Mantikoren richten, so dass die Menschen weitestgehend ungeschoren davonkommen könnten.«

»*Weitestgehend*?«, erwiderte Samara sarkastisch.

»Die Drachen folgen ihrer eigenen Natur. Auch wenn sie die Menschen nicht mehr als Bedrohung sehen dürften, sind sie doch entbehrlich für die Harmonie dieser Welt. Aber seien wir mal ehrlich«, verteidigte Ken seinen Plan, »gegen Drachen, Mayatan und Mantikoren haben die Hyva nicht den Hauch einer Chance. Es bleibt uns also gar keine andere Wahl.«

Die Kapitänin schien in ihrem Herzen zu erkennen, dass Ken Recht hatte. Sie ließ sich resigniert auf ihren Stuhl sinken. »Und wie sollen wir es schaffen, die Drachenmutter in nur wenigen Tagen zu finden und sie ins Jenseits zu befördern?«

Ken setzte eine betretene Miene auf. »Bror hat mir nur gesagt, dass sich das Drachennest auf Ulambor befindet, wie England hier genannt wird. Aber genauer kann ich es nicht sagen. Er sprach von einer Schlucht und dass das Meer nicht allzu weit sei.«

»Ging's nicht etwas konkreter?«, beschwerte sich Sascha.

»Drachen machen sich leider nicht viel aus Landkarten«, entgegnete Ken sarkastisch.

»Vielleicht finden wir einen Hinweis in den Archiven von Kysann«, überlegte Finn. »Wenn Sulur zweimal dortgewesen ist, hat sicherlich irgendjemand darüber berichtet.«

»Keine schlechte Idee«, gab Sascha zu. »Es wird nur nicht leicht werden, dort etwas zu finden. Der Laden ist nicht gerade klein und wir haben wenig Zeit.«

»Großvater hat sein halbes Leben dort verbracht«, machte Schey ihnen Mut. »Sicher kann er uns helfen.«

»Worauf warten wir dann noch!«, rief Samara.

»Darauf, dass die Sonne in Kysann untergeht«, stellte Sascha klar.

»Das wird noch Stunden dauern«, beschwerte sich Samara. »Du erwartest doch wohl nicht, dass wir wegen deines *Zustands* kostbare Zeit verschwenden.«

Die Frauen tauschten drohende Blicke aus. Finn war sich sicher, wenn es hier Elektrizität gegeben hätte, wären Blitze aus den Augen der beiden geschossen. Rasch versuchte er, die erhitzten Gemüter zu beruhigen.

»Wir müssen sowieso warten, bis es in Kysann Nacht ist. Der einzige Raum, den ich ausreichend visualisieren kann, ist der Thronsaal. Bei Tag ist dort zu viel los. Wir könnten dort auftauchen, wo gerade jemand steht, und glaubt mir, das wäre bestimmt kein schönes Ende.«

Samara warf ihm einen düsteren Blick zu und rauschte Richtung Ausgang davon.

Gegen Abend versammelten sie sich alle wieder am Fuß der Wendeltreppe. Aufgrund der Zeitverschiebung musste es in Kysann inzwischen Mitternacht sein. Finn hoffte nur, dass dort nicht wieder irgendein Fest im Gange war, sonst könnte der Sprung böse enden.

»Bereit?«, fragte Finn in die Runde. Alle nickten stumm und bildeten einen Kreis um den Stab von Sulur, den er in den ausgestreckten Händen hielt. »Jeder muss den Stab berühren. Falls nicht, bleibt er zurück. Sollte das hier in irgendeiner Weise schiefgehen, dann möchte ich mich im Voraus –«

»Halt die Klappe und leg los!«, unterbrach ihn Sascha. »Wenn wir als feuchter Fleck an einer Wand enden, nutzt uns deine Entschuldigung eh nichts mehr.«

»Na dann.« Er blickte Schey noch einmal fest in die Augen, dann überließ er sich dem Gefühl des Auflösens und dachte an jede Einzelheit des Thronsaals von Kysann, die ihm einfiel. Hallend drang das Echo des Sprungknalls an sein Ohr, und nach einem kurzen Moment der Desorientierung erkannte er, dass sie es geschafft hatten. Er und seine Freunde waren auf der freien Fläche vor den drei Thronen erschienen. Zu ihrem Glück gab es heute keine Feierlichkeiten. Die hohen Stühle standen verwaist auf dem Podest und auch sonst hielt sich niemand im Saal auf.

Die anderen blickten sich staunend um, während Samara auf die Knie sank und den Boden küsste.

»Ich hatte zeitweise nicht mehr daran geglaubt, jemals hierher zurückzukehren«, staunte sie. »Ich danke dir, Finn. Du bist wahrlich mächtig geworden.«

Er konnte sich ein stolzes Grinsen nicht verkneifen, was Sascha mit einem genervten Augenrollen quittierte.

»Was nun?«, fragte Emma.

»Den Dingen ihren Lauf lassen«, erwiderte Ken schulterzuckend. »So wie das geknallt hat, bekommen wir bestimmt gleich Besuch.«

Als ob sie auf ihr Stichwort gewartet hätten, flogen die Flügel des Eingangstores auf und zwei Wachen stürmten mit gezogenen Schwertern herein.

»Stehengeblieben!«, rief der eine überflüssigerweise, denn

niemand machte Anstalten, sich zu bewegen. »Wer seid ihr und was treibt ihr zu dieser späten Stunde im Thronsaal? Und wie seid ihr überhaupt hier reingekommen?«

»Immer mit der Ruhe, Gefreiter«, entgegnete Scheys Mutter und schob sich an den anderen vorbei, damit die Wachen sie sehen konnten. »Ich bin Samara Lysan, Kapitänin der Drachenhaut. Wir sind gekommen, um euch vor einer großen Gefahr zu warnen. Also klappt die Münder wieder zu und holt mir den Herrscherrat her.«

Verdutzt blickten sich die beiden Soldaten an. »Die hohen Herren schlafen!«

»Dann weckt sie, bei Omra und Belor! Die Angelegenheit duldet keinen Aufschub!«

Nur zehn Minuten später stürmte mit einem ungläubigen Lächeln im Gesicht Talan Lysan, Scheys Großvater, zur Tür herein. Als er Samara und Schey erkannten, entfuhr ihm ein glückliches Jauchzen und er schloss die zwei Frauen in seine faltigen Arme.

»Ich danke den Göttern, dass sie euch zu mir zurückgebracht haben!« Er entließ die beiden aus der Umarmung und wandte sich an seine Tochter. »Du hast Schey also tatsächlich gefunden! Doch erzählt, wie seid ihr hierhergekommen? Und wo ist die Drachenhaut?«

Finn bemerkte, dass Talan ihm und den anderen einen misstrauischen Blick zuwarf. Er konnte es dem alten Mann nicht verübeln, schließlich hatte Ken damals den Drachen befreit und Talans geliebtes Luftschiff damit unbrauchbar gemacht. Anschließend waren sie zusammen mit seiner Enkelin in die Wildnis geflohen. Zum Glück hatte Finn eine andere Möglichkeit gefunden, das Drachengas für das Luftschiff zu erzeugen, sonst hätte Talan bestimmt heftiger auf ihre Anwesenheit reagiert.

Samaras Augen füllten sich mit Tränen. »Sie ist abgestürzt,

Vater. Die Drachenhaut existiert nicht mehr. Und ein Großteil meiner Besatzung ist mit ihr untergegangen.«

»Abgestürzt?«, stammelte der alte Mann entsetzt. »Aber wie ist das möglich?«

»Wir sollten auf die anderen Ratsherren warten«, antwortete die Kapitänin. »Es ist viel passiert auf unserer Reise und dunkle Zeiten stehen uns allen bevor.«

Kurz darauf marschierte Tibbon, der militärische Ratsherr, in den Saal und schimpfte auf einen der Wachen ein, die ihn begleiteten.

»Wenn sich hier irgendjemand einen schlechten Scherz erlauben sollte, landet der Verantwortliche in einer Zelle und ich werfe persönlich den Schlüssel weg!« Wie angewurzelt blieb er stehen, als er Samara und den Rest erkannte. »Was, bei Omra, macht Ihr hier mit diesen Verbrechern?«

»Das ist eine lange Geschichte, mein Herr. Wir sollten auf Ratsherr Gerlus warten, bevor ich alles berichte. Was meine Begleiter betrifft, so bürge ich für sie. Die Hyva wären dem Untergang geweiht, wenn uns Finn und seine Gefährten nicht geholfen hätten.«

Nur mit Mühe konnte die Kapitänin den mit weiteren Fragen auf sie einstürmenden Ratsherren beschwichtigen, bis endlich, nach fast einer halben Stunde, der fette Gerlus in den Raum gewatschelt kam. Finn war sich sicher, dass er noch einmal etliche Pfund zugenommen hatte.

»Was soll der Aufruhr?«, schimpfte er und einige Strähnen des schwarzen, öligen Haares hingen ihm ins schwabbelige Gesicht. Als auch er Samara erkannte, verengten sich seine Glupschaugen zu Schlitzen. »Kapitänin? Solltet Ihr nicht in Tarop sein und die Yangri suchen? Ich denke, die Befehle waren unmissverständlich: Bevor Ihr sie nicht gefunden habt, bleibt Euch die Rückkehr verwehrt. Und wo habt ihr überhaupt–«

Sein Blick fiel auf Ken und seine Augen wurden so groß,

dass sie ihm herausgefallen wären, wenn die wulstigen Tränensäcke nicht gestört hätten.

»Wachen! Ergreift sofort diese Verbrecher!«

Die mittlerweile fünf Wächter, die dem mitternächtlichen Aufruhr beiwohnten, zogen ihre Schwerter, um den Befehl eines ihrer Regenten nachzukommen. Finn riss der Geduldsfaden. Er entwand mit seiner Magie allen gleichzeitig die Klingen und ließ sie einen Moment drohend auf ihre früheren Besitzer zeigen, bevor er sie klappernd auf den Marmorboden fallen ließ. Die Männer blieben wie angewurzelt stehen und schauten sich panisch um, da sie nicht verstehen konnten, was gerade geschehen war.

»Wir haben keine Zeit für diesen Unsinn!«, brüllte Finn in die Runde. »In wenigen Tagen branden Mantikoren an eure Mauern und die Mayatan verdunkeln die Sonne über der Stadt. Also haltet jetzt alle die Klappe und hört zu, was Kapitänin Lysan zu sagen hat!«

Überraschtes Schweigen breitete sich aus. Nur Sascha konnte sich nicht zurückhalten und flüsterte ihm lächelnd ins Ohr: »Nicht schlecht, Zauberkünstler. Ich glaube, du hast zu viel Zeit mit mir verbracht.«

Eine Stunde später beendete Samara ihren Bericht. Vom Aufbruch der Drachenhaut nach dem Verschwinden der Savanten, bis zu ihrer magischen Rückkehr nach Kysann hatte sie alles so detailliert wie möglich beschrieben. Nun saßen die Ratsherren auf ihren hohen Stühlen und versuchten, das Gehörte zu verarbeiten. Tibbon überwand als erster den Schock.

»Wir müssen die Dörfer evakuieren und alle hinter der Stadtmauer in Sicherheit bringen«, wisperte er tonlos.

»Nun mal langsam, werter Kollege«, mischte sich der fette Gerlus ein. »Ihr werdet doch nicht etwa diese an den Haaren herbeigezogene Geschichte glauben!«

»Ich wüsste nicht, warum ich die Worte der besten Kapitänin der Flotte anzweifeln sollte«, entgegnete Tibbon.

»Die zugelassen hat, dass unsere wertvollste und schlagfertigste Waffe zerstört wurde! Und wer weiß, vielleicht wird sie auch von diesen Kriminellen gezwungen, uns zu täuschen!«

»Was hätten wir davon, euch eine derartige Lügengeschichte zu erzählen?«, mischte sich Finn ein. »Habt ihr nicht gehört, was Samara berichtet hat? Tausende Mayatan nähern sich auf Schiffen und im Norden lauern die Mantikoren nur darauf, dass Krotroks Vasallen endlich eintreffen, damit sie ebenfalls über eure Stadt herfallen können. Wir wollen nichts weiter, als dass ihr euer Volk in Sicherheit bringt und euch auf den Angriff so gut es geht einstellt.«

»Ob wir uns auf die Offensive vorbereiten oder nicht, wie sollen wir einen solchen Ansturm abwehren? Wir haben einfach zu wenig kampferprobte Männer«, stellte Scheys Großvater fest.

»Was ist mit den Drachenspähern?«, erkundigte sich Finn. »Mehrere hundert von Ihnen sind an der Nordgrenze postiert, so viel ich weiß.«

»Die können wir nicht abziehen, solange die Drachen uns bedrängen«, entgegnete Tibbon. »Sonst haben wir es ganz schnell mit einem weiteren, noch gefährlicheren Gegner am Himmel über der Stadt zu tun.«

Jetzt war es soweit, die letzte Bombe platzen zu lassen, dachte Finn. Er konnte nur hoffen, dass er den Bogen nicht überspannte.

»Um die Drachen kümmern wir uns«, stellte er klar. »Wir brauchen nur die Hilfe von Ratsherr Lysan, um die genau Position des Drachennests zu bestimmen.«

Nach einer verdutzten Pause brach Gerlus in hysterisches Gelächter aus. Als er sich mühsam beruhigt hatte, wandte er sich schmunzelnd an Finn.

»Und ihr wollt dann innerhalb weniger Tage bis zu diesem Drachennest marschieren und die – wie habt ihr sie genannt? – *Drachenmutter* töten, die angeblich für die seit Jahrhunderten andauernden Übergriffe der Drachen auf die Hyva verantwortlich ist?«

Mit einem Knall löste sich Finn auf und tauchte nur einen Schritt vor Gerlus Thron auf. »Von *marschieren* hat niemand etwas gesagt.«

Der fette Ratsherr reagierte derart geschockt, dass er auf seinen steinernen Stuhl sprang, was durchaus eine beachtliche Leistung in Anbetracht seiner Köperfülle darstellte.

»Wie ... wie hast du das gemacht?«, stammelte er, bleich wie das Fell eines Tschumungas.

»Natürlich mit Magie«, erwiderte Finn ungerührt. »Und mit Magie und der Hilfe meiner Freunde werde ich auch dieses Drachenproblem lösen. Also hört bitte auf, unsere Zeit zu verschwenden. Befehlt die Evakuierung der Dörfer, ruft die Drachenspäher zurück und bereitet euch auf die Schlacht vor. Den Rest übernehmen wir.«

»Du hast dich sehr verändert, Finn«, durchbrach Schey die Stille, die bisher nur vom Rascheln der welken Pergamentseiten gestört worden war. Seit Stunden durchforsteten sie unter der Anleitung von Talan im Schein großer Leuchtsteine das Archiv nach Anhaltspunkten zur Lage des Drachennestes. Sie hatten sich aufgeteilt, um schneller voranzukommen, aber Schey blieb immer in seiner Nähe.

»Wie meinst du das?«, fragte er beiläufig, während er einen Zeitzeugenbericht über den Aufstand der Satyren vor neunhundert Jahren überflog.

»Du bist erwachsen geworden. Und hast dein Selbstvertrauen gefunden. Wie du vorhin mit Gerlus umgesprungen bist, so etwas hättest du dich vor einigen Monaten nicht gewagt.«

Finn lächelte und legte den nutzlosen Bericht beiseite. »Extreme Situationen erfordern extreme Maßnahmen.«

»Das mag sein. Versprich mir trotzdem, dass du keine unnötigen Risiken eingehen wirst, hörst du? Ich kann dich nicht noch einmal verlieren. Das verkrafte ich nicht.«

Gerade, als er sie beruhigen wollte, erklang Talans aufgeregter Ruf aus einer Ecke des Archivs.

»Ich hab etwas gefunden! Kommt her!«

Der alte Mann hatte eine vergilbte Schriftrolle vor sich entrollt, auf der in enger, krakeliger Schrift ein langer Text niedergeschrieben war. Das wirklich Interessante befand sich allerdings auf der Rückseite: Eine grob skizzierte Karte Europas, in die eine Route eingezeichnet war, die von Kysann bis in den Westen Englands führte.

»Das ist ein Reisebericht von Sulurs erster Expetition zum Drachennest. Er musste damals den ganzen Weg zu Fuß gehen, da er den Stab noch nicht hatte und die westlichen Meere von den Yangri kontrolliert wurden. Sein persönlicher Diener hat alles genau beschrieben. Er muss wohl, neben Sulur selbst, der einzige Überlebende dieser Reise gewesen sein.

Hier steht, kurz bevor sie das Nest betreten konnten, wurden sie von den Feen überrascht. Sie sind wohl nur knapp mit dem Leben davongekommen. Ein Fischerboot, das sich mit der Hoffnung auf gute Fanggründe weit nach Norden gewagt hatte, nahm die beiden an der nahegelegenen Küste auf.« Er legte den Finger auf das Kreuz am Ende der Linie. »Hier muss es dem Bericht zufolge eine Schlucht geben. Und dort werdet ihr den Zugang finden.«

Finn überlegte einen Moment.

»Es könnte schlimmer sein. Ich kann uns in die Höhle mit dem zerstörten Portal auf der Isle of Wight bringen. Von dort aus müssten wir es in drei bis vier Tagen schaffen, das Nest zu erreichen. Was meinst du, Sascha? Du bist schließlich in der Gegend aufgewachsen.«

Die Vampirin trat an die Karte. »Dürften gut hundert Kilometer sein. In unserer Welt ist die Strecke in zwei Tagen machbar. Aber ich weiß nicht, wie es hier aussieht. Das ist alles Feenland, wie ihr euch sicher erinnert.«

»Die ganze Insel ist dicht bewaldet«, erklärte Scheys Großvater. »Ihr werdet also wahrscheinlich nicht so schnell vorwärtskommen, wie ihr es gerne hättet. So weit ich weiß, sind die Feen aber ein friedliebendes Völkchen, die niemandem etwas tun, wenn man die Natur respektiert. Ihr solltet also wenigstens in dieser Hinsicht keine Schwierigkeiten zu erwarten haben, solange ihr Pflanzen und Tiere in Ruhe lasst.«

»Ich glaube, Sulur wäre da anderer Meinung«, erwiderte Sascha sarkastisch. »Habt Ihr nicht gerade erzählt, dass die Feen ihn beinahe umgebracht hätte? Einen der größten Magier seiner Zeit, wie ich hinzufügen möchte.«

»Ich habe viel über Sulur gelesen. Er hat nichts und niemanden respektiert, außer sich selbst. Bestimmt gab es einen triftigen Grund, warum die Feen ihn attackiert haben.«

»Wir werden bald am eigenen Leib erfahren, wie die Feen so drauf sind«, schlichtete Ken den Disput. »Es hat keinen Sinn, jetzt darüber zu spekulieren.«

»Steht da irgendetwas über das Drachennest selbst?«, meldete sich Riku zu Wort.

»Wie gesagt, sie haben auf dieser Reise das Nest nie betreten. Von Sulurs zweitem Versuch werden wir nichts finden, da er allein mit dem Stab nach Ulambor gesprungen ist, nachdem er den Berater der Tschumunga getötet hatte.«

Ken klopfte seinem Freund Riku auf die Schulter. »Das müssen wir dann wohl selbst herausfinden. Es geht doch nichts über ein kleines Abenteuer. Mir ist ja fast schon langweilig geworden.«

»Dann ist es beschlossen.« Finn klatschte in die Hände. »Ken, Riku, Sascha und ich springen in die Portalhöhle und schlagen uns so schnell wie möglich zum Drachennest durch.«

»Das kannst du dir gleich wieder abschminken, dass Emma und ich hierbleiben«, polterte Schey und die kleine Schwedin trat demonstrativ an ihre Seite. »Hatten wir nicht klargestellt, dass ihr ohne uns nirgendwo hingeht?«

»Schey, das wird ein Himmelfahrtskommando«, kam Samara Finn zuvor.

»Ach, und hier in Kysann bin ich in Sicherheit? Sieh es ein, Mutter, diese Welt ist in Aufruhr, und wir stecken mitten im Zentrum des Sturms! Außerdem habe ich mir geschworen, Finn nie wieder aus den Augen zu lassen.«

»Und was ist, wenn sich einer von euch verletzt?«, fügte Emma hinzu. »Ohne mich seid ihr doch aufgeschmissen.«

Finn sah Riku an, und als dieser mit den Schultern zuckte, gab er ein resigniertes Stöhnen von sich.

»Also schön, ihr könnt mitkommen. In der Stadt wird es auch nicht viel sicherer sein, sobald die Kämpfe beginnen.«

Selbst Samara schien zu erkennen, dass es keinen Zweck hatte, weiter darüber zu diskutieren.

»Auch wenn es mir nicht gefällt, du bist alt genug, um deine eigenen Entscheidungen zu treffen. Ich werde hierbleiben, und Tibbon bei den Vorbereitungen für die Schlacht unterstützen. Ich kann nur hoffen, dass ihr Erfolg habt. Wenn die Drachen erst merken, dass die Nordgrenze unbewacht ist, werden sie nicht lange zögern und über die Stadt herfallen.«

Nachdem sie einige wenige Stunden geschlafen hatten, trafen sie sich alle wieder im Archiv, denn die Sonne war bereits aufgegangen und dort gab es so gut wie keine Fenster. Sascha hatte in den menschenleeren Räumen auf sie gewartet, um nicht noch kurz vor ihrem Aufbruch für einen Aufruhr zu sorgen. Außer Talan war bisher niemandem aufgefallen, dass sie ein Vampir war, da sie sich immer im Hintergrund gehalten hatte.

Samara schleppte Rucksäcke mit Vorräten und allem, was sie sonst noch brauchen würden, herein und Talan kam mit einem langen, in Stoff eingewickelten Gegenstand durch die Tür, als die anderen gerade ihre Waffen kontrollierten.

»Ich habe noch etwas für euch.« Er faltete die Tücher auf und zum Vorschein kam eine silbern glänzende Harpune von gut zwei Metern länge. »Das ist der Drachenspeer, mit dem mein Bruder vor vielen Jahren den weißen Drachen vom Himmel geholt hat. Leider hat er seine Tat damals mit dem Leben bezahlt. Doch ich hege keinen Groll mehr gegen – wie nennt ihr ihn? – ach ja, Bror. Nicht mehr. Ich weiß nun, dass er unter dem Einfluss seiner fehlgeleiteten Mutter gehandelt hat. Vielleicht könnt ihr die Waffe, die ihm so viel Leid zugefügt hat, benutzen, um die Natur der Drachen wieder ins Lot zu bringen.« Er gab ein kurzes Lachen von sich, als er Ken den Speer reichte. »Jetzt ergibt der Rat der Tschumunga doch noch einen Sinn, wer hätte das gedacht!«

Der alte Mann drückte seine Enkeltochter noch einmal an sich und trat dann zurück, um Samara Platz zu machen, die überraschenderweise zuerst auf Sascha zuging.

»Das hier habe ich im Vorratsraum über den Kerkern von Boram gefunden.« Sie reichte der Vampirin ihr Messer, das sie ihr weggenommen hatte, als die Kapitänin sie in die Kajüte auf der Drachenhaut eingesperrt hatte. Die Mayatan mussten es bei ihr gefunden und zusammen mit ihrem Säbel konfisziert haben. Überrascht schaute Sascha erst auf das Messer und dann in Samaras Augen.

»Danke«, war alles, was sie hervorbrachte. Finn konnte sich nicht erinnern, diese Wort schon einmal aus ihrem Mund gehört zu haben.

Samara wandte sich nun an Finn.

»Pass gut auf Schey auf oder ich werd dir deinen Stab um die Ohren hauen, wenn ich dich wiedersehe«, drohte sie ihm mit einem unbestimmten Lächeln. Dann drückte sie Schey überraschend an sich.

»Ich habe es vielleicht nicht oft genug gesagt, aber ich liebe dich. Komm gesund zurück. Das ist alles, was ich mir wünsche.«

Und damit entließ sie ihre Tochter und marschierte, ohne sich noch einmal umzudrehen, schnellen Schritts aus dem

Raum. Schey war vor Überraschung wie erstarrt. Offenbar zeigte ihre Mutter nicht allzu oft ihre Gefühle.

»Ich liebe dich auch«, flüsterte sie leise und wischte sich die Tränen aus den Augen.

Die weiße Tochter

Die kuppelförmige Höhle warf das vielstimmige Echo des Sprungknalls auf gespenstige Art und Weise zu ihnen zurück. Während Finn sich im Schein der mitgebrachten Leuchtsteine orientierte, fiel ihm das erste Mal auf, dass er nie den Knall selbst hörte, wenn er sprang. Offenbar entstand dieser einen Sekundenbruchteil vor ihrem Auftauchen, so dass sie nur noch das Echo mitbekamen.

»Alle wohlauf?«, riss ihn Schey aus seinen Gedanken.

Bejahendes Gemurmel setzte ein, während sie sich ehrfürchtig umblickten. Sie waren oben auf dem Plateau aufgetaucht, wo noch immer die teilweise geschmolzenen Knochen von Tra'Mek zwischen den Splittern des Portals herumlagen, das im feurigen Atem des Drachen zerborsten war.

»Hallo Tramek. Vielen Dank für das Abschiedsgeschenk!«, zischte Sascha und trat gegen die Reste seines Schädels, so dass diese im hohen Bogen bis hinunter ins Wasser flogen. »Grüß Sulur von mir!«, rief sie ihm noch nach.

Emma schaute sich mit gesenktem Blick um. »Ob Dr. Edmundo jetzt wieder mit seiner Frau vereint ist?«, fragte sie leise.

»Ganz bestimmt«, antwortete Riku aufmunternd und nahm seine Freundin in den Arm.

»Hat sich eigentlich irgendjemand Gedanken gemacht, wie wir aus der Höhle kommen?«, meldete sich Ken zu Wort, den Leuchtstein hoch über den Kopf erhoben, so dass man die unruhige Oberfläche des Wassers weit unten am Fuß der Treppe erahnen konnte.

»Wenn wir Glück haben, müssen wir nicht schwimmen«, erwiderte Finn, klopfte seinem Freund auf den Rücken und machte sich auf, die Stufen hinunterzusteigen, gefolgt von den anderen. Unten angekommen spähte er über das Wasser, ohne wirklich viel sehen zu können.

»So wird das nichts«, stellte er fest und ließ daraufhin den Leuchtstein aus seiner Hand Richtung Höhlendecke fliegen, von wo aus er sein sanftes Licht in der ganzen Halle verbreitete.

»Da ist es ja!«, triumphierte Finn und schloss die Augen, um sich stärker konzentrieren zu können. Kurz darauf glitt ein unförmiger Haufen über die sich kräuselnde Wasseroberfläche auf sie zu: die Überreste ihres alten Fischerboots. Es schwamm kieloben und war kaum noch als Boot erkennbar, so angekokelt und zerborsten wie es war.

»Äh, Finn, das Ding ist total hinüber«, stellte Ken irritiert fest. »Wenn es noch seetauglich wäre, hätten wir wohl kaum das letzte Mal schwimmen müssen.«

»Das letzte Mal konnte ich auch das noch nicht.« Finn schloss erneut die Augen und wie von Geisterhand erhob sich das Wrack aus dem Wasser, drehte sich in seine aufrechte Position und landete knirschend auf den untersten Stufen neben den staunenden Freunden. Nur Sascha ließ sich wie so oft nicht beeindrucken.

»Kaputt ist es aber immer noch, Zauberkünstler.«

Finn hörte gar nicht zu. Sich weiter konzentrierend, erhitzte er vorsichtig das triefende Holz, bis zischende Dampfschwaden entwichen. Nach einigen Minuten waren die Planken so trocken wie Sand in der Wüste.

»Ladet unsere Sachen ein«, forderte er die anderen auf. »Ich hab noch was zu erledigen, bevor wir aufbrechen.« Damit drehte er sich um und stieg die Stufen wieder hinauf zu dem Ort, von dem ihnen die Heimkehr fast geglückt wäre.

Als er zu den anderen zurückkehrte, hatten sie all ihre Taschen an der erhöhten Reling festgebunden.

»Ihr habt wohl kein Vertrauen in meine Fähigkeiten«, witzelte Finn und hob das Boot mit Magie wieder ins Wasser. Sofort begann es durch die vielen Löcher und Risse vollzulaufen.

Er sprang in den schaukelnden Kahn und hielt sich mit einer Hand an den Resten des gesplitterten Masts fest. Ohne diesmal die Augen zu schließen, begann er, dass eingedrungene Wasser zum Sieden zu bringen, so dass es brodelnd verdampfte. Einige Sekunden später war das Innere des Boots wieder trocken. Nur an den Eintrittsstellen stiegen dicke Dampfschwaden auf, da Finn dort immer weiter seine Magie wirkte.

»Steigt ein, aber passt auf, dass ihr nicht in den Dampf geratet.«

Einer nach dem anderen sprang an Bord, nur Sascha blieb zurück. Ken schaute sie auffordernd an.

»Hast du vergessen, dass da draußen die Sonne vom Himmel scheint? Ich komm heute Abend nach.«

»Du willst schwimmen?«, erwiderte Ken überrascht.

»Glaub mir, Sonnenschein, ich bin kälter als dieses Wasser.« Damit gab sie dem Boot einen Stoß, dass es langsam hinaus in die Höhle glitt. »Ich finde euch schon!«, rief sie ihnen noch hinterher, bevor die Dunkelheit die Vampirin verschluckte.

Riku und Ken schnappten sich zwei abgebrochene Planken, die früher einmal Sitzbänke gewesen waren, und begannen zu paddeln. Finn standen vor Anstrengung die Schweißperlen auf der Stirn, trotzdem musste er bei dem Gedanken lächeln, wie das Boot wohl von weitem aussah:

Zersplitterte Planken, geborstener Mast und die Leuchtsteine, wie sie die aufsteigenden Dampfsäulen in ein gespenstisches, blaues Licht tauchten. So ungefähr hatte er sich immer ein Geisterschiff vorgestellt, wenn auch nicht so eine winzige Nussschale.

Langsam hellte sich der Gang vor ihnen auf und schließlich gab der Fels sie frei. Der Himmel war von grauen, tiefhängenden Wolken bedeckt, aber es regnete nicht und die See war verhältnismäßig ruhig.

»Sucht eine Stelle zum Anlanden«, keuchte Finn, den die Kräfte langsam verließen.

Nachdem sie der Küste einige hundert Meter gefolgt waren, erreichten sie einen kleinen Fetzen Strand am Fuße der Klippen. Als das Knirschen von Sand unter dem Kiel zu hören war, sank Finn am Maststumpf zusammen und die Lecks im Boot begannen wieder fröhlich zu sprudeln. In diesem Moment war er für Komoroos Prüfung auf dem Gipfel des Mount Everest sehr dankbar. Ohne das Training hätte er die Magie nie so lange aufrecht erhalten können.

Mit den Rucksäcken auf den Schultern quälten sie sich die Steilküste hinauf, genau wie vor einigen Wochen. Nur dass sie dieses Mal nicht bis auf die Knochen durchnässt waren, wofür Finn in Anbetracht des kalten Windes tiefe Dankbarkeit verspürte.

Wenige hundert Schritte entfernt fanden sie das Gebüsch, das Finn in Brand gesteckt hatte, um die Drachenhaut auf sie aufmerksam zu machen. Wer hätte damals geahnt, dass sie ihrem Untergang entgegenfliegen würde. Doch das war Vergangenheit. Alles, was zählte, war die Zukunft, und die stand für die Hyva auf dem Spiel. Sie mussten also schnellstmöglich das Festland von Ulambor erreichen, wie England in dieser Welt genannt wurde.

Die kleine Gruppe marschierte nordwärts über die schmale Landzunge am westlichen Ende der Insel. Schließlich blickten sie über die Meerenge, die sie von Ulambor trennte.

»Dort drüben scheint die schmalste Stelle zu sein«, kommentierte Emma das Offensichtliche und zeigte nach Nordosten.

»Ja, aber anderthalb Kilometer sind das immer noch«, antwortete Finn niedergeschlagen. »Mit unsrem löchrigen Kahn halt ich das unmöglich durch. Außerdem müssten wir das Ding erstmal dorthin bekommen.«

»Ich glaube, da hinten wachsen einige Bäume.« Riku hatte die flache Hand an die Stirn gelegt, um seinen Blick gegen die Sonne zu schützen, die nun ab und zu durch die Wolkenlücken strahlte. »Ich habe von Samara eine kleine Axt und eine Rolle Seil mitbekommen. Wir könnten uns ein Floß zimmern.«

»Ich denke, so machen wir's«, stimmte Finn nach kurzem überlegen zu. »Wir müssen eh auf Sascha warten. Da können wir die Zeit auch nutzen.«

Als die untergehende Sonne den westlichen Horizont in ein glühendes Orange tauchte, blickten sie stolz auf ihr Werk. Im Kies auf dem Strand lag ein kleines Floß, das aus einigen unförmigen Baumstämmen zusammengebunden war. Ein paar der Äste hatten sie nicht entfernt, so dass sie sich während der Überfahrt daran festhalten konnten, sollte es stürmisch werden. Aber das Meer schien den Savanten wohlgesonnen, außer ein paar kleinen Wellen lag die See ruhig vor ihnen. Finn wusste, dass sie dafür dankbar sein mussten, denn Ende Oktober fegten in diesen Breiten sehr häufig Herbststürme über die Ozeane.

Ken kam schlitternd und rutschend die niedrige Küstenböschung herunter, unter dem Arme einige lange Planken.

»Hier hab ich unsere Paddel. Leider musste ich den Kahn dafür noch etwas mehr demolieren. Nicht mal du könntest ihn jetzt noch über Wasser halten.«

Finn lächelte. »Das Boot hat uns treue Dienste geleistet. Möge es in Frieden ruhen.«

Eine Stunde nach Sonnenuntergang schälte sich Saschas dunkle Gestalt aus dem Zwielicht. Ihre Kleidung tropfte vor Nässe, aber sie schien nicht zu frieren.

»Ist ja wieder mal typisch«, stichelte Ken. »Kaum ist die Arbeit getan, taucht unsre furchtlose Kämpferin auf.«

Sie warf einen Blick auf das Floß und zog die Augenbraue

nach oben. »Ich hätte wirklich besser hier sein sollen, wie ich sehe.«

Sie bückte sich und rüttelte etwas am äußersten Stamm, schon löste er sich vom Rest. »Gute Arbeit.«

Mit der Hilfe von Sascha und einiger zusätzlicher Seile konnte ihrem Gefährt nach kurzer Zeit kein Rütteln und Schütteln mehr etwas anhaben. Mittlerweile funkelten unzählige Sterne über ihren Köpfen, doch der Mond war noch nicht aufgegangen, so dass alle außer Sascha nur wenige Meter schauen konnten.

»Wir sollten endlich aufbrechen, sonst sind wir immer noch auf See, wenn die Sonne aufgeht«, trieb sie die anderen an.

Finn ließ das Floß auf magische Weise zu Wasser und alle sprangen an Bord. Die provisorischen Paddel wurden verteilt und los ging die Reise in die Dunkelheit. Nach kurzer Zeit konnten sie die Ufer auf beiden Seiten der Meerenge nur noch daran erkennen, dass keine Sterne in der absoluten Schwärze leuchteten. Ein merkwürdiges Gefühl des Verlorenseins in einer endlosen Weite überkam Finn. Nur Sascha schien genau zu wissen, wo sie sich befanden.

»Mehr rechts halten. Die Strömung treibt uns ab. Jetzt nur nicht schwächeln, die Hälfte haben wir schon geschafft.«

Nach beinahe zwei Stunden nahm die Küste Ulambors endlich dunkle Kontur an. Und noch etwas anderes konnten sie erkennen.

»Da sind wieder diese Lichter!«, rief Emma. Vor Überraschung hätte sie beinahe ihr Paddel ins Wasser fallen lassen. Leuchtend grüne, blaue und rote Punkte schwebten vor der dunklen Silhouette der Küste. Manchmal verschwanden einige davon kurz, um an anderer Stelle wieder aufzutauchen, als ob sie sich zwischen Bäumen bewegten.

»Das sind bestimmt die Feen.« Staunend beobachtete Ken die tanzenden Lichter.

»Dann pass mal schön auf, dass du auf keine Käfer trittst«,

witzelte Sascha. »Und jetzt paddel weiter. Noch haben wir die Küste nicht erreicht.«

Kurze Zeit später schob sich das Floß knirschend auf den kiesigen Strand. Nachdem sie ihr Gefährt verlassen hatten, hob Finn es aus dem Wasser und setzte es am Fuß des niedrigen Küstenhangs ab.

»Du scheinst davon auszugehen, dass wir es nochmal brauchen«, stellte Sascha fest, als die anderen etwas abseits unter einem überhängenden Felsen ihre Decken ausrollten. »Mit deinem Stab kommen wir doch problemlos nach Kysann zurück, oder?«

»Wir haben vor, eine Drachenmutter zu töten. Etwas, das selbst Sulur zweimal misslungen ist«, erwiderte er mit düsterer Miene, sich mit einem Seitenblick vergewissernd, dass ihn Schey nicht hörte. »Wie wollt ihr sonst nach Hause kommen, wenn ich dabei draufgehe. Die Feen haben sicher was dagegen, wenn ihr hier Bäume fällt.«

»Du denkst sehr vorausschauend«, lachte Sascha und klopfte ihm so fest auf den Rücken, dass er beinahe vornüber fiel. »Nur etwas zu negativ für meinen Geschmack. Na ja, sei's drum. Ich werd mich jetzt auf den Weg machen.«

»Du gehst?«, entfuhr es dem verwirrten Finn.

»Soll ich hier rumhängen und euch beim Schlafen zusehen? Ich geh schon mal voraus und kundschafte den Weg aus, bevor ich mir einen Unterschlupf für den Tag suche. Haltet euch immer genau nordwestlich, dann seid ihr auf dem richtigen Kurs. Wenn es dunkel geworden ist, lass ich mich wieder bei euch blicken.«

Finn gefiel der Gedanke nicht, dass Sascha alleine losziehen wollte. Auch wenn sie ein Vampir war, gegen Magie konnte selbst sie nicht viel ausrichten. Und magisch begabt mussten die Feen sein, sonst hätten sie Sulur nicht solche Schwierigkeiten machen können. Andererseits saß eine von den Geschöpfen in Gerlus Käfig und konnte sich nicht aus eigener Kraft befreien. Ihre Art der Magie musste also sehr speziell sein, sonst hätte die Fee damals das Schloss bestimmt ohne Mühe öffnen können. Er dachte daran, was seine Freunde ihm über Krotrok erzählt hatten. Der Mayatan-Magier war in der Lage gewesen, anderen Lebewesen die Lebensenergie auszusaugen, aber ansonsten schien er keine weiteren Fähigkeiten besessen zu haben, von seiner undurchdringlichen Haut einmal abgesehen. Vielleicht war es bei den Feen ähnlich.

»Hey! Träumst du im Stehen?« Sascha knuffte ihn in die Seite.

»Was? Nein, nein. Hältst du es für klug, allein loszuziehen? Was, wenn du mit den Feen oder sonst was aneinandergerätst?«

»Die tun mir jetzt schon leid«, erwiderte sie etwas überheblich. Finn wusste, dass sie lange kein Blut getrunken hatte und daher nicht ihre vollen Kräfte besaß.

»Na schön, du bist ja alt genug. Woher sollen wir wissen, wo Nordwesten ist? Meine Uhr funktioniert nicht. Wir können uns also schlecht nach der Sonne richten, vor allem wenn wir in diesem Urwald herumirren.«

»Schaut euch die Bäume an«, erklärte Sascha ungeduldig. »Das Moos wächst immer an der Nordseite.«

»Und wie willst du uns finden?«

»Soll das ein Witz sein? Der fette Gerlus könnte euren Spuren folgen, ihr Amateure!« Und mit diesem charmanten Kompliment verschwand sie in der Dunkelheit.

Nach diesem unglaublich langen Tag schliefen sie ohne Wachen aufzustellen, bis die Sonne sich vom Horizont im Westen gelöst hatte. Wenn die Feen entschieden hätten, sich ihnen entgegenzustellen, wären sie sowieso chancenlos gewesen.

Nach einem trostlosen Frühstück am nasskalten Strand von Ulambor wagten sie sich schließlich unter die dichten Kronen des wuchernden Waldes. Von den Lichtern gab es keine Spur mehr, aber sie konnten auch nicht besonders weit sehen, da die knorrigen Bäume so dick wie Wachtürme wuchsen und ihnen die Sicht versperrten. Ihre gewaltigen Wurzeln bedeckten den gesamten Waldboden und sie mussten klettern, um sie zu überwinden.

Obwohl es Herbst war, hing das tote Laub noch fest an den Zweigen, so dass sie nur selten ein Stück vom Himmel erspähen konnten. Es roch muffig, aber nicht unangenehm. Der Duft erinnerte Finn an den Garten seiner Mutter, nachdem die Natur ihn sich zurückerobert hatte.

Wenn ein Stück Waldboden einmal nicht von Wurzeln überwuchert war, wuchsen dort gigantische Pilze, unter denen Emma fast ohne sich zu bücken hindurchgehen konnte. Die Kappen leuchteten zumeist in grellen Farben und Finn bezweifelte, dass es gesund war, von ihnen zu kosten.

Oft versperrten auch Spinnennetze ihren Weg, die sich quer zwischen den Stämmen der Bäume spannten. Die fingerdicken Fäden machten einen sehr robusten Eindruck, aber daran zu zupfen traute sich keiner von ihnen, da sie keinesfalls die Baumeister der Netze anlocken wollten, die sicherlich in den Baumkronen auf Beute lauerten.

Außer einigen großen Insekten sahen sie keinerlei Tiere, auch wenn des Öfteren ein entferntes Knacken zu hören war. Nicht zum ersten Mal vermisste Finn das Singen der Vögel, die es in dieser Welt nicht zu geben schien. Die drückende Stille lastete schwer auf seinem Gemüt.

Ohne Saschas Tipp mit dem Moos hätten sie sich bestimmt nach hundert Metern schon verirrt, wie Finn zugeben musste. So aber kamen sie trotz des schwierigen Geländes gut voran. Schließlich neigte sich der erste Tag im Wald dem Ende zu und sie suchten im zunehmenden Zwielicht nach einer halbwegs freien Stelle zwischen den Wurzeln der Bäume, wo sie alle Platz zum lagern finden konnten. Diesmal beschlossen sie, dass je zwei von ihnen Wache halten sollten, denn keiner wollte im Schlaf die Bekanntschaft mit einer dieser Spinnen machen.

»Glaubst du, wir sind noch auf dem richtigen Weg?«, wisperte Ken, der sich mit Finn die erste Wache teilte.

»Erstaunlicherweise ja«, antwortete Sascha in den Schein der Leuchtsteine tretend. Der eigentlich sehr männliche Schwarze gab ein Kreischen wie ein Mädchen von sich und wenn Finn nicht selbst fast das Herz stehen geblieben wäre, hätte er sich darüber schlappgelacht. Schey, Emma und Riku wurden von dem Radau natürlich sofort wach.

»Tu das ja nie wieder!«, herrschte Ken die schmunzelnde Sascha an.

»Wenn du deinen Job als Wache richtig gemacht hättest, wärst du nicht erschrocken. Also jammer nicht rum.«

»Und? Irgendetwas Auffälliges auf dem Weg vor uns? Zum Beispiel gigantische Spinnen, oder so?«, wechselte Finn das Thema.

»Die Viecher sind ziemlich scheu«, winkte Sascha ab. »Ich glaub nicht, dass sie uns Probleme machen. Ich bin aber noch nicht viel weiter als ihr gekommen. Schließlich hatte ich nur ein paar Stunden, bevor ich mich verkriechen musste.«

»Bei diesem Schummerlicht unter den Bäumen könntest du doch bestimmt auch tagsüber raus, oder?«, erkundigte sich Ken.

»Na ja, verbrennen würde ich nicht gleich. Aber das Tageslicht schmerzt höllisch in meinen Augen, auch wenn es nur dieses *Schummerlicht* ist, wie du es nennst.«

»Hast du irgendein Zeichen von den Feen gesehen?«, fragte Emma sich umblickend.

»Seit dem Strand nicht mehr. Aber ich glaube, dass sie uns im Auge behalten, auch wenn wir sie nicht sehen. Jedenfalls haben meine Vampirsinne ein paar Mal geklingelt, auch wenn ich sie nirgends entdecken konnte. Listige kleine Viecher!«

»Was glaubst du, wie weit wir heute gekommen sind?«, fragte Riku und streckte sich gähnend.

»Schwer zu sagen. Wir sollten einfach so schnell wie möglich weiter marschieren. Wenn wir irgendwann am Strand stehen, sind wir zu weit gegangen«, ergänzte sie lächelnd. »Ich mach mich wieder auf den Weg. Wir sehen uns morgen Abend.«

Und ohne eine Antwort abzuwarten, verschmolz sie mit den Schatten.

»Und versuch dir das mit dem Erschrecken zu verkneifen!«, rief Ken ihr hinterher.

Der nächste Tag im Wald verlief wie der erste: Vorwärtsklettern über Wurzeln, die dicker waren als so mancher Baum in Finns Heimatwelt; große Bögen um bedrohlich wirkende Spinnennetze machen und Richtungslesen von moosbewachsenen Baumstämmen. Sascha, die sich zu Kens Erleichterung den Überraschungsauftritt ersparte, hatte am nächsten Abend auch keine wirklichen Neuigkeiten, außer dass sie immer noch auf dem richtigen Weg waren.

So marschierten sie nach einer glücklicherweise ebenfalls ereignislosen Nacht den dritten Tag durch den Wald, guter Hoffnung, das Drachennest ohne Zwischenfälle zu erreichen.

»Was, glaubt ihr, wird eigentlich mit den Drachen hier in Rapolan, wenn die Drachenmutter tot ist?«, fragte Finn in die Runde, während er sich über eine meterhohe Wurzel quälte. »Wenn es keinen weiblichen Drachen mehr gibt, werden sie doch aussterben, oder?«

»Das hab ich Bror auch gefragt«, antwortete Ken. »Er meinte nur, dass ich auf Gaia vertrauen soll, so wie er es auch tut. Drachen! Nie bekommt man eine klare Antwort von ihnen.«

»Vielleicht meint er damit, dass ein weiblicher Nachkomme einer anderen Mutter ihren Platz einnimmt«, orakelte Riku.

»Kann sein«, erwiderte Emma. »Glaubt ihr, Okori hat es rechtzeitig zur alten Drachenmutter auf Tarop geschafft?«

»Das Nest liegt wohl irgendwo in den Rocky Mountains. Wenn sie Tag und Nacht geflogen sind, müssten sie mittlerweile dort sein«, schätzte Ken. »Ich hoffe, Bror macht sich dann gleich auf den Weg zu uns.«

Schey schmunzelte. »Na ein bisschen wird er sicher dortbleiben müssen, Ken.«

»Wie meinst du das?«

»Na überleg doch mal«, antwortet sie und wurde ein wenig rot dabei. »Was denkst du denn, wo die kleinen Drachen herkommen? Da gehören immer zwei dazu.«

»Ohhh«, machte Ken verstehend. »Daran hab ich gar nicht gedacht.«

»Und dass ich diesen Satz mal von einem Mann höre, hätte *ich* nicht gedacht«, erwiderte Schey, worauf Emma in ein fast hysterisches Lachen ausbrach.

»Findet ihr es nicht auch seltsam, dass wir noch keinen Drachen gesehen haben?«, wechselte Finn das peinliche Thema, nachdem die Mädels sich die Tränen aus den Augen gewischt hatten.

»Da oben könnten hunderte rumschwirren und du würdest es unter diesen verdammten Bäumen nicht merken!«, schimpfte Ken, der sich das Knie empfindlich an einer Wurzel gestoßen hatte. »Aber da sie eher Einzelgänger sind, glaub ich–«

»Glaubst du was?«, fragte Finn nach. Doch sein Freund antwortete nicht. Und er bewegte sich auch nicht. Wie erstarrt stand er mit weit aufgerissenen Augen da. Als die anderen seinem Blick folgten, wussten sie auch, warum.

Der Wald vor ihnen hatte sich zu einer kleinen Lichtung geöffnet. Dort schwebten ein gutes Dutzend Feen, die in den verschiedensten Farbschattierungen glühten und sie offensichtlich erwartet hatten. Keiner wagte mehr, sich zu rühren.

»Was soll'n wir jetzt tun?«, presste Riku zwischen den Zähnen hervor.

»Auf keinen Fall irgendwas Unüberlegtes«, wisperte Finn zurück. »Ken? Könntest du versuchen, mit ihnen zu reden?«

»Einen Versuch ist es wert.« Er gab mit einer fipsigen

Stimme einige Worte in der trillernden Sprache der Feen von sich, dann warteten sie ab.

An Stelle einer Antwort begannen sich die umliegenden Bäume zu regen, besser gesagt, Teile von ihnen. Was wie länglich wulstige Auswüchse an den Stämmen ausgesehen hatte, löste sich von der Rinde und kam in federnden Schritten auf sie zu. Jedes dieser Dinger sah aus wie vier Lianen, die an ihrem dicken Ende miteinander verwachsen waren, so dass sie ein X bildeten. Wie ein Mensch nutzten sie die unteren Ruten zum Gehen, während die oberen beiden offenbar die Arme darstellten, denn sie streckten sich in Richtung der Gruppe, als sie auf sie zu wankten.

Finn und die anderen wichen vor ihnen zurück, doch ein Knacken in ihrem Rücken ließ sie ahnen, was ein Blick über die Schulter zur Gewissheit werden ließ: Dort näherten sich ebenfalls einige dieser Wesen.

Riku griff nach seinem Schwert.

»Nein!«, rief Finn. »Das hat keinen Sinn. Mit Gewalt kommen wir hier niemals lebend raus.«

»Und was soll'n wir stattdessen tun?«, erwiderte Riku nervös und ließ den Griff seiner Klinge wieder los.«

»Am besten gar nichts. Keiner wehrt sich!«

Die staksigen Gebilde, die gut doppelt so groß wie Finn waren, beugten ihre armähnlichen Fortsätze zu den Menschen hinunter und umschlangen deren Oberkörper wie Schlangen. Ihre Haut – oder eher Rinde – fühlte sich überraschend weich an und der Geruch von Lindenblüten schwängerte die Luft.

Mühelos hoben sie selbst den großgewachsenen Ken von den Füßen. Erleichtert stellte Finn fest, dass sie keineswegs fest zudrückten, was die seltsamen Wesen sicherlich ohne weiteres gekonnt hätten.

Nachdem die Freunde alle gut verschnürt in der Luft hingen, schwirrten die Feen, ohne auch nur einen Ton von sich gegeben zu haben, davon und verschwanden zwischen den Bäumen. Die Baumwesen bildeten eine Reihe und folgten ihnen gemächlichen Schrittes.

»Was hast du nur zu den Feen gesagt?«, rief Finn seinem Freund vorwurfsvoll zu.

»›Hallo. Wir kommen in Frieden‹, glaube ich«, erwiderte dieser.

»Na, das ist ja super angekommen«, mischte sich Schey mit sarkastischem Tonfall ein.

»Ach, lass mich in Ruhe«, murrte Ken. »Du klingst schon genau wie Sascha.«

Die Dunkelheit senkte sich über den Wald, aber die Baumschleicher, wie Finn sie aufgrund ihres leisen, federnden Gangs getauft hatte, trugen sie noch immer zwischen den Bäumen Richtung Norden. Als er keine zehn Meter mehr schauen konnte, drang urplötzlich ein diffuses Leuchten zwischen den Baumstämmen hindurch. Nachdem sie um einen besonders dicken Baum herumgegangen waren, tat sich vor ihnen ein gut hundert Schritte durchmessender, ebener Platz auf, der von feingliedrigem Gras bedeckt war. In der Mitte wuchs ein wunderschöner Gorlemmbaum, wie ihn der fette Ratsherr Gerlus illegalerweise besessen hatte, nur dass dieser hier hoch in den Nachthimmel ragte und seine goldene Krone die gesamte Lichtung überspannte.

Überall in den Ästen des Baums, auf der Wiese darunter und in der Luft dazwischen schwirrten Feen umher. Jede leuchtete in ihrer eigenen Farbe, keine Tönung schien es zweimal zu geben. Die gesamte Lichtung strahlte wie zu einem heiteren Sommerfest, nur dass die bunten Laternen lebendig waren und der Winter vor der Tür stand.

Als die pflanzenartigen Wesen die Lichtung mit den Gefangenen betraten, kam Ordnung in das wilde Treiben und die kleinen Geschöpfe bildeten einen großen Kreis um den Gorlemmbaum, unter dem die Baumschleicher die Menschen endlich freigaben.

»Alles okay bei euch?«, flüsterte Finn.

»Die Drachenlanze hat meinen Rücken aufgescheuert«, klagte Ken. »Aber wenigstens haben wir uns so keine Blasen gelaufen.«

»Du jammerst wie ein Baby«, erklang überraschend die Stimme von Sascha hinter ihnen. Sie kam um den Baum herumgeschlendert und gesellte sich zu den anderen.

»Was machst *du* denn hier?«, entfuhr es Finn.

»Na, das Gleiche wie ihr, nehm ich an. Sie haben mich gestern Nacht geschnappt, kaum dass ich von eurem Lager aufgebrochen war.«

»Sie haben *dich* geschnappt?« Der Hohn in Kens Stimme war nicht zu überhören.

»Hey, wer rechnet schon damit, dass ein Baum nach einem greift«, verteidigte sie sich. »Außerdem hab ich mich nicht gewehrt. Du weißt ja: Keine Käfer zertreten und so.«

»Hast du eine Ahnung, was die von uns wollen?«, erkundigte sich Emma, die fasziniert die bunte Schar der Feen beobachtete.

»Keinen Schimmer«, gab Sascha achselzuckend zu. »Aber sie wissen, was ich bin, denn sie haben mich tagsüber in einen hohlen Baum gesteckt. Das rechne ich ihnen hoch an.«

Ihr Gespräch wurde von einer türkisblauen Fee unterbrochen, die herangeschwirrt kam und so dicht vor Kens Nase schwebte, dass er schielen musste, um sie anzusehen. Genau wie das Exemplar im Thronsaal von Kysann, war auch diese völlig nackt. An der Seite des kahlen Kopfes saßen zwei lange, spitz zulaufende Ohren und die Augen glühten intensiv in der gleichen Farbe, die das ganze Wesen wie ein Schein umgab.

Wild piepsend redete sie auf Ken ein und zeigte mehrmals in Finns Richtung, was ihn leicht beunruhigte. Ken antwortete und wies ebenfalls mehrfach zu ihm, was sein ungutes Gefühl nicht besser werden ließ. Schließlich pfiff das handtellergroße Wesen noch einmal auffordernd, worauf Ken ihn betroffen anblickte.

»Es geht um deinen Stab, Finn. Sie haben ihn wiedererkannt. Sulur hat damit das Drachennest betreten und seitdem folgen die Drachen nicht mehr Gaias Weg, der für die Feen das Wichtigste ist. Sie wissen nicht, was wir vorhaben, und befürchten, dass wir alles noch schlimmer machen werden.«

»Na dann erklär ihnen, dass wir hier sind, um die verrückte Drachenmutter zu töten. Wir wollen Sulurs Fehler wieder gutmachen!«

Ken überlegte einen Moment, dann begann er erneut in hohen Tönen zu trillern und zu fiepen, wobei er auch auf die Drachenlanze hinter seinem Rücken zeigte. Dem folgte eine lange, nicht gerade freundlich klingende Antwort des kleinen Wesens.

»Sie glauben, wir haben es genau wie Sulur nur auf den Mutterstein abgesehen«, übersetzte Ken mit verzweifelter Stimme. »Falls wir keinen Beweis vorbringen können, der unsere guten Absichten bestätigt, werden sie uns töten, Finn! Was soll ich ihnen nur sagen?«

Finn dachte fieberhaft nach. »Sag ihnen, dass wir im Auftrag eines weißen Drachen handeln. Ihm haben wir geschworen, die Mutter zu töten, damit seine Art auf den Weg von Gaia zurückkehren kann!«

Die Feen lauschten Kens Übersetzung, dann brach zwischen ihnen eine rege Diskussion aus. Schließlich wandte sich das blaue Geschöpf wieder an Finns Kumpel.

»Ich weiß nicht genau, warum, aber sie sind geneigt, uns zu glauben«, berichtete Ken erleichtert. »Allerdings können sie uns ohne endgültigen Beweis für unsere Worte nicht weiterziehen lassen. Der weiße Drache soll die Geschichte erst bestätigen.«

Finn war außer sich. »Aber Bror ist noch in Tarop! Bis er hier ist, haben die Mayatan und Mantikoren Kysann dem Erdboden gleichgemacht!«

»Ich glaube nicht, dass die Feen in dieser Sache kompromissbereit sind, Finn«, erwiderte Ken. »Zumindest wollen sie uns nicht mehr umbringen, das ist doch schon mal was.«

»Das kann nicht dein Ernst sein, Ken«, schimpfte Schey. »Meine Mutter, mein Großvater und tausende Menschen sitzen in Kysann und vertrauen auf unseren Erfolg! Also sieh zu, dass du diesen geflügelten–«

Schey brach mitten im Satz ab, denn eine lindgrüne Fee hatte sich zu der blauen gesellt und wisperte auf sie ein.

»Ditrimini!«, freute sich Ken. »Finn, das ist die Fee aus dem Thronsaal!«

Jetzt erkannte auch Finn die grüne Fee, die Ken mit Saschas Hilfe aus den fetten Klauen von Gerlus befreit hatte. Lange unterhielten sich die beiden kleinen Wesen und Ken lauschte. Schließlich wandte sich Ditrimini an Ken, dem die Erleichterung ins Gesicht geschrieben stand.

»Sie hat unsere Geschichte bestätigt! Nachdem wir sie befreit hatten, ist sie nicht sofort nach Norden verschwunden und hat so mitbekommen, dass ich es war, der den weißen Drachen entfesselt hat. Nur wegen ihm ist sie überhaupt ins Reich der Menschen aufgebrochen. Sie hat ihn gesucht!«

»Gesucht?« Finn verstand gar nichts mehr. »Warum sollte eine Fee einen Drachen suchen?«

»Sie meint, es wäre besser, wenn wir es uns selbst anschauen.«

Kurze Zeit später folgten die Freunde dem grünen Leuchten von Ditrimini durch den nächtlichen Wald. Die Feen hatten sie ziehen lassen und ihnen Gaias Segen mit auf den Weg gegeben.

»Warum verschwenden wir unsere Zeit und stapfen diesem Leuchtkäfer hinterher?«, fragte Sascha missmutig. »Wir könnten schon längst beim Drachennest sein!«

»Sie hält es für wichtig, dass wir den Grund für ihre Suche verstehen«, hielt Ken dagegen. »Ich denke, wir sollten ihr einfach vertrauen.«

»Was soll sie uns in diesem Wald schon zeigen wollen!

Bestimmt nur einen heiligen Pilz oder irgendeinen magischen Baum. Diese Nachtfalter haben doch nur ihre Natur im Kopf.«

Doch es half nichts, Sascha wurde überstimmt. Den ganzen Weg über brummelte sie vor sich hin, bis sie auf einmal verstummte.

»Ich rieche totes Fleisch«, stellte sie nach kurzem Schnüffeln fest.

Mit einem ziemlich mulmigen Gefühl traten die Gefährten auf eine kleine Lichtung am Fuß eines Geröllhangs, in dessen Flanke sich die schwarze Öffnung einer Höhle vom nächtlichen Grau des umgebenden Felsgesteins abhob. Überall auf der baumlosen Fläche lagen abgenagte Knochen von irgendwelchen großen Tieren herum. Mit einem Fiepsen verschwand die Fee in der dunklen Öffnung.

»Wir sollen hier warten«, übersetzte Ken mit belegter Stimme.

»Hoffentlich nicht auf unser Ende«, kommentierte Riku mit einem Seitenblick auf die Gerippe um sie herum.

Wenig später kam Ditrimini wieder herausgeschwirrt und hinter ihr echoten die Geräusche von etwas sehr viel Größerem als einer Fee aus der Höhle.

»Ich habe da ein ganz mieses Gefühl«, brummte Sascha und selbst der zuvor so optimistische Ken griff zu seinem Schwert.

»Das glaub ich jetzt nicht!«, rief Finn erstaunt. Aus den Schatten schälte sich ein Drache. Nicht irgendeiner. Ein weißer Drache! Vom Wuchs her nicht einmal halb so groß wie Bror, war die Ähnlichkeit ansonsten nicht zu übersehen: Die Augen, die Form des Kopfes und vor allem die leuchtend weiße Haut ließen keinen Zweifel.

»Kann es wirklich sein? Ist das Brors *Kind?*«, fragte Finn und Ken gab es an die Fee weiter. Diese trillerte ihre fröhliche Antwort in die Nacht, während der Drache die Neuankömmlinge neugierig beäugte.

»Es ist Brors *Tochter!*« Ken schlug sich die Hand vor die Stirn. »Natürlich! Deshalb ist er so scharf drauf, die

Drachenmutter zu töten. Er muss sie mit ihr gezeugt haben, als er noch unter ihrem Einfluss stand. Bror hat sie bestimmt gegen den Willen der Mutter am Leben gelassen. Auch wenn er seine Funkensteine noch hatte, muss sich tief in seinem Inneren etwas dagegen gesträubt haben, sein eigenes Fleisch und Blut auszulöschen. Und als Bror endgültig vom Willen der Mutter befreit war, hatte er nur noch ein Ziel: Seine Tochter in Sicherheit bringen. Und in Sicherheit wird sie nur sein, wenn sie selbst die neue Drachenmutter wird!«

»Oh Mann«, stöhnte Finn.

»Ich geb's nicht gern zu, aber die Geschichte unseres Sonnenscheins ergibt durchaus Sinn«, brummte Sascha unwillig.

Ken schluckte und trat einige Schritte auf den jungen Drachen zu, der immerhin schon die Größe eines Linienbusses hatte. Ein kehliges Knurren drang aus ihrem Rachen.

»Ken? Was machst du da?«, erkundigte sich Finn besorgt.

»Ich weiß, was ich tue.« Sein Tonfall verriet, dass er sich ganz und gar nicht sicher war, was er da tat. Vorsichtig legte er die Hand auf die breite Schnauze des Drachen. Wenn er jetzt Feuer spucken sollte, bliebe von seinem Freund nur Asche im Wind, dachte Finn entsetzt. Aber außer, dass Ken laut aufstöhnte und auf die Knie sank, geschah nichts. Nach einigen Augenblicken kam er wieder auf die Füße und schwankte zu ihnen zurück.

»Was ist passiert?«, erkundigte sich Emma besorgt.

»Sie spricht zu mir und ich kann ihr meine Gedanken mitteilen. Ich habe ihr von ihrem Vater erzählt und dass er uns geschickt hat, seine Mutter zu töten.«

»Und?«, drängte Sascha, als er eine Pause machte, um sich den Schweiß von der Stirn zu wischen.

»Sie fragt, warum wir hier noch so dumm rumstehen, wenn wir doch eine Aufgabe zu erledigen haben.«

Mutterstein

»Wenn das hier vorbei ist, schlafe ich eine Woche lang«, murmelte Ken gähnend. Die Nacht neigte sich dem Ende zu und ihre müden Blicke ruhten auf der bestimmt hundert Meter tiefen Schlucht unter ihnen.

»Diese Warterei ist doch sinnlos!«, schimpfte Sascha, die neben Finn lag. »Die Sonne geht bald auf. Wenn wir nicht langsam mal loslegen, zerfall ich hier noch zu Staub. Und das meine ich nicht im übertragenen Sinn!«

»Du hast Ditrimini doch gehört«, ermahnte Ken sie. »Es ist immer nur ein männlicher Drache bei ihr, den die Drachenmutter sich als Erzeuger ihres Nachwuchses erwählt hat. Und ich nehme an, dass es bestimmt nicht das schwächlichste Exemplar sein wird. Also sollten wir auf die Fee hören und warten, bis er auf die Jagd geht. So müssen wir uns nicht mit zwei von der Sorte herumschlagen.«

»Ihr wisst doch gar nicht, ob das Vieh nicht längst ausgeflogen ist! Macht, was ihr wollt, aber ich geh jetzt da rein.«

Gerade als Sascha aufstehen und Finn loszuschimpfen begann, kam ein dumpfes Grollen aus der Schlucht. Im grauen Licht der Morgendämmerung schob sich ein gewaltiger, brauner Drache aus den Schatten einer Höhle. Er schüttelte sich kurz, spreizte seine mächtigen Schwingen und schwang sich in die Luft. Die Freunde duckten sich tief ins Gras, als die Kreatur nur wenige Meter vor ihnen aus der Schlucht hervorschoss und über den Wald in östliche Richtung davonflog.

Finn stieß pfeifend die Luft aus, die er vor lauter Schreck

fast eine Minute angehalten hatte. Kens Augen waren so groß geworden, dass sie wie zwei weiße Tischtennisbälle in seinem dunklen Gesicht wirken. Sascha hingegen sprang auf die Füße und klopfte sich den Schmutz von der Hose.

»Wurde aber auch Zeit«, knurrte sie und begann, ohne auf die anderen zu achten, die nicht ganz so steile Nordseite der Schlucht hinunterzuklettern.

Finn atmete noch ein paar Mal tief durch, bis sich sein Puls wieder beruhigt hatte, dann rannte er zurück über den nur mit niedrigem Gebüsch bewachsenen Streifen vor dem Abhang Richtung Waldrand. Im Schatten der Bäume erwarteten ihn Schey, Emma, Riku, die Fee Ditrimini, sowie Brors weiße Tochter.

»Es ist so weit. Wir gehen rein«, verkündete er.

»War das das Männchen?«, erkundigte sich Schey und Finn nickte bestätigend. »Das war der größte Drache, den ich je gesehen habe«, fügte sie staunend hinzu.

»Jetzt ist er erstmal weg und wir müssen die Zeit nutzen. Letzte Chance, um hier auf uns zu warten.«

»Vergiss es«, lachte Schey.

»Denk nicht mal dran«, warnte Emma.

»Na gut, wenn das so ist, dann setzt euch in Bewegung. Jede Minute zählt.«

Einen von Fluchen und Schimpfen begleiteten Abstieg später standen sie vor der annähernd runden Öffnung in der fast senkrecht aufragenden Südflanke der Schlucht. Der helle Kalkstein der Höhlenwände war vom jahrtausendelangen Kommen und Gehen der Drachen glattgeschliffen wie die Oberfläche einer Billardkugel. Sascha stand bereits im Rund des Eingangs und blickte auf die anderen herunter.

»Da seid ihr ja endlich. Sogar die alte Reen wäre schneller hier gewesen.« Damit drehte sie sich um und verschwand im Dunkeln der Höhle.

»Ich schwör dir, irgendwann stoß ich ihr persönlich einen

Holzpflock in ihr kaltes Herz«, flüsterte Ken in Finns Richtung, während er sich mit dem kurzen Aufstieg zur Öffnung abmühte. Als sie endlich im Tunnel standen, wehte ihnen ein sanfter Luftstrom entgegen, der den Geruch von Tannennadeln mit sich trug.

»Seltsam«, murmelte Finn und folgte dem Licht der leuchtenden Fee, die tapfer voran flog. Brors Tochter hingegen schien äußerst nervös zu sein, was ihr Finn nicht verübeln konnte. Schließlich wäre sie in dieser Höhle beinahe gestorben und nun musste sie zum Ort des Grauens zurückkehren. Sie schnaufte dankbar, als Ken an ihre Seite trat und seine Hand beruhigend an ihren langen Hals legte.

Sascha erwartete sie nach einigen hundert Schritten und führte die kleine Schar wortlos an der Seite der Fee immer tiefer in die Erde hinab. Stellenweise war der Gang so steil, dass sie auf dem glatten Boden ins Rutschen gerieten und nur mit Mühe wieder Halt fanden.

Nachdem sie fast eine halbe Stunde vorwärtsgeschlichen waren, ließ sich Ditrimini nach hinten zurückfallen und leistete dem Drachen Gesellschaft. Ihr Licht wurde nicht mehr benötigt, denn ein sanftes, blaues Leuchten floß ihnen entgegen und aus der Ferne drang das Rauschen von Wasser an ihre Ohren.

Ohne dass irgendjemand etwas sagen musste, ließen sie sich alle auf den Bauch sinken und robbten von hier an vorwärts. Brors Tochter blieb mit der Fee zurück.

Als Finn das Ende des Tunnels erreichte, fiel ihm die Kinnlade nach unten. Vor ihm lag eine gewaltige Höhle von gut einem Kilometer Durchmesser und einer Höhe, dass der Herrscherturm von Boram ohne weiteres Platz gefunden hätte. Die kuppelförmige Decke war übersät von einem verästelten Netz feingliedriger Leuchtsteinadern, die mit einer solchen Kraft strahlten, dass Finn nur kurz direkt hinaufschauen konnte.

Fast noch beeindruckender als das Leuchtspektakel an der Decke war die in dieser tiefen Höhle verborgene Welt. Der

Tunnel endete in schwindelerregender Höhe über einem Wald aus tannenähnlichen Bäumen, die das ganze Rund der gigantischen Kammer ausfüllten, mit Ausnahme eines grünen Hügels und dessen Umgebung im Zentrum. Dort fiel wie ein Schleier aus zartem Silber ein Wasserfall aus einer Öffnung in der Decke und füllte einen kleinen See, der das Licht der Leuchtsteine widerspiegelte. Und dort, zwischen Hügel und Weiher, ruhte sie: die Drachenmutter.

Sie war einfach nur gewaltig. Ihr moosgrüner Leib hatte die Ausmaße eines Mehrfamilienhauses. Der lange, dicke Hals, aus dem eine Reihe wuchtiger Stacheln wuchs, endete in einem Kopf von der Größe eines Kleinbusses, den sie am Ufer des kleinen Sees abgelegt hatte.

Finn hatte den Eindruck, als ob das Wesen aus der sie umgebenden Landschaft herauswuchs. Zwar konnte er ausmachen, wo die ausgebreiteten Flügel am Körper ansetzten, doch die Schwingen schienen fließend in den grünen Hang des Hügels überzugehen. Viel mehr konnte er auf dieser Entfernung nicht erkennen.

Er wollte sich schon den anderen zuwenden, um das Vorgehen zu besprechen, als er aus dem Augenwinkel eine Bewegung wahrnahm. Auf der freien Fläche vor der Drachenmutter kroch ohne Zweifel etwas herum.

»Was ist das denn?«, flüsterte er. So sehr er sich auch anstrengte, es war zu weit entfernt, um zu erkennen, um was es sich handelte.

»Es ist ein Junges«, antwortete Sascha, ohne ihre Augen anstrengen zu müssen. »Nicht größer als ein Pferd, würd ich schätzen.«

»Was ist denn ein *Pferd*?«, fragte Schey irritiert und Finn musste trotz ihrer gefährlichen Lage schmunzeln.

»Meint ihr, es kann Feuer spucken?«, warf Emma ein.

Ken kratzte sich am Kinn.

»Schwer zu sagen. Bror hat mir erzählt, dass die Funkenzähne erst nach einer gewissen Zeit wachsen. Vielleicht haben wir Glück.«

»Der Jungdrache spielt keine Rolle für meinen Plan«, erwiderte Finn entschlossen.

»Und wie sieht der aus?«, fragte Ken mit hochgezogenen Augenbrauen.

»Ganz einfach: Ich nutze Sulurs Stab, springe zur Drachenmutter hinunter und bevor sie weiß, was los ist, stoße ich ihr die Drachenlanze in den Rachen.«

»Moment mal.« Sascha schien tatsächlich irritiert zu sein, was äußerst selten vorkam. »Und welche Rolle fällt *uns* bei deinem glorreichen Plan zu?«

»Ihr wartet hier.«

»*Was*!?« Nur Sascha konnte schreien, während sie flüsterte. »Willst du damit sagen, du hast uns den langen Weg hierhergeschleift, um dann den ganzen Spaß für dich allein zu haben?«

»Na Spaß würd ich das nicht unbedingt nennen«, erwiderte Finn gereizt. »Wobei wollt ihr mir denn helfen? Das dauert keine zehn Sekunden, wenn alles klappt!«

»Du sagst es, Finn. *Wenn* alles klappt«, mischte sich Schey besorgt ein. »Du hast mir versprochen, dich nicht sinnlos in Gefahr zu bringen.«

»Schey, versteh doch, es bringt nichts, wenn ihr mitkommt. Wir haben nur eine Drachenlanze. Wollt ihr Steine werfen?«

»Dann nimm wenigstens mich mit«, schlug Riku vor. »Mit meinen Fähigkeiten kann ich die Lanze besser ins Ziel bringen als du.«

»Das kann ich genauso gut«, widersprach Sascha. »Außerdem bin ich ein Vampir und damit nicht so leicht außer Gefecht zu setzen wie ihr Weicheier.«

»Schluss jetzt!« Finn zog den Stab von Sulur aus dem Halfter an seinem Rücken. »Ich kann die Lanze mit Magie schleudern. Versteht endlich, ich will nicht, dass einer von euch sich sinnlos in Gefahr bringt!«

Sascha wollte gerade wieder dagegenhalten, als Ken urplötzlich auf die Füße sprang.

»Scheiße! Alle am Drachen festhalten!«

»Ken, leg dich gefälligst–«

Weiter kam Finn nicht. Aus dem dunklen Gang hinter ihnen kam Brors Tochter mit erstaunlicher Geschwindigkeit angekrochen. Sie schnappte sich die kleine Emma mit dem Maul, und während sie in die Höhle glitt, spreizte sie ihre Flügel, ergriff Finn und Riku mit ihren Hinterläufen und segelte in die gigantische Kammer hinein. Ohne zu zögern, ließ Finn seinen Stab fallen und umklammerte Schey, die beinahe zurückgeblieben wäre. Ken, der anscheinend geahnt hatte, was geschehen würde, war dem Drachen mit einem Hechtsprung um den Hals gefallen und hielt sich dort verzweifelt zwischen den Rückenstacheln fest.

»Verdammt, Ken, was soll das!?«, fluchte Finn gegen den Flugwind. Doch seine Frage wurde von selbst beantwortet. Mit einem lauten Brüllen, dass sie alle die Köpfe Richtung Tunnel drehen ließ, quetschte sich der große, braune Drache aus der Öffnung. Den Hirschkadaver, den er im Maul gehalten hatte, ließ er einfach fallen, als er die Eindringlinge entdeckte. Erneut brüllend, warf er sich in die Kammer und breitete seine Schwingen aus.

Brors Tochter verlor langsam an Höhe, obwohl sie hektisch mit den Flügeln schlug. Der junge Drache war einfach nicht stark genug, um fünf Menschen für längere Zeit zu tragen. Schon streiften Scheys Beine die Spitzen der Bäume, die unter ihnen dahinschossen. Mit letzter Kraft erreichte der weiße Drache die freie Fläche im Zentrum, wo er hektisch abbremste, alle Passagiere ins Gras fallen ließ und sich dann panisch wieder in die Lüfte schwang. Und keinen Moment zu früh, denn schon schoss das braune Ungetüm über ihre Köpfe hinweg und schnappte mit seinen gewaltigen Kiefern in die Luft, genau dort, wo sich eben noch Brors Tochter aufgehalten hatte.

Die Menschen beachtete er gar nicht. Bestimmt hatte die Drachenmutter ihre Rivalin erkannt und ihrem Liebsten befohlen, sie sofort zu vernichten, schoss es Finn durch den Kopf. Die Drachenmutter!

Finn rollte sich herum und sprang auf die Füße. Sie waren keine hundert Schritte vom See entfernt gelandet, wo sich der gewaltige Kopf der Mutter gerade hob und sich in ihre Richtung drehte. Sie öffnete ihren Rachen und spie ihnen ihren heißen Feueratem entgegen. Reflexartig erschuf Finn eine magische Schutzhülle, die das Feuer und die Hitze auslöschte und so ihn und seine Freunde schützte.

»Oh Mann, Finn, danke Kumpel. Wie hast du–«

»Ken, pass auf!«, unterbrach ihn Riku und stürzte sich mit gezogenem Schwert auf das Drachenjunge, das sich angeschlichen hatte und nach Ken schnappen wollte. Mit seiner Klinge verpasste der Asiate der Kreatur einen Schlag, der wegen der Drachenhaut jedoch wirkungslos blieb. Allerdings verschaffte ihnen die Wucht des Hiebs ein paar Sekunden, da das Junge sich benommen schüttelte und erst einmal das Weite suchte.

Im nächsten Moment rauschte wieder eine Feuerwand der Drachenmutter heran und Finn blieb keine Zeit, irgendetwas zu sagen. Erneut teilte sich das Feuer und alle kamen ohne die kleinste Brandblase davon. Als der Flammensturm endete und die Mutter ein fürchterliches Brüllen ausstieß, um ihrer Frustration Ausdruck zu verleihen, nutzte Finn die Chance, um seinen Freunden kurz etwas zuzurufen.

»Ich glaube, ich kann die Flammen abwehren! Gib mit die Drachenlanze, Ken, und lenkt diesen Wadenbeißer ab, damit ich die Sache erledigen kann.«

Ken warf ihm die Lanze zu, aber Schey hielt nicht viel von seiner Idee.

»Bist du wahnsinnig, Finn?! Wenn du dich ihr näherst, wird auch ihr Feuer heißer brennen! Sie wird dich einäschern!«

Doch Finn hörte nicht auf sie. Er durfte sich jetzt nicht von seinen Gefühlen ablenken lassen. Sie hatten nur diese eine Chance, und Ken und Riku schienen das ebenfalls zu verstehen, denn sie hielten Schey zurück, die Finn hinterherstürmen wollte. Dann konzentrierte er sich wieder auf die Drachenmutter und stellte sich ihrem nächsten Flammenstrahl, sich darauf verlassend, dass seine Freunde ihm den Rücken freihalten würden.

Schritt für Schritt schob er sich vorwärts, als kämpfte er gegen einen Sturmwind an. Leider hatte Schey recht behalten. Mit jedem Meter fiel es ihm schwerer, das Feuer von sich fernzuhalten. Schon spürte er dessen Hitze wie einen heißen Wüstenwind auf seinem Gesicht.

Noch fünfzig Schritte. Er klammerte sich an die Lanze und benutzte sie wie eine Stütze. Doch plötzlich hörte der Angriff auf. Verdutzt blickte er in die Fratze der Drachenmutter, die ihn aus einem Auge anstarrte. Das andere fehlte und an seiner Stelle wuchsen eitrige Wucherungen. Dazwischen glänzte etwas Silbriges. Er brauchte einen Moment, bis der Groschen fiel. Das musste Sulurs Drachenlanze sein! Als der Magier damals versucht hatte, die Drachenmutter zu töten, um den Mutterstein an sich zu bringen, hatte er ihr offensichtlich die Lanze ins Auge getrieben. Doch sie war nicht bis ins Gehirn vorgedrungen und er war geflohen, ohne sein Ziel erreicht zu haben.

Im Gegenteil, er hatte alles verschlimmert. Der ständige Schmerz musste die Mutter wahnsinnig gemacht haben. Sie verließ Gaias Weg des Gleichgewichts und betrat den Pfad der Rache. Und ihre furchtbare Wut richtete sich gegen die Menschen.

Doch warum ließ sie nun von ihm ab? Ein pfeifendes Geräusch drang an sein Ohr. Ein rascher Blick über die Schulter bestätigte seine Vermutung: Der braune Drache schoss dicht über die Bäume auf ihn zu. Wenn er bis zu Finn vordrang und die Drachenmutter ihn mit Feuer eindeckte, würde ihr Auserwählter ihn seelenruhig in Fetzen reißen.

Schließlich vermochte das Drachenfeuer den Wesen selbst nichts anzuhaben.

Er konnte beinahe die hinterhältige Freude im entstellten Antlitz der Mutter erkennen, als er fieberhaft überlegte. Er hockte in der Falle. Gleich würde der Drache hier sein. Ihm blieb keine Wahl.

Finn wirbelte herum und schleuderte dem im Tiefflug heranrasenden Ungetüm die Drachenlanze entgegen. Mit Magie beschleunigte er sie auf ein ungeheures Tempo, genau auf den Kopf der Bestie zu. Doch im allerletzten Moment machte das Wesen noch einen kleinen Schlenker und das Geschoss bohrte sich über dem rechten Hinterlauf ins Fleisch. Dem braunen Drachen entfuhr ein jaulendes Brüllen und er drehte ab.

Ein paar Sekunden hatte Finn so gewonnen, aber die Drachenlanze war weg. Wie sollte er nun die Drachenmutter töten? Dieser gefiel offensichtlich überhaupt nicht, dass ihr Plan misslungen war und sie spie ihm erneut alle Flammen der Hölle entgegen. Finns Abwehr bröckelte. Er fühlte, wie die Hitze seine Haut langsam verbrannte. Wenn er doch nur Sulurs Stab gehabt hätte.

Sulur! Das war es! Noch gab es eine Chance! Er stemmte sich wieder der Flammenwand entgegen und kämpfte sich Meter für Meter vorwärts, die brennenden Schmerzen ignorierend. Aufs Neue unterbrach die Mutter ihren Angriff, was nur eines bedeuten konnte. Und richtig, der braune Drache flog erneut dicht über den Baumwipfeln auf ihn zu. Und dieses Mal hatte er keine Lanze mehr, um sie zu schleudern.

Urplötzlich schoß etwas Schwarzes zwischen den Bäumen in die Luft und klammerte sich an dem dahinschießenden Wesen fest. Es war Sascha, ohne Zweifel! Unglaublich schnell kletterte sie an dem Ungetüm entlang, das sich in der Luft hin und her drehte, um den blinden Passagier loszuwerden. Doch sie hing wie eine Klette an dessen Rückenstacheln. Mit einer schnellen Bewegung zog sie die Drachenlanze aus dem Fleisch, hechtete mit aller Kraft vorwärts und rammte dem Drachen die Waffe in den Hinterkopf.

Wie ein Stein krachte das Ungetüm in die letzten Bäume vor der Lichtung, die durch die Wucht des Aufpralls regelrecht explodierten. Dann überschlug er sich einige Male und blieb reglos auf der freien Fläche liegen.

Die Drachenmutter brüllte ihren Zorn in die Welt, dass Finn die Ohren schmerzten. Er konnte gerade noch seine magische Abwehr aufbauen, als ihn auch schon ihr Feuer einhüllte. Nicht mehr lange, und der Schmerz und die Hitze würden ihm die Besinnung rauben. Dann wäre es aus mit ihm. Doch plötzlich ließ die Intensität der Flammen nach und schließlich erstarben sie ganz.

Finn stand mit roter, blasiger Haut keine zehn Schritte vor der Drachenmutter. Ohne Zweifel war ihr das Drachengas ausgegangen, denn sie probierte noch mehrmals, Feuer zu speien, doch ohne Erfolg. Schließlich starrte sie ihn hasserfüllt aus ihrem einen Auge an und versuchte, ihm entgegen zu kriechen. Aber sie schien bereits eine Ewigkeit an ein und derselben Stelle zu liegen. Ihre Schwingen und auch Teile ihres Leibes waren von der Vegetation überwuchert, ja regelrecht mit ihr verwachsen. Es wirkte, als würde die Natur selbst sie an Ort und Stelle festhalten.

»Es tut mir leid, was Sulur dir angetan hat«, keuchte Finn. »Aber deine Qualen haben nun ein Ende.« Und damit mobilisierte er die gesamte magische Energie, die er noch aufbringen konnte, und beschleunigte die Drachenlanze von Sulur, die der Mutter im Auge steckte. Sie verschwand zwischen den eitrigen Beulen und tauchte wie ein silberner Blitz aus ihrem Hinterkopf wieder auf, um dann im hohen Bogen in den See zu fliegen. Ohne noch einen Ton von sich zu geben, sank der Kopf der Drachenmutter zu Boden und ihr Auge wurde leer.

Mit seinen Kräften am Ende sank Finn auf die Knie. Doch bevor er sich der Freude über den Sieg hingeben konnte, traf ihn die Erkenntnis wie ein Schlag.

»Sascha!«, rief er entsetzt und mühte sich auf die Beine. Während er in Richtung des Kadavers des braunen Drachen schlurfte, sah er gerade noch, wie das Drachenjunge in den Wald flüchtete. Der Tod seiner Mutter schien ihm die Angriffslust geraubt zu haben.

»Du hast es geschafft, Kumpel!«, rief Ken jubelnd. Schey stürmte auf ihn zu und fiel ihm um den Hals.

»Ich hatte solche Angst um dich«, schluchzte sie.

»Jetzt ist es ja vorbei«, beruhigte er sie. »Aber lass uns rasch nach Sascha schauen. Sie ist mit dem Vieh dort abgestürzt.«

»Was?«, entfuhr es Schey und sie legte erschrocken ihre Hand vor ihren Mund. Offenbar hatten die anderen nicht mitbekommen, dass die Vampirin der Grund dafür war, dass der Drache das Zeitliche gesegnet hatte. Sie stützte Finn, damit er schneller vorwärtskam.

Hinter dem verrenkten Leib der Bestie lag Sascha in einem Trümmerfeld aus geborstenen Baumstämmen. Ihr Körper war regelrecht gespickt mit großen und kleinen Holzsplittern. Mehrere davon schienen ihren Brustkorb und Bauch komplett durchbohrt zu haben, auch wenn sie kaum blutete. Einen schrecklichen Moment dachte Finn, sie wäre tot, aber dann drehte sich ihr Kopf leicht, als sie die beiden bemerkte.

»Hast du sie erledigt?«, fragte sie mit dünner Stimme, gefolgt von einem Husten, der ihr Gesicht in eine schmerzverzerrte Fratze verwandelte.

»Ja«, erwiderte Finn kleinlaut, der zu geschockt von ihrem Zustand war, um sich noch über den Sieg zu freuen. »Dank deiner Hilfe.«

»War doch klar, dass du das nicht allein hinkriegst, Zauberkünstler«, antwortete sie und ein mattes Lächeln umspielte ihre aufgeplatzten Lippen.

Ken, Riku und Emma kamen lachend um die Flanke des toten Drachen gelaufen, bis sie Sascha erblickten. Die Heiterkeit in ihren Gesichtern gefror und machte schließlich Entsetzen Platz. Sie rannten auf ihre verletzte Freundin zu und

Emma begann sofort, ihre Hände zum Leuchten zu bringen. Ken wollte sich sogleich daran machen, ihr die Splitter aus dem Körper zu ziehen.

»Lasst gut sein, Leute«, wehrte Sascha ab und hob mühsam ihre rechte Hand. »Für mich ist es zu spät.«

»Laber nicht so nen Scheiß!«, entfuhr es Ken wütend. »Die heldenhafte Sascha wird sich doch nicht von so ein paar Kratzern unterkriegen lassen!«

»Das Holz hat mein Herz verletzt, Sonnenschein. Es ist nur noch eine Frage der Zeit.«

Erst jetzt fiel Finn auf, dass ihre Finger bereits grau geworden waren. Als sie sie leicht bewegte, zerfielen sie zu Asche.

»Lass mich dir helfen!«, rief Emma entsetzt, die Augen voller Tränen. »Ich bekomm das bestimmt wieder hin!«

»Dafür ist es zu spät, Kleine.« An Finn gerichtet, fuhr sie fort. »Aber du kannst mir einen Gefallen tun.«

»Alles«, flüsterte Finn. Er konnte es nicht verhindern, auch er begann zu weinen.

»Könntest du das Ganze ein wenig beschleunigen? Tut nämlich höllisch weh.« Ihre Augen wanderten zu einem großen Splitter, der ihr in der Brust steckte.

Finn brauchte einen Moment, um zu verstehen, was sie meinte. Dann riss er entsetzt die Augen auf.

»Das kannst du nicht von mir verlangen!«

»Doch, das kann ich«, erwiderte sie hustend. »Ich hab dir gerade deinen Magierarsch gerettet. Du schuldest mir was.«

»Ich kann dich doch nicht einfach töten!«

»Ich bin doch schon lange tot, Kleiner. Seit Tra'Mek mich als Kind bei sich aufgenommen hat, bin ich jeden Tag ein bisschen mehr gestorben. In der Zeit, die ich mit euch Savanten verbringen durfte, habe ich endlich erkannt, was leben wirklich heißt. Und was Freundschaft bedeutet. Dafür danke ich euch.«

Selbst dem sonst so verschlossenen Riku rannen, wie allen anderen, die Tränen über die Wangen.

»Du hast nicht nur deine Zeit mit den Savanten verbracht, Sascha. Du *bist* eine von uns. Und du wirst in unseren Herzen immer ein Savant bleiben.«

Sascha nickte dankbar. »Mein Familienname lautet übrigens Tscherenkow. Nur falls zu meinen Ehren eine Statue aufgestellt werden sollte.«

Finn musste trotz all der seelischen Qualen, die er gerade durchlitt, über ihre charmant überhebliche Art lächeln.

»Bereit?«, flüsterte er. Sie nickte schwach und schloss die Augen, wobei eine einsame Träne über ihre Wange rollte. Die erste, die er je bei ihr gesehen hatte. Und auch die letzte.

Er sog die Luft stoßartig ein und jagte mit seiner Magie den großen Splitter tiefer in ihre Brust, direkt in das Herz. Dann sank er schluchzend auf die Knie.

Sascha zuckte noch einmal zusammen, dann erstarrte ihr Körper und wurde zu einer grauen Statue aus Asche, die aber unter dem Gewicht ihrer Kleidung sofort zerfiel.

Schey umschlang schluchzend Finns Oberkörper und Emma hing an Riku, ebenfalls bitterlich weinend. Ken starrte fassungslos auf die Stelle, wo die Frau, die ihn immer so sehr genervt hatte, ihren Tod gefunden hatte.

»Das hat sie nicht verdient«, sagte er leise, dann kehrte er den Freunden den Rücken zu und ging davon.

Eine ganze Weile standen die anderen nur so da, jeder mit seinen Gedanken bei sich selbst und der verlorenen Freundin, als plötzlich ein klagendes Brüllen durch die Höhle schallte.

»Komm«, flüsterte Schey Finn ins Ohr, »es ist noch nicht vorbei. Kysann braucht uns. Ihr Tod soll nicht umsonst gewesen sein.«

Einer nach dem anderen wendete sich ab, nur Finn blieb noch einen Moment. Er griff sich Saschas geliebtes Messer samt Scheide.

»Ich werde es in Ehren halten«, versprach er laut. Dann folgte Finn seinen Freunden.

Als er hinter dem Kadaver des Drachen hervortrat, sah er

Brors weiße Tochter und Ken, die vor dem Kopf der Drachenmutter standen und offenbar eine wortlose Diskussion führten. Finn gesellte sich zu ihnen. Bevor er fragen konnte, was los war, fiel ihm der hell leuchtende Stein von der Größe einer Grapefruit auf, der im Maul der toten Mutter lag.

Der Mutterstein! Ken hatte ihm alles darüber erzählt. Mit ihm würde Brors Tochter die Drachen kontrollieren können, die zwar durch den Tod der Drachenmutter nicht mehr ihren von Rache vergifteten Befehlen folgten, aber ohne Führung nicht wesentlich ungefährlicher für die Menschen waren. Wenn aber Brors Tochter die neue Mutter werden würde, könnte sie den Drachen befehlen, Krotroks Schergen Einhalt zu gebieten und die Hyva zu verschonen.

»Worauf wartet sie noch?«, erkundigte sich Finn bei seinem Freund. »Wer weiß, was in Kysann gerade los ist. Wir brauchen die Drachen auf unserer Seite!«

»So einfach ist das nicht, Kumpel.«

»Warum?«, fragte Finn irritiert. »Muss sie ihn nicht nur verschlucken und gut ist?«

»Sie kann ihn erst aufnehmen, wenn sich eine neue Drachenstimme gefunden hat. Und sie verlangt von mir, dass ich diese Aufgabe übernehme!«, rief Ken verzweifelt. »Sie sagt, es sei Gaias Wille, da es kein Zufall sein kann, dass gerade wenn die alte Mutter stirbt, ein Wesen mit der Gabe der Stimme anwesend ist.«

Finn verstand die Verzweiflung seines Freundes. Die Drachenstimme zu sein, bedeutete, seine bisherige Lebensweise aufzugeben. Zwar würde Ken unheimlich lange leben, aber dieses Dasein würde er im Dienste der Drachenmutter verbringen. Andererseits könnten durch sein Opfer viele Hyva gerettet werden, sobald Brors Tochter die Drachen ausschließlich auf die Mayatan und Mantikoren hetzte.

»Diese Entscheidung kann dir niemand abnehmen, Ken. Aber denk doch mal an dein altes Leben in unserer Welt.

Deine trostlose Kindheit im Waisenhaus. Meinst du nicht, dass der kleine Ken von damals sofort einschlagen würde, wenn man ihm einen Job als Stimme der Drachen in einem Land voller Magie angeboten hätte?«

»Aber ich müsste ewig in dieser Welt bleiben!«, erwiderte Ken. »Wenn ihr einen Weg zurück findet, dann sehe ich euch nie wieder!«

Finn nahm seine Freundin in den Arm. »Eines kann ich dir versprechen, Kumpel: Auch wenn wir ein Portal öffnen können, wird meine Heimat immer hier bei Schey und dir bleiben. Du wirst mich also nicht los, außer wenn mich irgendwann das Alter dahinrafft«, fügte er lachend hinzu.

»Ich habe Angst«, gab Ken zu. »Was ist, wenn ich danach nicht mehr derselbe bin?«

»Denk an Sascha. Sie ist zum Vampir geworden und hat sich trotzdem ihre Menschlichkeit bewahrt.«

Ken dachte eine ganze Weile stumm nach. Schließlich atmete er tief durch.

»Na schön. Wenn es unsere Kampfamazone hinbekommen hat, schaff ich das auch.« Mit beiden Händen ergriff er den Mutterstein. Erwartungsvoll hob Brors Tochter ihren Kopf. »Für Sascha«, flüsterte er und drückte sich den Stein an die Stirn.

Das Leuchten nahm immer weiter zu, bis die Freunde ihre Augen abwenden mussten, dann war auch schon alles vorbei. Als Finn wieder zu seinem Kumpel schaute, prangte auf dessen dunkler Stirn ein runder, weißer Kreis. Das Mal der Drachenstimme. Ken hielt die Augen geschlossen und lächelte vor sich hin.

»Ich höre sie«, flüsterte er leise.

»Wen?«, erkundigte sich Emma.

»Die Drachen von Rapolan. Es sind Hunderte!«

»Muss ein ganz schönes Durcheinander sein«, stellte Riku fest.

»Nein, komischerweise gar nicht«, freute sich Ken. »Es ist schwer zu beschreiben.«

Brors Tochter gab ein Grunzen von sich.

»Oh, richtig«, erinnerte sich Ken und öffnete die Augen. »Hier.«

Er legte den Mutterstein, der nun wieder dezent leuchtete, ins Maul des jungen Drachen. Sie klappte ihre Kiefer zusammen und schluckte den Stein hinunter. Einen Augenblick saß sie still da, als ob sie lauschen würde. Dann erzitterte die Höhle von ihrem triumphierenden Brüllen, so dass die Freunde sich die Hände auf die Ohren pressen mussten.

»Es ist vollbracht!«, rief Ken. »Sie hat das Erbe angetreten. Ich höre ihre Befehle an die Drachen in meinem Kopf. Die Menschen müssen nun nach hunderten von Jahren das erste Mal keine Angst mehr vor ihnen haben!«

»Was ist mit Kysann?«, erkundigte sich Schey.

Ken wirkte einen Moment abwesend, als er mit der jungen Drachenmutter kommunizierte.

»Drei Drachen hatten die Nordgrenze der Hyva überquert, nachdem die Drachenspäher abgezogen waren. Sie haben einige leerstehende Dörfer verwüstet. Als sie vom Willen der alten Drachenmutter befreit waren, haben sie sich wieder nach Norden aufgemacht. Syster hat den Dreien und einigen anderen in der Nähe den Befehl gegeben, nach Kysann zu fliegen, um die Stadt und ihre Bewohner zu beschützen. Noch sind sie allerdings nicht dort.«

»Syster?«, fragte Riku verwirrt.

Ken zeigte auf die junge Drachenmutter. »Na irgendwie muss ich sie die nächsten Jahrhunderte ja nennen. Und da ihr wie allen Drachen Namen völlig egal sind, konnte ich mir einen aussuchen.«

Emma lachte laut. »Bror und Syster! Nicht gerade sehr einfallsreich, findest du nicht?«

Finn verstand nur Bahnhof und auch Riku und Schey blickten verwirrt.

»Na, ich hatte nie Geschwister«, verteidigte sich Ken. »Und auf Schwedisch klingt es doch ganz gut, oder?«

»Ich fühle mich auf jeden Fall geschmeichelt«, schmunzelte Emma und verbeugte sich im Spaß vor Ken.

»Können wir dann jetzt zurück nach Kysann?«, fragte Schey, der die Sorge um ihre Mutter ins Gesicht geschrieben stand. »Wer weiß, was dort im Moment los ist.«

»Der Stab!«, rief Finn aus, als ihm bewusst wurde, dass das Halfter auf seinem Rücken leer war.

Eine Stunde suchten sie gemeinsam nach dem Stab von Sulur, den Finn fallen gelassen hatte, um Schey zu retten. Während sie durch den Wald streiften, fanden sie auf einer Lichtung Ditrimini. Die kleine Fee hatte sich bei der Kollision mit dem braunen Drachen einen ihrer libellenartigen Flügel angerissen und war abgestürzt, weshalb sie ihnen beim Kampf nicht zur Seite stehen konnte.

Behutsam nahm Emma sie hoch und ein wenig Heilmagie später war das kleine Wesen wieder vollkommen genesen. Nachdem sie den Stab mit Ditriminis Hilfe endlich in den oberen Ästen eines knorrigen Baumes gefunden hatten, versammelten sich alle am See, um sich von Ken zu verabschieden. Als neue Drachenstimme war sein Platz nun hier.

»Syster sagt, die ersten Drachen sind gerade in Kysann angekommen«, brachte Ken seine Freunde auf den neuesten Stand. »Auf dem Weg dorthin haben sie eine ganze Horde von Mantikoren gegrillt, die sich von Norden her der Stadt näherten. Jetzt widmen sie sich dem Mayatan-Heer über Kysann. Es ist wohl schon Panik unter ihnen ausgebrochen und die ersten suchen bereits das Weite.«

Finn wurde schmerzlich bewusst, dass nun der Abschied von einem weiteren Savanten bevorstand. Auch wenn sie sich bestimmt ab und zu noch sehen würden, so war doch die Zeit der gemeinsamen Abenteuer vorbei. Er zog seinen Freund an sich heran und drückte ihn lange an seine Brust.

»Pass auf dich auf, Ken« murmelte er.

»Jetzt werd mal nicht gefühlsduselig. Wenn Bror hier auftaucht, lass ich mich kurz in Kysann blicken. Er hat seine Pflicht erfüllt und ist nun auf dem Rückweg. Ich kann von hier aus mit ihm reden, ist das nicht cool?«

»Freut mich, dass dir deine neuen Fähigkeiten gefallen, Drachenstimme«, lachte Finn.

»Könnte schlimmer sein. Ich glaub, ich komm klar.«

Auch von Riku, Emma und Schey verabschiedete Ken sich herzlich, dann war es soweit. Finn warf noch einen letzten Blick auf seinen Freund, wie er neben Brors weißer Tochter und der grün schimmernden Ditrimini stand und winkte, bevor sich die riesige Höhle in das staubige Archiv von Kysann verwandelte.

Kaum angekommen, stürmten sie auf das Dach des Gebäudes, wo sich ihnen ein unbeschreiblicher Anblick bot. Überall auf den Straßen und Türmen waren Gruppen von Menschen zu sehen, die gen Himmel jubelten, wo ein knappes Dutzend Drachen Feuerspuren über das Firmament zogen. Wie aufgescheuchte Fliegen schwirrten dazwischen die letzten Mayatan umher, verzweifelt nach einer Fluchtmöglichkeit suchend. Die meisten fanden keine und fielen als lodernde Fackeln der Stadt entgegen.

»Meinst du nicht, die vermissen uns auf dem Fest?«, fragte Schey leicht besorgt.

Das kleine Boot, in dem sie und Finn saßen, schaukelte ein paar Kilometer vor dem Hafen des abendlichen Kysann auf den Wellen. Die Sonne schmolz in einem Gemälde aus Rot und Orange hinter der hell erleuchteten Silhouette der Stadt.

Nahezu hundert Schiffe lagen entlang der Stadtmauer vor Anker. Die Mayatan hatten die Männer der Yangri einfach auf ihnen zurückgelassen, als sie die Küste erreichten. Nun würden sie damit in ihre Heimat zu ihren Familien zurückkehren können.

»Ach, die brauchen uns nicht«, beruhigte er Schey. »Ich hab den König und die Überlebenden der Drachenhaut hergebracht. Genug Opfer für den Rat, würd ich sagen. Und Emma und Riku werden uns mit ihrer kommunikationsfreudigen Art sicherlich würdig vertreten. Außerdem wird deine Mutter alle mit ihrem Lächeln bezaubern. Und vergiss Ken nicht! Mit dem Leuchtmal auf der Stirn und dem Drachen auf der Terrasse ist er doch *der* Star jeder Party.«

Schey kicherte und kuschelte sich an seine Schulter.

»Davon habe ich immer geträumt, Finn. Wir beide, ganz allein, frei von Sorgen über die Zukunft und Gedanken an das Morgen. Was fangen wir mit dieser Freiheit bloß an?«

»Also, was wir mit dieser *Nacht* anfangen, weiß ich ganz genau«, erwiderte er schnippisch und küsste ihren Nacken. »Und was das Morgen angeht: Solange du ein Teil davon bist, lass ich mich gerne überraschen.«

Epilog

Als Finn durch das Portal trat, wüteten für einen Moment höllische Kopfschmerzen in seinem Schädel. Er sank auf die Knie und drückte die Hände gegen die Schläfen, bis die Pein nachließ. Riku hatte ihn bereits davor gewarnt. Wie immer bei gefährlichen Projekten, hatte sein asiatischer Freund darauf bestanden, als Erster das Portal zu testen, was ihm – ebenfalls wie immer – großen Ärger mit seiner Frau Emma eingebracht hatte.

Wie zu erwarten war, verschwand mit dem Durchtritt durch die Pforte jegliche Magie. Finn hatte das Gefühl, als habe man ihm einen seiner fünf Sinne geraubt. Auch wenn er sich darauf vorbereitet hatte, schockierte ihn diese Erfahrung zutiefst. Schließlich war die Magie seit nunmehr fünf Jahren ein Teil seines Selbst gewesen.

Mühsam kam er auf die Beine und drehte sich zum Durchgang um, der kreisrund in der Nacht hing. Riku stand auf der anderen Seite und warf ihm einen besorgten Blick zu. Finn hob den Daumen, um ihm zu signalisieren, dass alles in Ordnung war. Die Züge seines Freundes entspannten sich etwas.

Er wandte sich ab und machte sich auf den Weg über die nächtliche Wiese. Finn hatte nur wenige Stunden Zeit, bevor der Morgen graute und die ersten lebenden Seelen den Friedhof betreten würden. Einen Asiaten hinter einem Loch in der Luft auf den Titelseiten der Zeitungen wollte er auf jeden Fall vermeiden.

Er wusste nicht genau wieso, aber Finn fand ihr Grab auf Anhieb. Ein Kribbeln durchlief seinen Körper, als er sich im

Schneidersitz vor den Grabstein setzte. Der frische Strauß Sommerblumen, der daneben stand, erfüllte ihn mit Hoffnung.

»Hallo Mum«, sagte Finn laut. »Hat etwas gedauert, aber ich bin wieder da.«

Er holte den weißen Stein aus dem Beutel unter seinem dunklen Umhang und drehte ihn in den Händen.

»Das Ding hat mich ganz schön in Schwierigkeiten gebracht, ist dir das klar? Mantikoren, Drachen, Magie!«

Er schwieg einen Moment, bevor er weitersprach.

»Ich bin gekommen, um mich dafür zu bedanken. Ich weiß nicht, ob du etwas damit zu tun hattest, aber mittlerweile scheint mir alles möglich. Also danke für den Stein. Ohne ihn hätte ich meine Schey nie kennengelernt.

Weißt du eigentlich, dass du Großmutter bist? Die kleine Sascha ist jetzt Vier und ein richtiger Wirbelwind. Du würdest sie lieben! Letzte Woche hat sie das Teleskop ihres Urgroßvaters aus Versehen umgestoßen. Er hat getobt, wie ein Bergtroll! Aber als sie ihn aus ihren großen, verweinten Augen angesehen hat, war ihm das Ding auf einmal gar nicht mehr so wichtig.«

Er lachte und packte den Stein wieder in den Beutel.

»Ich hoffe, du hast nichts dagegen, wenn ich dir Paps für eine Weile entführe. Jetzt, wo ich endlich dieses vermaledeite Portal in Gang bekommen habe, möchte ich ihm seine Enkeltochter vorstellen. Er wird dir also erstmal keine Blumen mehr bringen können. Dafür habe ich aber das hier für dich.«

Er griff in eine kleine Tasche in der Innenseite seines Mantels und holte einen walnussgroßen Kern hervor.

»Das ist der Samen eines Gorlemmbaums. Eine befreundete Fee hat ihn mir geschenkt. Wo er wächst, ruht Gaias Segen.«

Damit grub er den Kern in die weiche Erde in der Mitte des Grabs. Dann erhob er sich.

»So, es wird Zeit. Grüß Sascha und den Doktor von mir, wenn du sie da drüben siehst. Und keine Angst, ich werd gut auf Paps aufpassen.«

Er wandte sich um und marschierte schnellen Schrittes den Friedhofsweg zum Haupttor hinunter. Es quietschte immer noch und würde es wohl auch in hundert Jahren noch tun.

Aus den Augenwinkeln nahm er eine Bewegung wahr und seine Hand schnellte zu Saschas langem Messer, dass er stets bei sich trug. Doch es handelte sich nur um einen Obdachlosen, der die Mülleimer auf dem Gehweg nach Pfandflaschen durchsuchte. Als er Finn erblickte, ließ er die Flaschen fallen und suchte eilends das Weite.

Finn musste an die Halbstarken denken, die ihm vor über fünf Jahren genau an dieser Stelle aufgelauert hatten. Heute würde das Treffen sicherlich anders ausgehen, auch ohne Magie, Rikus unnachgiebigem Training sei Dank. Er schmunzelte etwas in seinen roten Vollbart hinein, bei dem Gedanken daran, was kleine Entscheidungen für riesige Wellen schlagen konnten. Wie sein Leben wohl verlaufen wäre, wenn er den weißen Stein nicht vom Grab seiner Mutter mitgenommen hätte?

Finn folgte den altbekannten Straßen, die immer noch die gleichen waren, während sich nur einen dünnen Schleier entfernt eine ganze Welt gewandelt hatte. Die Kultur der Menschen begann dort erneut zu erblühen, im Einklang mit allen Geschöpfen und unter der strengen Beobachtung der Drachen.

Ken musste sich natürlich alle paar Monate blicken lassen, um den Herrscherrat daran zu erinnern, wem er den Sieg über die Mayatan zu verdanken hatte. Seit der fette Gerlus aber wegen Steuerbetrug im Kerker saß und er Tibbons Ohr nicht mehr mit seinen eigennützigen Ratschlägen vergiften konnte, zeigte sich der militärische Ratsherr einsichtiger.

Ein Pärchen, das Finn auf dem Gehsteig entgegenkam, wechselte die Straßenseite, als sie ihn sahen. Er konnte den beiden keinen Vorwurf machen. Einem ganz in Schwarz gekleideten Unbekannten, der sein Gesicht hinter einer tief in die Stirn gezogenen Kapuze versteckt hielt, wäre er früher ebenfalls aus dem Weg gegangen. Sein Auftreten machte seiner alten Freundin Sascha alle Ehre.

Er vermisste die griesgrämige Eigenbrötlerin immer noch. Nuri suchte jede Woche frische Blumen für den Gedenkstein im Garten hinter Finns Haus. Nachdem die alte Reen gestorben war, hatten er und Schey das Mädchen bei sich aufgenommen. Bei den Yangri hatte sie ja niemanden mehr. Letzten Monat hatte die Kleine plötzlich angefangen, sich mit Ditrimini zu unterhalten. Die Fee hatte ihn zusammen mit Ken besucht, um ihm den Samen vom Gorlemmbaum zu bringen. Sein Kumpel war ganz aus dem Häuschen gewesen und gab keine Ruhe, bis Finn zugestimmt hatte, mit ihm nach Tarop zu springen und Okori davon zu erzählen.

Der alte Kauz war wieder einmal auf der Suche nach der nächsten Drachenstimme von Tarop, da die alte Drachenmutter doch tatsächlich noch eine Tochter bekommen hatte, Brors selbstlosen Einsatz sei Dank. Als er von Nuri und ihrer Gabe der Stimme hörte, war er vor Freude wie ein kleines Kind im Kreis gehüpft und schließlich in einen Fluss gefallen, aus dem ihn Finn mit seiner Magie retten musste. Aber nicht ohne ihn im Wasser erst ein wenig abkühlen zu lassen. So war letztendlich auch der Fortbestand der Drachen in Tarop gesichert und Nuri würde bald ihre Lehrzeit bei Okori antreten.

Ohne den langen Weg überhaupt wahrgenommen zu haben, stand Finn plötzlich vor dem niedrigen Gartentor seines Elternhauses. Das kleine Backsteingebäude war hinter den wild wuchernden Büschen und Bäumen nur zu erahnen. Mit einem kaum auszuhaltenden Kribbeln im Bauch trat er in den Garten, den seine Mutter so sehr geliebt hatte. Tief einatmend ging er den schmalen Weg zum Haus entlang, mit den Augen jedes Detail aufsaugend, das ihm die schwache Wegbeleuchtung zu entdecken erlaubte.

Er erinnerte sich noch deutlich, wie sie summend oder singend jede freie Minute im Garten verbracht hatte, um hier etwas zu pflanzen und dort etwas zurückzuschneiden. Zwar hatte die Natur die Spuren seiner Mutter in den Jahren ein wenig verwischt, aber sie löschte sie nicht aus, sondern formte sie in etwas Wildes um, durch dessen Oberfläche hie und da die Liebe einer Frau zu ihrem Garten schimmerte.

An dem unter wuchernden Seerosen kaum noch zu erkennenden Gartenteich blieb Finn kurz stehen. Hinter Efeuranken versteckt fand er dort die Statue des kleinen Engels, der den verträumten Blick auf die Seiten des Steinbuchs gerichtet hatte, das auf seinem Schoß lag.

»Na, du bist ja immer noch nicht durch«, flüsterte Finn vorwurfsvoll. »Hier, ich hab einen neuen Job für dich.« Damit legte er dem kleinen Kerl den weißen Stein auf den Schoß. »Pass gut darauf auf. Nicht, dass er noch das Leben von jemand anderem auf den Kopf stellt.«

Die letzten Meter bis zur Tür schlug Finn das Herz bis zum Hals. Mit zitternder Hand klopfte er mehrmals an das dunkle Holz der Haustür. Das Licht im Flur ging an und er hörte, wie sein Vater brummelnd die Treppe herunterkam. Ein Schlüsselbund klirrte.

»Wer ist da? Wissen Sie eigentlich, wie spät es ist?«

»Ja«, antwortet Finn, als sich die Tür einen Spalt öffnete, »es ist Zeit, heimzukehren.«

– E N D E –

Zum Abschluss ...

Liebe Leserin, lieber Leser,

ich hoffe, die Abenteuer von Finn und seinen Freunden haben Dir gefallen und Du hast mit diesem Buch ein paar spannende Stunden verbracht.

Da ich als verlagsunabhängiger Autor auf Bewertungen angewiesen bin, würde ich mich sehr freuen, wenn Du Dir einen Moment Zeit nimmst und in ein paar Zeilen bei Amazon beschreibst, wie Dir dieses Buch gefallen hat.

Viele Grüße und besten Dank

Euer Uwe Eckardt

33456603R00366

Printed in Poland
by Amazon Fulfillment
Poland Sp. z o.o., Wrocław